Sidney Sheldon
Zorn der Engel

Sidney Sheldon

# Zorn der Engel

Roman

Verlag Gruenwald.

Die Originalausgabe erschien unter dem Titel »Rage of Angels« bei
William Morrow and Company, Inc., New York.
Aus dem Amerikanischen von Claus Fischer.

Alle deutschen Rechte bei Verlagsgruppe Bertelsmann GmbH/
Verlag Gruenwald GmbH, München 1980 / 5 4 3 2 1

Satz: Fotosatz Otto Gutfreund, Darmstadt
Gesamtherstellung Clausen & Bosse, Leck
ISBN 3-8207-0585-6
Printed in Germany

Für Mary
*das achte Weltwunder*
in Liebe

# Erstes Buch

## 1

*New York, 4. September 1969*

Die Jäger bereiteten sich auf den Fangschuß vor.

Im Rom der Soldatenkaiser wäre der Wettkampf im Circus Neronis oder dem Kolosseum veranstaltet worden. Eine Meute hungriger Löwen hätte sich in einer blutbefleckten Arena an das Opfer herangeschlichen, begierig darauf, es in Stücke zu reißen. Aber wir leben im zivilisierten zwanzigsten Jahrhundert, und das Schauspiel fand im Sitzungssaal sechzehn des Gerichtsgebäudes von Downtown Manhattan statt.

An Stelle von Sueton hielt ein Gerichtsstenograf das Ereignis für die Nachwelt fest, und die täglichen Schlagzeilen über den Mordprozeß hatten Dutzende Journalisten und Schaulustige angelockt, die schon um sieben Uhr morgens vor dem Gerichtssaal eine Schlange bildeten, um einen Sitzplatz zu ergattern.

Das Opfer saß auf der Anklagebank. Michael Moretti, ein schweigsamer, gutaussehender Mann Anfang dreißig, war groß und schlank. Sein flächiges, durchfurchtes Gesicht verlieh ihm einen rauhen, fast etwas groben Ausdruck. Das schwarze Haar war modisch geschnitten, er hatte ein vorspringendes Kinn mit einem Grübchen, das gar nicht zu ihm zu passen schien, und tiefliegende, olivschwarze Augen. Er trug einen maßgeschneiderten grauen Anzug, ein hellblaues Hemd mit dunkelblauem Seidenschlips und frisch geputzte, handgemachte Schuhe. Abgesehen von seinen Augen, die ununterbrochen durch den Gerichtssaal schweiften, bewegte Michael Moretti sich kaum.

Der Löwe, der auf ihn losging, war Robert Di Silva, der hitzige Bezirksstaatsanwalt von New York, der hier als Vertreter des Volkes auftrat. Im Gegensatz zu der Ruhe, die Michael Moretti ausstrahlte, schien Di Silva vor dynamischer Energie zu vibrieren. Er hastete durch das Leben, als hätte er sich schon bei der Geburt um fünf Minuten verspätet. Er war ständig in Bewegung, ein Sparringspartner unsichtbarer Gegner. Di Silva war von kleiner, kräftiger Statur und hatte graues, altmodisch kurzgeschnittenes Haar. In seiner Jugend war er Boxer gewesen, woran die Narben in seinem Gesicht und die gebrochene Nase noch heute erinnerten. Einmal hatte er einen Mann im Ring getötet. Er hatte es nie bedauert. Auch in den Jahren danach war Mitleid für ihn ein Fremdwort geblieben.

Robert Di Silva war von brennendem Ehrgeiz erfüllt, und er hatte sich bei dem Kampf um seine gegenwärtige Position weder auf Geld noch auf Beziehungen stützen können. Im Zuge seines Aufstiegs hatte er sich den Anstrich eines zivilisierten Beamten gegeben; aber unter der Tünche war er ein Straßenschläger geblieben, der weder vergaß noch vergab.

Unter normalen Umständen hätte sich der Staatsanwalt heute nicht im Gerichtssaal sehen lassen. Er verfügte über einen großen Stab, und jeder seiner gehobenen Assistenten wäre fähig gewesen, die Anklage zu vertreten. Aber im Fall von Moretti hatte Di Silva von Anfang an gewußt, daß er die Sache selber in die Hand nehmen würde.

Michael Moretti machte Schlagzeilen; er war der Schwiegersohn von Antonio Granelli, dem *capo di tutti capi*, dem Don der größten östlichen Mafia-Familie. Antonio Granelli wurde alt, und überall hieß es, Moretti werde den Platz seines Schwiegervaters einnehmen. Moretti war an zahllosen Verbrechen von Körperverletzung bis zum Mord beteiligt gewesen, aber kein Staatsanwalt hatte ihm jemals etwas nachweisen können. Zu viele gute Anwälte standen zwischen Moretti und den Männern, die seine Befehle ausführten. Di Silva hatte selber drei frustrierende Jahre mit dem Versuch verbracht, Beweismaterial gegen Moretti zusammenzutragen. Dann hatte er auf einmal Glück gehabt.

Camillo Stela, einer von Morettis *soldati*, war bei einem Mord während eines Raubüberfalls verhaftet worden. Um seinen Kopf zu retten, hatte Stela gesungen. Es war die schönste Musik, die Di Silva je gehört hatte – ein Lied, das die mächtigste Mafia-

Familie des Ostens in die Knie zwingen, Michael Moretti auf den elektrischen Stuhl und Robert Di Silva auf den Gouverneurssessel des Staates New York bringen würde. Schon andere Gouverneure hatten den Sprung ins Weiße Haus geschafft: Martin Van Buren, Grover Cleveland, Teddy Roosevelt und Franklin Roosevelt. Di Silva hatte fest vor, der nächste zu sein.

Das Timing war perfekt. Im nächsten Jahr standen Gouverneurswahlen an, und der einflußreichste politische Boß des Staates war schon bei Di Silva vorstellig geworden. »Mit der Publicity, die Ihnen dieser Fall einbringen wird, haben Sie alle Chancen, für die Wahl zum Gouverneur aufgestellt zu werden und auch die nötigen Stimmen zu kriegen, Bobby. Nageln Sie Moretti fest, und Sie sind unser Kandidat.«

Robert Di Silva war kein Risiko eingegangen. Er hatte den Fall Moretti mit peinlicher Sorgfalt vorbereitet, seine Assistenten auf jedes Beweisstück, jedes lose Ende, jeden juristischen Fluchtweg angesetzt, die Morettis Anwalt vielleicht benutzen konnte, um ihnen ein Bein zu stellen. Nach und nach waren alle Schlupflöcher versiegelt worden.

Die Auswahl der Geschworenen hatte fast zwei Wochen gedauert, und der Staatsanwalt hatte darauf bestanden, sechs Ersatzgeschworene zu bestimmen, damit der Prozeß nicht noch mittendrin platzte. Es wäre nicht das erste Mal gewesen, daß Mitglieder der Jury in einem Verfahren gegen einen wichtigen Mafioso verschwanden oder tödliche Unfälle erlitten. Di Silva hatte höllisch genau darauf geachtet, daß die Geschworenen von Anfang an völlig isoliert waren, daß sie jeden Abend an einem sicheren Ort eingeschlossen wurden, wo niemand sie finden konnte.

Der Schlüssel im Fall gegen Michael Moretti war Camillo Stela, und als Di Silvas Starzeuge wurde er besser bewacht als der Direktor des FBI. Der Staatsanwalt erinnerte sich nur zu gut daran, wie Abe »Kid Twist« Reles als Zeuge der Anklage aus einem Fenster im sechsten Stock des Half Moon Hotels auf Coney Island »gefallen« war, obwohl er von einem halben Dutzend Polizeibeamten bewacht wurde. Di Silva hatte Camillo

Stelas Wächter persönlich ausgesucht, und vor Prozeßbeginn war Stela jede Nacht in ein anderes Versteck gebracht worden. Jetzt und für die Dauer der Verhandlung wurde Stela, bewacht von vier bewaffneten Deputies, in einer isolierten Zelle unter Verschluß gehalten. Niemand durfte in seine Nähe, denn Stela war nur deswegen bereit, auszusagen, weil er glaubte, Staatsanwalt Di Silva sei fähig, ihn vor Michael Morettis Rache zu schützen.

Es war der Morgen des fünften Verhandlungstages.

Jennifer Parker wohnte der Verhandlung an diesem Tag zum erstenmal bei. Zusammen mit fünf anderen jungen Assistenten der Staatsanwaltschaft, die an diesem Morgen mit ihr vereidigt worden waren, saß sie am Tisch des Anklägers.

Sie war eine schlanke, dunkelhaarige Frau von vierundzwanzig Jahren. Sie hatte einen blassen Teint, ein intelligentes, lebhaftes Gesicht und grüne, nachdenkliche Augen. Es war ein eher attraktives als schönes Gesicht, ein Gesicht, das Stolz, Mut und Sensibilität widerspiegelte und schwer zu vergessen war. Steif wie ein Ladestock saß sie auf ihrem Stuhl, als stemme sie sich gegen unsichtbare Geister aus der Vergangenheit.

Jennifer Parkers Tagesbeginn war eine Katastrophe gewesen. Da die Vereidigungszeremonie im Büro des Staatsanwalts auf acht Uhr morgens angesetzt worden war, hatte Jennifer bereits am Abend zuvor ihre Kleidung zurechtgelegt und den Wecker auf sechs Uhr gestellt, damit sie noch genug Zeit hatte, sich die Haare zu waschen.

Der Wecker klingelte nicht. Jennifer wurde erst um halb acht wach. In panischer Hast zog sie sich an. Dann brach ihr ein Absatz ab, und schließlich riß sie sich eine Laufmasche in den Strumpf, so daß sie sich noch einmal umziehen mußte. Sie schlug die Tür ihres winzigen Appartements zu – eine Sekunde bevor ihr einfiel, daß sie ihren Schlüssel drinnen vergessen hatte. Ursprünglich hatte sie den Bus zum Gericht nehmen wollen, aber daran war jetzt nicht mehr zu denken. So hetzte sie sich nach einem Taxi ab, das sie sich nicht leisten konnte, und fiel zu allem

Überfluß einem Fahrer in die Hände, der ihr während der ganzen Fahrt erzählte, warum es mit der Welt zu Ende gehe.

Als Jennifer schließlich völlig außer Atem das Gerichtsgebäude in der Leonard Street Nr. 155 erreichte, war sie eine Viertelstunde zu spät dran.

Im Büro des Staatsanwalts hatten sich fünfundzwanzig Anwälte versammelt, die meisten frisch von der Universität, jung, zu allem bereit und begierig, für den Staatsanwalt von New York zu arbeiten.

Das Büro war eindrucksvoll. Es war mit einer getäfelten Wandverkleidung versehen und ruhig und geschmackvoll eingerichtet. Es gab einen riesigen Schreibtisch mit drei Stühlen davor und einem komfortablen Ledersessel dahinter, einen mit einem guten Dutzend Stühlen bestückten Konferenztisch und mit juristischer Fachliteratur gefüllte Wandregale.

An den Wänden hingen handsignierte Bilder von J. Edgar Hoover, John Lindsay, Richard Nixon und Jack Dempsey.

Als Jennifer in das Büro platzte, den Kopf voller Entschuldigungen, unterbrach sie Di Silva in der Mitte eines Satzes. Er hielt inne, blickte sie an und sagte: »Für was, zum Teufel, halten Sie das hier? Eine Teeparty?«

»Es tut mir furchtbar leid, ich –...«

»Ich pfeife darauf, ob es Ihnen leid tut. Wagen Sie es nicht noch einmal, zu spät zu kommen!«

Die anderen sahen Jennifer ausdruckslos an, bemüht, ihr Mitgefühl zu verbergen.

Di Silva wandte sich wieder der Gruppe zu und sagte scharf: »Ich weiß, warum Sie alle hier sind. Sie werden mir so lange an den Fersen kleben, bis Sie glauben, mir alles abgeschaut und sämtliche Tricks im Gerichtssaal gelernt zu haben. Und wenn Sie sich dann für reif halten, werden Sie die Fronten wechseln und einer von den teuren, naßforschen Strafverteidigern werden. Aber vielleicht ist unter Ihnen ein einziger, der gut genug ist, um – vielleicht– eines Tages meinen Platz einzunehmen.« Di Silva nickte seinem Assistenten zu. »Vereidige sie.«

Mit gedämpfter Stimme leisteten die Anwälte den Eid.

Als die Zeremonie vorbei war, sagte Di Silva: »In Ordnung,

Sie sind jetzt vereidigte Justizbeamte, möge Gott uns beistehen. Es konnte Ihnen nichts Besseres passieren als dieses Büro, aber erwarten Sie nicht zuviel. Sie werden in Akten und Papierkrieg ersticken – Vorladungen, Zwangsvollstreckungen – all die wunderbaren Dinge, die man Ihnen auf der Uni beigebracht hat. Eine Verhandlung werden Sie frühestens in ein oder zwei Jahren führen.«

Di Silva unterbrach sich, um eine kurze, dicke Zigarre anzuzünden. »Zur Zeit vertrete ich die Anklage in einem Fall, von dem einige von Ihnen vielleicht schon gehört haben.« Seine Stimme war scharf vor Sarkasmus. »Ich kann ein halbes Dutzend von Ihnen als Laufburschen gebrauchen.«

Jennifers Hand war als erste oben. Di Silva zögerte einen Augenblick, dann wählte er sie und fünf andere.

»Geht runter in Sitzungssaal sechzehn.«

Als sie den Raum verließen, wurden ihnen Ausweise ausgehändigt. Jennifer hatte sich von der Art des Staatsanwalts nicht einschüchtern lassen. *Er muß hart sein,* dachte sie. *Schließlich hat er einen harten Job.* Und jetzt arbeitete sie für ihn. Sie gehörte zum Stab des Staatsanwalts von New York! Die scheinbar endlosen Jahre der Schinderei an der juristischen Fakultät waren vorbei. Irgendwie hatten ihre Dozenten es geschafft, das Gesetz abstrakt und verstaubt wirken zu lassen, aber Jennifer hatte das versprochene Paradies dahinter dennoch nicht aus den Augen verloren: die wirkliche Rechtsprechung über menschliche Wesen und ihre Torheiten. Jennifer hatte als zweitbeste in ihrer Klasse abgeschnitten. Sie bestand das Examen im ersten Anlauf, während ein Drittel ihrer Kommilitonen, die es mit ihr versucht hatten, durchgefallen waren. Sie hatte das Gefühl, Robert Di Silva zu verstehen, und sie war sicher, daß sie jeder Aufgabe gewachsen war, die er ihr geben würde.

Jennifer hatte ihre Hausaufgaben erledigt. Sie wußte, daß dem Staatsanwalt vier verschiedene Büros unterstellt waren, und sie fragte sich, welchem sie zugeteilt werden würde. Es gab über zweihundert Assistenten der Staatsanwälte und fünf Staatsanwälte, einen für jeden Bezirk. Aber der bedeutendste Bezirk war natürlich Manhattan, und den beherrschte Robert Di Silva.

Jetzt, im Gerichtssaal, saß Jennifer am Tisch des Anklägers und erlebte Di Silva bei der Arbeit, einen energischen, unbarmherzigen Inquisitor.

Jennifer warf einen flüchtigen Blick auf den Angeklagten, Michael Moretti. Trotz allem, was sie über ihn gelesen hatte, konnte Jennifer ihn sich nicht als Mörder vorstellen. *Er sieht wie ein junger Filmstar in einer Gerichtsszene aus,* dachte sie. Er bewegte sich nicht, nur seine tiefliegenden, dunklen Augen verrieten seine innere Unruhe. Unaufhörlich blickten sie hin und her, drangen in jeden Winkel des Raums, als suchten sie nach Fluchtmöglichkeiten. Aber es gab keine. Darauf hatte Di Silva geachtet.

Camillo Stela wartete im Zeugenstand. Wäre Stela ein Tier geworden, dann hätte er als Wiesel das Licht der Welt erblickt. Er hatte ein schmales, ausgemergeltes Gesicht mit dünnen Lippen und gelben, vorstehenden Zähnen. Sein Blick war unstet, und man hielt ihn schon für einen Lügner, ehe er auch nur den Mund geöffnet hatte. Robert Di Silva war sich der Mängel seines Zeugen bewußt, aber sie zählten nicht. Das einzige, was zählte, war seine Aussage. Er hatte grauenvolle Geschichten zu erzählen, Geschichten, die noch nie erzählt worden waren, und sie hatten den unmißverständlichen Klang der Wahrheit.

Der Staatsanwalt trat an den Zeugenstand, wo Camillo Stela vereidigt worden war.

»Mr. Stela, ich möchte, daß sich die Jury darüber im klaren ist, daß Sie sich nicht freiwillig als Zeuge zur Verfügung gestellt haben und daß der Staat Sie nur deshalb zu dieser Aussage überreden konnte, weil er Ihnen gestattet hat, sich nur wegen Totschlags und nicht, wie ursprünglich, wegen Mordes zu verantworten. Ist das richtig?«

»Ja, Sir.« Stelas rechter Arm zuckte.

»Mr. Stela, ist der Angeklagte, Michael Moretti, Ihnen bekannt?«

»Ja, Sir.« Stela vermied es, zum Tisch des Angeklagten hinüberzublicken.

»Welcher Art war Ihre Beziehung?«

»Ich habe für Mike gearbeitet.«

»Wie lange kennen Sie Michael Moretti?«

»Ungefähr zehn Jahre.« Stelas Stimme war fast unhörbar.

»Könnten Sie bitte etwas lauter sprechen?«

»Ungefähr zehn Jahre.« Jetzt begann sein Nacken zu zucken.

»Würden Sie sagen, Sie waren ein Vertrauter des Angeklagten?«

»Einspruch!« Thomas Colfax, Morettis Verteidiger, sprang auf. Er war ein großer, silberhaariger Mann in den Fünfzigern, der *consigliere* des Syndikats und einer der gerissensten Strafverteidiger des Landes. »Der Staatsanwalt versucht, den Zeugen zu beeinflussen.«

Richter Lawrence Waldman sagte: »Stattgegeben.«

»Ich formuliere die Frage neu. In welcher Eigenschaft arbeiteten Sie für Mr. Moretti?«

»Man könnte sagen ich war eine Art Feuerwehrmann für leichte Fälle.«

»Würden Sie das etwas genauer erklären?«

»Nun ja, also, wenn sich ein Problem stellte, wenn jemand aus der Reihe tanzte, dann beauftragte Mike mich damit, die Sache wieder in Ordnung zu bringen.«

»Wie haben Sie das gemacht?«

»Nun ja – mit Gewalt, wissen Sie.«

»Könnten Sie der Jury ein Beispiel geben?«

Thomas Colfax war wieder auf den Beinen. »Einspruch, Euer Ehren! Dieser Teil des Verhörs ist unerheblich.«

»Abgelehnt. Der Zeuge kann die Frage beantworten.«

»Also, Mike verleiht zum Beispiel Geld zu einem bestimmten Zinssatz, klar? Vor 'n paar Jahren liegt Jimmy Serrano mit seinen Zahlungen im Rückstand, und da schickt Mike mich hin, damit ich Jimmy eine Lektion erteile.«

»Worin bestand diese Lektion?«

»Ich hab' ihm die Beine gebrochen. Verstehen Sie«, erklärte Stela ernsthaft, »wenn man einem so was durchgehen läßt, probieren alle anderen es auch.«

Aus den Augenwinkeln konnte Robert Di Silva den schockierten Ausdruck auf den Gesichtern der Geschworenen erkennen.

»Abgesehen davon, daß Michael Moretti ein Kredithai war – in welche anderen Geschäfte war er noch verwickelt?«

»Ach Gott, in alles, was es so gibt. Was Sie auch aufzählen, er war dabei.«

»Ich möchte aber, daß *Sie* die Geschäfte aufzählen, Mr. Stela.«

»Ja, gut. Also, im Hafen, da machte Mike einen ganz guten Schnitt bei der Gewerkschaft. Genauso in der Textilbranche. Na ja, dann war Mike noch im Glücksspiel, kassierte bei den Musikboxen, der Müllabfuhr und den Wäschereien. Das war's so ungefähr.«

»Mr. Stela, Michael Moretti steht vor Gericht wegen der Morde an Eddie und Albert Ramos. Kannten Sie die?«

»Klar.«

»Waren Sie dabei, als sie getötet wurden?«

»Ja.« Stelas ganzer Körper schien zu zucken.

»Wer genau hat sie getötet?«

»Mike.« Für eine Sekunde kreuzten sich Stelas und Morettis Blicke, dann sah Stela rasch in eine andere Richtung.

»Michael Moretti?«

»Richtig.«

»Warum wollte der Angeklagte, daß die Brüder Ramos sterben sollten?«

»Na ja, Eddie und Al nahmen Wetten an...«

»Sie waren Buchmacher? Illegale Wetten?«

»Ja. Mike hatte herausgefunden, daß sie für sich selber absahnten. Er mußte ihnen eine Lektion erteilen, weil, nun schließlich arbeiteten sie für ihn, verstehen Sie? Er dachte...«

»Einspruch!«

»Stattgegeben. Der Zeuge soll sich an die Tatsachen halten.«

»Nun, tatsächlich hat Mike mir befohlen, die Jungs einzuladen...«

»Eddie und Albert Ramos?«

»Genau, zu einer Party im *Pelikan.* Das ist ein Privatclub am Strand.« Sein Arm begann erneut zu zucken. Als Stela das bemerkte, versuchte er, ihn mit der anderen Hand festzuhalten.

Jennifer Parker warf einen Blick auf Michael Moretti. Er verfolgte das Verhör teilnahmslos, ohne sich zu bewegen.

»Was geschah dann, Mr. Stela?«

»Ich habe Eddie und Al in den Wagen geladen und zum Parkplatz gefahren. Als die Jungs aus dem Wagen stiegen, hab' ich gemacht, daß ich aus dem Weg kam, und Mike begann loszuballern.«

»Haben Sie die Brüder Ramos hinfallen gesehen?«

»Ja, Sir.«

»Und sie waren tot?«

»Zumindest wurden sie beerdigt, als wären sie tot gewesen.«

Ein Raunen ging durch den Gerichtssaal. Di Silva wartete, bis wieder Stille herrschte.

»Mr. Stela, sind Sie sich bewußt, daß Ihre Aussage in diesem Saal Sie selbst belastet?«

»Ja, Sir.«

»Und daß Sie unter Eid stehen und daß es um das Leben eines Menschen geht?«

»Ja, Sir.«

»Sie haben mit eigenen Augen gesehen, wie der Angeklagte, Michael Moretti, kaltblütig zwei Männer erschossen hat, weil sie ihn übers Ohr gehauen hatten?«

»Einspruch! Der Staatsanwalt beeinflußt den Zeugen.«

»Stattgegeben.«

Staatsanwalt Di Silva betrachtete die Gesichter der Geschworenen, und ihre Mienen sagten ihm, daß er den Fall gewonnen hatte. Er wandte sich wieder an Camillo Stela. »Mr. Stela, ich weiß, daß es Sie sehr viel Mut gekostet hat, hier in den Zeugenstand zu treten und auszusagen. Ich möchte Ihnen im Namen der Bürger dieses Staates danken.«

Di Silva wandte sich an Thomas Colfax. »Ihr Zeuge.«

Thomas Colfax erhob sich beinahe anmutig. »Ich danke Ihnen, Mr. Di Silva.« Er warf einen kurzen Blick auf die Uhr an der Wand und wandte sich dann zur Richterbank. »Wenn Sie gestatten, Euer Ehren, es ist jetzt fast Mittag. Ich würde mein Kreuzverhör gern ohne Unterbrechung durchführen. Darf ich vorschlagen, daß das Gericht sich jetzt zum Mittagessen zurückzieht und ich mein Kreuzverhör am Nachmittag abhalte?«

»Einverstanden.« Richter Lawrence Waldman ließ den Hammer auf die Richterbank fallen. »Die Verhandlung wird auf zwei Uhr vertagt.«

Alle Anwesenden im Gerichtssaal standen auf, als sich der Vorsitzende erhob und durch eine Seitentür ins Richterzimmer ging. Im Gänsemarsch verließen die Geschworenen den Saal. Vier bewaffnete Deputies umgaben Camillo Stela und eskortierten ihn durch eine Tür an der Stirnseite des Raums zum Aufenthaltsraum der Zeugen.

Fast sofort war Di Silva von Reportern umzingelt.

»Wollen Sie eine Erklärung abgeben?«

»Wie sind Sie mit dem Verlauf bis jetzt zufrieden, Herr Staatsanwalt?«

»Wie wollen Sie Stelas Sicherheit gewährleisten, wenn alles vorbei ist?«

Normalerweise hätte Robert Di Silva einen solchen Aufruhr im Gerichtssaal nicht toleriert, aber in Anbetracht seiner politischen Ambitionen wollte er sich mit der Presse gutstellen, und so beschloß er, höflich zu ihnen zu sein.

Jennifer Parker beobachtete, wie der Staatsanwalt die Fragen der Reporter parierte.

»Glauben Sie, daß Sie eine Verurteilung erreichen?«

»Ich bin kein Wahrsager«, hörte sie Di Silva bescheiden antworten. »Ich will der Jury nicht vorgreifen, meine Damen und Herren. Die Geschworenen werden entscheiden müssen, ob Mr. Moretti unschuldig oder schuldig ist.«

Jennifer bemerkte, wie sich Michael Moretti erhob. Er wirkte ruhig und entspannt. *Jungenhaft* war das Wort, das ihr einfiel. Es fiel ihr schwer, zu glauben, daß er all der schrecklichen Dinge, deren er angeklagt war, schuldig sein sollte. *Wenn ich einen Schuldigen bestimmen müßte,* dachte sie, *wäre es Stela mit seinem ewigen Zucken.*

Die Reporter waren abgezogen, und Di Silva beriet sich mit den Angehörigen seines Stabs. Jennifer hätte ihren rechten Arm dafür gegeben, zu hören, worüber sie sprachen. Sie bemerkte, wie einer der Männer etwas zu Di Silva sagte, sich aus der Gruppe um den Staatsanwalt löste und zu ihr eilte. Er hielt einen großen Manilaumschlag in der Hand.

»Miß Parker?«

Überrascht sah Jennifer auf. »Ja.«

»Der Chef möchte, daß Sie dies Mr. Stela geben. Er soll sein Gedächtnis mit den Papieren etwas auffrischen. Colfax wird heute nachmittag versuchen, seine Aussage in der Luft zu zerfetzen, und der Chef möchte sicher sein, daß er sich nicht in Widersprüche verwickelt.«

Er händigte Jennifer den Umschlag aus, und sie sah zu Di Silva hinüber. *Ein gutes Omen,* dachte sie, *er erinnert sich an meinen Namen.*

»Am besten beeilen Sie sich. Der Chef hält Stela nicht gerade für schnell von Begriff.«

»Ja, Sir.« Jennifer sprang auf. Sie ging zu der Tür, durch die Stela verschwunden war. Ein bewaffneter Deputy versperrte ihr den Weg.

»Kann ich Ihnen helfen, Miß?«

»Büro des Staatsanwalts«, sagte Jennifer trocken. Sie förderte ihren Ausweis zutage und wies ihn vor. »Ich habe Mr. Stela einen Umschlag von Mr. Di Silva zu übergeben.«

Der Uniformierte prüfte den Ausweis sorgfältig, dann öffnete er die Tür, und Jennifer stand im Aufenthaltsraum des Zeugen. Es war ein kleines, ungemütlich wirkendes Zimmer, das lediglich einen abgenutzten Tisch, ein altes Sofa und ein paar Holzstühle enthielt. Stela saß auf einem der Stühle, sein Arm zuckte unkontrolliert. Außer ihm befanden sich noch vier bewaffnete Deputies in dem Zimmer.

Als Jennifer eintrat, sagte einer von ihnen: »He, hier hat niemand Zutritt.«

Die Wache draußen rief: »Das geht in Ordnung, Al. Büro des Staatsanwalts.«

Jennifer übergab Stela das Kuvert. »Mr. Di Silva möchte, daß Sie Ihr Gedächtnis hiermit etwas auffrischen.«

Stela blinzelte. Er hörte nicht auf, zu zucken.

# 2

Auf ihrem Weg zum Mittagessen kam Jennifer an der offenen Tür des verlassenen Sitzungssaals vorbei. Sie konnte nicht widerstehen und betrat den Raum für einen Moment.

Im hinteren Teil des Saals standen fünfzehn Zuschauerbänke zu beiden Seiten des Mittelgangs. Gegenüber der Richterbank gab es zwei lange Tische, der linke trug ein Schild mit der Aufschrift *Kläger,* der rechte eins mit dem Wort *Angeklagter.* Der Geschworenenstand enthielt zwei Reihen von je acht Stühlen. *Ein ganz gewöhnlicher Gerichtssaal,* dachte Jennifer, *ganz schlicht – sogar häßlich, aber dennoch das Herz der Freiheit.* Dieser Raum und alle anderen Gerichtssäle auf der ganzen Welt stellten nichts Geringeres dar als den Unterschied zwischen Zivilisation und Barbarei. Das Recht auf einen Prozeß vor einer Jury von Gleichgestellten war das Kernstück einer jeden freien Nation.

Sie war jetzt ein Bestandteil dieses Justizsystems, und in diesem Augenblick, da sie allein im Gerichtssaal stand, war Jennifer von überwältigendem Stolz erfüllt. Sie würde alles tun, um sich dieses Systems würdig zu erweisen und es zu erhalten. Lange Zeit blieb sie bewegungslos stehen, dann wandte sie sich zum Gehen.

Vom anderen Ende der Halle drang plötzlich ein leises Summen an ihr Ohr, das lauter und lauter wurde und sich in einen Höllenlärm verwandelte. Alarmglocken schrillten. Jennifer hörte das Geräusch von rennenden Füßen im Korridor und sah Polizeibeamte mit gezogenen Waffen zum Eingang des Gerichtsgebäudes rennen. Ihr erster Gedanke war, daß Michael Moretti geflohen war, daß er es irgendwie geschafft hatte, den Wächtern zu entwischen. Sie stürzte auf den Korridor. Es war wie in einem Irrenhaus. Menschen liefen wie Ameisen durcheinander, versuchten, den Lärm der Klingeln zu überbrüllen. Wachen mit Schnellfeuergewehren hatten die Ausgänge besetzt. Reporter, die ihren Redaktionen telefonisch ihre Stories durchgegeben hatten, rannten auf den Korridor, um herauszufinden, was los war. Am Ende der Halle sah Jennifer Staatsanwalt Di Silva, der mit hochrotem Gesicht einem halben Dutzend Polizisten Instruktionen erteilte.

*Mein Gott, gleich hat er einen Herzanfall,* dachte sie.

Sie bahnte sich einen Weg durch die Menge, in der Annahme, sie könnte vielleicht von Nutzen sein. Als sie sich näherte, blickte einer der Deputies, die Camillo Stela bewacht hatten, auf. Er hob seinen Arm und deutete auf sie. Fünf Sekunden später war sie mit Handschellen gefesselt und unter Arrest gestellt.

Nur vier Leute hielten sich in Richter Lawrence Waldmans Zimmer auf: der Richter, Staatsanwalt Di Silva, Thomas Colfax und Jennifer.

»Sie haben das Recht auf die Anwesenheit eines Anwalts, bevor Sie eine Aussage machen«, informierte der Richter Jennifer, »und Sie haben das Recht, die Aussage zu verweigern. Falls Sie...«

»Ich brauche keinen Anwalt, Euer Ehren! Ich kann erklären, was passiert ist.«

Robert di Silva beugte sich so dicht zu ihr, daß Jennifer eine Ader an seiner Schläfe pochen sehen konnte. »Wer hat Sie dafür bezahlt, daß Sie Camillo Stela das Kuvert gegeben haben?«

»Mich bezahlt? Niemand hat mich bezahlt!« Jennifers Stimme zitterte vor Empörung.

Di Silva ergriff einen vertraut aussehenden Manilaumschlag auf Richter Waldmans Tisch. »*Niemand* hat Sie bezahlt? Waren Sie nicht gerade bei meinem Zeugen und haben ihm *dies* gegeben?« Er schüttelte den Umschlag, und ein gelber Kanarienvogel fiel auf den Tisch. Sein Genick war gebrochen.

Entsetzt starrte Jennifer den Vogel an. »Ich... aber einer Ihrer Männer... gab mir...«

»Welcher meiner Männer?«

»Ich – ich weiß nicht.«

»Aber Sie wissen, daß es sich um einen meiner Männer handelte.« Di Silvas Stimme klang ungläubig.

»Ich habe ihn mit Ihnen sprechen gesehen, und dann kam er zu mir, gab mir den Umschlag und sagte, Sie wollten, daß ich ihn Mr. Stela gebe... Er – er wußte sogar meinen Namen.«

»Davon bin ich überzeugt. Wieviel haben sie Ihnen bezahlt?«

*Ein Alptraum,* dachte Jennifer, *es ist alles nur ein Alptraum. Ich werde jeden Augenblick aufwachen, und dann ist es sechs Uhr morgens, und ich ziehe mich an und mache mich auf den Weg, um in den Stab des Staatsanwalts aufgenommen zu werden.*

»*Wieviel?*« Der Zorn in Di Silvas Stimme war so heftig, daß Jennifer aufsprang.

»Werfen Sie mir vor...?«

»Ihnen vorwerfen!« Robert Di Silva ballte die Fäuste. »Lady, ich habe noch nicht einmal angefangen. Wenn Sie aus dem Gefängnis herauskommen, werden Sie zu alt sein, um auch nur einen Penny von dem Geld auszugeben.«

»Es gibt kein Geld.« Jennifer starrte ihn herausfordernd an.

Thomas Colfax hatte die ganze Zeit ruhig zugehört. Jetzt unterbrach er das Gespräch und sagte: »Entschuldigen Sie, Euer Ehren, aber ich fürchte, das hier führt zu nichts.«

»Der Meinung bin ich auch«, erwiderte Richter Waldman. Er wandte sich an den Staatsanwalt. »Wie sieht's aus, Bobby? Ist Stela immer noch bereit, sich dem Kreuzverhör zu stellen?«

»Kreuzverhör? Er ist ein Wrack. Hat die Hosen gestrichen voll. Er wird das nicht noch einmal durchhalten.«

Thomas Colfax sagte glatt: »Wenn ich den Hauptzeugen der Anklage nicht ins Kreuzverhör nehmen kann, Euer Ehren, muß ich auf die Einstellung des Prozesses dringen.«

Jeder in dem Raum wußte, was das bedeutete. Michael Moretti würde den Gerichtssaal als freier Mann verlassen.

Richter Waldman sah den Staatsanwalt an. »Haben Sie Ihrem Zeugen mitgeteilt, daß er wegen Mißachtung des Gerichts festgenagelt werden kann?«

»Ja. Aber Stela hat vor denen mehr Angst als vor uns.« Er warf Jennifer einen giftigen Blick zu. »Er glaubt nicht mehr daran, daß wir ihn beschützen können.«

Richter Waldman sagte langsam: »Dann gibt es, fürchte ich, keine Alternative, als dem Wunsch der Verteidigung zu folgen und den Prozeß einzustellen.«

Robert Di Silva stand da und hörte, wie seinem Fall der Garaus gemacht wurde. Ohne Stela hatte er nichts in der Hand. Michael Moretti war jetzt außerhalb seiner Reichweite, aber nicht Jennifer Parker. Er würde sie für das bezahlen lassen, was sie ihm angetan hatte.

Richter Waldman sagte: »Ich werde Anweisung geben, den Angeklagten auf freien Fuß zu setzen und die Jury zu entlassen.«

Thomas Colfax sagte: »Danke, Euer Ehren.« Sein Gesicht drückte nicht den geringsten Triumph aus.

»Falls nichts anderes anliegt...« begann Richter Wadman.

»Es *liegt* etwas anderes an!« Robert Di Silva deutete auf Jennifer Parker. »Ich möchte, daß sie belangt wird – wegen Behinderung der Justiz, wegen Bestechung eines Zeugen bei der Hauptverhandlung, wegen Verschwörung...« Vor lauter Wut verhaspelte er sich.

Endlich fand Jennifer ihre Stimme wieder. »Sie können keinen einzigen dieser Vorwürfe beweisen, weil sie nicht wahr sind. Ich... ich mag dumm gewesen sein, aber das ist auch alles, dessen ich schuldig bin. Niemand hat mich bestochen, damit ich irgend etwas tue. Ich war der festen Meinung, ein Paket für Sie abzugeben.«

Richter Waldman blickte Jennifer an und sagte: »Was auch immer Ihre Motive gewesen sein mögen, die Folgen waren äußerst unglückselig. Ich werde darauf dringen, daß die Disziplinarabteilung eine Untersuchung in die Wege leitet, und Ihnen, falls die Umstände es erfordern, Ihren Titel entzieht.«

Jennifer fühlte sich plötzlich schwach. »Euer Ehren, ich...«

»Das ist soweit alles, Miß Parker.«

Jennifer blieb noch einen Augenblick stehen und starrte in ihre feindseligen Gesichter. Es gab nichts mehr, was sie noch hätte sagen können.

Mit dem gelben Kanarienvogel auf dem Tisch war alles gesagt.

# 3

Jennifer Parker erschien nicht bloß in den Abendnachrichten – sie war *die* Nachricht des Abends. Eine junge Frau, die dem Starzeugen des Staatsanwalts einen toten Kanarienvogel brachte, lieferte eine unwiderstehliche Story. Jeder Fernsehsender hatte Bilder von Jennifer, wie sie Richter Waldmans Büro verließ und sich, belagert von Presse und Publikum, ihren Weg aus dem Gerichtsgebäude erkämpfte.

Jennifer stand dem plötzlichen, schrecklichen Ruhm, mit dem sie überschüttet wurde, fassungslos gegenüber. Von allen Seiten wurde auf sie eingehämmert: Kameraleute des Fernsehens, Rundfunkreporter und Zeitungsleute. Sie wünschte nichts sehnlicher, als vor ihnen zu fliehen, aber ihr Stolz ließ das nicht zu.

»Wer hat Ihnen den gelben Kanarienvogel gegeben, Miß Parker?«

»Haben Sie Michael Moretti jemals getroffen?«

»Wußten Sie, daß Di Silva diesen Fall als Sprungbrett benutzen wollte, um zum Gouverneur gewählt zu werden?«

»Der Staatsanwalt sagt, daß er Sie aus der Anwaltskammer ausschließen lassen will. Werden Sie sich dagegen zur Wehr setzen?«

Jede Frage beantwortete Jennifer mit einem schmallippigen: »Kein Kommentar.«

Die CBS-Abendnachrichten nannten sie »Blindgänger-Parker«, das Mädchen, das in die falsche Richtung losgegangen war. Ein Kommentator der ABC bezeichnete sie als den »Gelben Kanarienvogel«. Bei der NBC verglich ein Sportreporter sie mit einem Fußballspieler, der ein Eigentor schießt.

In »Tony's Place«, einem Restaurant, das Michael Moretti gehörte, wurde der Sieg gefeiert. Der Raum war mit Dutzenden von trinkenden und lärmenden Männern gefüllt.

Michael Moretti saß allein an der Bar und betrachtete Jennifer Parker im Fernsehen. Er hob das Glas, prostete ihr stumm zu und trank.

Rechtsanwälte im ganzen Land diskutierten den Fall Jennifer Parker. Die eine Hälfte von ihnen glaubte, sie sei von der Mafia bestochen worden, die andere meinte, daß sie unschuldig war und man sie hereingelegt hatte. Aber auf welcher Seite sie auch standen, alle stimmten in einem Punkt überein: Jennifer Parkers kurze Karriere als Anwältin war zu Ende.

Sie hatte genau vier Stunden gedauert.

Jennifer stammte aus Kelso im nördlichen Bundesstaat Washington, einer kleinen Holzfällerstadt, die 1847 von einem heimwehkranken schottischen Landvermesser gegründet und nach seiner Vaterstadt in Schottland benannt worden war.

Jennifers Vater arbeitete als Anwalt, zuerst für die Holzfabriken, die die Stadt beherrschten, später für die Arbeiter in den Sägemühlen. Jennifers früheste Kindheitserinnerungen waren von Licht und Freude erfüllt. Für ein Kind war der Staat Washington ein Bilderbuch aus hohen Bergen, Gletschern und Nationalparks. Man konnte Ski laufen, Kanu fahren und später, wenn man älter war, auf dem Eis der Gletscher herumklettern und mit dem Rucksack Fußmärsche nach Orten mit wundervollen Namen unternehmen.

Ihr Vater hatte stets Zeit für sie, während ihre Mutter, schön und ruhelos, auf geheimnisvolle Weise immer beschäftigt und selten zu Hause war. Jennifer vergötterte ihren Vater. In Abner Parkers Adern floß eine Mischung aus englischem, irischem und schottischem Blut. Er war mittelgroß, hatte schwarzes Haar und blaugrüne Augen. Er war ein stets hilfsbereiter Mann mit einem tiefverwurzelten Sinn für Gerechtigkeit. Stundenlang konnte er bei Jennifer sitzen und mit ihr reden. Er erzählte ihr von seinen Fällen und den Problemen der Leute, die in sein schlichtes, kleines Büro kamen, und erst Jahre später begriff Jennifer, daß er in erster Linie mit ihr gesprochen hatte, weil er sein Leben mit niemand anderem teilen konnte.

Nach der Schule pflegte Jennifer zum Gericht zu laufen, um ihren Vater bei der Arbeit zu beobachten. Wenn gerade keine Sitzung stattfand, saß sie in seinem Büro und hörte ihm zu, wenn er über seine Fälle und Mandanten sprach. Sie redeten nie darüber, daß sie eines Tages Jura studieren sollte; das war selbstverständlich.

Mit fünfzehn begann Jennifer, in den Sommerferien für ihren Vater zu arbeiten. In einem Alter, in dem andere Mädchen Verabredungen und feste Freunde hatten, war Jennifer voll ausgelastet mit Zivilprozessen und Testamenten.

Obwohl Jungen Interesse an ihr zeigten, ging sie selten aus. Wenn ihr Vater sie nach dem Grund dafür fragte, antwortete sie: »Sie sind alle so jung, Papa.« Sie wußte, daß sie eines Tages einen Anwalt wie ihren Vater heiraten würde.

An Jennifers sechzehntem Geburtstag verließ ihre Mutter mit dem achtzehnjährigen Sohn ihres Nachbarn die Stadt, und Jennifers Vater begann lautlos zu sterben. Sein Herz brauchte noch sieben Jahre bis zu seinem letzten Schlag, aber von dem Augenblick, in dem er die Nachricht vom Verschwinden seiner Frau erhielt, war er tot. Die ganze Stadt wußte Bescheid, hatte Mitleid, und das machte es natürlich noch schlimmer, denn Abner Parker war ein stolzer Mann. Er begann zu trinken. Jennifer tat, was sie konnte, um ihn zu trösten, aber es half nichts, und nichts war mehr wie früher.

Als im nächsten Jahr die Zeit kam, aufs College zu gehen, sagte Jennifer, sie würde lieber zu Hause bei ihrem Vater bleiben, aber er wollte davon nichts hören. »Wir werden Partner, du und ich, Jennie«, sagte er. »Beeil dich, damit du deinen Titel bekommst.«

Nachdem sie die Abschlußprüfung bestanden hatte, schrieb sich Jennifer an der Juristischen Fakultät der University of Washington ein. Während des ersten Studienjahrs, als ihre Kommilitonen in einem Sumpf aus Verträgen, Delikten, Eigentumsrecht, Verfahrensordnung und Strafrecht zu ersticken drohten, fühlte Jennifer sich, als wäre sie nach Hause zurückgekehrt.

Zwei Jungen machten Jennifer den Hof: ein junger, attraktiver Medizinstudent namens Noah Larkin und ein Jurastudent namens Ben Munro. Hin und wieder ging Jennifer mit ihnen aus, aber sie war viel zu beschäftigt, um an eine ernsthafte Romanze zu denken.

Das Wetter war rauh, feucht und windig, und es schien ununterbrochen zu regnen. Jennifer trug einen blaugrün karierten Lumberjack, der die Regentropfen in seiner rauhen Wolle auffing und ihre Augen wie Smaragde blitzen ließ. Sie wanderte durch den Regen, verloren in ihren geheimen Gedanken, ohne zu wissen, daß ihr Gedächtnis sie alle aufbewahrte und abheftete.

Im Frühling schienen die Studentinnen in ihren leuchtenden Baumwollkleidern zu erblühen. Die Jungen lungerten auf dem Rasen herum und beobachteten die vorbeischlendernden *Mädchen*, aber Jennifer hatte etwas an sich, das sie alle einschüchterte. Sie hatte eine bestimmte Ausstrahlung, die sie schwer einordnen konnten. Sie fühlten, daß Jennifer schon erreicht hatte, wonach sie immer noch suchten.

Jeden Sommer besuchte Jennifer ihren Vater zu Hause. Er hatte sich sehr verändert. Er war niemals wirklich betrunken, aber auch nie nüchtern. Er hatte sich in eine innere Festung zurückgezogen, in der ihn nichts mehr berühren konnte.

Er starb, als Jennifer im letzten Semester war. Die Stadt hatte ein gutes Gedächtnis, und zu Abner Parkers Beerdigung fanden sich fast hundert Menschen ein, Menschen, denen er im Laufe der Jahre geholfen, die er beraten und unterstützt hatte. Jennifer trug ihre Trauer nicht zur Schau. Sie hatte mehr als einen Vater verloren. Sie hatte einen Lehrer und treuen Ratgeber beerdigt.

Nach dem Begräbnis kehrte sie nach Seattle zurück, um ihr Studium zu beenden. Ihr Vater hatte ihr weniger als tausend Dollar hinterlassen, und sie mußte sich nun entscheiden, wie es weitergehen sollte. Sie wußte, daß sie nicht nach Kelso zurückkehren und ihren Beruf ausüben konnte, denn dort würde sie immer das kleine Mädchen sein, dessen Mutter mit einem Halbwüchsigen weggelaufen war.

Ihr hoher Notendurchschnitt hatte Jennifer Vorstellungsgespräche in einem Dutzend der besten Anwaltskanzleien ermöglicht, und sie erhielt verschiedene Angebote. Warren Oakes, ihr Strafrechtsprofessor, erklärte: »Das ist eine große Ehre, junge Dame. Nur wenige Frauen stoßen jemals in eine gute Kanzlei vor.«

Jennifers Dilemma bestand darin, daß sie kein Zuhause und

keine Wurzeln mehr hatte. Sie wußte nicht, wo sie leben wollte.

Kurz vor dem Schlußexamen wurde dieses Problem für sie gelöst. Professor Oakes bat sie, nach dem Seminar noch dazubleiben.

»Ich habe hier einen Brief vom Büro des Staatsanwalts in Manhattan. Sie bitten mich, ihnen meinen besten Prüfling für ihren Stab zu empfehlen. Würde Sie das interessieren?«

*New York.* »Ja, Sir.« Jennifer war so überrascht, daß ihr die Antwort einfach herausrutschte.

Sie flog nach New York, um sich der Zulassungsprüfung zu unterziehen, und kehrte anschließend nach Kelso zurück, um die Anwaltspraxis ihres Vaters zu schließen. Es war ein bittersüßes Erlebnis, überschattet von Erinnerungen. Es schien Jennifer, als wäre sie in diesem Büro aufgewachsen.

Sie nahm einen Job in der Fakultätsbücherei der Universität an, um die Zeit zu überbrücken, bis sie erfuhr, ob sie die Prüfung in New York bestanden hatte.

»Es ist eine der härtesten im ganzen Land«, hatte Professor Oakes sie gewarnt.

Aber Jennifer war sicher, daß sie es schaffen würde.

Sie erhielt die Mitteilung, daß sie bestanden hatte, und ein Angebot vom New Yorker Staatsanwaltsbüro am gleichen Tag.

Eine Woche später war sie unterwegs nach Osten.

Sie fand ein winziges Appartement an der unteren Third Avenue (*geräumig, Kamin, gute Lage,* hatte es in der Anzeige geheißen), aber der Kamin war nur eine Imitation, und im Haus gab es keinen Fahrstuhl. Eine steile Treppe führte zu der Wohnung im vierten Stock. *Das Treppensteigen wird mir guttun,* sagte sich Jennifer. Schließlich gab es in Manhattan weder Berge, die man besteigen, noch Stromschnellen, über die man mit dem Kanu rasen konnte. Das Appartement bestand aus einem kleinen Wohnzimmer mit einer Couch, die sich in ein zerbeultes Bett verwandeln ließ, und einem winzigen Badezimmer, dessen Fenster vor langer Zeit von einem der Vormieter mit schwarzer

Farbe überstrichen worden war, um einen Vorhang zu sparen. Das Mobiliar hätte gut und gern eine Spende der Heilsarmee sein können. *Was soll's, lange werde ich hier sowieso nicht wohnen,* dachte Jennifer. *Es ist nur eine vorübergehende Lösung, bis ich mir einen Namen als Anwalt gemacht habe.*

Soweit der Traum. Die Wirklichkeit sah so aus, daß sie noch keine zweiundsiebzig Stunden in New York war, als man sie bereits aus dem Stab des Staatsanwalts gefeuert hatte. Und jetzt stand ihr noch der Ausschluß aus der Anwaltskammer bevor.

Jennifer hörte auf, Zeitungen oder Illustrierte zu lesen, und verzichtete aufs Fernsehen, denn überall begegnete ihr nur ihr eigenes Antlitz. Sie hatte das Gefühl, daß die Leute sie anstarrten, auf der Straße, im Bus, beim Einkaufen. Sie begann, sich regelrecht zu verstecken, ging nicht ans Telefon und weigerte sich zu öffnen, wenn an der Tür geklingelt wurde. Sie erwog, ihre Koffer zu packen und nach Washington zurückzugehen. Sie erwog, sich eine andere Tätigkeit in einem anderen Beruf zu suchen. Sie erwog, sich umzubringen. Ganze Stunden verbrachte sie damit, Briefe an Staatsanwalt Di Silva zu entwerfen. Mal griff sie seine Gefühllosigkeit und seinen Mangel an Verständnis mit beißender Schärfe an, mal bat sie mit kriecherischen Entschuldigungen um eine neue Chance. Keiner dieser Briefe wurde je abgeschickt.

Zum erstenmal in ihrem Leben wurde Jennifer von Verzweiflung überwältigt. Sie hatte keine Freunde in New York, mit denen sie hätte sprechen können. Tagsüber schloß sie sich in ihrem Appartement ein. Erst spät nachts schlüpfte sie hinaus und wanderte durch die verlassenen Straßen der Stadt. Sie wurde nie belästigt. Vielleicht erblickte das menschliche Strandgut der Nacht seine eigene Einsamkeit und Verzweiflung in ihren Augen wie in einem Spiegel.

Während sie ging, erlebte Jennifer im Geist wieder und wieder die Szene im Gerichtssaal, und jedesmal versah sie sie mit einem anderen Ende.

*Ein Mann löste sich aus der Gruppe um Di Silva und kam an ihren Tisch. Er hielt einen Manilaumschlag in der Hand.*

*Miss Parker?*

*Ja?*

*Der Chef möchte, daß Sie das zu Stela bringen.*

*Jennifer musterte ihn mit einem kühlen Blick. Könnte ich bitte Ihren Ausweis sehen?*

*Der Mann erschrak und stürzte davon.*

*Ein Mann löste sich aus der Gruppe um Di Silva und kam an ihren Tisch. Er hielt einen Manilaumschlag in der Hand.*

*Miss Parker?*

*Ja?*

*Der Chef möchte, daß Sie das zu Stela bringen. Er reichte ihr den Umschlag.*

*Sie öffnete ihn und entdeckte den toten Kanarienvogel. Ich verhafte Sie!*

*Ein Mann löste sich aus der Gruppe um Di Silva und näherte sich ihrem Tisch. Er hielt einen Manilaumschlag in der Hand. Er ging an ihr vorbei zu einem anderen jungen Assistenzanwalt und übergab ihm den Umschlag. Der Chef möchte, daß Sie das zu Stela bringen.*

Sie konnte die Szene umschreiben, so oft sie wollte, an den Tatsachen änderte es nichts. Ein einziger Fehler hatte ihr Leben zerstört. Andererseits – wer sagte, daß es wirklich zerstört war? Die Presse? Di Silva? Noch war sie nicht ausgeschlossen, und bis das geschah, war sie immer noch Anwältin. Sie dachte an die ganzen Kanzleien, die ihr einmal Angebote gemacht hatten.

Sobald sie wieder zu Hause war, förderte Jennifer die Liste mit den Firmen zutage, bei denen sie sich vorgestellt hatte. Am nächsten Morgen begann sie zu telefonieren. Aber keiner der Männer war zu sprechen, und keiner rief zurück. Nach vier Tagen hatte sie endlich begriffen, daß sie ein Paria ihrer Zunft war. Der Staub, den der Moretti-Fall aufwirbelte, hatte sich wieder gelegt, aber jeder erinnerte sich noch daran.

Jennifer hörte nicht auf, mögliche Arbeitgeber anzurufen, und aus ihrer Verzweiflung wurde Empörung, dann Niedergeschlagenheit und schließlich wieder Verzweiflung. Sie überlegte, was sie mit dem Rest ihres Lebens anfangen sollte, aber sie drehte sich im Kreis. Sie wollte Rechtsanwältin sein und sonst nichts. Und sie *war* Anwältin, und, bei Gott, sie würde diesen Beruf auch ausüben, bis man es ihr verbot.

Als nächstes stellte sie sich persönlich bei den Anwaltspraxen und Kanzleien in Manhattan vor. Sie tauchte unangemeldet auf, nannte am Empfang ihren Namen und verlangte, einen der Seniorpartner zu sprechen. Gelegentlich wurde sie sogar vorgelassen, aber sie hatte das Gefühl, daß es mehr aus Neugier geschah. Sie war ein Monster, und man wollte sehen, wie sie in natura war. Aber meistens wurde ihr lediglich bedeutet, die Kanzlei sei komplett.

Nach sechs Wochen ging Jennifers Geld zu Ende. Sie wäre ja in ein billigeres Appartement umgezogen, nur *gab* es keine noch billigeren. Sie ließ Frühstück und Mittagessen aus, und ihr Abendessen nahm sie nur noch in einem kleinen Eckimbiß ein, wo das Essen zwar schlecht, die Preise aber gut waren. Sie entdeckte Lokale, wo sie eine ganze Mahlzeit für eine bescheidene Summe bekam – soviel Salat, wie sie essen, soviel Bier, wie sie trinken konnte. Jennifer konnte Bier nicht ausstehen, aber es machte satt.

Nachdem sie die Liste der großen Anwaltspraxen durchgegangen war, bewaffnete sie sich mit einer Aufstellung der kleineren und rief diese ebenfalls an, aber ihr Ruf war ihr sogar dorthin vorausgeeilt. Sie erhielt einen Haufen Anträge von den verschiedensten Männern, aber keinen Job. *Gut,* sagte sie sich schließlich, *wenn mich niemand anstellen will, eröffne ich meine eigene Praxis.* Der Haken war bloß, daß sie dafür Geld brauchte. Mindestens zehntausend Dollar, für Miete, Telefon, eine Sekretärin, Gesetzbücher, einen Schreibtisch, Stühle und Büromaterial. Zur Zeit hätte sie sich nicht einmal die Briefmarken leisten können.

Sie hatte auf ihr Gehalt vom Staatsanwaltsbüro gezählt, aber damit konnte sie jetzt natürlich nicht mehr rechnen. Eine Abfindung brauchte sie ebenfalls nicht zu erhoffen. Wenn jemand enthauptet wird, erhält er ja auch keine Entschädigung. Nein, es war ihr einfach nicht möglich, eine eigene Praxis zu eröffnen, nicht einmal eine kleine. Die einzige Lösung war ein gemeinsames Büro mit jemand anderem.

Jennifer kaufte die *New York Times* und ging die Anzeigen durch. Am Ende der letzten Spalte entdeckte sie schließlich eine Zeile, die lautete: *Gesucht: Dritter Mann für kleine Bürogemeinschaft. Geringe Restmiete.* Die beiden letzten Worte gefielen Jennifer außerordentlich gut. Sie war zwar kein Mann, aber bei einer Bürogemeinschaft spielte das Geschlecht ja auch keine Rolle. Sie riß die Anzeige heraus und fuhr mit der U-Bahn zur angegebenen Adresse.

Es war ein verwahrlostes, baufälliges Gebäude am unteren Broadway. Das Büro lag im zehnten Stock, und auf dem abblätternden Schild an der Tür stand:

KENNETH BAILEY
AUSKUNFTEI

Und darunter:

ROCKEFELLER INKASSOBÜRO

Jennifer holte tief Luft, stieß die Tür auf und trat ein. Ihr erster Schritt brachte sie in die Mitte eines kleinen, fensterlosen Büros. In den Raum hatte man drei wackelige Tische und Stühle gezwängt. Zwei davon waren besetzt.

An einem der Tische saß ein kahlköpfiger, schäbig gekleideter Mann mittleren Alters über einen Stapel Papiere gebeugt. An einem zweiten Tisch an der gegenüberliegenden Wand arbeitete ein zweiter Mann, den Jennifer auf Anfang dreißig schätzte. Er hatte ziegelrotes Haar und leuchtendblaue Augen. Seine Haut war blaß und mit Sommersprossen übersät. Er trug hautenge Jeans, ein T-Shirt und weiße Tennisschuhe ohne Socken. Er telefonierte.

»Keine Sorge, Mrs. Desser, zwei meiner besten Leute arbeiten an Ihrem Fall. Wir rechnen jeden Tag mit Informationen über Ihren Mann. Allerdings müßte ich Sie um einen weiteren kleinen Spesenvorschuß bitten... Nein, Sie brauchen es mir nicht zu schicken. Sie wissen ja, wie das mit der Post ist. Ich habe heute nachmittag in Ihrer Nähe zu tun. Ich schaue kurz bei Ihnen vorbei und hole es ab.«

Er legte den Hörer auf und bemerkte Jennifer.

Er stand auf, lächelte und streckte ihr eine kräftige Hand entgegen. »Ich bin Kenneth Bailey. Was kann ich an diesem schönen Tag für Sie tun?«

Jennifer blickte sich in dem kleinen, stickigen Raum um und sagte unsicher: »Ich – ich bin wegen Ihrer Anzeige hier.«

»Oh.« Die blauen Augen wirkten erstaunt.

Der kahlköpfige Mann starrte Jennifer an.

Kenneth Bailey stellte ihn vor: »Das ist Otto Wenzel, das Rockefeller Inkassobüro.«

Jennifer nickte. »Hallo.« Dann wandte sie sich wieder Kenneth Bailey zu. »Und Sie sind die Auskunftei Bailey?«

»Richtig. Und was tun Sie?«

»Ich? Oh, ich bin Anwältin.«

Kenneth Bailey betrachtete sie skeptisch. »Und Sie wollen *hier* ein Büro eröffnen?«

Jennifer musterte noch einmal den trostlosen Raum und sah sich selber zwischen diesen beiden Männern an dem dritten Tisch sitzen. »Vielleicht sollte ich noch ein bißchen weitersuchen«, meinte sie. »Ich bin nicht sicher...«

»Die Miete würde nur neunzig Dollar im Monat betragen.«

»Für neunzig Dollar im Monat könnte ich das ganze Haus kaufen«, gab Jennifer zurück und wandte sich zum Gehen.

»Warten Sie einen Moment.«

Jennifer blieb stehen.

Kenneth Bailey rieb sich das bleiche Kinn. »Ich mache Ihnen einen Vorschlag – sechzig! Wenn Ihr Geschäft angelaufen ist, sprechen wir über eine Erhöhung, okay?«

Es war wirklich ein Vorschlag. Jennifer wußte, daß sie nirgendwo anders einen Raum für diesen Betrag finden würde. Andererseits sah sie keine Möglichkeit, jemals einen Mandanten in dieses Loch zu locken. Und dann gab es noch einen weiteren Punkt, der sie beschäftigte. Sie hatte die sechzig Dollar nicht.

»Ich nehme es«, sagte sie.

»Sie werden es nicht bereuen«, versprach Kenneth Bailey. »Wann wollen Sie Ihre Sachen herbringen?«

»Die sind schon da.«

Kenneth Bailey malte ihr Geschäftsschild selber auf die Tür.

JENNIFER PARKER
RECHTSANWALT

Jennifer betrachtete das Schild mit gemischten Gefühlen. Selbst in ihren dunkelsten Stunden hatte sie sich ihren Namen nicht unter denen eines Privatdetektivs und eines Geldeintreibers gesehen. Und doch, wenn sie sich das leicht gebogene Schild ansah, konnte sie einem Gefühl des Stolzes nicht widerstehen. Sie war Anwältin. Das Schild bewies es.

Jetzt, wo Jennifer einen Büroraum hatte, fehlten ihr nur noch Mandanten.

Zur Zeit konnte sie sich nicht einmal mehr die Eckkneipe leisten. Ihr Frühstück bestand aus Toast und Kaffee, zubereitet auf einer Wärmplatte, die sie auf den Heizkörper in dem winzigen Badezimmer gestellt hatte. Auf das Mittagessen verzichtete sie ganz, und das Abendessen verlegte sie in das »Zum Zum«, wo es vorzugsweise große Wurstscheiben, Brotschwarten und heißen Kartoffelsalat gab.

Um Punkt neun Uhr morgens ließ sie sich an ihrem Schreibtisch nieder, aber ihre einzige Tätigkeit bestand darin, Ken Bailey und Otto Wenzel beim Telefonieren zuzuhören.

Ken Baileys Fälle bestanden in erster Linie aus verschwundenen Ehemännern oder Kindern, und am Anfang war Jennifer davon überzeugt, daß er ein Betrüger war, der hauptsächlich Versprechungen machte und dafür hohe Vorschüsse kassierte. Aber sie merkte schnell, daß Bailey hart arbeitete und oft Erfolg hatte. Er war intelligent und gewitzt.

»Otto arbeitet für Kreditgesellschaften«, erklärte er Jennifer einmal. »Sie beauftragen ihn damit, nicht abbezahlte Autos, Fernsehapparate oder Waschmaschinen zurückzuholen. Und Sie?«

»Ich?«

»Haben Sie nicht wenigstens einen Mandanten?«

»Ich habe einiges in petto«, antwortete Jennifer ausweichend.

Er nickte. »Lassen Sie sich nicht unterkriegen. Jeder kann mal einen Fehler machen.«

Jennifer fühlte, wie sie rot wurde. Also wußte sogar er über sie Bescheid.

Ken Bailey packte ein großes, dickes Roastbeef-Sandwich aus. »Wollen Sie einen Bissen?«

Es sah köstlich aus. »Nein, danke«, lehnte Jennifer fest ab. »Ich esse nie zu Mittag.«

»Wie Sie wollen.«

Sie sah ihm zu, wie er in das saftige Sandwich biß. Er bemerkte ihren Gesichtsausdruck und fragte noch einmal: »Sind Sie sicher, daß Sie nicht...«

»Nein, wirklich nicht. Ich habe eine Verabredung.«

Ken Bailey blickte Jennifer nach, als sie das Büro verließ, und sein Gesicht wirkte besorgt. Er war stolz auf seine Menschenkenntnis, aber Jennifer Parker verwirrte ihn. Auf Grund der Fernseh- und Zeitungsberichte war er sicher gewesen, jemand habe sie bezahlt, damit sie die Anklage gegen Michael Moretti zu Fall bringe. Aber jetzt, nachdem er sie kennengelernt hatte, war er davon nicht mehr so überzeugt. Er war einmal verheiratet gewesen und hatte die Hölle auf Erden erlebt. Er hatte wirklich keine allzu hohe Meinung von Frauen. Aber etwas sagte ihm, daß Jennifer etwas Besonderes war. Sie war schön, intelligent und sehr stolz. *Jesus,* warnte er sich, *sei kein Idiot. Ein Mord auf deinem Gewissen ist mehr als genug.*

*Kommt zu mir, ihr, die ihr hungrig, arm und verzweifelt seid,* dachte Jennifer zynisch, *mein Gott, die Inschrift auf der Freiheitsstatue war schon eine sentimentale Angelegenheit. In New York kümmert sich niemand darum, ob du lebst oder krepierst. Hör auf, dich selber zu bemitleiden!*

Aber es war schwer. Ihre Barschaft war auf achtzehn Dollar geschrumpft, die Miete für das Appartement überfällig und die für ihren Büroanteil in zwei Tagen ebenfalls. Sie hatte nicht genug Geld, um noch länger in New York zu bleiben, und auch nicht genug, um der Stadt den Rücken zu kehren.

Noch einmal hatte sie anhand der gelben Seiten im Telefonbuch in alphabetischer Reihenfolge alle Anwaltsbüros angerufen, um einen Job zu bekommen. Sie tätigte die Gespräche von einer Zelle aus, denn sie wollte nicht, daß Ken Bailey und Otto Wenzel mithörten. Das Ergebnis war immer gleich. Niemand war an ihren Diensten interessiert. Es würde ihr nichts anderes übrigbleiben, als nach Kelso zurückzugehen und als Rechtshilfe oder Sekretärin für einen der Freunde ihres Vaters zu arbeiten. Wie unglücklich er darüber gewesen wäre. Es war eine bittere Niederlage, aber sie hatte keine Wahl. Sie würde als Versager nach Hause zurückkehren. Das Problem dabei war nur die Reise. In der Nachmittagsausgabe der *New York Post* fand sie eine Anzeige, in der ein zahlender Mitfahrer nach Seattle gesucht wurde. Jennifer wählte die angegebene Nummer, aber niemand hob ab. Sie beschloß, es am nächsten Morgen noch einmal zu versuchen.

Am folgenden Tag ging Jennifer zum letztenmal ins Büro. Otto Wenzel war nicht da, aber Ken Bailey hing wie üblich am Telefon. Er trug Blue Jeans und einen Kaschmir-Pullover mit V-Ausschnitt.

»Ich habe Ihre Frau gefunden«, sagte er gerade. »Das einzige Problem ist, daß sie nicht wieder nach Hause will, alter Junge. Ich weiß... wer versteht schon die Frauen? Okay... ich sage Ihnen, wo sie sich aufhält, und dann können Sie ja Ihren Charme spielen lassen, um sie zurückzuholen.« Er gab eine Hoteladresse durch. »Nichts zu danken.« Er hängte auf und drehte sich zu Jennifer um. »Sie sind heute spät dran.«

»Mr. Bailey, ich – ich fürchte, ich muß abreisen. Ich überweise Ihnen das Geld für die Miete, sobald ich kann.«

Ken Bailey lehnte sich in seinem Stuhl zurück und sah sie nachdenklich an. Sein Blick verunsicherte Jennifer.

»Geht das in Ordnung?« fragte sie.

»Zurück nach Washington?« wollte er wissen.

Sie nickte.

Ken Bailey fragte: »Könnten Sie mir einen kleinen Gefallen tun, ehe Sie abreisen? Ein Freund von mir, ein Rechtsanwalt, bekniet mich die ganze Zeit, damit ich einige Vorladungen für ihn zustelle, aber ich habe keine Zeit. Er zahlt zwölf Dollar fünfzig für jede Vorladung, plus Kilometergeld. Würden Sie das für mich tun?«

Eine Stunde später stand Jennifer in den feudalen Büroräumen von Peabody & Peabody. Es war genau die Art von Kanzlei, in der sie sich immer arbeiten gesehen hatte, als vollwertiger Partner mit einer luxuriösen Ecksuite. Sie wurde in ein kleines Hinterzimmer geführt, wo eine geplagte Sekretärin ihr einen Stapel Vorladungen aushändigte.

»Hier. Achten Sie darauf, Ihre Kilometerzahl zu notieren. Sie haben doch einen Wagen, oder?«

»Nein, ich fürchte, ich...«

»Gut, wenn Sie die U-Bahn nehmen, heben Sie die Tickets auf.«

»Gut.«

Den Rest des Tages verbrachte Jennifer damit, Vorladungen zuzustellen – in der Bronx, Brooklyn und Queens, bei strömendem Regen. Um acht Uhr abends hatte sie fünfzig Dollar verdient. Durchfroren und erschöpft kehrte sie in ihr Appartement zurück. Aber immerhin hatte sie *Geld* verdient, das erste, seit sie in New York eingetroffen war. Und die Sekretärin hatte ihr erklärt, daß noch ein ganzer Haufen Vorladungen zugestellt werden müsse. Es war harte Arbeit, so durch die ganze Stadt zu rennen, und es war demütigend. Man hatte Jennifer Türen vor der Nase zugeschlagen, sie verflucht, bedroht und zweimal belästigt. Die Aussicht auf einen weiteren solchen Tag war erschreckend; dennoch, solange sie in New York bleiben konnte, bestand Hoffnung, egal, wie entfernt die auch sein mochte.

Jennifer ließ sich ein heißes Bad ein und stieg in das Wasser. Langsam ließ sie sich auf den Boden der Wanne gleiten und genoß den Luxus des über ihrem Körper zusammenschwappenden Wassers. Sie hatte gar nicht bemerkt, wie erschöpft sie war. Jeder Muskel schien zu schmerzen. Sie beschloß, daß sie außerdem noch ein gutes Abendessen brauchte, um sich aufzuheitern. Sie würde schlemmen. *Ich verschreibe mir ein richtiges Restaurant,* dachte sie, *ein Lokal mit Tischtüchern und Gedecken. Vielleicht gibt es dort leise Musik, und ich werde ein Glas Weißwein trinken und...*

Ihre Gedanken wurden von der Klingel an der Tür unterbrochen. Es war ein ungewohntes Geräusch. Seit sie hier vor zwei Monaten eingezogen war, hatte sie nicht einen einzigen Besucher gehabt. Es konnte sich nur um die mürrische Wirtin handeln, die die überfällige Miete kassieren wollte. Zu müde sich zu bewegen, rührte Jennifer sich nicht, in der Hoffnung, die Vermieterin würde wieder verschwinden.

Das Klingelzeichen wiederholte sich. Widerstrebend stieg Jennifer aus dem warmen Bad. Sie streifte ein samtenes Hauskleid über und ging zur Tür.

»Wer ist da?«

Auf der anderen Seite der Tür fragte eine männliche Stimme: »Miß Jennifer Parker?«

»Ja.«

»Mein Name ist Adam Warner. Ich bin Anwalt.«

Verwirrt legte Jennifer die Sicherheitskette vor und öffnete die Tür einen Spaltbreit. Der Mann vor der Tür war in den Dreißigern, groß, blond und breitschultrig. Er hatte graublaue, neugierige Augen und trug eine horngerahmte Brille. Sein maßgeschneiderter Anzug mußte ein Vermögen gekostet haben.

»Darf ich eintreten?« fragte er.

Einbrecher pflegten keine maßgeschneiderten Anzüge, Gucci-Schuhe und Seidenschlipse zu tragen. Sie hatten im allgemeinen auch keine langen, sensiblen Hände mit manikürten Fingernägeln.

»Einen Moment, bitte.«

Jennifer hakte die Sicherheitskette aus und öffnete die Tür. Während Adam Warner eintrat, blickte Jennifer sich rasch in ihrem Appartement um. Sie versuchte, es mit seinen Augen zu sehen und zuckte zusammen. Er sah aus, als sei er Besseres gewohnt.

»Womit kann ich Ihnen helfen, Mr. Warner?«

Mit einem Schlag wußte Jennifer, warum er da war. Aufregung durchfuhr sie. Es handelte sich um eine der Stellen, um die sie sich beworben hatte. Sie wünschte sich, ein schönes, dunkelblaues Modellkleid anzuhaben, gut frisiert zu sein und...

Adam Warner sagte: »Ich gehöre dem Disziplinarausschuß der New Yorker Anwaltschaft an, Miß Parker. Staatsanwalt Robert Di Silva und Richter Lawrence Waldman haben die Beschwerdeabteilung aufgefordert, Ihren Ausschluß aus der Anwaltskammer in die Wege zu leiten.«

## 4

Die Anwaltskanzlei Needham, Finch, Pierce und Warner lag in der Wall Street und umfaßte das gesamte oberste Stockwerk des Gebäudes Nr. 30. Hundertfünfundzwanzig Anwälte arbeiteten für die Kanzlei. Die Büroräume rochen nach altem Geld und waren mit der ruhigen Eleganz eingerichtet, die einer Firma anstand, die einige der größten Namen in der Industrie vertrat.

Adam Warner und Stewart Needham tranken ihren rituellen Morgentee. Stewart Needham war Ende sechzig, adrett und in bester Verfassung. Er hatte einen kleinen Van-Dyke-Bart und trug einen Tweedanzug mit Weste. Er sah aus, als gehörte er in eine frühere Zeit, aber sein Verstand arbeitete, wie Hunderte von Gegnern zu ihrem Leidwesen im Lauf der Jahre hatten erfahren müssen, blendend unter den Gegebenheiten des zwanzigsten Jahrhunderts. Man konnte ihn nur als einen Titan bezeichnen, aber sein Name war lediglich in den Kreisen bekannt, die wirklich zählten. Er zog es vor, im Hintergrund zu bleiben und seinen beträchtlichen Einfluß in erster Linie dazu zu benutzen, die Gesetzgebung, Berufungen in hohe Regierungsämter und die Innenpolitik zu steuern. Er stammte aus Neuengland und war schon wortkarg erzogen worden.

Adam Warner hatte Needhams Nichte Mary Beth geheiratet und wurde von ihm protegiert. Adams Vater war ein angesehener Senator gewesen, er selber hatte sich zu einem brillanten Anwalt entwickelt. Nachdem er die juristische Ausbildung an der Harvard-Universität *magna cum laude* abgeschlossen hatte, war er mit Angeboten der angesehensten Kanzleien des Landes überschüttet worden. Er hatte sich für Needham, Finch und Pierce entschieden und war sieben Jahre später als Partner in die Firma aufgenommen worden. Adam sah gut aus, besaß Charme, und seine Intelligenz schien seiner Ausstrahlung eine weitere Dimension zu verleihen. Seine lässige Selbstsicherheit stellte für jede Frau eine Herausforderung dar. Schon seit langem hatte er ein System entwickelt, sich weibliche Klienten mit übergroßem amourösen Interesse vom Leib zu halten. Er war seit vierzehn Jahren mit Mary Beth verheiratet und hielt nichts von Seitensprüngen.

»Noch etwas Tee, Adam?« fragte Stewart Needham.

»Nein, danke.« Adam Warner haßte Tee, und seit acht Jahren trank er ihn nur deshalb jeden Morgen, weil er seinen Partner nicht kränken wollte. Needham kochte das Gebräu selber, und es war schauerlich.

Stewart Needham wollte über zwei Angelegenheiten sprechen. Es war typisch für ihn, daß er mit den angenehmen Neuigkeiten begann. »Gestern abend habe ich ein paar alte Freunde getroffen«, sagte er. *Alte Freunde* war eine Umschreibung für eine Gruppe der mächtigsten Männer des Landes. »Sie erwägen, dich um eine Kandidatur für den Senat zu bitten, Adam.«

Adam war freudig überrascht. Da er um Needhams vorsichtige Natur wußte, war ihm klar, daß das Gespräch mehr als nur zufällig gewesen war.

»Die große Frage ist natürlich, ob es dich überhaupt interessiert. Es würde einige Umstellungen für dich bedeuten.«

Adam Warner wußte das. Gewann er die Wahl, würde er nach Washington D.C. ziehen, seine Anwaltstätigkeit aufgeben und ein völlig neues Leben beginnen müssen. Mary Beth würde es sicher genießen; ob es auch ihm gefallen würde, war Adam nicht ganz klar. Trotzdem, er war in dem Bewußtsein erzogen worden, Verantwortung zu übernehmen. Außerdem mußte er zugeben, daß Macht ihm eine gewisse Genugtuung bedeutete.

»Ich wäre sehr interessiert, Stewart.«

Stewart Needham nickte zufrieden. »Gut, sie werden sich freuen, das zu hören.« Er schenkte sich eine weitere Tasse des schauerlichen Gebräus ein und brachte nebenbei das Gespräch auf die andere Sache, die ihn beschäftigte. »Der Disziplinarausschuß der Anwaltskammer möchte, daß du eine kleine Geschichte für sie regelst, Adam. Es sollte dich nicht mehr als eine oder zwei Stunden kosten.«

»Worum geht es?«

»Es handelt sich um diesen Moretti-Prozeß. Anscheinend hat jemand einen von Bobby Di Silvas jungen Assistenten bestochen.«

»Ich habe davon gelesen. Der Kanarienvogel.«

»Genau. Richter Waldman und Bobby möchten ihren Namen aus der Liste unseres ehrenwerten Berufsstands getilgt haben. Ich ebenfalls. Er stinkt.«

»Was soll ich tun?«

»Nur eine schnelle Überprüfung der Sachlage, nachweisen, daß dieses Mädchen Parker sich illegal oder unethisch verhalten hat, und ihren Ausschluß empfehlen. Sie wird eine Aufforderung erhalten, ihre Gründe anzugeben, und den Rest erledigen die dann. Nur eine Routineangelegenheit.«

Adam war verwirrt. »Warum ich, Stewart? Wir haben ein paar Dutzend junger Anwälte hier, die das übernehmen könnten.«

»Unser geschätzter Staatsanwalt hat speziell um dich gebeten. Er will sicher sein, daß nichts schiefläuft. Wie wir beide wissen«, fügte er trocken hinzu, »ist Bobby nicht gerade der nachsichtigste Mann der Welt. Er möchte den Skalp der Parker an seiner Wand hängen sehen.«

Adam dachte an seinen vollen Terminkalender.

»Wir können nicht wissen, wann wir das nächstemal einen Gefallen vom Staatsanwaltsbüro brauchen können, Adam. Quid pro quo, eine Hand wäscht die andere.«

»In Ordnung, Stewart.« Adam stand auf.

»Du möchtest bestimmt keinen Tee mehr?«

»Nein, danke. Er war wie immer sehr gut.«

Als Adam wieder in seinem Büro war, klingelte er nach seiner Assistentin Lucinda, einer intelligenten jungen Schwarzen.

»Cindy, ich brauche alle Informationen über eine Anwältin namens Jennifer Parker.«

Sie grinste und sagte: »Der gelbe Kanarienvogel.«

Jeder wußte Bescheid.

Am späten Nachmittag studierte Adam Warner die Abschrift der Verhandlung im Fall *Das Volk von New York gegen Michael Moretti*. Robert Di Silva hatte es ihm durch einen Kurier übermitteln lassen. Erst weit nach Mitternacht war Adam damit fertig. Er hatte Mary Beth gebeten, ohne ihn zu einer Dinnerparty zu gehen, zu der sie beide eingeladen waren, und sich ein paar Sandwiches bringen lassen. Nach der Lektüre gab es für Adam keinen Zweifel, daß Michael Moretti von der Jury für schuldig befunden worden wäre, wenn das Schicksal nicht in Gestalt von Jennifer Parker interveniert hätte. Di Silva hatte die Anklage makellos vertreten.

Adam wandte sich zu der Abschrift des Verhörs, das später in Richter Waldmans Räumen stattgefunden hatte.

*Di Silva: Sie haben das College absolviert?*

*Parker: Ja, Sir.*

*Di Silva: Und die Universität?*

*Parker: Ja, Sir.*

*Di Silva: Und ein Fremder übergibt Ihnen ein Paket und bittet Sie, es dem Schlüsselzeugen in einem Mordprozeß zu übergeben, und Sie tun es auch prompt? Würden Sie mir nicht beipflichten, wenn ich sage, daß dies die Grenzen der Dummheit weit überschreitet?*

*Parker: So ist es nicht passiert.*

*Di Silva: Das haben Sie aber behauptet.*

*Parker: Ich meine, ich hielt ihn nicht für einen Fremden. Ich dachte, er gehöre zu Ihrem Stab.*

*Di Silva: Und wie sind Sie darauf gekommen?*

*Parker: Wie ich Ihnen schon sagte, ich sah ihn mit Ihnen sprechen, und dann kam er zu mir mit diesem Umschlag, und er nannte meinen Namen und sagte, Sie wollten, daß ich ihn dem Zeugen brächte. Es geschah alles so schnell...*

*Di Silva: Ich glaube nicht, daß alles so schnell ging. Ich glaube eher, daß es eine ganze Zeit gedauert hat, alles einzufädeln. Und es dauerte seine Zeit, die Frage Ihrer Bezahlung dafür zu regeln, daß Sie...*

*Parker: Das ist nicht wahr.*

*Di Silva: Was ist nicht wahr? Daß Sie nicht wußten, daß Sie den Umschlag übergaben?*

*Parker: Ich wußte nicht, was darin war.*

*Di Silva: Also stimmt es, daß jemand Sie bezahlt hat.*

*Parker: Ich lasse mir von Ihnen nicht die Worte im Mund herumdrehen. Niemand hat mir irgend etwas bezahlt.*

*Di Silva: Sie haben es als Gefallen getan?*

*Parker: Nein. Ich dachte, ich handelte nach Ihren Anweisungen.*

*Di Silva: Sie haben gesagt, der Mann hat sie mit Ihrem Namen angesprochen?*

*Parker: Ja.*

*Di Silva: Woher kannte er den?*

*Parker: Ich weiß nicht.*

*Di Silva: Na, hören Sie, Sie müssen doch irgendwelche Vorstellungen haben. Vielleicht hat er bloß geraten? Vielleicht hat er sich im Gerichtssaal umgesehen und gedacht, da ist jemand, der sieht aus, als könnte er Jennifer Parker heißen. Glauben Sie, so könnte es gewesen sein?*

*Parker: Ich habe Ihnen schon gesagt, ich weiß es nicht.*

*Di Silva: Seit wann stecken Sie und Moretti unter einer Decke?*

*Parker: Mr. Di Silva, das haben wir doch alles schon einmal durchgekaut. Sie verhören mich jetzt seit fünf Stunden. Ich bin müde. Ich habe nichts mehr zu sagen. Lassen Sie mich gehen.*

*Di Silva: Wenn Sie den Stuhl da verlassen, lasse ich Sie verhaften. Sie stecken im Dreck, Miß Parker, und es gibt nur eine Möglichkeit für Sie, da herauszukommen. Hören Sie auf zu lügen und sagen Sie endlich die Wahrheit.*

*Parker: Ich sage nichts als die Wahrheit, die ganze Zeit schon. Ich habe Ihnen alles erzählt, was ich weiß.*

*Di Silva: Abgesehen von dem Namen des Mannes, der Ihnen den Umschlag gegeben hat. Ich will diesen Namen, und ich will wissen, wieviel er Ihnen bezahlt hat.*

Die Abschrift umfaßte noch dreißig weitere Seiten. Robert Di Silva hatte ungefähr jedes Mittel angewandt, außer das Mädchen mit einem Gummischlauch zu bearbeiten. Sie war nicht einen Millimeter von ihrer Geschichte abgewichen.

Adam legte die Abschrift beiseite und rieb sich müde die Augen. Es war zwei Uhr morgens. Morgen würde er diese leidige Angelegenheit abschließen.

Zu Adam Warners Überraschung ließ sich der Fall Jennifer Parker aber nicht so leicht erledigen. Da Adam ein methodischer Mann war, überprüfte er auch Jennifer Parkers Vergangenheit. Soweit er feststellen konnte, hatte sie keine Kontakte zur Unterwelt, und nichts stellte eine Verbindung zwischen ihr und Michael Moretti her.

Irgend etwas an dem Fall störte Adam. Jennifer Parkers Verteidigung war zu dürftig. Hätte sie für Moretti gearbeitet, hätte er zu ihrem Schutz eine vernünftigere Geschichte erfunden. So wie die Dinge standen, war ihre Geschichte aber so naiv, daß sie nur wahr sein konnte.

Gegen Mittag erhielt Adam einen Anruf vom Staatsanwalt. »Wie kommen Sie voran, Adam?«

»Gut, Robert.«

»Wie ich höre, haben Sie die Rolle des Scharfrichters in der Angelegenheit Jennifer Parker übernommen.«

Adam Warner zuckte zusammen. »Ich habe zugestimmt, eine Empfehlung abzugeben, ja.«

»Ich werde sie für eine ganze Weile aus dem Verkehr ziehen.« Adam war abgestoßen von dem Haß in der Stimme des Staatsanwalts.

»Immer mit der Ruhe, Robert. Noch ist sie nicht ausgeschlossen.«

Di Silva lachte vergnügt in sich hinein. »Da habe ich volles Vertrauen zu Ihnen, mein Freund.« Sein Tonfall änderte sich.

»Man munkelt, daß Sie vielleicht bald nach Washington gehen. Ich möchte, daß Sie wissen, daß Sie auf meine volle Unterstützung zählen können.«

Und die war beträchtlich, wie Adam wußte. Der Staatsanwalt war schon eine ganze Weile im Geschäft. Er wußte, in welchen Kellern die Leichen lagen und wie man aus diesem Wissen das Beste machen konnte.

»Danke, Robert. Ich weiß das zu schätzen.«

»Nichts zu danken, Adam. Ich höre ja dann von Ihnen.«

Das war auf Jennifer Parker gemünzt. Das *quid pro quo,* das Stewart Needham erwähnt hatte. Adam Warner dachte an Robert Di Silvas Worte: *Ich werde sie für eine ganze Weile aus dem Verkehr ziehen.* Nach der Lektüre der Abschrift zu urteilen, gab es keinen richtigen Beweis gegen Jennifer Parker. Wenn sie nicht gestand oder wenn nicht jemand mit Informationen auftauchte, die ihre Komplizenschaft bewiesen, konnte Di Silva dem Mädchen nichts anhaben... Adam sollte ihm nun als Werkzeug seiner Rache dienen.

Die kalten, schroffen Worte der Abschrift waren eindeutig, und doch wünschte Adam, er hätte den Klang von Jennifer Parkers Stimme gehört, als sie ihre Schuld bestritt.

Es gab noch andere, eiligere Angelegenheiten, die seine Aufmerksamkeit verlangten, wichtige Fälle guter Mandanten. Es wäre leicht gewesen, sich einfach darauf zu beschränken, nach Stewart Needhams, Richter Lawrence Waldmans und Robert Di Silvas Wünschen zu handeln, aber sein Instinkt ließ Adam Warner zögern. Er griff noch einmal nach Jennifer Parkers Akte, kritzelte einige Notizen an den Rand und führte eine Reihe von Ferngesprächen.

Ihm war Verantwortung übertragen worden, und er gedachte, im Rahmen seiner Fähigkeiten nach bestem Wissen und Gewissen zu handeln. Er erinnerte sich nur zu gut an die lange Schinderei, die es bedeutete, Anwalt zu werden und in die Standesvereinigung aufgenommen zu werden. Es war ein Preis, um den man Jahre kämpfen mußte, und Adam wollte ihn Jennifer nur dann wieder wegnehmen, wenn es wirklich gerechtfertigt war.

Am nächsten Morgen flog Adam nach Seattle. Er traf sich mit Jennifers Professoren an der Universität, dem Vorstand der Kanzlei, in der Jennifer zwei Sommer lang ihr Praktikum absolviert hatte, und mit einigen ihrer Studienkollegen.

Stewart Needham rief ihn an und fragte: »Was hast du da oben zu suchen, Adam? Hier wartet jede Menge wichtiger Arbeit auf dich. Die Parker-Sache ist doch mit einem Fingerschnippen zu erledigen.«

»Ein paar Punkte sind noch nicht geklärt«, sagte Adam behutsam. »Morgen oder übermorgen bin ich zurück, Stewart.«

Eine kleine Pause entstand. »Ich verstehe. Laß uns mit ihr nicht mehr Zeit als unbedingt nötig verschwenden.«

Als Adam Seattle verließ, hatte er das Gefühl, Jennifer Parker fast so gut zu kennen, wie sie sich selbst kannte. Das Bild, das er nach all den Gesprächen von ihr hatte, besaß nicht mehr die geringste Ähnlichkeit mit dem, das Robert Di Silva entworfen hatte. Falls Jennifer Parker nicht die beste Schauspielerin aller Zeiten war, konnte sie unmöglich an dem Komplott zu Michael Morettis Befreiung beteiligt gewesen sein.

Jetzt, fast zwei Wochen nach dem morgendlichen Gespräch mit Stewart Needham, stand Adam vor dem Mädchen, mit dessen Vergangenheit er sich so intensiv beschäftigt hatte. Die Zeitungsbilder, die er von ihr gesehen hatte, hatten ihn nicht auf den Eindruck vorbereitet, den sie auf ihn machte. Sogar in dem alten Kleid, ohne Make-up und mit feuchtem Haar war sie atemberaubend.

Adam sagte: »Ich bin beauftragt, Ihre Rolle im Moretti-Prozeß zu untersuchen, Miß Parker.«

»Sind Sie das!« Jennifer fühlte Wut in sich aufsteigen, die sie rasch mit lodernden Flammen erfüllte. Sie waren immer noch nicht fertig mit ihr. Sie würden sie ihr Leben lang bezahlen lassen. Allmählich hatte sie genug.

Als sie sprach, zitterte ihre Stimme. »Ich habe Ihnen nichts zu sagen, Sir. Erzählen Sie dem Ausschuß, was Sie wollen. Ich habe eine Dummheit begangen, aber soweit ich weiß, gibt es kein

Gesetz gegen Dummheit. Der Staatsanwalt glaubt, jemand hätte mich bestochen.« Höhnisch warf sie die Hände in die Höhe. »Glauben Sie, ich würde in diesem Loch leben, wenn ich auch nur ein bißchen Geld hätte?« Ihre Stimme klang plötzlich erstickt. »Es... es ist mir egal, was Sie tun. Lassen Sie mich in Ruhe, mehr will ich nicht. Gehen Sie!«

Sie drehte sich um, floh ins Badezimmer und schlug die Tür hinter sich zu.

Tiefatmend lehnte sie sich gegen das Waschbecken und wischte sich die Tränen aus den Augen. Sie wußte, daß sie sich dumm benommen hatte. Wieder einmal, dachte sie trocken. Sie hätte Adam Warner anders behandeln sollen. Statt ihn anzubrüllen, hätte sie versuchen müssen, ihm alles zu erklären. Vielleicht wäre sie dann nicht ausgeschlossen worden. Aber sie wußte, daß es sich dabei nur um Wunschträume handelte. Es war Augenwischerei, daß sie jemanden geschickt hatten, der sie befragen sollte. Als nächstes würden sie sie schriftlich auffordern, sich zu rechtfertigen, und dann würden sich die Zahnräder in Bewegung setzen. Man würde ihr verbieten, im Staat New York zu praktizieren. Bitter dachte Jennifer: *Ich werde ins Guinness Buch der Rekorde eingehen – wegen der kürzesten Anwaltskarriere in der Geschichte.*

Sie stieg wieder in die Badewanne und lehnte sich zurück, um sich von dem noch immer warmen Wasser beruhigen zu lassen. In diesem Augenblick war sie zu müde, um sich Gedanken darüber zu machen, was aus ihr werden würde. Sie schloß die Augen und war schon beinahe eingeschlafen, als das kalte Wasser sie wieder aufweckte. Sie wußte nicht, wie lange sie in der Badewanne gelegen hatte. Widerwillig stieg sie heraus und trocknete sich ab. Jetzt hatte sie keinen Hunger mehr. Das Gespräch mit Adam Warner hatte ihr den Appetit verdorben.

Jennifer kämmte sich, trug Nachtcreme auf und beschloß, ohne Abendessen ins Bett zu gehen. Morgen würde sie noch einmal wegen der Mitfahrgelegenheit nach Seattle telefonieren. Sie öffnete die Badezimmertür und ging in das Wohnzimmer.

Adam Warner saß in einem Stuhl und blätterte in einem Magazin. Er sah auf, als Jennifer den Raum betrat – nackt.

»Ich bitte um Entschuldigung«, sagte er. »Ich...«

Jennifer stieß einen kleinen Schrei aus und floh ins Badezimmer, wo sie ihr Kleid überstreifte. Als sie ins Wohnzimmer zurückkehrte, kochte sie vor Wut.

»Das Verhör ist vorbei. Ich habe Sie gebeten, zu gehen.«

Adam legte das Magazin weg und sagte ruhig: »Miß Parker, wäre es vielleicht möglich, daß wir einen Moment lang wie vernünftige Menschen miteinander reden?«

»Nein!« Der alte Zorn stieg wieder in Jennifer hoch. »Ich habe Ihnen oder Ihrem verdammten Disziplinarausschuß nichts mehr zu sagen. Ich bin es leid, wie ein... wie ein Verbrecher behandelt zu werden.«

»Habe ich behauptet, Sie seien ein Verbrecher?« fragte Adam ruhig.

»Sie... sind Sie nicht deswegen hier?«

»Ich habe Ihnen gesagt, weswegen ich hier bin. Ich bin ermächtigt, meine Untersuchungen anzustellen und mich dann für oder gegen ein Ausschlußverfahren auszusprechen. Ich möchte gern Ihre Version der Geschichte hören.«

»Ich verstehe. Und was wollen Sie dafür haben?«

Adams Gesichtsausdruck gefror. »Entschuldigen Sie, Miß Parker.« Er stand auf und ging zur Tür.

»Einen Augenblick!« Adam drehte sich um. »Bitte verzeihen Sie mir«, sagte Jennifer. »Ich... ich halte schon jeden für einen Feind. Ich möchte mich entschuldigen.«

»Ich nehme Ihre Entschuldigung an.«

Jennifer wurde sich plötzlich ihres schäbigen Kleids bewußt. »Wenn Sie immer noch bereit sind, mir Ihre Fragen zu stellen, ziehe ich mir etwas anderes an, und dann können wir reden.«

»Einverstanden. Haben Sie schon gegessen?«

Sie zögerte. »Ich...«

»Ich kenne ein französisches Restaurant, das für Verhöre wie geschaffen ist.«

Es war ein kleines, anheimelndes Bistro auf der East Side.

»Dieses Lokal ist ein Geheimtip«, sagte Adam Warner, als sie saßen. »Es gehört einem jungen französischen Ehepaar, das früher im *Les Pyrénées* gearbeitet hat. Das Essen ist exzellent.«

Jennifer mußte sich mit Adams Wort zufriedengeben, denn sie war unfähig, die Speisen auch nur zu kosten. Sie hatte den ganzen Tag nichts gegessen, aber sie war so nervös, daß sie nicht einen einzigen Bissen heruntergekriegt hätte. Sie versuchte, sich zu entspannen, aber es war unmöglich. Was auch immer er behaupten mochte, der charmante Mann auf der anderen Seite des Tisches war ihr Feind. Charmant war er wirklich, wie Jennifer zugeben mußte. Er war amüsant, attraktiv, und unter anderen Bedingungen hätte Jennifer den Abend ungeheuer genossen; aber es gab keine anderen Bedingungen. Ihre ganze Zukunft lag in den Händen dieses Fremden. In der nächsten Stunde mußte sich entscheiden, wie ihr weiteres Leben verlaufen würde. Adam setzte alles daran, sie zu entspannen. Er erzählte daß er erst kürzlich von einer Japanreise zurückgekehrt sei, wo er sich mit hohen Regierungsbeamten getroffen habe. Zu seinen Ehren sei ein feierliches Bankett veranstaltet worden.

»Haben Sie jemals Ameisen mit Schokoladenguß gegessen?« fragte er.

»Nein.«

Er grinste. »Sie schmecken besser als Grashüpfer mit Schokoladenguß.«

Er erzählte von einem Jagdausflug in Alaska, auf dem er von einem Bären angegriffen worden war. Er sprach über alles, nur nicht über das, weswegen sie hier waren.

Jennifer hatte sich für den Augenblick gewappnet, wenn Adam anfangen würde, sie auszufragen, aber als es schließlich soweit war, versteifte sich ihr ganzer Körper.

Er war mit dem Dessert fertig und sagte ruhig: »Ich stelle Ihnen jetzt ein paar Fragen, und ich möchte nicht, daß Sie sich aufregen. Okay?«

In Jennifers Kehle saß plötzlich ein Kloß. Sie war nicht sicher, ob sie imstande war, zu sprechen. Sie nickte.

»Ich möchte, daß Sie mir genau erzählen, was an jenem Tag im Gerichtssaal passierte. Alles, woran Sie sich erinnern, alles, was Sie gefühlt haben. Lassen Sie sich Zeit.«

Jennifer hatte vorgehabt, ihn herauszufordern, ihm zu sagen, er könne mit ihr tun, wozu immer er Lust habe. Aber irgendwie war ihr ganzer Widerstand wie weggeblasen. Der Vorfall war noch immer so lebendig für sie, daß es weh tat, auch nur daran zu denken. Sie hatte mehr als einen Monat lang versucht, alles zu vergessen. Nun verlangte er von ihr, alles noch einmal zu durchleben.

Sie holte tief Luft und sagte: »In Ordnung.«

Stockend fing sie an, ihm über die Ereignisse im Gerichtssaal Bericht zu erstatten, und als alles wieder zum Leben erwachte, sprach sie schneller und immer schneller. Adam saß schweigend auf der anderen Seite des Tisches, hörte zu und ließ sie dabei nicht aus den Augen.

Als sie geendet hatte, fragte er: »Der Mann, der Ihnen den Umschlag gegeben hat – war er im Büro des Staatsanwalts, als Sie am Morgen vereidigt worden waren?«

»Darüber habe ich auch schon nachgedacht. Ich kann mich wirklich nicht daran erinnern. Es waren so viele Leute im Büro an diesem Morgen, und ich kannte keinen von ihnen.«

»Haben Sie den Mann schon mal irgendwo anders gesehen?«

Jennifer schüttelte hilflos den Kopf. »Ich kann mich nicht erinnern. Ich glaube nicht.«

»Sie haben gesagt, er hätte mit dem Staatsanwalt gesprochen, bevor er Ihnen den Umschlag gab. Haben Sie gesehen, wie der Staatsanwalt ihm den Umschlag aushändigte?«

»Ich – nein.«

»Haben Sie tatsächlich gesehen, wie dieser Mann mit dem Staatsanwalt sprach, oder stand er nur in der Gruppe um Di Silva?«

Jennifer schloß für eine Sekunde die Augen, versuchte, den Moment zurückzubringen. »Es tut mir leid. Alles ging so durcheinander. Ich... ich weiß es einfach nicht mehr.«

»Haben Sie eine Ahnung, woher er Ihren Namen kannte?«

»Nein.«

»Oder warum er gerade Sie ausgesucht hat?«

»Das ist nicht schwer zu erraten. Wahrscheinlich erkannte er einen Idioten, wenn er einen zu Gesicht bekam.« Sie schüttelte noch einmal den Kopf. »Nein. Es tut mir leid, Mr. Warner, aber ich habe keine Ahnung.«

Adam sagte: »In dieser Angelegenheit wird eine ganze Menge Druck ausgeübt. Staatsanwalt Di Silva war schon eine Ewigkeit hinter Michael Moretti her. Bis Sie auftauchten, hatte er einen wasserdichten Fall. Er ist nicht besonders gut auf Sie zu sprechen.«

»Ich bin auf mich selber nicht gut zu sprechen.« Jennifer konnte Adam Warner nicht übelnehmen, was er vorhatte. Er tat nur seine Arbeit. Sie wollten ihr den Fangschuß versetzen, und sie würden es tun. Adam Warner war nicht dafür verantwortlich; er war nur das Werkzeug, dessen sie sich bedienten.

Jennifer fühlte einen plötzlichen, überwältigenden Drang, allein zu sein. Sie wollte nicht, daß irgend jemand sie in ihrem Elend sah.

»Es tut mir leid«, entschuldigte sie sich. »Ich ... ich fühle mich nicht sehr gut. Ich würde gern nach Hause gehen.«

Adam betrachtete sie einen Moment lang. »Würde es Ihnen besser gehen, wenn ich Ihnen sagte, daß ich empfehlen werde, Sie nicht auszuschließen?«

Es dauerte einige Sekunden, bis sie begriff, was er gesagt hatte. Jennifer starrte Adam an, versuchte, den Ausdruck seines Gesichts zu ergründen, blickte in diese graublauen Augen hinter den Brillengläsern. »Meinen ... meinen Sie das im Ernst?«

»Ihr Beruf ist Ihnen sehr wichtig, nicht wahr?« fragte Adam.

Jennifer dachte an ihren Vater und seine gemütliche kleine Praxis, sie dachte an ihre Gespräche, die langen Jahre an der Universität, an ihre gemeinsamen Hoffnungen und Träume. *Wir werden Partner, du und ich, Jennie. Beeil dich, damit du deinen Titel bekommst.*

»Ja«, flüsterte Jennifer.

»Wenn Sie den rauhen Wind am Start überstehen, dann werden Sie, glaube ich, eine sehr gute Anwältin sein.«

Jennifer lächelte ihn dankbar an. »Danke. Ich werde es zumindest versuchen.«

Sie wiederholte die Worte in ihrem Kopf. *Ich werde es zumindest versuchen.* Es war unerheblich, daß sie ein kleines, schäbiges Büro mit einem heruntergekommenen Privatdektetiv und einem Mann, der unbezahlte Autos zurückholte, teilen mußte. Es war das Büro eines Anwalts. Sie war ein Mitglied des Anwaltsstandes, und man ließ sie weiter praktizieren. Jubel stieg in ihr auf. Sie blickte Adam an und wußte, daß sie diesem Mann ihr Leben lang dankbar sein würde.

Der Kellner räumte das schmutzige Geschirr vom Tisch. Jennifer wollte etwas sagen, aber heraus drang nur ein Geräusch, das halb Lachen und halb Schluchzen war. »Mr. Warner...«

Er sagte würdevoll: »Nach allem, was wir gemeinsam durchgemacht haben, sollte das Adam heißen.«

»Adam...«

»Ja?«

»Hoffentlich bedeutet es nicht das Ende unserer Bekanntschaft«, stöhnte Jennifer, »aber ich komme um vor Hunger.«

## 5

Die nächsten Wochen vergingen wie im Flug. Jennifer war vom frühen Morgen bis spät in die Nacht damit beschäftigt, Vorladungen aller Art zuzustellen. Sie wußte, daß sie keine Chance hatte, jemals in einer großen Kanzlei zu arbeiten, denn nach dem Fiasko, an dem sie beteiligt gewesen war, dachte niemand im Traum daran, sie zu beschäftigen. Sie konnte nur darauf hinarbeiten, sich selber einen Namen zu machen, und dabei mußte sie ganz von vorn beginnen.

In der Zwischenzeit häuften sich Vorladungen von Peabody & Peabody auf ihrem Schreibtisch. Sie verrichtete zwar nicht gerade die Arbeit eines Anwalts, aber sie verdiente zwölf Dollar fünfzig plus Spesen.

Gelegentlich, wenn Jennifer bis in die Nacht zu arbeiten hatte, lud Ken Bailey sie zum Abendessen ein. Oberflächlich betrachtet, war er ein Zyniker, aber Jennifer hatte das Gefühl, daß es sich dabei nur um eine Fassade handelte. Sie spürte, daß er einsam war. Er hatte die Brown-Universität absolviert, war intelligent und belesen. Sie konnte nicht verstehen, warum er damit zufrieden war, in einem billigen Büro zu sitzen und sein Leben damit zu verbringen, streunende Ehemänner und Ehefrauen aufzuspüren. Es war, als hätte er sich damit abgefunden, ein Versager zu sein, als hätte er Angst davor, um den Erfolg zu kämpfen.

Einmal hatte Jennifer versucht, mit ihm über seine Ehe zu sprechen, aber er hatte nur geknurrt, »Das geht Sie nichts an«, und sie hatte das Thema nie wieder erwähnt.

Otto Wenzel war völlig anders. Der kleine, schmerbäuchige Mann war glücklich verheiratet. Er behandelte Jennifer wie eine Tochter und brachte ihr dauernd Suppen und Kuchen, die seine Frau zubereitet hatte. Leider war seine Frau eine miserable Köchin, aber Jennifer zwang sich, alles zu essen, was Otto Wenzel ihr gab, weil sie ihn nicht verletzen wollte. Eines Freitagabends wurde sie zu den Wenzels zum Abendessen eingeladen. Mrs. Wenzel hatte gefüllten Kohlkopf gekocht, ihre Spezialität. Der Kohl war matschig, die Fleischfüllung zu hart und der Reis nur halbgar. Die ganze Mahlzeit schwamm in einem See aus Fett. Jennifer nahm wacker den Kampf mit dem Kohl auf, konnte sich aber nur zu kleinen Bissen überwinden und schob die Speisen auf ihrem Teller hin und her, damit es so aussah, als lange sie kräftig zu.

»Wie schmeckt es Ihnen?« strahlte Mrs. Wenzel.

»Es ist... es ist eins meiner Lieblingsgerichte.«

Von da an wurde Jennifer jeden Freitagabend zu den Wenzels zum Abendessen eingeladen, und Mrs. Wenzel kochte ihr stets ihre Lieblingsmahlzeit.

Das Telefon klingelte. Es war noch ziemlich früh. Am anderen Ende sagte die persönliche Sekretärin von Mr. Peabody, jr.:

»Mr. Peabody möchte Sie heute morgen um elf Uhr sehen. Seien Sie bitte pünktlich.«

»Ja, Ma'am.«

In der Vergangenheit hatte Jennifer im Büro Peabody immer nur mit Sekretärinnen und Praktikanten zu tun gehabt. Es war eine große, angesehene Kanzlei, eine, in die jeder junge Anwalt für sein Leben gern eingetreten wäre. Auf dem Weg zu der Verabredung begann Jennifer zu phantasieren. Wenn Mr. Peabody persönlich sie sehen wollte, mußte es sich um etwas Wichtiges handeln. Vielleicht hatte er eine Erleuchtung gehabt und wollte ihr einen Job in seiner Kanzlei anbieten, um ihr die Chance zu geben, zu zeigen, was sie konnte. Sie würde alle in Erstaunen setzen. Vielleicht würde es eines Tages sogar Peabody, Peabody & Parker heißen.

Jennifer wartete eine halbe Stunde im Flur vor dem Büro, ehe sie um punkt elf Uhr den Empfangsraum betrat. Sie wollte nicht zu willfährig wirken. Man ließ sie zwei Stunden warten und führte sie dann ins Büro von Mr. Peabody junior. Der Anwalt war ein großer, dünner Mann im Anzug mit Weste und Schuhen, die extra für ihn in London gefertigt worden waren.

Er forderte sie nicht auf, Platz zu nehmen. »Miss Potter...« Er hatte eine unangenehme, hohe Stimme.

»Parker.«

Er nahm ein Blatt Papier von seinem Schreibtisch. »Dies ist eine Vorladung. Ich möchte, daß Sie sie zustellen.«

In diesem Augenblick hatte Jennifer eine Ahnung, daß sie doch noch nicht in die Kanzlei aufgenommen werden würde.

Mr. Peabody junior reichte Jennifer die Vorladung und sagte: »Ihr Honorar beträgt fünfhundert Dollar.«

Jennifer glaubte, sich verhört zu haben. »Sagten Sie fünfhundert?«

»Das ist richtig. Natürlich nur, wenn Sie Erfolg haben.«

»Die Sache hat einen Haken«, riet Jennifer.

»Nun ja«, gab Mr. Peabody junior zu. »Wir versuchen diesen Mann seit über einem Jahr vorzuladen. Sein Name ist William Carlisle. Er lebt auf einem Besitz in Long Island und setzt keinen Fuß vor die Tür. Um die Wahrheit zu sagen, vor Ihnen haben schon ein Dutzend Leute versucht, ihm einen Gerichtsbefehl zuzustellen. Er hat einen bewaffneten Butler, der ihm jeden Besucher von der Haut hält.«

Jennifer meinte: »Ich kann mir nicht vorstellen, wie ich...«

Mr. Peabody junior lehnte sich vor. »Bei dieser Sache steht eine ganze Menge Geld auf dem Spiel. Aber ich kann William Carlisle nicht vor den Kadi zerren, ohne ihm eine Vorladung zu schicken, Miß Potter.« Jennifer korrigierte ihn nicht. »Glauben Sie, Sie schaffen das?«

Jennifer dachte daran, was sie mit fünfhundert Dollar alles anfangen könnte. »Ich werde einen Weg finden.«

Um zwei Uhr nachmittags stand Jennifer vor dem imponierenden Besitz von William Carlisle. Das Haus in der Mitte eines mindestens zehn Morgen umfassenden, sorgfältig gepflegten Grundstücks hätte auf einer Plantage in Georgia stehen können. Eine gewundene Auffahrt endete an der Front des von anmutigen Tannen eingerahmten Hauses. Jennifer hatte lange über ihr Problem nachgedacht. Da in das Haus nicht hineinzugelangen war, mußte sie Mr. William Carlisle dazu bringen, daß er herauskam.

Einen halben Block die Straße hinunter stand der Kombi einer Gärtnerei. Jennifer betrachtete den Kombi einen Moment lang, dann begab sie sich auf die Suche nach den Gärtnern. Es waren drei Japaner, und sie arbeiteten hinter dem Kombi.

Jennifer ging auf sie zu und fragte: »Wer hat hier zu entscheiden?«

Einer von ihnen richtete sich auf. »Ich.«

»Könnten Sie vielleicht eine kleine Aufgabe für mich...« begann Jennifer.

»Nichts zu machen, Miß. Zuviel Arbeit.«

»Es dauert nur fünf Minuten.«

»Nein, ganz unmöglich...«

»Ich zahle Ihnen hundert Dollar.«

Die drei Männer starrten sie an. Der Obergärtner fragte: »Sie zahlen hundert Dollar für fünf Minuten Arbeit?«

»So ist es.«

»Was sollen wir tun...?«

Fünf Minuten später rollte der Kombi der Gärtnerei in die

Auffahrt von William Carlisles Besitz, Jennifer und die drei Gärtner stiegen aus. Jennifer blickte sich um, entschied sich für eine wunderschöne Tanne in der Nähe der Eingangstür und sagte: »Grabt sie aus!«

Sie holten ihre Spaten aus dem Wagen und begannen zu graben. Es war noch keine Minute vergangen, da flog die Eingangstür auf, und ein riesiger Mann in einer Butleruniform stürmte heraus.

»Was, zum Teufel, tun Sie da?«

»Long Island Baumschule«, sagte Jennifer kurz. »Wir graben die ganzen Bäume aus.«

Der Butler starrte sie an. »*Was* machen Sie?«

Jennifer wedelte mit einem Blatt Papier. »Ich habe den Auftrag, die ganzen Bäume auszugraben.«

»Das ist unmöglich! Mr. Carlisle würde einen Anfall kriegen!« Er wandte sich den Gärtnern zu. »Aufhören!«

»Hören Sie, Mister«, sagte Jennifer, »ich tue nur meine Arbeit.« Sie nickte den Gärtnern zu. »Grabt weiter, Leute.«

»Nein!« schrie der Butler. »Ich sage Ihnen, das ist ein Mißverständnis! Mr. Carlisle hat niemals den Auftrag gegeben, die Bäume auszugraben.«

Jennifer zuckte mit den Achseln und sagte: »Mein Boß ist anderer Ansicht.«

»Wo kann ich Ihren Boß erreichen?«

Jennifer blickte auf ihre Uhr. »Er hat in Brooklyn zu tun. Gegen sechs müßte er wieder im Büro sein.«

Der Butler funkelte sie wütend an. »Eine Minute! Tun Sie nichts, bis ich wieder hier bin.«

»Grabt weiter«, sagte Jennifer zu den Gärtnern.

Der Butler lief ins Haus und schlug die Tür hinter sich zu. Einige Sekunden später sprang sie wieder auf, und der Butler kehrte zurück, begleitet von einem kleinen Mann mittleren Alters.

»Würde es Ihnen etwas ausmachen, mir zu erklären, was, zum Teufel, hier vorgeht?«

»Was geht Sie das an?« fragte Jennifer.

»Ich will Ihnen sagen, was mich das angeht«, schnappte der

kleine Mann. »Ich bin William Carlisle, und dies ist zufälligerweise mein Besitz.«

»In diesem Fall, Mr. Carlisle«, sagte Jennifer, »habe ich etwas für Sie.« Sie griff in die Tasche und drückte ihm die Vorladungen in die Hand. Dann wandte sie sich an die Gärtner. »Ihr könnt aufhören, zu graben.«

Am nächsten Morgen rief Adam Warner an. Jennifer erkannte seine Stimme auf Anhieb.

»Ich dachte, es würde Sie interessieren«, sagte er, »daß das Ausschlußverfahren gegen Sie offiziell eingestellt wurde. Sie brauchen sich keine Sorgen mehr zu machen.«

Jennifer schloß die Augen und sprach ein stummes Dankgebet. »Ich... ich kann Ihnen gar nicht sagen, wie dankbar ich Ihnen bin.«

»Justitia ist nicht immer blind.«

Adam sagte kein Wort über den Krach, den er mit Stewart Needham und Robert Di Silva gehabt hatte. Needham war enttäuscht, hatte es aber mit philosophischer Ruhe getragen.

Der Staatsanwalt dagegen hatte sich aufgeführt wie ein wütender Stier. »Sie lassen dieser Nutte das durchgehen? Herrgott im Himmel, sie gehört zur Mafia, Adam! Sind Sie denn blind? Sie hat Sie aufs Kreuz gelegt!«

Schließlich war Adam es leid gewesen, und er hatte gesagt: »Das ganze Beweismaterial gegen sie war zufällig, Robert. Sie war zur falschen Zeit am falschen Ort und wurde hereingelegt. Das sieht mir nicht nach Mafia aus.«

»Okay, sie bleibt also Anwältin«, hatte Di Silva endlich gesagt. »Ich hoffe nur zu Gott, daß sie in New York praktiziert, denn in dem Augenblick, in dem sie den Fuß in einen meiner Gerichtssäle setzt, werde ich sie vernichten!«

Von all dem erwähnte Adam nichts. Jennifer hatte sich einen tödlichen Feind geschaffen, aber das ließ sich nicht mehr ändern. Robert Di Silva war ein rachsüchtiger Mann, und Jennifer war eine verwundbare Zielscheibe. Sie war intelligent, idealistisch und geradezu schmerzlich jung und reizend.

Adam wußte, daß er sie nie wiedersehen durfte.

Es gab Tage, Wochen und Monate, während deren Jennifer am liebsten alles hingeworfen hätte. Das Schild mit der Aufschrift *Jennifer Parker, Rechtsanwalt*, hing immer noch an der Tür, aber es führte niemanden hinters Licht, am wenigsten sie selber. Ihre Arbeit hatte nichts mit der eines Anwalts zu tun. Sie verbrachte ihre Tage damit, in Regen, Graupelschauern und Schnee herumzurennen und Vorladungen an Leute zuzustellen, die sie dafür verabscheuten. Hin und wieder übernahm sie unentgeltlich einen Fall, verhalf alten Menschen zu Essensmarken oder löste für Schwarze, Puertoricaner und andere Unterprivilegierte juristische Probleme. Aber sie fühlte sich wie in einer Falle.

Die Nächte waren noch schlimmer als die Tage. Sie schienen endlos, denn Jennifer litt an Schlaflosigkeit, und wenn sie schließlich einschlief, hatte sie Alpträume. Die Schlaflosigkeit hatte in der Nacht begonnen, in der Jennifers Mutter sie und ihren Vater verlassen hatte, und was immer es war, das die Alpträume verursachte, Jennifer konnte es nicht vertreiben.

Sie war einsam. Gelegentlich ging sie mit jungen Rechtsanwälten aus, aber unausweichlich verglich sie die Männer mit Adam Warner, und sie alle verblaßten gegen ihn. Die Abende verliefen immer gleich: man ging essen, ins Kino oder ins Theater, und dann folgte ein Ringkampf vor ihrer Wohnung. Jennifer war nie ganz sicher, ob die Männer erwarteten, daß sie mit ihnen ins Bett ging, weil sie ihr ein Essen bezahlt hatten oder weil sie vier steile Treppen hinauf- und hinuntergeklettert waren. Es gab Zeiten, in denen sie versucht war, ja zu sagen, nur um jemanden für die Nacht zu haben, jemanden, an dem sie sich festhalten konnte. Aber sie brauchte mehr im Bett als eine Sprechpuppe; sie brauchte einen Menschen, der sich um sie kümmerte, um den sie sich kümmern konnte.

Die interessantesten Anträge kamen von verheirateten Männern, und Jennifer lehnte sie rundheraus ab. Sie erinnerte sich an eine Zeile aus Billy Wilders Film »Das Appartement«: »Wenn du in einen verheirateten Mann verliebt bist, solltest du keine Wimperntusche benutzen.« Ihre Mutter hatte die Ehe ihrer Eltern zerstört und ihren Vater getötet. Das konnte sie niemals vergessen.

Weihnachten und Silvester verbrachte Jennifer allein.

Heftige Schneefälle hatten die Stadt in eine riesige Weihnachtskarte verwandelt. Jennifer wanderte durch die Straßen, sah, wie jedermann der Wärme seines Heims und seiner Familie zustrebte, und spürte ein schmerzliches Gefühl der Leere in sich aufsteigen. Sie hatte ihren Vater nie mehr vermißt. Sie war froh, als die Ferien vorüber waren. *Neunzehnhundertsiebzig wird ein besseres Jahr,* sagte sie sich.

An ihren schlimmsten Tagen heiterte Ken Bailey sie auf. Er nahm sie zum Football in den Madison Square Garden mit, in Diskotheken oder gelegentlich ins Kino. Jennifer wußte, daß er sich von ihr angezogen fühlte und dennoch eine Schranke zwischen ihnen errichtet hatte.

Im März entschloß Otto Wenzel sich, mit seiner Frau nach Florida zu ziehen. »Meine Knochen werden zu alt für die New Yorker Winter«, erklärte er Jennifer.

»Sie werden mir fehlen.« Jennifer meinte es ehrlich. Otto Wenzel war ihr ans Herz gewachsen.

»Kümmern Sie sich ein wenig um Ken.«

Jennifer blickte ihn fragend an.

»Er hat es Ihnen erzählt, oder?«

»Was erzählt?«

Wenzel zögerte eine Sekunde. »Seine Frau hat Selbstmord begangen. Er gibt sich die Schuld daran.«

Jennifer war schockiert. »Wie entsetzlich! Warum... warum hat sie das getan?«

»Sie überraschte Ken im Bett mit einem jungen Mann.«

»Oh, mein Gott!«

»Sie schoß auf Ken und richtete die Waffe dann auf sich selber. Er überlebte es, sie nicht.«

»Wie furchtbar! Ich hatte keine Ahnung, daß... daß...«

»Ich weiß. Er wirkt immer fröhlich, aber er trägt seine private Hölle mit sich herum wie ein Hund seine Kette.«

»Danke, daß Sie es mir erzählt haben.«

Als Jennifer wieder im Büro war, sagte Ken: »Der gute, alte Otto wird uns also verlassen.«

»Ja.«

Bailey grinste. »Ich schätze, jetzt heißt es, jeder für sich, und wir gegen alle.«

»Das schätze ich auch.«

*Und irgendwie,* dachte Jennifer, *stimmt es sogar.*

Sie sah Ken jetzt mit anderen Augen. Sie aßen zusammen zu Mittag und zu Abend, und sie konnte an nichts erkennen, daß er homosexuell war, aber sie wußte, daß Otto Wenzel ihr die Wahrheit gesagt hatte: Ken Bailey schleppte seine eigene Privathölle mit sich herum.

Gelegentlich verirrten sich ein paar Mandanten in Jennifers Büro. Sie waren im allgemeinen ärmlich gekleidet, konfus und manchmal durch und durch psychopathologische Fälle.

Prostituierte baten sie, bei der Festsetzung ihrer Kaution aufzutreten, und Jennifer war erstaunt, wie jung und attraktiv einige von ihnen waren. Sie wurden eine kleine, aber regelmäßige Einkommensquelle. Jennifer konnte nicht herausfinden, wer sie zu ihr schickte. Wenn sie es Ken Bailey gegenüber erwähnte, zuckte er mit den Schultern und kümmerte sich nicht weiter darum.

Immer wenn Jennifer Klientenbesuch hatte, verschwand Ken diskret. Er war wie ein stolzer Vater, der sie ermutigte, am Ball zu bleiben.

Gelegentlich wurden ihr Scheidungsfälle angeboten, aber die lehnte sie ab. Sie konnte nicht vergessen, was einer ihrer Professoren einmal gesagt hatte: *Scheidung ist für einen Anwalt, was Abtreibung für einen Arzt ist.* Die meisten Scheidungsanwälte hatten einen schlechten Ruf. Wenn ein Ehepaar rot sah, rochen sie Geld. Hochkarätige Scheidungsanwälte hatten den Spitznamen *Bomber,* denn um einen Fall zu gewinnen, scheuten sie nicht davor zurück, juristischen Sprengstoff zu benutzen, und sie zerstörten nicht selten Mann, Frau und Kinder mit einem einzigen Knopfdruck.

Aber einige der Mandanten, die Jennifer aufsuchten, unterschieden sich so deutlich von den anderen, daß es sie verwirrte.

Sie waren gut gekleidet, hatten ein Flair von Reichtum, und ihre Aufträge waren nicht von der Art der billigen Fälle, die Jennifer gewöhnlich handhabte. Es ging um Nachlaßfragen von beträchtlichem Streitwert und Prozesse, die jede renommierte Anwaltskanzlei mit Vergnügen vertreten hätte.

»Wo haben Sie von mir gehört?« fragte Jennifer regelmäßig, aber die Antworten waren ausweichend. Von einem Freund... ich habe von Ihnen gelesen... Ihr Name fiel auf einer Party. Erst als einer dieser Mandanten Adam Warner erwähnte, als er sein Problem erklärte, begriff sie.

»Mr. Warner hat Sie hergeschickt, nicht wahr?«

Der Klient geriet in Verlegenheit. »Nun, tatsächlich hat er gesagt, es wäre besser, wenn ich seinen Namen nicht fallenließe.«

Jennifer entschloß sich, Adam anzurufen. Schließlich verdankte sie ihm einiges. Sie würde freundlich, aber formell sein. Natürlich würde sie ihn nicht merken lassen, daß sie ihn aus irgendeinem anderen Grund anrief, als um ihre Dankbarkeit zum Ausdruck zu bringen. In ihrer Phantasie probte sie das Gespräch wieder und immer wieder. Als sie schließlich allen Mut zusammennahm und seine Nummer wählte, informierte seine Sekretärin sie, Mr. Warner sei in Europa und werde erst in einigen Wochen zurückerwartet.

Nach dieser Enttäuschung wurde Jennifer von Niedergeschlagenheit befallen.

Sie merkte, daß sie öfter und öfter an Adam dachte. Sie erinnerte sich immer wieder an den Abend, an dem er sie in ihrem Appartement besucht und sie sich so unmöglich aufgeführt hatte. Es war großartig gewesen, wie er auf ihr kindisches Benehmen reagierte, als sie ihre Wut an ihm ausließ. Und zu allem Überfluß schickte er ihr jetzt auch noch Mandanten.

Jennifer wartete drei Wochen und rief ihn dann noch einmal an. Diesmal war er in Südamerika.

»Soll ich ihm eine Nachricht ausrichten?« fragte die Sekretärin.

Jennifer zögerte. »Keine Nachricht«, sagte sie dann.

Sie versuchte, nicht mehr an Adam zu denken, aber es war unmöglich. Sie fragte sich, ob er verheiratet oder verlobt sein mochte. Sie fragte sich, wie es wohl war, Mrs. Adam Warner zu sein. Und sie fragte sich, ob sie den Verstand verloren hatte.

Gelegentlich stieß sie in den Zeitungen auf den Namen Michael Moretti. Im *New Yorker* stand eine Hintergrundgeschichte über Antonio Granelli und die östlichen Mafia-Familien. Es hieß, mit Granellis Gesundheit gehe es abwärts und Moretti bereite sich darauf vor, sein Reich zu übernehmen. *Life* brachte eine Story über Michael Morettis Lebensstil, an deren Ende der Moretti-Prozeß erwähnt wurde. Camillo Stela saß in Leavenworth hinter Gittern, während Michael Moretti frei herumlief. Der Artikel erinnerte die Leser daran, wie Jennifer Parker den Fall zum Platzen gebracht hatte, der für Moretti Gefängnis oder elektrischen Stuhl bedeutet hätte. Jennifers Magen kribbelte, als sie den Artikel las. Der elektrische Stuhl? Sie selber hätte Moretti mit Freuden unter Strom gesetzt.

Die meisten ihrer Klienten waren unbedeutend, aber die Erfahrungen, die sie sammelte, waren unbezahlbar. Im Laufe der Zeit lernte Jennifer jeden Raum im Gerichtsgebäude an der Centre Street kennen genau wie die Leute, die diese Säle bevölkerten.

Wenn einer ihrer Mandanten wegen Einbruchs, Diebstahls, Prostitution oder Drogenmißbrauchs verhaftet wurde, setzte sie sich in Bewegung, um die Kautionsfrage zu regeln, und Feilschen gehörte dazu.

»Die Kaution wird auf fünfhundert Dollar festgesetzt.«

»Euer Ehren, der Angeklagte verfügt nicht über soviel Geld. Wenn das Gericht die Kaution auf zweihundert Dollar heruntersetzt, kann er wieder arbeiten und seine Familie ernähren.«

»Einverstanden. Zweihundert.«

»Danke, Euer Ehren.«

Jennifer war ein vertrauter Gast des Leiters der Beschwerdestelle, an die Kopien aller Verhaftungsberichte gesandt wurden.

»Sie schon wieder, Parker. Um Himmels willen, schlafen Sie eigentlich nie?«

»Hallo, Lieutenant. Einer meiner Klienten wurde wegen Landstreicherei hopsgenommen. Könnte ich den Arrestzettel sehen? Sein Name ist Connery. Clarence Connery.«

»Geben Sie mir einen Tip, Schätzchen. Warum tauchen Sie hier um drei Uhr nachts auf, um einen Landstreicher zu verteidigen?«

Jennifer grinste. »Das hilft mir, sauber zu bleiben.«

Sie war allmählich mit den nächtlichen Schnellverfahren vertraut, die in Raum 218 des Centre-Street-Gerichtsgebäudes abgehalten wurden. Es war eine übelriechende, überfüllte Welt mit einem ganz eigenen Geheimslang, der Jennifer am Anfang verwirrt hatte.

»Parker, Ihr Klient ist wegen Ebewan dran.«

»Wegen *was* ist er dran?«

»Ebewan. Wie Einbruch, Brechen, Eindringen, Wohnung, Bewaffnet, Absicht zu töten, Nachts. Mitgekommen?«

»Mitgekommen!«

»Ich vertrete Miß Luna Tarner.«

»Jesus Christus!«

»Würden Sie mir mitteilen, wie die Anklage lautet?«

»Einen Moment, ich muß ihre Karteikarte suchen. Luna Tarner. Das ist ein Früchtchen... da haben wir's schon. Pross. Geschnappt von der SOZUVE, da unten.«

»Was für eine Fee?«

»Sie sind neu hier, was? *SOZUVE* ist die Sondereinheit zur Verbrechensbekämpfung. *Pross* ist gleich Prostituierte, und *da unten* heißt südlich der 42. Straße. Capito?«

»Capito.«

Nachtverfahren deprimierten Jennifer. Menschliches Strandgut flutete in das Gericht, angespült auf dem Sandstrand der Justiz.

Jede Nacht wurden mehr als hundertfünfzig Fälle verhandelt. Da erschienen Huren und Transvestiten, abgewrackte Säufer und Drogensüchtige, Puertoricaner, Mexikaner, Juden und Iren,

Griechen und Italiener, und sie waren angeklagt der Vergewaltigung, des Diebstahls, wegen illegalen Waffenbesitzes, Rauschgiftdelikten, Körperverletzung oder Prostitution. Und sie alle hatten etwas gemeinsam: sie waren arm. Sie waren arm, vom Leben besiegt und hoffnungslos. Sie waren der Abschaum, die Ausgestoßenen, die die Überflußgesellschaft vergessen hatte. Ein großer Teil von ihnen kam aus Central Harlem, und weil in den Gefängnissen kein Platz mehr war, wurden sie, mit Ausnahme der wirklich schweren Fälle, mit einer Geldstrafe belegt und entlassen.

Sie wurden zurückgestoßen auf die Straßen von Morningside und Manhattan, wo auf dreieinhalb Quadratmeilen zweihundertdreiunddreißigtausend Neger, achttausend Puertoricaner und ungefähr eine Million Ratten hausten.

Die Mehrheit von Jennifers Klienten bestand aus Leuten, die von der Armut, dem System und ihrem eigenen Charakter zugrunde gerichtet worden waren. Es waren Leute, die sich schon seit langem aufgegeben hatten. Jennifer stellte fest, daß die Ängste dieser Menschen ihr Selbstvertrauen stärkten. Sie fühlte sich ihnen nicht etwa überlegen. Sie konnte sich selber beim besten Willen nicht als leuchtendes Beispiel für große Erfolge anführen, und doch bestand zwischen ihr und ihren Klienten ein großer Unterschied: sie würde niemals aufgeben.

Ken Bailey stellte Jennifer Pater Francis Joseph Ryan vor. Pater Ryan war Ende fünfzig, ein energischer, vitaler Mann mit krausem, grauschwarzem Haar, das um die Ohren leicht gelockt war und ständig die Hand eines Friseurs zu benötigen schien. Jennifer mochte ihn auf Anhieb.

Hin und wieder, wenn eins seiner Pfarrkinder verschwunden war, erschien Pater Ryan bei Ken und nahm seine Dienste in Anspruch. Ohne Ausnahme trieb Ken den verirrten Ehemann, die verlorengegangene Frau oder die ausgebrochenen Kinder wieder auf. Eine Rechnung wurde dabei weder gestellt noch bezahlt.

»Ich betrachte das als Anzahlung auf den Himmel«, erklärte Ken.

Eines Nachmittags, als Jennifer allein war, sah Pater Ryan zur Tür herein.

»Ken ist nicht da, Pater Ryan. Er kommt heute auch nicht mehr.«

»Eigentlich wollte ich mit Ihnen sprechen, Jennifer«, sagte Pater Ryan. Er setzte sich auf den unbequemen alten Holzstuhl vor Jennifers Schreibtisch. »Ein Freund von mir hat ein kleines Problem.«

Genauso begann er immer, wenn er einen Anschlag auf Ken vorhatte.

»Ja, Pater?«

»Eine der älteren Frauen aus meiner Gemeinde hat Ärger mit der Sozialversicherung. Sie erhält ihre Rente nicht mehr, seit sie in mein Viertel gezogen ist. Irgendein verdammter Computer – möge er in der Hölle verrosten! – hat ihre ganzen Daten verloren.«

»Ich verstehe.«

»Ich wußte, daß ich mich auf Sie verlassen kann.« Pater Ryan stand auf. »Ich fürchte, Sie werden nicht viel dabei verdienen. Gar nichts, um genau zu sein.«

Jennifer lächelte. »Keine Sorge. Ich werde versuchen, die Sache in Ordnung zu bringen.«

Sie hatte gedacht, es würde sie vielleicht einen oder zwei Anrufe kosten, aber tatsächlich dauerte es drei Tage, bis der Computer die neuen Daten gespeichert hatte.

Einen Monat später tauchte Pater Ryan in Jennifers Büro auf und sagte: »Ich belästige Sie nur ungern, meine Liebe, aber ein Freund von mir hat ein kleines Problem. Und ich fürchte, er hat kein ...« Er zögerte.

»... Geld«, riet Jennifer.

»Ah, so ist es. Genau. Aber der arme Bursche braucht dringend Hilfe.«

»In Ordnung. Schießen Sie los!«

»Er heißt Abraham Wilson. Er ist der Sohn eines meiner Pfarrkinder. Abraham sitzt in Sing Sing, lebenslänglich. Er hat einen Spirituosenladen überfallen und den Besitzer getötet.«

»Wenn er verurteilt worden ist und seine Strafe absitzt, verstehe ich nicht, wie ich ihm helfen könnte, Pater.«

Pater Ryan seufzte. »Das ist auch nicht Abrahams Problem.«

»Was dann?«

»Vor ein paar Wochen hat er einen weiteren Mann getötet – einen Mitgefangenen namens Raymond Thorpe. Jetzt wollen sie ihn wegen Mordes vor Gericht stellen und die Todesstrafe fordern.«

Jennifer hatte etwas über den Fall gelesen. »Wenn ich mich richtig erinnere, hat er den Mann zu Tode geprügelt.«

»So heißt es.«

Jennifer griff nach Block und Bleistift. »Wissen Sie, ob es irgendwelche Zeugen gab?«

»Ich fürchte, ja.«

»Wie viele?«

»Oh, hundert oder mehr. Es geschah im Gefängnishof, müssen Sie wissen.«

»Schreckliche Geschichte. Und was soll ich tun?«

»Abraham helfen«, sagte Pater Ryan schlicht.

Jennifer legte den Bleistift wieder aus der Hand. »Pater, Abraham kann nur einer helfen – Ihr Boß.« Sie lehnte sich zurück. »Wenn er den Gerichtssaal betritt, sprechen schon drei Punkte gegen ihn: Er ist schwarz, er ist bereits einmal des Mordes für schuldig befunden worden, und er hat einen weiteren Mann vor hundert Zeugen getötet. Ich sehe nicht den geringsten Ansatz für eine Verteidigung. Wenn der andere Häftling ihn bedroht hat, hätte er die Wärter bitten können, ihm zu helfen. Statt dessen hat er das Recht in die eigene Hand genommen. Auf der ganzen Welt gibt es keine Jury, die ihn nicht verurteilen würde.«

»Er ist immer noch ein menschliches Wesen. Könnten Sie nicht wenigstens mit ihm sprechen?«

Jennifer seufzte. »Ich rede mit ihm, wenn Sie wollen, aber ich verspreche Ihnen nichts.«

Pater Ryan nickte. »Ich verstehe. Es könnte vielleicht ziemlich viel Wirbel verursachen.«

Sie hatten beide denselben Gedanken. Abraham Wilson war nicht der einzige, der den Aufschlag gegen sich hatte.

Sing Sing liegt in der Nähe von Ossining, dreißig Meilen oberhalb von Manhattan am östlichen Ufer des Hudson River.

Jennifer nahm den Bus. Sie hatte mit dem stellvertretenden Direktor telefoniert, und er hatte dafür gesorgt, daß sie mit Abraham Wilson, der in Einzelhaft gehalten wurde, sprechen konnte.

Während der Busfahrt fühlte Jennifer eine Entschlossenheit, die sie lange nicht mehr gespürt hatte. Sie war auf dem Weg nach Sing Sing, um einen des Mordes verdächtigten Mandanten zu treffen. Für einen solchen Fall hatte sie studiert, darauf hatte sie sich vorbereitet. Zum erstenmal in ihrem Leben fühlte sie sich wie ein Rechtsanwalt, und dennoch wußte sie, daß sie unrealistisch war. Sie fuhr nicht nach Sing Sing, um einen Mandanten zu sprechen, sondern um einem Mann mitzuteilen, daß sie ihn nicht vertreten konnte. Sie konnte es sich nicht leisten, in das Rampenlicht eines solchen Prozesses zu treten, wenn sie keine Chance hatte zu gewinnen.

Abraham Wilson würde jemand anderen finden müssen, der seine Verteidigung übernahm.

Ein schäbiges Taxi brachte Jennifer von der Busstation zur Strafanstalt. Sie klingelte am Seiteneingang, und ein Wärter öffnete die Tür, suchte ihren Namen auf seiner Liste und führte sie dann zum Büro des stellvertretenden Direktors.

Der stellvertretende Direktor war ein großer, stämmiger Mann. Sein Haar war militärisch kurzgeschnitten und das Gesicht von Akne entstellt. Er hieß Howard Patterson.

»Ich bin für alles dankbar, was Sie mir über Abraham Wilson erzählen können«, begann Jennifer.

»Falls Sie Trost suchen, hier werden Sie keinen finden.« Patterson streifte das Dossier auf dem Schreibtisch vor ihm mit einem Blick. »Wilson hat praktisch sein ganzes Leben im Gefängnis verbracht. Mit elf wurde er geschnappt, als er Wagen stahl, mit dreizehn wegen eines Raubüberfalls verhaftet. Mit fünfzehn wurde er wegen Vergewaltigung hopsgenommen, mit achtzehn war er bereits Zuhälter und verbüßte wenig später eine Haftstrafe, weil er eins seiner Mädchen ins Krankenhaus gebracht hatte...« Patterson blätterte im Dossier. »Was immer Sie wollen, hier ist es – Messerstechereien, bewaffneter Raubüberfall und als Krönung ein fetter Mord.«

Es war eine deprimierende Aufzählung.

»Besteht auch nur die leiseste Möglichkeit, daß Abraham Wilson Raymond Thorpe *nicht* getötet hat?« fragte Jennifer.

»Vergessen Sie das. Wilson ist der erste, der seine Tat zugibt, aber es würde nicht den geringsten Unterschied bedeuten, wenn er alles abstritte. Wir haben hundertzwanzig Zeugen.«

»Kann ich Mr. Wilson sehen?«

Howard Patterson stand auf. »Sicher, aber Sie vergeuden Ihre Zeit.«

Abraham Wilson war das häßlichste menschliche Wesen, das Jennifer je gesehen hatte. Er war pechschwarz. Seine Nase schien mehrmals gebrochen zu sein. Er hatte kleine, unstete Augen, und ihm fehlten die Vorderzähne. Sein Gesicht trug die Narben zahlreicher Messerstechereien. Er war ungefähr einen Meter neunzig groß und von bulliger Statur. Er bewegte sich schleppend, denn er hatte riesige, flache Füße. Wenn Jennifer Abraham Wilson in einem Worte hätte beschreiben müssen, sie hätte ihn *bedrohlich* genannt. Sie konnte sich gut vorstellen, wie dieser Mann auf Geschworene wirken würde.

Abraham und sie saßen in einem mit allen Sicherheitsvorkehrungen ausgestatteten Besuchszimmer, ein dickes Drahtnetz zwischen sich. An der Tür stand ein Wärter. Wenn Jennifer noch die geringsten Zweifel gehabt hätte, ob sie diesen Fall nicht doch übernehmen sollte, so wären sie jetzt, bei Abraham Wilsons Anblick, weggefegt worden. Sie saß ihm nur gegenüber, aber sie spürte, wie der Haß aus ihm hervorströmte.

Jennifer sagte: »Mein Name ist Jennifer Parker. Ich bin Rechtsanwältin. Pater Ryan bat mich, Sie aufzusuchen.«

»Dieser gottverdammte, verfickte Apostel!« spie Wilson durch das Drahtnetz und besprühte Jennifer dabei mit Speichel.

*Ein wundervoller Anfang,* dachte sie. Mit Bedacht verzichtete sie darauf, sich den Speichel vom Gesicht zu wischen. »Brauchen Sie etwas, Mr. Wilson?«

Wilson bedachte sie mit einem zahnlosen Grinsen. »Einen Weiberarsch, Baby. Ham Se Lust?«

Sie reagierte nicht. »Wollen Sie mir erzählen, was hier passiert ist?«

»He, meine Lebensgeschichte krieg'n Se nich' umsonst, da müss'n Se was ausspuck'n. Die verkauf' ich noch an'n Film. Vielleicht spiel' ich selber die Hauptrolle.«

Die Wut, die aus ihm hervorquoll, war angsteinflößend. Jennifer wollte nichts wie heraus aus diesem Raum. Der stellvertretende Direktor hatte recht gehabt. Sie vergeudete ihre Zeit.

»Ich fürchte, daß ich nichts für Sie tun kann, Mr. Wilson, wenn Sie mir nicht helfen. Ich habe Pater Ryan versprochen, daß ich wenigstens mit Ihnen reden würde.«

Wieder grinste Wilson sein zahnloses Grinsen. »Mächtig toll von dir, Schätzchen! Willste dir das mit'm Arsch nich' nochmal überleg'n?«

Jennifer stand auf. Sie hatte genug. »Hassen Sie eigentlich jeden?«

»Sag dir was, Puppe – du kriechs' in meine Haut, un' ich kriech' in deine, un' dann klopp'n wir Sprüche über Haß.«

Jennifer stand da, starrte in das häßliche schwarze Gesicht, verdaute, was Wilson gesagt hatte, und setzte sich dann langsam wieder hin. »Wollen Sie mir Ihre Seite der Story erzählen, Abraham?«

Er bohrte seine Augen wortlos in die ihren. Jennifer wartete, erwiderte den Blick und fragte sich, wie man sich in dieser schwarzen, narbenübersäten Haut fühlen mochte. Sie überlegte, wie viele unsichtbare Narben die Seele dieses Mannes wohl hatte.

Das Schweigen dauerte lange. Schließlich sagte Abraham Wilson: »Ich hab' den Hundesohn gekillt.«

»Warum?«

Er zuckte mit den Schultern. »Der Mutterficker ging mit dies'm groß'n Fleischerdolch auf mich los un'...«

»Erzählen Sie mir keine Geschichten. Häftlinge wandern nicht mit Fleischermessern herum.«

Wilsons Gesicht verfinsterte sich, und er sagte: »Zieh Leine, Lady. Ich hab' nich' um deine Hilfe gebet'n.« Er stand auf. »Un' laß' dich hier nich' mehr blick'n, verstanden! Ich bin'n beschäftigter Mann.«

Er wandte ihr den Rücken zu und ging zu dem Wärter. Eine Sekunde später hatten beide den Raum verlassen. Damit hatte es sich. Wenigstens konnte Jennifer Pater Ryan jetzt sagen, daß sie mit Wilson gesprochen hatte. Mehr vermochte sie nicht zu tun.

Ein Wärter führte sie aus dem Gebäude. Sie überquerte den Gefängnishof in Richtung Haupttor und dachte an Abraham Wilson und ihre Reaktion auf ihn. Sie mochte den Mann nicht, und deshalb tat sie etwas, wozu sie kein Recht hatte: Sie richtete ihn. Sie hatte ihn bereits schuldig gesprochen, obwohl er noch keinen Prozeß gehabt hatte. Vielleicht hatte Thorpe ihn *wirklich* angegriffen, natürlich nicht mit einem Messer, aber mit einem Stein zum Beispiel. Jennifer blieb stehen und zögerte. Ihr Instinkt riet ihr, nach Manhattan zurückzufahren und Abraham Wilson zu vergessen.

Statt dessen drehte sie um und ging noch einmal zum Büro des stellvertretenden Direktors.

»Wilson ist ein harter Fall«, sagte Howard Patterson. »Wenn die Voraussetzungen es zulassen, ziehen wir Rehabilitierung der Bestrafung vor, aber in seinem Fall haben wir keine Chance. Das einzige, was Wilson beruhigen kann, ist der elektrische Stuhl.«

*Was für eine erschreckende Logik,* dachte Jennifer. »Er hat mir erzählt, der Mann, den er getötet hat, hätte ihn mit einem Fleischermesser angegriffen.«

»Das kann stimmen.«

Die Antwort verwunderte sie. »Was meinen Sie damit? Wollen Sie behaupten, ein Häftling könnte hier im Gefängnis an ein Messer kommen? Ein Fleischermesser?«

Howard Patterson zuckte mit den Schultern. »Miß Parker, in

diesen Mauern befinden sich zwölfhundertvierzig Häftlinge, und einige von ihnen sind äußerst erfinderisch. Kommen Sie, ich zeige Ihnen etwas.«

Patterson führte Jennifer einen langen Korridor hinunter an eine verschlossene Tür. Er öffnete die Tür mit einem Schlüssel aus einem großen Bund und schaltete das Licht an. Jennifer betrat einen kleinen, kahlen Raum mit eingebauten Regalen.

»Hier bewahren wir die Bonbondose der Gefangenen auf.« Er ging zu einem großen Kasten und öffnete den Deckel.

Ungläubig starrte Jennifer in den Kasten.

Dann blickte sie Howard Patterson an und sagte: »Ich möchte noch einmal mit meinem Mandanten sprechen.«

## 6

Jennifer bereitete sich auf Abraham Wilsons Verhandlung vor, wie sie sich noch nie im Leben auf etwas vorbereitet hatte. Sie verbrachte endlose Stunden über Gesetzbüchern, informierte sich über Verfahrensweisen und Verteidigungsstrategien. In langen Sitzungen versuchte sie, ihrem Mandanten näherzukommen und alle Informationen zu sammeln, die sie kriegen konnte. Es war kein leichtes Unterfangen. Wilson war von Anfang an gehässig und sarkastisch.

»Woll'n Se was von mir wiss'n, Schätzchen? Mit zehn hab' ich zum erst'nmal gefickt. Wie alt war'n Sie?«

Jennifer zwang sich, seinen Haß und seine Verachtung zu ignorieren, denn sie merkte, daß sich dahinter tiefe Furcht verbarg. Und so ließ Jennifer nicht locker. Sie wollte wissen, wie Wilsons Kindheit gewesen war, sie fragte ihn nach seinen Eltern und den Erfahrungen, die aus dem Jungen einen Mann geformt hatten. Im Verlauf einiger Wochen wurde aus Wilsons Widerstand Interesse, und das Interesse wich Faszination. Noch nie in seinem Leben hatte er einen Anlaß gehabt, über sich selber nachzudenken – was für ein Mensch er war und warum.

Jennifers bohrende Fragen erweckten Erinnerungen, einige

davon nur unangenehm, andere unerträglich schmerzhaft. Während der Sitzungen, in denen Jennifer Wilson über seinen Vater ausfragte, der ihn regelmäßig brutal verprügelt hatte, konnte es passieren, daß Wilson ihr befahl, ihn allein zu lassen. Dann stand sie auf und ging, aber sie kehrte immer wieder zurück.

Vorher hatte Jennifer schon wenig Privatleben gehabt, nun hatte sie gar keines mehr. Wenn sie nicht bei Abraham Wilson war, hielt sie sich im Büro auf, sieben Tage in der Woche, vom frühen Morgen bis weit nach Mitternacht, und studierte alles, was sie über Mord und vorsätzlichen oder unbeabsichtigten Totschlag finden konnte. Nachdem sie Hunderte von Gerichtsentscheidungen, Präzedenzfällen und Verhandlungsprotokollen analysiert hatte, beschäftigte sie sich in erster Linie damit, wie man die Anklage in Totschlag umändern konnte.

Abraham hatte den Mann nicht vorsätzlich getötet. Aber würde eine Jury das glauben? Vor allem Geschworene aus der Umgebung? Die Nachbarn von Sing Sing haßten die Sträflinge in ihrer Mitte. Jennifer setzte sich für eine Verlegung des Gerichtsortes ein, und die wurde gewährt. Der Prozeß würde in Manhattan stattfinden.

Dann mußte sie eine wichtige Entscheidung treffen: sollte sie Abraham Wilson in den Zeugenstand rufen? Er erweckte einen durch und durch negativen Eindruck, aber wenn die Geschworenen die Geschichte aus seinem eigenen Mund hörten, konnte sie das vielleicht für ihn einnehmen. Das Problem bestand darin, daß sie damit der Anklage die Möglichkeit gab, Wilsons Vergangenheit und die Liste seiner Straftaten aufzurollen, darunter den Mord, für den er bereits verurteilt war.

Sie fragte sich, welchen seiner Assistenten Di Silva gegen sie ins Feld schicken würde. Er verfügte über ein halbes Dutzend qualifizierter Männer, die Mordanklagen vertraten, und Jennifer machte sich mit ihren Techniken vertraut.

Sie verbrachte soviel Zeit wie möglich in Sing Sing, besichtigte den Schauplatz des Mordes, sprach mit Abraham, den Wärtern und interviewte Dutzende von Häftlingen, die Thorpes Tod miterlebt hatten.

»Raymond Thorpe hat Abraham Wilson mit einem Messer angegriffen«, sagte Jennifer. »Einem großen Fleischermesser. Sie müssen es doch bemerkt haben.«

»Ich? Ich habe kein Messer gesehen.«

»Sie *müssen.* Sie standen direkt daneben.«

»Lady, ich hab' wirklich nichts gesehen.«

Niemand wollte in die Geschichte verwickelt werden.

Manchmal nahm Jennifer sich die Zeit für eine richtige Mahlzeit, aber meistens schlang sie hastig ein Sandwich am Imbißstand des Gerichtsgebäudes herunter. Sie begann, Gewicht zu verlieren und unter Schwindelanfällen zu leiden.

Ken Bailey machte sich Sorgen. Er führte sie zu »Forlini's« gegenüber dem Gericht und bestellte eine ausgiebige Mahlzeit für sie.

»Beabsichtigst du, dich umzubringen?« wollte er wissen.

»Natürlich nicht.«

»Hast du in letzter Zeit mal in den Spiegel geschaut?«

»Nein.«

Er betrachtete sie und sagte: »Wenn du einen Funken Verstand hast, läßt du die Finger von dem Fall.«

»Warum?«

»Weil du die reinste Tontaube sein wirst. Jennifer, ich höre doch, was auf der Straße gesprochen wird. Die Presse macht sich schon in die Hose, so wild ist sie darauf, sich wieder auf dich einzuschießen.«

»Ich bin Rechtsanwältin«, sagte Jennifer störrisch. »Abraham Wilson hat ein Recht auf einen fairen Prozeß, und ich werde mich darum kümmern, daß er einen bekommt.« Sie bemerkte den besorgten Ausdruck in Ken Baileys Gesicht. »Keine Sorge, *soviel* Aufmerksamkeit wird der Prozeß auch wieder nicht bekommen.«

»Ach nein? Weißt du, wer die Anklage vertreten wird?«

»Nein.«

»Robert Di Silva.«

Jennifer betrat das Gerichtsgebäude am Eingang Leonard Street und bahnte sich ihren Weg durch die Menschen, die sich durch die Wandelhalle wälzten, vorbei an uniformierten Polizisten, wie Hippies gekleideten Kriminalbeamten und Anwälten mit Aktentaschen. Sie ging auf den großen, kreisförmig angelegten Informationstisch zu und nahm dann den Aufzug in den sechsten Stock. Ihr Ziel war das Büro des Staatsanwalts. Seit ihrem letzten Zusammentreffen mit Robert Di Silva war beinahe ein Jahr vergangen, und Jennifer freute sich nicht gerade auf das Wiedersehen. Sie beabsichtigte, ihn darüber zu informieren, daß sie Abraham Wilsons Verteidigung niederlegte.

Es hatte Jennifer drei schlaflose Nächte gekostet, eine Entscheidung zu treffen. Den endgültigen Ausschlag hatte die Überlegung gegeben, daß in erster Linie die Interessen ihres Klienten berücksichtigt werden mußten. Normalerweise wäre der Fall Wilson nicht wichtig genug gewesen, daß Di Silva sich selber darum kümmerte. Der einzige Grund für die Aufmerksamkeit des Staatsanwalts lag daher in Jennifers Erscheinen vor Gericht. Di Silva wollte Rache. Er wollte ihr eine Lehre erteilen. Und so blieb ihr keine andere Wahl, als sich von Wilsons Verteidigung zurückzuziehen. Sie konnte nicht zulassen, daß er hingerichtet wurde, nur weil sie einmal einen Fehler begangen hatte. Wenn sie nicht mehr mit dem Fall zu tun hatte, würde Robert Di Silva vielleicht nachsichtiger mit Wilson umgehen. Sie war hier, um Abraham Wilsons Leben zu retten.

Es war ein seltsames Gefühl, die Vergangenheit noch einmal zu durchleben, als sie im sechsten Stock ausstieg und auf die Tür mit dem Schild *Staatsanwalt, Staat von New York* zuging. Dahinter saß dieselbe Sekretärin am selben Tisch wie damals.

»Ich bin Jennifer Parker. Ich habe eine Verabredung mit ...«

»Sie können gleich hineingehen«, sagte die Sekretärin. »Der Staatsanwalt erwartet Sie.«

Robert Di Silva stand hinter seinem Schreibtisch, kaute auf einer nassen Zigarre herum und gab zwei Assistenten Instruktionen. Er verstummte, als Jennifer eintrat.

»Ich hätte gewettet, Sie würden nicht kommen.«

»Ich bin da.«

»Ich dachte, Sie hätten den Schwanz eingezogen und längst die Stadt verlassen. Was wollen Sie?«

Vor seinem Schreibtisch standen zwei Stühle, aber er forderte Jennifer nicht auf, Platz zu nehmen.

»Ich bin hier, um mit Ihnen über meinen Mandanten zu sprechen, Abraham Wilson.«

Robert Di Silva setzte sich, lehnte sich in seinem Stuhl zurück und gab vor, nachzudenken. »Abraham Wilson... ach ja. Das ist der Killernigger, der einen Mann im Gefängnis zu Tode geprügelt hat. Es sollte Ihnen keine Schwierigkeiten bereiten, ihn zu verteidigen.« Er warf seinen beiden Assistenten einen Blick zu, und sie verließen den Raum.

»Nun, Frau Kollegin?«

»Ich möchte über einen Rechtseinwand sprechen.«

Robert Di Silva betrachtete sie mit übertriebenem Erstaunen. »Sie meinen, Sie sind hier, um einen Handel abzuschließen? Sie setzen mich in Erstaunen. Ich dachte, daß jemand mit Ihrem großen juristischen Talent fähig wäre, Wilson aus dem Stand heraus zu einem Freispruch zu verhelfen.«

»Mr. Di Silva, ich weiß, es sieht wie ein offen zutage liegender Fall aus«, begann Jennifer, »aber es gibt mildernde Umstände. Abraham Wilson war –«

Staatsanwalt Di Silva unterbrach sie. »Lassen Sie es mich Ihnen mit juristischen Ausdrücken erklären, die auch Sie verstehen können, Frau Kollegin. Sie können Ihre mildernden Umstände nehmen und sie sich in den Arsch stecken!« Er sprang auf, seine Stimme zitterte vor Wut. »Mit Ihnen einen Handel abschließen, Lady? Sie haben mein Leben versaut! In Sing Sing hat es eine Leiche gegeben, und Ihr Kleiner wird dafür grillen. Verstehen Sie mich? Ich werde persönlich dafür sorgen, daß er auf den elektrischen Stuhl kommt.«

»Ich bin mit der Absicht hergekommen, mich von dem Fall zurückzuziehen. Sie könnten die Anklage in Totschlag abändern. Wilson hat bereits lebenslänglich. Sie könnten –«

»Nein, niemals! Er ist des Mordes schuldig!«

Jennifer versuchte, ihren Zorn zu zügeln. »Ich dachte, das hätte die Jury zu entscheiden.«

Robert Di Silva lächelte sie ohne Fröhlichkeit an. »Sie können sich gar nicht vorstellen, wie herzerwärmend es ist, wenn ein Experte wie Sie in mein Büro kommt und mir das Gesetz erklärt.«

»Können wir nicht wie zwei vernünftige Menschen miteinander reden?«

»Nicht, so lange ich lebe. Grüßen Sie Ihren Spezi Michael Moretti von mir.«

Eine halbe Stunde später trank Jennifer mit Ken Bailey Kaffee.

»Ich weiß nicht mehr weiter«, gestand sie. »Ich dachte, wenn ich mit dem Fall nichts mehr zu tun hätte, würde es für Abraham Wilson besser aussehen. Aber Di Silva ist zu keinem Handel bereit. Er will nicht Wilsons Kopf – er will meinen!«

Bailey sah sie nachdenklich an. »Vielleicht versucht er, dich mit psychologischer Kriegsführung kleinzukriegen. Er will dir Angst machen.«

»Ich *habe* Angst.« Sie nahm einen Schluck Kaffee. Er schmeckte bitter. »Es ist ein hoffnungsloser Fall. Du solltest Abraham Wilson einmal sehen. Die Geschworenen brauchen ihn bloß anzuschauen, dann ist er schon verurteilt.«

»Wann wird die Verhandlung eröffnet?«

»In vier Wochen.«

»Kann ich irgend etwas tun, um dir zu helfen?«

»Sicher. Laß Di Silva umlegen.«

»Siehst du irgendeine Chance, einen Freispruch für Wilson zu erreichen?«

»Wenn man es vom Standpunkt eines Pessimisten aus betrachtet, führe ich meine erste Verhandlung gegen den gerissensten Staatsanwalt des Landes, der wiederum eine Privatfehde gegen mich führt, und mein Mandant ist ein bereits verurteilter schwarzer Mörder, der vor hundertzwanzig Zeugen einen weiteren Mord begangen hat.«

»Schauerlich. Was könnte ein Optimist für eine Möglichkeit sehen?«

»Daß ich heute nachmittag von einem Lastwagen überfahren werde.«

Der Verhandlungstermin war nur noch drei Wochen entfernt. Jennifer sorgte dafür, daß Abraham Wilson in das Gefängnis von Riker's Island verlegt wurde. Er wurde in die Haftanstalt für Männer gesteckt, das größte und älteste Gefängnis auf der Insel. Fünfundneunzig Prozent der Insassen erwarteten dort Verhandlungen wegen Kapitalverbrechen: Mord, Brandstiftung, Vergewaltigung, bewaffneter Raubüberfall.

Privatwagen waren auf der Insel nicht zugelassen, und Jennifer wurde in einem kleinen grünen Bus zu dem grauen Kontrollgebäude gebracht, wo sie ihren Ausweis vorzeigte. In einer grünen Bude links von dem Gebäude hielten sich zwei bewaffnete Wärter auf, und dahinter versperrte ein Tor allen unbefugten Besuchern den Weg. Von dem Kontrollgebäude wurde Jennifer auf der Hazen Street, einer schmalen Straße, die durch das Gefängnisgelände führte, zum Anna-M.-Kross-Gebäude gefahren, wohin Abraham Wilson gebracht worden war, um sich mit ihr in einer der acht würfelförmigen Zellen des Beratungsraums zu treffen.

Als sie den langen Korridor zum Besprechungszimmer entlangging, dachte Jennifer: *So muß der Warteraum zur Hölle aussehen.* Sie hatte das Gefühl, durch einen Sumpf aus unvorstellbarem Lärm zu waten. Das Gefängnis war aus Ziegeln, Stahl, Steinen und Kacheln erbaut. Ständig wurden Eisentore geöffnet und geschlossen. In jedem Zellenblock waren über hundert Männer untergebracht, die alle gleichzeitig zu reden und zu brüllen schienen, dazu waren zwei Fernsehapparate auf verschiedene Programme eingestellt, und eine Musikanlage spielte Country Rock. Dreihundert Wärter waren auf die Blöcke verteilt, und ihr Geschrei lieferte den Kontrapunkt zu der Gefängnissymphonie.

Jennifer saß Abraham Wilson gegenüber und dachte: *Das Leben dieses Mannes liegt in meiner Hand. Wenn er stirbt, dann nur, weil ich versagt habe.* Sie blickte in seine Augen und sah die Verzweiflung darin.

»Ich werde tun, was in meiner Macht steht«, versprach sie.

Drei Tage vor Prozeßbeginn erfuhr sie, daß der Ehrenwerte Richter Lawrence Waldman den Vorsitz führen würde – der Mann, der den Moretti-Prozeß geleitet und anschließend versucht hatte, sie aus der Anwaltskammer zu entfernen.

## 7

Ende September 1970, an dem Montag, an dem der Prozeß gegen Abraham Wilson beginnen sollte, erwachte Jennifer um vier Uhr morgens. Sie fühlte sich müde und zerschlagen. Sie hatte schlecht geschlafen und von der Verhandlung geträumt. In einem der Träume hatte Robert Di Silva sie in den Zeugenstand gerufen und über Michael Moretti befragt. Immer wenn sie zu antworten versuchte, fielen die Geschworenen ihr mit dem Schrei *Lügnerin! Lügnerin! Lügnerin!* ins Wort.

Im letzten Traum wurde Abraham Wilson auf den elektrischen Stuhl geschnallt, und als Jennifer sich über ihn beugte, um ihn zu trösten, spuckte er ihr ins Gesicht. Jennifer war zitternd aufgewacht und konnte nicht wieder einschlafen. Bis zur Morgendämmerung saß sie aufrecht in einem Sessel und beobachtete den Sonnenaufgang. Sie war zu nervös, um zu frühstücken. Sie wünschte sich, sie hätte besser geschlafen. Sie wünschte sich, nicht so angespannt zu sein. Und sie wünschte sich, daß der Tag schon vorbei wäre.

Während sie badete und sich anzog, wurde sie von unheilvollen Ahnungen geplagt. Am liebsten hätte sie Schwarz getragen, aber sie entschied sich für ein grünes, Chanel nachgeahmtes Kleid, das sie bei Loehmann's im Ausverkauf erstanden hatte.

Um acht Uhr dreißig traf sie im Gerichtsgebäude ein, um die Verteidigung im Fall *Das Volk von New York gegen Abraham Wilson* anzutreten. Vor dem Eingang drängte sich eine Menschenmenge, und ihr erster Gedanke war, daß es einen Unfall gegeben habe. Sie bemerkte eine Batterie von Fernsehkameras und Mikrofonen. Ehe sie begriffen hatte, was vorging, war sie von Reportern umzingelt.

Einer der Reporter sagte: »Miß Parker, dies ist Ihr erster Auftritt vor Gericht, seit Sie den Moretti-Fall zum Platzen gebracht haben, nicht wahr?«

Ken Bailey hatte sie gewarnt. *Sie* war die Hauptattraktion, nicht ihr Mandant. Die Reporter waren keine objektiven Beobachter. Sie waren Raubvögel, und Jennifer war ihre Beute.

Eine junge Frau in Jeans stieß Jennifer ein Mikrofon ins Gesicht. »Stimmt es, daß Staatsanwalt Di Silva es auf Sie abgesehen hat?«

»Kein Kommentar.« Jennifer begann, sich zum Eingang des Gebäudes durchzukämpfen.

»Der Staatsanwalt hat gestern abend eine Verlautbarung abgegeben, nach der Ihnen verboten werden sollte, an New Yorker Gerichten als Anwalt tätig zu sein. Haben Sie dazu etwas zu sagen?«

»Kein Kommentar.« Sie hatte den Eingang beinahe erreicht.

»Richter Waldman hat letztes Jahr versucht, Sie aus der Anwaltskammer zu entfernen. Werden Sie ihn auffordern, sich wegen Befangenheit...«

Jennifer hatte es geschafft. Sie war im Gericht.

Der Prozeß fand in Raum 37 statt. Obwohl der Saal bereits voll war, drängten sich immer noch Leute auf dem Korridor und versuchten, hineinzugelangen. Es herrschte eine regelrechte Karnevalsatmosphäre in dem vor Lärm dröhnenden Raum. Für Mitglieder der Presse waren zusätzliche Reihen reserviert worden. *Darum hat sich Di Silva persönlich gekümmert,* dachte Jennifer.

Abraham Wilson saß am Angeklagtentisch und überragte seine Umgebung wie ein bedrohlicher Berg. Er trug einen dunkelblauen Anzug, der ihm zu klein war, und ein weißes Hemd mit einem blauen Schlips, den Jennifer ihm gekauft hatte. Es half alles nichts. Abraham Wilson sah aus wie ein häßlicher Killer in einem dunkelblauen Anzug. Er könnte genausogut seine Sträflingskombination anhaben, dachte Jennifer entmutigt.

Wilson blickte sich herausfordernd im Sitzungssaal um und

starrte jeden finster an, der seinem Blick begegnete. Jennifer kannte ihren Mandanten inzwischen gut genug, um zu wissen, daß seine Streitlust nur seine Angst verbergen sollte; aber jeder andere – der Richter und die Jury eingeschlossen – würde den Eindruck haben, einem feindseligen, haßerfüllten Mann gegenüberzusitzen. Dieser schwarze Riese war eine Bedrohung. Sie würden ihn als jemanden betrachten, den man fürchten und daher zerstören müsse.

An Wilsons Persönlichkeit war kein einziger liebenswerter Zug. Nichts an seiner Erscheinung rief Sympathie hervor. Es gab nur das häßliche, zernarbte Gesicht mit der gebrochenen Nase und den fehlenden Zähnen, diesen mächtigen Körper, der angsteinflößend wirkte.

Jennifer ging zu Abraham Wilson und setzte sich neben ihn. »Guten Morgen, Abraham.«

Er sah sie an und sagte: »Dachte nich', daß Se komm'n würd'n.«

Jennifer dachte an ihren Traum. Sie blickte ihm in die kleinen Augen und sagte: »Sie wußten, daß ich hier sein würde.«

Er zuckte gleichgültig mit den Schultern. »Is' so oder so egal. Die krieg'n mich, Baby. Die verurteil'n mich weg'n dem Mord, und dann mach'n se 'n Gesetz, dasses legal is', wenn se mich in Öl koch'n, und dann koch'n se mich in Öl. Das wird nie 'n Prozeß hier. Das wird 'ne Show. Hamm Se Ihr Popcorn mit?«

Am Tisch des Anklägers entstand Unruhe, und Jennifer sah Staatsanwalt Di Silva neben einer Armee von Assistenten Platz nehmen. Er blickte Jennifer an und lächelte. Jennifer fühlte Panik in sich aufsteigen.

Ein Gerichtsdiener rief: »Alles aufstehen«, und Richter Lawrence Waldman trat aus seinem Ankleidezimmer herein.

»Der Ehrenwerte Richter Lawrence Waldman.«

Der einzige, der sich weigerte, aufzustehen, war Abraham Wilson. Jennifer zischte ihm zu: »Stehen Sie auf!«

»Eins geschissen, Baby. Die müss'n schon komm'n un' mich hochzieh'n.«

Jennifer nahm seine riesige Hand in die ihre. »Hoch mit Ihnen, Abraham. Wir werden sie schlagen!«

Er betrachtete sie nachdenklich, dann erhob er sich gemächlich.

Richter Waldman nahm auf der Richterbank Platz. Die Zuschauer ließen sich wieder auf ihren Stühlen nieder. Der Gerichtsdiener reichte Waldman den Prozeßkalender.

»Das Volk des Staates von New York gegen Abraham Wilson, angeklagt des Mordes an Raymond Thorpe.«

Normalerweise hätte Jennifer sich instinktiv dafür entschieden, bei einer solchen Verhandlung schwarze Geschworene auszusuchen, aber bei Abraham Wilson war sie sich nicht sicher. Wilson gehörte nicht wirklich zu ihnen. Er war ein Abtrünniger, ein Killer, eine »Schande für ihre Rasse«. Sie würden vielleicht noch eher dazu neigen, ihn zu verurteilen, als Weiße. Das einzige, was Jennifer tun konnte, bestand darin, die Jury von offensichtlichen Heuchlern freizuhalten. Aber Heuchler machten keine Reklame für sich selber. Sie verheimlichten ihre Vorurteile, warteten still auf ihre Gelegenheit zur Rache.

Am Ende des zweiten Tages hatte Jennifer von ihrem Recht, Geschworene abzulehnen, zehnmal Gebrauch gemacht und es damit erschöpft. Di Silva hatte keinen einzigen Einspruch erhoben. Unter den letzten zur Befragung eingeladenen, möglichen Geschworenen befanden sich ein Privatdetektiv, ein Bankmanager und die Mutter eines Arztes. Jetzt begriff Jennifer, daß Di Silva sie hereingelegt hatte, denn sie hatte keine Chance zum Einspruch mehr. Der Detektiv, der Manager und die Arztmutter würden auf der Geschworenenbank sitzen. Die ganze gute Gesellschaft.

Robert Di Silva stand auf und gab seine einleitende Darlegung des Falles.

»Wenn das Hohe Gericht –«, er wandte sich an die Jury, »– und Sie meine Damen und Herren Geschworenen gestatten, so möchte ich Ihnen allen zunächst dafür danken, daß Sie Ihre wertvolle Zeit geopfert haben, um dieser Verhandlung beizuwohnen.« Er lächelte freundlich. »Ich weiß, wie lästig es sein kann, als Geschworener seinem Land zu dienen. Sie alle haben einen Beruf und Familien, die Ihrer Aufmerksamkeit bedürfen.«

*Er tut, als sei er einer von ihnen,* dachte Jennifer, *der dreizehnte Geschworene.*

»Ich verspreche Ihnen, Ihre Zeit und Geduld so kurz wie nur möglich in Anspruch zu nehmen. Es handelt sich wirklich um einen äußerst einfachen Fall. Der Mann an dem Tisch dort ist der Angeklagte – Abraham Wilson. Der Angeklagte wird vom Staat New York beschuldigt, im Gefängnis von Sing Sing einen Mithäftling, Raymond Thorpe, ermordet zu haben. Es bestehen keine Zweifel an seiner Schuld. Er hat gestanden. Mr. Wilsons Rechtsbeistand wird auf Selbstverteidigung plädieren.«

Der Staatsanwalt wandte sich um, warf einen Blick auf die riesige Gestalt Abraham Wilsons, und die Augen der Geschworenen folgten ihm automatisch. Jennifer konnte die Reaktion auf ihren Gesichtern sehen. Sie zwang sich, auf Di Silvas Worte zu achten.

»Vor einer Reihe von Jahren haben zwölf Bürger, Männer und Frauen wie Sie, sich dafür entschieden, Abraham Wilson in ein Zuchthaus bringen zu lassen. Bestimmte juristische Paragraphen erlauben mir leider nicht, mit Ihnen das Verbrechen zu diskutieren, das Wilson damals begangen hat. Andererseits erlauben Sie mir wohl, Ihnen zu versichern, daß die Geschworenen aufrichtig überzeugt waren, Abraham Wilson einzusperren, würde ihn daran hindern, weitere Verbrechen zu begehen. Tragischerweise hatten sie sich in diesem Punkt geirrt. Denn selbst hinter Gittern war Abraham Wilson fähig, zu morden, seinen Blutdurst zu stillen. Inzwischen wissen wir endlich, daß es nur einen einzigen Weg gibt, Abraham Wilson daran zu hindern, daß er weiter tötet. Er muß hingerichtet werden. Es wird Raymond Thorpe nicht wieder zum Leben erwecken, aber es kann das Leben der Männer retten, die sonst vielleicht die nächsten Opfer des Angeklagten werden könnten.«

Di Silva ging am Geschworenenstand entlang, sah jedem Geschworenen in die Augen. »Ich habe vorhin erwähnt, daß dieser Fall nicht sehr viel Zeit kosten würde. Jetzt will ich Ihnen erklären, warum ich das gesagt habe. Der Angeklagte dort,

Abraham Wilson, hat kaltblütig einen Mann ermordet. Er hat den Mord gestanden. Aber selbst, wenn er nicht gestanden hätte, so verfügen wir über hundert Zeugen, die gesehen haben, wie er kaltblütig diesen Mord beging. Ich verabscheue Mord – ganz gleich aus *welchen* Motiven – genauso wie Sie. Manchmal aber werden Morde aus Gründen begangen, die wir wenigstens verstehen können. Stellen Sie sich vor, jemand bedroht mit einem Messer einen Ihrer Lieben – Ihr Kind, Ihren Ehemann oder Ihre Frau. Nun, falls Sie zufällig einen Revolver bei sich hätten, könnte es passieren, daß Sie abdrückten, um das Leben Ihrer Lieben zu retten. Sie und ich würden eine solche Handlungsweise vielleicht nicht *entschuldigen,* aber wir könnten sie sicherlich verstehen. Oder, um ein anderes Beispiel zu nehmen, wenn Sie mitten in der Nacht von einem Einbrecher geweckt werden, der Ihr Leben bedroht, und Sie hätten eine Chance, Ihr Leben zu retten, und müßten ihn dafür töten – nun, ich denke, wir alle können verstehen, wie so was passieren mag. Deswegen wären wir aber noch keine Kriminellen oder schlechte Menschen, nicht wahr? Wir haben in der Hitze des Augenblicks gehandelt.« Di Silvas Stimme wurde hart. »*Kaltblütiger* Mord ist dagegen etwas ganz anderes. Einem menschlichen Wesen das Leben zu nehmen, ohne auch nur die Entschuldigung eines Angstgefühls oder einer leidenschaftlichen Reaktion zu haben, dieses Leben nur für Drogen oder Geld oder wegen des reinen Vergnügens am Töten ...«

Geschickt und absichtlich beeinflußte er die Jury gegen Abraham Wilson, aber er überschritt seine Grenzen nicht, um Jennifer keine Handhabe zu geben, wegen eines Formfehlers einen fehlerhaft geführten Prozeß nachweisen oder Revision beantragen zu können.

Jennifer beobachtete die Gesichter der Geschworenen. Robert Di Silva hatte sie in der Tasche, ohne jeden Zweifel. Sie stimmten jedem seiner Worte zu. Sie schüttelten den Kopf, nickten oder zuckten zusammen. Es fehlte nur noch, daß sie applaudiert hätten. Er war ein Dirigent, und die Jury war sein Orchester. Jennifer hatte noch nie etwas Ähnliches erlebt. Jedesmal, wenn der Staatsanwalt Abraham Wilsons Namen erwähnte – und er erwähnte ihn in beinahe jedem Satz –, blickten die Geschworenen automatisch den Angeklagten an. Jennifer hatte Wilson eingebläut, auf keinen Fall zur Jury hinüberzusehen. Immer und immer wieder hatte sie ihm eingeschärft, überall hinzuschauen, nur nicht zu den Geschworenen, denn die Herausforderung, die er ausstrahlte, konnte einen rasend machen. Zu ihrem Entsetzen stellte Jennifer jetzt fest, daß seine Blicke geradezu am Geschworenenstand klebten und sich tief in die Augen der Jurymitglieder bohrten. Aggression schien aus ihm hervorzuquellen.

Leise sagte Jennifer: »Abraham ...«

Er reagierte nicht.

Der Staatsanwalt näherte sich dem Ende seiner Ausführungen. »Die Bibel sagt: ›Auge um Auge, Zahn um Zahn.‹ Das ist Rache. Der Staat verlangt nicht nach Rache. Er verlangt Gerechtigkeit. Gerechtigkeit für den armen Mann, den Abraham Wilson kaltblütig – *kaltblütig* – ermordet hat. Ich danke Ihnen.«

Der Staatsanwalt nahm wieder Platz.

Als Jennifer aufstand, um sich an die Geschworenen zu wenden, konnte sie ihre Ablehnung und Ungeduld spüren. Sie hatte Bücher über Anwälte gelesen, die fähig waren, die Gedanken der Geschworenen zu lesen, und sie war skeptisch gewesen. Jetzt nicht mehr. Die Botschaft der Jury an sie war klar und deutlich. Die Geschworenen hatten ihren Mandanten bereits schuldig gesprochen, und jetzt vergeudete Jennifer nur noch ihre Zeit und hielt sie im Gericht fest, wo sie doch längst draußen wichtigeren Beschäftigungen nachgehen konnten, wie ihr Freund, der Staatsanwalt, sehr richtig erkannt hatte. Jennifer und Abraham Wilson waren der Feind.

Sie holte tief Luft und sagte: »Wenn Euer Ehren gestatten«, ehe sie sich wieder den Geschworenen zuwandte. »Meine Damen und Herren, es gibt nur deshalb Gerichte, und wir sind nur deshalb heute alle hier, weil das Gesetz in seiner Weisheit erkannt hat, daß jeder Fall zwei Seiten hat. Wenn man hört, wie der Staatsanwalt meinen Mandanten angreift, wie er ihn bereits schuldig spricht, ohne sich dabei auf das Urteil einer Jury – auf *Ihr Urteil* – stützen zu können, dann müßte man fast einen gegenteiligen Eindruck gewinnen.«

Sie blickte in die Gesichter der Geschworenen, suchte nach einem Zeichen der Sympathie oder Zustimmung, aber es gab keines. Sie zwang sich fortzufahren. »Staatsanwalt Di Silva hat einen Satz immer und immer wieder benutzt – ›*Abraham Wilson ist schuldig*‹. Das ist eine Lüge. Richter Waldman wird Ihnen erklären, daß ein Angeklagter so lange unschuldig ist, bis ein Richter oder eine Jury das Gegenteil befinden. Und deswegen sind wir alle hier, um diese Frage zu klären, nicht wahr? Abraham Wilson wird beschuldigt, einen Mithäftling in Sing Sing umgebracht zu haben. Aber Abraham Wilson hat nicht für Geld oder Rauschgift getötet. Er tötete, um sein eigenes Leben zu retten. Sie werden sich so gut wie ich an die geschickten Beispiele erinnern, mit denen der Staatsanwalt den Unterschied zwischen kaltblütigem Mord und Totschlag im Affekt erklärt hat. Um Totschlag im Affekt handelt es sich, wenn Sie jemanden, den Sie lieben, beschützen oder wenn Sie sich Ihrer Haut wehren. Abraham Wilson hat getötet, um sich selber zu schützen, und ich sage Ihnen hier und jetzt, daß jeder von uns hier im Gerichtssaal unter denselben Umständen genauso gehandelt hätte.

Der Staatsanwalt und ich stimmen in einem Punkt überein: Jeder Mensch hat das Recht, sein eigenes Leben zu schützen. Wenn Abraham Wilson sich anders verhalten hätte, als er es getan hat, wäre er jetzt tot.« Jennifers Stimme klang aufrichtig. Ihre leidenschaftliche Überzeugung hatte sie alle Nervosität vergessen lassen. »Ich bitte jeden von Ihnen, eines nicht zu vergessen: nach den Gesetzen dieses Staates muß die Anklage über jeden Zweifel hinaus beweisen, daß Raymond Thorpes Tod nicht in einem Akt der Selbstverteidigung herbeigeführt wurde. Und bevor dieser Prozeß vorbei ist, werden wir Ihnen klare Beweise dafür liefern, daß Thorpe getötet wurde, damit er meinen Mandanten nicht umbringen konnte. Ich danke Ihnen.«

Die Parade der Zeugen der Anklage begann. Robert Di Silva hatte keine Möglichkeit außer acht gelassen. Seine Leumundszeugen für Raymond Thorpe umfaßten einen Geistlichen, Gefängniswärter und ein paar Mithäftlinge. Einer nach dem anderen bestiegen sie den Zeugenstand und bestätigten den tadellosen Charakter und die friedliche Veranlagung des Getöteten.

Jedesmal, wenn der Staatsanwalt mit einem Zeugen fertig war, wandte er sich an Jennifer und sagte: »Ihr Zeuge.«

Und jedesmal antwortete Jennifer: »Kein Kreuzverhör.«

Sie wußte, daß es keinen Sinn hatte, die Leumundszeugen in ein schiefes Licht zu rücken. Als sie fertig waren, hätte man denken können, daß Raymond Thorpe nur um ein Haar der Heiligsprechung entgangen war. Die Wärter, von Di Silva sorgfältig gelenkt, sagten aus, Thorpe sei ein Mustergefangener gewesen, der durch Sing Sing gewandelt war und eine Spur von guten Taten hinter sich gelassen hatte, immer auf dem Sprung, seinem Nächsten zu helfen. Die Tatsache, daß Raymond Thorpe des Bankraubs und der Vergewaltigung überführt war, schien nur ein verschwindend kleiner Makel an einem ansonsten vollkommenen Charakter zu sein.

Jennifers ohnehin auf schwachen Beinen stehende Verteidigung wurde durch die Beschreibung von Thorpes Äußerem zusätzlich erschüttert. Er war ein schwächlich gebauter Mann und kaum einen Meter sechzig groß gewesen. Robert Di Silva ritt auf dieser Tatsache herum und ließ sie die Geschworenen niemals vergessen. Er schuf ein plastisches Bild davon, wie Abraham Wilson den kleineren Mann brutal und bösartig angefallen, seinen Kopf gegen eine Zementmauer des Gefängnishofes geschmettert und damit seinen sofortigen Tod verursacht habe. Während Di Silva sprach, hingen die Augen der Geschworenen an dem Koloß am Angeklagtentisch, der jeden in seiner Umgebung wie einen Zwerg erscheinen ließ.

Der Staatsanwalt sagte: »Wir werden wahrscheinlich nie erfahren, was Abraham Wilson dazu veranlaßte, diesen harmlosen, unbewaffneten kleinen Mann...«

Und plötzlich tat Jennifers Herz einen Sprung. Eines der Worte, die Di Silva gesagt hatte, gab ihr die Chance, die sie so verzweifelt brauchte.

»... wir werden vielleicht nie wissen, was den Angeklagten zu seinem bösartigen Überfall hingerissen hat, aber wir wissen mit

Sicherheit, meine Damen und Herren, der Grund ist nicht darin zu suchen, daß der Ermordete eine Bedrohung für Abraham Wilson dargestellt hätte.« Er wandte sich an Richter Waldman. »Euer Ehren, würden Sie den Angeklagten bitten, aufzustehen?«

Richter Waldman blickte Jennifer an. »Hat der Vertreter der Verteidigung irgendwelche Einwände?«

Jennifer ahnte, was nun folgen würde, aber sie wußte, daß jeder Einwand sich nur nachteilig auswirken würde. »Nein, Euer Ehren.«

Richter Waldman sagte: »Würde der Angeklagte bitte aufstehen.«

Abraham Wilson blieb einen Moment lang mit trotzigem Gesicht sitzen; dann richtete er sich langsam zu seiner vollen Größe auf.

Di Silva sagte: »Unter den Anwesenden befindet sich ein Gerichtsdiener, Mr. Galin, der genau die Größe des ermordeten Mannes hat. Mr. Galin, würden Sie sich bitte neben den Angeklagten stellen?«

Der Gerichtsdiener ging zu Abraham Wilson und stellte sich neben ihn. Der Größenunterschied zwischen den beiden Männern war absurd. Jennifer wußte, daß sie wieder ausgetrickst worden war, aber sie konnte nichts dagegen unternehmen. Der optische Eindruck war nie mehr wegzuwischen. Der Staatsanwalt betrachtete die beiden Männer für eine Weile, dann sagte er, beinahe flüsternd, zu der Jury: *»Selbstverteidigung?«*

Der Prozeß lief schlechter als in Jennifers wildesten Alpträumen. Sie konnte spüren, wie ungeduldig die Geschworenen das Ende der Verhandlung erwarteten, damit sie ihren Schuldspruch abgeben konnten.

Ken Bailey saß unter den Zuschauern, und während einer Pause konnte Jennifer ein paar Worte mit ihm wechseln.

»Kein leichter Fall«, meinte Ken teilnahmsvoll. »Ich wünschte, du hättest nicht gerade King Kong als Mandanten. Jesus, sein Anblick allein genügt schon, um jeden vor Angst zittern zu lassen.«

»Ich kann nichts dafür.«

»Du kennst den alten Witz: Er hätte zu Hause bleiben können. Wie kommst du mit unserem geschätzten Staatsanwalt aus?«

Jennifer lächelte ihn freudlos an. »Mr. Di Silva hat mir heute morgen eine Botschaft zukommen lassen. Er beabsichtigt, mich aus dem Berufsstand zu fegen.«

Als die Parade der Zeugen der Anklage vorüber war und Di Silva die Beweisaufnahme abgeschlossen hatte, stand Jennifer auf und sagte: »Ich bitte Mr. Howard Patterson in den Zeugenstand.«

Der stellvertretende Direktor von Sing Sing stand widerstrebend auf und ging zum Zeugenstand. Alle Augen hingen an ihm. Robert Di Silva beobachtete gespannt, wie Patterson vereidigt wurde. Sein Verstand raste, berechnete alle Möglichkeiten. Er wußte, daß er den Prozeß gewonnen hatte. Seine Siegesrede war bereits vorbereitet.

Jennifer wandte sich an den Zeugen: »Würden Sie den Geschworenen bitte ein paar Informationen über sich geben, Mr. Patterson?«

Staatsanwalt Di Silva sprang auf. »Der Staat verzichtet auf den Hintergrund des Zeugen, um Zeit zu sparen, und wir kommen überein, daß Mr. Patterson der stellvertretende Direktor von Sing Sing ist.«

»Ich danke Ihnen«, sagte Jennifer. »Ich glaube, die Jury sollte darüber informiert werden, daß Mr. Patterson unter Strafandrohung vorgeladen werden mußte und daß er ein unfreiwilliger Zeuge ist.« Sie wandte sich an Patterson. »Als ich Sie bat, sich aus freien Stücken hier einzufinden und für meinen Mandanten auszusagen, haben Sie sich geweigert. Ist das richtig?«

»Ja.«

»Würden Sie der Jury erklären, *warum* Sie vorgeladen werden mußten?«

»Mit Vergnügen. Ich hatte mein ganzes Leben mit Männern wie Abraham Wilson zu tun. Sie sind geborene Unruhestifter.«

Robert Di Silva lehnte sich grinsend in seinem Stuhl vor, die Augen auf die Gesichter der Geschworenen geheftet. Er flüsterte dem Assistenten neben sich zu: »Jetzt werden Sie Zeuge, wie sie selber ihren Kopf in die Schlinge legt.«

Jennifer sagte: »Mr. Patterson, Abraham Wilson steht nicht vor Gericht, weil er ein Unruhestifter ist. Es geht um sein Leben. Wären Sie nicht bereit, einem menschlichen Wesen zu helfen, das zu Unrecht eines Kapitalverbrechens angeklagt ist?«

»Wenn es zu Unrecht angeklagt wäre, ja.« Die Betonung auf *zu Unrecht* ließ einen wissenden Ausdruck auf den Gesichtern der Geschworenen erscheinen.

»Schon vor diesem Fall wurden Menschen innerhalb von Gefängnismauern getötet, nicht wahr?«

»Wenn Sie Hunderte gewalttätige Menschen in einer künstlichen Umgebung einsperren, entwickelt sich ganz automatisch eine außerordentliche Feindseligkeit und...«

»Nur ja oder nein bitte, Mr. Patterson.«

»Ja.«

»Würden Sie sagen, daß es für die Morde, die Sie in Ihrer Praxis erlebt haben, eine Vielzahl von Motiven gab?«

»Nun, ich nehme es an. Manchmal...«

»Ja oder nein, bitte.«

»Ja.«

»War jemals Selbstverteidigung der Grund für einen dieser Morde im Gefängnis?«

»Nun, manchmal...« Er bemerkte den Ausdruck auf Jennifers Gesicht. »Ja.«

»Also ist es nach Ihrer großen Erfahrung durchaus möglich, nicht wahr, daß Abraham Wilson tatsächlich sein Leben verteidigt hat, als er Raymond Thorpe tötete?«

»Ich glaube nicht, daß...«

»Ich habe gefragt, ob die Möglichkeit besteht. Ja oder nein?«

»Es ist äußerst unwahrscheinlich«, sagte Patterson verstockt.

Jennifer wandte sich an Richter Waldman. »Euer Ehren, würden Sie den Zeugen bitte auffordern, die Frage zu beantworten?«

Richter Waldman sah zu Howard Patterson hinunter. »Der Zeuge soll die Frage beantworten.«

»Ja«, sagte Patterson, aber die Tatsache, daß seine ganze Haltung *nein* bedeutete, war den Geschworenen nicht verborgen geblieben.

Jennifer fuhr fort: »Wenn das Gericht gestattet, ich habe den Zeugen unter Strafandrohung aufgefordert, einiges Material mitzubringen, das ich nun als Beweisstück registrieren lassen möchte.«

Staatsanwalt Di Silva erhob sich: »Was für Material?«

»Beweismaterial, das unsere Behauptung der Selbstverteidigung untermauern wird.«

»Einspruch, Euer Ehren.«

»Wogegen erheben Sie Einspruch?« fragte Jennifer. »Sie haben es noch gar nicht gesehen.«

Richter Waldman sagte: »Das Gericht wird seine Entscheidung zurückstellen, bis es das Beweismaterial gesehen hat. Es geht um das Leben eines Mannes. Der Angeklagte hat einen Anspruch auf Berücksichtigung jedes möglichen Aspekts.«

»Danke, Euer Ehren.« Jennifer blickte Howard Patterson an. »Haben Sie das Material mitgebracht?« fragte sie.

Er nickte mit schmalen Lippen. »Ja. Aber ich habe es unter Protest getan.«

»Ich glaube, Sie haben das ausreichend klargemacht, Mr. Patterson. Könnte ich es jetzt bitte haben?«

Howard Patterson blickte zum Zuschauerraum hinüber, wo ein Mann in der Uniform eines Gefängniswärters saß. Er nickte ihm zu. Der Wärter stand auf und kam nach vorn. Er trug einen verschlossenen Holzkasten.

Jennifer übernahm ihn von dem Beamten. »Die Verteidigung möchte dies als Beweisstück A registrieren lassen, Euer Ehren.«

»Um was handelt es sich?« wollte Staatsanwalt Di Silva wissen.

»Im Gefängnis wird es *Bonbondose* genannt.«

Im Zuschauerraum erklang Gekicher.

Richter Waldman starrte Jennifer an und fragte langsam: »Sagten Sie *Bonbondose?* Was befindet sich in dem Kasten, Miß Parker?«

»Waffen. Waffen, die von den Häftlingen in Sing Sing in der Absicht hergestellt wurden...«

»Einspruch!« Der Staatsanwalt war auf den Beinen, seine Stimme ein Schrei. Er stürmte zur Richterbank. »Ich bin bereit, Rücksicht auf die Unerfahrenheit meiner Kollegin zu nehmen, Euer Ehren, aber wenn Sie beabsichtigt, Strafrecht zu praktizieren, dann würde ich vorschlagen, daß sie die Grundregeln der Beweisführung studiert. Es gibt keinen Beweis dafür, daß irgend etwas in dieser sogenannten *Bonbondose* in Verbindung mit dem Fall steht, der vor diesem Gericht verhandelt wird.«

»Dieser Kasten beweist...«

»Er beweist gar nichts.« Der Staatsanwalt wandte sich an Richter Waldman. »Der Staat erhebt Einspruch gegen die Einführung dieses Beweisstücks. Es ist unerheblich und belanglos.«

»Stattgegeben.«

Und Jennifer stand da und sah ihren Fall in sich zusammenbrechen. Alles war gegen sie: der Richter, die Jury, Di Silva, die Zeugenaussagen. Ihr Mandant würde auf den elektrischen Stuhl geschickt werden, es sei denn...

Sie holte tief Luft. »Euer Ehren, dieses Beweisstück ist absolut wichtig für unsere Verteidigung. Ich will –«

Richter Waldman unterbrach sie. »Miß Parker, dieses Gericht hat weder die Zeit noch die Lust, Ihnen das Gesetz zu erklären, aber der Staatsanwalt hat recht. Bevor Sie diesen Verhandlungssaal betreten haben, hätten Sie sich mit den Grundregeln der Beweisführung vertraut machen sollen. Die erste Regel ist, daß man kein Beweismaterial einführen kann, für das der Boden nicht vorbereitet worden ist. Niemand hat bisher eine maßgebliche Äußerung darüber gemacht, ob der Getötete bewaffnet oder unbewaffnet war. Daher ist die Frage der Waffen unbedeutend. Das Gericht weist Ihr Ansinnen zurück!«

Das Blut schoß Jennifer ins Gesicht. »Entschuldigen Sie«, sagte sie hartnäckig, »aber die Frage ist nicht unbedeutend.«

»Das reicht! Sie können schriftlich einen Einwand vorlegen.«

»Ich will keinen Einspruch einlegen, Euer Ehren. Sie leugnen die Rechte meines Mandanten!«

»Miß Parker, wenn Sie nur einen Schritt weitergehen, werde ich Sie wegen Mißachtung des Gerichts belangen.«

»Es ist mir egal, was Sie mit mir tun«, sagte Jennifer. »Der Boden ist sehr wohl für die Einführung meines Beweismaterials vorbereitet worden. Der Staatsanwalt selber hat dafür gesorgt.«

Di Silva rief: »Was? Ich habe nie...«

Jennifer drehte sich zum Gerichtsstenografen um. »Würden Sie bitte Mr. Di Silvas Darlegung vorlesen, angefangen mit ›Wir werden wahrscheinlich nie erfahren, was Abraham Wilson dazu veranlaßte...‹?«

Der Staatsanwalt blickte zu Richter Waldman hoch. »Euer Ehren, wollen Sie wirklich erlauben, daß...?«

Richter Waldman hob die Hand. Er wandte sich an Jennifer. »Dieses Gericht hat es nicht nötig, sich von Ihnen über das Gesetz belehren zu lassen, Miß Parker. Wenn diese Verhandlung zu Ende ist, werden Sie wegen Mißachtung des Gerichts bestraft. Da es sich hier aber um einen wichtigen Fall handelt, will ich Ihnen Ihre Ausführungen gestatten.« Er blickte den Gerichtsstenografen an. »Sie können fortfahren.«

Der Mann blätterte zurück und begann zu lesen. »Wir werden wahrscheinlich nie erfahren, was Abraham Wilson dazu veranlaßte, diesen harmlosen, unbewaffneten kleinen Mann anzugreifen...«

»Das reicht«, unterbrach Jennifer ihn. »Danke.« Sie blickte Di Silva an und sagte langsam: »Das waren Ihre Worte, Mr. Di Silva. *Wir werden wahrscheinlich nie erfahren, was Abraham Wilson dazu veranlaßte, diesen harmlosen, unbewaffneten kleinen Mann anzugreifen...*« Sie wandte sich an Richter Waldman. »Das Schlüsselwort, Euer Ehren, ist *unbewaffnet*. Da der Staatsanwalt selber der Jury erklärt hat, das Opfer sei unbewaffnet gewesen, hat er uns die Tür geöffnet, der Tatsache nachzugehen, daß das Opfer vielleicht *nicht* ohne Verteidigung war, daß es tatsächlich vielleicht sogar eine Waffe hatte. Was im direkten Verhör zur Sprache gebracht wird, ist auch im Kreuzverhör zulässig.«

Ein langes Schweigen folgte.

Dann wandte Richter Waldman sich an Robert Di Silva. »Miß Parkers Standpunkt ist rechtmäßig. Sie selber haben ihr die Tür geöffnet.«

Robert Di Silva erwiderte seinen Blick ungläubig. »Aber ich habe nur...«

»Das Gericht erlaubt die Einführung des Materials als Beweisstück A.«

Jennifer atmete erleichtert auf. »Danke, Euer Ehren.« Sie ergriff den verschlossenen Kasten, hielt ihn erhoben in ihren Händen und wandte sich der Jury zu. »Meine Damen und Herren Geschworenen, der Staatsanwalt wird Ihnen in seinem Schlußplädoyer erklären, daß das, was Sie in diesem Kasten sehen werden, kein direktes Beweismaterial ist. Damit hat er recht. Er wird Ihnen erklären, daß es nicht erwiesen ist, daß irgendeine dieser Waffen mit dem Toten in Verbindung gebracht werden kann. Auch damit hat er recht. Ich lege dieses Beweisstück aus einem anderen Grund vor. Seit Tagen haben Sie gehört, wie der grausame, sadistische Angeklagte, der beinahe zwei Meter groß ist, willkürlich einen Mann angegriffen hat, der kaum einen Meter sechzig groß ist. Die Anklage hat äußerst sorgfältig und äußerst falsch das Bild eines unbarmherzigen, blutdurstigen Monsters gezeichnet, das grundlos einen anderen Insassen des Gefängnisses angegriffen hat. Aber fragen Sie sich einmal selber: Gibt es nicht immer *irgendein* Motiv? Gier, Haß, Lust, was auch immer? Ich glaube – und ich setze das Leben meines Mandanten darauf –, daß es ein Motiv für Thorpes Tod *gab.* Und zwar das einzige Motiv, wie der Staatsanwalt selber Ihnen erklärt hat, das den Tod eines anderen Menschen rechtfertigt: Selbstverteidigung. Ein Mann hat um sein eigenes Leben gekämpft. Sie haben gehört, wie Howard Patterson ausgesagt hat, daß in seiner Praxis Morde in Gefängnissen vorgefallen *sind,* daß die Häftlinge *tatsächlich* tödliche Waffen anfertigen. Das bedeutet, daß es möglich ist, daß Raymond Thorpe mit einer solchen Waffe versehen war, daß sogar ein Mann wie er den Angeklagten angegriffen haben kann, und der Angeklagte, bemüht, sein Leben zu schützen, war gezwungen, ihn zu töten – *Selbstverteidigung.* Wenn Sie entscheiden, daß Abraham Wilson

Raymond Thorpe bösartig und ohne jedes Motiv umgebracht hat, dann müssen Sie ihn, der Anklage entsprechend, schuldig sprechen. Wenn Sie aber auch nur den geringsten Zweifel haben, nachdem Sie einen Blick auf dieses Beweismaterial geworfen haben, dann ist es Ihre Pflicht, ihn als nicht schuldig im Sinne der Anklage zu bezeichnen.« Der verschlossene Kasten wurde allmählich schwer in ihren Händen. »Als ich das erste Mal in diese Kiste blickte, habe ich meinen Augen nicht getraut. Auch Ihnen könnte es unglaublich erscheinen, aber ich bitte Sie, daran zu denken, daß die Kiste vom stellvertretenden Direktor von Sing Sing zur Verfügung gestellt worden ist – unter Protest. Dies, meine Damen und Herren Geschworenen, ist eine Sammlung konfiszierter Waffen, die heimlich von den Insassen von Sing Sing hergestellt wurden.«

Als Jennifer sich auf den Geschworenenstand zu bewegte, schien sie zu stolpern und die Balance zu verlieren. Der Kasten glitt ihr aus den Händen, der Deckel sprang auf, und der Inhalt ergoß sich auf den Boden des Gerichtssaals. Jedermann im Raum schnappte nach Luft. Die Geschworenen begannen aufzustehen, damit sie besser sehen konnten. Sie starrten auf die Sammlung abscheulicher Waffen, die aus dem Kasten gefallen waren. Es waren mindestens hundert, von jeder Größe, Form und Gattung. Selbstgefertigte Beile und Fleischermesser, Stilette und mörderisch aussehende Scheren mit geschliffenen Enden, Schrotgewehre und ein riesiges, angsteinflößend wirkendes Entermesser. Es gab dünne Drähte mit Holzgriffen, mit denen man einem Mann die Luft abdrehen konnte, einen Lederknüppel, einen zugespitzten Eispickel und eine Machete.

Zuschauer und Reporter waren aufgesprungen und reckten sich die Hälse aus, um einen besseren Blick auf das Waffenarsenal auf dem Boden werfen zu können. Richter Waldman trommelte ärgerlich mit seinem Hammer auf die Richterbank, um die Ordnung wiederherzustellen. Er starrte Jennifer mit einem unergründlichen Ausdruck an. Ein Gerichtsdiener eilte herbei, um den Inhalt des Kastens aufzuheben. Jennifer winkte ihn beiseite.

»Danke«, sagte sie. »Ich hebe es selber auf.«

Vor den Augen der Geschworenen und Zuschauer ging sie in die Knie und begann, die Waffen aufzuheben und wieder in den Kasten zu legen. Sie arbeitete langsam, behandelte die Waffen vorsichtig und bedachte jede mit einem ausdruckslosen Blick, bevor sie sie in den Kasten zurücklegte. Die Geschworenen hatten sich wieder hingesetzt, aber sie achteten auf jede ihrer Bewegungen. Jennifer brauchte volle fünf Minuten, um alle Waffen wieder einzusammeln, während Staatsanwalt Di Silva beinahe in Rauch aufging vor Wut.

Als Jennifer die letzte Waffe aus dem tödlichen Arsenal in dem Kasten verstaut hatte, stand sie auf, blickte Patterson an und wandte sich dann an Di Silva. »Ihr Zeuge.«

Es war zu spät, den angerichteten Schaden wieder auszubügeln. »Kein Kreuzverhör«, sagte der Staatsanwalt.

»Dann möchte ich Abraham Wilson in den Zeugenstand rufen.«

## 8

»Ihr Name?«

»Abraham Wilson.«

»Würden Sie bitte lauter sprechen?«

»Abraham Wilson.«

»Mr. Wilson, haben Sie Raymond Thorpe getötet?«

»Ja, Ma'am.«

»Würden Sie dem Gericht erzählen, warum?«

»Er wollte mich töt'n.«

»Raymond Thorpe war wesentlich schmaler als Sie. Hielten Sie ihn wirklich für fähig, Sie zu töten?«

»Er ging mit 'm Messer auf mich los, un' das machte ihn ziemlich groß.«

Jennifer hatte zwei Gegenstände aus der Bonbondose genommen. Einer war ein sorgsam zugespitztes Fleischermesser; der andere war eine große Zange. Sie hielt das Messer hoch. »Ist dies das Messer, mit dem Raymond Thorpe Sie bedroht hat?«

»Einspruch! Der Angeklagte kann auf keinen Fall wissen...«

»Ich formuliere die Frage neu. Ist dieses Messer jenem ähnlich, mit dem Thorpe Sie bedroht hat?«

»Ja, Ma'am.«

»Und diese Zange?«

»Ja, Ma'am.«

»Hatten Sie schon vorher Ärger mit Thorpe gehabt?«

»Ja, Ma'am.«

»Und als er mit diesen beiden Waffen auf Sie losging, waren Sie gezwungen, ihn zu töten, um Ihr eigenes Leben zu retten?«

»Ja, Ma'am.«

»Ich danke Ihnen.«

Jennifer wandte sich an Di Silva. »Ihr Zeuge.«

Robert Di Silva erhob sich und bewegte sich langsam auf den Zeugenstand zu.

»Mr. Wilson, Sie haben schon einmal getötet, oder? Ich meine, dies war nicht Ihr erster Mord?«

»Ich hab' nen Fehler gemacht, un' ich zahl' dafür. Ich...«

»Ersparen Sie uns Ihre Predigt. Nur ja oder nein.«

»Ja.«

»Also hat ein Menschenleben nicht viel Wert für Sie.«

»Das is' nich' wahr. Ich...«

»Wollen Sie behaupten, daß zwei Morde Ihre Art sind, den Wert des menschlichen Lebens zu schätzen? Wie viele Menschen hätten Sie getötet, wenn Ihnen ihr Leben nicht so wertvoll wäre? Fünf? Zehn? Zwanzig?«

Er köderte Abraham Wilson, und Wilson ging in die Falle. Seine Kinnmuskeln traten hervor und sein Gesicht verfinsterte sich vor Wut. *Achtung, Abraham!*

»Ich hab' nur zwei Leute umgelegt.«

»Nur! Sie haben *nur* zwei Menschen ermordet!« Der Staatsanwalt schüttelte den Kopf in gespielter Bestürzung. Er trat dicht an den Zeugenstand heran und sah zu dem Angeklagten auf. »Ich wette, es gibt Ihnen ein Gefühl der Macht, so groß zu sein. Sie fühlen sich beinahe wie Gott, was? Wann immer Sie wollen, können Sie sich ein Menschenleben nehmen – eins hier, eins da...«

Abraham Wilson sprang auf und streckte sich zu seiner vollen Größe. »Sie Hundesohn!«

*Nein!* flehte Jennifer. *Nicht!*

»Hinsetzen!« donnerte Di Silva. »Haben Sie bei Raymond Thorpe genauso die Beherrschung verloren, bevor Sie ihn getötet haben?«

»Thorpe wollte mich umleg'n.«

»Hiermit?« Di Silva hob das Messer und die Zange hoch. »Ich bin sicher, Sie hätten ihm das Messer wegnehmen können.« Er wedelte mit der Zange herum. »Und hiervor hatten Sie Angst?« Er wandte sich an die Jury und hielt mißbilligend die Zange hoch. »Dies Ding sieht nicht besonders tödlich aus. Wenn der Ermordete in der Lage gewesen wäre, Ihnen damit einen Schlag auf den Kopf zu versetzen, hätten Sie allenfalls eine kleine Beule davongetragen. Wozu dient diese Zange genau, Mr. Wilson?«

Abraham Wilson antwortete sanft: »Damit zerquetsch'n se einem die Eier.«

Die Beratung der Jury dauerte acht Stunden.

Robert Di Silva und seine Assistenten verließen den Gerichtssaal, um eine Pause einzulegen, aber Jennifer blieb auf ihrem Platz. Sie war unfähig, sich davon loszureißen.

Als die Jury den Raum verlassen hatte, war Ken Bailey zu ihr gekommen. »Wie wär's mit einem Schluck Kaffee?«

»Ich könnte nichts herunterbringen.«

Sie saß im Gerichtssaal. Sie hatte Angst, sich zu bewegen, und war sich der Leute um sie herum kaum bewußt. Es war vorbei. Sie hatte ihr Bestes gegeben. Sie schloß die Augen und versuchte zu beten, aber ihre Angst war zu stark. Sie fühlte sich, als würde sie zusammen mit Abraham Wilson zum Tode verurteilt werden.

Die Geschworenen marschierten wieder in den Raum. Ihre Gesichter waren düster und vielsagend, Jennifers Herz klopfte schneller. Sie konnte an den Gesichtern erkennen, daß sie Wilson schuldig sprechen würden. Sie glaubte, sie würde gleich in Ohnmacht fallen. Ihretwegen würde ein Mann hingerichtet werden. Sie hätte diesen Fall niemals übernehmen dürfen. Was für ein Recht hatte sie, das Leben eines Menschen in ihre Hand zu nehmen? Sie muß wahnsinnig gewesen sein, zu glauben, daß sie gegen einen so erfahrenen Anwalt wie Robert Di Silva gewinnen könnte. Sie wollte aufspringen und zu den Geschworenen laufen, ehe sie ihren Schuldspruch abgeben konnten, und sagen, *Halt! Abraham Wilson hat keinen fairen Prozeß gehabt. Bitte, lassen Sie ihn von einem anderen Anwalt verteidigen, einem besseren als mir.*

Aber es war zu spät. Jennifer blickte verstohlen zu Abraham Wilson hinüber. Unbeweglich wie eine Statue saß er auf seinem Stuhl. Jetzt schien kein Haß mehr in ihm zu stecken, nur tiefe Verzweiflung. Sie wollte ihn trösten, aber sie fand keine Worte.

Richter Waldman sprach. »Haben die Geschworenen sich auf ein Urteil geeinigt?«

»Sie haben, Euer Ehren.«

Der Richter nickte. Sein Gehilfe ging zum Vorsitzenden der Jury, nahm ihm einen Papierstreifen ab und reichte ihn dem Richter. Jennifer hatte das Gefühl, das Herz müsse ihr aus der Brust springen. Sie bekam keine Luft. Sie wollte, daß die Zeit stehenblieb, jetzt und für immer, bevor das Urteil verlesen werden konnte.

Richter Waldman studierte den Papierstreifen in seiner Hand; dann blickte er sich langsam im Gerichtssaal um. Seine Augen ruhten auf den Geschworenen, auf Robert Di Silva, auf Jennifer und schließlich auf Abraham Wilson.

»Der Angeklagte möge sich erheben.«

Abraham Wilson stand auf, seine Bewegungen waren langsam und müde, als wäre alle Energie aus ihm herausgesickert.

Richter Waldman las von dem Papierstreifen ab: »Diese Jury hält den Angeklagten, Abraham Wilson, für nicht schuldig im Sinne der Anklage.«

Eine Sekunde lang herrschte Totenstille. Dann gab es einen Aufschrei des Publikums, der die weiteren Worte des Richters davonspülte. Jennifer stand da wie betäubt, unfähig zu glauben, was sie hörte. Sprachlos drehte sie sich zu Abraham Wilson um. Er starrte sie einen Moment lang aus seinen kleinen, aggressiven Augen an. Und dann brach das breiteste Grinsen, das Jennifer je gesehen hatte, auf dem häßlichen Gesicht aus. Er bückte sich und preßte sie an sich, während sie mit den Tränen kämpfte.

Die Reporter drängten sich um Jennifer, baten um einen Kommentar, bestürmten sie mit Fragen.

»Wie fühlt man sich, wenn man den Staatsanwalt geschlagen hat?«

»Hätten Sie erwartet, diesen Fall zu gewinnen?«

»Was hätten Sie getan, wenn Abraham Wilson auf den elektrischen Stuhl geschickt worden wäre?«

Jennifer schüttelte nur den Kopf. Sie konnte sich nicht überwinden, mit ihnen zu sprechen. Sie waren gekommen, um eine Show zu sehen. Sie waren gekommen, um Zeuge zu sein, wie ein Mann zu Tode gehetzt wurde. Wenn das Urteil anders ausgefallen wäre... sie wagte nicht, daran zu denken. Jennifer begann, ihre Unterlagen zusammenzusuchen und in die Aktentasche zu stopfen.

Ein Gerichtsdiener näherte sich ihr. »Richter Waldman möchte Sie in seinem Zimmer sehen, Miß Parker.«

Sie hatte vergessen, daß ihr noch eine Strafe wegen Mißachtung des Gerichts bevorstand, aber das schien nicht länger wichtig. Das einzige, was zählte, war, daß sie Abraham Wilsons Leben gerettet hatte.

Jennifer streifte den Tisch des Anklägers mit einem Blick. Staatsanwalt Di Silva stopfte wütend seine Papiere in eine Aktentasche und beschimpfte seine Assistenten. Er fing Jennifers Blick auf. Seine Augen bohrten sich in ihre, und er brauchte keine Worte.

Richter Lawrence Waldman saß an seinem Schreibtisch, als Jennifer eintrat. »Setzen Sie sich, Miß Parker«, sagte er kurz angebunden. Jennifer nahm Platz. »Ich werde weder Ihnen noch sonst jemandem erlauben, meinen Gerichtssaal in einen Zirkus zu verwandeln.«

Jennifer errötete. »Ich bin gestolpert. Ich konnte nichts dafür, daß...«

Richter Waldman hob die Hand. »Bitte, ersparen Sie mir das.« Jennifer preßte die Lippen zusammen.

Richter Waldman beugte sich in seinem Stuhl vor. »Eine andere Sache, die ich in meinem Gericht nicht toleriere, ist Anmaßung.« Jennifer sah ihn vorsichtig an. Sie sagte nichts. »Sie haben heute nachmittag Ihre Grenzen überschritten. Mir ist klar, daß Ihr Übereifer der Verteidigung eines Menschenlebens diente. Deswegen habe ich beschlossen, Ihnen die Mißachtung des Gerichts nachzusehen.«

»Ich danke Ihnen, Euer Ehren.« Jennifer mußte die Worte herauspressen.

Das Gesicht des Richters war undurchdringlich, als er fortfuhr: »Beinahe unausweichlich habe ich am Ende eines Prozesses ein Gespür dafür, ob der Gerechtigkeit ein Dienst erwiesen worden ist oder nicht. Offen gesagt – in diesem Fall bin ich nicht sicher.« Jennifer wartete darauf, daß er weitersprach.

»Das ist alles, Miß Parker.«

In den Abendausgaben der Zeitungen und den Fernsehnachrichten beherrschte Jennifer Parker erneut die Schlagzeilen, aber dieses Mal war sie die Heldin. Sie war der David der Rechtsprechung, der Goliath besiegt hatte. Die Titelseiten waren mit Bildern von ihr, Abraham Wilson und Staatsanwalt Di Silva gepflastert. Hungrig verschlang Jennifer jedes Wort der Artikel, kostete jede Silbe aus. Nach all der Schande, die sie durchlitten hatte, war der Sieg unglaublich süß.

Ken Bailey führte sie zu Luchow's zum Abendessen, und Jennifer wurde vom Oberkellner und einigen der Gäste erkannt. Völlig Fremde sprachen sie mit ihrem Namen an und gratulierten ihr. Es war ein berauschendes Erlebnis.

»Wie fühlt man sich als Berühmtheit?« fragte Ken grinsend.

»Ich bin wie betäubt.«

Jemand schickte eine Flasche Wein an ihren Tisch.

»Ich brauche nichts zu trinken«, meinte Jennifer. »Ich fühle mich, als hätte ich einen Vollrausch.«

Aber sie hatte Durst und trank drei Gläser Weißwein, während sie den Prozeß mit Ken wieder aufwärmte.

»Mein Gott, hatte ich eine Angst! Hast du eine Ahnung, wie man sich fühlt, wenn man ein fremdes Leben in seiner Hand hält? Es ist, als spielte man Gott. Kannst du dir etwas Erschrekkenderes vorstellen? Ich meine, ich komme aus *Kelso*... Können wir noch eine Flasche Wein haben, Ken?«

»Was immer du willst.«

Ken bestellte ein Festmahl für sie beide, aber Jennifer war zu aufgeregt zum Essen.

»Weißt du, was Abraham Wilson zu mir sagte, als ich ihn das erste Mal getroffen habe? Er sagte, ›Sie kriechen in meine Haut, und ich krieche in Ihre, und dann unterhalten wir uns über Haß‹. Ken, heute war ich in seiner Haut, und weißt du was? Ich dachte, die Jury würde *mich* verurteilen. Ich fühlte mich, als würde ich hingerichtet. Ich liebe Abraham Wilson. Könnten wir noch etwas Wein haben?«

»Du hast keinen Bissen gegessen.«

»Ich bin durstig.«

Ken sah besorgt zu, wie Jennifer ein Glas nach dem anderen füllte und leerte. »Immer mit der Ruhe«, sagte er sanft.

Sie beruhigte ihn mit einer munteren Handbewegung. »Das ist kalifornischer Wein. Du könntest genauso gut Wasser trinken.« Sie nahm einen weiteren Schluck. »Du bist mein bester Freund. Weißt du auch, wer nicht mein bester Freund ist? Der große Robert Di Sliva. Di Sivla.«

»Di Silva.«

»Der auch. Er haßt mich. Hast du sein Gesicht heute geseh'n? Oh, Mann, war der wütend! Er sagte, er wollte mich aus dem Gerichtssaal fegen. Aber das hat er nicht geschafft, oder?«

»Nein, er...«

»Weißt du, was ich glaube? Was ich *wirklich* glaube?«

»Ich...«

»Di Sliva denkt, ich bin Ahab, und er is' der weiße Wal.«

»Ich glaube, du hast das durcheinandergebracht.«

»Danke, Ken. Auf dich kann ich mich immer verlassen. Laß uns noch 'ne Flasche Wein trinken.«

»Glaubst du nicht, daß du genug hast?«

»Wale haben Durst.« Jennifer kicherte. »Das bin ich. Der dicke, alte, weiße Wal. Hab ich dir schon gesagt, daß ich Abraham Wilson liebe? Er ist der schönste Mann, den ich je getroffen habe. Ich habe in seine Augen gesehen, Ken, mein Freund, und er ist einfach schön. Hast du je in Di Sivlas Augen geblickt? Oh, Mann, sind die kalt! Ich meine, er is'n Eisberg. Aber er ist kein schlechter Mensch. Habe ich dir schon von Ahab un' dem groß'n weißen Wal erzählt?«

»Ja.«

»Ich liebe den alten Ahab. Ich liebe alle und jeden. Un' weißt Du, warum, Ken? Weil Abraham Wilson heute nacht am Leben ist. Er ist lebendig. Laß uns noch eine Flasche Wein bestellen, zum Feiern...«

Um zwei Uhr morgens brachte Ken Jennifer nach Hause. Er half ihr die vier steilen Treppen hinauf und in ihr kleines Appartement. Sein Atem ging heftig vom Klettern. »Ich glaube«, sagte Ken, »ich spüre den Wein.«

Jennifer blickte ihn voll Mitleid an. »Weißt du, wenn man nichts vertragen kann, sollte man nicht trinken.«

Und sie verlor das Bewußtsein.

Sie erwachte vom Schrillen des Telefons. Vorsichtig tastete sie nach dem Apparat. Die leiseste Bewegung sandte schmerzhafte Raketen durch jedes Nervenende in ihrem Körper.

»'lo...«

»Jennifer? Hier spricht Ken.«

»'lo, Ken.«

»Du klingst furchtbar. Geht es dir gut?«

Sie dachte darüber nach. »Ich glaube nicht. Wie spät ist es?«

»Es ist beinahe Mittag. Du solltest besser sehen, daß du herkommst. Hier ist die Hölle ausgebrochen.«

»Ken – ich glaube, ich sterbe.«

»Hör zu. Steh auf – langsam –, nimm zwei Aspirin und eine kalte Dusche, trink eine Tasse heißen, schwarzen Kaffee, und du bleibst vielleicht am Leben.«

Als Jennifer eine Stunde später das Büro erreichte, fühlte sie sich besser. *Nicht gut,* dachte sie, *aber besser.*

Als sie eintrat, klingelten beide Telefone.

»Das ist für dich«, sagte Ken grinsend. »Sie klingeln, seit ich hier bin. Du brauchst eine Schalttafel.«

Zeitungen, Illustrierte, Fernsehsender und Radiostationen riefen an und wollten Hintergrundstories über Jennifer bringen. Über Nacht war sie eine Berühmtheit geworden. Es gab noch andere Anrufe – die, von denen sie geträumt hatte. Anwaltskanzleien, die sie zuvor kurz abgefertigt hatten, riefen an, um zu fragen, ob es ihr möglich wäre, ihnen einen Gesprächstermin einzuräumen...

In seinem Büro brüllte Robert Di Silva seinen ersten Assistenten an: »Ich möchte, daß Sie eine vertrauliche Akte über Jennifer Parker anlegen. Ich möchte über jeden Mandanten, den sie annimmt, Bescheid wissen. Verstanden?«

»Ja, Sir.«

»Los, an die Arbeit!«

## 9

»Wenn der kein Killer mehr ist, bin ich eine gottverdammte Jungfrau. Er hat sein ganzes Leben mit der Waffe in der Hand verbracht.«

»Das Arschloch kam angekrochen und wollte, daß ich bei Mike ein Wort für ihn einlege. Ich hab' gesagt, ›He, *paesano,* ich bin nur ein Soldat, weißt du?‹ Wenn Mike noch einen Revolvermann braucht, hat er es nicht nötig, in einem Scheißehaufen danach zu suchen.«

»Er hat versucht, dich reinzulegen, Sal.«

»Na, ich hab' ihm ganz schön eins gehustet. Er hat keine Verbindungen, und wenn du in diesem Geschäft keine Verbindungen hast, bist du ein Dreck.«

Sie unterhielten sich in der Küche eines dreihundert Jahre

alten Farmgebäudes in New Jersey. Sie waren zu dritt: Nick Vito, Joseph Colella und Salvatore »Pusteblume« Fiore.

Nick Vito war ein leichenblasser Mann mit beinahe unsichtbaren, dünnen Lippen und toten, tiefgrünen Augen. Er trug weiße Socken und Zweihundert-Dollar-Schuhe.

Joseph »Big Joe« Colella war ein Berg von einem Mann, ein Granitblock, und wenn er ging, sah er aus wie ein wandelnder Wolkenkratzer. Jemand hatte ihn einmal einen menschlichen Gemüsegarten genannt. »Colella hat eine Kartoffelnase, Blumenkohlohren und ein Gehirn von der Größe einer Erdnuß.«

Colella hatte eine sanfte, hohe Stimme und täuschend höfliche Manieren. Er besaß ein eigenes Rennpferd und hatte einen untrüglichen Sinn dafür, auf Gewinner zu setzen. Er war Familienvater mit einer Frau und sechs Kindern. Seine Spezialitäten waren Schußwaffen, Säure und Ketten. Joes Frau, Carmelina, war eine strenge Katholikin, und sonntags, wenn er nicht gerade arbeitete, ging Colella regelmäßig mit seiner Familie in die Kirche.

Der dritte Mann, Salvatore Fiore, war fast ein Liliputaner. Er war einen Meter dreiundfünfzig groß und wog hundertfünfzehn Pfund. Er besaß das unschuldige Gesicht eines Chorknaben und konnte mit dem Revolver genausogut umgehen wie mit dem Messer. Auf Frauen besaß der kleine Mann eine unwiderstehliche Anziehungskraft, und er rühmte sich einer Ehefrau, eines halben Dutzends Freundinnen und einer wunderschönen Geliebten. Früher war Fiore ein Jockey gewesen und hatte von Pimlico bis Tijuana auf allen Rennbahnen gearbeitet. Nachdem der Rennleiter des Hollywood Parks Fiore disqualifiziert hatte, weil Fiore ein Pferd gedopt haben sollte, war die Leiche des Rennleiters eine Woche später als Treibgut im Lake Tahoe gefunden worden.

Die drei Männer waren *soldati* in Antonio Granellis Familie, aber Michael Moretti hatte sie hineingebracht, und sie gehörten mit Leib und Seele nur ihm.

Im Eßzimmer des Farmhauses fand ein Familientreffen statt. Am Kopfende saß Antonio Granelli, *capo* der mächtigsten Mafia-

Familie der Ostküste. Mit zweiundsiebzig Jahren war er immer noch ein eindrucksvoll aussehender Mann mit den Schultern und der breiten Brust eines Arbeiters und weißem Haarschopf. In Palermo auf Sizilien geboren, war Antonio Granelli mit fünfzehn nach Amerika gekommen und hatte auf den Kais an der West Side von Manhattan gearbeitet. Mit einundzwanzig war er der Stellvertreter des Mannes, der auf den Docks den Ton angab. Die beiden Männer hatten einen Streit, und als der andere auf geheimnisvolle Weise verschwand, übernahm Granelli die Docks. Jeder, der im Hafen arbeiten wollte, mußte ihm einen Teil seines Lohns abtreten. Er benutzte das Geld, um seinen Weg zur Macht zu pflastern, und er hatte schnell expandiert, seine Tätigkeit auf andere Branchen erweitert, Geld zu Wucherzinsen verliehen, Lieferungen verschoben und sich schließlich der Prostitution, dem Glücksspiel, Drogenhandel und Mord zugewandt. Im Lauf der Jahre war er zweiunddreißigmal unter Anklage gestellt, aber nur ein einziges Mal verurteilt worden – wegen Körperverletzung. Granelli war ein unbarmherziger, völlig amoralischer Mann mit der erdverbundenen Verschlagenheit eines Bauern.

Links von ihm saß Thomas Colfax, der *consigliere* der Familie. Vor fünfundzwanzig Jahren hatte Colfax eine brillante Zukunft als Firmenanwalt vor sich gehabt, aber nachdem er einmal eine kleine Olivenöl-Gesellschaft verteidigt hatte, die, wie sich herausgestellt hatte, von der Mafia kontrolliert wurde, war er Schritt für Schritt dazu verleitet worden, andere Fälle für die Mafia zu übernehmen, bis die Granelli-Familie im Lauf der Jahre schließlich sein einziger Mandant geworden war. Sie war ein sehr einträglicher Auftraggeber, und Thomas Colfax war ein wohlhabender Mann geworden.

Zu Antonio Granellis Rechten saß Michael Moretti, sein Schwiegersohn. Michael war sehr ehrgeizig, ein Charakterzug, der Granelli nervös machte. Michael paßte nicht in die Schablone der Familie. Sein Vater, Giovanni, ein entfernter Cousin von Antonio Granelli, war nicht in Sizilien, sondern in Florenz geboren. Das allein ließ die Familie Moretti schon suspekt wirken – jeder wußte, daß man Florentinern nicht trauen konnte.

Giovanni Moretti war nach Amerika ausgewandert, hatte ein

Schuhgeschäft eröffnet und es ehrlich und anständig geführt. Es hatte nicht einmal ein Hinterzimmer, in dem gespielt oder Geld verliehen wurde, geschweige denn leichte Mädchen zu finden waren. Ein Dummkopf.

Giovannis Sohn Michael war ganz anders. Er hatte Yale und die Wirtschaftsfakultät von Wharton absolviert. Als Michael mit der Ausbildung fertig war, hatte er sich mit einer einzigen Bitte an seinen Vater gewandt: er wollte seinen entfernten Verwandten Antonio Granelli treffen. Der alte Schuhmacher hatte seinen Cousin aufgesucht und das Treffen arrangiert. Granelli war sicher, daß Michael sich Geld leihen wollte, um ein eigenes Geschäft zu eröffnen, vielleicht ein Schuhgeschäft wie sein tumber Vater. Aber das Treffen war äußerst überraschend verlaufen.

»Ich weiß, wie ich Sie reich machen kann«, hatte Michael angefangen.

Antonio Granelli hatte den anmaßenden jungen Mann angesehen und nachsichtig gelächelt. »Ich bin reich.«

»Nein. Sie glauben nur, Sie seien reich.«

Das Lächeln war erstorben. »Wovon zum Teufel, sprichst du, Kleiner?«

Und Michael Moretti hatte es ihm erklärt.

Am Anfang war Antonio Granelli behutsam vorgegangen, als er Michaels Ratschläge ausprobierte. Aber die Erfolge übertrafen alle seine Erwartungen. Unter Michaels Aufsicht expandierte die Granelli-Familie, die sich bis dato auf profitable, aber illegale Aktivitäten beschränkt hatte. Innerhalb von fünf Jahren hatte die Familie einen zweiten, diesmal legalen Fuß in den Türen von Restaurants, Transportgesellschaften, Apotheken und Wäschereien. Michael spürte kränkelnde Firmen auf, die einer Finanzspritze bedurften, die Familie stieg in kleinerem Umfang ein und schluckte dann mehr und mehr, bis sie alle Aktiva kontrollierte. Alte Firmen mit einwandfreiem Ruf waren plötzlich bankrott. Mit den Unternehmen, die einen zufriedenstellenden Profit erwirtschafteten, beschäftigte Michael sich ausführlicher und vervielfachte diesen Profit, denn die Arbeiter in diesen Unternehmen wurden von seinen Gewerkschaften kontrolliert, und die Firma wickelte ihre Versicherung über eine der familieneigenen Agenturen ab, und sie erstanden ihre Wagen von einem der Gebrauchtwagenhändler der Familie. Michael erschuf einen symbiotischen Giganten, eine Reihe von Unternehmen, von denen der Käufer unablässig gemolken wurde, und diese Milch floß in die Kanäle der Familie.

Trotz seiner Erfolge war sich Michael Moretti darüber klar, daß er ein gewichtiges Problem hatte. Wenn er Antonio Granelli erst einmal den Weg in das üppige Paradies der legalen Wirtschaft gewiesen hatte, würde Granelli ihn nicht mehr brauchen. Er war teuer, denn er hatte Granelli am Anfang ihrer Zusammenarbeit dazu überredet, ihn prozentual an den Gewinnen zu beteiligen, die damals noch niemand als sehr groß eingestuft hatte. Aber nachdem Michaels Ideen begonnen hatten, Früchte zu tragen, und das Geld hereinströmte, hatte Granelli noch einmal darüber nachgedacht. Durch Zufall hatte Michael erfahren, daß ein Familientreffen abgehalten worden war, auf dem man darüber diskutiert hatte, was mit ihm geschehen solle.

»Es gefällt mir nicht, mitansehen zu müssen, wie der Kleine soviel von unserem Geld einsteckt«, hatte Granelli gesagt. »Wir sollten ihn loswerden.«

Michael war diesen Plan umgangen, indem er in die Familie eingeheiratet hatte. Rosa, Antonio Granellis einzige Tochter, war neunzehn Jahre alt. Ihre Mutter war bei ihrer Geburt gestorben, und Rosa war in einem Kloster aufgezogen worden und nur während der Ferien nach Hause gekommen. Ihr Vater vergötterte sie, und er achtete darauf, daß sie beschützt und abgeschirmt wurde. Während der Osterferien hatte Rosa Michael Moretti getroffen. Als sie wieder ins Kloster zurückkehrte, war sie bis über beide Ohren verliebt in ihn. Die Erinnerung an seine düstere Schönheit trieb sie in der Einsamkeit ihres Zimmers zu Taten, die die Nonnen immer als Sünden gegen Gott bezeichnet hatten.

Antonio Granelli lebte in dem Irrglauben, seine Tochter halte ihn für nichts weiter als einen erfolgreichen Geschäftsmann, aber im Lauf der Jahre hatten Klassenkameradinnen Rosa Zeitungsartikel und Magazinbeiträge über ihren Vater und seine wirklichen Geschäfte gezeigt, und wann immer die Behörden versuchten, ein Mitglied der Granelli-Familie unter Anklage zu stellen und zu verurteilen, war Rosa auf dem laufenden. Mit ihrem Vater sprach sie niemals darüber, und so blieb er in dem glücklichen Glauben, seine Tochter sei unschuldig, der Schock, die Wahrheit zu erfahren, bleibe ihr erspart.

Hätte er die Wahrheit erfahren, wäre Granelli mehr als erstaunt gewesen, denn Rosa fand die Geschäfte ihres Vaters furchtbar aufregend. Sie haßte die Disziplin des Nonnenklosters, und daher haßte sie bald jede Form von Autorität. Sie stellte sich ihren Vater als eine Art Robin Hood vor, der die Behörden herausforderte und die Mächtigen in die Schranken wies. Die Tatsache, daß Michael Moretti ein wichtiger Mann in der Organisation ihres Vaters war, ließ ihn noch erregender auf sie wirken.

Von Anfang an war Michael sehr vorsichtig im Umgang mit Rosa. Wenn es ihm gelang, mit ihr allein zu sein, tauschten sie glühende Küsse und Umarmungen aus, aber er ließ es nie zu weit kommen. Rosa war Jungfrau, und nichts hätte sie lieber getan, als sich dem Mann, den sie liebte, hinzugeben. Es war Michael, der die Bremse zog.

»Ich empfinde zu tiefen Respekt für dich, Rosa, um vor unserer Hochzeit mit dir ins Bett zu gehen.«

In Wirklichkeit war es Antonio Granelli, den er respektierte. *Er würde mir die Eier abhacken,* dachte er.

Und so geschah es, daß zum gleichen Zeitpunkt, als Antonio Granelli über die beste Möglichkeit, Michael loszuwerden, nachdachte, Rosa und Michael erklärten, sie seien ineinander verliebt und wollten heiraten. Der alte Mann schrie und tobte und nannte hundert Gründe, warum das nur über jemandes Leiche passieren würde. Aber am Ende siegte die wahre Liebe, und Michael und Rosa feierten eine prunkvolle Hochzeit.

Nach der Hochzeit hatte der alte Mann Michael beiseite genommen. »Rosa ist alles, was ich habe, Michael. Du wirst gut zu ihr sein, nicht?«

»Das werde ich, Tony.«

»Ich lasse dich nicht aus den Augen. Du tätest gut daran, sie glücklich zu machen. Du verstehst, was ich sagen will, Mike?«

»Ich weiß, was du meinst.«

»Keine Nutten, keine Flittchen, verstanden? Rosa kocht gern. Achte darauf, jeden Abend zum Essen zu Hause zu sein. Du wirst ein Musterschwiegersohn sein, auf den man stolz sein kann.«

»Ich werde mein Bestes tun, Tony.«

Nebenbei hatte Antonio Granelli noch gesagt: »Ach, wo wir gerade dabei sind, Mike – jetzt bist du ein Mitglied der Familie, und wir sollten vielleicht deinen Anteil ändern...«

Michael hatte ihm auf die Schulter geklopft. »Danke, Papa, aber es ist genug für uns beide. Ich werde Rosa alles kaufen können, was sie haben möchte.«

Und er war gegangen, während der alte Mann ihm sprachlos nachstarrte.

Das war sieben Jahre her, und die folgenden Jahre waren für Michael phantastisch gewesen. Rosa vergötterte ihn, und es ließ sich angenehm und leicht mit ihr leben, aber Michael wußte, daß er es überleben würde, wenn sie ihn verließe oder stürbe. Er würde einfach jemand anderen finden, der Rosas Stelle einnehmen konnte. Er liebte sie nicht. Er glaubte nicht einmal, daß er fähig war, überhaupt ein menschliches Wesen lieben zu können; es schien, als fehlte etwas in ihm.

Er brachte Menschen keine Gefühle entgegen, nur Tieren. Zu seinem zehnten Geburtstag hatte er einen Colliewelpen geschenkt bekommen. Der Hund und er waren unzertrennlich. Sechs Wochen später war das Tier bei einem Unfall mit Fahrerflucht getötet worden, und als sein Vater Michael anbot, ihm einen anderen Hund zu kaufen, hatte Michael den Kopf geschüttelt. Danach hatte er nie wieder einen Hund besessen.

In seiner Jugend war Michael Zeuge gewesen, wie sich sein Vater für ein paar Pennies zu Tode gerackert hatte, und er hatte beschlossen, daß es ihm nie so gehen würde. Von dem Zeitpunkt an, da er zum erstenmal von seinem berühmten Verwandten Antonio Granelli gehört hatte, wußte er, was er wollte. Es gab sechsundzwanzig Mafia-Familien in den Vereinigten Staaten, davon fünf in New York, und die seines Cousins Antonio war die mächtigste. Von frühester Kindheit an waren Geschichten über die Mafia für ihn wie ein warmer Schauer für eine Blume gewesen. Sein Vater hatte ihm von der Nacht der Sizilianischen Vesper am 10. September 1931 erzählt, als die Macht in andere Hände gelangt war. In dieser einzigen Nacht hatten die *Jungtürken* eine blutige Revolte inszeniert und dabei mehr als vierzig *Mustache Petes* ausgerottet – die ganze alte Garde, die noch aus Italien und Sizilien eingewandert war.

Michael gehörte zur neuen Generation. Er hatte das alte Gedankengut abgeschüttelt und frische Ideen entwickelt. Eine nationale Kommission von neun Männern kontrollierte inzwischen alle Familien, und Michael wußte, daß er diese Kommission eines Tages in der Tasche haben würde.

Er studierte die beiden Männer, die mit ihm am Eßzimmertisch saßen. Antonio Granelli würde noch ein paar Jahre zu leben haben, aber, mit etwas Glück, nicht mehr allzu viele.

Der eigentliche Feind war Thomas Colfax. Der Anwalt war von Anbeginn gegen Michael gewesen. Im gleichen Verhältnis, in dem Michaels Einfluß bei dem Alten gewachsen war, hatte der von Colfax abgenommen.

Michael hatte mehr und mehr von seinen eigenen Männern in die Organisation gebracht, Männer wie Nick Vito, Salvatore Fiore und Joseph Colella, die ihm treu ergeben waren. Thomas Colfax war davon nicht begeistert.

Als Michael wegen der Morde an den Brüdern Ramos unter Anklage gestellt wurde und Camillo Stela sich als Zeuge zur Verfügung stellte, hatte der Anwalt geglaubt, Michael endlich loszuwerden, denn der Fall des Staatsanwalts war wasserdicht.

Aber Michael hatte mitten in der Nacht einen Weg aus der Falle gefunden. Um vier Uhr morgens war er zu einer Telefonzelle gegangen und hatte Joseph Colella angerufen.

»In der nächsten Woche werden einige frischgebackene Anwälte im Büro des Staatsanwalts vereidigt. Kannst du mir ihre Namen besorgen?«

»Sicher, Mike. Leicht.«

»Noch was: Ruf Detroit an und sorg dafür, daß sie ein Schneewittchen einfliegen – einen ihrer Jungs, der noch nie festgenagelt worden ist.« Und Michael hängte auf.

Und dann hatte Michael Moretti im Gerichtssaal gesessen und die neuen Assistenten des Staatsanwalts beobachtet. Er sah sich jeden genau an, seine Augen wanderten von Gesicht zu Gesicht, suchten und beurteilten. Was er vorhatte, war gefährlich, aber gerade, weil es so gewagt war, konnte es funktionieren. Er hatte es mit Anfängern zu tun, die zu nervös sein würden, um viele Fragen zu stellen; im Gegenteil, sie würden begierig sein, zu helfen und hervorzustechen. Nun, einer von ihnen *würde* hervorstechen.

Michael hatte sich schließlich für Jennifer Parker entschieden. Es gefiel ihm, daß sie unerfahren und gespannt war und daß sie es zu verbergen suchte. Es gefiel ihm, daß sie eine Frau war und sich stärkerem Druck ausgesetzt fühlte als Männer. Als Michael seine Entscheidung getroffen hatte, drehte er sich zu einem Mann im grauen Anzug im Publikum um und deutete mit einem Kopfnicken auf Jennifer. Das war alles.

Michael beobachtete, wie der Staatsanwalt sein Verhör des Hurensohns Camillo Stela zu Ende führte. Di Silva wandte sich an Thomas Colfax und sagte: *Ihr Zeuge.* Thomas Colfax stand auf. *Wenn Sie gestatten, Euer Ehren, es ist jetzt fast Mittag. Ich würde mein Kreuzverhör gern ohne Unterbrechung durchführen. Darf ich vorschlagen, daß das Gericht sich jetzt zurückzieht und ich mein Kreuzverhör am Nachmittag durchführe?*

Die Verhandlung war unterbrochen worden. Jetzt oder nie!

Michael sah, daß sein Mann sich wie zufällig zu den Leuten gesellte, die den Staatsanwalt umgaben. Er fügte sich in die Gruppe ein. Einige Sekunden später ging er zu Jennifer und überreichte ihr einen großen Umschlag. Michael saß bewegungslos und hielt den Atem an, versuchte Jennifer mit aller Willenskraft dazu zu bringen, daß sie den Umschlag nahm und zum Raum des Zeugen ging. Es funktionierte. Erst als er sie ohne den Umschlag zurückkommen sah, entspannte Michael Moretti sich.

Das war vor einem Jahr gewesen. Die Zeitungen hatten das Mädchen ans Kreuz geschlagen, aber das war ihr Problem. Michael hatte nicht mehr an Jennifer gedacht, bis die Zeitungen vor kurzem über den Abraham-Wilson-Prozeß berichteten. Sie gruben den alten Moretti-Fall wieder aus – und die Rolle, die Jennifer darin gespielt hatte. Sie veröffentlichten Bilder von ihr. Sie sah umwerfend aus, aber da war noch mehr an ihr – eine Aura von Unabhängigkeit, die etwas in ihm anrührte. Er hatte die Bilder lange angestarrt.

Er verfolgte den Wilson-Prozeß mit steigendem Interesse. Bei der Siegesfeier nach dem Ausgang seines Falls hatte einer von Michaels Leuten, Salvatore Fiore, einen Toast ausgebracht. »Die Welt ist wieder einen gottverdammten Anwalt losgeworden.«

*Aber die Welt war sie nicht losgeworden,* dachte Michael. Jennifer Parker war wieder im Ring und kämpfte. Er mochte das. Gestern nacht hatte er sie im Fernsehen gesehen, als sie über ihren Sieg über Di Silva sprach, und Michael hatte eine seltsame Freude empfunden.

»War die Kleine nicht der Knebel, den du Stela verpaßt hast?« hatte Antonio Granelli gefragt.

»Richtig. Sie hat Köpfchen, Tony. Vielleicht können wir sie in absehbarer Zeit nochmal gebrauchen.«

## 10

Am Tag nach dem Urteil über Abraham Wilson klingelte das Telefon. Es war Adam Warner. »Ich rufe nur an, um Ihnen zu gratulieren.«

Jennifer erkannte seine Stimme auf Anhieb, und ihr Klang erregte sie mehr, als sie je für möglich gehalten hätte.

»Hier spricht...«

»Ich weiß.« *Mein Gott,* dachte Jennifer, *warum habe ich das gesagt?* Es gab wirklich keine Veranlassung, Adam wissen zu lassen, wie oft sie in den vergangenen Monaten an ihn gedacht hatte.

»Ich wollte Ihnen sagen, daß Sie den Fall Abraham Wilson brillant vertreten haben. Sie haben den Sieg verdient.«

»Danke schön.« *Gleich hängt er auf,* dachte Jennifer. *Ich werde ihn nie wiedersehen. Er ist wahrscheinlich viel zu beschäftigt mit seinem Harem.*

Aber Adam Warner sagte: »Hätten Sie vielleicht irgendwann einmal Zeit, mit mir zu Abend zu essen?«

*Männer hassen Mädchen, die zu schnell ja sagen,* dachte Jennifer und fragte: »Wie wär's mit heute abend?«

Jennifer hörte an seiner Stimme, daß er lächelte. »Ich fürchte, vor nächsten Freitag habe ich keinen Abend frei. Haben Sie da schon etwas vor?«

»Nein.« Beinahe hätte sie gesagt: *Natürlich nicht.*

»Soll ich Sie von Ihrer Wohnung abholen?«

Jennifer dachte an ihr trostloses kleines Appartement mit dem schäbigen Sofa und dem in die Ecke gelehnten Bügelbrett. »Es wäre einfacher, wenn wir uns irgendwo treffen.«

»Schmeckt Ihnen das Essen bei Lutèce?«

»Darf ich Ihnen das beantworten, nachdem ich es probiert habe?«

Er lachte. »Wie wär's mit acht Uhr?«

»Acht ist mir sehr recht.«

Jennifer legte den Hörer auf. Sie saß da und schien vor Glück zu strahlen. *Das ist doch lächerlich,* sagte sie sich. *Wahrscheinlich ist er verheiratet und hat zwei Dutzend Kinder.* Als sie mit Adam beim Essen gewesen war, hatte sie beinahe als erstes bemerkt, daß er keinen Ehering trug. *Nicht sehr überzeugender Beweis,* dachte sie. Es sollte wirklich ein Gesetz geben, das alle verheirateten Männer verpflichtete, Eheringe zu tragen.

Ken Bailey betrat das Büro. »Wie geht's der Staranwältin?« Er betrachtete sie genauer. »Du siehst aus, als hättest du gerade einen Mandanten verspeist.«

Jennifer zögerte einen Moment, dann sagte sie: »Ken, würdest du jemanden für mich überprüfen?«

Er trat an ihren Schreibtisch, ergriff Papier und Bleistift und sagte: »Schieß los. Um wen handelt es sich?«

Sie wollte Adams Namen sagen, aber dann hielt sie inne. Sie

kam sich wie ein Idiot vor. Was für ein Recht hatte sie, in Adams Privatleben herumzuschnüffeln? *Um Himmels willen,* sagte sie sich, *er hat dich nur zum Essen eingeladen, nicht dazu, mit ihm vor den Traualtar zu treten.* »Vergiß es.«

Ken legte den Bleistift weg. »Wie du willst.«

»Ken...«

»Ja?«

»Adam Warner. Sein Name ist Adam Warner.«

Ken blickte sie erstaunt an. »Zum Teufel, dafür benötigst du keinen Privatdetektiv. Du brauchst bloß in die Zeitungen zu schauen.«

»Was weißt du von ihm?«

Ken Bailey ließ sich in einen Stuhl vor Jennifers Schreibtisch fallen und legte die Fingerspitzen gegeneinander. »Laß mich überlegen. Er ist ein Partner von Needham, Finch, Pierce und Warner; hat in Harvard Jura studiert; stammt aus einer reichen, prominenten Familie; er ist Mitte dreißig...«

Jennifer blickte ihn neugierig an. »Wie kommt es, daß du soviel über ihn weißt?«

Er blinzelte ihr zu. »Ich habe einflußreiche Freunde. Man behauptet, daß Mr. Warner für den Senat kandidieren will. Mit dem richtigen Rückenwind könnte er es sogar bis ins Weiße Haus schaffen. Er hat das, was die Leute Charisma nennen.«

*Das kann man wohl sagen,* dachte Jennifer. Sie versuchte, die nächste Frage beiläufig klingen zu lassen. »Was weißt du über sein Privatleben?«

Ken Bailey blickte sie sonderbar an. »Er ist mit der Tochter eines verstorbenen hohen Tiers bei der Navy verheiratet. Sie ist die Nichte von Stewart Needham, einem von Warners Partnern.«

Jennifers Stimmung kippte um. Das war also geklärt.

Verwirrt betrachtete Ken sie. »Woher dieses plötzliche Interesse an Adam Warner?«

»Reine Neugier.«

Noch lange, nachdem Ken Bailey gegangen war, saß Jennifer da und dachte an Adam. *Er hat mich aus Höflichkeit zum Abendessen eingeladen. Er will mir gratulieren. Aber das hat er doch schon am Telefon getan. Ist ja auch egal, warum. Ich werde ihn wiedersehen. Ich frage mich, ob er daran denken wird, mir zu sagen, daß er verheiratet ist. Natürlich nicht. Wie auch immer – ich werde Freitag mit ihm zu Abend essen, und damit hat es sich.*

Am späten Nachmittag erhielt Jennifer einen Anruf von Peabody & Peabody. Der Seniorpartner persönlich war am Apparat.

»Ich habe schon lange vorgehabt«, sagte er, »mit Ihnen zu Mittag zu essen. Würde es Ihnen in der nächsten Zeit passen?«

Sein beiläufiger Ton konnte Jennifer nicht täuschen. Sie war sicher, die Idee, mit ihr zu essen, war ihm erst gekommen, als er den Ausgang des Abraham-Wilson-Prozesses erfahren hatte. Er wollte sie bestimmt nicht sehen, um die Zustellung von Vorladungen mit ihr zu diskutieren.

»Wie wär's mit morgen?« fragte er. »In meinem Club.«

Sie trafen sich am folgenden Tag zum Mittagessen. Der ältere Peabody war ein blasser, zimperlicher Mann, eine ergraute Version seines Sohnes. Unter seiner Weste wölbte sich ein kleiner Bauch. Jennifer mochte den Vater genauso wenig wie den Sohn.

»Wir hätten einen freien Platz für eine aufstrebende junge Prozeßanwältin, Miß Parker. Wir können Ihnen ein Anfangsgehalt von fünfzehntausend Dollar im Jahr bieten.«

Jennifer saß ihm gegenüber und lauschte seinen Worten. Sie überlegte, wieviel ihr dieses Angebot vor einem Jahr bedeutet hätte, als sie verzweifelt einen Job brauchte – einen Job und jemanden, der an sie glaubte.

Peabody fuhr fort: »Ich bin sicher, daß wir in ein paar Jahren auch über eine Partnerschaft sprechen können.«

*Fünfzehntausend im Jahr und ein Partnerschaftsangebot.* Jennifer dachte an das kleine Büro, das sie mit Ken teilte, und ihr winziges, schäbiges Appartement mit dem unechten Kamin.

Mr. Peabody nahm ihr Schweigen als Einverständnis. »Gut. Wir möchten, daß Sie so früh wie möglich anfangen. Vielleicht ging es schon am Montag. Ich...«

»Nein.«

»Oh, nun, wenn Montag Ihnen nicht zusagt...«

»Ich meine, nein, ich kann Ihr Angebot nicht annehmen, Mr. Peadoby«, sagte Jennifer, erstaunt über sich selber.

»Ich verstehe.« Eine Pause entstand. »Vielleicht könnten wir Ihr Gehalt auf zwanzigtausend Dollar im Jahr erhöhen.« Er bemerkte den Ausdruck auf ihrem Gesicht. »Fünfundzwanzigtausend. Warum denken Sie nicht in Ruhe darüber nach?«

»Ich habe schon darüber nachgedacht. Ich werde in diesem Geschäft weiterhin allein arbeiten.«

Nach und nach kamen die ersten Mandanten. Nicht allzu viele und nicht allzu wohlhabende, aber immerhin Mandanten. Das Büro wurde langsam zu klein für Jennifer.

Eines Morgens, nachdem sie zwei Klienten draußen im Flur warten lassen mußte, während sie mit einem dritten beschäftigt war, sagte Ken: »So geht das nicht weiter. Du mußt hier ausziehen und dir ein anständiges Büro in einer besseren Gegend zulegen.«

Jennifer nickte. »Ich weiß. Ich habe auch schon daran gedacht.«

Ken beschäftigte sich mit einigen Papieren, um sie nicht ansehen zu müssen. »Du wirst mir fehlen.«

»Was redest du für einen Unsinn? Du mußt mit mir kommen.«

Es dauerte einen Moment, bis er ihre Worte begriff. Dann blickte er auf, und ein breites Grinsen kräuselte sein sommersprossiges Gesicht.

»Mit dir gehen?« Er sah sich in dem beengenden, fensterlosen Raum um. »Mit dir gehen und all das hier aufgeben?«

In der folgenden Woche zogen Jennifer und Ken Bailey in größere Büroräume weiter oben an der Fifth Avenue. Das neue Quartier bestand aus drei kleinen, einfach möblierten Zimmern: eins für Jennifer, eins für Ken und eins für eine Sekretärin.

Die Sekretärin, die sie anstellten, war ein junges Mädchen, frisch von der New Yorker Universität. Sie hieß Cynthia Ellman.

»Am Anfang werden Sie nicht viel zu tun haben«, entschuldigte sich Jennifer, »aber mit der Zeit werden die Dinge in Gang kommen.«

»Oh, ich weiß, daß sie das werden, Miß Parker.« Ein Ton von Heldenverehrung schwang in der Stimme des Mädchens mit.

*Sie will wie ich sein*, dachte Jennifer. *Gott behüte!*

Ken Bailey marschierte herein und sagte: »He, ich fühle mich einsam so ganz allein in einem großen Büro. Wie wäre es mit Essen und Theater heute abend?«

»Ich fürchte, ich...« Jennifer war müde und mußte noch einige Aktennotizen lesen, aber Ken war ihr bester Freund, und sie konnte es ihm nicht abschlagen. »Gern, Ken.«

Sie sahen sich *»Applause«* an, und Jennifer war begeistert. Lauren Bacall in der Hauptrolle war umwerfend. Hinterher aßen sie bei Sardi's zu abend.

Als sie bestellt hatten, sagte Ken: »Ich habe zwei Karten fürs Ballett Freitagabend. Ich dachte, wir könnten...«

»Das tut mir leid, Ken«, erwiderte Jennifer, »aber Freitag habe ich schon etwas vor.«

»Oh.« Seine Stimme war merkwürdig flach.

Hin und wieder ertappte Jennifer Ken dabei, wie er sie anstarrte, wenn er sich unbeobachtet fühlte, und dann stand auf seinem Gesicht ein Ausdruck, der schwer zu definieren war, wie sie fand. Sie wußte, daß er einsam war, obwohl er nie über seine Freunde sprach oder sein Privatleben vor ihr ausbreitete. Sie konnte nicht vergessen, was Otto Wenzel ihr erzählt hatte, und sie fragte sich, ob Ken selber wußte, was er vom Leben erwartete. Sie wünschte, es gäbe eine Möglichkeit, ihm zu helfen.

Jennifer hatte den Eindruck, daß es nie mehr Freitag werden würde. Je näher die Verabredung zum Abendessen mit Adam Warner rückte, desto schwieriger fiel es ihr, sich auf die Arbeit zu konzentrieren. Sie dachte unablässig an Adam. Sie wußte, daß sie sich lächerlich aufführte. Sie hatte den Mann erst einmal im Leben gesehen, und dennoch war sie unfähig, ihn zu vergessen. Vom Verstand her sagte sie sich, daß es daran lag, daß Adam sie gerettet hatte, als es um den Ausschluß aus der Anwaltskammer ging, und daß er ihr später Mandanten geschickt hatte. Obwohl das der Wahrheit entsprach, wußte Jennifer, daß es nicht alles war. Ihr Gefühl für Adam hatte eine weitere Dimension, die sie nicht erklären konnte, nicht einmal sich selber. Es war ein Gefühl, das sie nie zuvor empfunden hatte, bei keinem anderen Mann. Sie fragte sich, wie Adams Frau wohl sein mochte. Zweifellos handelte es sich um eine dieser erwählten Frauen, die jeden Mittwoch zu einer Kopf-bis-Fuß-Renovierung durch die rote Tür bei Elizabeth Arden verschwanden. Sie würde glatt und weltklug sein, eingehüllt in die gepflegte Aura wohlhabender Prominenz.

Um zehn Uhr am Morgen des magischen Freitag ließ sich Jennifer einen Termin bei einem neuen italienischen Coiffeur geben, der nach Cynthias Auskunft von allen Fotomodellen frequentiert wurde. Um zehn Uhr dreißig sagte sie ihn wieder ab. Um elf ließ sie sich den Termin bestätigen.

Ken Bailey lud sie zum Mittagessen ein, aber sie war zu nervös, um zu essen. Statt dessen ging sie zu Bendel's, wo sie ein kurzes, dunkelgrünes Chiffonkleid kaufte, das zu ihren Augen paßte, ein Paar schlanke braune Stiefel und eine passende Tasche. Sie wußte, daß sie ihr Budget weit überschritten hatte, aber sie konnte einfach nicht aufhören. Auf dem Weg nach draußen kam sie an der Parfumabteilung vorbei und erstand in einem Anfall von Wahnsinn eine Flasche Joy. Es war wahnsinnig, weil Adam verheiratet war.

Um fünf verließ Jennifer das Büro und ging nach Hause, um sich umzuziehen. Sie verbrachte zwei Stunden damit, zu baden und sich für Adam anzuziehen, und als sie fertig war, betrachtete sie sich kritisch im Spiegel. Dann kämmte sie sich trotzig das sorgfältig frisierte Haar aus und faßte es mit einem grünen Band hinter dem Kopf zusammen. *So ist es besser,* dachte sie. *Ich bin ein Anwalt, der sich mit einem anderen Anwalt zum Essen trifft.* Aber als sie die Tür hinter sich schloß, ließ sie einen schwachen Duft nach Rosen und Jasmin zurück.

Lutèce war ganz anders, als Jennifer erwartet hatte. Die Trikolore flatterte über dem Eingang des unscheinbaren Hauses. Innen führte ein schmaler Gang zu einer kleinen Bar, und jenseits befand sich ein sonnenlichterfüllter Eßraum, hell und heiter, mit Korbstühlen und buntkarierten Tischdecken. Jennifer wurde am Eingang von André Soltner, dem Eigentümer, empfangen.

»Kann ich Ihnen helfen?«

»Ich bin mit Mr. Adam Warner verabredet. Ich glaube, ich bin etwas früh dran.«

Er führte Jennifer zu der kleinen Bar. »Warum trinken Sie nicht eine Kleinigkeit, während Sie warten, Miß Parker?«

»Gern«, sagte Jennifer. »Danke.«

»Ich schicke Ihnen einen Kellner.«

Jennifer nahm Platz und vertrieb sich die Zeit damit, die neu eintreffenden, mit Juwelen und Pelzen behängten Frauen und ihre Begleiter zu beobachten. Jennifer hatte schon von Lutèce gehört und gelesen. Es hieß, daß es Jacqueline Kennedys Lieblingsrestaurant sei und hervorragendes Essen biete.

Ein distinguiert aussehender, grauhaariger Herr trat auf Jennifer zu und sagte: »Hätten Sie etwas dagegen, wenn ich mich für einen Moment zu Ihnen setzen würde?«

Jennifer versteifte sich. »Ich erwarte jemanden«, begann sie. »Er müßte jeden Augenblick hier...«

Er lächelte und setzte sich. »Dies ist kein Aufreißschuppen, Miß Parker.« Jennifer blickte ihn erstaunt an, unsicher, wo sie ihn einordnen sollte. »Ich bin Lee Browning, von Holland und Browning.« Holland und Browning war eine der angesehensten Kanzleien von New York. »Ich wollte Ihnen nur zu der Art gratulieren, wie Sie den Abraham-Wilson-Prozeß gehandhabt haben.«

»Danke schön, Mr. Browning.«

»Sie haben sich auf ein großes Risiko eingelassen. Es war ein aussichtsloser Fall.« Einen Augenblick lang studierte er ihr Gesicht. »Sie kennen ja die Regel in unserem Gewerbe: wenn du auf der falschen Seite eines aussichtslosen Falles stehst, achte darauf, daß es keiner ist, um den viel Wirbel gemacht wird. Der Trick besteht darin, die Sieger herauszustellen und die Verlierer unter den Teppich zu kehren. Sie haben uns alle ganz schön hereingelegt. Haben Sie schon einen Drink bestellt?«

»Nein...«

»Darf ich?« Er winkte den Kellner herbei. »Victor, würden Sie uns bitte eine Flasche Champagner bringen? Dom Perignon.«

»Sofort, Mr. Browning.«

Jennifer lächelte. »Versuchen Sie, mich zu beeindrucken?«

Er lachte laut. »Ich versuche, Sie zu engagieren. Ich kann mir vorstellen, daß sie eine ganze Menge Angebote in der letzten Zeit bekommen haben.«

»Ein paar.«

»Unsere Firma beschäftigte sich hauptsächlich mit Wirtschaftsrecht, Miß Parker, aber einige unserer etwas wohlhabenderen Klienten gehen manchmal etwas zu weit und brauchen dann einen Strafverteidiger. Ich glaube, wir könnten Ihnen einen recht attraktiven Vorschlag unterbreiten. Würde es Ihnen etwas ausmachen, gelegentlich einmal bei mir im Büro vorbeizuschauen und mit mir darüber zu sprechen?«

»Danke, Mr. Browning, ich fühle mich wirklich geschmeichelt, aber ich habe gerade meine eigene Kanzlei eröffnet. Ich hoffe, es rentiert sich.«

Er musterte sie mit einem langen Blick. »Es *wird* sich rentieren.« Er blickte auf, weil jemand zu ihnen getreten war, erhob sich dann und streckte seine Hand aus. »Adam, wie geht's?«

Jennifer sah auf, und da stand Adam Warner und schüttelte Lee Browning die Hand. Ihr Herz begann schneller zu schlagen, und sie fühlte, wie sie errötete. *Idiotisches Schulmädchen!*

Adam Warner blickte auf Jennifer und Browning und sagte: »Ihr beide kennt euch?«

»Wir haben gerade begonnen, uns zu beschnuppern«, sagte Lee Browning leichthin. »Du bist etwas zu früh aufgetaucht.«

»Oder gerade rechtzeitig.« Adam nahm Jennifers Arm. »Mehr Glück beim nächstenmal, Lee.«

Der Oberkellner näherte sich Adam. »Wollen Sie gleich zu Ihrem Tisch, Mr. Warner, oder möchten Sie erst einen Drink an der Bar?«

»Wir nehmen den Tisch, Henri.«

Als sie saßen, blickte Jennifer sich im Raum um und erkannte ein halbes Dutzend Berühmtheiten.

»Dieses Lokal ist wie das *Who's Who*«, meinte sie.

Adam blickte sie an. »Ja, aber erst, seit Sie hier sind.«

Jennifer fühlte, daß sie wieder rot wurde. *Aufhören, dumme Gans!* Sie fragte sich, wie viele andere Mädchen Adam Warner hierher geführt hatte, während seine Frau zu Hause saß und auf ihn wartete. Sie fragte sich, ob eins von ihnen jemals erfahren hatte, daß er verheiratet war, oder ob er es immer geheimzuhalten verstand. Nun, sie jedenfalls war im Vorteil. *Du wirst eine Überraschung erleben, Mr. Warner,* dachte sie.

Sie bestellten die Getränke, das Essen und unterhielten sich über Belanglosigkeiten. Jennifer überließ Adam die Konversationsführung. Er war witzig und charmant, aber sie war gegen seinen Charme gewappnet. Es war dennoch nicht leicht. Sie ertappte sich dabei, wie sie über seine Anekdoten lächelte und seine Geschichten zum Lachen fand.

*Es wird ihm nichts nützen,* redete sie sich ein. Sie war nicht auf der Suche nach einem Abenteuer. Der Geist ihrer Mutter ließ ihr keine Ruhe. In ihr ruhte tiefe Leidenschaftlichkeit, aber sie hatte Angst, sie zu erforschen, sie zu befreien.

Sie waren bereits beim Dessert, und noch immer hatte Adam kein einziges mißverständliches Wort gesagt. Jennifer hatte ihren Schutzwall umsonst errichtet, sich gegen eine Attacke zur Wehr gesetzt, die niemand führte, und sie kam sich vor wie ein Dummkopf. Sie überlegte, was Adam gesagt haben würde, wenn er gewußt hätte, woran sie den ganzen Abend gedacht hatte. Jennifer lächelte über ihre nutzlosen Anstrengungen.

»Ich hatte nie die Gelegenheit, Ihnen für die Mandanten zu danken, die Sie mir geschickt haben«, sagte sie. »Ich habe ein paarmal versucht, Sie anzurufen, aber...«

»Ich weiß.« Adam zögerte, dann fügte er verlegen hinzu: »Ich wollte Sie nicht zurückrufen.« Jennifer blickte ihn erstaunt an. »Ich hatte Angst«, sagte er schließlich.

Da war es. Er hatte sie durch einen Überraschungsangriff genommen, sie in einem unachtsamen Moment gepackt. Seine

Worte waren unmißverständlich. Sie wußte, was als nächstes folgen würde. Und sie wollte nicht, daß er es sagte. Sie wollte nicht, daß er wie all die anderen war, diese verheirateten Männer, die vorgaben, Junggesellen zu sein. Sie verachtete sie, und sie wollte diesen Mann auf der anderen Seite des Tisches nicht auch verachten müssen.

Adam sagte ruhig: »Jennifer, ich möchte, daß Sie wissen, daß ich verheiratet bin.« Sie saß da und starrte ihn mit offenem Mund an.

»Es tut mir leid. Ich hätte es Ihnen eher sagen müssen.« Er lächelte trocken. »Es gab bloß keine Gelegenheit dazu, oder?«

Jennifer fühlte sich verwirrt. »Warum – warum haben Sie mich zum Essen eingeladen, Adam?«

»Weil ich Sie wiedersehen mußte.«

Alles schien unwirklich. Jennifer fühlte sich, als schlüge eine riesige Flutwelle über ihr zusammen. Sie saß da und hörte, wie Adam all die Dinge aussprach, die er fühlte, und sie wußte, daß jedes Wort stimmte. Sie wußte es, weil sie genauso fühlte. Sie wollte, daß er aufhörte, bevor er zuviel sagte. Sie wollte, daß er weitersprach und noch mehr sagte.

»Ich hoffe, ich bin Ihnen jetzt nicht zu nahe getreten«, sagte er plötzlich, und seine Schüchternheit rührte Jennifer.

»Adam – ich – ich...«

Er sah sie an, und obwohl sie sich nicht berührten, war es, als läge sie in seinen Armen.

Unsicher sagte sie: »Erzählen Sie mir etwas von Ihrer Frau.«

»Mary Beth und ich sind fünfzehn Jahre verheiratet. Wir haben keine Kinder.«

»Ich verstehe.«

»Sie – wir haben uns gegen Kinder entschieden. Wir waren beide sehr jung, als wir heirateten. Ich hatte sie schon eine lange Zeit gekannt. Unsere Familien waren Nachbarn. Als sie achtzehn war, kamen ihre Eltern bei einem Flugzeugunglück ums Leben. Mary Beth wurde fast wahnsinnig vor Schmerz. Sie war ganz allein. Ich – wir haben geheiratet.«

*Er hat sie aus Mitleid geheiratet und ist zu sehr Gentleman, um es zuzugeben,* dachte Jennifer.

»Sie ist eine wundervolle Frau. Wir hatten immer ein sehr gutes Verhältnis zueinander.«

Er erzählte Jennifer mehr, als sie wissen wollte, mehr als sie ertragen konnte. Ihr Instinkt riet ihr, zu gehen, zu fliehen, so lange noch Zeit war. In der Vergangenheit war sie mit den verheirateten Männern, die eine Affäre mit ihr wollten, stets fertiggeworden, aber sie wußte, daß es diesmal anders war. Wenn sie sich jemals in diesen Mann verliebte, würde sie nicht mehr herauskommen. Es wäre Wahnsinn, jemals etwas mit ihm anzufangen.

Sie wählte ihre Worte sorgfältig: »Adam, ich mag Sie sehr. Und ich lasse mich niemals mit verheirateten Männern ein.«

Er lächelte, und seine Augen hinter der Brille waren ehrlich und warm. »Ich bin nicht auf der Suche nach einer Hintertreppenaffäre. Ich genieße es, bei Ihnen zu sein. Ich bin sehr stolz auf Sie. Ich würde mich gern hin und wieder mit Ihnen treffen.«

Jennifer wollte sagen, *Was hätten wir davon?*, aber tatsächlich sagte sie: »Das wäre schön.«

*Also werden wir einmal im Monat zusammen essen,* dachte Jennifer. *Das wird niemandem wehtun.*

## 11

Einer von Jennifers ersten Besuchern in ihrem neuen Büro war Pater Ryan. Er schlenderte durch die drei kleinen Räume und sagte: »Sehr nett, wirklich. Wir sind auf dem Weg nach oben, Jennifer.«

Jennifer lachte. »Das ist nicht direkt der Weg nach oben, Pater. Ich habe noch ein ganz schönes Stück vor mir.«

Er sah sie scharf an. »Sie werden es schaffen. Übrigens, letzte Woche habe ich Abraham Wilson besucht.«

»Wie geht es ihm?«

»Gut. Er arbeitet jetzt in der Maschinenwerkstatt des Gefängnisses. Er bat mich, Sie zu grüßen.«

»Ich muß ihn bald einmal selber besuchen.«

Pater Ryan setzte sich in einen Stuhl und blickte sie an, bis Jennifer fragte: »Kann ich irgend etwas für Sie tun, Pater?«

Er strahlte. »Ah, nun, ich weiß, Sie müssen sehr beschäftigt sein, aber jetzt, wo Sie die Sprache darauf gebracht haben, nun, eine Freundin von mir hat ein kleines Problem. Sie hatte einen Unfall. Ich glaube, Sie sind der einzige, der ihr helfen könnte.«

Automatisch erwiderte Jennifer: »Sagen Sie ihr, sie soll mich aufsuchen, Pater.«

»Ich glaube, Sie müssen zu ihr gehen. Sie ist vierfach amputiert.«

Connie Garrett lebte in einem kleinen, sauberen Appartement an der Houston Street. Die Tür wurde von einer älteren, weißhaarigen Frau geöffnet, die eine Schürze trug.

»Ich bin Martha Steele, Connies Tante. Ich lebe bei ihr. Bitte treten Sie ein. Sie erwartet Sie.«

Jennifer betrat ein dürftig möbliertes Wohnzimmer. Connie Garrett saß, gestützt von Kissen, in einem Armsessel. Ihre Jugend schockierte Jennifer. Irgendwie hatte sie eine ältere Frau erwartet. Connie Garrett war ungefähr vierundzwanzig, so alt wie Jennifer. Ihr Gesicht war von einem wunderbaren Glanz erfüllt, und Jennifer empfand es als obszön, daß es auf einem Torso ohne Arme und Beine saß. Sie unterdrückte ein Schaudern.

Connie Garretts Lächeln war voller Wärme, als sie sagte: »Bitte setzen Sie sich, Jennifer. Ich darf Sie doch Jennifer nennen? Pater Ryan hat mir soviel von Ihnen erzählt. Und ich habe Sie natürlich im Fernsehen gesehen. Ich bin so froh, daß Sie kommen konnten.«

Jennifer wollte sagen, *Das Vergnügen ist ganz auf meiner Seite*, aber sie spürte, wie albern das geklungen hätte. Sie nahm in einem bequemen Sessel gegenüber der jungen Frau Platz.

»Pater Ryan sagte, Sie hätten vor ein paar Jahren einen Unfall gehabt. Wollen Sie mir erzählen, was passiert ist?«

»Es war mein Fehler, fürchte ich. Ich überquerte eine Kreuzung, trat vom Bürgersteig, rutschte aus und stürzte direkt vor einen Lastwagen.«

»Wie lange ist das her?«

»Drei Jahre im letzten Dezember. Ich war auf dem Weg zu Bloomingdale, um Weihnachtseinkäufe zu erledigen.«

»Was geschah, nachdem der Lastwagen Sie angefahren hatte?«

»Ich kann mich an nichts mehr erinnern. Ich erwachte in einem Krankenhaus. Die Ambulanz hatte mich dorthin gebracht. Meine Wirbelsäule war verletzt. Dann stellten sie fest, daß meine Knochen beschädigt waren, und es wurde immer schlimmer, bis...« Sie hörte auf zu reden und versuchte, mit den Schultern zu zucken. Es war eine mitleiderweckende Geste. »Sie wollten mir künstliche Gliedmaßen geben, aber sie funktionierten bei mir nicht.«

»Haben Sie Klage erhoben?«

Connie blickte Jennifer verwirrt an. »Hat Pater Ryan Ihnen das nicht erzählt?«

»Was erzählt?«

»Mein Anwalt hat die Firma, der der Wagen gehörte, verklagt. Aber wir haben verloren. Wir haben Berufung eingelegt und wieder verloren.«

Jennifer sagte: »Er hätte das erwähnen sollen. Wenn das Berufungsgericht Sie abgewiesen hat, fürchte ich, daß man nichts mehr tun kann.«

Connie Garrett nickte. »Ich habe auch nicht wirklich daran geglaubt. Ich dachte nur – nun, Pater Ryan sagte, Sie könnten Wunder wirken.«

»Das ist *sein* Gebiet. Ich bin nur Anwältin.«

Sie war wütend auf Pater Ryan, weil er Connie Garrett falsche Hoffnung gegeben hatte. Sie würde ein Wörtchen mit ihm reden müssen, beschloß sie ärgerlich.

Die ältere Frau fragte aus dem Hintergrund: »Kann ich Ihnen etwas anbieten, Miß Parker? Etwas Tee und Kuchen vielleicht?«

Jennifer merkte plötzlich, daß sie hungrig war, denn sie hatte keine Zeit gehabt, zu Mittag zu essen. Aber dann stellte sie sich vor, zusehen zu müssen, wie Connie Garrett mit der Hand gefüttert wurde. Sie konnte den Gedanken nicht ertragen.

»Nein, danke«, log sie. »Ich habe gerade gegessen.«

Sie wollte nur fort, so schnell wie möglich. Sie suchte nach einer aufmunternden Bemerkung, die ihr das Gehen erleichtern konnte, aber es gab keine. *Verdammt sei Pater Ryan!*

»Es – es tut mir wirklich leid. Ich wünschte, ich...«

Connie Garrett lächelte und sagte: »Bitte, machen Sie sich keine Gedanken deswegen.«

Es war das Lächeln. Jennifer war sicher, daß sie an Connies Stelle niemals fähig gewesen wäre, zu lächeln.

»Wer war Ihr Anwalt?« hörte sie sich fragen.

»Melvin Hutcherson. Kennen Sie ihn?«

»Nein, aber ich werde mit ihm reden.« Ohne es zu wollen, sprach sie weiter. »Ich werde ihn besuchen.«

»Das wäre wirklich nett von Ihnen.« Dankbarkeit schwang in Connie Garretts Stimme mit.

Jennifer dachte, was für ein schreckliches Leben das Mädchen hatte, hilflos in seinem Stuhl, Tag für Tag, Monat für Monat, Jahr für Jahr, unfähig, irgend etwas allein zu tun.

»Ich kann Ihnen nichts versprechen, fürchte ich.«

»Natürlich nicht. Aber wissen Sie was, Jennifer? Ich fühle mich besser, bloß weil Sie gekommen sind.«

Jennifer stand auf. Normalerweise hätte man sich jetzt die Hand gegeben, aber da war keine Hand zum Schütteln.

Schüchtern sagte sie: »Es hat mich gefreut, Sie kennenzulernen, Connie. Sie hören von mir.«

Auf dem Rückweg zu ihrem Büro dachte Jennifer an Pater Ryan und beschloß, daß sie seinen Schmeicheleien nie wieder erliegen würde. Es gab nichts, das man für das arme verkrüppelte Mädchen tun konnte, und es war unanständig, ihr irgendeine Art von Hoffnung zu vermitteln. Aber sie würde ihr Versprechen halten. Sie würde mit Melvin Hutcherson sprechen.

Als Jennifer im Büro anlangte, fand sie eine lange Liste von Nachrichten vor. Sie sah sie rasch durch, auf der Suche nach einer Botschaft von Adam. Es war keine dabei.

# 12

Melvin Hutcherson war ein kleiner, zur Kahlköpfigkeit neigender Mann mit einer winzigen Knopfnase und verwaschenen blauen Augen. Er hatte eine schäbige Bürosuite an der West Side, die Armut ausdünstete. Der Tisch der Empfangssekretärin war leer.

»Zum Essen«, erklärte Hutcherson.

Jennifer fragte sich, ob er überhaupt eine Sekretärin hatte. Er führte sie in seinen Privatraum, der kaum größer war als jener der Sekretärin.

»Am Telefon sagten Sie, Sie wollten mit mir über Connie Garrett sprechen.«

»Das ist richtig.«

Er zuckte mit den Schultern. »Da gibt es nicht viel zu sagen. Wir haben geklagt und verloren. Glauben Sie mir, ich habe Himmel und Hölle für sie in Bewegung gesetzt.«

»Haben Sie auch Berufung eingelegt?«

»Ja. Die haben wir auch verloren. Ich fürchte, Sie bemühen sich umsonst.« Er betrachtete sie. »Warum verschwenden Sie Ihre Zeit mit sowas? Sie sind heiß. Sie könnten an den ganz großen Fällen arbeiten und sich eine goldene Nase verdienen.«

»Ich tue einem Freund einen Gefallen. Würde es Ihnen etwas ausmachen, wenn ich mir die Abschriften der Verhandlungen anschaue?«

»Bedienen Sie sich«, meinte Hutcherson mit einem Achselzucken. »Sie sind jedem zugänglich.«

Jennifer verbrachte den Abend damit, die Abschriften von Connie Garretts Prozeß zu studieren. Zu ihrer Überraschung hatte Melvin Hutcherson die Wahrheit gesagt: Er hatte wirklich gute Arbeit geleistet. Er hatte sowohl die Stadt wie auch die *Nationwide Motors Corporation* beklagt und einen Geschworenenprozeß verlangt. Die Jury hatte beide Angeklagten freigesprochen.

Die Straßenbehörde hatte getan, was sie konnte, um mit einem Schneesturm fertigzuwerden, der die Stadt in jenem Dezember heimsuchte; ihre gesamte Ausrüstung war im Einsatz gewesen.

Die Stadt hatte argumentiert, daß der Schneesturm höhere Gewalt war, und daß – wenn überhaupt jemand – Connie Garrett der Fahrlässigkeit zu beschuldigen sei.

Jennifer wandte sich den Klagen gegen die Lastwagenfirma zu. Drei Augenzeugen hatten ausgesagt, daß der Fahrer den Wagen zu stoppen versucht hatte, bevor er das Opfer anfuhr, und daß der Wagen zu schleudern begonnen und Connie dann getroffen hatte. Das Urteil zugunsten der Beklagten war vom Berufungsgericht aufrechterhalten und der Fall abgeschlossen worden.

Um drei Uhr morgens war Jennifer mit der Lektüre der Abschrift fertig. Sie knipste das Licht aus, war aber unfähig, zu schlafen. Auf dem Papier war der Gerechtigkeit Genüge getan worden. Aber der Anblick von Connie Garrett ging ihr nicht aus dem Kopf. Ein Mädchen von Anfang zwanzig ohne Arme und Beine. Jennifer stellte sich vor, wie der Lastwagen das junge Mädchen getroffen hatte, wie sehr sie gelitten haben mußte, und dann die Reihe von Operationen, eine schrecklicher als die vorhergegangene, und nach jeder war etwas weniger von ihrem Körper übriggeblieben. Jennifer drehte das Licht wieder an. Sie wählte Melvin Hutchersons Nummer.

»In den Abschriften steht nichts über die Ärzte«, sagte Jennifer in den Hörer. »Haben Sie die Möglichkeit einer fehlerhaften Behandlung überprüft?«

Eine verschlafene Stimme fragte: »Wer, zum Teufel, ist da?«

»Jennifer Parker. Haben Sie...«

»Um Himmels willen. Es ist – es ist vier Uhr morgens! Haben Sie keine Uhr?«

»Es ist wichtig. Das Krankenhaus tauchte in dem Prozeß überhaupt nicht auf. Was ist mit diesen Operationen, die man an ihr durchgeführt hat? Haben Sie sich damit beschäftigt?«

Eine Pause entstand, während derer Melvin Hutcherson seine Gedanken zu sammeln suchte. »Ich habe mit den Oberärzten in der neurologischen und der orthopädischen Abteilung des Krankenhauses gesprochen. Die Operationen waren notwendig, um ihr Leben zu retten. Sie wurden von den besten Ärzten dort ausgeführt, und zwar korrekt. Deswegen habe ich das Krankenhaus nicht beklagt.«

Jennifer fühlte einen scharfen Stich der Enttäuschung. »Ich verstehe.«

»Hören Sie, ich habe Ihnen schon einmal gesagt, Sie vergeuden Ihre Zeit mit dieser Sache. Warum versuchen wir beide nicht einfach, noch ein bißchen zu schlafen?«

Und Hutcherson legte auf. Jennifer schaltete das Licht aus und legte sich wieder zurück. Aber an Schlaf war noch weniger zu denken als vorher. Nach einiger Zeit gab Jennifer den Kampf auf, stieg aus dem Bett und kochte sich Kaffee. Sie setzte sich auf das Sofa, nahm kleine Schlucke und sah zu, wie die aufgehende Sonne die Skyline von Manhattan bemalte und sich das schwache Rosa allmählich in strahlendes, explosives Rot verwandelte.

Jennifer war verwirrt. Für jedes Unrecht sollte es theoretisch ein juristisches Pflaster geben. War in Connie Garretts Fall Gerechtigkeit geschehen? Sie blickte auf die Uhr an der Wand. Es war sechs Uhr dreißig. Noch einmal griff Jennifer nach dem Telefon und wählte Melvin Hutchersons Nummer.

»Haben Sie sich die Vorgeschichte des Lastwagenfahrers angesehen?« fragte sie.

Eine verschlafene Stimme fragte: »Jesus! Sind Sie eigentlich noch normal? Wann schlafen Sie?«

»Der Fahrer des Lastwagens. Haben Sie ihn überprüft?«

»Lady, Sie fangen an, mich zu belästigen.«

»Es tut mir leid«, sagte Jennifer, »aber ich muß es wissen.«

»Die Antwort lautet ja. Er hatte einen hervorragenden Ruf. Es war sein erster Unfall.«

Also ebenfalls eine Einbahnstraße. »Ich verstehe.« Jennifer dachte intensiv nach.

»Miß Parker«, sagte Melvin Hutcherson, »tun Sie mir einen großen Gefallen, wollen Sie? Falls Sie noch mehr Fragen haben sollten, rufen Sie mich während der Bürozeit an.«

»Entschuldigung«, erwiderte Jennifer geistesabwesend. »Schlafen Sie weiter.«

»Herzlichen Dank!«

Jennifer legte auf. Es war Zeit, sich anzuziehen und an die Arbeit zu gehen.

## 13

Es war drei Wochen her, seit Jennifer mit Adam bei Lutèce zu Abend gegessen hatte. Sie versuchte, ihn zu vergessen, aber alles erinnerte sie an Adam: eine zufällige Redewendung, der Hinterkopf eines Fremden, ein Schlips, der dem ähnelte, den er getragen hatte. Es gab eine Menge Männer, die sich mit ihr verabreden wollten. Sie erhielt Anträge von Mandanten, von Anwälten, mit denen sie im Gericht die Klingen gekreuzt hatte, sogar von einem Nachtschnellrichter, aber Jennifer war an keinem von ihnen interessiert. Sie strahlte eine Selbständigkeit aus, die auf Männer herausfordernd wirkte.

Ken Bailey war immer da, aber diese Tatsache linderte ihre Einsamkeit nicht. Es gab nur einen, der das konnte, hol' ihn der Teufel!

Er rief am Montag an. »Ich dachte, ich versuche mein Glück und erkundige mich, ob Sie zum Mittagessen noch frei sind.«

Sie war nicht frei. Sie sagte: »Natürlich bin ich frei.«

Sie hatte sich geschworen, freundlich und doch von distanzierter Höflichkeit zu sein, falls Adam noch einmal anriefe – aber auf keinen Fall würde sie zu seiner Verfügung stehen.

In dem Augenblick, in dem sie seine Stimme hörte, vergaß sie alle Vorsätze und sagte: *Natürlich bin ich frei.*

Genau das, was sie als Allerletztes hatte sagen wollen.

Sie aßen in einem kleinen Restaurant in Chinatown zu Mittag und unterhielten sich zwei Stunden lang, die wie zwei Minuten schienen. Sie sprachen über ihren Beruf, Politik und Theater und lösten all die komplexen Probleme der Welt, die noch einer Lösung bedurften. Adam war brillant, scharfsinnig und faszinierend. Er war aufrichtig daran interessiert, was Jennifer tat, und freute sich mit kindlichem Stolz über jeden ihrer Erfolge. *Mit gutem Grund,* dachte Jennifer. *Ohne ihn wäre ich längst wieder in Kelso, Washington.*

Als Jennifer wieder ins Büro zurückkehrte, wartete Ken Bailey auf sie.

»Gut gegessen?«

»Ja, danke.«

»Wird Adam Warner ein Klient?« Sein Ton war zu beiläufig.

»Nein, Ken. Wir sind nur Freunde.«

Das stimmte.

In der nächsten Woche lud Adam Jennifer zum Essen in den privaten Speiseraum seiner Kanzlei ein. Sie war beeindruckt von dem riesigen, hochmodernen Bürokomplex. Adam stellte sie verschiedenen Mitgliedern des Unternehmens vor, und Jennifer fühlte sich wie eine kleine Berühmtheit, denn sie schienen alles von ihr zu wissen. Sie traf auch Stewart Needham, den Seniorpartner. Er war von distanzierter Höflichkeit ihr gegenüber, und ihr fiel ein, daß Adam mit seiner Nichte verheiratet war.

Adam und Jennifer speisten in dem walnußgetäfelten Eßzimmer, das von einem Ober und zwei Kellnern regiert wurde.

»Hier werden die Probleme der Partner gelöst«, sagte Adam.

Jennifer fragte sich, ob er auf sie anspielte.

Es fiel ihr schwer, sich auf das Essen zu konzentrieren.

Den ganzen Nachmittag über dachte sie an Adam. Sie wußte, daß sie ihn vergessen mußte und ihn nicht mehr sehen durfte. Er gehörte einer anderen Frau.

Am Abend ging Jennifer mit Ken Bailey ins Theater. Sie sahen *Two by Two*, die neue Show von Richard Rogers.

Sie traten gerade ins Foyer, als ihnen ein aufgeregtes Raunen von der Menge entgegenscholl, und Jennifer drehte sich neugierig um. Eine lange, schwarze Limousine war unter das Vordach gefahren. Ein Mann und eine Frau stiegen aus.

»Er ist es!« rief eine Frau, und die Leute drängten sich um den Wagen. Der stämmige Chauffeur trat zur Seite, und Jennifer erblickte Michael Moretti und seine Frau. Die Augen der Menge konzentrierten sich auf ihn. Er war eine Art Volksheld, attraktiv genug, um ein Filmstar sein zu können, und wagemutig genug, um jedermanns Phantasie zu beschäftigen. Jennifer beobachtete, wie Michael Moretti und seine Frau sich ihren Weg durch die Menge bahnten. Michael ging kaum einen Meter von Jennifer entfernt vorbei, und für einen Moment trafen sich ihre Augen. Sie bemerkte, daß seine Augen so dunkel waren, daß sie kaum die Pupillen sehen konnte. Ein paar Sekunden später war er im Zuschauerraum verschwunden.

Jennifer konnte sich nicht mehr auf die Show konzentrieren. Der Anblick von Michael Moretti hatte eine Flut demütigender Erinnerungen zurückgebracht. Nach dem ersten Akt bat sie Ken, sie nach Hause zu bringen.

Adam rief Jennifer am nächsten Tag an, und Jennifer nahm ihre ganze Kraft zusammen, um sich gegen die erwartete Einladung zu wappnen. *Danke schön, Adam, aber ich habe furchtbar viel Arbeit.*

Aber Adam sagte nur: »Ich verlasse das Land für eine Weile.«

Es war wie ein Schlag in den Magen. »Wie – wie lange werden Sie fort sein?«

»Nur ein paar Wochen. Ich rufe Sie an, wenn ich zurück bin.«

»Gut«, sagte Jennifer freundlich. »Gute Reise!«

Sie fühlte sich, als wenn jemand gestorben wäre. Sie sah Adam am Strand von Rio, umlagert von halbnackten Mädchen, oder in einem Penthouse in Mexiko City, wo er Margaritas mit einer eingeborenen, dunkelhäutigen Schönheit trank, oder in einem Schweizer Chalet, auf einem Bett mit... *Halt!* Jennifer rief sich zur Ordnung. Sie hätte ihn fragen sollen, wohin er fuhr. Vielleicht war es nur eine Geschäftsreise an irgendeinen langweiligen Ort, wo er keine Zeit für Frauen hatte, vielleicht mitten in der Wüste, wo er vierundzwanzig Stunden am Tag arbeiten mußte.

Sie hätte die Rede ganz beiläufig darauf bringen sollen. *Werden Sie einen langen Flug haben? Sprechen Sie irgendwelche Fremdsprachen? Wenn Sie nach Paris kommen, bringen Sie mir Vervaine-Tee mit. Ich nehme an, solche Blitzreisen sind grauenvoll, nicht? Nehmen Sie Ihre Frau mit? Schnappe ich langsam über?*

Ken hatte ihr Büro betreten und starrte sie an. »Du führst Selbstgespräche. Geht es dir gut?«

*Nein!* wollte Jennifer schreien. *Ich brauche einen Arzt. Ich brauche eine kalte Dusche. Ich brauche Adam Warner.*

Sie sagte: »Danke, es geht schon. Ich bin nur ein bißchen müde.«

»Warum gehst du heute nicht mal früh schlafen?«

Sie fragte sich, ob Adam Warner heute früh zu Bett gehen würde.

Pater Ryan rief an. »Ich habe Connie Garrett besucht. Sie erzählte, Sie hätten ein paarmal bei ihr vorbeigeschaut.«

»Ja.« Die Besuche dienten dazu, ihre Schuldgefühle zu betäuben, weil sie Connie nicht helfen konnte. Es war frustrierend.

Jennifer stürzte sich in Arbeit, und dennoch schienen die Wochen dahinzuschleichen. Fast jeden Tag war sie im Gericht, und jeden Abend saß sie über Akten.

»Tritt kürzer, Jennifer. Du bringst dich noch um«, warnte Ken sie.

Aber Jennifer mußte sich körperlich und geistig bis an den Rand der Erschöpfung bringen. Sie durfte keine Zeit zum Nachdenken haben. *Ich bin eine Idiotin,* dachte sie. *Eine reine, unverfälschte Idiotin.*

Vier Wochen vergingen, bevor Adam anrief.

»Ich bin gerade zurückgekehrt«, sagte er. Seine Stimme traf sie wie ein Stromstoß. »Können wir uns irgendwo zum Essen treffen?«

»Ja, das wäre schön, Adam.« Sie dachte, daß sie das gut formuliert hatte. Ein einfaches *Ja, das wäre schön, Adam.*

»Der Oak Room im Plaza?«

»Gut.«

Es war der unromantischste Speisesaal der Welt, voll von mittelalterlichen, wohlhabenden Börsenmaklern und Bankiers. Lange Zeit war er eines der letzten Reservate der Männer gewesen, aber kürzlich waren seine Türen auch für Frauen geöffnet worden.

Jennifer war etwas zu früh dran und erhielt einen Platz zugewiesen. Einige Minuten später erschien Adam Warner. Jennifer sah die große, schlanke Gestalt auf sich zukommen, und ihr Mund wurde plötzlich trocken. Er sah braungebrannt aus, und Jennifer fragte sich, ob ihre Phantasie von Adam an einem von Mädchen überfluteten Strand der Wahrheit entsprochen hatte. Er lächelte sie an und ergriff ihre Hand. In diesem Augenblick wußte sie, daß ihr ganzes System in Sachen Adam und verheiratete Männer ihr nichts nützen würde. Sie hatte keine Kontrolle mehr über sich. Es war, als würde sie von jemand anderem geführt, der ihr sagte, was sie tun sollte, tun mußte. Sie konnte nicht erklären, was mit ihr geschah, denn sie hatte noch nie etwas Ähnliches erlebt. *Nenn es Natur,* dachte sie. *Nenn es Karma. Nenn es das Paradies.* Alles, was Jennifer wußte, war, daß sie in Adam Warners Armen liegen wollte. Es war der stärkste Wunsch ihres Lebens. Wenn sie ihn ansah, stellte sie sich vor, wie er mit ihr schlief, wie er sie hielt, wie sein harter Körper auf ihr war, in ihr war, und sie spürte, wie sie rot wurde.

Adam entschuldigte sich: »Es tut mir leid, daß ich Sie so kurzfristig überfallen habe. Ein Mandant hat eine Verabredung zum Mittagessen abgesagt.«

Jennifer würde den Mandanten in ihre Nachtgebete einschließen.

»Ich habe Ihnen etwas mitgebracht«, sagte Adam. Es war ein wunderschöner, grüngoldener Seidenschal. »Er ist aus Mailand.«

Also *da* war er gewesen. *Italienische Frauen.* »Er ist sehr schön, Adam, danke.«

»Waren Sie je in Mailand?«

»Nein. Ich habe Bilder vom Mailänder Dom gesehen. Er ist sehr eindrucksvoll.«

»Ich halte nicht viel von Stadtrundfahrten. Meine Theorie ist, daß man alle Kirchen kennt, wenn man eine gesehen hat.«

Wenn Jennifer später an dieses Mittagessen dachte, versuchte sie sich daran zu erinnern, worüber sie gesprochen, was sie gegessen hatten, wer am Tisch stehengeblieben war, um Adam zu begrüßen, aber alles, was ihr einfiel, war Adams Nähe, seine Berührung, sein Aussehen. Es war, als hätte er sie mit einem Bann belegt, und sie war gelähmt, unfähig, ihn zu durchbrechen.

An einem Punkt dachte Jennifer, *ich weiß, was ich tun werde. Ich werde mit ihm ins Bett gehen. Einmal. Es kann nicht so überwältigend werden wie in meiner Phantasie. Dann werde ich in der Lage sein, mich von ihm zu befreien.*

Als ihre Hände sich zufällig berührten, war es wie ein elektrischer Schlag. Sie saßen da, sprachen über alles und nichts, und ihre Worte hatten keine Bedeutung. Sie waren gefangen in einer unsichtbaren Umarmung, liebkosten einander, liebten sich in entfesselter Leidenschaft, nackt und ausgelassen. Keiner von ihnen hatte die geringste Ahnung, was sie aßen oder sagten. Sie waren besessen von einem anderen, wilderen Hunger, der größer und stärker wurde, bis sie es beide nicht mehr aushalten konnten.

Mitten während des Essens legte Adam seine Hand auf Jennifers und sagte heiser: »Jennifer...«

Sie flüsterte: »Ja, laß uns von hier verschwinden.«

Jennifer wartete im überfüllten Foyer, während Adam die Eintragung an der Rezeption erledigte. Sie erhielten ein Zimmer im alten Teil des Plaza-Hotels, oberhalb der 58. Straße. Sie nahmen einen der hinteren Fahrstühle, und es schien Jennifer, daß es eine Ewigkeit dauerte, bis er ihren Stock erreichte.

Wenn Jennifer auch unfähig war, sich an irgendein Detail des Essens zu erinnern, so blieb ihr dafür jede Einzelheit ihres Zimmers im Gedächtnis. Noch Jahre später konnte sie sich die Aussicht, die Farbe der Bezüge und Teppiche, jedes Bild und jedes Möbelstück vor Augen rufen. Sie erinnerte sich an die Geräusche der Stadt weit unten, die durch das Fenster in den Raum drangen. Die Bilder dieses Nachmittags sollten sie für den Rest ihres Lebens begleiten. Es war eine verzauberte, vielfarbige Explosion in Zeitlupe. Es war Adam, der sie auszog, es war Adams starker, schlanker Körper im Bett, seine Brutalität und seine Zärtlichkeit. Es war Lachen und Leidenschaft. Aus ihrem Hunger war eine Gier geworden, die nach Befriedigung schrie. In dem Augenblick, in dem Adam sie zu lieben begann, blitzten die Worte hinter Jennifers Stirn auf: *Ich bin verloren.*

Sie liebten sich wieder und immer wieder, und jedesmal hüllte eine beinahe unerträgliche Ekstase sie in ein Flammenmeer.

Stunden später, als sie erschöpft nebeneinander lagen, sagte

Adam: »Ich fühle mich, als wäre ich das erste Mal in meinem Leben wirklich lebendig.«

Jennifer strich zärtlich über seine Brust und lachte leise.

Adam blickte sie verwirrt an und fragte: »Warum lachst du?«

»Weißt du, was ich mir eingeredet hatte? Daß ich dich vergessen könnte, wenn ich erst mit dir geschlafen hätte.«

Er drehte sich um und sah sie an. »Und?«

»Ich habe mich geirrt. Ich fühle mich, als wärst du ein Teil von mir. Oder wenigstens...«, sie zögerte, »als gehörte ein *Teil* von dir zu mir.«

Er wußte, was sie dachte.

»Wir werden ein Arrangement ausarbeiten«, sagte Adam. »Mary Beth fährt Montag für einen Monat mit einer Tante nach Europa.«

## 14

Jennifer und Adam Warner verbrachten fast jede Nacht miteinander.

Die erste Nacht war er bei ihr in ihrem unbequemen kleinen Appartement, und am Morgen erklärte er: »Wir nehmen uns heute frei und finden eine anständige Wohnung für dich.«

Zusammen begaben sie sich auf Wohnungssuche, und am späten Nachmittag unterzeichnete Jennifer einen Mietvertrag in einem neuen Hochhaus am Sutton Place. Das Schild am Eingang des Gebäudes hatte nur zwei Worte aufgewiesen: *Alles belegt.*

»Warum überhaupt hineingehen?« fragte Jennifer.

»Das wirst du gleich sehen.«

Sie besichtigten ein wunderschönes, erlesen eingerichtetes Appartement mit fünf Zimmern auf zwei Stockwerken. Es war die luxuriöseste Wohnung, die Jennifer je gesehen hatte. Sie umfaßte ein großes Schlafzimmer mit Bad im ersten Stock, ein Gästeschlafzimmer mit Bad unten und ein Wohnzimmer mit einer überwältigenden Aussicht auf den East River und die Stadt. Eine große Terrasse, eine Küche und ein Eßzimmer vervollständigten die Wohnung.

»Wie gefällt es dir?« fragte Adam.

»Wie es mir gefällt? Ich liebe die Wohnung«, rief Jennifer aus, »aber es gibt zwei kleine Probleme, Liebling. Erstens kann ich sie mir wahrscheinlich nicht leisten. Und zweitens gehört sie schon jemand anderem.«

»Sie gehört unserer Kanzlei. Wir haben sie für wichtige Klienten auf der Durchreise gemietet. Ich werde dafür sorgen, daß sie eine andere Wohnung suchen.«

»Und die Miete?«

»Darum kümmere ich mich.«

»Nein.«

»Das ist Unsinn, Liebling. Ich kann es mir leicht leisten und...«

Sie schüttelte den Kopf. »Du verstehst nicht, Adam. Ich kann dir nichts geben außer mir. Ich möchte ein Geschenk sein.«

Er nahm sie in seine Arme, und sie schmiegte sich an ihn und sagte: »Ich weiß was – ich werde auch noch nachts arbeiten.«

Am Samstag unternahmen sie einen Einkaufsbummel. Adam kaufte Jennifer ein hinreißendes Seidennachthemd und ein Kleid bei Bonwit Teller, und Jennifer kaufte Adam ein Hemd von Turnbull & Asser. Sie erstanden ein Schachspiel bei Gimbel's und einen Käsekuchen bei Junior's in der Nähe von Abraham & Straus. Sie kauften einen Fortnum & Mason-Plumpudding bei Altman's und Bücher bei Doubleday. Dann aßen sie um die Ecke von Jennifers Appartement zu Abend.

Nach der Arbeit trafen sie sich stets in Jennifers Wohnung, besprachen die Ereignisse des Tages, und Jennifer kochte das Essen, während Adam den Tisch deckte. Anschließend lasen sie oder sahen fern oder spielten Rommé oder Schach. Jennifer kochte ausschließlich Adams Lieblingsgerichte.

»Ich bin schamlos«, verriet sie Adam. »Ich schrecke vor nichts zurück.«

Adam hielt sie fest. »Das hoffe ich auch.«

Es war seltsam, dachte Jennifer. Bevor ihre Affäre begann, hatten sie sich in aller Öffentlichkeit sehen lassen. Aber jetzt, da sie

Liebende waren, wagten sie nicht, gemeinsam irgendwo aufzutauchen. Sie suchten Orte auf, wo es unwahrscheinlich war, daß sie Bekannte trafen: kleine, im Familienbetrieb geführte Restaurants, ein Kammermusikkonzert in der Musikhochschule, ein neues Stück im Omni-Theater-Club. Nach einem Abendessen in der Grotta Azzurra in der Broome Street schworen sie italienischem Essen für einen Monat ab, weil sie beinahe geplatzt wären. *Wir haben bloß keinen Monat mehr,* dachte Jennifer. In vierzehn Tagen würde Mary Beth zurückkehren.

Einmal gingen sie in den Half-Note-Club im Village, um Avantgarde-Jazz zu hören, und bummelten anschließend an den Fenstern der kleinen Kunstgalerien vorbei.

Adam war ein Sportfan. Er nahm Jennifer zu einem Footballspiel mit, und Jennifer wurde so mitgerissen, daß sie schrie, bis sie heiser war.

Sonntags faulenzten sie, frühstückten im Morgenrock, tauschten Teile der *Times* aus, lauschten dem Läuten der Kirchenglokken überall in Manhattan und sprachen jeder ein lautloses Gebet für den anderen.

Jennifer betrachtete Adam, der in ein Kreuzworträtsel vertieft war, und dachte: *Sprich ein Gebet für mich!* Sie wußte, daß das, was sie tat, falsch war. Es konnte nicht von Dauer sein. Und doch hatte sie niemals ein solches Glück, eine solche Euphorie erlebt. Liebende existierten in einer besonderen Welt, wo jedes Gefühl überhöht war, und die Freude, die Jennifer jetzt mit Adam erlebte, war jeden Preis wert, den sie später dafür bezahlen mußte. Und sie wußte, daß die Rechnung kommen würde.

Die Zeit hatte eine andere Dimension angenommen. Vorher war Jennifers Leben in Bürostunden und Treffen mit Mandanten unterteilt gewesen. Jetzt zählten nur die Minuten, die sie mit Adam verbringen konnte. Sie dachte an ihn, wenn sie bei ihm war, und sie dachte an ihn, wenn sie getrennt waren.

Sie hatte von Männern gelesen, die in den Armen ihrer Geliebten Herzattacken erlitten, deshalb notierte sie die Nummer von Adams Hausarzt in ihr privates Telefonbuch und bewahrte es unter dem Kopfkissen auf, so daß, falls etwas passierte, alles diskret ablaufen konnte und Adam nicht in Verlegenheit geriet.

Jennifer wurde von Emotionen beherrscht, deren sie sich nie für fähig gehalten hätte. Sie hatte sich nie vorstellen können, häuslich zu sein, aber für Adam wollte sie alles tun. Sie wollte für ihn kochen, die Wohnung für ihn säubern, seine Kleider für den nächsten Tag zurechtlegen. Sie wollte für ihn sorgen.

Adam hatte einen Teil seiner Kleidung in ihre Wohnung geschafft, und er verbrachte die meisten Nächte mit Jennifer. Sie lag neben ihm, beobachtete ihn beim Einschlafen und versuchte, so lang wie möglich wach zu bleiben, aus Angst, eine Sekunde ihrer kostbaren gemeinsamen Zeit zu verlieren. Wenn sie ihre Augen schließlich nicht mehr länger offenhalten konnte, schmiegte sie sich in seine Arme und schlief ein, zufrieden und sicher. Die Schlaflosigkeit, die sie so lange gequält hatte, war verschwunden. Wenn sie sich in Adams Armen zusammenrollte, fand sie augenblicklich Frieden.

Sie genoß es, in seinen Hemden im Appartement herumzulaufen, und nachts trug sie das Oberteil von seinem Schlafanzug. Wenn sie morgens noch im Bett blieb, nachdem er gegangen war, rollte sie sich auf seine Seite des Betts. Sie liebte seine Wärme und seinen Geruch.

Am Anfang hatte Jennifer gedacht, daß die überwältigende körperliche Anziehungskraft, die sie aufeinander ausübten, mit der Zeit verschwinden würde, aber statt dessen wurde sie immer stärker.

Sie teilte Adam Dinge über sich mit, die sie noch nie einem anderen menschlichen Wesen erzählt hatte. Bei Adam und ihr gab es keine Masken. Sie war Jennifer Parker, entblößt bis aufs Mark, und er liebte sie immer noch. Es war ein Wunder.

Obwohl es unmöglich schien, liebte sie Adam jeden Tag mehr. Sie wünschte, daß ihr Glück niemals enden möge. Aber sie wußte, es würde enden. Zum erstenmal in ihrem Leben wurde sie abergläubisch. Adam bevorzugte eine spezielle Mischung Kenya-Kaffe. Alle paar Tage kaufte Jennifer sie für ihn.

Aber sie kaufte immer nur eine kleine Dose.

Eine von Jennifers Schreckensvisionen war, daß Adam etwas zustoßen könnte, wenn sie nicht bei ihm war, und sie würde es nicht erfahren, bis sie davon las oder es in den Nachrichten hörte. Sie weihte Adam nie in ihre Ängste ein.

Jedesmal wenn Adam später kam, versteckte er vorher überall in der Wohnung kleine Nachrichten für Jennifer, auf die sie an den unerwartetsten Stellen stieß. Sie fand sie in der Brotdose, im Kühlschrank oder in ihren Schuhen, freute sich darüber und hob jede einzelne auf.

Die letzten gemeinsamen Tage rasten in einem Strudel glücklicher Aktivitäten vorbei. Schließlich war der Vorabend von Mary Beths Rückkehr da. Jennifer und Adam aßen in ihrer Wohnung zu Abend, hörten Musik und liebten sich. Jennifer lag die ganze Nacht wach und hielt Adam in den Armen. Sie dachte an all das Glück, das sie miteinander geteilt hatten.

Der Schmerz würde später kommen.

Beim Frühstück sagte Adam: »Was immer auch geschieht, du darfst nie vergessen – du bist die einzige Frau, die ich jemals wirklich geliebt habe.«

Der Schmerz war da.

## 15

Das Betäubungsmittel war Arbeit, und Jennifer lud sich immer mehr auf, damit sie keine Zeit zum Nachdenken hatte.

Sie war der Liebling der Presse geworden, und ihre Erfolge im Gerichtssaal beherrschten die Schlagzeilen. Sie hatte mehr Mandanten, als sie vertreten konnte, und obwohl ihr Hauptinteresse auf dem Strafrecht lag, nahm sie auf Kens Drängen auch die verschiedensten anderen Fälle an.

Ken Bailey war für sie wichtiger denn je. Er kümmerte sich um die Ermittlungsarbeiten in ihren Fällen, und er war hervorragend. Aber sie konnte auch andere Probleme mit ihm besprechen, und sie lernte seinen Rat schätzen.

Sie zogen erneut um, diesmal in eine große Bürosuite an der Park Avenue. Jennifer engagierte zwei intelligente junge Anwälte, Dan Martin und Ted Harris, beide aus Robert Di Silvas Büro, sowie zwei weitere Sekretärinnen.

Dan Martin war ein ehemaliger Football-Spieler von der Northwestern-Universität. Er hatte die Figur eines Athleten und den Verstand eines Gelehrten. Ted Harris war ein schmächtiger, schüchterner junger Mann, der eine Brille mit milchflaschendikken Gläsern trug und außerdem ein Genie war.

Martin und Harris übernahmen die Beinarbeit, während Jennifer vor Gericht auftrat.

Das Schild an der Tür lautete: *Jennifer Parker & Partner.*

Die Fälle, die die Kanzlei vertrat, reichten von der Verteidigung eines großen Industriekonzerns gegen die Anklage der Umweltverschmutzung bis zur Vertretung eines Säufers, der sich verletzt hatte, als er aus einer Kneipe geworfen wurde. Der Säufer war natürlich ein Geschenk von Pater Ryan.

»Er hat ein kleines Problem«, teilte Pater Ryan Jennifer mit. »Er ist wirklich ein anständiger Familienvater, aber der arme Kerl steht so sehr unter Druck, daß er manchmal einen Tropfen zuviel trinkt.«

Jennifer konnte nicht anders, sie mußte lächeln. Was Pater Ryan betraf, so war keines seiner Schäfchen je schuldig, und seine ganze Sorge bestand darin, ihnen aus den Schwierigkeiten zu helfen, in die sie unachtsamerweise geraten waren. Einer der Gründe, warum Jennifer den Priester so gut verstehen konnte, war, daß sie im Grunde ganz ähnlich fühlte wie er. Sie hatten es mit Menschen zu tun, die niemanden hatten, der ihnen aus ihren Schwierigkeiten half, die weder über genügend Geld noch Macht verfügten, um sich gegen die Mächtigen zur Wehr zu setzen, die sie am Ende zerschmetterten.

Das Wort Gerechtigkeit spielte nur im Lexikon eine Rolle. Im Gerichtssaal suchte der Ankläger genausowenig wie der Verteidiger nach Gerechtigkeit. Jeder wollte nur gewinnen.

Von Zeit zu Zeit sprachen Jennifer und Pater Ryan von Connie Garrett, aber dieses Thema ließ Jennifer regelmäßig deprimiert zurück. Sie wußte, daß Connie nicht gerecht behandelt worden war, und das nagte an ihr.

Michael Moretti saß in seinem Büro im Hinterzimmer von *Tony's Place* und beobachtete Nick Vito, der den ganzen Raum mit einer Art Geigerzähler nach versteckten Wanzen absuchte. Von seinen Polizeikontakten wußte Michael, daß eine elektronische Überwachung seiner Wohnung nicht genehmigt worden war, aber hin und wieder konnte es geschehen, daß ein übereifriger junger Detektiv eine illegale Wanze anbrachte, in der Hoffnung, die eine oder andere Information aufzuschnappen. Michael war ein vorsichtiger Mann. Seine Wohnung und sein Büro wurden jeden Morgen und jeden Abend gründlich abgesucht. Er wußte, daß er für ein halbes Dutzend Behörden und Kanzleien die Zielscheibe Nummer eins war, aber er war nicht beunruhigt. Er wußte, was sie taten, aber sie wußten nicht, was er tat, und auch wenn sie es wußten, konnten sie es nicht beweisen.

Manchmal sah Michael spät in der Nacht durch den Spion in der Hintertür zu, wie FBI-Agenten seinen Müll zur Analyse mitnahmen und anderen Müll dafür daließen.

Einmal sagte Nick Vito: »Jesus, Boß, was machen wir, wenn die Witzbolde wirklich mal was finden?«

Michael lachte. »Ich hoffe, sie haben mal Glück. Bevor sie hier sind, tauschen wir einfach den Müll mit dem Restaurant nebenan.«

Nein, die FBI-Männer konnten ihm nichts anhaben. Die Geschäfte der Familie expandierten weiter, und Michael entwarf Pläne, die er noch nicht einmal den anderen verriet. Das einzige Hindernis war Thomas Colfax. Michael wußte, daß er ihn loswerden mußte. Er brauchte einen frischen, jungen Verstand. Und immer wieder drehten seine Gedanken sich um Jennifer Parker.

Adam und Jennifer trafen sich einmal in der Woche zum Mittagessen, und es war für beide eine Qual, denn sie hatten keine Gelegenheit, miteinander allein zu sein. Sie telefonierten jeden Tag miteinander und benutzten Decknamen dabei. Er war Mr. Adams, und sie war Mrs. Jay.

»Ich hasse diese Heimlichtuerei«, sagte Adam.

»Ich auch.« Aber der Gedanke, Adam zu verlieren, erschreckte Jennifer.

Im Gerichtssaal gelang es Jennifer manchmal, ihren schmerzlichen Gedanken zu entrinnen. Der Gerichtssaal war eine Bühne, eine Arena, in der sie ihren Verstand mit den klügsten Köpfen der Gegenseite maß. Und er war eine Schule für sie, in der sie unglaubliche Fortschritte erzielte. Ein Prozeß ähnelte einem Spiel, das innerhalb gewisser, unnachgiebiger Regeln gespielt und von dem besseren Spieler gewonnen wurde, und Jennifer war fest entschlossen, dieser Bessere zu sein. Ihre Kreuzverhöre waren bühnenreif, ihr Tempo, Rhythmus und Effekte meisterhaft. Sie lernte, die stärkste Persönlichkeit in einer Jury zu erkennen und sich auf sie zu konzentrieren, denn sie wußte, daß sie die anderen auf ihre Seite bringen konnte.

Die Schuhe eines Mannes sagten einiges über seinen Charakter aus. Jennifer hielt Ausschau nach Geschworenen mit bequemen Schuhen, denn die neigten zur Gutmütigkeit. Sie begriff den Wert einer Strategie für den ganzen Prozeß und den Sinn taktischer Manöver. Sie verbrachte endlose Stunden damit, jeden Fall vorzubereiten, denn sie wußte, daß die meisten Prozesse gewonnen oder verloren waren, bevor sie begonnen hatten.

Das Gericht zog sich gewöhnlich um vier Uhr nachmittags bis zum nächsten Morgen zurück, und wenn Jennifer einen Zeugen am Nachmittag ins Kreuzverhör genommen hatte, drosselte sie das Tempo, bis nur noch wenige Minuten Zeit blieben, und dann versetzte sie dem Zeugen einen verbalen Fangschuß, den die Geschworenen die ganze Nacht über nicht vergaßen.

Sie lernte die Signale der Körpersprache deuten. Wenn ein Zeuge im Zeugenstand log, konnte man das an einigen Gesten erkennen, etwa daran, daß er sein Kinn rieb, die Lippen zusammenpreßte, den Mund bedeckte, an den Ohrläppchen zupfte oder sich durch das Haar fuhr. Jennifer erkannte diese Zeichen, hörte auf zu kreisen und stieß zu.

Eine Frau zu sein, war von Nachteil, wenn man Strafrecht praktizierte. Sie befand sich auf männlichem Territorium. Es gab noch immer sehr wenige weibliche Strafverteidiger, und einige der männlichen Kollegen begegneten Jennifer mit Ressentiments.

Auch die meisten Geschworenen waren am Anfang voreingenommen gegen Jennifer, denn viele ihrer Fälle waren schmutzig, und die Geschworenen tendierten dazu, sie mit ihren Mandanten gleichzusetzen. Man erwartete von ihr, daß sie sich züchtig wie Jane Eyre kleidete, und dagegen wehrte sie sich; aber sie achtete darauf, sich so anzuziehen, daß sie nicht den Neid der weiblichen Geschworenen erregte und dennoch feminin genug wirkte, um auf die Männer nicht einen lesbischen Eindruck zu machen, der sie gegen sie eingenommen hätte. Früher hätte Jennifer über diese Erwägungen gelacht. Aber im Gerichtssaal waren sie harte Realität. Weil sie sich in ein männliches Universum gewagt hatte, mußte sie doppelt soviel arbeiten und doppelt so gut wie die Konkurrenten sein. Sie bereitete nicht nur ihre eigenen Züge vor, sondern auch die der Gegenseite. Sie lag nachts wach im Bett oder saß im Büro am Schreibtisch und entwickelte die Strategie ihres Widersachers. Was würde sie tun, wenn sie auf seiner Seite stünde? Was für Überraschungen würde sie in petto haben?

Sie war ein General, der beide Fronten einer tödlichen Schlacht inspizierte.

Cynthia meldete sich über die Sprechanlage. »In Leitung drei ist ein Mann, der mit Ihnen sprechen will, aber er will seinen Namen nicht sagen und auch nicht, worum es geht.«

Sechs Monate früher hätte Cynthia einfach aufgehängt, aber Jennifer hatte ihr beigebracht, niemanden abzuweisen.

»Stellen Sie ihn durch«, sagte Jennifer.

Einen Augenblick später hörte sie eine Männerstimme vorsichtig fragen: »Spreche ich mit Jennifer Parker?«

»Ja.«

Er zögerte. »Kann niemand mithören?«

»Nein. Was kann ich für Sie tun?«

»Nicht für mich. Für – für eine Freundin von mir.«

»Ich verstehe. Was hat Ihre Freundin für ein Problem?«

»Dieses Gespräch ist streng vertraulich, verstehen Sie?«

»Ich verstehe.«

Cynthia kam herein und reichte Jennifer die Post. »Warten Sie«, formte Jennifer mit den Lippen.

»Die Familie meiner Freundin hat sie in ein Irrenhaus gesperrt. Aber sie ist gesund. Es ist eine Verschwörung. Die Behörden sind auch daran beteiligt.«

Jennifer hörte nur halb zu. Sie preßte das Telefon in die Schulterbeuge, während sie die Morgenpost durchsah.

Der Mann sagte: »Sie ist reich, und die Familie ist hinter ihrem Geld her.«

Jennifer sagte: »Weiter«, und fuhr fort, sich mit der Post zu beschäftigen.

»Vielleicht würden sie mich auch einzusperren versuchen, wenn sie herausfänden, daß ich ihr helfen will. Es könnte gefährlich für mich werden, Miß Parker.«

*Ein Verrückter,* dachte Jennifer. Sie sagte: »Ich fürchte, ich kann nichts für Ihre Freundin tun, aber ich schlage vor, daß Sie einen guten Psychoanalytiker damit beauftragen.«

»Sie verstehen nicht. Die sind auch an der Verschwörung beteiligt.«

»Ich verstehe durchaus«, sagte Jennifer besänftigend. »Ich...«

»Werden Sie ihr helfen?«

»Es gibt nichts, was ich – ich will Ihnen etwas sagen. Warum geben Sie mir nicht den Namen und die Adresse ihrer Freundin, und wenn ich Zeit habe, kümmere ich mich darum.«

Ein langes Schweigen entstand. Schließlich sagte der Mann: »Dies ist vertraulich, denken Sie daran.«

Jennifer wünschte, er würde endlich auflegen. Ihr erster Mandant wartete im Empfangsraum. »Ich denke daran.«

»Cooper. Helen Cooper. Sie hatte eine große Besitzung in Long Island, aber sie haben sie ihr weggenommen.«

Widerstrebend kritzelte Jennifer eine Notiz auf den Block vor ihr. »Fein. In welchem Sanatorium war sie noch, sagten Sie?«

Es gab ein Klicken, und die Leitung war tot. Jennifer warf die Notiz in den Papierkorb. Sie und Cynthia tauschten einen Blick. »Eine merkwürdige Welt da draußen«, sagte Cynthia. »Miß Marshal wartet auf Sie.«

Jennifer hatte mit Loretta Marshal bereits eine Woche zuvor telefoniert. Miß Marshal hatte Jennifer gebeten, sie in einer Vaterschaftsklage gegen Curtis Randall, einen reichen Unternehmer, zu vertreten.

Jennifer hatte mit Ken Bailey gesprochen. »Wir brauchen Informationen über Curtis Randall. Er lebt in New York, aber soweit ich weiß, verbringt er ziemlich viel Zeit in Palm Beach. Ich möchte etwas über seine Vergangenheit wissen, und ob er mit einem Mädchen namens Loretta Marshall geschlafen hat.«

Sie hatte Ken die Namen der Palm-Beach-Hotels gegeben, die Loretta Marshal ihr genannt hatte. Zwei Tage später hatte Ken Bailey Bericht erstattet.

»Es trifft zu. Sie haben zwei Wochen zusammen in Hotels in Palm Beach, Miami und Atlantic City verbracht. Vor acht Monaten hat Loretta Marshal eine Tochter bekommen.«

Jennifer lehnte sich zurück und blickte ihn nachdenklich an. »Das klingt nach einem Fall für uns.«

»Glaube ich nicht.«

»Warum nicht?«

»Die Sache hat einen Haken. Loretta Marshal hat ungefähr mit jedem, einschließlich der Mannschaft der New York Yankees, geschlafen.«

»Du meinst, als Vater kommt eine ganze Anzahl von Männern in Frage?«

»Ich meine, die halbe Welt kommt als Vater in Frage.«

»Ist irgendeiner der anderen reich genug, um das Kind unterstützen zu können?«

»Nun, ich schätze, die Yankees sind ziemlich reich, aber an Curtis Randall kommt keiner ran.«

Er überreichte ihr eine lange Namensliste.

Loretta Marshal betrat das Büro. Jennifer war nicht sicher gewesen, was sie erwartete. Eine hübsche, hohlköpfige Prostituierte aller Wahrscheinlichkeit nach. Aber Loretta Marshal war eine echte Überraschung. Sie war nicht nur nicht hübsch, sondern beinahe hausbacken. Ihre Figur war gewöhnlich. Von der Zahl ihrer romantischen Eroberungen her hatte Jennifer eine sinnliche, hinreißende Schönheit erwartet. Loretta Marshal war der Prototyp der Volksschullehrerin. Sie trug einen karierten Wollrock, eine Bluse mit Kragenknöpfen, eine dunkelblaue Strickjacke und einfache Schuhe. Am Anfang war Jennifer sicher gewesen, daß Loretta Marshal plante, Curtis Randall für ein Kind zahlen zu lassen, das gar nicht von ihm war. Nach einem einstündigen Gespräch mit der jungen Frau hatte ihre Meinung sich geändert. Loretta Marshal war offensichtlich ehrlich.

»Natürlich habe ich keinen Beweis, daß Curtis Melanies Vater ist«, sagte sie mit einem schüchternen Lächeln. »Curtis ist nicht der einzige Mann, mit dem ich geschlafen habe.«

»Weswegen glauben Sie dann, daß er der Vater Ihres Kindes ist, Miß Marshal?«

»Ich *glaube* es nicht. Ich bin sicher. Es ist schwer zu erklären, aber ich weiß sogar, in welcher Nacht Melanie gezeugt wurde. Manchmal kann eine Frau so was fühlen.«

Jennifer beobachtete sie, auf der Suche nach irgendeinem Zeichen von Schuld oder Falschheit. Es gab keins. Das Mädchen war ohne jede Verstellung. Vielleicht, dachte Jennifer, ist das ein Grund für ihre Anziehungskraft auf Männer.

»Lieben Sie Curtis Randall?«

»O ja, und Curtis hat gesagt, er liebt mich auch. Natürlich bin ich nicht mehr sicher, daß er es immer noch tut, nachdem das passiert ist.«

*Wenn Sie ihn geliebt haben,* dachte Jennifer, *wie konnten Sie dann mit all den anderen Männern ins Bett gehen?* Die Antwort mochte in dem traurigen, hausbackenen Gesicht und der einfachen Figur liegen.

»Können Sie mir helfen, Miß Parker?«

Jennifer sagte vorsichtig: »Vaterschaftsklagen sind immer schwierig. Ich habe eine Liste von über einem Dutzend Männern, mit denen Sie im vergangenen Jahr geschlafen haben. Vielleicht gibt es noch mehr. Wenn ich eine solche Liste habe, können Sie Gift darauf nehmen, daß Curtis Randalls Anwalt auch eine hat.«

Loretta Marshal erstarrte. »Was ist mit Blutproben, all diesen Dingen...?«

»Blutgruppentests sind in der Beweisführung nur dann zugelassen, wenn sie beweisen, daß der Beklagte nicht der Vater sein kann. Ansonsten sind sie juristisch nicht entscheidend.«

»Es geht mir wirklich nicht um mich. Ich möchte nur Melanie beschützt wissen. Es ist nur gerecht, daß Curtis sich um seine Tochter kümmern muß.«

Jennifer zögerte, wog ihre Entscheidung ab. Sie hatte Loretta Marshal die Wahrheit gesagt. Vaterschaftsfälle waren schwierig, um nicht zu sagen, unangenehm und schmutzig. Mit dieser Frau im Zeugenstand hatten die Verteidiger ein gefundenes Fressen. Sie würden eine Parade ihrer Liebhaber vor Gericht auftreten lassen, und ehe alles vorbei war, würde sie als Hure dastehen. Es war nicht gerade die Art Fall, in die Jennifer hineingezogen werden wollte. Auf der anderen Seite glaubte sie Loretta Marshal. Sie war keine gewöhnliche Goldgräberin, die einen Liebhaber ausnehmen wollte. Sie war davon überzeugt, daß Curtis Randall der Vater ihres Kindes war. Jennifer traf eine Entscheidung.

»Einverstanden«, sagte sie, »wir werden's mal versuchen.«

Jennifer traf eine Verabredung mit Roger Davis, dem Rechtsanwalt von Curtis Randall. Davis war Partner in einer großen Wall-Street-Kanzlei, und die Bedeutung seiner Position ließ sich an seiner geräumigen Ecksuite ablesen. Er war aufgeblasen, arrogant und Jennifer auf Anhieb unsympathisch.

»Was kann ich für Sie tun?« fragte er.

»Wie ich schon am Telefon ausführte, bin ich wegen Loretta Marshal hier.«

Davis sah sie an und fragte ungeduldig: »Und?«

»Sie bat mich, eine Vaterschaftsklage gegen Curtis Randall anzustrengen. Ich würde es vorziehen, das nicht zu tun.«

»Sie wären verdammt blöd, wenn Sie es täten.«

Jennifer hielt sich unter Kontrolle. »Wir wollen den Namen Ihres Mandanten nicht vor Gericht zerren. Sie wissen sicher, daß solche Fälle immer ziemlich ekelhaft werden. Deswegen sind wir bereit, einen vernünftigen außergerichtlichen Vergleich zu akzeptieren.«

Roger Davis bedachte Jennifer mit einem eisigen Lächeln. »Darauf gehe ich jede Wette ein. Weil Sie nämlich nichts in der Hand haben. Gar nichts.«

»Ich denke schon.«

»Miß Parker, ich habe keine Zeit, Süßholz zu raspeln. Ihre Mandantin ist eine Nutte. Sie schläft mit allem, was sich bewegt. Ich habe eine Liste von Männern, mit denen sie im Bett war. Sie ist so lang wie mein Arm. Sie glauben, mein Klient könnte ramponiert werden? Ihr Klient wird zerstört, Miß Parker. Sie ist Lehrerin, soweit ich weiß. Gut, wenn wir mit ihr fertig sind, wird sie nirgendwo mehr lehren können, solange sie lebt. Und ich sage Ihnen noch etwas. Randall glaubt, daß er der Vater des Babys ist. Aber Sie werden es nie beweisen können, nicht in einer Million Jahren.«

Jennifer saß zurückgelehnt, das Gesicht ausdruckslos, und hörte zu.

»Nach meiner Meinung hätte Ihre Klientin von jedem Mitglied der Dritten Armee geschwängert werden können. Sie wollen einen Vergleich? Gut. Ich sage Ihnen, was wir tun werden. Wir kaufen Ihrer Klientin Anti-Baby-Pillen, damit es nicht nochmal vorkommt.«

Jennifer stand auf. Ihre Wangen brannten. »Mr. Davis«, sagte sie, »diese kleine Rede wird Ihren Mandanten eine halbe Million Dollar kosten.«

Und sie verließ den Raum.

Ken Bailey und drei Gehilfen konnten nichts über Curtis Randall herausfinden, das sich gegen ihn verwenden ließ. Er war Witwer, eine Stütze der Gesellschaft, und er hatte kaum sexuelle Abenteuer.

»Der Hurensohn ist der reinste Puritaner«, beklagte sich Ken Bailey.

Sie saßen um Mitternacht im Konferenzraum, wenige Stunden bevor der Vaterschaftsprozeß beginnen sollte. »Ich habe mit einem der Anwälte in Davis' Büro gesprochen, Jennifer. Sie werden unsere Klientin in der Luft zerreißen. Sie bluffen nicht.«

»Warum hältst du deinen Hals für dieses Mädchen hin?« fragte Dan Martin.

»Ich bin nicht hier, um ihr Geschlechtsleben zu beurteilen, Dan. Sie glaubt, daß Curtis Randall der Vater ihres Babys ist. Ich meine, sie *glaubt* wirklich daran. Sie will das Geld für ihre Tochter – nicht für sich. Ich denke, Sie verdient ihren Prozeß.«

»Wir denken nicht an sie«, antwortete Ken. »Wir denken an dich. Du hast eine Glückssträhne. Jedermann beobachtet dich. Ich glaube, dies ist ein aussichtsloser Fall. Du stellst dir selber ein schlechtes Zeugnis aus.«

»Laßt uns ins Bett gehen«, sagte Jennifer. »Ich sehe euch morgen im Gericht.«

Die Verhandlung lief noch schlechter, als Ken vorhergesagt hatte. Jennifer hatte Loretta Marshal ihr Baby mit in den Gerichtssaal bringen lassen, aber jetzt fragte sie sich, ob das nicht ein taktischer Fehler gewesen war. Hilflos mußte sie zusehen, wie Roger Davis einen Zeugen nach dem anderen in den Stand rief und jeden von ihnen zwang, zuzugeben, daß er mit Loretta Marshal geschlafen hatte. Jennifer wagte nicht, sie ins Kreuzverhör zu nehmen. Sie waren Opfer, und sie machten ihre Aussage in aller Öffentlichkeit nur, weil man sie dazu gezwungen hatte. Jennifer konnte nichts tun, als dabeizusitzen, während der Name ihrer Mandantin in den Schmutz gezogen wurde. Sie beobachtete die Gesichter der Geschworenen und bemerkte die wachsende Feindseligkeit darin. Roger Davis war zu klug, um Loretta Marshal zur Hure zu stempeln. Er mußte es auch nicht. Die Geschworenen taten es für ihn.

Jennifer hatte ihre eigenen Leumundszeugen herbeigeschafft, deren Aussagen Loretta Marshals gute Arbeit als Lehrerin hervorhoben, die bestätigten, daß sie regelmäßig zur Kirche ging und eine gute Mutter war; aber all das wirkte gegenstandslos angesichts der Schar ihrer Liebhaber. Jennifer hatte gehofft, die Sympathie der Jury dadurch gewinnen zu können, daß sie die hoffnungslose Lage einer jungen Frau, die von einem reichen Playboy betrogen und dann verlassen worden war, als sie ein Kind bekommen hatte, in den dramatischsten Farben schilderte.

Aber der Verlauf der Verhandlung machte ihr diesen Schachzug unmöglich.

Curtis Randall saß am Tisch des Angeklagten. Er hätte von einem Besetzungsbüro ausgewählt sein können. Er war ein elegant aussehender Mann Ende fünfzig, mit grauen Haarsträhnen und einem sonnengebräunten, ebenmäßigen Gesicht. Er stammte aus einer gehobenen Gesellschaftsschicht, gehörte den richtigen Clubs an, war reich und erfolgreich. Jennifer ahnte, wie die weiblichen Geschworenen ihn im Geist auszogen.

*Sicher,* dachte Jennifer. *Sie denken, daß sie es wert wären, mit unserem Charmebolzen ins Bett zu gehen, aber nicht diese Was-findet-er-bloß-an-ihr-Schlampe mit ihrem zehn Monate alten Baby im Arm.*

Unglücklicherweise sah das Kind nicht im geringsten aus wie sein Vater. Nicht einmal wie seine Mutter, was das betraf. Es hätte jedem gehören können.

Als hätte er ihre Gedanken gelesen, sagte Roger Davis zu der Jury: »Da sitzen sie, meine Damen und Herren, Mutter und Kind. Ja, aber *wessen* Kind? Sie haben den Beklagten gesehen. Ich fordere jeden hier im Saal auf, *eine einzige Ähnlichkeit* zwischen dem Angeklagten und dem Kind nachzuweisen. Wenn mein Klient der Vater des Kindes wäre, gäbe es doch wenigstens *ein* Zeichen dafür. Irgend etwas in den Augen, der Nase, dem Kinn. Wo ist die Ähnlichkeit? Es gibt keine, und zwar aus einem ganz einfachen Grund. Der Angeklagte ist nicht der Vater des Kindes. Nein, ich fürchte, wir haben hier den klassischen Fall eines losen Frauenzimmers, das nicht aufgepaßt hat, schwanger geworden ist und sich dann überlegt hat, welcher Liebhaber am ehesten in der Lage wäre, die Rechnungen zu bezahlen.«

Seine Stimme wurde sanfter. »Nun, niemand von uns ist hier, um über sie zu richten. Wie Loretta Marshal ihr Privatleben gestaltet, ist ihre eigene Sache. Die Tatsache, daß sie Lehrerin ist und die Entwicklung kleiner Kinder beeinflussen kann, nun, auch das gehört nicht zu meinem Wirkungsbereich. Ich bin nicht hier als Moralapostel. Ich bin lediglich hier, um die Interessen eines unschuldigen Mannes zu schützen.«

Jennifer betrachtete die Jury, und sie hatte das deprimierende Gefühl, daß sie völlig auf Curtis Randalls Seite war. Jennifer glaubte Loretta Marshal immer noch. Wenn das Baby wenigstens wie sein Vater ausgesehen hätte! Aber Roger Davis hatte recht. Es bestand nicht die geringste Ähnlichkeit. Und er hatte darauf geachtet, daß es jedem auffiel.

Jennifer rief Curtis Randall in den Zeugenstand. Es war ihre einzige Chance, den Schaden wieder auszumerzen, der bereits angerichtet war, und dem Prozeß eine andere Wendung zu geben. Sie betrachtete den Mann im Zeugenstand einen Augenblick lang.

»Sind Sie je verheiratet gewesen, Mr. Randall?«

»Ja. Meine Frau kam bei einem Brand ums Leben.« Die Sympathie der Geschworenen stieg noch.

*Verflucht!* Jennifer fuhr schnell fort. »Sie haben nicht noch einmal geheiratet?«

»Nein. Ich habe meine Frau sehr geliebt, und ich...«

»Hatten Sie und Ihre Frau Kinder?«

»Nein. Leider konnte sie keine haben.«

Jennifer deutete auf das Baby. »Dann ist Melanie Ihr einziges...«

»Einspruch!«

»Stattgegeben. Der Vertreter der Klägerin sollte es besser wissen.«

»Entschuldigung, Euer Ehren. Es war ein Ausrutscher.« Jennifer wandte sich wieder an Curtis Randall. »Mögen Sie Kinder?«

»Ja, sehr sogar.«

»Sie sind der Aufsichtsratsvorsitzende Ihrer eigenen Firma, Mr. Randall?«

»Ja.«

»Haben Sie sich nie einen Sohn gewünscht, der Ihren Namen trägt?«

»Ich nehme an, jeder Mann wünscht sich das.«

»Angenommen, Melanie wäre ein Junge statt eines...«

»Einspruch!«

»Stattgegeben.« Der Richter wandte sich an Jennifer. »Miß Parker, ich fordere Sie noch einmal auf, das zu unterlassen.«

»Entschuldigung, Euer Ehren.« Jennifer wandte sich wieder Curtis Randall zu. »Mr. Randall, ist es Ihre Gewohnheit, fremde Frauen aufzugabeln und in Hotels mitzunehmen?«

Curtis Randall leckte sich nervös über die Unterlippe. »Nein.«

»Dann stimmt es nicht, daß Sie Loretta Marshal in einer Bar kennengelernt und sie dann in Ihr Hotelzimmer mitgenommen haben?«

Wieder bearbeitete seine Zunge die Lippen. »Doch, Ma'am, aber da ging es – da ging es nur um Sex.«

Jennifer starrte ihn an. »Sie sagen das, als hätten Sie das Gefühl, Sex sei etwas Schmutziges.«

»Nein, Ma'am.« Seine Zunge stieß wieder hervor.

Jennifer beobachtete fasziniert, wie sie über seine Lippen strich. Plötzlich spürte sie eine wilde Hoffnung. Sie wußte jetzt, was sie tun mußte. Sie mußte ihn weitertreiben. Dennoch konnte sie ihn nicht so heftig bearbeiten, daß es die Jury gegen sie einnahm.

»Wieviele Frauen haben Sie in Bars aufgegabelt?«

Roger Davis war auf den Füßen. »Unerheblich, Euer Ehren. Und ich erhebe Einspruch gegen diese Art der Befragung. Die einzige Frau, um die es in diesem Fall geht, ist Loretta Marshal. Wir haben bereits festgestellt, daß der Angeklagte Geschlechtsverkehr mit ihr hatte. Davon abgesehen hat sein Privatleben keine Bedeutung in diesem Prozeß.«

»Ich bin anderer Ansicht, Euer Ehren. Wenn der Angeklagte zu den Männern gehört, die...«

»Stattgegeben. Bitte unterlassen Sie solche Fragen, Miß Parker.«

Jennifer zuckte mit den Schultern. »Ja, Euer Ehren.« Sie wandte sich wieder an Curtis Randall. »Lassen Sie uns zu der Nacht zurückkehren, in der Sie Loretta Marshal in einer Bar aufgegabelt haben. Was war das für eine Bar?«

»Ich – ich weiß es wirklich nicht. Ich war nie vorher da.«

»Es war eine *Singles-Bar*, oder?«

»Ich habe keine Ahnung.«

»Nun, zu Ihrer Information, das *Play Pen* war und ist eine *Singles-Bar*. Es hat den Ruf, ein Aufreißschuppen zu sein, ein Treffpunkt für Männer und Frauen, die jemanden fürs Bett suchen. Sind Sie nicht selber deswegen dort gewesen, Mr. Randall?«

Curtis Randall begann erneut, seine Lippen abzulecken. »Es – es kann sein. Ich weiß nicht mehr.«

»Sie wissen nicht mehr?« Jennifers Stimme troff vor Sarkasmus. »Erinnern Sie sich zufällig noch an das Datum, wann Sie Loretta Marshal das erste Mal in dieser Bar trafen?«

»Nein. Nicht genau.«

»Dann lassen Sie mich Ihr Gedächtnis auffrischen.«

Jennifer ging zum Tisch der Anklage und sichtete einige Papiere. Sie kritzelte eine Notiz, als schriebe sie ein Datum ab, und reichte sie Ken Bailey. Er studierte sie, einen verwirrten Ausdruck auf dem Gesicht.

Jennifer ging wieder zum Zeugenstand. »Es war der achtzehnte Januar, Mr. Randall.«

Aus den Augenwinkeln sah sie Ken Bailey den Gerichtssaal verlassen.

»Es könnte stimmen, nehme ich an. Wie ich schon sagte, ich erinnere mich nicht.«

In den nächsten fünfzehn Minuten fuhr Jennifer mit der Befragung von Curtis Randall fort. Es war ein zielloses, sanftes Kreuzverhör, und Roger Davis verzichtete auf Unterbrechungen, denn er merkte, daß Jennifer bei den Geschworenen keine Punkte gewann. Sie wirkten sogar leicht gelangweilt.

Jennifer sprach weiter und hielt aus den Augenwinkeln Ausschau nach Ken Bailey. Mitten in einer Frage sah sie ihn hereineilen, unter dem Arm ein kleines Paket.

Jennifer wandte sich an den Richter. »Euer Ehren, darf ich um eine Viertelstunde Pause bitten?«

Der Richter blickte auf die Uhr an der Wand. »Da es fast Zeit zum Mittagessen ist, wird die Verhandlung bis halb zwei vertagt.«

Um ein Uhr dreißig war die Sitzung wieder eröffnet. Jennifer hatte Loretta Marshal näher an die Geschworenenbank gesetzt, das Baby auf ihrem Schoß.

Der Richter sagte: »Mr. Randall, Sie stehen immer noch unter Eid. Sie werden nicht noch einmal vereidigt. Treten Sie bitte in den Zeugenstand.«

Jennifer sah zu, wie Curtis Randall sich in den Zeugenstand setzte. Dann trat sie zu ihm und fragte: »Mr. Randall, wie viele uneheliche Kinder haben Sie gezeugt?«

Roger Davis sprang auf. »Einspruch! Das ist empörend, Euer Ehren. Ich lasse nicht zu, daß mein Mandant einer solchen Demütigung ausgesetzt wird.«

Der Richter sagte: »Einspruch stattgegeben.« Er wandte sich an Jennifer. »Miß Parker, ich habe Sie gewarnt...«

Jennifer sagte zerknirscht: »Es tut mir leid, Euer Ehren.«

Sie blickte auf Curtis Randall und sah, daß sie erreicht hatte, was sie wollte. Nervös leckte er sich über die Lippen. Jennifer wandte sich an Loretta Marshal und ihr Baby. Das Baby war eifrig damit beschäftigt, seine Lippen abzulecken. Langsam ging Jennifer zu dem Baby und blieb lange Zeit vor ihm stehen, um die Aufmerksamkeit der Jury zu sammeln.

»Sehen Sie sich das Kind an«, sagte sie weich.

Alle starrten auf die kleine Melanie, deren rosa Zunge ihre Unterlippe ableckte.

Jennifer drehte sich um und ging zurück zum Zeugenstand. »Und betrachten Sie diesen Mann!«

Zwölf Augenpaare richteten sich auf Curtis Randall. Er saß da, leckte nervös an seiner Unterlippe, und plötzlich war die Ähnlichkeit unübersehbar. Vergessen war die Tatsache, daß Loretta Marshal mit Dutzenden anderer Männer geschlafen hatte. Vergessen war die Tatsache, daß Curtis Randall ein Pfeiler der Gesellschaft war.

»Dies ist ein Mann«, sagte Jennifer traurig, »von Einfluß und Bedeutung. Ein Mann, zu dem jeder aufsieht. Ich stelle Ihnen nur eine Frage: Was für ein Mann ist das, der sein eigenes Kind verleugnet?«

Die Jury war nicht einmal eine Stunde im Beratungsraum. Als sie zurückkehrte, gab sie der Klägerin recht. Loretta Marshal würde zweihunderttausend Dollar in bar und weitere zweitausend Dollar monatlich zur Unterstützung ihres Kindes erhalten.

Als das Urteil gefällt war, näherte sich Roger Davis Jennifer mit vor Wut gerötetem Gesicht. »Was haben Sie mit dem Baby angestellt?«

»Wie meinen Sie das?«

Roger Davis zögerte, seiner selbst nicht sicher. »Diese Sache mit den Lippen. Das hat die Jury überzeugt, das Baby, das sich genau wie Randall die Lippen abgeleckt hat. Können Sie das erklären?«

»Nun«, sagte Jennifer hochmütig, »das kann ich in der Tat. Man nennt es Vererbung.« Und sie ging davon.

Jennifer und Ken Bailey entledigten sich auf dem Weg zurück ins Büro der Maissirupflasche.

## 16

Beinahe von Anfang an hatte Adam Warner gewußt, daß seine Heirat mit Mary Beth ein Fehler gewesen war. Er hatte impulsiv und idealistisch gehandelt. Er hatte versucht, ein junges Mädchen zu beschützen, das verloren und verletzlich der Welt ausgeliefert schien.

Er hätte alles dafür gegeben, Mary Beth nicht weh tun zu müssen, aber er war von tiefer Liebe zu Jennifer erfüllt. Er brauchte jemanden, mit dem er sprechen konnte, und schließlich entschied er sich für Stewart Needham. Stewart hatte immer für alles Verständnis gehabt. Er würde Adams Lage begreifen.

Aber ihr Gespräch verlief etwas anders, als Adam geplant hatte. Als er Needhams Büro betrat, sagte der Seniorpartner:

»Gerade im richtigen Moment. Ich habe eben mit dem Wahlgremium telefoniert. Sie fordern dich offiziell auf, für den Senat der Vereinigten Staaten zu kandidieren. Du hast die volle Unterstützung der Partei.«

»Ich – das ist großartig«, sagte Adam.

»Wir haben noch eine Menge Arbeit vor uns, mein Junge. Wir müssen alles durchorganisieren. Ich stelle ein Komitee zusammen, das sich um die Wahlspenden kümmert. Ich glaube, hiermit sollten wir beginnen...«

Die nächsten zwei Stunden verbrachten sie damit, Pläne für die Wahlkampagne zu diskutieren. Als sie fertig waren, sagte Adam: »Stewart, ich möchte gern noch über etwas Privates mit dir sprechen.«

»Ich muß schnell zu einem Mandanten, Adam.«

Und Adam hatte das plötzliche Gefühl, daß Stewart die ganze Zeit gewußt hatte, worüber er mit ihm reden wollte.

Adam war mit Jennifer in einem kleinen Restaurant an der West Side verabredet. Energiegeladen betrat er den Raum. Schon an seinem Gesichtsausdruck konnte Jennifer erkennen, daß etwas geschehen war.

»Ich habe eine kleine Neuigkeit für dich«, sagte Adam. »Ich bin gebeten worden, für den Senat zu kandidieren.«

»Oh, Adam!« Jennifer war plötzlich aufgeregt. »Das ist ja wunderbar. Du wirst einen phantastischen Senator abgeben.«

»Der Wahlkampf wird heiß werden. New York ist ein harter Staat.«

»Das ist unwichtig. Dich kann niemand aufhalten.« Und Jennifer wußte, daß ihre Worte wahr waren. Adam war intelligent und beherzt, bereit, für das zu kämpfen, woran er glaubte. So wie er einmal für sie gekämpft hatte.

Sie ergriff seine Hand und sagte leise: »Ich bin so stolz auf dich, Liebling.«

»Langsam, noch bin ich nicht gewählt. Du weißt, was noch alles passieren kann.«

»Das ändert nichts daran, daß ich stolz auf dich bin. Ich liebe dich so sehr, Adam.«

»Ich liebe dich auch.«

Adam erwog, ihr von dem Gespräch mit Needham zu erzählen, aber er entschied sich dagegen. Das konnte warten, bis er die Dinge in Ordnung gebracht hatte.

»Wann wirst du deine Kandidatur bekanntgeben?«

»Sie wollen, daß ich sofort anfange. Ich habe die einhellige Unterstützung der Partei.«

»Das ist ja phantastisch!«

Aber es gab noch etwas, das *nicht* phantastisch war, und es saß wie ein verdeckter Schmerz in Jennifers Kopf. Jennifer wollte es noch nicht in Worte kleiden, aber sie wußte, daß sie sich früher oder später damit auseinandersetzen mußte. Sie wollte, daß Adam gewann, aber das Rennen um einen Sitz im Senat würde wie ein Damoklesschwert über ihrem Kopf hängen. Wenn Adam gewann, würde sie verlieren – ihn verlieren. Bei allem, wofür er eintrat, konnte er sich keine Skandale im Privatleben leisten. Er war ein verheirateter Mann, und wenn bekannt wurde, daß er eine Geliebte hatte, kam das politischem Selbstmord gleich.

In dieser Nacht litt Jennifer zum erstenmal, seit sie sich in Adam verliebt hatte, wieder an Schlaflosigkeit. Sie lag wach bis zur Dämmerung und kämpfte mit den Dämonen der Nacht.

Cynthia sagte: »Da ist ein Anrufer für Sie in der Leitung. Es ist wieder der Marsmensch.«

Jennifer sah sie verwundert an.

»Sie wissen schon, der mit der Geschichte vom Irrenhaus.«

Jennifer hatte den Mann völlig vergessen. Er gehörte offensichtlich in psychiatrische Behandlung.

»Sagen Sie ihm, er soll...« Sie seufzte. »Ach was, ich sag's ihm selber.«

Sie nahm den Hörer auf. »Jennifer Parker.«

Die bereits vertraute Stimme fragte: »Haben Sie die Informationen überprüft, die ich Ihnen gegeben habe?«

»Ich hatte noch keine Zeit dafür.« Ihr fiel ein, daß sie ihre Notizen weggeworfen hatte. »Ich möchte Ihnen gern helfen. Würden Sie mir bitte Ihren Namen geben?«

»Ich kann nicht«, flüsterte er. »Dann bin ich auch dran. Überprüfen Sie nur, was ich gesagt habe. Helen Cooper. Long Island.«

»Ich kann einen Arzt empfehlen, der...« Die Leitung war stumm.

Jennifer saß einen Moment nachdenklich am Tisch, und dann bat sie Ken Bailey in ihr Büro.

»Was gibt's, Chef?«

»Nichts – glaube ich. Ich hatte ein paar seltsame Anrufe von jemandem, der seinen Nanen nicht sagen will. Könntest du einmal versuchen, etwas über eine Frau namens Helen Cooper herauszufinden? Angeblich hatte sie einen großen Besitz in Long Island.«

»Wo befindet sie sich jetzt?«

»Entweder in einem Irrenhaus oder auf dem Mars.«

Zwei Stunden später kehrte Ken zurück und überraschte Jennifer mit denWorten: »Dein Marsmensch ist gelandet. In das Heathers-Krankenhaus in Westchester ist eine Helen Cooper eingeliefert worden.«

»Bist du sicher?«

Ken Bailey sah verletzt aus. Jennifer entschuldigte sich: »So war's nicht gemeint, Ken.« Er war der beste Detektiv, den sie je gekannt hatte. Er sagte nichts, das er nicht dreimal nachgeprüft hatte, und war absolut verläßlich.

»Was interessiert uns an der Dame?« fragte Ken.

»Jemand glaubt, daß man sie zu Unrecht in das Irrenhaus gesteckt hat. Ich möchte dich bitten, ihren Hintergrund, ihre Vergangenheit zu überprüfen. Ich möchte etwas über ihre Familie wissen.«

Am nächsten Morgen lagen die Informationen auf Jennifers Schreibtisch. Helen Cooper war eine Edelwitwe, der von ihrem letzten Ehemann ein Vermögen von vier Millionen Dollar hinterlassen worden war. Ihre Tochter hatte den Hausmeister des Gebäudes, in dem sie lebten, geheiratet, und sechs Wochen nach der Hochzeit war das Paar vor Gericht gezogen, um ihre Mutter für unzurechnungsfähig erklären und den Besitz unter ihre Obhut stellen zu lassen. Sie hatten drei Psychiater gefunden, die Helen Cooper Unzurechnungsfähigkeit attestierten, und das

Gericht hatte sie in die psychiatrische Klinik einliefern lassen.

Jennifer las den Bericht durch und blickte Ken Bailey an. »Die ganze Sache scheint mir etwas faul, was meinst du, Ken?«

»Faul? Die stinkt wie ein vier Wochen nicht geleerter Mülleimer. Was hast du vor?«

Das war eine schwierige Frage. Jennifer hatte keinen Mandanten. Wenn Mrs. Coopers Familie sie hatte einsperren lassen, würden sie von Jennifers Einmischung nicht gerade beglückt sein, und da die Frau selber für krank erklärt worden war, konnte sie Jennifer nicht engagieren. Jennifer wußte nur eins: Ob mit oder ohne Mandanten, sie würde nicht tatenlos zusehen, wie jemand in eine Anstalt geworfen wurde.

»Ich werde Mrs. Cooper einen Besuch abstatten«, beschloß Jennifer.

Das Heathers-Sanatorium lag auf einem weitläufigen, baumbestandenen Gelände in Westchester. Das Grundstück war eingezäunt, und der einzige Zutritt bestand in einem bewachten Tor. Jennifer war noch nicht bereit, die Familie über ihre Absicht zu informieren, deswegen hatte sie so lange herumtelefoniert, bis sie einen Bekannten gefunden hatte, der Verbindungen zu dem Sanatorium hatte. Er hatte dafür gesorgt, daß sie Mrs. Cooper besuchen konnte.

Die Leiterin der Anstalt, Mrs. Franklin, war eine strenge Frau mit einem harten Gesicht.

»Offen gesagt«, schnüffelte Mrs. Franklin, »sollte ich Sie nicht mit Mrs. Cooper sprechen lassen. Wie auch immer, wir wollen es einen inoffiziellen Besuch nennen. Dann brauche ich ihn nicht einzutragen.«

»Ich danke Ihnen.«

»Ich werde Sie zu ihr bringen lassen.«

Helen Cooper war eine schlanke, attraktive Frau in den späten Sechzigern. Sie hatte lebhafte, intelligente blaue Augen, und sie war so anmutig, als empfinge sie Jennifer in ihrem eigenen Haus.

»Es ist nett von Ihnen, daß Sie hergekommen sind und mich

besuchen«, sagte sie, »aber ich fürchte, ich kann mir nicht vorstellen, weswegen Sie hier sind.«

»Ich bin Anwältin, Mrs. Cooper. Ich habe zwei anonyme Anrufe erhalten, und der Anrufer erklärte mir, daß Sie hier seien, aber nicht hierher gehörten.«

Mrs. Cooper lächelte leise. »Das muß Albert gewesen sein.«

»Albert?«

»Er war fünfundzwanzig Jahre lang mein Butler. Als meine Tochter Dorothy heiratete, hat sie ihn entlassen.« Sie seufzte. »Der arme Albert. Er gehört der Vergangenheit an, einer anderen Welt. Ich vermute, das gilt in gewisser Weise auch für mich. Sie sind sehr jung, meine Liebe, deswegen haben Sie vielleicht nicht bemerkt, wie sehr alles sich verändert hat. Wissen Sie, was heutzutage fehlt? Güte. Ich fürchte, Gier ist an ihre Stelle getreten.«

Jennifer fragte vorsichtig: »Ihre Tochter?«

Mrs. Coopers Augen wurden traurig. »Ich mache Dorothy keinen Vorwurf. Es liegt an ihrem Mann. Er ist kein sehr attraktiver Mann, zumindest nicht moralisch. Und ich fürchte, meine Tochter ist körperlich nicht sehr attraktiv. Herbert heiratete Dorothy wegen ihres Geldes und mußte dann herausfinden, daß aller Besitz allein in meiner Hand war. Das gefiel ihm nicht.«

»Hat er Ihnen das gesagt?«

»Oh, ja, in der Tat. Mein Schwiegersohn hat aus seinem Herzen keine Mördergrube gemacht. Er war der Meinung, ich sollte meiner Tochter das Vermögen gleich geben und sie nicht warten lassen, bis ich tot bin. Ich hätte es auch getan, wenn ich ihm nicht mißtraut hätte. Ich wußte, was geschehen würde, wenn er das ganze Geld in die Finger bekäme.«

»Hatten Sie in Ihrer Vergangenheit je eine Störung Ihrer Gehirnfunktionen, Mrs. Cooper?«

Helen Cooper sah Jennifer an und sagte trocken: »Nach Meinung der Ärzte leide ich an Schizophrenie und Paranoia.«

Jennifer hatte das Gefühl, daß sie nie in ihrem Leben mit einer gesünderen Frau gesprochen hatte.

»Sie wissen, daß drei Ärzte Ihnen Unzurechnungsfähigkeit attestiert haben?«

»Das Cooper-Vermögen wird auf vier Millionen Dollar geschätzt, Miß Parker. Damit kann man eine ganze Menge Ärzte beeinflussen. Ich fürchte, Sie vergeuden Ihre Zeit. Mein Schwiegersohn verwaltet jetzt das Vermögen. Er wird mich hier nie herauslassen.«

»Ich würde Ihren Schwiegersohn gern einmal kennenlernen.«

Die Plaza-Towers lagen an der 72. Straße in einer der schönsten Wohngegenden von New York. Helen Cooper besaß darin ein eigenes Penthouse. Nun stand *Mr. und Mrs. Herbert Hawthorne* an der Tür.

Jennifer hatte sich bei der Tochter, Dorothy, telefonisch angemeldet, und als sie in das Appartement trat, warteten sowohl Dorothy als auch ihr Ehemann auf sie. Helen Cooper hatte Jennifer richtig informiert. Dorothy war nicht attraktiv. Sie hatte kein Kinn, und auf dem rechten Auge schielte sie. Ihr Ehemann, Herbert, war mindestens zwanzig Jahre älter als sie.

»Kommen Sie rein«, grunzte er.

Er begleitete Jennifer vom Eingangsraum in ein riesiges Wohnzimmer, an dessen Wände Gemälde französischer und holländischer Meister hingen.

»Vielleicht erklären Sie mir mal, was das ganze Theater eigentlich soll«, sagte er barsch zu Jennifer.

Jennifer wandte sich an das Mädchen. »Es geht um Ihre Mutter.«

»Was ist mit ihr?«

»Wann zeigte sie zum erstenmal Anzeichen einer Krankheit?«

»Sie...«

»Gleich nachdem Dorothy und ich geheiratet haben«, unterbrach Herbert Hawthorne sie. »Die alte Dame konnte mich nicht ausstehen.«

*Das ist wohl eher ein Beweis für ihre Vernunft,* dachte Jennifer.

»Ich habe die Berichte der Ärzte gelesen«, sagte Jennifer. »Sie schienen etwas tendenziös.«

»Was meinen Sie damit, tendenziös?« Sein Ton war streitsüchtig.

»Damit meine ich, daß die Berichte erkennen ließen, daß die Ärzte es mit Grauzonen zu tun hatten, in denen es keine eindeutigen Kriterien gab, um das nachzuweisen, was die Gesellschaft Gesundheit nennt. Ihre Entscheidung wurde zum Teil durch das beeinflußt, was Sie und Ihre Frau ihnen über Mrs. Coopers Benehmen erzählt hatten.«

»Was wollen Sie damit sagen?«

»Ich sage, daß das Ergebnis nicht eindeutig ist. Drei andere Ärzte hätten zu einem völlig anderen Schluß kommen können.«

»Jetzt hören Sie mal zu«, sagte Herbert Hawthorne. »Ich habe keine Ahnung, was Sie sich da eingebildet haben, aber die alte Dame ist plemplem. Die Ärzte sagen das, und das Gericht sagt es auch.«

»Ich habe die Verhandlungsabschriften gelesen«, antwortete Jennifer. »Das Gericht hat auch angeregt, daß der Fall von Zeit zu Zeit neu betrachtet werden soll.«

Herbert Hawthorne blickte konsterniert. »Sie meinen, die lassen sie vielleicht heraus?«

»Sie werden sie herauslassen«, versprach Jennifer. »Ich werde dafür sorgen.«

»Warten Sie einen Moment! Was, zum Teufel, geht hier vor?«

»Genau das möchte ich herausfinden.« Jennifer wandte sich an das Mädchen. »Ich habe mir die Krankheitsgeschichte Ihrer Mutter angesehen. Sie war immer gesund, sowohl geistig wie auch psychisch. Sie...«

Herbert Hawthorne unterbrach sie. »Das besagt noch gar nichts! Diese Dinge können ganz plötzlich entstehen. Sie...«

»Außerdem«, fuhr Jennifer an Dorothy gewandt fort, »habe ich mich mit den sozialen Aktivitäten Ihrer Mutter beschäftigt. Sie führte ein völlig normales Leben.«

»Mir ist scheißegal, was Sie oder sonst jemand sagen. Die Alte ist verrückt!« schrie Herbert Hawthorne.

Jennifer betrachtete ihn einen Augenblick. »Haben Sie Mrs. Cooper aufgefordert, Ihnen das Vermögen zu überantworten?«

»Das geht Sie überhaupt nichts an!«

»Sie werden schon sehen, wieviel mich das angeht. Ich denke, für heute ist alles gesagt.« Jennifer bewegte sich auf die Tür zu.

Herbert Hawthorne sprang ihr in den Weg. »Warten Sie einen Augenblick! Sie stecken Ihre Nase in Sachen, die Sie nichts angehen. Sie wollen für sich selber einen kleinen Schnitt machen, oder? Okay, dafür habe ich Verständnis, Schätzchen. Ich mache Ihnen einen Vorschlag. Ich gebe Ihnen hier und jetzt einen Scheck über tausend Dollar für geleistete Dienste, und Sie vergessen die ganze Geschichte. Okay?«

»Tut mir leid«, sagte Jennifer. »Ich bin nicht käuflich.«

»Sie glauben, die alte Dame bezahlt Ihnen mehr?«

»Nein«, sagte Jennifer und blickte ihm in die Augen. »Von uns beiden geht es hier nur einem um Geld.«

Es dauerte sechs Wochen voller Anhörungen, psychiatrischer Konsultationen und Besprechungen mit vier verschiedenen Behörden. Jennifer stützte sich auf Psychiater ihrer eigenen Wahl, und als ihre Untersuchungen abgeschlossen waren und Jennifer alle ihr zur Verfügung stehenden Fakten auf den Tisch gelegt hatte, hob der Richter seine frühere Entscheidung auf. Helen Cooper wurde entlassen und ihr Vermögen wieder unter ihre Verfügung gestellt.

Am Morgen von Mrs. Coopers Entlassung rief sie Jennifer an.

»Ich möchte Sie ins *21* zum Essen einladen.«

Jennifer blickte auf ihren Kalender. Sie hatte einen ausgebuchten Vormittag, eine Verabredung zum Mittagessen, und am Nachmittag mußte sie im Gericht sein, aber sie wußte, wieviel diese Geste der alten Frau bedeutete. »Einverstanden«, sagte Jennifer.

Helen Coopers Stimme klang erfreut. »Wir werden eine kleine Feier veranstalten.«

Das Essen verlief sehr angenehm. Mrs. Cooper war eine sorgfältige Gastgeberin und offensichtlich gut bekannt im *21*.

Jerry Berns begleitete sie zu einem Tisch im ersten Stock, wo sie in der Gesellschaft wunderschöner Antiquitäten und georgianischer Silberarbeiten speisten. Essen und Service waren überwältigend.

Helen Cooper wartete, bis sie beim Kaffee angelangt waren. Dann sagte sie zu Jennifer: »Ich bin Ihnen sehr zu Dank verpflichtet, meine Liebe. Ich weiß nicht, wie hoch Ihre Rechnung ausfallen wird, aber ich möchte Ihnen etwas mehr geben.«

»Meine Gebühren sind hoch genug.«

Mrs. Cooper schüttelte den Kopf. »Das spielt keine Rolle.« Sie beugte sich vor, schloß Jennifers Hand in die ihre und senkte ihre Stimme zu einem Flüstern.

»Ich werde Ihnen den Staat Wyoming schenken.«

## 17

Die Titelseite der *New York Times* erschien mit zwei Aufmachern nebeneinander. Einer verkündete, daß Jennifer Parker einen Freispruch für eine Frau erreicht hatte, die des Mordes an ihrem Mann angeklagt war. Der andere war ein Artikel über Adam Warners Kandidatur für den Senat der Vereinigten Staaten.

Jennifer las die Story über Adam wieder und immer wieder. Sie enthielt seine Lebensgeschichte, berichtete über seine Leistungen als Pilot im Vietnamkrieg und führte seine Tapferkeitsauszeichnungen auf. Sie war voll des Lobes und enthielt Zitate von einer Anzahl prominenter Politiker, die der Meinung waren, Adam Warner würde dem Senat und der ganzen Nation zur Ehre gereichen. Am Ende des Artikels hieß es, ein siegreicher Wahlkampf werde Adam gewiß den Weg zur Präsidentschaftskandidatur ebnen.

Michael Moretti und sein Schwiegervater beendeten ihr Frühstück auf Antonio Granellis Farm in New Jersey. Michael las den Artikel über Jennifer Parker.

Er blickte auf und sagte zu seinem Schwiegervater: »Sie hat es schon wieder geschafft, Tony.«

Antonio Granelli schob sich einen Löffel Rührei in den Mund. »Wer hat was schon wieder geschafft?«

»Diese Anwältin. Jennifer Parker. Sie ist ein Naturtalent.«

Antonio Granelli grunzte. »Ich mag den Gedanken nicht, daß Frauen für uns arbeiten. Frauen sind schwach. Du weißt nie, was ihnen gerade einfällt.«

Michael sagte vorsichtig: »Du hast recht. Eine Menge Frauen sind unberechenbar, Tony.«

Es lohnte sich nicht, seinem Schwiegervater zu widersprechen. Solange Antonio Granelli lebte, war er gefährlich; aber wenn er ihn betrachtete, wußte Michael, daß er nicht mehr lange warten mußte. Der alte Mann hatte eine Reihe leichter Schlaganfälle hinter sich, und seine Hände zitterten. Er hatte Schwierigkeiten beim Sprechen, und beim Gehen brauchte er einen Stock. Seine Haut erinnerte an trockenes, gelbes Pergament. Er war saft- und kraftlos geworden. Der Mann, den die FBI-Agenten zum Staatsfeind Nummer eins erklärt hatten, war ein zahnloser Tiger. Sein Name hatte zahllose *Mafiosi* in Angst und Schrecken versetzt, ihre Witwen mit Haß erfüllt. Jetzt sahen nur noch wenige Menschen Antonio Granelli von Angesicht zu Angesicht. Er versteckte sich hinter Michael, Thomas Colfax und ein paar anderen, denen er vertraute.

Michael war noch nicht zum Oberhaupt der Familie ernannt worden, aber es war nur eine Frage der Zeit. »Drei-Finger-Brown« Lucchese war der mächtigste der fünf Mafia-Häuptlinge an der Ostküste gewesen, dann Antonio Granelli und bald... Michael konnte es sich leisten, Geduld zu haben. Er hatte einen weiten, weiten Weg hinter sich gebracht, seit er als frecher, unverdorbener Junge vor den wichtigsten Dons von New York gestanden und mit einem brennenden Stück Papier in der Hand geschworen hatte: »So werde auch ich verbrennen, wenn ich die Geheimnisse der Cosa Nostra verrate.«

Jetzt, beim Frühstück mit dem alten Mann, sagte er: »Vielleicht könnten wir die Parker für kleine Sachen gebrauchen. Nur, um zu sehen, wie sie sich anstellt.«

Granelli zuckte mit den Schultern. »Sei vorsichtig, Mike. Ich möchte nicht, daß Fremde mit Familiengeheimnissen zu tun haben.«

»Laß mich nur machen.«

Michael erledigte den Anruf noch an diesem Nachmittag.

Als Cynthia verkündete, Michael Moretti sei am Telefon, brach eine Flut unangenehmer Erinnerungen über Jennifer herein. Sie konnte sich nicht vorstellen, warum Moretti sie anrufen sollte.

Aus Neugier nahm sie den Hörer ab. »Was wollen Sie?«

Die Schärfe in ihrer Stimme verblüffte Michael. »Ich möchte Sie treffen. Ich glaube, wir sollten uns einmal unterhalten.«

»Worüber, Mr. Moretti?«

»Nichts, was ich gern am Telefon erklären würde. Ich kann Ihnen nur soviel verraten, Miß Parker – es handelt sich um etwas, das sehr in Ihrem Interesse läge.«

Jennifer sagte schroff: »Ich kann Ihnen auch etwas verraten, Mr. Moretti. Nichts, was Sie tun oder sagen, könnte mich auch nur im geringsten interessieren.« Und sie knallte den Hörer auf.

Michael Moretti saß an seinem Schreibtisch und starrte den stummen Hörer in seiner Hand an. Er fühlte einen Aufruhr in sich, aber es war nicht Wut oder Zorn. Er war nicht sicher, um was es sich handelte, und er war nicht sicher, daß er es mochte. Er hatte Frauen sein Leben lang benutzt, und sein gutes Aussehen und seine angeborene Skrupellosigkeit hatten ihm mehr willige Betthäschen verschafft, als er aufzählen konnte.

Grundsätzlich verachtete Michael Moretti Frauen. Sie waren zu weich. Sie hatten keinen Verstand. *Rosa, zum Beispiel. Sie ist nicht mehr als ein kleiner Hund, der tut, was man ihm sagt,* dachte er. *Sie hält mein Haus in Ordnung, kocht für mich, fickt mich, wenn ich gefickt werden will, und hält den Mund, wenn ich ihn ihr verbiete.*

Michael hatte nie eine Frau mit Verstand gekannt, eine Frau, die den Mut hatte, ihm zu trotzen. Jennifer Parker hatte es gewagt, ihn einfach abzuhängen. Was hatte sie noch gesagt? *Nichts, was Sie tun oder sagen, könnte mich auch im geringsten interessieren.* Michael Moretti dachte darüber nach und lächelte vor sich hin. Sie irrte sich. Er würde ihr zeigen, wie sehr sie sich irrte.

Er lehnte sich zurück und dachte daran, wie sie im Gericht ausgesehen hatte, an ihr Gesicht, an ihren Körper. Er fragte sich plötzlich, wie sie wohl im Bett war. Eine Wildkatze, vielleicht. Er stellte sich ihren nackten Körper unter dem seinen vor, wie sie sich gegen ihn wehrte. Er hob den Hörer ab und wählte eine Nummer.

Als sich am anderen Ende eine Mädchenstimme meldete, sagte er: »Zieh dich aus. Ich bin auf dem Weg zu dir.«

Als Jennifer auf dem Rückweg vom Mittagessen ins Büro die Third Avenue überquerte, wäre sie beinahe von einem Lastwagen überfahren worden. Der Fahrer trat auf die Bremsen, und das Heck des Lasters schlug aus und verfehlte sie nur um Haaresbreite.

»Herr im Himmel, Lady!« schrie der Fahrer. »Warum passen Sie nicht auf, wohin, zum Teufel, Sie gehen!«

Jennifer hörte überhaupt nicht hin. Sie starrte die Aufschrift am Heck des Lasters an. *Nationwide Motors Corporation.* Noch lange, nachdem der Lastwagen aus ihrem Gesichtskreis verschwunden war, stand sie da und starrte ihm nach. Dann drehte sie sich um und eilte zurück ins Büro.

»Ist Ken da?« fragte sie Cynthia.

»Ja, in seinem Büro.«

Sie ging zu ihm. »Ken, könntest du die *Nationwide Motors Corporation* überprüfen? Wir brauchen eine Liste aller Unfälle, in die ihre Laster in den letzten fünf Jahren verwickelt waren.«

»Das wird eine Weile dauern.«

»Nimm LEXIS.« LEXIS war der Zentralcomputer des Justizministeriums.

»Willst du mir nicht sagen, worum es geht?«

»Ich bin noch nicht sicher, Ken. Es ist nur eine Ahnung. Ich lasse es dich wissen, wenn etwas dabei herausgekommen ist.«

Sie hatte etwas im Fall Connie Garrett übersehen, dem Fall des Mädchens, das als vierfach Amputierte den Rest ihres Lebens verkrüppelt verbringen mußte. Der Fahrer mochte einen tadellosen Ruf gehabt haben, aber wie stand es mit den *Wagen?* Vielleicht war doch noch jemand verantwortlich zu machen.

Am nächsten Morgen legte Ken Bailey einen Bericht auf ihren Schreibtisch. »Wohinter du auch immer her bist, es sieht so aus, als hättest du ins Schwarze getroffen. Die *Nationwide Motors Corporation* war in den letzten fünf Jahren in fünfzehn Unfälle verwickelt, und einige ihrer Laster mußten aus dem Verkehr gezogen werden.«

Jennifer spürte, wie sie von Aufregung erfaßt wurde. »Was war mit ihnen los?«

»Ein Defekt im Bremssystem, der das Heck des Wagens ausscheren ließ, wenn die Bremsen heftig getreten wurden.«

Es war das Heck des Lasters, das Connie Garrett getroffen hatte.

Jennifer rief eine Konferenz mit Dan Martin, Ted Harris und Ken Bailey ein. »Wir gehen im Fall Connie Garrett vor Gericht«, verkündete sie.

Ted Harris starrte sie durch seine Milchflaschenbrille an. »Warte mal, Jennifer, ich habe das überprüft. Sie hat die Berufung verloren. Sie werden uns *res judicata* um die Ohren schlagen.«

»Was ist *res judicata?*« wollte Ken Bailey wissen.

Jennifer erklärte: »Das ist im Zivilrecht, was zweifache Straffälligkeit im Strafrecht bedeutet. Es heißt, daß irgendwann ein Schlußpunkt beim Prozessieren erreicht sein muß.«

Ted Harris fügte hinzu: »Wenn in einem bestimmten Fall einmal ein endgültiges Urteil gefällt worden ist, kann er nur unter ganz bestimmten Umständen wieder aufgerollt werden. Wir haben keine Gründe für eine Wiederaufnahme.«

»Doch, haben wir. Wir verlangen eine *zwangsweise Aufdeckung.*«

Das Prinzip der zwangsweisen Aufdeckung lautete: *Gegenseitige Kenntnis aller von beiden Parteien gesammelten relevanten Tatsachen ist unerläßlich für einen einwandfreien Prozeß.*

»Der Angeklagte in diesem Sinn ist *Nationwide Motors.* Sie haben vor Connie Garretts Anwalt Informationen geheimgehalten. Das Bremssystem ihrer Laster weist einen Defekt auf, den sie nicht zu Protokoll gegeben haben.«

Sie sah ihre beiden Assistenten an. »Ich glaube, wir sollten so vorgehen...«

Zwei Stunden später saß Jennifer bei Connie Garrett.

»Ich möchte einen neuen Prozeß anstrengen. Ich glaube, wir haben etwas in der Hand.«

»Nein.«

»Nein – was?«

»Nicht noch ein Prozeß.«

»Connie –«

»Sehen Sie mich an, Jennifer. Sehen Sie mich genau an. Ich bin ein Krüppel. Jedesmal wenn ich in den Spiegel schaue, kann ich sehen, wie ich auf andere Menschen wirke.« Connie Garrett schüttelte den Kopf. »Nein. Ich kann das nicht noch einmal durchstehen.«

Beschämt und erschüttert saß Jennifer auf ihrem Stuhl. Wie hatte sie nur so gefühllos sein können? *Irgendwie werde ich für dieses Mädchen einen Sieg erringen,* dachte sie.

»Angenommen, ich versuche, einen Vergleich zu erreichen? Ich kann mir vorstellen, daß sie bereit sind, die Sache ohne Gericht beizulegen, wenn sie sehen, was wir in der Hand haben.«

Die Kanzlei von Maguire und Guthrie, den Anwälten der *Nationwide Motors Corporation,* war an der oberen Fifth Avenue in einem modernen Gebäude aus Glas und Chrom mit einem Springbrunnen davor. Jennifer stellte sich am Empfangstisch vor. Die Empfangsdame bat sie, Platz zu nehmen, und fünfzehn Minuten später wurde Jennifer in das Büro von Patrick Maguire geführt. Maguire war der Seniorpartner, ein harter, mit allen Wassern gewaschener Ire mit Augen, denen nichts entging.

Er bot Jennifer einen Stuhl an. »Ich freue mich, Sie kennenzulernen, Miß Parker. Sie haben einen ziemlichen Ruf in den Gerichtssälen dieser Stadt.«

»Hoffentlich keinen allzu schlechten.«

»Man sagt, Sie seien hart. Sie sehen nicht so aus.«

»Das hoffe ich auch.«

»Kaffee? Oder einen guten irischen Whisky?«

»Kaffee, bitte.«

Patrick Maguire klingelte, und eine Sekretärin brachte auf einem Tablett aus Sterlingsilber zwei Tassen Kaffee herein.

Maguire fragte: »Nun, was kann ich für Sie tun?«

»Es geht um den Connie-Garrett-Fall.«

»Ah, ja. Wenn ich mich recht erinnere, verlor sie den Prozeß und die Berufung.«

*Wenn ich mich recht erinnere!* Jennifer hätte ihr Leben darauf verwettet, daß Patrick Maguire jede Statistik aus diesem Fall auswendig kannte.

»Ich werde mich um einen neuen Prozeß bemühen.«

»Wirklich? Auf welcher Grundlage?« fragte Maguire höflich.

Jennifer öffnete ihren Diplomatenkoffer und nahm das Memorandum heraus, das sie vorbereitet hatte. Sie reichte es Maguire.

»Ich verlange eine Wiederaufnahme wegen unterlassener Information der klagenden Partei.«

Maguire blätterte die Papiere durch, unbeeindruckt. »Oh, ja«, meinte er. »Diese Bremsengeschichte.«

»Sie wußten davon?«

»Natürlich.« Er tippte den Ordner mit einem stämmigen Finger an. »Miß Parker, damit kommen Sie nicht weit. Sie müßten beweisen, daß genau der Lastwagen, der in den Unfall verwickelt war, ein defektes Bremssystem hatte. Er wurde aber inzwischen schon ein dutzendmal überholt, so daß Sie kaum beweisen können, in welcher Verfassung er damals war.« Er schob ihr den Ordner wieder zu. »Sie haben nichts in der Hand.«

Jennifer nahm einen Schluck von ihrem Kaffee. »Ich brauche nur nachzuweisen, was der schlechte Zustand dieser Wagen in den letzten Jahren für Unfälle herbeigeführt hat. Ganz gewöhnliche Sorgfalt hätte Ihrem Mandanten klarmachen müssen, daß sie defekt waren.«

Maguire fragte beiläufig: »Was schlagen Sie vor?«

»Ich habe eine Mandantin von Anfang zwanzig, die in einem Zimmer sitzt, das sie für den Rest ihres Lebens nicht mehr verlassen kann, weil sie weder Arme noch Beine hat. Ich bin auf einen Vergleich aus, der sie wenigstens etwas für die Qual entschädigt, die sie durchleidet.«

Patrick Maguire nahm einen Schluck Kaffee. »Was für eine Vorstellung haben Sie da?«

»Zwei Millionen Dollar.«

Er lächelte. »Das ist eine ganze Menge Geld für jemanden mit leeren Händen.«

»Wenn ich vor Gericht gehe, Mr. Maguire, dann habe ich keine leeren Hände, das verspreche ich Ihnen. Und ich werde eine ganze Menge mehr als das gewinnen. Wenn Sie uns zwingen, zu klagen, dann werden wir fünf Millionen Dollar verlangen.«

Wieder lächelte er. »Sie jagen mir ganz schön Angst ein. Noch etwas Kaffee?«

»Nein, danke.« Jennifer stand auf.

»Warten Sie einen Augenblick. Setzen Sie sich, bitte. Ich habe noch nicht nein gesagt.«

»Sie haben auch nicht ja gesagt.«

»Trinken Sie noch etwas Kaffee. Wir kochen ihn selber.«

Jennifer dachte an Adam und den Kenya-Kaffee.

»Zwei Millionen Dollar sind viel Geld, Miß Parker.«

Jennifer schwieg.

»Ich meine, wenn wir über einen geringeren Betrag sprächen, könnte ich vielleicht...« Er fuchtelte ausdrucksvoll mit den Händen herum.

Jennifer schwieg immer noch.

Schließlich sagte Patrick Maguire: »Sie wollen wirklich zwei Millionen, wie?«

»In Wirklichkeit will ich fünf Millionen, Mr. Maguire.«

»In Ordnung. Ich nehme an, da läßt sich was arrangieren.«

*Das war leicht!*

»Ich muß morgen nach London fliegen, aber ich bin in der nächsten Woche wieder hier.«

»Ich möchte diese Sache abschließen. Ich wüßte es sehr zu schätzen, wenn Sie so bald wie möglich mit Ihrem Mandanten sprechen würden. Ich möchte meiner Klientin gern in der nächsten Woche einen Scheck geben können.«

Patrick Maguire nickte. »Das läßt sich eventuell einrichten.«

Auf dem ganzen Weg zurück ins Büro fühlte Jennifer sich unwohl. Es war zu einfach gewesen.

Am Abend auf dem Nachhauseweg kaufte sie eine Kleinigkeit

in einem Drugstore. Als sie herauskam und über die Straße gehen wollte, bemerkte sie Ken an der Seite eines hübschen blonden Mannes. Sie zögerte, dann trat sie in eine Seitenstraße, um nicht gesehen zu werden. Kens Privatleben war seine Sache.

An dem Tag, an dem sie mit Patrick Maguire verabredet war, erhielt Jennifer einen Anruf von seiner Sekretärin.

»Mr. Maguire bat mich, ihn bei Ihnen zu entschuldigen, Miß Parker. Er ist heute den ganzen Tag in Besprechungen. Aber es würde ihn freuen, sich morgen mit Ihnen zu treffen, wenn es Ihnen paßt.«

»Gut«, sagte Jennifer. »Danke.«

Der Anruf ließ eine Alarmglocke in ihrem Kopf schrillen. Ihr Instinkt hatte sie nicht getrogen. Patrick Maguire hatte etwas vor.

»Keine Anrufe mehr«, ließ Jennifer Cynthia wissen. Dann schloß sie sich in ihrem Raum ein, ging unruhig auf und ab und versuchte herauszufinden, was sie übersehen hatte. Zuerst hatte Patrick Maguire sie glauben machen wollen, sie hätte nichts in der Hand. Dann mußte er gar nicht groß überredet werden und willigte ein, Connie Garrett zwei Millionen Dollar zu bezahlen. Jennifer dachte daran, wie unwohl sie sich in dem Augenblick gefühlt hatte. Seit jenem Zeitpunkt war Patrick Maguire nicht zu erreichen gewesen. Zuerst London – falls er überhaupt dort gewesen war – und dann die Konferenzen, die ihn die ganze Woche daran gehindert hatten, Jennifers Anrufe zu erwidern. Und jetzt eine weitere Verzögerung.

*Aber warum? Der einzige Grund konnte darin liegen, daß...* Jennifer blieb plötzlich stehen, hob den Hörer des Hausapparats ab und rief Dan Martin an. »Könntest du einmal nachsehen, wann genau Connie Garretts Unfall war, Dan? Ich muß wissen, wann das Verjährungsgesetz in Kraft tritt.«

Zwanzig Minuten später betrat Dan Martin Jennifers Büro. Sein Gesicht war weiß.

»Wir haben es verpatzt«, sagte er. »Deine Ahnung war richtig. Heute war der letzte Tag, an dem wir noch etwas hätten unternehmen können.«

Jennifer fühlte sich plötzlich krank. »Bist du sicher?«

»Ja. Es tut mir leid, Jennifer. Einer von uns hätte das vorher überprüfen müssen. Ich – ich habe nicht daran gedacht.«

»Ich auch nicht.« Jennifer wählte eine Nummer. »Patrick Maguire, bitte. Jennifer Parker.«

Sie wartete eine halbe Ewigkeit, dann sagte sie strahlend in den Hörer: »Hallo, Mr. Maguire, wie war's in London?« Sie lauschte. »Nein, ich war noch nie da... ja, wer weiß, irgendwann vielleicht einmal... Der Grund, aus dem ich anrufe«, fuhr sie beiläufig fort, »ist Connie Garrett. Ich habe gerade mit ihr gesprochen. Wie ich schon sagte, will sie nur vor Gericht gehen, wenn sie unbedingt muß. Deshalb dachte ich, wenn wir heute zu einer Übereinkunft...«

Patrick Maguires Lachen schien den Hörer sprengen zu wollen. »Netter Versuch, Miß Parker. Heute tritt das Verjährungsgesetz in Kraft. Niemand wird mehr irgend jemanden verklagen. Wenn Sie sich mit einem Mittagessen irgendwann zufriedengeben, können wir gern ein wenig über den launischen Finger des Schicksals plaudern.«

Jennifer versuchte, ihren Ärger nicht durchklingen zu lassen, als sie sagte: »Das war ein ziemlich mieser Trick, Freundchen.«

»Wir leben in einer ziemlich miesen Welt, Freundchen«, erwiderte Maguire und lachte in sich hinein.

»Es geht nicht darum, wie man spielt – es geht darum, zu gewinnen oder nicht, richtig?«

»Sie sind nicht schlecht, Schätzchen, aber ich bin schon etwas länger im Geschäft als Sie. Sagen Sie Ihrer Mandantin, ich wünsche ihr mehr Glück beim nächsten Mal.«

Und er hängte auf.

Jennifer starrte den Hörer in ihrer Hand an. Sie dachte an Connie Garrett. Jennifers Herz begann zu schlagen, und ein feiner Schweißfilm bildete sich auf ihrer Stirn. Sie nahm ein Aspirin aus der Schublade und blickte auf die Uhr an der Wand. Es war vier. Sie hatten nur bis fünf Uhr Zeit, um ihren Antrag beim Obersten Gerichtshof einzureichen.

»Wie lange würde es dauern, den Antrag zu formulieren?« fragte Jennifer Dan Martin, der mit ihr litt.

Er folgte ihrem Blick. »Mindestens drei Stunden. Wenn nicht vier. Es gibt keine Möglichkeit.«

*Es muß eine geben*, dachte Jennifer.

Sie fragte: »Hat *Nationwide Motors* nicht überall in den Vereinigten Staaten Filialen?«

»Ja.«

»In San Francisco ist es erst ein Uhr. Wir könnten dort gegen sie klagen und später eine Verlegung des Gerichtsstandes beantragen.«

Dan Martin schüttelte den Kopf. »Jennifer, alle Unterlagen sind hier. Selbst wenn wir eine Kanzlei in San Francisco fänden und sie darüber ins Bild setzen könnten, was wir erreichen wollen, damit sie dort neue Unterlagen vorbereiten – selbst dann haben wir keine Chance, die Maschine vor fünf Uhr in Gang zu setzen.«

Aber sie wollte nicht aufgeben. »Wie spät ist es in Hawaii?«

»Elf Uhr morgens.«

Jennifers Kopfschmerzen verschwanden wie durch Zauberei, und sie sprang auf. »Wir kriegen sie! Versuch herauszufinden, ob *Nationwide Motors* dort eine Geschäftsstelle unterhält. Sie müssen doch eine Fabrik, ein Verkaufsbüro oder eine Garage – irgend etwas dort haben. Wenn ja, klagen wir dort gegen sie.«

Dan Martin starrte sie einen Moment lang an, und dann leuchteten seine Augen auf. »Kapiert!« Er war schon auf dem Weg zur Tür.

Jennifer hatte noch immer Patrick Maguires selbstgefälligen Ton im Ohr. *Sagen Sie Ihrer Mandantin, ich wünsche ihr mehr Glück beim nächstenmal.* Es würde kein nächstes Mal für Connie Garrett geben. Es mußte *diesmal* sein.

Dreißig Minuten später summte der Hausapparat auf Jennifers Schreibtisch, und Dan Martin sagte aufgeregt: »*Nationwide Motors* stellt Lenksäulen auf der Insel Oahu her.«

»Wir haben sie! Setz dich mit einer Anwaltskanzlei dort in Verbindung und sorg dafür, daß sie sofort tätig werden.«

»Denkst du an irgendeine bestimmte Firma?«

»Nein. Kümmere dich nur darum, daß sie dem örtlichen Anwalt von *Nationwide* die Klage rechtzeitig zustellen. Sie sollen uns sofort anrufen, wenn sie alles erledigt haben. Ich warte hier im Büro.

»Kann ich sonst noch etwas tun?«

»Beten!«

Der Anruf aus Hawaii kam um zehn Uhr am selben Abend. Jennifer riß den Hörer hoch, und eine sanfte Stimme sagte: »Ich möchte gern Miß Jennifer Parker sprechen.«

»Am Apparat.«

»Hier ist Miß Sung von der Kanzlei Gregg und Hoy in Oahu. Wir möchten Ihnen mitteilen, daß wir vor fünfzehn Minuten dem Anwalt der *Nationwide Motors Corporation* Ihre Klage zugestellt haben, wie Sie gewünscht hatten.«

Jennifer atmete langsam aus. »Danke. Ich danke Ihnen von Herzen.«

Cynthia schickte Joey La Guardia herein. Jennifer hatte den Mann noch nie in ihrem Leben gesehen. Er hatte angerufen und sie gebeten, ihn in einem Fall von Körperverletzung zu vertreten. Er war klein, kräftig gebaut und trug einen teuren Anzug, der aussah, als wäre er mit aller Sorgfalt für jemand anderen geschneidert worden. Auf seinem linken Finger steckte ein riesiger Diamantring.

La Guardia lächelte, zeigte gelbe Zähne und sagte: »Ich brauche Hilfe. Jeder kann mal einen Fehler machen, richtig, Miß Parker? Die Bullen haben mich aufgegabelt, weil ich ein paar Jungs die Hucke versohlt habe, aber ich dachte, die Kerle wären hinter mir her gewesen, verstehen Sie? Die Straße war dunkel, und als ich sie so auf mich zukommen sah – nun, da unten geht's manchmal ein bißchen rauh zu. Ich hab's ihnen gegeben, bevor sie den Spieß umdrehen konnten.«

Irgend etwas an seinem Benehmen fand Jennifer abstoßend und falsch. Er bemühte sich zu sehr, gewinnend zu wirken. Er zog eine große Geldrolle heraus.

»Hier. Einen Tausender jetzt gleich und den anderen, wenn wir vor Gericht gehen. Okay?«

»Mein Terminkalender ist voll für die nächsten Monate. Ich werde Ihnen gern einen anderen Anwalt empfehlen.«

Seine Stimme wurde eindringlich. »Nein. Ich will keinen anderen. Sie sind die Beste.«

»Bei einem simplen Körperverletzungsfall brauchen Sie nicht den Besten.«

»Hören Sie«, sagte er, »ich leg' noch 'was drauf!« Seine Stimme klang fast verzweifelt. »Zwei Tausender jetzt und...«

Jennifer drückte auf den Knopf unter ihrem Tisch, und Cynthia trat ein. »Mr. La Guardia möchte gehen, Cynthia.«

Joey La Guardia starrte Jennifer sekundenlang an, dann schnappte er nach seinem Geld und stieß es in die Tasche zurück. Wortlos verließ er das Büro. Jennifer drückte den Knopf der Sprechanlage.

»Ken, würdest du bitte für eine Minute herkommen?«

Ken brauchte weniger als eine halbe Stunde, um einen vollständigen Bericht über Joey La Guardia zusammenzustellen.

»Sein Vorstrafenregister ist eine Meile lang«, erzählte er Jennifer. »Seit seinem sechzehnten Lebensjahr war er Stammgast im Knast. Er ist auf Bewährung entlassen worden. Letzte Woche wurde er wegen Körperverletzung und Mißhandlung festgenommen. Er hat zwei alte Männer zusammengeschlagen, die der Organisation Geld schuldeten.«

Plötzlich fügte sich das Puzzle zusammen. »Joey La Guardia arbeitet für die Organisation?«

»Er ist einer von Michael Morettis Schlägern.«

Kalte Wut stieg in Jennifer auf. »Kannst du mir die Telefonnummer von Michael Moretti besorgen?«

Fünf Minuten später sprach sie mit Moretti.

»Das ist aber ein unerwartetes Vergnügen, Miß Parker. Ich...«

»Mr. Moretti, ich lasse mich nicht kaufen.«

»Worüber sprechen Sie?«

»Hören Sie zu. Hören Sie gut zu. Ich bin nicht käuflich. Weder jetzt, noch irgendwann. Ich werde weder Sie, noch irgend jemanden, der für Sie arbeitet, vertreten. Alles, was ich von Ihnen will, ist, in Ruhe gelassen zu werden. Haben Sie mich verstanden?«

»Darf ich Ihnen eine Frage stellen?«

»Raus damit.«

»Wollen Sie mit mir zu Mittag essen?«

Jennifer hängte auf.

Cynthias Stimme drang aus dem Lautsprecher der Sprechanlage. »Ein Mr. Patrick Maguire möchte Sie sprechen, Miß Parker. Er hat keinen Termin, aber er sagte...«

Jennifer lächelte vor sich hin. »Lassen Sie ihn warten.«

Sie erinnerte sich an ihr Telefongespräch. *Es geht nicht darum, wie man spielt – es geht darum, zu gewinnen oder nicht, richtig? Sie sind nicht schlecht, Schätzchen, aber ich bin schon etwas länger im Geschäft als Sie. Sagen Sie Ihrer Mandantin, ich wünsche ihr mehr Glück beim nächstenmal.*

Jennifer ließ Patrick Maguire eine Dreiviertelstunde warten, ehe sie Cynthia klingelte.

»Schicken Sie Mr. Maguire herein, bitte.«

Patrick Maguires herzliche Art war verschwunden. Er war ausgetrickst worden und scheute sich nicht, das zuzugeben.

Er ging auf Jennifers Tisch zu und blaffte: »Sie machen mir eine Menge Ärger, Freundchen.«

»Tue ich das, Freundchen?«

Er setzte sich hin, ohne daß sie ihn dazu aufgefordert hätte. »Hören wir mit der Spiegelfechterei auf. Ich habe einen Anruf vom Generalanwalt der *Nationwide Motors* bekommen. Sie sind bereit, die Sache beizulegen.« Er griff in seine Tasche, holte einen Umschlag hervor und reichte ihn Jennifer. Sie öffnete ihn. Der Umschlag enthielt einen Scheck, ausgestellt auf Connie Garrett. Er lautete auf einhunderttausend Dollar.

Jennifer schob den Scheck wieder in den Umschlag und gab ihn Patrick Maguire zurück.

»Das ist nicht genug. Wir klagen auf fünf Millionen Dollar.«

Maguire grinste. »Nein, das tun Sie nicht. Weil sich Ihre Mandantin nämlich nicht in den Gerichtssaal traut. Ich habe sie gerade besucht. Sie haben keine Aussicht, sie zu einem Auftritt vor Gericht zu bewegen. Und ohne sie haben Sie keine Chance.«

Jennifer sagte verärgert: »Sie hatten kein Recht, mit Connie Garrett zu sprechen, ohne daß ich dabei war.«

»Ich habe uns allen damit nur einen Gefallen getan. Nehmen Sie das Geld und rennen Sie, Freundchen.«

Jennifer stand auf. »Machen Sie, daß Sie rauskommen. Bei Ihrem Anblick dreht sich mir der Magen um.«

Patrick Maguire erhob sich. »Ich wußte gar nicht, daß irgend etwas Ihren Magen dazu bringen kann, sich umzudrehen.«

Und er verließ den Raum mitsamt dem Scheck.

Während sie ihm nachsah, fragte Jennifer sich, ob sie nicht vielleicht einen schrecklichen Fehler begangen hatte. Sie dachte daran, was hunderttausend Dollar für Connie Garrett bedeuten konnten. Aber es war nicht genug. Nicht für das, was das Mädchen jeden Tag durchmachen mußte – für den Rest ihres Lebens.

Jennifer wußte, daß Patrick Maguire in einer Sache recht gehabt hatte. Ohne Connie Garrett im Gerichtssaal bestand keine Chance, daß die Geschworenen ihr fünf Millionen Dollar zusprechen würden. Worte würden sie niemals von der Hölle überzeugen, in der Connie Garrett lebte. Jennifer brauchte die Wirkung von Connies Gegenwart im Verhandlungssaal, wo die Geschworenen sie Tag für Tag ansehen mußten. Aber Connie würde sich nicht mit Geld und guten Worten dazu bringen lassen, vor Gericht zu erscheinen. Sie mußte eine andere Lösung finden.

Adam rief an.

»Es tut mir leid, daß ich mich nicht früher gemeldet habe«, entschuldigte er sich. »Ich hatte eine Besprechung nach der anderen wegen des Wahlkampfs und...«

»Schon gut, Liebling. Ich verstehe es.« *Ich muß es verstehen,* dachte sie.

»Du fehlst mir so sehr.«

»Du fehlst mir auch, Adam.« *Du wirst nie wissen, wie sehr du mir fehlst.*

»Ich möchte dich sehen.«

Jennifer wollte fragen, *wann?*, aber sie wartete.

Adam fuhr fort. »Ich muß nach Albany heute nachmittag. Ich rufe dich an, wenn ich zurück bin.«

»Gut.« Sie konnte nichts anderes sagen. Sie konnte nichts tun.

Um vier Uhr morgens erwachte Jennifer aus einem Alptraum und wußte, wie sie die fünf Millionen Dollar für Connie Garrett gewinnen würde.

## 18

»Wir haben eine Reihe von Abendessen überall im Staat geplant, die uns einige Spenden einbringen werden. Wir gehen nur in die größeren Städte. Die kleinen Nester erreichen wir über die nationalen Fernsehshows. Wir erwarten ungefähr – Adam, hörst du zu?«

Adam wandte sich Stewart Needham und den anderen drei Männern im Konferenzraum zu – die besten Medienexperten, hatte Needham ihm versichert – und sagte: »Ja, natürlich, Stewart.«

In Wirklichkeit hatte er an etwas ganz anderes gedacht. Jennifer. Er wollte sie hier an seiner Seite haben, sie sollte an der Erregung der Kandidatur teilhaben, an diesem Moment, an seinem Leben.

Verschiedene Male hatte Adam versucht, seine Situation mit Stewart Needham zu besprechen, aber immer war es seinem Partner gelungen, das Thema zu wechseln.

Adam saß da und dachte über Jennifer und Mary Beth nach. Er wußte, daß es unfair war, sie zu vergleichen, aber es ließ sich unmöglich vermeiden.

*Jennifer ist eine ständige Anregung. Sie interessiert sich für alles und bereichert mein Leben. Mary Beth lebt in ihrer eigenen kleinen Welt...*

*Jennifer und ich haben tausend Dinge gemeinsam. Mary Beth und ich haben nichts gemeinsam außer unserer Ehe...*

*Ich liebe Jennifers Sinn für Humor. Sie kann über sich selber lachen. Mary Beth nimmt alles ernst...*

*Bei Jennifer fühle ich mich jung. Mary Beth wirkt älter, als sie ist...*

*Jennifer steht auf eigenen Füßen. Mary Beth läßt mich alle ihre Entscheidungen treffen...*

*Fünf große Unterschiede zwischen der Frau, die ich liebe, und der, mit der ich verheiratet bin.*

*Fünf Gründe, warum ich Mary Beth niemals verlassen kann.*

## 19

An einem Mittwochmorgen im frühen September begann der Prozeß *Connie Garrett gegen Nationwide Motors Corporation.*

Normalerweise wäre er den Zeitungen nur eine halbe Spalte, maximal zwei, wert gewesen, aber weil Jennifer Parker die Klägerin vertrat, waren die Medien ohne Ausnahme vollzählig versammelt.

Patrick Maguire saß am Tisch der Verteidigung, umgeben von einer Schar Assistenten in konservativen grauen Anzügen.

Zuerst wurden die Geschworenen ausgewählt. Maguire war nachlässig bis zur Gleichgültigkeit, denn er wußte, daß Connie Garrett nicht im Gericht erscheinen würde. Der Anblick einer schönen, jungen, vierfach amputierten Frau wäre ein machtvoller emotionaler Hebel gewesen, mit dem man eine beträchtliche Geldsumme aus der Jury hätte herauspressen können – aber die Frau würde nicht da sein, also auch kein Hebel.

*Dieses Mal,* dachte Maguire, *hat Jennifer Parker sich selber hereingelegt.*

Die Geschworenen waren ernannt, und der Prozeß nahm seinen Verlauf. Patrick Maguire hielt sein Eröffnungsplädoyer, und Jennifer mußte zugeben, daß er sehr gut war. Er hielt sich lange bei der hoffnungslosen Lage der armen, jungen Connie Garrett auf, sagte all die Dinge, die Jennifer hatte sagen wollen und stahl ihr damit den ganzen emotionalen Zündstoff. Er sprach von dem Unfall und strapazierte die Tatsache, daß Connie ausgerutscht war und den Fahrer keine Schuld traf, über Gebühr.

»Die Klägerin fordert von Ihnen, meine Damen und Herren, ihr fünf Millionen Dollar zuzusprechen.« Maguire schüttelte ungläubig den Kopf. »*Fünf Millionen Dollar!* Haben Sie je soviel Geld gesehen? Ich nicht. Meine Kanzlei berät einige sehr wohlhabende Mandanten, aber ich muß Ihnen sagen, daß ich in all den Jahren, die ich jetzt schon als Anwalt tätig bin, nicht einmal eine Million Dollar gesehen habe – oder auch nur eine halbe.«

Er konnte an den Gesichtern der Geschworenen erkennen, daß es ihnen genauso ging.

»Die Verteidigung wird Zeugen präsentieren, die Ihnen erzählen werden, wie der Unfall passiert ist. Es war ein Unfall. Bevor dieser Prozeß abgeschlossen ist, werden wir Ihnen beweisen, daß *Nationwide Motors* keine Schuld in dieser Sache trifft. Sie werden bemerkt haben, daß die Person, die die Klage eingereicht hat – Connie Garrett –, heute nicht hier ist. Ihre Anwältin hat Richter Silverman darüber informiert, daß sie überhaupt nicht auftreten wird. Connie Garrett ist heute nicht hier, wohin sie gehört, aber ich kann Ihnen sagen, wo sie ist. In diesem Augenblick, in dem ich zu Ihnen spreche, sitzt Connie Garrett zu Hause und zählt das Geld, von dem sie glaubt, daß Sie es ihr schenken werden. Sie wartet darauf, daß ihr Telefon klingelt und ihre Anwältin ihr mitteilt, wie viele Millionen Dollar sie Ihnen abgeknöpft hat.

Sie und ich wissen, daß es bei jedem Unfall, in den eine große Firma – egal, wie indirekt – verwickelt ist, Menschen gibt, die sich sofort sagen: ›Warum nicht, diese Firma ist reich, sie kann es sich leisten. Holen wir soviel wie möglich heraus.‹«

Maguire legte eine Pause ein.

»Connie Garrett ist nicht in diesem Saal, weil sie Ihnen nicht in die Augen sehen kann. Sie weiß, daß das, was sie vorhat, unmoralisch ist. Nun, wir werden sie mit leeren Händen fortschicken – als Lektion für andere Leute, die versucht sein könnten, dasselbe zu versuchen. Ein Mensch muß bereit sein, die Verantwortung für sein Schicksal zu übernehmen. Wenn man auf der Straße auf Eis ausrutscht, kann man nicht ›die Bonzen‹ dafür verantwortlich machen. Und man sollte nicht versuchen, fünf Millionen Dollar von ihnen zu erschwindeln. Ich danke Ihnen.«

Er verbeugte sich vor Jennifer und ließ sich dann wieder am Tisch der Verteidigung nieder.

Jennifer stand auf und näherte sich der Jury. Sie studierte die Gesichter der Geschworenen und versuchte, den Eindruck, den Patrick Maguire hinterlassen hatte, abzuschätzen.

»Mein geschätzter Kollege hat Ihnen gesagt, daß Connie Garrett während der Verhandlung nicht bei uns im Gerichtssaal sein wird. Das trifft zu.« Jennifer deutete auf einen leeren Stuhl am Klägertisch. »Dort würde Connie Garrett sitzen, wenn sie hier wäre. Nicht in diesem Stuhl, sondern in einem speziell angefertigten Rollstuhl. Der Stuhl, in dem sie lebt. Connie Garrett wird nicht im Gerichtssaal auftauchen, aber bevor der Prozeß zu Ende ist, werden Sie Gelegenheit erhalten, sie kennenzulernen, so wie ich sie kennengelernt habe.«

Ein verwirrter Ausdruck trat auf Patrick Maguires Gesicht. Er beugte sich zu einem seiner Assistenten herab und flüsterte ihm etwas ins Ohr.

Jennifer fuhr fort: »Ich habe Mr. Maguire so beredt argumentieren gehört, und ich möchte Ihnen mitteilen, daß ich gerührt war. Mein Herz blutete angesichts dieser Multi-Milliarden-Dollar-Gesellschaft, die so gnadenlos von einer vierundzwanzigjährigen Frau ohne Arme und Beine attackiert wird. Dieser Frau, die in eben diesem Augenblick zu Hause sitzt und gierig auf den Anruf wartet, der ihr mitteilt, daß sie reich ist.«

Jennifers Stimme wurde leiser. »Was wird sie mit diesem Reichtum anfangen? Ausgehen und Diamanten für die Hände kaufen, die sie nicht hat? Tanzschuhe für die Füße, die sie nicht hat? Wunderschöne Kleider kaufen, die sie niemals tragen kann? Einen Rolls Royce, der sie auf Parties bringt, zu denen sie nicht eingeladen wird? Stellen Sie sich nur vor, wieviel Spaß sie mit diesem Geld haben wird!«

Jennifer sprach sehr leise und aufrichtig, während ihre Augen über die Gesichter der Geschworenen glitten. »Mr. Maguire hat niemals fünf Millionen Dollar auf einem Haufen gesehen. Ich auch nicht. Aber eins kann ich Ihnen sagen: Wenn ich einem von Ihnen hier und jetzt fünf Millionen Dollar in bar anbieten würde, und als Gegenleistung wollte ich dafür nicht mehr verlangen, als Ihnen beide Arme und beide Beine abschneiden zu dürfen – ich glaube nicht, daß fünf Millionen Dollar dann noch wie so viel Geld erscheinen würden...

Das Gesetz in diesem Fall ist klar und eindeutig«, erklärte Jennifer. »In einem früheren Prozeß, den die Klägerin verloren hat, verschwiegen die Angeklagten vor Kläger und Gericht einen Defekt im Bremssystem ihrer Lastwagen, obwohl sie darüber informiert waren. Damit handelten sie rechtswidrig. Das ist die Grundlage für diesen neuen Prozeß. Nach einer kürzlich veröffentlichten Studie der Regierung gehen die meisten Lastwagenunfälle auf Räder und Reifen, Bremsen und defekte Steuersysteme zurück. Betrachten Sie sich diese Zahlen für einen Augenblick...«

Patrick Maguire taxierte die Geschworenen. Jennifer bombardierte sie mit Statistiken, und Maguire konnte sehen, daß sie gelangweilt waren. Der Prozeß wurde zu technisch. Er ging nicht länger um ein verkrüppeltes Mädchen, sondern um Lastwagen, Bremszeiten und defekte Bremstrommeln. Die Geschworenen verloren das Interesse.

Maguire blickte zu Jennifer hinüber und dachte: *Sie ist nicht so clever, wie man behauptet.* Er wußte, daß er an ihrer Stelle die Statistiken vergessen, die mechanischen Probleme ignoriert und statt dessen mit den Emotionen der Geschworenen gespielt hätte. Jennifer Parker tat genau das Gegenteil.

Patrick Maguire lehnte sich zurück und entspannte sich.

Jennifer näherte sich dem Richtertisch. »Euer Ehren, mit Erlaubnis des Grichts möchte ich gern ein Beweisstück ins Protokoll aufnehmen lassen.«

»Was für ein Beweisstück?« fragte Richter Silverman.

»Zu Anfang dieses Prozesses habe ich der Jury versprochen, daß sie Connie Garrett kennenlernen würde. Da sie nicht persönlich hier sein kann, würde ich den Geschworenen gern einige Bilder von ihr zeigen.«

Richter Silverman sagte: »Dagegen sehe ich keine Einwände.« Er wandte sich an Patrick Maguire. »Hat der Verteidiger irgendwelche Einwände?«

Patrick Maguire stand auf. Er bewegte sich langsam, aber sein Gehirn lief auf Hochtouren. »Was für Bilder?«

Jennifer erwiderte: »Einige Bilder, die in Connie Garretts Wohnung aufgenommen worden sind.«

Patrick Maguire hätte es lieber gesehen, wenn keine Bilder gezeigt worden wären; aber auf der anderen Seite wirkten Fotografien von einem verkrüppelten Mädchen in einem Rollstuhl wesentlich weniger dramatisch, als es ein persönlicher Auftritt des Mädchens getan hätte. Und es galt noch einen weiteren Faktor zu berücksichtigen: Wenn er Einspruch erhob, würde ihn das in den Augen der Jury unsympathisch wirken lassen.

Großzügig sagte er: »Wenn Sie unbedingt wollen, zeigen Sie die Bilder.«

»Danke.«

Jennifer wandte sich an Dan Martin und nickte. Zwei Männer im Hintergrund bewegten sich mit einer tragbaren Leinwand und einem Filmprojektor nach vorn und stellten sie auf.

Überrascht sprang Patrick Maguire auf: »Warten Sie mal! Was soll das?«

Unschuldig antwortete Jennifer: »Wir zeigen nur die Bilder, zu denen Sie eben Ihre Zustimmung gegeben haben.«

Patrick Maguire rauchte vor Wut, aber er schwieg. Jennifer hatte nichts von *bewegten* Bildern gesagt. Aber jetzt war es zu spät, Einspruch zu erheben. Er nickte knapp und setzte sich wieder hin.

Jennifer hatte die Leinwand so aufstellen lassen, daß Richter und Geschworene gut sehen konnten.

»Könnten wir den Raum verdunkeln, Euer Ehren?«

Der Richter gab dem Gerichtsdiener ein Zeichen, und das Licht wurde ausgeschaltet. Jennifer ging zu dem 16-mm-Projektor und stellte ihn an.

Die nächsten dreißig Minuten hielt jeder im Gerichtssaal den Atem an. Jennifer hatte einen professionellen Kameramann und einen jungen Werbefilmregisseur engagiert. Sie hatten einen Tag im Leben von Connie Garrett gefilmt, und es war ein Film wie ein Faustschlag geworden. Nichts blieb der Einbildung überlassen. Der Film zeigte die schöne, junge Amputierte, wie sie morgens aus dem Bett gehoben und auf die Toilette getragen wurde, wie sie, einem kleinen, hilflosen Baby gleich, gesäubert, gebadet, gefüttert und angezogen werden mußte. Jennifer hatte den Film wieder und immer wieder gesehen, und jetzt, als sie ihn erneut erlebte, fühlte sie denselben Klumpen im Hals, wie beim erstenmal, ihre Augen füllten sich mit Tränen, und sie wußte, daß der Film auf den Richter, die Jury und die Zuschauer im Gerichtssaal genauso wirken mußte.

Als der Film zu Ende war, wandte sich Jennifer an Richter Silverman. »Die Klagevertretung hat die Beweisaufnahme abgeschlossen.«

Die Jury war bereits über zehn Stunden draußen, und mit jeder verstreichenden Stunde sank Jennifers Mut. Sie hatte ein sofortiges Urteil erwartet. Wenn die Geschworenen von dem Film so berührt gewesen wären wie sie, hätte die Urteilsfindung nicht länger als eine oder zwei Stunden dauern können.

Als die Jury den Raum verlassen hatte, war Patrick Maguire außer sich vor Wut gewesen, sicher, daß er den Fall verloren und Jennifer Parker unterschätzt hatte. Aber als die Stunden vergingen und die Jury nicht zurückkehrte, stiegen seine Hoffnungen wieder. Für eine von Emotionen geprägte Entscheidung hätten die Geschworenen nicht so lange gebraucht. »Wir werden mit einem blauen Auge davonkommen. Je länger sie da draußen herumstreiten, desto mehr wird die Erinnerung an den Film verblassen«, sagte er zu einem seiner Assistenten.

Einige Minuten vor Mitternacht sandte der Vorsitzende der Jury Richter Silverman eine Notiz, in der er um eine Rechtsbelehrung bat. Der Richter studierte die Bitte, dann blickte er auf.

»Würden die beiden Anwälte bitte an den Richtertisch treten.«

Als Jennifer und Patrick Maguire vor ihm standen, sagte der Richter: »Ich möchte Sie über eine Nachricht in Kenntnis setzen, die ich gerade vom Vorsitzenden der Jury erhalten habe. Die Geschworenen fragen, ob sie vom Gesetz her die Erlaubnis haben, Connie Garrett mehr als die fünf Millionen Dollar zuzusprechen, auf die ihre Anwältin geklagt hat.«

Jennifer fühlte sich schwindlig. Ihr Herz schien zu schweben. Sie blickte Patrick Maguire an. Sein Gesicht war leichenblaß.

»Ich teile der Jury mit«, sagte Richter Silverman, »daß es ihrem Ermessen überlassen bleibt, welche Summe sie für gerechtfertigt hält.«

Dreißig Minuten später kehrten die Geschworenen in den Gerichtssaal zurück. Der Vorsitzende gab bekannt, daß ihr Urteil zugunsten der Klägerin ausgefallen war. Die Höhe des Connie Garrett zugesprochenen Schadenersatzes belief sich auf sechs Millionen Dollar.

Es war die höchste Schadenersatzsumme in der Geschichte des Staates New York.

## 20

Als Jennifer am nächsten Morgen ihr Büro betrat, fand sie ein Arsenal von Zeitungen auf ihrem Schreibtisch ausgebreitet. Sie war auf jeder Titelseite. Vier Dutzend wunderschöne Rosen standen in einer Vase daneben. Jennifer lächelte. Adam hatte die Zeit gefunden, ihr Blumen zu schicken.

Sie blickte auf das Kärtchen: *Herzliche Glückwünsche. Michael Moretti.*

Die Sprechanlage summte, und Cynthia sagte: »Mr. Adams ist in der Leitung.«

Jennifer griff hastig nach dem Hörer. Sie bemühte sich, ruhig zu klingen. »Hallo, Liebling.«

»Du hast es schon wieder geschafft.«

»Ich hatte Glück.«

»Deine Mandantin hatte Glück. Glück, eine Anwältin wie dich zu haben. Du mußt dich jetzt doch wunderbar fühlen.«

*Einen Prozeß zu gewinnen, gab ihr ein gutes Gefühl. Aber wunderbar fühlte sie sich nur, wenn sie bei Adam war.* »Ja.«

»Ich muß dir etwas Wichtiges sagen«, meinte Adam. »Kannst du dich am Nachmittag auf einen Drink mit mir treffen?«

Jennifers Herz wurde schwer. Es konnte nur eins sein, das Adam ihr zu sagen hatte: Er würde sie in Zukunft nicht mehr sehen können.

»Ja. Ja, natürlich.«

»Bei Mario? Um sechs?«

»Gut.«

Sie gab Cynthia die Rosen.

Adam wartete an einem Tisch ganz hinten im Raum. *Damit er keinen Ärger bekommt, wenn ich hysterisch werde,* dachte Jennifer. Nun, sie war fest entschlossen, nicht zu weinen. Nicht vor Adam.

Sie konnte an seinem hageren, abgespannten Gesicht erkennen, was er durchgemacht hatte, und sie wollte es ihm so leicht wie möglich machen. Jennifer setzte sich hin, und Adam ergriff ihre Hand.

»Mary Beth hat in die Scheidung eingewilligt«, sagte Adam, und Jennifer starrte ihn sprachlos an.

Mary Beth hatte das Gespräch darauf gebracht, nicht er. Sie waren auf dem Rückweg von einem Wahlessen, bei dem Adam als Hauptredner aufgetreten war. Der Abend war ungeheuer erfolgreich verlaufen. Mary Beth blieb auf der ganzen Fahrt schweigsam, wie von einer seltsamen Spannung erfaßt.

Adam sagte: »Ich glaube, der Abend hat ganz gut geklappt, nicht wahr?«

»Ja, Adam.«

Davon abgesehen fielen keine Worte mehr, bis sie das Haus erreicht hatten.

»Möchtest du noch einen Schlummertrunk?« fragte Adam.

»Nein, danke. Ich denke, wir sollten uns einmal unterhalten.«

»Oh? Worüber?«

Sie sah ihn an und sagte: »Über dich und Jennifer Parker.«

Die Worte wirkten wie ein Faustschlag. Adam zögerte einen Moment. Sollte er alles leugnen oder...?

»Ich weiß seit einiger Zeit Bescheid. Ich habe nichts gesagt, weil ich mir darüber klarwerden mußte, wie es weitergehen soll.«

»Mary Beth, ich...«

»Bitte, laß mich ausreden. Ich weiß, daß unsere Beziehung nicht ganz so verlaufen ist, wie wir es erhofft hatten. Vielleicht war ich keine so gute Ehefrau, wie ich hätte sein sollen.«

»Dich trifft keine Schuld, glaub mir. Ich...«

»Bitte, Adam. Das alles ist nicht gerade einfach für mich. Ich habe eine Entscheidung getroffen. Ich werde dir nicht im Weg stehen.«

Er sah sie ungläubig an. »Ich verstehe nicht...«

»Ich liebe dich zu sehr, um dir weh zu tun. Du hast eine glänzende politische Zukunft vor dir. Ich möchte nicht, daß irgend etwas dir das verdirbt. Offensichtlich mache ich dich nicht vollständig glücklich. Wenn Jennifer Parker es kann, dann sollst du sie haben.«

Das ganze Gespräch erschien ihm so unwirklich, als fände es unter Wasser statt. »Und was wird aus dir?«

Mary Beth lächelte. »Mir wird es gut gehen, Adam. Mach dir keine Sorgen um mich. Ich habe meine eigenen Pläne.«

»Ich – ich weiß nicht, was ich sagen soll.«

»Du brauchst nichts zu sagen. Ich habe alles gesagt, für uns beide. Wenn ich mich an dich klammern und dich unglücklich machen würde, wäre das für uns beide keine Hilfe, nicht? Ich bin sicher, Jennifer ist wunderbar, sonst würdest du nicht so für sie empfinden.« Mary Beth ging zu ihm und nahm ihn in die Arme. »Sieh nicht so betroffen aus, Adam. Es ist am besten so, für alle Beteiligten.«

»Du bist wundervoll.«

»Danke.« Zart fuhr sie mit den Fingerspitzen über sein Gesicht. »Mein Liebster. Ich werde immer deine beste Freundin sein. Immer.« Dann trat sie näher heran und legte ihren Kopf an seine Schulter. Er konnte ihre leise Stimme kaum verstehen. »Es ist so lange her, seit du mich zum letztenmal in den Armen gehalten hast, Adam. Du brauchst mir nicht zu sagen, daß du mich liebst, aber könntest du – wenn du willst –, könntest du mich noch einmal in den Armen halten und mit mir schlafen? Ein einziges Mal noch, du und ich?«

An all das dachte Adam jetzt, als er zu Jennifer sagte: »Die Scheidung war Mary Beths Idee.«

Er sprach weiter, aber Jennifer vernahm die Worte nicht mehr; alles, was sie hörte, war Musik. Sie fühlte sich, als triebe sie auf dem Rücken auf dem Meer. Sie hatte sich dagegen gewappnet, daß Adam ihr mitteilte, er könne sie nicht mehr sehen – und jetzt das! Es war zu viel, um alles gleich zu verarbeiten. Sie wußte, wie schmerzlich die Szene mit Mary Beth für Adam gewesen sein mußte, und sie hatte ihn nie mehr geliebt als in diesem Moment. Sie fühlte sich, als wäre eine schwere Last von ihrer Schulter genommen, als könnte sie wieder atmen.

Adam sagte: »Mary Beth hat sich wundervoll verhalten. Sie ist eine unglaubliche Frau. Sie freut sich wirklich für uns beide.«

»Das ist schwer zu glauben.«

»Du verstehst das nicht. Wir haben schon seit einiger Zeit mehr wie... wie Bruder und Schwester gelebt. Ich habe nie mit dir darüber gesprochen, aber...« Er zögerte einen Augenblick und sagte dann bedächtig, »Mary Beth hat kein... kein sehr starkes Triebleben.«

»Ich verstehe.«

»Sie möchte dich gern kennenlernen.«

Der Gedanke beunruhigte Jennifer. »Ich glaube nicht, daß ich das könnte, Adam. Ich würde mich unwohl fühlen.«

»Vertrau mir.«

»Wenn – wenn du willst, natürlich, Adam.«

»Schön, Liebling. Wir werden zum Tee kommen. Ich fahre dich hinaus.«

Jennifer dachte einen Moment nach. »Wäre es nicht besser, wenn ich allein ginge?«

Am nächsten Morgen fuhr Jennifer den Saw Mill River Parkway hinauf. Es war ein klarer, trockener Morgen, ein schöner Tag für eine Autofahrt. Jennifer stellte das Autoradio an und versuchte, ihre Nervosität zu überspielen.

Das Haus der Warners war ein großartig erhaltenes Gebäude holländischen Ursprungs, das sich inmitten grüner Hügelwellen erhob und den Fluß überblickte. Jennifer lenkte den Wagen die Auffahrt hinauf zu dem imponierenden Vordereingang. Sie klingelte, und einen Moment später wurde die Tür von einer attraktiven Frau Mitte Dreißig geöffnet. Jennifer hatte alles andere erwartet als diese schüchterne, aus dem Süden stammende Frau, die ihre Hand ergriff, sie freundlich anlächelte und sagte: »Ich bin Mary Beth. Adam ist Ihnen nicht gerecht geworden. Bitte, treten Sie ein.«

Adams Frau trug einen beigen Wollrock und eine Seidenbluse,

die gerade so weit geöffnet war, daß die Ansätze reifer, aber immer noch schöner Brüste zu sehen waren. Ihr beigeblondes Haar war lang und um das Gesicht herum leicht gelockt. Es bildete einen umwerfenden Kontrast zu ihren blauen Augen. Die Perlen um ihren Hals konnten schwerlich für Zuchtprodukte gehalten werden. Eine Aura jahrhundertealter Würde umgab Mary Beth Warner.

Das Innere des Hauses war phantastisch. Weite, luftige Räume beherbergten kostbare Antiquitäten und wertvolle Gemälde.

Ein Butler servierte Tee im Salon. Als er den Raum verlassen hatte, sagte Mary Beth: »Ich bin sicher, daß Sie Adam sehr lieben.«

Jennifer sagte ungeschickt: »Ich versichere Ihnen, Mrs. Warner, daß keiner von uns...«

Mary Beth Warner legte eine Hand auf Jennifers Arm. »Das müssen Sie mir nicht sagen. Ich weiß nicht, ob Adam es Ihnen gegenüber erwähnt hat, aber unsere Ehe hat eigentlich nur noch aus Höflichkeit bestanden. Adam und ich kennen uns, seit wir Kinder waren. Ich glaube, ich habe mich in Adam verliebt, als ich ihn zum erstenmal gesehen habe. Wir gingen zu denselben Parties, und ich nehme an, es war unvermeidlich, daß wir eines Tages geheiratet haben. Verstehen Sie mich nicht falsch. Ich bewundere Adam immer noch, und ich bin sicher, er mich auch. Aber Menschen verändern sich, nicht wahr?«

»Ja.«

Jennifer sah Mary Beth an, und sie fühlte eine tiefe Dankbarkeit. Was eine häßliche und schmutzige Szene hätte werden können, war ein freundliches, wunderbares Zusammensein geworden. Adam hatte recht. Mary Beth war eine unglaubliche Frau.

»Ich bin Ihnen sehr dankbar«, sagte Jennifer.

»Und ich bin Ihnen dankbar«, vertraute Mary Beth ihr an. Sie lächelte schüchtern und sagte: »Wissen Sie, ich bin auch sehr verliebt. Ich hatte an eine sofortige Scheidung gedacht, aber in Adams Interesse warten wir am besten bis nach den Wahlen.«

Jennifer war mit ihren Gefühlen so beschäftigt gewesen, daß sie die Wahlen ganz vergessen hatte.

Mary Beth fuhr fort: »Alle Welt scheint sicher zu sein, daß Adam unser nächster Senator sein wird, und eine Scheidung zum gegenwärtigen Zeitpunkt würde seine Chancen sehr beeinträchtigen. Es dauert nur noch sechs Monate, also habe ich beschlossen, daß es besser für ihn wäre, wenn ich es bis dahin hinauszögere.« Sie sah Jennifer an. »Aber entschuldigen Sie – ist Ihnen das auch recht?«

»Selbstverständlich«, sagte Jennifer.

Sie würde ihre Gedankenwelt völlig umstellen müssen. Ihre Zukunft würde nun mit der Adams verbunden sein. Wenn er Senator wurde, würde sie mit ihm in Washington leben. Es würde bedeuten, daß sie ihre Kanzlei hier aufgeben mußte, aber das spielte keine Rolle. Nichts spielte eine Rolle – außer, daß sie zusammen sein konnten.

Jennifer sagte: »Adam wird ein wunderbarer Senator sein.«

Mary Beth hob den Kopf und lächelte. »Meine Liebe, eines Tages wird er ein wunderbarer Präsident sein.«

Das Telefon klingelte, als Jennifer wieder in ihrem Appartement war. »Wie hast du dich mit Mary Beth verstanden?« fragte Adam.

»Adam, sie war phantastisch.«

»Sie hat dasselbe über dich gesagt.«

»Man liest dauernd über den alten Südstaatencharme, aber man begegnet ihm nicht oft. Mary Beth hat ihn. Sie ist eine richtige Dame.«

»Du auch, Liebling. Wo möchtest du gern heiraten?«

Jennifer sagte: »Auf dem Times Square, was mich betrifft. Aber ich glaube, wir sollten noch warten, Adam.«

»Worauf warten?«

»Bis nach den Wahlen. Deine Karriere ist wichtig. Eine Scheidung könnte dir jetzt schaden.«

»Mein Privatleben ist...«

»... in Zukunft auch dein öffentliches Leben. Wir dürfen nichts tun, was deine Chancen verderben würde. Wir können sechs Monate warten.«

»Ich will nicht warten.«

»Ich auch nicht, Liebling.« Jennifer lächelte. »Wir werden auch nur so tun, als ob wir warteten, nicht wahr?«

## 21

Jennifer und Adam aßen fast jeden Tag zusammen zu Mittag, und ein- oder zweimal verbrachte Adam die Nacht in ihrer Wohnung. Sie mußten vorsichtiger sein denn je, denn Adams Wahlkampagne hatte begonnen, und er war jetzt im ganzen Land bekannt. Er hielt Reden auf politischen Versammlungen, und seine Meinungen zu Fragen von nationalem Interesse wurden immer öfter in der Presse zitiert.

Adam und Stewart Needham nahmen ihren rituellen Morgentee zu sich.

»Ich habe dich heute morgen im Fernsehen gesehen«, sagte Needham. »Gute Arbeit, Adam. Du hast in jedem Punkt überzeugt. Ich verstehe, daß sie dich noch einmal eingeladen haben.«

»Stewart, ich hasse diese Shows. Ich fühle mich da oben wie ein gottverdammter Schauspieler in einem Film.«

Stewart nickte unbeeindruckt. »Das sind Politiker nun einmal, Adam – Schauspieler. Sie spielen eine Rolle und sind so, wie die Öffentlichkeit sie haben will. Zum Teufel, wenn Politiker sich in der Öffentlichkeit benähmen wie sie wollten, dann wäre dieses Land nichts weiter als eine verdammte Monarchie.«

»Ich mag die Tatsache nicht, daß die Kandidatur für ein öffentliches Amt zu einer Probeaufnahme degradiert worden ist.«

Stewart Needham lächelte. »Du solltest dankbar sein, daß du so gut wirkst, mein Junge. Deine Werte in den Umfragen steigen von Woche zu Woche.« Er hielt inne, um sich Tee nachzuschenken. »Glaub mir, das ist jetzt erst der Anfang. Erst der Senat, dann die Zielscheibe Nummer eins. Nichts kann dich aufhalten.« Er nahm einen Schluck Tee. »Es sei denn, du begehst eine Dummheit.«

Adam sah auf. »Was meinst du?«

Stewart Needham tupfte sich die Lippen mit einem Damasttaschentuch ab.

»Dein Gegenkandidat teilt mit Vorliebe Tiefschläge aus. Ich wette, daß er in diesem Augenblick dein Leben mit einer Lupe betrachtet. Er wird doch hoffentlich keine Munition finden, oder?«

»Nein.« Das Wort glitt Adam automatisch über die Lippen.

»Gut«, sagte Stewart Needham. »Wie geht es Mary Beth?«

Jennifer und Adam verbrachten ein geruhsames Wochenende in einem Landhaus in Vermont, das einer von Adams Freunden ihnen zur Verfügung gestellt hatte. Die Luft war trocken und frisch, sie ließ schon Vorahnungen auf den Winter aufkommen. Es war ein vollkommenes Wochenende, das sie am Tag mit langen Wanderungen, am Abend mit Spielen und Gesprächen vor dem Kaminfeuer verbrachten.

Sie hatten alle Sonntagszeitungen sorgfältig durchgelesen. Adam lag in allen Umfragen vorn. Mit wenigen Ausnahmen standen die Medien auf seiner Seite. Sie mochten seine Art, seinen Anstand, seine Intelligenz und seine Offenheit. Immer wieder verglichen sie ihn mit John F. Kennedy.

Adam rekelte sich vor dem Kamin und beobachtete den Widerschein der Flammen auf Jennifers Gesicht. »Was würdest du davon halten, die Frau des Präsidenten zu sein?«

»Tut mir leid. Ich bin schon in einen Senator verliebt.«

»Wärst du enttäuscht, wenn ich nicht gewinne, Jennifer?«

»Nein. Der einzige Grund, warum ich will, daß du gewinnst, besteht darin, daß du gewinnen willst. Liebling.«

»Wenn ich es schaffe, bedeutet das, daß wir in Washington leben müssen.«

»Wenn wir zusammen sind, spielt nichts anderes eine Rolle.«

»Was ist mit deiner Kanzlei?«

Jennifer lächelte. »Soweit ich weiß, gibt es in Washington auch Anwälte.«

»Und wenn ich dich bitten würde, es aufzugeben?«

»Dann würde ich es aufgeben.«

»Das will ich nicht. Dazu bist du zu gut in deinem Beruf.«

»Mir ist nur das Zusammensein mit dir wichtig. Ich liebe dich so sehr, Adam.«

Er streichelte ihr weiches, dunkelbraunes Haar und sagte: »Ich liebe dich auch sehr.«

Sie gingen ins Bett und später schliefen sie ein.

Sonntagnacht fuhren sie nach New York zurück. Sie holten Jennifers Wagen in der Garage, wo sie ihn untergestellt hatte, und Adam fuhr nach Hause. Jennifer ging wieder in ihre Wohnung.

Jennifers Tage waren unglaublich ausgefüllt. Wenn sie sich vorher schon für beschäftigt gehalten hatte, so wurde sie jetzt regelrecht belagert. Sie vertrat internationale Konzerne, die dabei erwischt worden waren, als sie sich ein paar Gesetze zurechtbogen, Senatoren, die ihre Finger in die Parteikasse gesteckt hatten, Filmschauspieler, die in Schwierigkeiten geraten waren. Sie vertrat Bankpräsidenten und Bankräuber, Politiker und Gewerkschaftsführer.

Das Geld strömte nur so herein, aber das war Jennifer nicht wichtig. Sie verteilte großzügige Prämien an ihre Mitarbeiter und machte verschwenderische Geschenke.

Die Firmen, die gegen Jennifer antraten, waren längst davon abgekommen, die zweite Garde ihrer Anwälte ins Gefecht zu schicken, so daß Jennifer sich oft mit den größten juristischen Talenten der Welt zu messen hatte.

Sie wurde in das Kollegium amerikanischer Prozeßanwälte aufgenommen, und sogar Ken Bailey war beeindruckt.

»Herrgott«, sagte er, »weißt du, daß es nur ein Prozent der Anwälte dieses Landes jemals bei denen zur Mitgliedschaft bringt?«

»Ich bin ihre Renommierfrau«, lachte Jennifer.

Wenn sie einen Angeklagten in Manhattan verteidigte, konnte sie sicher sein, daß Robert Di Silva entweder selber die Anklage vertrat oder zumindest die Strategie seiner Assistenten überwachte. Sein Haß auf sie war mit jedem ihrer Siege gewachsen.

Während eines Prozesses, in dem Jennifer dem Staatsanwalt gegenüberstand, hatte Di Silva ein Dutzend der besten Experten als Zeugen der Anklage aufgefahren.

Jennifer hatte auf Sachverständige verzichtet. Sie sagte zu den Geschworenen: »Wenn wir ein Raumschiff bauen oder die Entfernung zu einem Stern berechnen wollen, dann brauchen wir Experten. Aber wenn wir etwas wirklich Wichtiges erledigen müssen, dann rufen wir zwölf normale Menschen zusammen. Wenn ich mich richtig erinnere, hat der Begründer des Christentums nichts anderes getan.«

Jennifer gewann den Fall.

Eine von Jennifers erfolgreichsten Techniken bestand darin, den Geschworenen zu sagen: »Ich weiß, daß die Worte *Gesetz* und *Gerichtssaal* etwas einschüchternd und weit entfernt von Ihrem täglichen Leben klingen, aber wenn Sie aufhören, darüber nachzudenken, stellen Sie fest, daß wir hier nichts anderes tun, als uns mit dem Recht und Unrecht zu beschäftigen, das menschlichen Wesen wie uns allen angetan wurde. Vergessen wir, daß wir in einem Gerichtssaal sind, meine Freunde. Stellen wir uns vor, wir säßen in meinem Wohnzimmer und sprächen darüber, was diesem Angeklagten, unserem Mitmenschen, passiert ist.«

Und in ihrer Einbildung *saßen* die Geschworenen in Jennifers Wohnzimmer wie verzaubert von ihrer Ausstrahlung.

Dieser Kniff wirkte so lange, bis Jennifer eines Tages wieder einmal einen Mandanten gegen Robert Di Silva verteidigte. Der Staatsanwalt stand auf und hielt sein Eröffnungsplädoyer.

»Meine Damen und Herren«, sagte Di Silva, »vergessen Sie, daß Sie in einem Gerichtssaal sitzen. Ich möchte, daß Sie sich vorstellen, Sie befänden sich zu Hause in meinem Wohnzimmer, und wir alle sitzen entspannt herum und plaudern über die schrecklichen Dinge, die der Angeklagte getan hat.«

Ken Bailey beugte sich zu Jennifer und flüsterte: »Hörst du, was dieser Bastard tut? Er klaut dir deinen Mäusespeck.«

»Keine Sorge«, antwortete Jennifer kühl.

Als Jennifer aufstand, wandte sie sich mit den Worten an die Jury: »Meine Damen und Herren, ich habe noch niemals etwas so Empörendes wie die Bemerkungen des Staatsanwalts gehört.« Ihre Stimme zitterte vor rechtschaffener Betroffenheit. »Ein paar Minuten lang konnte ich gar nicht glauben, daß ich ihn richtig verstanden habe. Wie kann er von Ihnen verlangen, zu *vergessen*, daß Sie in einem Gerichtssaal sitzen! Dieser Gerichtssaal ist eines der kostbarsten Besitztümer unserer Nation. Es ist der Grundstock der Freiheit. Ihrer, meiner und der des Angeklagten. Ich finde es gleichzeitig niederträchtig und erschreckend, daß der Staatsanwalt Ihnen vorschlägt, zu vergessen, wo Sie sind – die Pflicht zu vergessen, auf die Sie vereidigt wurden. Ich bitte Sie, meine Damen und Herren, sich unbedingt in Erinnerung zu rufen, wo Sie sind, sich in Erinnerung zu rufen, daß wir alle hier sind, um darauf zu achten, daß der Gerechtigkeit Genüge getan wird und daß der Angeklagte darauf ein Recht hat.«

Die Geschworenen nickten zustimmend.

Jennifer blickte zu Robert Di Silvas Tisch hinüber. Er starrte geradeaus, einen stieren Blick in den Augen.

Jennifers Mandant wurde freigesprochen.

Nach jedem Sieg standen vier Dutzend rote Rosen auf Jennifers Schreibtisch mit einer Karte von Michael Moretti. Jedesmal zerriß Jennifer die Karte und ließ Cynthia die Blumen wegnehmen. Irgendwie wirkten sie aus Morettis Händen obszön. Schließlich schickte Jennifer Michael Moretti eine Notiz und forderte ihn auf, die Blumengrüße einzustellen.

Nach dem nächsten Sieg warteten fünf Dutzend Rosen auf sie.

## 22

Der Fall des »Regenmantel-Überfalls« brachte Jennifer neue Schlagzeilen. Der Angeklagte war ihr von Pater Ryan vermittelt worden.

»Ein Freund von mir hat ein kleines Problem«, fing er an, und beide brachen in Gelächter aus.

Der Freund stellte sich als Paul Richards heraus. Richards war angeklagt, eine Bank um hundertfünfzigtausend Dollar erleichtert zu haben. Ein Räuber hatte die Bank in einem langen, schwarzen Regenmantel betreten. Unter dem Regenmantel war eine Schrotflinte mit abgesägtem Lauf verborgen. Der Kragen des Mantels war hochgeklappt, so daß das Gesicht des Räubers großenteils verdeckt war. In der Bank hatte er die Schrotflinte gezückt und einen Kassierer aufgefordert, ihm alles verfügbare Bargeld auszuhändigen. Anschließend war er in einem wartenden Wagen geflohen. Verschiedene Zeugen hatten den Fluchtwagen, einen grünen Sedan, gesehen, aber das Nummernschild war schmutzverklebt gewesen.

Da Banküberfälle Sache der Bundesbehörden waren, hatte das FBI die Aufklärung des Falls übernommen. Es hatte den *modus operandi* durch einen Zentralcomputer laufen lassen und als Ergebnis den Namen Paul Richards erhalten.

Jennifer besuchte Paul Richards auf Riker's Island.

»Ich schwöre bei Gott, daß ich es nicht gewesen bin«, stieß Richards hervor. Er war Ende Fünfzig, ein Mann mit einem roten Gesicht und himmelblauen Augen, zu alt, um in der Gegend herumzulaufen und Banken zu berauben.

»Es ist mir egal, ob Sie es getan haben oder nicht«, erklärte Jennifer, »aber ich habe einen Grundsatz. Ich vertrete keine Mandanten, die mich belügen.«

»Ich schwöre beim Leben meiner Mutter, daß ich es nicht gewesen bin.«

Jennifer hatte schon vor langer Zeit aufgehört, sich von Schwüren beeindrucken zu lassen. Mandanten hatten sie beim Leben ihrer Mütter, Frauen und Kinder ihrer Unschuld versichert. Wenn Gott alle diese Schwüre ernstgenommen hätte, wäre ein bedenklicher Bevölkerungsrückgang eingetreten.

Jennifer fragte: »Warum hat das FBI Sie dann festgenommen?«

Paul Richards antwortete, ohne zu zögern: »Weil ich vor zehn Jahren eine Bank beraubt habe und dumm genug war, mich schnappen zu lassen.«

»Haben Sie damals eine abgesägte Schrotflinte unter einem Regenmantel benutzt?«

»Genau. Ich habe gewartet, bis es regnete, und dann die Bank geknackt.«

»Aber diesmal waren Sie's nicht?«

»Nein. Irgendein cleverer Bastard hat meine Nummer kopiert.«

Die Vorverhandlung wurde von Richter Fred Stevens geleitet, einem rigorosen Zuchtmeister. Man sagte, er sei dafür, alle Verbrecher auf eine unzugängliche Insel zu schaffen und dort für den Rest ihres Lebens festzuhalten. Richter Stevens war der Überzeugung, man solle jedem Dieb, der zum erstenmal verhaftet wurde, die rechte Hand abhacken, und wenn es wieder passierte, sollte nach guter islamischer Tradition auch die linke Hand abgehackt werden. Er war der ungünstigste Richter, den Jennifer sich in diesem Fall vorstellen konnte.

Sie schickte nach Ted Harris. »Ted, ich will, daß du alles über Richter Stevens ausgräbst, was man nur ausgraben kann.«

»Richter Stevens? Der ist aufrecht wie ein Fahnenmast. Er...«

»Ich weiß. Geh an die Arbeit, bitte.«

Der Staatsanwalt in diesem Fall war ein alter Profi namens Carter Gifford.

»Auf was plädieren Sie?« wollte er wissen.

Jennifer bedachte ihn mit einem kunstvollen Blick unschuldiger Überraschung. »Nicht schuldig, natürlich.«

Er lachte sarkastisch. »Daran wird Richter Stevens seine Freude haben. Ich nehme an, Sie verlangen einen Geschworenenprozeß?«

»Nein.«

Gifford studierte Jennifer argwöhnisch. »Sie meinen, Sie legen Ihren Mandanten in die Hände des Galgenrichters?«

»Genau.«

Gifford grinste. »Ich wußte, daß Sie eines Tages über die Klinge springen würden, Jennifer. Ich kann's gar nicht erwarten, das endlich mitzuerleben.«

»Die Vereinigten Staaten von Amerika gegen Paul Richards. Ist der Angeklagte anwesend?«

Der Gerichtsdiener sagte: »Ja, Euer Ehren.«

»Würden die Anwälte bitte an den Richtertisch treten und sich vorstellen?«

Jennifer und Carter Gifford näherten sich Richter Stevens.

»Jennifer Parker, Vertreter des Angeklagten.«

»Carter Gifford, Vertreter der Regierung der Vereinigten Staaten.«

Richter Stevens wandte sich an Jennifer und sagte brüsk: »Ich bin mir über Ihren Ruf im klaren, Miß Parker. Deswegen sage ich Ihnen hier und jetzt, daß ich nicht beabsichtige, die Zeit dieses Gerichts zu verschwenden. Ich nehme keine Verzögerungen hin, gleich welcher Art. Ich möchte diese Vorverhandlung so schnell wie möglich abschließen und die Untersuchungsverhöre hinter mich bringen. Ich nehme an, Sie wollen einen Prozeß vor einer Jury und...«

»Nein, Euer Ehren.«

Richter Stevens blickte sie verblüfft an. »Sie verlangen keine Geschworenen?«

»Nein. Weil ich nämlich nicht glaube, daß es überhaupt zur Anklageerhebung kommt.«

Carter Gifford starrte sie an. »Was?«

»Nach meiner Meinung haben Sie nicht genug Beweismaterial, um meinen Mandanten in eine Hauptverhandlung zu bringen.«

Carter Gifford brauste auf: »Dann sollten Sie sich schnellstens eine andere Meinung zulegen!« Er wandte sich an Richter Stevens. »Euer Ehren, die Anklage hat klares Beweismaterial. Der Angeklagte wurde schon einmal wegen eines auf genau die gleiche Weise begangenen Verbrechens verurteilt. Unser Computer hat ihn aus über tausend möglichen Verdächtigen herausgesucht. Wir haben den schuldigen Mann mitten unter uns hier im Gerichtssaal, und die Anklage hat nicht die geringste Absicht, seine Strafverfolgung fallenzulassen.«

Richter Stevens wandte sich an Jennifer. »Es scheint dem Gericht, daß wir *prima facie* genügend Beweismaterial haben, das eine Anklageerhebung und einen Prozeß rechtfertigt. Haben Sie sonst noch etwas zu sagen?«

»Allerdings, Euer Ehren. Es gibt nicht einen einzigen Zeugen, der Paul Richards eindeutig identifizieren kann. Das FBI war unfähig, auch nur einen Dollar von dem gestohlenen Geld wiederzufinden. Tatsächlich ist das einzige Bindeglied zwischen dem Angeklagten und dem Verbrechen die Phantasie des Anklägers.«

Der Richter starrte auf Jennifer herab und fragte mit unheilvoller Zurückhaltung: »Und was ist mit dem Computer, der ihn ausgespuckt hat?«

Jennifer seufzte. »Da kommen wir zu einem Problem, Euer Ehren.«

Richter Stevens sagte grimmig: »Allerdings. Es ist leicht, einen lebendigen Zeugen durcheinanderzubringen, aber bei einem Computer dürfte das ziemlich schwierig sein.«

Carter Gifford nickte selbstgefällig. »Genau, Euer Ehren.«

Jennifer wandte sich an Gifford. »Das FBI hat den IBM 370/168 benutzt, nicht wahr?«

»Das stimmt. Es ist die modernste, präziseste Anlage der Welt.«

Richter Stevens fragte Jennifer: »Will die Verteidigung die Fähigkeiten dieses Computers in Frage stellen?«

»Im Gegenteil, Euer Ehren. Ich habe einen Computerexperten mitgebracht, der für die Gesellschaft arbeitet, die den 370/168 herstellt. Er hat das Programm eingespeichert, das den Namen meines Klienten ausgespuckt hat.«

»Wo ist er?«

Jennifer drehte sich um und winkte einem großen, dünnen Mann, der auf einer der Bänke saß. Nervös trat er vor.

Jennifer sagte: »Dies ist Mr. Edward Monroe.«

»Wenn Sie mit meinem Zeugen herumgepfuscht haben«, explodierte der Bundesanwalt, »dann...«

»Ich habe Mr. Monroe nur gebeten, den Computer zu fragen, ob es noch andere mögliche Verdächtige gäbe. Ich habe zehn Leute ausgewählt, die in bestimmten wichtigen Charakteristiken meinem Mandanten ähneln. Zum Zweck der Identifizierung hat

Mr. Monroe den Computer mit Angaben bezüglich Alter, Größe, Gewicht, Augenfarbe, Geburtsort und so weiter gefüttert – genau jene Art von Daten, die dazu geführt hatten, daß der Computer den Namen meines Mandanten ausspuckte.«

Ungeduldig fragte Richter Stevens: »Worauf wollen Sie hinaus, Miß Parker?«

»Ich will darauf hinaus, daß der Computer einen der zehn Leute als Hauptverdächtigen des Banküberfalls identifizierte.«

Richter Stevens wandte sich an Edward Monroe. »Stimmt das?«

»Ja, Euer Ehren.« Edward Monroe öffnete seine Aktentasche und holte einen Computerbogen heraus.

Der Gerichtsdiener nahm ihn entgegen und reichte ihn Richter Stevens. Stevens warf einen Blick darauf, und sein Gesicht wurde rot. Er blickte Edward Monroe an. »Soll das ein Witz sein?«

»Nein, Sir.«

»Der Computer hat *mich* als möglichen Verdächtigen genannt?« fragte Richter Stevens.

»Ja, Sir. So ist es.«

Jennifer erklärte: »Der Computer hat keinen Verstand, Euer Ehren. Er kann nur auf die Informationen antworten, mit denen er gefüttert wird. Zufälligerweise haben Sie und mein Mandant das gleiche Gewicht, die gleiche Größe und sind im gleichen Alter. Sie beide fahren einen grünen Sedan, und sie stammen beide aus demselben Staat. Das sind die gleichen Beweise, die der Ankläger hat. Der einzige andere Faktor ist die Art, auf die der Raub begangen wurde. Als Paul Richards vor zehn Jahren jenen Bankraub ausgeführt hat, haben Millionen von Menschen davon gelesen. Jeder von ihnen könnte seinen *modus operandi* nachgeahmt haben. Und jemand hat es auch getan.« Jennifer deutete auf den Papierbogen in Richter Stevens' Hand. »Das beweist, wie löcherig die Anklage des Staates ist.«

»Euer Ehren...« sprudelte Carter Gifford hervor und hielt inne. Er wußte nicht, was er noch sagen sollte.

Richter Stevens blickte auf den Computerbogen in seiner Hand und dann auf Jennifer.

»Was hätten Sie getan?« fragte er, »wenn der Richter ein

jüngerer Mann von dünnerer Statur mit einem blauen Wagen gewesen wäre?«

»Der Computer hat mir noch zehn andere mögliche Verdächtige gegeben«, antwortete Jennifer. »Meine nächste Wahl wäre Staatsanwalt Robert Di Silva gewesen.«

Jennifer saß in ihrem Büro und las die Schlagzeilen, als Cynthia ankündigte: »Mr. Paul Richards ist da.«

»Schicken Sie ihn herein, Cynthia.«

Er betrat das Büro in einem schwarzen Regenmantel und trug eine Plätzchendose mit einem rosa Band darum in den Händen.

»Ich wollte mich nur bei Ihnen bedanken.«

»Sehen Sie, manchmal siegt wirklich die Gerechtigkeit.«

»Ich verlasse die Stadt. Ich habe beschlossen, einen kleinen Urlaub anzutreten.« Er gab Jennifer die Dose. »Ein kleines Zeichen meiner Wertschätzung.«

»Danke schön, Paul.«

Er sah sie bewundernd an. »Ich finde Sie sagenhaft!«

Und dann war er gegangen.

Jennifer blickte auf die Plätzchendose auf ihrem Tisch und lächelte. Bei den meisten Fällen, die sie für Pater Ryan erledigt hatte, war ihr Honorar noch bescheidener gewesen. Wenn sie jetzt dick wurde, war es Pater Ryans Schuld.

Jennifer löste das Band und öffnete die Dose. Sie blickte auf zehntausend Dollar in gebrauchten Scheinen.

Als Jennifer eines Nachmittags das Gerichtsgebäude verließ, bemerkte sie einen großen, schwarzen, von einem Chauffeur gelenkten Cadillac am Straßenrand. Sie wollte daran vorbeigehen. Eine Tür öffnete sich, und Michael Moretti sprang heraus.

»Ich habe auf Sie gewartet.«

Er strahlte überwältigende Vitalität aus.

»Gehen Sie mir aus dem Weg«, sagte Jennifer. Ihr Gesicht war vor Zorn gerötet, und sie war sogar noch schöner, als Michael Moretti sie in Erinnerung hatte.

»He«, sagte er lachend, »regen Sie sich nicht auf. Ich will nur mit Ihnen reden. Sie brauchen mir bloß zuzuhören. Ich bezahle Sie für Ihre Zeit.«

»Dazu haben Sie nicht genug Geld, niemals.«

Sie wollte sich wieder in Bewegung setzen. Michael Moretti legte ihr versöhnlich die Hand auf den Arm. Allein die Berührung ließ seine Erregung wachsen.

Er wandte seinen ganzen Charme auf. »Seien Sie doch vernünftig. Sie wissen ja gar nicht, was Sie ablehnen, solange Sie nicht gehört haben, was ich Ihnen sagen will. Zehn Minuten, mehr brauche ich nicht. Ich setze Sie an Ihrem Büro ab. Wir können auf der Fahrt reden.«

Jennifer musterte ihn eine Sekunde lang und sagte dann: »Unter einer Bedingung fahre ich mit. Ich möchte, daß Sie mir eine Frage beantworten.«

Michael nickte. »Klar. Schießen Sie los.«

»Wessen Idee war es, mich mit dem toten Kanarienvogel hereinzulegen?«

Ohne zu zögern, antwortete er: »Meine.«

Jetzt wußte sie also Bescheid. Und sie hätte ihn am liebsten ermordet. Grimmig bestieg sie die Limousine, und Michael Moretti glitt neben sie. Jennifer bemerkte, daß er dem Fahrer die Adresse ihres Büros gab, ohne sie fragen zu müssen.

Als die Limousine sich in den Verkehr einfädelte, sagte er: »Ich bin froh, daß bei Ihnen alles so großartig läuft.«

Jennifer gab sich nicht die Mühe, zu antworten.

»Das ist meine ehrliche Meinung.«

»Sie haben mir noch nicht gesagt, was Sie von mir wollen.«

»Ich will Sie reich machen.«

»Danke. Ich bin reich genug.« Ihre Stimme konnte die Verachtung, die sie für ihn empfand, nicht verbergen.

Michael Morettis Gesicht rötete sich. »Ich will Ihnen einen Gefallen tun, und Sie wehren sich dagegen!«

Jennifer blickte ihn an. »Ich will keine Gefallen von Ihnen.«

Er ließ seine Stimme versöhnlich klingen. »Okay. Vielleicht möchte ich das, was ich Ihnen angetan habe, wiedergutmachen. Sehen Sie, ich kann Ihnen einen Haufen Klienten schicken.

Wichtige Klienten. Das große Geld. Sie haben keine Ahnung...«

Jennifer unterbrach ihn: »Mr. Moretti, tun Sie uns beiden einen Gefallen. Sagen Sie kein Wort mehr.«

»Aber ich kann...«

»Ich werde weder Sie noch einen Ihrer Freunde vertreten.«

»Warum nicht?«

»Weil Sie mich dann in der Hand hätten.«

»Sie haben mich falsch verstanden«, protestierte Michael. »Meine Freunde sind in ganz seriösen Geschäftszweigen. Ich meine Banken, Versicherungsgesellschaften...«

»Sparen Sie sich Ihre Puste. Meine Dienste stehen der Mafia nicht zur Verfügung.«

»Wer hat etwas von der Mafia gesagt?«

»Nennen Sie es, wie Sie wollen. Ich gehöre niemandem. Und ich möchte, daß es so bleibt.«

Die Limousine hielt an einer roten Ampel.

Jennifer sagte: »Das ist nah genug. Danke fürs Mitnehmen.« Sie öffnete die Tür und stieg aus.

Michael fragte: »Wann kann ich Sie wiedersehen?«

»Nie, Mr. Moretti.«

Michael sah ihr nach, als sie davonging.

*Mein Gott,* dachte er, *was für eine Frau!* Er merkte plötzlich, daß er eine Erektion hatte, und grinste, denn er wußte, daß er Jennifer auf die eine oder andere Weise doch noch kriegen würde.

## 23

Es war Ende Oktober, zwei Wochen vor der Wahl, und das Rennen um den Sitz im Senat war in vollem Gange. Adam trat gegen den Amtsinhaber an, Senator John Trowbridge, einen politischen Veteranen, und die Fachleute sagten übereinstimmend ein Kopf-an-Kopf-Rennen voraus.

Jennifer saß abends zu Hause und sah sich im Fernsehen eine Debatte zwischen Adam und seinem Gegenspieler an. Mary Beth hatte recht gehabt. Eine Scheidung hätte Adams wachsende Siegesaussichten leicht zerstören können.

Als Jennifer nach einem langen Geschäftsessen in ihr Büro zurückkehrte, fand sie eine dringende Nachricht von Rick Arlen vor. Sie sollte ihn umgehend zurückrufen.

»Er hat in der letzten halben Stunde mindestens dreimal angerufen«, sagte Cynthia.

Rick Arlen war ein Rockstar, der beinahe über Nacht zum heißesten Sänger der Welt geworden war. Jennifer hatte schon vorher gehört, daß Musikstars enorme Summen verdienten, aber ehe sie in die Angelegenheiten von Rick Arlen verwickelt wurde, hatte sie keine Ahnung, was das wirklich bedeutete. Mit Schallplatten, Live-Auftritten, Reklame und, neuerdings, Filmen nahm Rick Arlen mehr als fünfzehn Millionen Dollar im Jahr ein. Rick war fünfundzwanzig Jahre alt, ein Farmjunge aus Alabama, der mit einer Goldmine in der Kehle geboren worden war.

»Versuchen Sie, ihn zu erreichen«, sagte Jennifer.

Fünf Minuten später war er in der Leitung. »He, Schatz, ich hab seit Stunden versucht, Sie zu erreichen.«

»Entschuldigung, Rick, ich war in einer Besprechung.«

»Ich hab' 'n Problem. Muß Sie sehen.«

»Können Sie heute nachmittag in mein Büro kommen?«

»Glaube ich nicht. Ich bin in Monte Carlo, geb 'n Wohltätigkeitskonzert für Grace und den Fürsten. Wie schnell können Sie hier sein?«

»Ich kann unmöglich hier weg«, protestierte Jennifer. »Ich habe einen Haufen Arbeit auf meinem Tisch und...«

»Baby, ich *brauche* Sie. Sie müssen heute nachmittag noch einen Vogel nehmen.«

Und er hängte auf.

Jennifer dachte nach. Rick Arlen hatte sein Problem nicht am Telefon erörtern wollen. Es konnte sich um alles handeln, Drogen, Mädchen, Jungen. Sie erwog, Ted Harris oder Dan Martin nach Monte Carlo zu schicken, um sich des Problems anzunehmen, aber sie mochte Rick Arlen. Schließlich entschied sie sich dafür, selber zu fliegen.

Sie versuchte, Adam zu erreichen, bevor sie abreiste, aber er war nicht in seinem Büro. Sie bat Cynthia, ihr einen Air-France-Flug nach Nizza zu buchen und für einen Wagen zu sorgen, der sie nach Monte Carlo bringen würde.

Zwanzig Minuten später hatte sie eine Reservierung für einen Flug am selben Abend.

»Es gibt eine Hubschrauberverbindung von Nizza direkt nach Monte Carlo«, sagte Cynthia. »Ich habe einen Platz für Sie gebucht.«

»Sehr gut. Danke.«

Als Ken Bailey hörte, warum Jennifer verreiste, sagte er: »Für was, zum Teufel, hält dieser Knilch sich eigentlich?«

»Er hält sich für das, was er ist, Ken. Einen unserer wichtigsten Mandanten.«

»Wann wirst du zurück sein?«

»Es dürfte nicht länger als drei oder vier Tage dauern.«

»Hier sieht alles anders aus, wenn du nicht da bist. Ich werde dich vermissen.«

Jennifer fragte sich, ob er sich immer noch mit dem blonden jungen Mann traf.

»Halt die Stellung, bis ich wieder da bin.«

Normalerweise genoß Jennifer das Fliegen. In der Luft war sie frei von Zwängen. Die Zeit zwischen Himmel und Erde war wie eine Flucht vor den Problemen, die sie auf der Erde bedrängten, eine ruhige Oase, die ihr Schutz vor den Mandanten mit ihren endlosen Forderungen und Wünschen gewährte. Dieser Flug über den Atlantik aber verlief, aus welchen Gründen auch immer, unangenehm. Das Flugzeug schaukelte und fiel, ihr Magen revoltierte.

Als sie am nächsten Morgen in Nizza gelandet waren, fühlte sie sich ein wenig besser. Der Hubschrauber wartete bereits, um sie nach Monte Carlo zu bringen. Jennifer war nie zuvor in einem Hubschrauber geflogen, und sie hatte sich darauf gefreut. Aber durch das plötzliche Abheben und die ruckartigen Bewegungen wurde ihr wieder schlecht, und sie konnte dem majestätischen Anblick der Alpen und der Grande Corniche mit ihren Miniaturautos, die an den Bergen entlangkrochen, keine rechte Freude abgewinnen.

Die Häuser von Monte Carlo tauchten auf. Einige Minuten später landete der Hubschrauber vor dem modernen weißen Sommercasino an der Küste.

Cynthia hatte Jennifer telefonisch angekündigt, und Rick Arlen erwartete sie bereits.

Er umarmte sie herzlich. »Wie war die Reise?«

»Etwas rauh.«

Er betrachtete sie genauer. »Sie sehen nicht besonders gut aus. Ich nehme Sie mit in mein Haus, dort können Sie sich für die große Feier heute abend ausruhen.«

»Welche große Feier?«

»Die Gala. Deswegen sind Sie ja hier.«

»Was?«

»Ja, Mann. Grace hat mir gesagt, ich könne einladen, wen ich möchte. Ich wollte Sie.«

»Oh, Rick!«

Jennifer hätte ihn mit Freuden erwürgt. Er hatte ja keine Ahnung, wie sehr er ihr Leben auseinandergerissen hatte. Sie war dreitausend Meilen von Adam entfernt, sie hatte Mandanten, die sie brauchten, Gerichtsverhandlungen – und sie war nach Monte Carlo gelockt worden, um auf eine Party zu gehen.

Jennifer sagte: »Rick, wie konnten Sie...?«

Sie sah sein strahlendes Gesicht und mußte lachen.

Na gut, sie war da. Abgesehen davon, vielleicht würde die Gala ja ganz lustig werden.

Die Gala war hinreißend. Sie fand im Freien vor dem Sommercasino statt. Ihre fürstlichen Hoheiten Gracia und Rainier Grimaldi hatten die Schirmherrschaft übernommen, der Erlös kam Waisenkindern zugute.

Es war ein milder Abend. Die Nachtluft war lau, und eine schwache, vom Mittelmeer landeinwärts wehende Brise raschelte in den hohen Palmen. Jennifer wünschte, Adam könnte bei ihr sein, um den Abend gemeinsam mit ihr zu genießen.

Die fünfzehnhundert Plätze waren ausverkauft, und das Publikum schrie vor Begeisterung. Ein halbes Dutzend internationaler Stars trat auf, aber Rick Arlen war die Hauptattraktion. Er wurde von einer wilden Dreimannband begleitet. Psychedelische Lichtblitze stachen in den samtenen Himmel. Als Rick geendet hatte, sprang das Publikum auf und applaudierte ihm stehend.

Hinterher fand eine Privatparty im *Piscine*, unterhalb des Hotel de Paris, statt. Neben dem überdimensionalen Swimming-pool, in dem Dutzende von brennenden Kerzen auf lilienweißen Untersätzen trieben, wurden Cocktails und ein kaltes Buffet serviert.

Jennifer schätzte, daß sich mehr als dreihundert Menschen um den Pool drängten. Sie hatte kein Abendkleid mitgebracht, und sie brauchte die teuer herausgeputzten Frauen nur anzuschauen, um sich wie die arme kleine Schwester aus dem Märchen zu fühlen. Rick stellte sie Fürsten, Herzoginnen und Prinzessinnen vor. Ihr schien, daß sich der halbe Adel Europas hier versammelt hatte. Sie traf Vorsitzende multinationaler Konzerne und berühmte Opernsänger, Couturiers, reiche Erbinnen und sogar den großen Fußballspieler Pélé. Jennifer unterhielt sich gerade mit zwei Schweizer Bankiers, als eine Welle von Übelkeit sie zu verschlingen drohte.

»Bitte entschuldigen Sie mich«, sagte sie.

Sie suchte Rick Arlen. »Rick, ich...«

Er warf einen Blick auf sie und sagte: »Sie sind leichenblaß, Baby. Kommen Sie, wir hauen ab.«

Dreißig Minuten später lag Jennifer in einem Bett in der Villa, die Rick Arlen gemietet hatte.

»Der Arzt ist unterwegs«, sagte Rick.

»Ich brauche keinen Arzt. Es ist nur ein Virus oder so was.«

»Genau. Und das Sowas schaut sich der Doktor jetzt an.«

Dr. André Monteux war ein reisigdürrer Mann von ungefähr achtzig Jahren. Er hatte einen sauber gestutzten Vollbart und trug eine schwarze Arzttasche.

Er wandte sich an Rick Arlen: »Würden Sie uns bitte allein lassen?«

»Klar. Ich warte draußen.«

Der Arzt trat näher an das Bett heran. »*Alors*, was haben wir denn?«

»Wenn ich das wüßte«, antwortete Jennifer, »dann lägen Sie hier und ich würde Sie besuchen.«

Er setzte sich auf den Bettrand. »Wie fühlen Sie sich?«

»Als hätte ich die Beulenpest.«

»Strecken Sie die Zunge heraus, bitte.«

Jennifer streckte die Zunge heraus und sagte Aaah. Dr. Monteux nahm ihren Puls und maß die Temperatur.

Als er fertig war, fragte Jennifer: »Was ist es Ihrer Meinung nach, Doktor?«

»Es kann eine ganze Menge sein, schöne Frau. Wenn Sie sich morgen wohl genug fühlen, würde ich Sie bitten, in meine Praxis zu kommen, wo ich eine genauere Untersuchung vornehmen kann.«

Jennifer fühlte sich zu krank, um zu widersprechen. »Gut«, sagte sie. »Ich werde kommen.«

Am nächsten Morgen fuhr Rick Arlen Jennifer nach Monte Carlo, und Dr. Monteux untersuchte sie gründlicher.

»Es handelt sich um irgendeinen Bazillus, nicht?« wollte Jennifer wissen.

»Wenn Sie eine Prophezeiung haben wollen, dann lasse ich einen Wahrsager kommen«, antwortete der alte Arzt. »Wenn Sie aber erfahren wollen, was Ihnen fehlt, dann werden wir uns gedulden müssen, bis die Laborberichte da sind.«

»Wann ist das?«

»Normalerweise dauert es zwei oder drei Tage.«

Jennifer wußte, daß sie auf keinen Fall zwei oder drei Tage hier bleiben konnte. Adam könnte sie brauchen. Sie wußte, daß sie ihn brauchte.

»In der Zwischenzeit sollten Sie im Bett bleiben und sich ausruhen.« Er gab ihr ein Fläschchen mit Pillen. »Das wird Ihnen helfen, sich zu entspannen.«

»Danke.« Jennifer kritzelte etwas auf ein Blatt Papier. »Unter dieser Nummer können Sie mich erreichen.«

Erst als Jennifer die Praxis verlassen hatte, blickte Dr. Monteux auf das Papier. Jennifer hatte eine New Yorker Telefonnummer aufgeschrieben.

Auf dem Flugplatz Charles De Gaulle in Paris, wo sie in ein anderes Flugzeug umstieg, nahm Jennifer zwei von den Pillen, die Dr. Monteux ihr gegeben hatte, und eine Schlaftablette. Sie schlief fast den ganzen Rückflug nach New York über, aber als sie das Flugzeug verließ, fühlte sie sich nicht besser. Sie hatte niemanden gebeten, sie abzuholen, so daß sie ein Taxi zu ihrer Wohnung nehmen mußte. Am späten Nachmittag klingelte das Telefon. Es war Adam.

»Jennifer! Wo bist du...?«

Sie versuchte, ihrer Stimme einen energischen Klang zu geben. »Es tut mir leid, Liebling. Ich mußte wegen eines Klienten nach Monte Carlo, und ich konnte dich vorher nicht erreichen.«

»Ich habe mich halb zu Tode geängstigt. Geht es dir gut?«

»Ja, danke. Ich – ich bin nur etwas erschöpft wegen der ganzen Rennerei.«

»Mein Gott, ich hatte schon die schrecklichsten Dinge befürchtet.«

»Es besteht kein Grund zur Sorge«, versicherte Jennifer. »Wie läuft der Wahlkampf?«

»Gut. Wann kann ich dich sehen? Ich sollte eigentlich nach Washington fahren, aber ich kann das verschieben und...«

»Nein, fahr du nur«, sagte Jennifer. Sie wollte nicht, daß Adam sie so sah. »Ich habe viel zu tun. Wir verbringen das nächste Wochenende miteinander.«

»In Ordnung.« Er zögerte. »Falls du um elf nichts zu tun hast, ich bin in den CBS-Nachrichten.«

»Ich schaue es mir an, Liebling.«

Fünf Minuten, nachdem sie den Hörer aufgelegt hatte, war Jennifer eingeschlafen.

Am nächsten Morgen rief sie Cynthia an, um ihr mitzuteilen, daß sie nicht ins Büro kommen würde. Sie hatte schlecht geschlafen und fühlte sich beim Aufwachen immer noch nicht besser. Sie versuchte, zu frühstücken, konnte aber nichts bei sich behalten. Sie fühlte sich schwach. Seit drei Tagen hatte sie fast nichts gegessen.

Widerstrebend überlegte sie sich die Krankheiten, von denen sie befallen sein könnte. Krebs, zum Beispiel. Sie tastete ihre Brüste nach Knoten ab, spürte aber nichts. Allerdings konnte der Krebs überall zuschlagen. Es konnte auch ein Virus sein, aber das hätte der Doktor bestimmt sofort gemerkt. Das Problem war, daß es sich um beinahe alles handeln konnte. Jennifer fühlte sich verloren und hilflos. Sie war kein Hypochonder, denn sie war immer in blendender Verfassung gewesen, und jetzt fühlte sie sich, als ob ihr Körper sie betrogen hätte. Sie hätte es nicht ertragen können, wenn es etwas Ernstes gewesen wäre. Nicht jetzt, wo alles so wundervoll war.

Nein, sie würde gesund werden. Ganz bestimmt.

Eine neue Übelkeitswelle überkam sie.

Um elf Uhr am selben Morgen rief Dr. Monteux aus Monte Carlo an. Eine Stimme sagte: »Einen Moment, bitte. Ich stelle den Doktor durch.«

Aus dem Moment wurden hundert Jahre, und Jennifer umklammerte den Hörer. Das Warten war unerträglich.

Schließlich vernahm sie die Stimme des Arztes. »Wie fühlen Sie sich?«

»Noch genauso«, antwortete Jennifer nervös. »Haben Sie die Ergebnisse der Untersuchungen?«

»Gute Neuigkeiten«, sagte Dr. Monteux. »Es ist nicht die Beulenpest.«

Jennifer hielt es nicht mehr aus. Was fehlt mir?«

»Fehlen? Eher das Gegenteil. Sie bekommen ein Baby, Mrs. Parker.«

Wie betäubt starrte Jennifer das Telefon an. Als sie ihre Stimme wiedergefunden hatte, fragte sie: »Sind – sind Sie sicher?«

»Störche lügen nicht. Ich nehme an, das ist Ihr erstes Baby?«

»Ja.«

»Ich würde vorschlagen, daß Sie so schnell wie möglich einen Gynäkologen aufsuchen. Die Heftigkeit der ersten Symptome läßt auf einige Schwierigkeiten bei der Geburt schließen.«

»Einverstanden«, sagte Jennifer. »Danke für Ihren Anruf, Dr. Monteux.«

Sie legte den Hörer auf und saß nur da, völlig durcheinander. Sie war nicht sicher, wann das passiert sein mochte und was sie davon halten sollte. Sie konnte nicht klar denken.

Sie trug Adams Baby in sich. Und plötzlich wußte Jennifer, wie sie sich fühlte. Sie fühlte sich fabelhaft; sie fühlte sich, als hätte sie ein unschätzbar wertvolles Geschenk erhalten.

Der Zeitpunkt war perfekt, als wären die Götter auf ihrer Seite. Bald würde die Wahl vorüber sein, sie und Adam würden heiraten. Es würde ein Junge werden. Jennifer wußte es. Sie konnte es gar nicht erwarten, Adam die Neuigkeit zu eröffnen.

Sie rief sein Büro an.

»Mr. Warner ist nicht da«, informierte sie seine Sekretärin. »Versuchen Sie es doch bei ihm zu Hause.«

Es widerstrebte ihr, Adam zu Hause anzurufen, aber sie platzte beinahe. Sie wählte seine Nummer. Mary Beth hob ab.

»Es tut mir leid, daß ich Sie belästige«, entschuldigte sich Jennifer. »Hier ist Jennifer Parker. Ich hätte etwas mit Adam zu besprechen.«

»Es freut mich, daß Sie angerufen haben«, sagte Mary Beth. Die Wärme in ihrer Stimme war ermutigend. »Adam muß einen Vortrag halten, aber gegen Abend wird er wieder hier sein. Warum kommen Sie nicht heraus? Wir könnten zusammen zu Abend essen. Sagen wir, um sieben?«

Jennifer zögerte einen Moment. »Das wäre schön.«

Es war ein Wunder, daß Jennifer auf der Fahrt nach Croton-on-Hudson keinen Unfall hatte. Sie war völlig geistesabwesend, beschäftigt mit Träumen von der Zukunft. Sie und Adam hatten oft davon gesprochen, Kinder zu haben. Sie konnte sich genau an seine Worte erinnern. *Ich möchte einen Jungen und ein Mädchen, die genau wie du aussehen.*

Als Jennifer die Straße entlangfuhr, glaubte sie, eine leichte Bewegung in ihrem Schoß zu spüren, aber sie sagte sich, daß sie phantasierte. Es war viel zu früh. Aber es würde nicht mehr lange dauern. Adams Baby wuchs in ihr. Es war am Leben und würde bald zu treten beginnen. Es war ehrfurchtgebietend, überwältigend. Sie...

Jennifer hörte, wie jemand sie dröhnend anhupte. Sie blickte auf und sah, daß sie beinahe einen Lastwagen von der Straße gedrängt hätte. Sie lächelte den Fahrer entschuldigend an und fuhr weiter. Nichts konnte diesen Tag verderben.

Es war dunkel, als Jennifer den Wagen vor dem Haus der Warners ausrollen ließ. Feiner Schnee rieselte vom Himmel und bestäubte die Bäume. Mary Beth, gekleidet in ein langes, blaues Brokatkleid, öffnete die Haustür, begrüßte Jennifer, nahm ihren Arm und führte sie ins Haus. Ihre Wärme erinnerte Jennifer an den Tag, da sie sich zum erstenmal gesehen hatten.

Mary Beth wirkte sehr glücklich. Sie plauderte über dies und das, damit Jennifer sich wohl fühlte. Sie gingen in die Bibliothek, wo ein Begrüßungsfeuer im Kamin brannte.

»Ich habe noch nichts von Adam gehört«, sagte Mary Beth. »Er ist vielleicht irgendwo festgehalten worden. In der Zwischenzeit können wir beide uns in aller Ruhe unterhalten. Sie haben am Telefon so aufgeregt geklungen.« Mary Beth lehnte sich verschwörerisch vor. »Was ist die große Neuigkeit?«

Jennifer blickte die freundliche Frau ihr gegenüber an und platzte heraus: »Ich bekomme ein Kind von Adam.«

Mary Beth lehnte sich in ihrem Stuhl zurück und lächelte. »Na, wenn das nichts ist! Ich übrigens auch!«

Jennifer starrte sie an. »Ich – ich verstehe nicht.«

Mary Beth lachte. »Es ist eigentlich ganz einfach, meine Liebe. Adam und ich sind verheiratet, wie Sie wissen.«

Jennifer sagte langsam: »Aber – aber Sie und Adam lassen sich doch scheiden.«

»Mein gutes Kind, warum, um alles in der Welt, sollte ich mich von Adam scheiden lassen sollen? Ich verehre ihn.«

Jennifer fühlte, wie ihr schwindlig wurde. Das Gespräch war

so unsinnig. »Sie – Sie lieben doch jemand anderen. Sie haben selber zu mir gesagt, daß...«

»Ich sagte, ich sei verliebt. Und das bin ich auch. Ich bin in Adam verliebt. Ich habe Ihnen gesagt, daß ich Adam geliebt habe, seit ich ihn zum erstenmal gesehen habe.«

Sie konnte ihre Worte nicht ernst meinen. Sie nahm Jennifer auf den Arm, spielte irgendein dummes Spiel mit ihr.

»Hören Sie auf!« sagte Jennifer. »Sie sind wie Bruder und Schwester zueinander. Adam schläft nicht mehr mit...«

Mary Beths Stimme schien vor unterdrücktem Gelächter zu klingeln. »Mein armes Kind! Ich bin verwundert, daß eine so intelligente Person wie Sie auf so was hereinfallen...« Sie lehnte sich vor, beinahe betroffen. »Sie haben ihm geglaubt! Das tut mir leid. Das tut mir wirklich leid.«

Jennifer kämpfte um ihre Selbstbeherrschung. »Adam liebt mich. Wir werden heiraten.«

Mary Beth schüttelte den Kopf. Ihre blauen Augen trafen Jennifers Blick, und der nackte Haß darin ließ Jennifers Herzschlag aussetzen.

»Dann wäre Adam ein Bigamist. Ich werde niemals in die Scheidung einwilligen. Wenn ich Adam erlaubte, sich von mir scheiden zu lassen und Sie zu heiraten, würde er die Wahl verlieren. So wie es aussieht, wird er sie gewinnen. Dann werden wir auf das Weiße Haus zusteuern, Adam und ich. In seinem Leben ist kein Platz für jemanden wie Sie. Das war auch nie so. Er glaubt nur, Sie zu lieben. Aber er wird wieder vernünftig werden, wenn er erfährt, daß ich sein Kind trage. Adam wollte immer ein Kind haben.«

Jennifer kniff die Augen zusammen und versuchte, der grauenhaften Schmerzen in ihrem Kopf Herr zu werden.

»Soll ich Ihnen etwas bringen?« fragte Mary Beth besorgt.

Jennifer öffnete die Augen. »Haben Sie ihm schon von dem Kind erzählt?«

»Noch nicht.« Mary Beth lächelte. »Ich dachte, ich erzähle es ihm heute nacht, wenn er nach Hause kommt und wir im Bett sind.«

Jennifer war von Ekel erfüllt. »Sie sind eine Bestie...«

»Das ist alles eine Frage des Standpunkts, nicht wahr, Schätzchen? Ich bin Adams Frau. Sie sind seine Hure.«

Jennifer stand auf. Sie fühlte sich schwindlig. Ihre Kopfschmerzen hatten sich zu unerträglichem Hämmern gesteigert. Ihre Ohren dröhnten, und sie hatte Angst, das Bewußtsein zu verlieren. Auf unsicheren Beinen bewegte sie sich zum Eingang.

An der Tür hielt sie inne, lehnte sich dagegen und versuchte, nachzudenken. Adam hatte gesagt, er liebe sie, aber dennoch hatte er mit dieser Frau geschlafen, ihr ein Kind gemacht.

Jennifer trat hinaus in die kalte Nachtluft.

## 24

Adam war auf der letzten Wahlreise durch den Staat. Er rief Jennifer ein paarmal an, aber er war immer von seiner Begleitung umgeben, und sie konnten nicht reden.

Jennifer hatte eine Erklärung für Mary Beths Schwangerschaft gefunden: Mary Beth hatte ihn dazu verführt, mit ihr zu schlafen. Aber Jennifer wollte es aus Adams Mund hören.

»In ein paar Tagen bin ich zurück, dann können wir uns unterhalten«, sagte Adam.

Die Wahl war nur noch fünf Tage entfernt. Adam verdiente den Sieg; er war der bessere Mann. Jennifer hatte das Gefühl, daß Mary Beth richtig lag, wenn sie sagte, diese Wahl könne das Sprungbrett zur Präsidentschaft sein. Sie zwang sich, abzuwarten und die Dinge auf sich zukommen zu lassen.

Wenn Adam zum Senator gewählt wurde, würde sie ihn verlieren. Adam würde mit Mary Beth nach Washington ziehen. Auf keinen Fall konnte er sich eine Scheidung leisten. Ein frischgewählter Senator, der sich von seiner schwangeren Frau scheiden ließ, um seine schwangere Geliebte zu heiraten, lieferte damit einen derart saftigen Skandal, daß er sich alle weiteren Hoffnungen aus dem Kopf schlagen konnte. Aber wenn Adam das Rennen verlor, war er frei. Frei, wieder seinem Anwaltsberuf nachzugehen; frei, Jennifer zu heiraten und sich nicht darum zu kümmern, was irgend jemand darüber denken mochte. Sie würden den Rest ihres Lebens gemeinsam verbringen können. Sie würden ihr Kind haben.

Der Wahltag war kalt und regnerisch. Wegen des großen Interesses am Ausgang des Rennens wurde trotz des schlechten Wetters eine große Wahlbeteiligung erwartet.

Am Morgen fragte Ken Bailey: »Gehst du heute zur Urne?«

»Ja.«

»Sieht nach einem Kopf-an-Kopf-Rennen aus, was?«

»Allerdings.«

Sie ging am späten Vormittag ins Wahllokal, und als sie die Kabine zur Stimmabgabe betrat, dachte sie trocken: *Eine Stimme für Adam Warner ist eine Stimme gegen Jennifer Parker.* Sie kreuzte Adams Namen an und verließ die Kabine. Sie konnte es nicht ertragen, zurück ins Büro zu gehen. Den ganzen Nachmittag schlenderte sie durch die Straßen, versuchte, an nichts zu denken und nichts zu fühlen; nicht zu denken oder zu fühlen, daß die nächsten Stunden über den Rest ihres Lebens entschieden.

## 25

»Dies ist eine der spannendsten Wahlen der letzten Jahre«, sagte der Fernsehkommentator.

Jennifer saß allein zu Hause und verfolgte die Berichterstattung der NBC. Sie hatte sich ein leichtes Abendessen aus Rührei und Toast bereitet, war aber zu nervös, um etwas herunterzubringen. Sie saß in einem Hauskleid auf der Couch und wurde Zeuge, wie ihr Schicksal für Millionen Menschen übertragen wurde. Jeder Zuschauer hatte seine eigenen Gründe, den Fernsehapparat anzuschalten und einem der Kandidaten Sieg oder Niederlage zu wünschen, aber Jennifer war sicher, daß keiner von ihnen so tief von dem Ergebnis der Wahlen betroffen sein würde wie sie. Wenn Adam gewann, bedeutete dies das Ende ihrer Beziehung... und das Ende des Kindes in ihrem Schoß.

Eine kurze Einstellung brachte Adam auf die Mattscheibe, Mary Beth an seiner Seite. Für gewöhnlich war Jennifer stolz auf ihre Menschenkenntnis, aber Mary Beth, dieses Biest mit der honigsüßen Stimme, hatte sie mit ihrer Mondschein-und-Magnolien-Nummer völlig eingewickelt. Jennifer versuchte die Vorstellung zu verdrängen, daß Adam mit dieser Frau ins Bett ging, ihr sein Kind schenkte.

Edwin Newman sagte: »Hier sind die letzten Ergebnisse des Rennens um den Senatssitz zwischen dem bisherigen Statthalter John Trowbridge und seinem Herausforderer Adam Warner. In Manhattan beträgt die Summe der für John Trowbridge abgegebenen Stimmen 221375. Adam Warner erhielt 214895 der abgegebenen Stimmen. Im Wahlbezirk Queens hat John Trowbridge einen Vorsprung von ungefähr fünf Prozent.«

Jennifers Leben wurde in Prozenten gemessen.

»Die Gesamtergebnisse der Bronx, von Brooklyn, Queens, Richmond und der Bezirke Nassau, Rockland, Suffolk und Westchester addieren sich zu zwei Millionen dreihunderttausend Stimmen für John Trowbridge, zwei Millionen einhundertzwanzigtausend für Adam Warner, wobei die Stimmen aus dem Norden des Staates zum Teil noch ausgezählt werden. Adam Warner hat sich überraschend gut gegen Senator Trowbridge gehalten, der seine dritte Amtszeit absolviert. Den Meinungsumfragen nach hatten beide von Anfang an beinahe die gleiche Popularität. Den letzten Ergebnissen nach – zweiundsechzig Prozent der Stimmen sind bereits ausgezählt – ist Senator Trowbridge allmählich in Führung gegangen. Nach den Hochrechnungen lag Senator Trowbridge noch vor einer Stunde um nur etwa zwei Prozent vorn. Die letzten Ergebnisse zeigen, daß er seinen Vorsprung auf vier Prozent ausgebaut hat. Wenn dieser Trend anhält, sagt der NBC-Computer Senator Trowbridge den Sieg in diesem Kampf um die nächste Amtszeit im Senat der Vereinigten Staaten voraus. Das Wettrennen zwischen...«

Jennifer saß da und starrte auf den Fernsehapparat, ihr Herz klopfte. Es war, als wenn Millionen von Menschen zur Wahl darüber aufgerufen seien, ob es Adam und Jennifer oder Adam und Mary Beth heißen sollte. Jennifer fühlte sich hohl und schwach. Sie mußte daran denken, irgendwann etwas zu essen. Aber nicht jetzt. Im Augenblick spielten nur die Geschehnisse auf dem Fernsehschirm vor ihr eine Rolle. Minute für Minute, Stunde für Stunde wuchs die Spannung.

Um Mitternacht lag Senator Trowbridge um dreieinhalb Prozent in Führung. Um zwei Uhr morgens, nachdem achtundsiebzig Prozent der Stimmen ausgezählt waren, führte er immer noch, allerdings nur um zweieinhalb Prozent. Der Hochrechnung des Computers nach hatte Senator Trowbridge die Wahl gewonnen.

Jennifer starrte auf den Fernsehapparat. Jedes Gefühl, jede Empfindung schienen sie verlassen zu haben. Adam hatte verloren. Jennifer war der Sieger. Sie hatte Adam und ihren Sohn gewonnen. Jetzt konnte sie es ihm sagen, jetzt konnte sie ihm von dem Kind erzählen und Pläne für die Zukunft schmieden.

Jennifers Herz blutete für Adam, denn sie wußte, wieviel die Wahl ihm bedeutet hatte. Aber mit der Zeit würde er darüber hinwegkommen. Eines Tages würde er es noch einmal versuchen, und sie würde ihm helfen. Er war noch jung. Die Welt lag vor ihnen, und sie waren zu dritt.

Jennifer schlief auf der Couch ein. Sie träumte von Adam, der Wahl und dem Weißen Haus. Sie, Adam und ihr Sohn befanden sich im ovalen Zimmer. Adam hielt seine Jungfernrede. Mary Beth trat ein und begann, ihn zu unterbrechen. Adam schrie sie an, und seine Stimme wurde lauter und lauter. Jennifer erwachte. Die Stimme gehörte Edwin Newman. Der Fernsehapparat lief noch immer. Es dämmerte.

Edwin Newman sah erschöpft aus. Er las die endgültigen Wahlergebnisse vor. Noch immer im Halbschlaf lauschte Jennifer seinen Worten.

Als sie gerade aufstehen wollte, um den Apparat auszustellen, hörte sie Newman sagen: »Und hier das endgültige Ergebnis der Senatswahlen im Staat New York. In einem der spannendsten

Rennen der letzten Jahre hat Adam Warner seinen Vorgänger Senator John Trowbridge mit einer Spanne von weniger als einem Prozent geschlagen.«

Es war vorbei. Jennifer hatte verloren.

## 26

Als Jennifer am späten Vormittag das Büro betrat, sagte Cynthia: »Mr. Adams ist in der Leitung, Miß Parker. Er hat schon den ganzen Morgen angerufen.«

Jennifer zögerte, dann sagte sie: »Gut, Cynthia, stellen Sie ihn durch.« Sie ging in ihr Büro und nahm den Hörer ab. »Hallo, Adam. Herzlichen Glückwunsch.«

»Danke. Ich muß mit dir reden. Bist du zum Mittagessen noch frei?«

Jennifer zögerte. »Ja.«

Früher oder später mußte sie es hinter sich bringen.

Sie sahen sich das erste Mal seit drei Wochen. Sie studierte sein Gesicht. Adam sah hager und erschöpft aus. Eigentlich hätte er vor Siegesfreude strahlen sollen, aber statt dessen wirkte er seltsam nervös und beunruhigt. Sie bestellten etwas zu essen, ließen es aber beide stehen, und sie sprachen über die Wahl, aber ihre Worte sollten nur ihre Gedanken verschleiern.

Die Charade war beinahe unerträglich geworden, als Adam schließlich begann: »Jennifer...« Er holte tief Luft und ließ sich dann ins kalte Wasser fallen: »Mary Beth bekommt ein Kind.« Diese Worte aus seinem Mund zu hören, verlieh ihnen grauenhafte Endgültigkeit. »Es – es ist einfach passiert. Es ist schwer zu erklären.«

»Du brauchst nichts zu erklären.« Jennifer konnte die Szene klar und deutlich vor sich sehen. Mary Beth in einem aufreizenden Negligée – oder nackt – und Adam...

»Ich komme mir vor wie der größte Dummkopf der Welt«, sagte Adam. Unbehagliches Schweigen kam auf, und er fuhr fort. »Heute morgen habe ich einen Anruf vom Nationalen Komitee der Partei erhalten. Man spricht davon, mich zum nächsten Präsidentschaftskandidaten aufzubauen.« Er zögerte. »Das Problem ist, daß es für mich sehr ungünstig wäre, wenn ich mich scheiden ließe, solange Mary Beth schwanger ist. Ich weiß einfach nicht, was ich tun soll. Ich habe drei Nächte lang nicht geschlafen.« Er blickte Jennifer an und sagte: »Ich finde es grauenhaft, dich darum bitten zu müssen, aber – wäre es möglich, daß wir noch etwas warten, bis die Dinge sich von selbst beruhigt haben?«

Jennifer blickte Adam über den Tisch an und fühlte einen so tiefen Schmerz, ein so unerträgliches Gefühl von Verlust, daß sie glaubte, es nicht ertragen zu können.

»In der Zwischenzeit sehen wir uns so oft wie möglich«, sagte Adam. »Wir...«

Jennifer zwang sich, etwas zu sagen. Sie sagte: »Nein, Adam. Es ist aus.«

Er starrte sie an. »Das meinst du doch nicht im Ernst, Liebling. Wir werden einen Weg finden...«

»Es gibt keinen Weg. Deine Frau und dein Kind werden nicht einfach vom Erdboden verschwinden. Zwischen dir und mir ist alles zu Ende. Es war schön, Adam. Ich habe jede Minute genossen.«

Sie stand auf, denn sie wußte, daß sie zu schreien beginnen würde, wenn sie nicht auf der Stelle das Restaurant verließ.

»Wir werden uns nie wiedersehen.«

Sie konnte es nicht ertragen, in seine von plötzlichem Schmerz erfüllten Augen zu blicken.

»Um Himmels willen, Jennifer! Tu das nicht. Bitte, tu das nicht! Wir...«

Den Rest verstand sie nicht mehr. Sie hastete auf die Tür zu, hinaus aus dem Restaurant, hinaus aus Adams Leben.

# 27

Adams Anrufe wurden weder angenommen noch erwidert. Seine Briefe wurden ungeöffnet zurückgesandt. Auf den letzten Brief, den Jennifer erhielt, schrieb sie das Wort »Verstorben« und warf ihn wieder in den Briefkasten. *Das stimmt auch,* dachte Jennifer. *Ich bin tot.*

Sie hatte nie gewußt, daß Schmerz so heftig sein konnte. Sie mußte allein sein, und dennoch war sie nicht allein. Ein anderes menschliches Wesen wuchs in ihr heran, ein Teil von ihr, ein Teil von Adam. Und sie würde es zerstören.

Sie zwang sich, darüber nachzudenken, wo sie die Abtreibung vornehmen lassen würde... Vor ein paar Jahren hätte eine Abtreibung irgendeinen Quacksalber in einem schäbigen Hinterzimmer über einer schmutzigen Seitengasse bedeutet, aber wenigstens das war jetzt nicht mehr unumgänglich. Sie konnte sich in eine Klinik begeben und die Operation von einem angesehenen Chirurgen durchführen lassen. Irgendwo außerhalb von New York City. Jennifers Photo war zu oft in der Zeitung erschienen, sie war zu häufig im Fernsehen aufgetreten. Sie brauchte Anonymität, irgendeinen Ort, an dem keine Fragen gestellt wurden. Es durfte nie, nie eine Verbindung zwischen ihr und Adam Warner hergestellt werden können. *Senator* Adam Warner. Ihr Baby mußte unbekannt sterben.

Einmal versuchte Jennifer sich vorzustellen, wie das Baby wohl ausgesehen hätte, und sie begann so heftig zu weinen, daß sie beinahe erstickt wäre.

Es hatte zu regnen begonnen. Jennifer blickte zum Himmel und fragte sich, ob Gott für sie weinte.

Ken Bailey war der einzige Mensch, an den Jennifer sich um Hilfe wenden konnte.

»Ich muß eine Abtreibung machen lassen«, sagte sie ohne Einleitung. »Kennst du irgendeinen guten Arzt?«

Er versuchte, seine Reaktion zu verbergen, aber Jennifer konnte den Widerschein einer Vielzahl von Gefühlen auf seinem Gesicht sehen.

»Irgendwo außerhalb der Stadt, Ken. An einem Ort, wo man mich nicht kennt.«

»Wie wäre es mit den Fidschi-Inseln?« Seine Stimme klang zornig.

»Ich meine es ernst.«

»Entschuldige. Ich... du hast mich einfach überrascht.« Die Neuigkeit hatte ihn völlig umgeworfen. Er verehrte Jennifer. Er wußte, daß er sie gern hatte, und es gab Zeiten, in denen er sie zu lieben glaubte; aber er war nie sicher, und das quälte ihn. Mit Jennifer könnte er niemals das tun, was er mit seiner Frau gemacht hatte. *Gott,* dachte Ken, *warum, zum Teufel, konntest du dich ausgerechnet bei mir nicht entscheiden?*

Er fuhr sich mit den Händen durch das rote Haar und sagte: »Wenn du es nicht in New York gemacht haben willst, dann würde ich Nordcarolina vorschlagen. Das ist nicht so weit weg.«

»Kannst du mir dort etwas suchen?«

»Ja, sicher. Ich...«

»Ja?«

Er sah weg. »Nichts.«

Die nächsten drei Tage war Ken Bailey verschwunden. Als er am vierten Tag in Jennifers Büro kam, war er unrasiert, und seine Augen lagen tief in den Höhlen und hatten rote Ränder.

Jennifer warf nur einen Blick auf ihn und fragte: »Geht es dir gut?«

»Ich glaube schon.«

»Kann ich irgend etwas für dich tun?«

»Nein.« *Wenn Gott mir schon nicht helfen kann, Liebes, dann kannst du es noch weniger.*

Er gab Jennifer einen Zettel. Darauf stand: *Dr. Eric Linden, Memorial Hospital, Charlotte, Nordcarolina.*

»Ich danke dir, Ken.«

»*De nada.* Wann willst du es machen lassen?«

»Ich werde dieses Wochenende hinfahren.«

Verlegen fragte er: »Soll ich mitkommen?«

»Nein, danke. Ich schaff's schon allein.«

»Und die Rückfahrt?«

»Ich schaffe es.«

Er zögerte noch einen Moment, ehe er ging. »Es geht mich ja nichts an, aber bist du sicher, daß du das Richtige tust?«

»Ja. Ich bin sicher.«

Sie hatte keine Wahl. Nichts auf der Welt wünschte sie sich mehr, als Adams Baby behalten zu können, aber sie wußte, daß es Wahnsinn wäre, das Kind allein großzuziehen.

Sie blickte Ken an und sagte noch einmal: »Ich bin sicher.«

Das Hospital war ein freundlich aussehendes, altes, zweistöckiges Ziegelgebäude in den Außenbezirken von Charlotte.

An der Pforte saß eine grauhaarige, etwa sechzigjährige Frau. »Kann ich Ihnen helfen?«

»Ja«, sagte Jennifer. »Ich bin Mrs. Parker. Ich habe einen Termin bei Dr. Linden für – für...« Sie konnte die Worte nicht über ihre Lippen bringen.

Die Frau nickte verständnisvoll. »Der Doktor erwartet Sie, Mrs. Parker. Ich hole jemanden, der Ihnen den Weg zeigt.«

Eine tüchtige junge Schwester führte Jennifer zu einem Untersuchungsraum am Ende des Flurs. »Ich sage Dr. Linden, daß Sie hier sind. Würden Sie sich schon einmal ausziehen? Auf dem Bügel hängt ein Krankenhemd.«

Langsam zog Jennifer sich aus und legte das weiße Klinikgewand an. Ein Gefühl von Unwirklichkeit erfüllte sie. Sie kam sich vor, als binde sie eine Metzgerschürze um. Sie stand kurz davor, das Leben in ihrem Schoß zu töten. Sie sah Blutspritzer auf der Schürze, das Blut ihres Babys. Sie begann zu zittern.

Eine Stimme sagte: »Aber, aber. Entspannen Sie sich.«

Jennifer blickte auf und sah einen stämmigen, kahlköpfigen Mann mit einer horngerahmten Brille, die seinem Gesicht einen eulenhaften Ausdruck gab.

»Ich bin Dr. Linden.« Er blickte auf die Karte in seiner Hand. »Sie sind Mrs. Parker.«

Jennifer nickte.

Der Doktor berührte ihren Arm und sagte beruhigend: »Setzen Sie sich.« Er ging zum Waschbecken und füllte einen Pappbecher mit Wasser. »Trinken Sie das.«

Jennifer gehorchte. Dr. Linden saß in seinem Stuhl und beobachtete sie, bis das Zittern aufgehört hatte.

»So. Sie wollen also eine Abtreibung durchführen lassen.«

»Ja.«

»Haben Sie darüber mit Ihrem Mann gesprochen, Mrs. Parker?«

»Ja. Wir... wir wollen es beide.«

Er studierte sie. »Sie scheinen gesund zu sein.«

»Es... es geht mir gut.«

»Ist es ein wirtschaftliches Problem?«

»Nein«, sagte Jennifer scharf. Warum behelligt er sie mit diesen Fragen? »Wir... wir können es einfach nicht bekommen.«

Dr. Linden förderte eine Pfeife zutage. »Stört es Sie, wenn ich rauche?«

»Nein.«

Dr. Linden zündete die Pfeife an und sagte: »Dumme Angewohnheit.« Er lehnte sich zurück und paffte ein paar Rauchwolken in die Luft.

»Können wir es nicht endlich hinter uns bringen?« fragte Jennifer.

Ihre Nerven waren bis zum äußersten gespannt. Sie fühlte, daß sie jeden Augenblick zu schreien beginnen könnte.

Dr. Linden zog noch einmal lang an seiner Pfeife. »Ich glaube, wir sollten uns ein paar Minuten unterhalten.«

Mit übermenschlicher Willenskraft beherrschte Jennifer ihre Ungeduld. »Wie Sie meinen.«

»Das Dumme an Abtreibungen«, sagte Dr. Linden, »ist ihre Endgültigkeit. Jetzt können Sie es sich noch anders überlegen, hinterher nicht mehr – wenn das Baby tot ist.«

»Ich werde es mir nicht anders überlegen.«

Er nickte und paffte weiter vor sich hin. »Das ist gut.«

Der süße Geruch des Tabaks ließ Jennifer müde werden. Sie wünschte, er würde die Pfeife weglegen. »Dr. Linden...«

Er stand widerstrebend auf und sagte: »Na gut, junge Frau, dann wollen wir Sie einmal anschauen.«

Jennifer legte sich im Untersuchungsstuhl zurück, die Füße

auf den kalten Metallsteigbügeln. Sie fühlte seine Finger in ihrem Körper herumtasten. Sie waren sanft und erfahren, und Jennifer fühlte keine Verlegenheit, nur ein unbeschreibliches Gefühl der Verlorenheit, einen tiefen Kummer. Unerwünschte Visionen tauchten vor ihren Augen auf, Bilder von ihrem Sohn, denn sie war sicher, es wäre ein Sohn geworden, wie er spielte, im Garten herumlief und lachte, wie er aufwuchs, ein Abbild seines Vaters.

Dr. Linden hatte seine Untersuchung beendet. »Sie können sich jetzt anziehen, Mrs. Parker. Wenn Sie wollen, können Sie die Nacht über hierbleiben, und morgen früh werden wir dann die Operation durchführen.«

»Nein!« Jennifers Stimme klang schärfer als beabsichtigt. »Ich möchte es sofort gemacht haben.«

Dr. Linden studierte sie noch einmal, einen verwirrten Ausdruck auf dem Gesicht.

»Ich habe noch zwei Patientinnen vor Ihnen. Ich schicke die Schwester zu Ihnen, damit sie ein paar Laboruntersuchungen durchführt, und lasse Sie dann in Ihr Zimmer bringen. In etwa vier Stunden nehmen wir dann den Eingriff vor. Einverstanden?«

Jennifer flüsterte: »Einverstanden.«

Sie lag auf dem schmalen Krankenhausbett, die Augen geschlossen, und wartete auf Dr. Lindens Rückkehr. An der Wand hing eine altmodische Uhr, und ihr Ticken erfüllte den ganzen Raum. Aus dem Tick-Tack wurden Worte: *Adams Sohn, Adams Sohn, Adams Sohn, unser Kind, unser Kind, unser Kind.*

Jennifer konnte sich einfach nicht gegen das Bild des Babys wehren, das in diesem Augenblick in ihrem Leib war, das es gemütlich und warm hatte, das, geschützt gegen die Welt, in der Fruchthülle in ihrem Schoß lebte. Sie fragte sich, ob es irgendeine instinktive, urzeitliche Furcht vor dem empfand, was mit ihm geschehen würde. Sie fragte sich, ob es Schmerz empfinden würde, wenn das Messer es tötete. Sie preßte die Hände gegen die Ohren, um das Ticken der Uhr abzuschalten. Sie stellte fest, daß sie begonnen hatte, heftig zu atmen, und daß ihr Körper schweißbedeckt war. Sie hörte ein Geräusch und öffnete die Augen.

Dr. Linden stand über sie gebeugt, einen besorgten Ausdruck auf dem Gesicht. »Geht es Ihnen gut, Mrs. Parker?«

»Ja«, flüsterte Jennifer. »Ich möchte es nur hinter mich bringen.«

Dr. Linden nickte. »Genau das werden wir jetzt tun.« Er nahm eine Spritze von dem Tisch neben ihrem Bett und bewegte sich auf Jennifer zu.

»Was ist darin?«

»Demerol und Phenergan, damit Sie sich entspannen. In ein paar Minuten gehen wir in den Operationssaal.« Er injizierte Jennifer den Inhalt der Spritze. »Ist das Ihre erste Abtreibung?«

»Ja.«

»Dann will ich Ihnen erklären, wie wir vorgehen. Es ist eine schmerzlose und relativ einfache Prozedur. Im Operationssaal erhalten Sie eine vollständige Narkose. Wenn Sie bewußtlos sind, werden wir einen Spiegel in Ihre Vagina einführen, damit wir sehen können, was wir tun. Dann werden wir den Gebärmutterhals mit verschieden großen Metalldilatatoren erweitern und anschließend den Uterus mit einer Kürette auskratzen. Noch irgendwelche Fragen?«

»Nein.«

Ein warmes Gefühl von Schläfrigkeit beschlich sie. Sie konnte spüren, wie ihre Spannung wie durch Zauberei verschwand und die Wände des Zimmers zu verschwimmen begannen. Sie hatte den Arzt noch etwas fragen wollen, aber sie wußte nicht mehr, was es war... irgend etwas wegen des Babys... es schien nicht länger wichtig. Wichtig war einzig und allein, daß sie tat, was sie zu tun hatte. In ein paar Minuten würde alles vorbei sein, und sie konnte ein neues Leben beginnen.

Sie glitt in einen wundervollen, traumhaften Zustand hinein... ein paar Leute traten in ihr Zimmer und hoben sie auf einen Operationswagen... durch das dünne Krankenhemd an ihrem Rücken spürte sie die Kälte des Metalls. Sie wurde den Flur entlanggerollt und zählte die Lampen an der Decke. Es schien ihr wichtig, daß sie sich nicht verzählte, aber sie wußte nicht genau warum. Sie wurde in den weißen, antiseptischen Operationssaal gefahren und dachte: *Hier wird mein Baby sterben. Keine Angst, kleiner Adam. Ich lasse nicht zu, daß sie dir weh tun.* Und ohne es zu wollen, begann sie zu weinen.

Dr. Linden berührte ihren Arm. »Keine Sorge. Es wird nicht weh tun.«

*Tod ohne Schmerzen,* dachte Jennifer. *Das ist schön.* Sie hatte ihr Baby lieb. Sie wollte nicht, daß man ihm weh tat.

Jemand legte ihr eine Sauerstoffmaske aufs Gesicht, und eine Stimme sagte: »Tief einatmen.«

Jennifer fühlte, wie Hände ihr Klinikhemd hochschoben und ihre Beine spreizten.

*Gleich passiert es. Es passiert hier und jetzt. Mein kleiner Adam, mein kleiner Adam, mein kleiner Adam.*

»Entspannen Sie sich«, sagte Dr. Linden.

Jennifer nickte. *Lebe wohl, mein Baby.* Sie spürte, wie sich ein Stahlinstrument zwischen ihren Schenkeln zu bewegen begann und langsam in sie hineinschlüpfte. Es war der Finger des Todes, der ihr Baby ermorden würde, wenn er es berührte.

Sie hörte eine fremde Stimme schreien. »Aufhören! Aufhören! Aufhören!«

Und Jennifer blickte auf zu den überraschten Gesichtern über ihr und merkte, daß es ihre eigene Stimme war. Die Maske wurde fester gegen ihr Gesicht gepreßt. Sie wollte sich aufsetzen, aber die Lederriemen hielten sie unten. Sie wurde in einen Strudel gezogen, tiefer und immer tiefer. Sie ertrank.

Das letzte, an das sie sich erinnerte, war das große, weiße Licht an der Decke, das um seine eigene Achse wirbelte, sich dann herabsenkte und in ihren Schädel eindrang.

Jennifer erwachte in ihrem Zimmer im Krankenhausbett. Durch das Fenster konnte sie sehen, daß es draußen dunkel war. Ihr Körper fühlte sich zerschlagen an, und sie fragte sich, wie lange sie bewußtlos gewesen war. Sie war am Leben, aber ihr Baby...

Sie tastete nach dem Klingelknopf an ihrem Bett und drückte ihn. Von Panik erfüllt, fuhr sie fort, den Knopf zu drücken. Sie konnte nicht aufhören.

Eine Schwester erschien im Türrahmen, dann verschwand sie schnell wieder. Einige Sekunden später eilte Dr. Linden herein. Er trat an das Bett und zog Jennifers Finger sanft von dem Klingelknopf.

Jennifer griff wild nach seinem Arm und keuchte: »Mein Baby... es ist tot...!«

Dr. Linden sagte: »Nein, Mrs. Parker. Es lebt. Ich hoffe, es wird ein Junge werden. Sie haben immer wieder seinen Namen gerufen: Adam!«

## 28

Weihnachten nahte und ging vorüber, und das neue Jahr, 1973, brach an. Der Februarschnee wurde von den Märzstürmen davongeweht, und Jennifer merkte, daß es an der Zeit war, mit der Arbeit aufzuhören.

Sie berief eine Konferenz der Mitarbeiter im Büro ein.

»Ich nehme Urlaub«, verkündete sie. »Während der nächsten fünf Monate werde ich nicht dasein.«

Überraschtes Gemurmel erhob sich. Dan Martin fragte: »Aber wir können dich erreichen, nicht wahr?«

»Nein, Dan. Ich werde nicht zu erreichen sein.«

Ted Harris blickte sie durch seine dicken Brillengläser an. »Jennifer, du kannst doch nicht einfach...«

»Ich fahre Ende der Woche.«

Ihr Ton war so bestimmt, daß keine weiteren Fragen kamen. Der Rest der Konferenz war den noch anhängigen Fällen gewidmet.

Als alle anderen gegangen waren, fragte Ken Bailey: »Hast du dir das wirklich genau überlegt?«

»Ich habe keine Wahl, Ken.«

Er sah sie an. »Ich weiß nicht, wer der Hurensohn ist, aber ich hasse ihn.«

Jennifer legte ihm die Hand auf den Arm. »Dank' dir. Ich werde es schaffen.«

»Es wird verdammt hart werden, weißt du das? Kinder werden

erwachsen. Sie stellen Fragen. Er wird wissen wollen, wer sein Vater ist.«

»Damit werde ich fertig.«

»Okay.« Seine Stimme wurde sanft. »Wenn ich irgend etwas für dich tun kann, egal was – ich bin immer für dich da.«

Sie umarmte ihn. »Danke, Ken. Ich – ich danke dir.«

Jennifer saß noch lange, nachdem alle anderen gegangen waren, allein im Dunkel des Büros und dachte nach. Sie wußte, daß sie Adam immer lieben würde. Nichts konnte das jemals ändern. Und sie war sicher, daß auch er sie noch liebte. *Irgendwie*, dachte sie, *wäre es einfacher, wenn er mich nicht mehr liebte.* Es war eine unfaßbare Ironie des Schicksals, daß sie einander liebten und nicht zusammen sein konnten, daß ihrer beider Leben sich weiter und weiter voneinander entfernen würden. Adams Leben würde von nun an in Washington mit Mary Beth und ihrem Kind weitergehen. Vielleicht würde er eines Tages ins Weiße Haus ziehen. Jennifer dachte an ihren eigenen Sohn, der heranwuchs und dann wissen wollte, wer sein Vater war. Sie würde es ihm nie sagen können, so wie Adam nie erfahren durfte, daß sie ihm ein Kind geboren hatte, denn das würde ihn zerstören.

Und wenn es irgend jemand sonst erfuhr, würde es Adam ebenfalls zerstören, nur auf eine andere Weise.

Jennifer hatte beschlossen, ein Haus auf dem Land zu kaufen – irgendwo außerhalb von Manhattan, wo sie und ihr Sohn zusammen in ihrer eigenen kleinen Welt leben konnten.

Sie fand das Haus durch reinen Zufall. Sie war auf dem Weg zu einem Mandanten in Long Island gewesen und hatte den Long Island Expressway bei der Abfahrt 36 verlassen, war dann falsch abgebogen und hatte sich in Sands Point wiedergefunden. Die Straßen waren ruhig und von schlanken, anmutigen Bäumen überschattet, die Häuser standen nicht direkt an der Straße, sondern lagen alle inmitten eines eigenen kleinen Gartens. An einem dieser weißen, im Kolonialstil erbauten Häuser in der Sands Point Road hing ein Schild mit der Aufschrift *Zu verkaufen.* Das Grundstück war eingezäunt, und ein schönes, schmiedeeisernes Tor versperrte den Zugang zu einer von Lampenpfosten gesäumten Auffahrt. Zu beiden Seiten der Auffahrt erstreckte sich Rasen, und Eiben verbargen das Haus. Von der Straße aus sah es hinreißend aus. Jennifer notierte den Namen des Maklers und machte für den nächsten Nachmittag einen Besichtigungstermin aus.

Der Makler war einer jener kernigen, ständig unter Hochdruck stehenden Geschäftsleute, die Jennifer verabscheute. Aber sie kaufte ja nicht sein Wesen, sondern ein Haus.

Er sagte: »Es ist eine Perle. Jawoll, eine richtige Perle. Mindestens hundert Jahre alt, und dazu noch in Tipptopp-Verfassung. Absolut Tipptopp.«

Tipptopp war in jedem Fall eine Übertreibung. Die Zimmer waren luftig und geräumig, aber sie bedurften dringend einiger Reparaturen. *Es wäre schön, dieses Haus wiederherzustellen und einzurichten,* dachte Jennifer.

Im ersten Stock, gegenüber vom großen Schlafzimmer, lag ein Raum, der gut in ein Kinderzimmer verwandelt werden konnte. Sie würde ihn in Blau und...

»Wollen Sie mal durch den Garten gehen?«

Das Baumhaus gab den Ausschlag. Es erhob sich auf einer Plattform hoch oben in einer stämmigen Eiche. Das Baumhaus ihres Sohnes. Das ganze Grundstück umfaßte etwa drei Morgen, und der Rasen hinter dem Haus fiel sacht ab bis zum Sund, in den ein Anlegeplatz ragte. Es war eine wundervolle Umgebung für ein heranwachsendes Kind, mit viel Platz zum Herumtollen. Später würde er ein kleines Boot bekommen. Hier hatten sie alle Abgeschlossenheit, die sie brauchten, denn Jennifer war entschlossen, daß dies eine Welt ausschließlich für sie und ihr Kind bleiben sollte.

Am nächsten Tag kaufte sie das Haus.

Jennifer hatte keine Vorstellung gehabt, wie schmerzlich es sein würde, die Wohnung in Manhattan zu verlassen, die sie mit Adam geteilt hatte. Sein Bademantel und die Pyjamas waren noch da, ebenso seine Slipper und der Rasierpinsel. Jeder Raum war bewohnt von hundert Erinnerungen an Adam, Erinnerungen an eine schöne, tote Vergangenheit. Jennifer packte so schnell wie möglich und verließ die Wohnung.

Im neuen Haus beschäftigte sie sich vom frühen Morgen bis spät in den Abend, damit sie keine Zeit hatte, an Adam zu denken. Sie besuchte Geschäfte in Sands Point und Port Washington, um Möbel und Vorhänge zu bestellen. Sie ließ ortsansässige Handwerker kommen, die die defekten Installationen, das undichte Dach und die altersschwachen elektrischen Leitungen reparierten. Von der Morgenröte bis zur Dämmerung wimmelte es im Haus von Malern, Teppichlegern, Elektrikern und Tapezierern. Jennifer war überall zugleich und überwachte den Fortschritt der Arbeiten. Sie trieb sich selbst tagsüber bis zur Erschöpfung an, in der Hoffnung, nachts schlafen zu können, aber die Dämonen waren wieder da und folterten sie mit unaussprechlichen Alpträumen.

Sie suchte Antiquitätengeschäfte heim, kaufte Lampen, Tische und Kunstwerke. Sie kaufte einen Springbrunnen und Statuen für den Garten, einen Lipschitz, einen Noguchi und einen Miro.

Langsam nahm das Innere des Hauses Gestalt an.

Bob Clement war einer von Jennifers kalifornischen Mandanten, und der Teppichboden, den er für das Wohnzimmer und die Kinderstube entworfen hatte, ließ die Räume in milden Farben erstrahlen.

Jennifers Bauch schwoll an, und sie erstand Umstandskleider im Ort. Sie ließ ein Telefon mit einer Geheimnummer installieren. Es war nur für den Notfall da, und sie gab niemandem die Nummer und erwartete keine Anrufe. Der einzige Mensch im Büro, der wußte, wo sie wohnte, war Ken Bailey, und er war zur Verschwiegenheit verpflichtet.

Eines Nachmittags kam er herausgefahren, um Jennifer zu besuchen, und sie führte ihn in Haus und Garten herum und freute sich überschwenglich, daß es ihm gefiel.

»Es ist wunderschön, Jennifer, wirklich wunderschön. Du hast großartige Arbeit geleistet.« Er blickte auf ihren geschwollenen Bauch. »Wie lange noch?«

»Zwei Monate.« Sie drückte seine Hand gegen ihren Bauch und sagte: »Fühl mal.«

Er spürte einen Stoß.

»Er wird jeden Tag stärker«, sagte Jennifer stolz.

Beim Abendessen wartete Ken bis zum Dessert, ehe er sagte: »Ich will nicht neugierig sein, aber sollte der stolze Vater, wer immer es ist, nicht auch ein wenig tun, um...«

»Thema abgeschlossen.«

»Okay, tut mir leid. Du fehlst der Firma ganz schön. Wir haben einen neuen Mandanten...«

Jennifer hob die Hand. »Ich möchte nichts davon hören.«

Sie unterhielten sich, bis es für Ken Zeit zum Gehen war, und Jennifer sah ihn nur ungern davonfahren. Er war ein guter Freund.

Jennifer hatte jeden Kontakt zwischen sich und der Welt unterbunden. Sie las keine Zeitungen, sah nicht fern und hörte auch keine Sendungen im Radio. Ihr Universum existierte innerhalb der vier Hauswände. Sie waren ihr Nest, ihr Schoß, der Platz, wo sie ihren Sohn in die Welt setzen würde.

Sie las jedes Buch über Kindererziehung, das sie in die Hände kriegen konnte. Nachdem sie das Kinderzimmer fertig eingerichtet hatte, stopfte sie es mit Spielzeug voll. Sie besuchte ein Sportgeschäft und sah sich Fußbälle, Baseballschläger und Handschuhe an. Sie mußte über sich selber lachen. *Ich benehme mich völlig lächerlich. Er ist noch nicht einmal geboren.* Natürlich kaufte sie den Baseballschläger und den Handschuh für den Fänger. Der Fußball führte sie auch in Versuchung, aber sie dachte: *Das kann noch warten.*

Der Mai kam und dann der Juni.

Die Handwerker waren fertig, und im Haus wurde es still und friedlich. Zweimal in der Woche fuhr Jennifer in den Ort und kaufte im Supermarkt ein, und alle zwei Wochen besuchte sie ihren Gynäkologen, Dr. Harvey. Gehorsam trank sie mehr Milch, als sie mochte, nahm Vitamine ein und aß nur noch Reformkost. Langsam wurde sie unförmig und schwerfällig, und es fiel ihr schwerer, sich zu bewegen.

Sie war ihr Leben lang aktiv und unternehmungslustig gewesen, und sie hatte erwartet, sie würde sich davor ekeln, schwerfällig und ungeschickt zu werden, aber irgendwie störte es sie jetzt doch nicht. Es gab keinen Grund zur Eile mehr. Die Tage waren lang, verträumt und friedlich geworden. Ihre innere Uhr hatte das Tempo gedrosselt. Es war, als sparte sie ihre Energie auf und pumpte sie in den anderen Körper, der in ihr lebte.

Eines Morgens untersuchte Dr. Harvey sie und sagte: »Noch zwei Wochen, Mrs. Parker.«

So bald schon. Jennifer hatte gedacht, sie könnte es vielleicht mit der Angst kriegen. Sie hatte die ganzen Altweibergeschichten über Schmerzen, die Zufälligkeiten, die mißgestalteten Kinder gehört, aber sie spürte keine Furcht, nur Sehnsucht danach, ihr Baby zu sehen, und die Ungeduld, die Geburt endlich hinter sich zu bringen, damit sie es in ihren Armen halten konnte.

Ken Bailey kam jetzt fast jeden Tag zum Haus heraus und brachte Bilderbücher mit, *»Die kleine rote Henne«*, *»Pat, das Häschen«* und *»Dick und Jane«*.

»Die werden ihm gefallen«, sagte Ken.

Und Jennifer lächelte, weil er *ihm* gesagt hatte. *Ein Omen.*

Sie schlenderten über das Grundstück, picknickten mittags am Wasser und saßen in der Sonne. Jennifer war befangen wegen ihres Aussehens. Sie dachte: *Warum verbringt er nur seine Zeit mit der fetten, häßlichen Frau vom Zirkus?*

Und Ken blickte Jennifer an und dachte: *Sie ist die schönste Frau, die ich je gesehen habe.*

Die ersten Wehen kamen um drei Uhr morgens. Sie waren so stechend, daß Jennifer nach Luft schnappen mußte. Einige Sekunden später wiederholten sie sich, und Jennifer dachte frohlockend: *Es geht los!*

Sie begann, die Zeit zwischen den Schmerzanfällen abzuschätzen, und als sie in Intervallen von je zehn Minuten auftauchten, rief Jennifer ihren Gynäkologen an. Sie fuhr zum Hospital und lenkte den Wagen jedesmal nach rechts an den Bürgersteig, wenn die Kontraktionen erfolgten. Ein Pfleger stand bereits draußen und wartete auf sie, als sie eintraf, und wenige Minuten später wurde sie von Dr. Harvey untersucht.

Als er fertig war, sagte er beruhigend: »Nun, das wird eine einfache Geburt, Mrs. Parker. Sie brauchen sich bloß zu entspannen, der Rest geht ganz von selber.«

Es wurde nicht einfach, aber auch nicht unerträglich. Jennifer konnte die Schmerzen aushalten, weil sie der Rahmen eines wunderbaren Geschehens waren. Sie kämpfte fast acht Stunden, und am Ende dieser Spanne, als ihr Körper seine Dimension verloren zu haben schien, von den Krämpfen verzerrt war, und sie schon dachte, es würde nie aufhören, fühlte sie eine plötzliche Erleichterung, dann eine brausende Leere und einen unerwarteten, gesegneten Frieden.

Sie hörte ein dünnes Quietschen, und Dr. Harvey hielt ihr Baby hoch und sagte: »Möchten Sie einen Blick auf Ihren Sohn werfen, Mrs. Parker?«

Jennifers Lächeln erleuchtete den Raum.

## 29

Sein Name war Joshua Adam Parker, und er brachte sieben Pfund und dreihundert Gramm auf die Waage, ein vollkommenes Baby. Jennifer wußte, daß es hieß, Neugeborene seien häßlich, rot und verschrumpft, sie ähnelten kleinen Affen. Aber nicht Joshua Adam. Er war wunderschön. Die Schwestern im Hospital erzählten Jennifer ununterbrochen, was für ein hübscher Junge Joshua war, und sie konnte es nicht oft genug hören. Die Ähnlichkeit mit Adam war überwältigend. Joshua Adam hatte die graublauen Augen seines Vaters und den schön geformten Kopf. Wenn Jennifer ihn ansah, erblickte sie seinen Vater. Es war ein seltsames Gefühl, eine schmerzliche Mischung aus Freude und Traurigkeit. Wie glücklich Adam über seinen hübschen Sohn gewesen wäre!

Als Joshua zwei Tage alt war, lächelte er Jennifer an, und sie klingelte aufgeregt nach der Schwester.

»Sehen Sie! Er lächelt!«

»Das sind Blähungen, Mrs. Parker.«

»Bei anderen Babys mögen es Blähungen sein«, sagte Jennifer trotzig. »Mein Sohn lächelt.«

Sie hatte sich gefragt, welche Gefühle sie dem Baby gegenüber hegen, ob sie eine gute Mutter sein würde. Bestimmt waren Babys eine ziemlich langweilige Gesellschaft. Sie beschmutzten ihre Windeln, hatten dauernd Hunger, schrien und schliefen. Man konnte sich mit ihnen nicht unterhalten.

*Echte Gefühle werde ich für ihn wahrscheinlich erst entwikkeln, wenn er vier oder fünf Jahre alt ist,* hatte Jennifer gedacht. Wie falsch, wie völlig falsch. Von dem Augenblick der Geburt an liebte Jennifer ihren Sohn mit einer Heftigkeit, die sie bei sich nie vermutet hätte. Es war eine leidenschaftliche, beschützende Liebe; Joshua war so klein und die Welt so groß.

Als Jennifer mit Joshua das Krankenhaus verlassen konnte, bekam sie eine lange Liste mit Instruktionen, aber die stürzte sie nur in Verwirrung. Die ersten zwei Wochen hatte sie die Hilfe einer Schwester, die bei ihnen im Haus lebte. Danach war Jennifer auf sich gestellt, und sie hatte Angst, sie könnte etwas Falsches tun, das das Baby umbrachte. Sie fürchtete, es könne jeden Augenblick zu atmen aufhören.

Als Jennifer Joshua zum erstenmal sein Fläschchen bereitete, stellte sie fest, daß sie vergessen hatte, den Schnuller zu sterilisieren. Sie goß den Brei in den Abfluß und begann noch einmal von vorne. Als sie fertig war, fiel ihr ein, daß sie diesmal die Flasche zu sterilisieren vergessen hatte. Sie fing noch einmal an. Als Joshuas Brei endlich fertig war, schrie er bereits vor Zorn.

Es gab Zeiten, in denen Jennifer das Gefühl hatte, sie sei der Lage nicht mehr gewachsen. Ganz plötzlich wurde sie von unerklärlichen Depressionen überwältigt. Sie sagte sich, daß das ganz normal sei nach den Aufregungen der Schwangerschaft und der Geburt, aber deswegen fühlte sie sich nicht besser. Es kam ihr vor, als verbringe sie die ganze Nacht damit, Joshua zu füttern, und wenn es ihr schließlich gelang, einzuschlafen, wurde sie von Joshuas Geschrei wieder aufgeweckt.

Zu jeder Tages- und Nachtstunde rief sie den Arzt an.

»Joshua atmet zu schnell... Er atmet zu langsam... Joshua hustet... Er hat seinen Brei nicht geschluckt... Joshua hat sich übergeben.«

In einem Akt von Selbstverteidigung fuhr der Arzt schließlich zu Jennifer hinaus und hielt ihr eine Predigt.

»Mrs. Parker, ich habe noch nie ein gesünderes Baby gesehen als Ihren Sohn. Er mag zerbrechlich aussehen, aber er ist stark wie ein Ochse. Freuen Sie sich lieber, statt sich andauernd Sorgen zu bereiten. Denken Sie immer daran – er wird uns beide überleben.«

Also begann Jennifer sich zu entspannen. Sie hatte Joshuas Zimmer mit Kattunvorhängen und einer Tagesdecke dekoriert, die auf blauem Untergrund weiße Blumen und gelbe Schmetterlinge zeigten. Es gab eine Kinderkrippe, ein Spielställchen, eine kleine Spielzeugkiste, einen Tisch, einen Stuhl und ein Schaukelpferd. Die Kiste war bis obenhin voll Spielzeug.

Jennifer liebte es, Joshua im Arm zu halten, ihn zu baden, seine Windeln zu wechseln und ihn in seinem glänzenden, neuen Kinderwagen spazierenzufahren. Sie redete ununterbrochen mit ihm, und als er vier Wochen alt war, belohnte er sie mit einem Lächeln. *Keine Blähungen,* dachte Jennifer glücklich. *Ein Lächeln!*

Als Ken Bailey das Baby zum erstenmal erblickte, starrte er es lange schweigend an. In einem Anfall plötzlicher Panik dachte Jennifer: *Er wird es erkennen. Er wird erkennen, daß es Adams Baby ist.*

Aber Ken sagte nur: »Er ist eine richtige Schönheit. Er kommt ganz nach seiner Mutter.«

Sie ließ Ken Joshua auf den Arm nehmen und lachte über seine Schüchternheit. Aber sie mußte die ganze Zeit denken: *Joshua wird nie einen Vater haben, der ihn in die Arme nimmt.*

Sechs Wochen waren verstrichen, und es war allmählich an der Zeit, wieder zu arbeiten. Jennifer haßte den Gedanken, von ihrem Sohn getrennt zu sein, selbst für ein paar Stunden am Tag, aber die Aussicht, wieder ins Büro zurückzukehren, erfüllte sie mit Vorfreude. So lange hatte sie sich von allen Vorgängen außerhalb des Hauses abgeschlossen. Es war Zeit, wieder in die andere Welt einzutreten.

Sie blickte in den Spiegel und beschloß, daß sie sich als erstes wieder in Form bringen mußte. Schon kurz nach Joshuas Geburt hatte sie begonnen, Diät zu halten und zu turnen, aber jetzt verstärkte sie ihren Einsatz, und bald ähnelte sie wieder ihrem alten Ich.

Danach begann sie, eine Haushälterin zu suchen. Sie prüfte die Kandidatinnen, als wären sie Geschworene, stellte sie auf die Probe, suchte nach Schwächen, Lügen, Unfähigkeit. Mehr als zwanzig Anwärterinnen gingen durch ihr Verhör, bis sie eine gefunden hatte, die sie mochte und der sie vertraute – eine Schottin mittleren Alters namens Mrs. Mackey, die fünfzehn Jahre für dieselbe Familie gearbeitet hatte und erst gegangen war, als die Kinder erwachsen waren.

Jennifer ließ Ken ihre Vergangenheit überprüfen, und als er ihr versicherte, daß mit Mrs. Mackey alles in Ordnung war, stellte Jennifer sie ein.

Eine Woche später ging sie wieder ins Büro.

## 30

Jennifer Parkers plötzliches Verschwinden hatte eine Flut von Gerüchten in den Kanzleien in und um Manhattan ausgelöst. Die Nachricht, daß sie wieder zurück war, wurde mit ungeheurem Interesse aufgenommen. Der Empfang, der Jennifer am Morgen ihrer Rückkehr zuteil wurde, hatte bald den Charakter eines Volksfestes, als auch noch Anwälte von benachbarten Büros vorbeikamen, um sie zu besuchen.

Cynthia, Dan und Ted hatten Papierschlangen in den Räumen aufgehängt, dazwischen ein großes Schild mit der Aufschrift: *Willkommen daheim!* Es gab Champagner und Kuchen.

»Um neun Uhr morgens?« protestierte Jennifer.

Aber sie ließen nicht locker.

»Hier ging es zu wie im Irrenhaus ohne dich«, teilte Dan Martin ihr mit. »Du hast sowas nicht noch einmal vor, oder?«

Jennifer blickte ihn an und sagte: »Nein, sowas habe ich nicht noch einmal vor.«

Mehr und mehr unerwartete Gäste trafen ein, um sich zu vergewissern, daß es Jennifer gut ging, und um ihr Glück zu wünschen. Fragen danach, wo sie gesteckt hatte, parierte sie mit einem Lächeln und dem Satz: »Wir haben keine Erlaubnis, darüber zu sprechen.«

Sie hielt den ganzen Tag Konferenzen mit ihren Mitarbeitern ab. Hunderte von telefonischen Mitteilungen hatten sich angesammelt.

Als Ken Bailey mit Jennifer allein in ihrem Büro war, sagte er: »Weißt du, wer uns wahnsinnig gemacht hat, weil er dich unbedingt erreichen wollte?«

Jennifers Herz tat einen kleinen Sprung. »Wer?«

»Michael Moretti.«

»Ach.«

»Er ist wirklich lästig. Als wir ihm nicht erzählen wollten, wo du bist, ließ er uns schwören, daß es dir gut geht.«

»Vergiß Michael Moretti.«

Jennifer informierte sich über alle Fälle, die die Kanzlei übernommen hatte. Das Geschäft ging blendend. Sie hatten eine Menge wichtiger neuer Mandanten bekommen. Einige der älteren Klienten weigerten sich, mit irgend jemand außer Jennifer zusammenzuarbeiten, und hatten auf ihre Rückkehr gewartet.

»Ich rufe sie so bald wie möglich an«, versprach Jennifer.

Sie sah den Rest der telefonischen Nachrichten durch. Ein Dutzend Anrufe von Mr. Adams waren verzeichnet. Vielleicht hätte sie Adam wissen lassen sollen, daß es ihr gut ging und daß ihr nichts zugestoßen war. Aber sie wußte, daß sie es nicht ertragen konnte, seine Stimme zu hören, zu wissen, daß er in der Nähe war, daß sie ihn aber nicht sehen, berühren, umarmen konnte. Oder ihm von Joshua erzählen.

Cynthia hatte einige Zeitungsartikel ausgeschnitten und zusammengeheftet, von denen sie glaubte, sie könnten Jennifer interessieren. Unter den Ausschnitten befand sich eine Fortsetzungsserie über Michael Moretti, in der er als der wichtigste Mafiaboß des Landes bezeichnet wurde. Unter einem Foto von ihm stand die Legende: Ich bin nur ein Versicherungskaufmann.

Es dauerte drei Monate, bis Jennifer ihren Rückstand aufgearbeitet hatte. Sie hätte es schneller schaffen können, aber sie legte Wert darauf, das Büro jeden Tag um vier Uhr zu verlassen, was auch immer anstand. Joshua wartete.

Morgens, bevor Jennifer ins Büro ging, bereitete sie persönlich Joshuas Frühstück und spielte so lange wie möglich mit ihm, ehe sie das Haus verließ.

Wenn sie nachmittags nach Hause zurückkehrte, widmete sie Joshua ihre ganze Zeit. Sie zwang sich, ihre beruflichen Sorgen im Büro zurückzulassen, und lehnte alle Fälle ab, die sie von ihrem Sohn fernhalten könnten. Nichts durfte in ihre private Welt eindringen.

Sie liebte es, Joshua laut vorzulesen.

»Er ist ein Säugling, Mrs. Parker«, protestierte Mrs. Mackey. »Er versteht nicht ein einziges Wort von dem, was Sie sagen.«

Aber Jennifer antwortete nur: »Joshua versteht.«

Und sie las weiter.

Joshua war ein niemals endendes Wunder. Als er drei Monate alt war, begann er zu gurren und versuchte, mit Jennifer zu sprechen. Er spielte in seiner Krippe mit einem großen, rasselnden Ball und einem Spielzeughasen, den Ken ihm mitgebracht hatte. Als er sechs Monate war, versuchte er bereits aus seiner Krippe zu krabbeln, neugierig auf die Welt außerhalb. Jennifer hielt ihn in den Armen, und er griff mit seinen winzigen Händen nach ihren Fingern, und sie führten lange, ernsthafte Gespräche.

Jennifers Tage im Büro waren ausgefüllt. Eines Morgens erhielt sie einen Anruf von Philip Redding, dem Präsidenten einer großen Ölgesellschaft.

»Ich würde mich gern mit Ihnen treffen«, sagte er. »Ich habe ein Problem.«

Jennifer brauchte ihn nicht zu fragen, um welches Problem es sich handelte. Seine Gesellschaft war beschuldigt worden, Bestechungsgelder gezahlt zu haben, um im Nahen Osten ihren Geschäften nachgehen zu können. Die Vertretung der Firma würde ihr ein hohes Honorar einbringen, aber Jennifer hatte einfach keine Zeit.

»Es tut mir leid«, sagte sie. »Ich stehe nicht zur Verfügung, aber ich kann Ihnen einen Kollegen empfehlen, der sehr gut ist.«

»Man hat mir gesagt, ich dürfe kein Nein akzeptieren«, erwiderte Philip Redding.

»Wer hat das gesagt?«

»Ein Freund von mir. Richter Lawrence Waldman.«

Jennifer glaubte, sich verhört zu haben. »Richter Waldman hat Sie gebeten, mich anzurufen?«

»Er sagte, Sie seien der beste Anwalt, den ich kriegen könnte, aber das wußte ich schon vorher.«

Jennifer hielt den Hörer in der Hand und dachte an ihre früheren Erfahrungen mit Richter Waldman und daran, wie sicher sie gewesen war, daß er sie haßte und erledigen wollte.

»Einverstanden. Wir können morgen miteinander frühstükken«, sagte Jennifer.

Nach dem Gespräch mit Redding rief sie Richter Waldman an.

»Nanu, wir haben ja schon lange nicht mehr miteinander gesprochen, junge Dame«, klang die vertraute Stimme aus dem Hörer.

»Ich möchte mich bedanken, weil Sie Philip Redding an mich verwiesen haben.«

»Ich wollte nur sichergehen, daß er sich in guten Händen befindet.«

»Ich weiß das zu schätzen, Euer Ehren.«

»Was würden Sie von einem Abendessen mit einem alten Mann halten?«

Jennifer war sprachlos vor Überraschung. »Darüber würde ich mich sehr freuen.«

»Gut. Ich nehme Sie mit in meinen Club. Ein Haufen alter

Knöpfe, die nicht mehr an den Anblick einer schönen jungen Frau gewöhnt sind. Es wird sie ein bißchen aufrütteln.«

Richter Waldman gehörte der *Century Association* in der 43. Straße an, und als er und Jennifer sich zum Essen trafen, stellte sie fest, daß er sich bezüglich der alten Knöpfe einen Scherz geleistet hatte. Der Speisesaal wimmelte von Schriftstellern, Künstlern, Anwälten und Schauspielern.

»Auf Vorstellungen wird hier verzichtet«, erklärte Richter Waldman. »Man geht davon aus, daß jede Person sofort zu erkennen ist.«

Privat war Richter Waldman völlig anders, als Jennifer erwartet hatte. Während der Cocktails sagte er: »Ich wollte Sie damals ausgeschlossen sehen, weil ich dachte, Sie hätten unseren Stand in Verruf gebracht. Jetzt bin ich davon überzeugt, daß ich mich geirrt habe. Ich habe Ihren Weg genau verfolgt. Ich glaube, Sie gereichen unserem Beruf zur Ehre.«

Jennifer war erfreut. Sie kannte Richter, die bestechlich, dumm oder unfähig waren. Lawrence Waldman respektierte sie. Er war sowohl ein brillanter Jurist als auch ein integrer Mensch.

»Danke, Euer Ehren.«

»Warum gehen wir außerhalb des Gerichtssaals nicht zu Lawrence und Jennie über?«

Ihr Vater war der einzige Mann, der sie je Jennie genannt hatte.

»Gern, Lawrence.«

Das Essen war ausgezeichnet, und mit diesem Abend begann ein monatliches Ritual, das beide sehr genossen.

## 31

Es war Sommer 1974. Unglaublicherweise war schon ein ganzes Jahr seit Joshua Adam Parkers Geburt verstrichen. Er hatte seine ersten schwankenden Schritte getan und verstand die Worte für Nase und Mund und Kopf.

»Er ist ein Genie«, teilte Jennifer Mrs. Mackey schlicht mit.

Jennifer plante Joshuas erste Geburtstagsparty, als würde sie im Weißen Haus stattfinden. Am Samstag ging sie Geschenke einkaufen. Sie besorgte Joshua Kleider und Bücher und Spielzeug und ein Dreirad, mit dem er frühestens in einem oder zwei Jahren fahren konnte. Sie erstand kleine Gaben für die Nachbarskinder, die sie zu der Party eingeladen hatte, und sie verbrachte den Nachmittag damit, Papierschlangen aufzuhängen und Luftballons aufzublasen. Eigenhändig buk sie den Geburtstagskuchen und ließ ihn auf dem Küchentisch stehen. Irgendwie kam Joshua an den Kuchen heran, grapschte eine Handvoll davon und schob sie sich in den Mund, so daß Jennifers Meisterwerk ruiniert war, bevor die anderen Gäste eintrafen.

Neben einem Dutzend Nachbarkindern hatte Jennifer auch deren Mütter eingeladen. Der einzige erwachsene männliche Gast war Ken Bailey. Er brachte Joshua ein Dreirad mit, ein Duplikat von Jennifers Geschenk.

Jennifer lachte und sagte: »Du bist aber dumm, Ken. Joshua ist doch noch viel zu klein für so was.«

Die Party dauerte nur zwei Stunden, aber sie war ein glanzvolles Ereignis. Die Kinder aßen zuviel, lagen krank auf dem Teppich, stritten sich um das Spielzeug und weinten, wenn ihre Ballons platzten, aber alles in allem, fand Jennifer, war es ein Triumph. Joshua war der perfekte Gastgeber gewesen und hatte sich, abgesehen von einigen unbedeutenden Zwischenfällen, als ein Mann von Selbstsicherheit und Würde gezeigt.

In dieser Nacht saß Jennifer, nachdem alle Gäste gegangen waren und sie Joshua ins Bett gebracht hatte, an seinem Bettchen und betrachtete ihren schlafenden Sohn, staunte über dieses wunderbare Wesen, das aus ihrem Körper und Adam Warners Lenden gekommen war. Adam wäre stolz gewesen, wenn er gesehen hätte, wie Joshua sich entwickelte. Irgendwie war es nur eine halbe Freude, weil sie sie allein erlebte.

Jennifer dachte an alle noch bevorstehenden Geburtstage. Joshua würde zwei werden, dann fünf, dann zehn und zwanzig. Er würde ein Mann werden und sie verlassen. Er würde sein eigenes Leben führen.

*Hör auf!* schalt Jennifer sich. *Du ergehst dich in Selbstmitleid.* In dieser Nacht lag sie hellwach im Bett und durchlebte jedes Detail der Party noch einmal, um keines davon zu vergessen.

Vielleicht konnte sie Adam eines Tages davon erzählen.

## 32

In den folgenden Monaten wurde Senator Adam Warner allgegenwärtig. Seine Präsenz, seine Fähigkeiten und sein Charisma hatten ihn von Anfang an im Senat zu einer auffälligen Erscheinung gemacht. Er wurde in verschiedene wichtige Ausschüsse gewählt und brachte einen wichtigen Gesetzesentwurf ein, der schnell und ohne Schwierigkeiten verabschiedet wurde. Adam Warner hatte mächtige Freunde im Kongreß. Viele hatten seinen Vater gekannt und geschätzt. Allgemein ging man davon aus, daß Adam eines Tages zum Kampf um das Präsidentenamt antreten würde. Jennifer fühlte einen bittersüßen Stolz.

Immer wieder wurde sie von Mandanten, Partnern und Freunden zum Abendessen, ins Theater oder zu Wohltätigkeitsveranstaltungen eingeladen, aber sie lehnte fast alles ab. Hin und wieder verbrachte sie einen Abend mit Ken. Sie genoß seine Gesellschaft außerordentlich. Er war lustig und selbstironisch, aber hinter der amüsanten Fassade verbarg sich ein sensibler, gequälter Mensch. Manchmal kam er am Wochenende zum Mittag- oder Abendessen heraus und spielte stundenlang mit Joshua. Die beiden liebten sich.

Einmal, als Jennifer und Ken in der Küche zu Abend aßen, nachdem Joshua ins Bett gebracht worden war, starrte Ken Jennifer so auffällig an, daß sie fragte: »Stimmt irgend etwas nicht?«

»Himmel, ja«, stöhnte Ken. »Entschuldige. Was für eine beschissene Welt!«

Aber er verlor kein weiteres Wort darüber.

Adam hatte seit beinahe neun Monaten nicht mehr versucht, Kontakt mit Jennifer aufzunehmen, aber sie verschlang gierig jeden Zeitungsartikel über ihn und sah jede Fernsehsendung, in der er auftrat. Sie dachte unablässig an ihn. Wie sollte es auch anders sein? Ihr Sohn war eine ständige Erinnerung an ihn. Joshua war jetzt zwei Jahre und hatte eine unglaubliche Ähnlichkeit mit seinem Vater. Er hatte die gleichen ernsthaften blauen Augen und die gleichen Eigenarten. Joshua war ein winziges, liebes Abziehbild, warm, zärtlich und voller Wißbegier.

Zu Jennifers Überraschung waren Joshuas erste Worte *Auto-Auto*, als sie ihn eines Tages im Wagen mitnahm.

Er sprach bereits in Sätzen und sagte *Danke* und *Bitte*. Als Jennifer ihn einmal in seinem Stühlchen zu füttern versuchte, sagte er: »Mama, geh mit deinem Spielzeug spielen.«

Ken hatte ihm einen Malkasten gekauft, und Joshua begann, emsig die Wände des Wohnzimmers zu bemalen.

Als Mrs. Mackey ihm dafür einen Klaps geben wollte, protestierte Jennifer: »Nicht, das kann man abwaschen. Er versucht nur, sich auszudrücken.«

»Mehr wollte *ich* auch nicht«, bemerkte Mrs. Mackey, »mich ausdrücken. Sie werden das Kind höllisch verwöhnen.«

Aber Joshua war nicht verwöhnt. Er war ausgelassen und anspruchsvoll, aber das war normal für einen Zweijährigen. Er hatte Angst vor dem Staubsauger, wilden Tieren, Zügen und der Dunkelheit.

Joshua war von Natur aus sportlich veranlagt. Einmal sagte Jennifer zu Mrs. Mackey, während er mit einigen seiner Freunde spielte: »Obwohl ich seine Mutter bin, sehe ich ihn durchaus objektiv, Mrs. Mackey. Ich glaube, er ist die Wiederauferstehung.«

Sie hatte es sich angewöhnt, alle Fälle zu vermeiden, die sie aus der Stadt und fort von Joshua führten, aber eines Morgens erhielt sie einen dringlichen Anruf von Peter Fenton, dem Besitzer einer großen Industriefirma.

»Ich stehe im Begriff, eine Fabrik in Las Vegas zu kaufen, und möchte, daß Sie hinfliegen und sich mit den Anwälten treffen.«

»Ich werde Dan Martin schicken«, schlug Jennifer vor. »Sie wissen, ich verlasse die Stadt nicht gern, Peter.«

»Jennifer, Sie können die ganze Geschichte in vierundzwanzig Stunden erledigen. Ich fliege Sie im Firmenflugzeug hin, und am nächsten Tag sind Sie wieder zurück.«

Jennifer zögerte. »Na gut.«

Sie war schon einmal in Las Vegas gewesen und hegte dem Ort gegenüber gemischte Gefühle. Es war unmöglich, Las Vegas zu lieben oder zu hassen. Man mußte es als ein Phänomen betrachten, eine fremdartige Zivilisation mit ihrer eigenen Sprache und Moral, ihren eigenen Gesetzen. Es ließ sich mit keiner anderen Stadt in der Welt vergleichen. Riesige Neonlichter flimmerten die ganze Nacht über und verkündeten den Ruhm der glänzenden Paläste, die errichtet worden waren, die Geldbörsen der Touristen zu erleichtern, die wie Lemminge hereinströmten und sich anstellten, um sich ihre sorgsam gehorteten Ersparnisse abnehmen zu lassen.

Jennifer gab Mrs. Mackey eine lange, ausführliche Liste mit Anweisungen für Joshuas Behandlung.

»Wie lange werden Sie fort sein, Mrs. Parker?«

»Morgen bin ich wieder zurück.«

»Mütter!«

Am nächsten Morgen bestieg Jennifer Peter Fentons Lear Jet und flog nach Las Vegas. Sie verbrachte Nachmittag und Abend damit, die Einzelheiten des Vertrags auszuarbeiten. Als sie fertig waren, bat Peter Fenton sie, mit ihm zu Abend zu essen.

»Danke, Peter, aber ich glaube, ich gehe lieber früh zu Bett. Ich fliege morgen nach New York zurück.«

Jennifer hatte Mrs. Mackey im Verlauf des Tages dreimal angerufen, und dreimal war ihr versichert worden, daß es dem Kleinen gut gehe. Er hatte seine Mahlzeiten zu sich genommen, hatte kein Fieber und schien glücklich zu sein.

»Vermißt er mich?« fragte Jennifer.

»Darüber hat er nichts gesagt«, seufzte Mrs. Mackey.

Jennifer wußte, daß Mrs. Mackey sie für überkandidelt hielt, aber das war ihr egal.

»Sagen Sie ihm, daß ich morgen wieder zu Hause bin.«

»Ich werde ihm Ihre Nachricht übermitteln, Mrs. Parker.«

Ursprünglich hatte Jennifer vorgehabt, ein ruhiges Abendessen in ihrer Suite einzunehmen, aber plötzlich deprimierten sie die Räume, die Wände schienen ihr die Luft abzuschneiden. Sie konnte nicht aufhören, an Adam zu denken.

*Wie konnte er nur mit Mary Beth ins Bett gehen und sie schwängern, wenn...*

Sie mußte ausgehen, irgendwohin, wo Lärm herrschte und viele Menschen waren. *Vielleicht,* dachte Jennifer, *könnte ich mir sogar eine Show ansehen.* Sie duschte rasch, zog sich an und ging hinunter.

Eine lange Schlange wartete am Eingang zum Showsaal, wo Marty Allen auftrat, und Jennifer bedauerte, daß sie Peter Fenton nicht gebeten hatte, ihr einen Platz zu reservieren.

Sie ging zum Oberkellner am Kopfende der Schlange und fragte: »Wie lange dauert es, bis man einen Tisch bekommen kann?«

»Wie viele Personen sind Sie?«

»Ich bin allein.«

»Es tut mir leid, Miß, aber ich fürchte...«

Eine Stimme neben ihr sagte: »Mein Tisch, Abe.«

Der Oberkellner strahlte und sagte: »Natürlich, Mr. Moretti. Hier entlang, bitte.«

Jennifer drehte sich um und blickte in die dunklen Augen von Michael Moretti.

»Nein, danke«, sagte Jennifer. »Ich fürchte, ich...«

»Sie müssen etwas essen.« Michael Moretti nahm Jennifers Arm, und sie ging neben ihm hinter dem Oberkellner her, zu einem Vorzugstisch in der Mitte des großen Raums. Jennifer empfand nur Widerwillen bei dem Gedanken, mit Michael Moretti zu speisen, aber sie wußte nicht, wie sie dem entgehen konnte, ohne eine Szene zu machen. Sie wünschte sich inständig, sie hätte Peter Fentons Einladung angenommen.

Sie wurden an die Tafel gegenüber der Bühne gesetzt, und der Oberkellner sagte: »Genießen Sie den Abend, Mr. Moretti, Miß.«

Jennifer spürte Michael Morettis Augen auf sich ruhen, und sie fühlte sich unwohl. Er sagte nichts. Michael Moretti war ein Mann des Schweigens, er mißtraute Worten, als wären sie eine Falle und nicht eine Form der Kommunikation. An seinem Schweigen war etwas Fesselndes. Er benutzte es, um auf seine Weise zu erreichen, was andere Männer mit Worten erreichten.

Als er schließlich etwas sagte, fühlte Jennifer sich in einem Moment der Unachtsamkeit überrascht.

»Ich hasse Hunde«, sagte Michael Moretti. »Sie sterben.«

Und es war, als lege er einen geheimen Teil seines Wesens bloß, der aus einer dunklen Quelle gespeist wurde. Jennifer wußte nicht, was sie darauf antworten sollte.

Ihre Drinks wurden gebracht, und sie saßen da und tranken schweigend. Jennifer lauschte dem Gespräch, das nicht stattfand.

Sie dachte über seine Worte nach: *Ich hasse Hunde. Sie sterben.* Sie fragte sich, wie Michaels Kindheit verlaufen sein mochte. Sie ertappte sich dabei, wie sie ihn studierte. Er war auf eine gefährliche, erregende Weise attraktiv. Eine Aura von Gewalttätigkeit umgab ihn, als könne er jeden Augenblick explodieren.

Jennifer konnte nicht sagen, warum, aber in der Gesellschaft dieses Mannes fühlte sie sich wie eine Frau. Vielleicht lag es an der Art, auf die seine ebenholzfarbenen Augen sie musterten, ehe sie wegblickten, als hätten sie Angst, zuviel preiszugeben. Jennifer stellte fest, daß es lange her war, seit sie sich zuletzt so weiblich gefühlt hatte. Seit dem Tag, an dem sie Adam verloren hatte. *Eine Frau benötigt einen Mann, damit sie sich weiblich fühlt,* dachte Jennifer, *damit sie sich schön und begehrenswert fühlt.*

Sie war froh, daß er ihre Gedanken nicht lesen konnte.

Die verschiedensten Leute näherten sich ihrem Tisch, um Michael Moretti ihre Reverenz zu erweisen: Geschäftsleute, Schauspieler, ein Richter, ein Senator. Macht erwies Macht ihren Tribut, und Jennifer hatte plötzlich eine Ahnung davon, welchen Einfluß Michael Moretti ausübte.

»Ich bestelle für uns«, sagte er. »Das Menü des Tages wird für achthundert Personen zubereitet. Es schmeckt wie in einem Flugzeug.«

Er hob die Hand, und sofort war der Oberkellner an ihrem Tisch. »Ja, Mr. Moretti? Was hätten Sie gern heute abend, Sir?«

»Wir möchten ein Chateaubriand, innen rosa, außen schwarz.«

»Sehr wohl, Mr. Moretti.«

»Pommes soufflées und Endiviensalat.«

»Jawohl, Mr. Moretti.«

»Das Dessert bestellen wir später.«

Eine Flasche Champagner wurde an den Tisch geschickt, mit den Empfehlungen der Geschäftsleitung.

Jennifer begann, sich zu entspannen und beinahe gegen ihren Willen wohlzufühlen. Es war lange her, seit sie das letzte Mal einen Abend mit einem attraktiven Mann verbracht hatte. Und als dieser Gedanke in ihr auftauchte, fragte sie sich: *Wie kann ich Michael Moretti als attraktiv bezeichnen? Er ist ein Killer, ein amoralisches Tier ohne Gefühle.*

Jennifer hatte Dutzende von Menschen gekannt und verteidigt, die schreckliche Verbrechen begangen hatten, aber sie hatte das Gefühl, daß keiner von ihnen so gefährlich gewesen war wie dieser Mann. Er war bis an die Spitze des Syndikats aufgestiegen, und es hatte etwas mehr erfordert, als Antonio Granellis Tochter zu heiraten, um das zu erreichen.

»Ich habe ein- oder zweimal bei Ihnen angerufen, als Sie fort waren«, sagte Michael. Laut Ken Bailey hatte er fast jeden Tag angerufen. »Wo waren Sie?« Er ließ die Frage beiläufig klingen.

»Weg.«

Ein langes Schweigen. »Erinnern Sie sich an das Angebot, das ich Ihnen gemacht habe?«

Jennifer nahm einen Schluck von ihrem Champagner. »Fangen Sie nicht wieder damit an, bitte.«

»Sie können alles haben, was...«

»Ich sagte Ihnen bereits, ich bin nicht interessiert. Angebote, die man nicht abschlagen kann, gibt es nicht. Nur in Büchern, Mr. Moretti. Ich schlage es ab.«

Michael Moretti dachte an eine Szene, die vor ein paar Wochen im Haus seines Schwiegervaters stattgefunden hatte. Sie hatten eine Familienkonferenz abgehalten, und sie war nicht gut gelaufen. Thomas Colfax hatte sich gegen alles gestellt, das Michael vorgeschlagen hatte.

Nachdem Colfax gegangen war, hatte Michael zu seinem Schwiegervater gesagt: »Colfax verwandelt sich langsam in ein altes Weib. Es ist Zeit, ihn aufs Altenteil zu schicken.«

»Tommy ist ein guter Mann. Er hat uns im Lauf der Jahre eine Menge Ärger erspart.«

»Das war einmal. Er hält nicht mehr Schritt, Tony.«

»Wen sollten wir auf seinen Platz stellen?«

»Jennifer Parker.«

Antonio Granelli hatte den Kopf geschüttelt. »Ich habe es dir schon einmal gesagt, Michael. Es ist nicht gut, wenn eine Frau etwas von unseren Geschäften erfährt.«

»Sie ist nicht nur eine Frau. Sie ist die beste Anwältin zur Zeit.«

»Wir wollen abwarten«, hatte Antonio Granelli gesagt. »Wir wollen abwarten.«

Michael Moretti war daran gewöhnt, zu kriegen, was er haben wollte, und je länger Jennifer sich ihm widersetzte, desto mehr war er entschlossen, sie zu bekommen. Jetzt, wo er neben ihr saß, blickte Michael Jennifer an und dachte: *Eines Tages wirst du mir gehören, Baby – mit Haut und Haaren.*

»Woran denken Sie?«

Michael Moretti bedachte Jennifer mit einem lässigen, langsamen Lächeln, und sie bedauerte die Frage sofort. Es war Zeit, zu gehen.

»Ich danke Ihnen für ein wunderbares Essen, Mr. Moretti. Ich muß früh aufstehen, deshalb ...«

Die Lichter verdunkelten sich, und das Orchester intonierte eine Ouvertüre.

»Sie können jetzt nicht gehen. Die Show beginnt. Marty Allen wird Ihnen gefallen.«

Es war Unterhaltung von einem Kaliber, das sich nur Las Vegas leisten konnte, und Jennifer genoß es von A bis Z. Sie sagte sich, daß sie sofort nach Ende der Show gehen würde, aber als sie vorbei war und Michael Moretti Jennifer zum Tanzen aufforderte, beschloß sie, daß es undankbar sei, sich zu weigern. Davon abgesehen mußte sie zugeben, daß sie sich gut amüsierte. Michael Moretti war ein begabter Tänzer, und Jennifer entspannte sich in seinen Armen. Einmal, als ein anderes Paar mit ihnen zusammenstieß, wurde Michael gegen Jennifer gestoßen, und für einen Augenblick spürte sie seine Erektion, aber dann zog er sich sofort zurück, sorgsam darauf bedacht, sie in diskreter Entfernung zu halten.

Hinterher gingen sie in ein Casino, ein Meer aus Lichtern und Lärm, überflutet mit Spielern, die völlig von den verschiedensten Glücksspielen in Anspruch genommen waren und sich ihnen mit einer Hingabe widmeten, als hinge ihr Leben davon ab, daß sie gewannen. Michael führte Jennifer zu einem der Würfeltische und gab ihr ein Dutzend Chips.

»Auf das Glück«, sagte er.

Die Angestellten des Casinos begegneten Michael mit Ehrerbietung. Sie nannten ihn »Mr. M.« und gaben ihm große Stapel Hundert-Dollar-Chips, wobei sie seine Unterschrift an Stelle von Bargeld akzeptierten. Michael spielte mit hohen Einsätzen und verlor kräftig, aber es schien ihn nicht zu irritieren. Mit Michaels Chips gewann Jennifer dreihundert Dollar, aber sie bestand darauf, ihm das Geld zu geben. Sie wollte ihm auf keinen Fall irgendwie verpflichtet sein.

Von Zeit zu Zeit kamen verschiedene Frauen an den Tisch, um Michael zu begrüßen. Alle waren jung und attraktiv, wie Jennifer bemerkte. Michael begegnete ihnen höflich, aber es war offensichtlich, daß er sich nur für Jennifer interessierte. Gegen ihren Willen fühlte sie sich geschmeichelt.

Zu Beginn des Abends war Jennifer müde und deprimiert gewesen, aber Michael Moretti strahlte eine solche Vitalität aus, daß sie überzuschäumen schien, die Luft auflud und Jennifer einhüllte.

Michael führte sie in eine kleine Bar mit einer Jazzgruppe, und danach gingen sie in den Salon eines anderen Hotels, um eine neue Vokalgruppe zu hören. Wo immer sie auftauchten, wurde Michael zuvorkommend, beinahe unterwürfig behandelt. Jeder versuchte, seine Aufmerksamkeit zu erregen, ihm guten Abend zu sagen, ihn zu berühren und darauf hinzuweisen, daß man da war.

Während der ganzen Zeit, die sie zusammen verbrachten, sagte Michael kein einziges Wort, das Jennifer als zudringlich hätte auslegen können. Und dennoch fühlte sie eine derart starke Sexualität von ihm ausgehen, daß es sie wie Schockwellen traf. Ihr Körper fühlte sich geschlagen, vergewaltigt. Sie hatte noch nie etwas Ähnliches erlebt. Es war beunruhigend und gleichzeitig erregend.

Um vier Uhr morgens brachte Michael Jennifer schließlich wieder zu ihrer Suite. Als sie die Tür erreicht hatten, ergriff Michael ihre Hand und sagte: »Gute Nacht. Ich möchte Ihnen sagen, daß dies die schönste Nacht meines Lebens war.«

Seine Worte jagten Jennifer Angst ein.

## 33

In Washington wuchs Adam Warners Popularität. Zeitungen und Magazine nahmen sich seiner immer häufiger an. Er leitete eine Untersuchung der Zustände in Ghettoschulen ein und reiste an der Spitze eines Senatsausschusses nach Moskau, um sich mit Dissidenten zu treffen. In den Zeitungen waren Bilder von seiner Ankunft auf dem Scheremetjevo-Flughafen zu sehen, auf denen er von einer russischen Delegation mit unbewegten Gesichtern begrüßt wurde. Als er zehn Tage später zurückkehrte, waren die Zeitungen voll des Lobs über die Ergebnisse seiner Reise.

Die Berichterstattung wurde immer ausführlicher. Die Öffentlichkeit wollte über Adam Warner informiert werden, und die Medien stillten ihren Hunger. Adam wurde die Speerspitze einer Gruppe von Senatoren, die für Reformen eintraten. Er übernahm den Vorsitz eines Komitees, das die Zustände in den Bundesgefängnissen untersuchte, und besuchte Strafanstalten im ganzen Land. Er sprach mit den Häftlingen, den Wärtern und Aufsehern, und als das Komitee seinen Bericht vorstellte, wurden umfassende Reformen eingeleitet.

Zusätzlich zu den Nachrichtenmagazinen brachten auch die Frauenzeitungen Artikel über ihn. In *Cosmopolitan* entdeckte Jennifer ein Foto von Adam, Mary Beth und ihrer kleinen Tochter Samantha. Jennifer saß vor dem Kamin in ihrem Schlafzimmer und betrachtete das Bild lange Zeit. Mary Beth lächelte in die Kamera und strahlte warmen, süßen Südstaatencharme aus. Die Tochter war eine Miniaturausgabe ihrer Mutter. Jennifer wandte sich dem Bild von Adam zu. Er sah müde aus. Kleine Falten, die vorher nicht dagewesen waren, hatten sich um seine Augen gebildet, und seine Schläfen wiesen die ersten grauen Schatten auf. Für einen Moment erlag Jennifer der Illusion, das Gesicht eines erwachsenen Joshua zu betrachten. Die Ähnlichkeit war unheimlich. Der Fotograf hatte Adam direkt in die Kamera blicken lassen, und Jennifer hatte das Gefühl, daß er sie ansah. Sie versuchte, den Ausdruck in seinen Augen zu deuten, und fragte sich, ob er jemals an sie dachte.

Jennifer blickte noch einmal auf das Bild von Mary Beth und ihrer Tochter. Dann warf sie das Magazin in den Kamin und sah zu, wie es verbrannte.

Adam Warner saß am Kopfende seines Eßtisches und versuchte, Stewart Needham und ein halbes Dutzend anderer Gäste zu unterhalten. Mary Beth war am anderen Ende des Tisches in eine Unterhaltung mit einem Senator aus Oklahoma und seiner juwelengeschmückten Frau vertieft. Washington hatte auf Mary Beth wie ein Stimulanz gewirkt. Hier war sie in ihrem Element. Im Rahmen von Adams wachsender Bedeutung war Mary Beth eine der ersten Gastgeberinnen geworden, und sie kostete diese Rolle aus. Die gesellschaftliche Seite Washingtons langweilte

Adam, und er war froh, daß er sie Mary Beth überlassen konnte. Sie hatte ein natürliches Geschick dafür.

Stewart Needham sagte: »In Washington wird mehr Politik beim Essen gemacht als in den geheiligten Hallen des Senats.«

Adam wünschte sich, daß der Abend endlich vorüber sein möge. Oberflächlich betrachtet, war alles in bester Ordnung. Unter dem Lack stimmte nichts. Er war mit einer Frau verheiratet, und er liebte eine andere. Er lag in den Ketten einer Ehe, aus der es kein Entkommen gab. Wenn Mary Beth nicht schwanger geworden wäre, hätte er weiterhin die Scheidung betrieben. Jetzt war es zu spät, er war für seine Familie verantwortlich. Mary Beth hatte ihm eine wunderschöne kleine Tochter geschenkt, und er liebte sie, aber es war ihm unmöglich, Jennifer zu vergessen.

Die Frau des Senators aus Oklahoma sagte zu ihm: »Sie müssen so glücklich sein, Adam. Sie haben alles, was sich ein Mann nur wünschen kann, nicht wahr?«

Adam brachte keine Antwort über die Lippen.

## 34

Die Jahreszeiten kamen und gingen, und sie alle drehten sich um Joshua. Er war der Mittelpunkt von Jennifers Welt. Sie sah, wie er wuchs und sich entwickelte, Tag für Tag, und als er zu sprechen, zu gehen und zu denken begann, schien ihr das wie ein unendliches Wunder. Seine Stimmungen wechselten dauernd. Er war abwechselnd wild und aggressiv, schüchtern und zärtlich. Er wurde wütend, wenn Jennifer ihn nachts verlassen mußte, und er hatte immer noch Angst vor der Dunkelheit, so daß Jennifer nachts immer ein Licht für ihn anließ.

Mit zwei Jahren war Joshua unerträglich. Er war zerstörerisch, trotzig und ungestüm. Sein liebstes Spiel war »Reparieren«. Er machte Mrs. Mackeys Nähmaschine kaputt, ruinierte die beiden Fernsehapparate im Haus und nahm Jennifers Armbanduhr auseinander. Er schüttete Salz in die Zuckerdose und streichelte sich selbst, wenn er allein war. Ken Bailey brachte Jennifer einen jungen Schäferhund namens Max mit, und Joshua biß ihn.

Als Ken einmal zu Besuch kam, begrüßte Joshua ihn mit den Worten: »Hi! Hast du auch ein Ding-Dong? Darf ich es anschauen?«

In diesem Jahr hätte Jennifer Joshua mit Freuden dem erstbesten Fremden geschenkt.

Mit drei aber wurde er plötzlich ein Engel, höflich, zärtlich und liebevoll. Er hatte die körperliche Harmonie seines Vaters und war sehr geschickt mit den Händen. Er hörte auf, Dinge kaputtzumachen. Er spielte gern im Freien, kletterte, lief herum und fuhr auf seinem Dreirad durch den Garten.

Jennifer nahm ihn mit in den Zoo und zum Marionettentheater. Sie gingen am Strand spazieren und sahen sich gemeinsam ein Festival mit Filmen der Marx Brothers in Manhattan an. Danach nahmen sie Eiscremesodas im neunten Stock von Bonwit Teller zu sich.

Joshua war ein Gefährte geworden. Zum Muttertag lernte er das Lieblingslied von Jennifers Vater – *Shine On, Harvest Moon* – auswendig und sang es ihr vor. Es war der rührendste Moment ihres Lebens.

*Es ist wahr,* dachte sie, *wir erben die Welt nicht von unseren Eltern; wir leihen sie uns von den Kindern aus.*

Joshua ging in den Kindergarten und hatte Freude daran. Abends, wenn Jennifer nach Hause gekommen war, setzten sie sich vor den Kamin und lasen gemeinsam. Jennifer las Fachzeitungen für Anwälte, und Joshua sah sich seine Bilderbücher an. Jennifer beobachtete ihren Sohn, wie er auf dem Boden lag, die Augenbrauen zusammengezogen vor Konzentration, und plötzlich wurde sie wieder an Adam erinnert, und es war immer noch wie eine offene Wunde. Sie fragte sich, wo er sein und was er tun mochte.

Was er, Mary Beth und Samantha tun mochten.

Es gelang Jennifer, Privatleben und Beruf auseinanderzuhalten, die einzige Verbindung zwischen beiden war Ken Bailey. Er brachte Joshua Spielzeug und Bücher mit, widmete ihm seine Zeit, und war, in gewisser Hinsicht, ein Ersatzvater.

An einem Sonntagnachmittag standen Jennifer und Ken in der Nähe des Baumhauses und sahen Joshua zu, der den Stamm hinaufkletterte.

»Weißt du, was er braucht?« fragte Ken.

»Nein.«

»Einen Vater.« Er wandte sich an Jennifer. »Sein wirklicher Vater muß ein schöner Scheißkerl sein.«

»Bitte, Ken, nicht!«

»Entschuldige. Es geht mich ja auch nichts an. Schließlich ist es Vergangenheit. Ich mache mir mehr Sorgen um die Zukunft. Es ist nicht normal, daß du allein wie eine...«

»Ich bin nicht allein. Ich habe Joshua.«

»Darüber spreche ich nicht.« Er nahm Jennifer in die Arme und küßte sie zärtlich. »O verdammt, Jennifer, es tut mir leid...«

Michael Moretti hatte Jennifer ein dutzendmal zu erreichen versucht. Sie rief nicht zurück. Einmal hatte sie geglaubt, sie habe ihn in der letzten Reihe sitzen sehen, als sie vor Gericht als Verteidigerin auftrat, aber als sie wieder hinsah, war er verschwunden.

## 35

An einem späten Nachmittag, als Jennifer gerade das Büro verlassen wollte, sagte Cynthia: »Ein Mr. Clark Holman ist am Telefon und möchte Sie sprechen.«

Jennifer zögerte, dann sagte sie: »Okay, stell ihn durch.«

Clark Holman war ein Anwalt der *Legal Aid Society*, die sich der Menschen annahm, die juristischen Beistand brauchten, aber aus irgendwelchen Gründen nicht in der Lage waren, ihn sich auch zu beschaffen.

»Es tut mir leid, daß ich Sie belästigen muß, Jennifer«, sagte er, »aber wir haben hier einen Fall, mit dem sich niemand beschäftigen will, und ich wüßte es wirklich sehr zu schätzen, wenn Sie uns aushelfen könnten. Ich weiß, wie beschäftigt Sie sind, aber...«

»Wer ist der Angeklagte?«

»Jack Scanlon.«

Als sie den Namen hörte, klingelte es bei Jennifer sofort. Er war seit zwei Tagen auf den Titelseiten aller Zeitungen. Jack Scanlon wurde beschuldigt, ein vierjähriges Mädchen entführt und Lösegeld erpreßt zu haben. Er war nach einer Phantomzeichnung identifiziert worden, die die Polizei nach den Angaben von Augenzeugen der Entführung angefertigt hatte.

»Warum ich, Clark?«

»Scanlon hat um Sie gebeten.«

Jennifer blickte auf die Uhr an der Wand. Sie würde zu spät zu Joshua kommen. »Wo ist er jetzt?«

»Im Metropolitan-Gefängnis.«

Jennifer traf eine schnelle Entscheidung. »Ich gehe zu ihm und spreche mit ihm. Treffen Sie die Vorbereitungen, bitte.«

»Gut. Tausend Dank. Ich schulde Ihnen einen Gefallen.«

Jennifer rief Mrs. Mackey an. »Ich komme heute etwas später. Geben Sie Joshua sein Essen und sagen Sie ihm, er soll aufbleiben, bis ich da bin.«

Zehn Minuten später war Jennifer auf dem Weg.

Kidnapping war für sie das scheußlichste aller Verbrechen, vor allem, wenn ein hilfloses, kleines Kind entführt wurde; aber jeder Beschuldigte hatte ein Recht darauf, daß man ihn anhörte, ganz egal, wie schrecklich sein Verbrechen gewesen war. Das war der Grundstock des Rechts: Gerechtigkeit für die Großen wie für die Kleinen.

Jennifer wies sich an der Pforte aus, und ein Wärter führte sie zum Besuchszimmer für Anwälte.

Er sagte: »Ich hole Ihnen Scanlon.«

Einige Minuten später wurde ein dünner, gutaussehender Mann von Ende dreißig mit einem blonden Bart und feinem, blondem Haar in den Raum gebracht. Er sah beinahe aus wie Jesus Christus.

Er sagte: »Ich danke Ihnen, daß Sie gekommen sind, Miß

Parker.« Seine Stimme war weich und sanft. »Danke, daß Sie sich um mich kümmern.«

»Setzen Sie sich.«

Er nahm einen Stuhl gegenüber von Jennifer.

»Sie haben darum gebeten, daß ich Sie aufsuche?«

»Ja. Obwohl ich glaube, daß nur Gott mir helfen kann. Ich habe eine Dummheit begangen.«

Sie betrachtete ihn voll Abscheu. »Sie nennen es eine ›Dummheit‹, wenn jemand ein vierjähriges Mädchen kidnappt und für Lösegeld festhält?«

»Ich habe Tammy nicht wegen des Lösegelds entführt.«

»Oh? Warum haben Sie sie dann entführt?«

Nach einer langen Pause begann Jack Scanlon zu sprechen. »Meine Frau, Evelyn, starb im Kindbett. Ich habe sie mehr als alles andere auf der Welt geliebt. Wenn es auf Erden je eine Heilige gegeben hat, dann sie. Evelyn war keine sehr starke Frau. Der Doktor riet ihr, kein Baby zu bekommen, aber sie wollte nicht hören.« Er blickte verlegen zu Boden. »Es – es ist vielleicht schwer zu verstehen für Sie, aber sie sagte, sie wolle es auf jeden Fall, weil es so wäre, als hätte sie dann noch mehr von mir.«

Wie gut Jennifer das verstand.

Jack Scanlon hatte aufgehört, zu sprechen, er schien in Gedanken weit fort.

»Sie bekam das Baby?«

Jack Scanlon nickte. »Sie starben beide.« Es fiel ihm schwer, weiterzusprechen. »Eine Zeitlang, dachte ich – dachte ich, daß ich... Ich wollte ohne sie nicht weiterleben. Ich fragte mich immer wieder, wie unser Kind wohl geworden wäre. Ich stellte mir vor, wie es gewesen wäre, wenn sie am Leben geblieben wären. Ich versuchte, die Uhr zurückzudrehen bis zu dem Moment, bevor Evelyn...« Er hielt inne, seine Stimme klang tränenerstickt. »Ich fand Rettung bei der Bibel. *Denn sieh, ich habe dich vor eine offene Tür gestellt, die niemand schließen kann.* Dann, vor ein paar Tagen, sah ich ein kleines Mädchen auf der Straße. Es spielte. Es war, als sei Evelyn wiedergeboren worden. Sie hatte ihre Augen, ihr Haar. Sie blickte zu mir auf und lächelte, und ich – ich weiß, es klingt verrückt, aber ich hatte das Gefühl, als lächelte Evelyn mich an. Ich muß völlig den Verstand verloren haben. Ich dachte: Dies ist die Tochter, die Evelyn bekommen hätte. Dies ist unser Kind.«

Jennifer bemerkte, wie sich seine Fingernägel in die Handballen gruben.

»Ich weiß, es war falsch, aber ich habe sie mitgenommen.« Er blickte Jennifer in die Augen. »Ich hätte dem Kind um nichts in der Welt etwas angetan.«

Jennifer beobachtete ihn scharf, achtete auf einen falschen Ton. Es gab keinen. Scanlon war ein verzweifelter Mann.

»Was ist mit der Lösegeldforderung?«

»Ich habe kein Lösegeld verlangt. Geld war etwas, das ich zuletzt gewollt hätte. Ich wollte nur die kleine Tammy.«

»Irgend jemand hat aber eine Lösegeldforderung geschickt.«

»Die Polizei behauptet, ich war es, aber ich war's nicht.«

Jennifer saß ihm gegenüber und versuchte, die losen Enden zusammenzufügen. »Wann erschien die Nachricht über die Entführung in den Zeitungen? Bevor oder nachdem Sie von der Polizei festgenommen wurden?«

»Vorher. Ich weiß noch, daß ich mir wünschte, sie sollten doch aufhören, darüber zu schreiben. Ich wollte mit Tammy weggehen, und ich hatte Angst, jemand könnte uns aufhalten.«

»Also könnte jeder von der Entführung gelesen und ein Lösegeld herauszuschlagen versucht haben?«

Jack Scanlon rang hilflos die Hände. »Ich weiß nicht. Ich weiß nur, daß ich tot sein möchte.«

Sein Schmerz war so offensichtlich, daß Jennifer bewegt war. Wenn er die Wahrheit sagte – und die war eindeutig aus seinem Gesicht abzulesen –, dann verdiente er für seine Tat nicht den Tod. Er sollte bestraft werden, ja, aber nicht hingerichtet.

Jennifer traf ihre Entscheidung. »Ich werde versuchen, Ihnen zu helfen.«

Er sagte leise: »Ich danke Ihnen, aber in Wirklichkeit ist es mir gleich, was aus mir wird.«

»Aber mir nicht.«

Jack Scanlon sagte: »Ich fürchte, ich – ich habe kein Geld, um Sie zu bezahlen.«

»Lassen Sie das meine Sorge sein. Bitte, erzählen Sie mir von sich.«

»Was wollen Sie wissen?«

»Alles, von Anfang an. Wo wurden Sie geboren?«

»In Norddakota, vor fünfunddreißig Jahren. Ich wurde auf einer Farm geboren. Ich glaube, man kann es eine Farm nennen, auch wenn es nur ein armseliges Stück Land war, auf dem nicht viel wuchs. Wir waren arm. Ich ging von zu Hause weg, als ich fünfzehn war. Meine Mutter habe ich geliebt, aber meinen Vater haßte ich. Ich weiß, die Bibel sagt, man soll nicht schlecht von seinen Eltern reden, aber er war ein böser Mensch. Es machte ihm Spaß, mich auszupeitschen.«

Jennifer konnte sehen, wie sich sein Körper anspannte, als er fortfuhr.

»Ich meine, es machte ihm wirklich Spaß. Wenn ich den kleinsten Fehler beging, schlug er mich mit einem Ledergürtel mit einer großen Eisenschnalle am Ende. Dann mußte ich niederknien und Gott um Vergebung anflehen. Lange Zeit habe ich Gott genauso gehaßt wie meinen Vater.« Er schwieg, von seinen Erinnerungen überwältigt.

»Sie sind von zu Hause weggerannt?«

»Ja. Per Anhalter bin ich nach Chicago getrampt. Ich hatte nicht viel gelernt, aber zu Hause habe ich immer viel gelesen. Wenn mein Vater mich erwischte, war das ein weiterer Grund für eine Auspeitschung. In Chicago bekam ich einen Job in einer Fabrik. Da traf ich Evelyn. Ich geriet mit der Hand zu nah an eine Fräse und verletzte mich. Sie brachten mich zur Poliklinik, und da war sie. Sie war Krankenschwester.« Er lächelte Jennifer an. »Sie war die schönste Frau, die ich je gesehen habe. Es dauerte ungefähr zwei Wochen, bis meine Hand verheilt war, und ich ging jeden Tag zur Behandlung zu Evelyn. Danach gingen wir miteinander. Wir sprachen davon, zu heiraten, aber die Firma verlor einen großen Auftrag, und ich wurde zusammen mit dem Rest meiner Abteilung entlassen. Evelyn machte das nichts aus. Wir heirateten, und sie kümmerte sich um mich. Das war die einzige Sache, über die wir jemals gestritten haben. Ich wurde in dem Glauben erzogen, daß ein Mann seine Frau ernähren muß.

Ich kriegte einen Job als Lastwagenfahrer, und die Bezahlung war gut. Das einzige, was ich daran furchtbar fand, war, daß wir oft getrennt waren, manchmal eine ganze Woche lang. Abgesehen davon war ich unheimlich glücklich. Wir waren beide glücklich. Und dann wurde Evelyn schwanger.«

Ein Schauder durchlief ihn. Seine Hände begannen zu zittern.

»Evelyn und das Kind starben.« Tränen rannen über seine Wangen. »Ich weiß nicht, warum Gott das getan hat. Er muß einen Grund gehabt haben, aber ich weiß nicht, welchen.« Er wiegte sich in seinem Stuhl vor und zurück, ohne es zu merken, die Arme gegen die Brust gepreßt, als wollte er seinen Kummer daran hindern, hervorzubrechen. *»Ich will dir den Weg weisen, den du gehen mußt; ich werde an deiner Seite sein.«*

Jennifer dachte: *Den wird der elektrische Stuhl nicht kriegen.*

»Ich komme morgen wieder«, versprach sie ihm.

Die Kaution war auf zweihunderttausend Dollar festgesetzt worden. Jack Scanlon hatte kein Geld, so daß Jennifer es für ihn auftrieb. Scanlon wurde aus dem Gefängnis entlassen, und Jennifer suchte ihm ein kleines Hotel an der West Side. Sie gab ihm hundert Dollar, damit er sich über Wasser halten konnte.

»Ich weiß nicht, wie, aber ich zahle Ihnen jeden Cent zurück«, sagte Jack Scanlon. »Ich werde mir einen Job suchen, ganz egal, was für einen. Ich werde alles annehmen.«

Als Jennifer ihn verließ, las er gerade die Stellenangebote.

Der Staatsanwalt Earl Osborne, war ein großer, stämmiger Mann mit einem weichen, runden Gesicht und täuschend sanften Manieren. Zu Jennifers Überraschung hielt sich auch Robert Di Silva in Osbornes Büro auf.

»Ich habe gehört, daß Sie den Fall übernommen haben«, sagte Di Silva. »Ihnen ist nichts zu dreckig, was?«

Jennifer wandte sich an Earl Osborne. »Was hat der hier zu suchen? Dies ist Bundessache.«

Osborne erwiderte: »Scanlon hat das Mädchen im Wagen ihrer Eltern entführt.«

»Autodiebstahl«, sagte Di Silva.

Jennifer fragte sich, ob er auch dann hier gewesen wäre, wenn sie nichts mit dem Fall zu tun hätte. Sie wandte sich wieder an Earl Osborne.

»Ich schlage Ihnen einen Handel vor«, sagte Jennifer. »Mein Mandant...«

Earl Osborne hob die Hand. »Vergessen Sie's. Diese Sache ziehen wir bis zum Ende durch.«

»Es gibt Umstände...«

»Darüber können Sie uns alles bei der Voruntersuchung erzählen.«

Di Silva grinste sie an.

»Gut«, sagte Jennifer. »Ich sehe Sie vor Gericht.«

Jack Scanlon fand einen Job in einer Werkstatt an der West Side in der Nähe seines Motels, und Jennifer schaute auf einen Sprung herein.

»Die Voruntersuchung ist übermorgen«, informierte sie ihn. »Ich werde versuchen, die Anklage dazu zu bringen, daß sie einem Schuldbekenntnis in einem geringeren Vergehen zustimmt. Sie werden einige Jahre sitzen müssen, Jack, aber ich werde dafür sorgen, daß es so kurz wie möglich ausfällt.«

Die Dankbarkeit in seinem Gesicht war Belohnung genug.

Auf Jennifers Vorschlag hatte Scanlon einen Anzug gekauft, damit er bei der Voruntersuchung einen respektablen Eindruck machte. Er hatte sich das Haar schneiden lassen und den Bart gestutzt, Jennifer war mit seiner Erscheinung zufrieden.

Earl Osborne hatte sein Beweismaterial vorgelegt und um eine formelle Anklageverfügung gebeten. Richter Barnard wandte sich an Jennifer.

»Möchten Sie irgend etwas dazu sagen, Miß Parker?«

»Ja, Euer Ehren. Ich möchte der Regierung die Kosten für einen Prozeß sparen. Es gibt mildernde Umstände, über die noch nicht gesprochen wurde. Ich möchte die Anklage in eine weniger schwere Beschuldigung abgemildert sehen, derer mein Mandant sich schuldig bekennen würde.«

»Auf keinen Fall«, sagte Earl Osborne. »Die Regierung verweigert ihre Zustimmung.«

Jennifer wandte sich an Richter Barnard. »Könnten wir das in Ihren Räumen besprechen, Euer Ehren?«

»Einverstanden. Ich setze den Termin für die Verhandlung fest, nachdem ich gehört habe, was die Verteidigung zu sagen hat.«

Jennifer wandte sich an Jack Scanlon, der verwirrt auf seinem Platz stand.

»Sie können wieder an Ihre Arbeit gehen«, erklärte Jennifer ihm. »Ich komme vorbei und lasse Sie wissen, wie es ausgegangen ist.«

Er nickte und sagte leise: »Danke, Miß Parker.«

Jennifer sah ihn den Gerichtssaal verlassen.

Jennifer, Earl Osborne, Robert Di Silva und Richter Barnard saßen im Büro des Richters.

Osborne sagte zu Jennifer: »Ich verstehe nicht, wie Sie mich auch nur fragen konnten, ob ich mit einem solchen Handel einverstanden wäre. Kidnapping für Lösegeld ist ein Kapitalverbrechen. Ihr Mandant ist schuldig, und er wird für seine Tat bezahlen.«

»Glauben Sie doch nicht alles, was Sie in den Zeitungen lesen, Earl. Jack Scanlon hat nichts mit der Lösegeldforderung zu tun.«

»Wen wollen Sie denn jetzt auf den Arm nehmen? Wenn es nicht wegen des Lösegeldes war, weswegen dann?«

»Das werde ich Ihnen sagen«, meinte Jennifer.

Und sie erzählte ihnen von der Farm und den Prügeln und der Liebe zwischen Jack und Evelyn und ihrer Heirat und dem Tod seiner Frau und des Babys bei der Geburt.

Sie hörten schweigend zu, und als Jennifer fertig war, fragte Di Silva: »Also hat Jack Scanlon das Mädchen entführt, weil es ihn an das Kind erinnerte, das er bekommen hätte? Und Jack Scanlons Frau starb im Kindbett?«

»Das ist richtig.« Jennifer wandte sich an Richter Barnard. »Euer Ehren, ich kann mir nicht vorstellen, daß das ein Mann ist, den Sie hinrichten würden.«

Di Silva sagte unerwartet: »Ich stimme Ihnen zu.«

Jennifer blickte ihn überrascht an.

Di Silva holte einige Papiere aus einer Aktentasche. »Ich möchte Sie etwas fragen«, sagte er. »Wie würden Sie es finden, wenn man *diesen* Mann hinrichtete?« Er las aus einem Dossier vor. »Frank Jackson, Alter 38. Geboren in Nob Hill, San Francisco. Vater Arzt, Mutter eine Dame der Gesellschaft. Mit vierzehn geriet Jackson in eine Drogengeschichte, rannte von zu Hause fort, wurde in Haight-Ashbury aufgegriffen und nach Hause zurückgebracht. Drei Monate später brach Jackson in die Klinik seines Vaters ein, stahl alle Drogen, die er kriegen konnte, und rannte weg. In Seattle aufgegriffen wegen Besitzes und Handels mit Drogen, in eine Besserungsanstalt gesteckt, mit achtzehn entlassen und einen Monat später wegen eines bewaffneten Raubüberfalls mit Tötungsabsicht erneut aufgegriffen ...«

Jennifer fühlte, wie sich ihr Magen zusammenzog. »Was hat das mit Jack Scanlon zu tun?«

Earl Osborne bedachte sie mit einem frostigen Lächeln. »Jack Scanlon ist Frank Jackson.«

»Das glaube ich nicht.«

Di Silva sagte: »Dieses Dossier kam vor einer Stunde vom FBI herein. Jackson ist ein Hochstapler und psychopathischer Lügner. Im Verlauf der letzten zehn Jahre ist er von Zuhälterei über Brandstiftung bis zu bewaffnetem Raubüberfall wegen fast allem verhaftet worden. Er hat eine Zuchthausstrafe in Joliet abgesessen. Vor fünf Jahren wurde er vom FBI unter dem Verdacht einer Entführung festgenommen. Er hat ein dreijähriges Mädchen gekidnappt und Lösegeld gefordert. Der Körper des kleinen Mädchens wurde zwei Monate später in einem Waldstreifen gefunden. Dem Bericht des Leichenbeschauers zufolge war der Körper bereits zum Teil verwest, aber es ließ sich dennoch feststellen, daß er über und über mit kleinen Messerwunden bedeckt war. Das Mädchen war vergewaltigt worden – von einem Sadisten.«

Jennifer fühlte sich plötzlich krank.

»Jackson wurde aufgrund der Tricks eines ausgekochten Verteidigers freigesprochen.« Di Silvas Stimme war voller Verachtung, als er sagte: »Und diesen Mann wollen Sie frei herumlaufen lassen.«

»Kann ich bitte das Dossier sehen?«

Schweigend reichte Di Silva es ihr, und Jennifer begann zu lesen. Es war Jack Scanlon, daran konnte kein Zweifel bestehen. Ein Erkennungsfoto der Polizei war an das Dossier geheftet. Er war damals jünger gewesen und hatte keinen Bart gehabt, aber es konnte kein Mißverständnis geben. Jack Scanlon – Frank Jackson – hatte sie von A bis Z belogen. Er hatte seine ganze Lebensgeschichte erfunden, und Jennifer hatte jedes Wort geglaubt. Er war so überzeugend gewesen, daß sie nicht einmal Ken Bailey damit beauftragt hatte, seine Geschichte zu überprüfen.

Richter Barnard fragte: »Kann ich das einmal sehen?«

Jennifer gab ihm das Dossier. Der Richter überflog es und sah Jennifer an. »Nun?«

»Ich lege die Verteidigung nieder.«

Di Silva hob in gespielter Überraschung die Augenbrauen. »Sie schockieren mich, Miß Parker. Sie haben immer gesagt, daß jeder das Recht auf einen Anwalt hat.«

»Das hat auch jeder«, antwortete Jennifer gleichmütig, »aber ich habe ein einfaches Prinzip: Ich verteidige niemanden, der mich belügt. Mr. Jackson wird sich einen anderen Anwalt suchen müssen.«

Richter Barnard nickte. »Das Gericht wird dafür sorgen.«

Osborne sagte: »Ich möchte, daß die Freilassung auf Kaution sofort widerrufen wird, Euer Ehren. Ich halte es für zu gefährlich, ihn frei herumlaufen zu lassen.«

Richter Barnard wandte sich an Jennifer: »Im Augenblick sind Sie noch sein Anwalt, Miß Parker. Haben Sie irgendwelche Einwände?«

»Nein«, sagte Jennifer fest. »Keine.«

Richter Barnard sagte: »Ich werde die Freilassung auf Kaution aufheben.«

Richter Lawrence Waldman hatte Jennifer für diesen Abend zu einem Wohltätigkeitsessen eingeladen. Sie fühlte sich nach den Ereignissen des Nachmittags so ausgelaugt, daß sie lieber nach Hause gegangen wäre und einen ruhigen Abend mit Joshua verbracht hätte, aber sie wollte den Richter nicht enttäuschen.

Sie wechselte die Garderobe im Büro und traf Richter Waldman im Waldorf Astoria, wo das Essen stattfand.

Es war ein Galaereignis mit einem halben Dutzend Hollywoodstars auf der Bühne, aber Jennifer konnte es nicht genießen. Ihre Gedanken waren woanders. Richter Waldman hatte sie beobachtet und fragte: »Stimmt irgend etwas nicht, Jennifer?«

Sie brachte ein Lächeln zustande. »Nein, nur ein geschäftliches Problem, Lawrence.«

*Und wirklich, was ist das für ein dreckiges Geschäft?* dachte Jennifer, *wo man mit dem Abschaum der Menschheit zu tun hat, mit Killern, Kidnappern und Sadisten!* Sie beschloß, daß es genau der richtige Abend war, um sich zu betrinken.

Der Oberkellner näherte sich der Tafel und flüsterte in Jennifers Ohr: »Entschuldigen Sie, Miß Parker, ein Anruf für Sie.«

Jennifer hörte eine innere Alarmglocke. Außer Mrs. Mackey wußte niemand, wo sie sich aufhielt. Sie konnte nur anrufen, weil mit Joshua etwas nicht stimmte.

»Entschuldigen Sie mich«, sagte Jennifer.

Sie folgte dem Oberkellner in ein kleines Büro neben dem Foyer. Sie hob den Hörer auf, und die Stimme eines Mannes flüsterte: »Du Hure! Du hast mich reingelegt!«

Jennifer fühlte, wie sie zu zittern begann. »Wer ist da?« fragte sie.

Aber sie wußte es.

»Du hast die Bullen auf mich gehetzt, damit sie mich schnappen.«

»Das stimmt nicht. Ich...«

»Du hast versprochen, mir zu helfen.«

»Ich werde Ihnen helfen. Wo sind...«

»Du verlogene Fotze.« Seine Stimme wurde so leise, daß sie ihn kaum verstehen konnte. »Dafür wirst du bezahlen. O ja, du wirst bezahlen!«

»Warten Sie einen Augen...«

Das Telefon war stumm. Ein eisiger Schauer durchlief Jennifer. Sie hatte eine Gänsehaut am ganzen Körper. Irgend etwas war grauenhaft schiefgelaufen. Frank Jackson alias Jack Scanlon war entwischt, und er gab Jennifer die Schuld an dem, was vorgefallen war. Woher hatte er wissen können, wo sie sich befand? Er mußte ihr gefolgt sein. Vielleicht wartete er in diesem Augenblick draußen auf sie...

Jennifer versuchte, ihr Zittern zu kontrollieren, nachzudenken, herauszufinden, was passiert sein konnte. Jackson hatte die Polizei anrücken sehen und war weggerannt. Oder vielleicht hatten sie ihn verhaftet, und er war danach erst entwischt. Aber das Wie war nicht wichtig. Wichtig war, daß er ihr an allem die Schuld gab.

Frank Jackson hatte schon einmal getötet, und er konnte wieder töten. Jennifer ging auf die Damentoilette und blieb dort, bis sie wieder ruhig war. Als sie sich unter Kontrolle hatte, kehrte sie an den Tisch zurück.

Richter Waldman warf nur einen Blick auf ihr Gesicht. »Was, um Himmels willen, ist passiert?«

Jennifer gab ihm einen kurzen Bericht. Er war bestürzt.

»Allmächtiger! Wollen Sie, daß ich Sie nach Hause begleite?«

»Ich schaffe es schon, Lawrence. Wenn Sie nur dafür sorgen, daß ich sicher zu meinem Wagen gelange, dann schaffe ich es schon.«

Sie schlüpften unbemerkt aus dem großen Ballsaal, und Richter Waldman blieb bei Jennifer, bis der Portier ihren Wagen gebracht hatte.

»Sind Sie sicher, daß ich Sie nicht begleiten soll?«

»Danke, ich bin überzeugt, daß die Polizei ihn noch vor dem Morgengrauen festnimmt. Es gibt nicht viele Leute, die ihm ähnlich sehen. Gute Nacht.«

Jennifer fuhr los und achtete darauf, daß ihr niemand folgte. Als sie dessen sicher war, bog sie auf den Long Island Expressway und fuhr nach Hause.

Immer wieder blickte sie in den Rückspiegel, behielt die Wagen hinter ihr im Auge. Einmal fuhr sie an den Straßenrand, ließ den gesamten Verkehr vorbei und fuhr erst weiter, als die Straße hinter ihr leer war. Jetzt fühlte sie sich wohler. Es konnte nicht allzu lange dauern, bis die Polizei Frank Jackson aufgriff. Inzwischen hatten sie wahrscheinlich schon eine Großfahndung nach ihm eingeleitet.

Jennifer bog in ihre Auffahrt. Grundstück und Haus, die hellerleuchtet hätten sein müssen, lagen in völliger Dunkelheit. Jennifer saß im Wagen, starrte ungläubig das Haus an, und in ihrem Kopf begann eine Alarmglocke zu schrillen. Sie stieß die Autotür auf und rannte zur Eingangstür. Sie war nur angelehnt. Einen Augenblick erstarrte Jennifer zur Salzsäule, von Entsetzen gelähmt, dann stolperte sie in die Halle. Ihr Fuß stieß gegen etwas Warmes und Weiches, und sie keuchte erschrocken. Sie schaltete das Licht ein. Max lag auf dem blutgetränkten Teppich. Die Kehle des Schäferhundes war von einem Ohr zum anderen durchtrennt.

»Joshua!« Der Schrei verhallte. »Mrs. Mackey!«

Jennifer lief von Raum zu Raum, drehte alle Lichter an und rief die Namen ihres Sohnes und der Haushälterin. Ihr Herz schlug so rasend, daß es ihr schwerfiel, zu atmen. Sie stürzte die Treppe zu Joshuas Schlafzimmer hinauf. In seinem Bett hatte jemand geschlafen, aber es war leer.

Jennifer durchsuchte jedes Zimmer. Dann lief sie wieder hinunter. Sie war wie betäubt. Frank Jackson mußte genau gewußt haben, wo sie wohnte. Er mußte ihr eines Abends gefolgt sein, entweder von ihrem Büro oder von der Werkstatt. Er hatte Joshua entführt, und er würde ihn töten, um sie zu bestrafen.

Sie ging gerade an der Wäschekammer vorbei, als sie ein schwaches Kratzen hörte. Jennifer näherte sich langsam der Tür und öffnete sie. Es war dunkel dahinter.

Jennifer schaltete das Licht an. Mrs. Mackey lag auf dem Boden. Ihre Hände und Füße waren mit Kupferdraht gefesselt. Sie war halb bewußtlos.

Jennifer kniete rasch bei ihr nieder. »Mrs. Mackey!«

Die Haushälterin blickte zu Jennifer auf, ihre Augen verloren langsam den verwirrten Blick.

»Er hat Joshua mitgenommen«, schluchzte sie.

So vorsichtig, wie sie konnte, löste Jennifer den Draht, der in Mrs. Mackeys Arme und Beine schnitt. Das Fleisch war aufgeschurrt und blutete. Jennifer half der Haushälterin auf die Beine.

Mrs. Mackey weinte hysterisch. »Ich – ich konnte ihn nicht aufhalten. Ich – ich habe es versucht. Ich...«

Das Klingeln des Telefons drang in den Raum. Die beiden Frauen waren sofort still. Das Telefon schrillte und schrillte, und irgendwie hatte es einen bösen Klang. Jennifer ging zum Apparat und hob ab.

Die Stimme sagte: »Ich wollte nur sicher sein, daß Sie gut nach Hause gekommen sind.«

»Wo ist mein Sohn?«

»Er ist ein wunderschöner Junge, nicht wahr?« fragte die Stimme.

»Bitte! Ich tue alles – was immer Sie wollen!«

»Sie haben schon alles getan, Mrs. Parker.«

»Nein, bitte!« Sie schluchzte hilflos.

»Es gefällt mir, Sie weinen zu hören«, flüsterte die Stimme. »Sie erhalten Ihren Sohn zurück, Mrs. Parker. Lesen Sie morgen die Zeitungen!«

Und die Leitung war stumm.

Jennifer kämpfte mit der Bewußtlosigkeit. Sie versuchte, nachzudenken. Frank Jackson hatte gesagt: »Er ist ein wunderschöner Junge, nicht wahr?« Das konnte bedeuten, daß Joshua noch am Leben war. Hätte er sonst nicht gesagt, *war* wunderschön? Sie wußte, daß sie nur Wortklauberei betrieb, um nicht den Verstand zu verlieren. Sie mußte etwas unternehmen, ganz schnell.

Ihr erster Impuls war, Adam anzurufen, ihn um Hilfe zu bitten. Es war sein Sohn, der entführt worden war, der getötet werden würde. Aber sie wußte, daß Adam nichts tun konnte. Er lebte zweihundertfünfunddreißig Meilen entfernt. Sie hatte nur zwei Möglichkeiten: Die eine bestand darin, Robert Di Silva anzurufen, ihm zu erzählen, was passiert war, und ihn zu bitten, sein Schleppnetz auszuwerfen und Frank Jackson zu schnappen. *Oh, mein Gott, das dauert zu lange!*

Die zweite Möglichkeit war das FBI. Das FBI hatte Erfahrung mit Kidnapping. Das Problem bestand nur darin, daß es sich diesmal nicht um eine normale Entführung handelte. Es würde keine Lösegeldforderung geben, der sie nachgehen konnten, keine Gelegenheit, Frank Jackson eine Falle zu stellen und Joshuas Leben zu retten. Das FBI hielt sich starr an seine gewohnte

Routine. In diesem Fall konnte es mehr schaden als nützen. Sie mußte schnell eine Entscheidung treffen... solange Joshua noch lebte. Robert Di Silva oder das FBI. Es fiel ihr schwer, nachzudenken.

Sie holte tief Luft. Die Entscheidung war gefallen. Sie suchte eine Telefonnummer heraus. Ihre Finger zitterten, und sie mußte dreimal Anlauf nehmen, bis sie die Nummer richtig getippt hatte.

Als sich ein Mann am anderen Ende meldete, sagte Jennifer: »Ich möchte Michael Moretti sprechen.«

## 36

»Tut mir leid, Lady. Sie haben *Tony's Place* gewählt. Ich kenne keinen Michael Moretti.«

»Warten Sie!« schrie Jennifer. »Legen Sie nicht auf!« Sie zwang sich, ruhig zu klingen. »Es ist dringend. Ich bin – ich bin eine Freundin von ihm. Mein Name ist Jennifer Parker. Ich muß sofort mit ihm sprechen.«

»Hören Sie, Lady, ich sagte doch...«

»Geben Sie ihm meinen Namen und diese Telefonnummer.«

Sie nannte die Nummer des Anschlusses. Sie stotterte so heftig, daß sie sich kaum verständlich machen konnte. »Sa-sa-sagen Sie ihm –«

Am anderen Ende wurde die Verbindung unterbrochen.

Wie betäubt legte Jennifer den Hörer auf. Sie war wieder auf ihre ersten beiden Möglichkeiten angewiesen. Es gab keinen Grund, warum Robert Di Silva und das FBI nicht gemeinsam versuchen sollten, Joshua zu finden. Das einzige, was sie daran wahnsinnig machte, war, daß sie wußte, wie gering die Chancen waren, daß sie Frank Jackson aufspürten. Sie hatten zu wenig Zeit. *Lesen Sie morgen die Zeitungen!* Die Endgültigkeit dieser Worte ließ keinen Zweifel daran, daß er nicht noch einmal anrufen würde, um niemandem die Gelegenheit zu geben, ihn aufzuspüren. Sie mußte irgend etwas tun. Sie würde Di Silva anrufen. Sie griff erneut nach dem Telefon. Als sie es berührte, begann es zu klingeln. Sie schrak zusammen.

»Hier spricht Michael Moretti.«

»Michael! O Michael, helfen Sie mir, bitte! Ich...« Sie begann unkontrolliert zu schluchzen. Sie ließ den Hörer fallen und hob ihn schnell wieder auf. Sie hatte Angst, er könnte aufgehängt haben. *»Michael?«*

»Ich bin noch dran.« Seine Stimme war ruhig. »Fassen Sie sich, und erzählen Sie mir, was los ist.«

»Ich – ich...« Sie holte tief Luft, um das Zittern in ihrer Stimme zu beruhigen. »Es handelt sich um meinen Sohn, Joshua. Er – er ist entführt worden. Sie – sie wollen ihn umbringen.«

»Wissen Sie, wer dahinter steckt?«

»Ja, ja. Sein Name ist Frank Jackson.« Ihr Herz schlug wie wild.

»Erzählen Sie mir, was passiert ist.« Seine Stimme war ruhig und vertrauenerweckend.

Jennifer zwang sich, langsam zu sprechen und die Ereignisse in der richtigen Reihenfolge zu erzählen.

»Können Sie Jackson beschreiben?«

Jennifer rief sich Jacksons Aussehen in Erinnerung, dann kleidete sie es in Worte, und Michael sagte: »Sie machen das sehr gut. Wissen Sie, wo er gesessen hat?«

»In Joliet. Er hat gesagt, er wird Joshua...«

»Wo ist die Werkstatt, in der er gearbeitet hat?«

Sie gab Michael die Adresse.

»Wissen Sie den Namen des Hotels, in dem er gewohnt hat?«

»Ja. Nein.« Sie konnte sich nicht mehr daran erinnern. Sie bohrte die Fingernägel in ihre Stirn, bis sie zu bluten begann, als wollte sie die Erinnerung hervorkratzen. Er wartete geduldig.

Plötzlich fiel es ihr ein. »Es war das Travel Well Hotel. Es liegt an der 10. Straße. Aber ich bin sicher, da ist er nicht mehr.«

»Wir werden sehen.«

»Ich will meinen Jungen lebendig wiederhaben.«

Michael Moretti antwortete nicht, und Jennifer verstand, warum.

»Wenn wir Jackson finden...«

Jennifer holte tief Luft und erschauerte. »*Tötet ihn!*«

»Bleiben Sie in der Nähe des Telefons.«

Die Verbindung war unterbrochen. Jennifer legte den Hörer auf. Seltsamerweise fühlte sie sich ruhiger, als wenn schon etwas erreicht wäre. Es gab keinen Grund für das Vertrauen, das sie zu Michael Moretti hatte. Vernünftig betrachtet, hatte sie in ihrer Verzweiflung eine Wahnsinnstat begangen; aber Vernunft spielte im Augenblick keine Rolle. Es ging um das Leben ihres Sohnes. Vorsätzlich hatte sie einen Killer auf einen Killer gehetzt. Wenn es nicht funktionierte... Sie dachte an das kleine Mädchen, dessen von einem Sadisten vergewaltigten Körper man im Wald gefunden hatte.

Jennifer kümmerte sich um Mrs. Mackey. Sie verarztete ihre Schnittwunden und Prellungen und brachte sie ins Bett. Sie bot ihr ein Beruhigungsmittel an, aber Mrs. Mackey stieß es weg.

»Wie könnte ich jetzt schlafen«, rief sie. »O Mrs. Parker! Er hat dem Kind Schlaftabletten gegeben.«

Jennifer starrte sie entsetzt an.

Michael Moretti saß an seinem Schreibtisch und musterte die sieben Männer, die er zusammengerufen hatte. Die ersten drei hatten ihre Instruktionen bereits erhalten. Jetzt wandte er sich an Thomas Colfax. »Tom, du benutzt deine Beziehungen. Geh' zu Captain Notaras, er soll sich Jacksons Akte besorgen. Ich will alles wissen, was sie über ihn haben.«

»Wir sollten eine so gute Verbindung nicht wegen einer solchen Sache bemühen, Mike. Ich glaube nicht...«

»Keine Widerrede! Tu, was ich sage!«

Colfax sagte steif: »Wie du willst.«

Michael wandte sich an Nick Vito. »Kümmere dich um die Werkstatt, wo Jackson gearbeitet hat. Finde heraus, ob er sich in einer der Bars dort herumgetrieben hat. Ob er irgendwelche Freunde hatte. Ich will ihre Namen haben.« Er blickte auf seine Uhr. »Jetzt ist es Mitternacht. Ich gebe euch acht Stunden Zeit, Jackson zu finden.«

Die Männer strebten der Tür zu. Michael rief ihnen nach. »Ich möchte nicht, daß dem Kind irgendwas geschieht. Haltet telefonisch Verbindung mit mir. Ich warte.«

Michael Moretti wartete, bis sie gegangen waren, dann griff er nach einem der Telefone auf seinem Schreibtisch und begann zu wählen.

*Ein Uhr morgens*

Das Motelzimmer war nicht groß, aber es war ordentlich und sauber. Frank Jackson mochte es, wenn alles reinlich war. Es gehörte zu einer guten Erziehung, sauber zu sein. Die Jalousien waren heruntergelassen und gekippt, so daß niemand hereinsehen konnte. Die Tür war abgeschlossen, mit einer Kette gesichert, und außerdem hatte er einen Stuhl dagegengestellt. Er ging zum Bett, auf dem Joshua lag. Frank Jackson hatte den Jungen gezwungen, drei Schlaftabletten herunterzuwürgen, und sie wirkten immer noch. Da Jackson stolz darauf war, daß er kein Risiko einging, hatte er die Hände und Füße des Jungen mit demselben Draht zusammengebunden, den er auch bei der alten Frau im Haus verwandt hatte. Jackson betrachtete den schlafenden Jungen und fühlte eine Art Trauer.

*Warum, in Gottes Namen, zwangen ihn die Menschen immer wieder dazu, so furchtbare Dinge zu tun? Er war ein sanfter, friedlicher Mensch, aber wenn jeder gegen einen war und einen angriff, dann mußte man sich verteidigen. Das Problem der Leute war, daß sie ihn immer unterschätzten. Sie begriffen erst, wenn es zu spät war, daß er sie alle in die Tasche steckte.*

Er hatte schon eine halbe Stunde vor Ankunft der Polizei gewußt, daß sie hinter ihm her waren. Er hatte gerade einen Chevrolet Camaro vollgetankt, als er seinen Boß ins Büro und ans Telefon gehen gesehen hatte. Jackson hatte die Unterhaltung nicht mithören können, aber das war auch nicht notwendig gewesen. Er hatte die versteckten Blicke gesehen, die sein Boß ihm zugeworfen hatte, als er in den Hörer sprach. Er hatte sofort begriffen, was vorging. Die Polizei war wieder hinter ihm her. Die Parker-Nutte hatte ihn hereingelegt, hatte die Bullen auf ihn gehetzt. Sie war wie alle anderen. Sein Boß telefonierte immer noch, als er schon seine Jacke geschnappt hatte und abgehauen war. In weniger als drei Minuten hatte er einen unverschlossenen Wagen gefunden und ihn kurzgeschlossen. Sekunden später war er auf dem Weg zu Jennifer Parkers Haus gewesen.

Jackson mußte seine Intelligenz wirklich bewundern. Wer außer ihm hätte schon daran gedacht, ihr zu folgen, um herauszufinden, wo sie wohnte? Er hatte das schon an dem Tag getan, an dem sie ihn auf Kaution freibekommen hatte. Er hatte auf der anderen Straßenseite vor ihrem Haus geparkt und war sehr überrascht, als sie am Tor von einem kleinen Jungen begrüßt wurde. Er beobachtete die beiden und hatte das Gefühl, daß der Junge gerade recht kam, sozusagen eine unerwartete Zugabe.

Jackson lächelte darüber, wie erschrocken die alte Hexe von einer Haushälterin gewesen war. Er hatte es genossen, ihr den Draht in Handgelenke und Fesseln zu drehen. Nein, nicht wirklich genossen. Er tat sich Unrecht. Es war *notwendig*. Die Haushälterin dachte, er wolle sie vergewaltigen. Sie verabscheute ihn. Alle Frauen taten das, außer seiner geliebten Mutter. Frauen waren schmutzig, unsauber, sogar seine Schwester, diese Hure. Nur die Kinder waren rein. Er dachte an das kleine Mädchen, das er sich genommen hatte. Sie war wunderschön gewesen, mit langen blonden Locken, aber sie hatte für die Sünden ihrer Mutter bezahlen müssen. Ihre Mutter hatte Jackson gefeuert. Die Leute hielten einen davon ab, sich auf anständige Weise den Lebensunterhalt zu verdienen, und dann bestraften sie einen, wenn man ihre dämlichen Gesetze brach. Die Männer waren schlimm genug, aber die Frauen waren noch schlimmer. Schweine, die den Tempel deines Körpers beschmutzen wollen. Wie diese Kellnerin Clara, die er nach Kanada mitnehmen wollte.

Sie liebte ihn. Sie hielt ihn für einen Gentleman, weil er sie nie berührt hatte. Wenn die wüßte! Der Gedanke, mit ihr zu schlafen, machte ihn krank. Aber er würde mit ihr das Land verlassen, weil die Polizei nach einem einzelnen Mann ohne Begleitung suchte. Er würde sich den Bart abnehmen und das Haar schneiden lassen, und hinter der Grenze würde er Clara beseitigen. Darauf freute er sich schon jetzt.

Frank Jackson ging zu einem ramponierten Koffer auf dem

Gepäckhocker, öffnete ihn und holte einen Werkzeugkasten heraus. Er entnahm ihm einen Hammer und Nägel. Er legte sie auf den Nachttisch. Dann ging er ins Badezimmer und hob einen Zweiliterkanister Benzin aus der Badewanne. Er trug ihn ins Schlafzimmer und stellte ihn auf dem Boden ab. Joshua würde in Flammen aufgehen.

Aber erst nach der Kreuzigung.

*Zwei Uhr morgens*

In ganz New York und über seine Grenzen hinaus breitete sich die Nachricht aus. Es begann in Bars und Bordellen. Ein vorsichtiges Wort hier und da, ein Flüstern in ein bereitwillig lauschendes Ohr. Zuerst war es nur ein Tröpfeln, aber nach und nach erreichte es billige Restaurants, laute Diskotheken und Zeitungsstände. Es erreichte Taxifahrer, Lasterkapitäne und die Mädchen an den Straßenecken. Es war wie ein Kiesel, der in einen tiefen, dunklen See geworfen wurde und immer größere Kreise zog. Innerhalb weniger Stunden wußte jeder auf den Straßen, daß Michael Moretti eine Information brauchte, und zwar schnell. Nicht viele Leute hatten jemals Gelegenheit, Moretti einen Gefallen zu erweisen. Diese Gelegenheit war Gold wert, denn Michael Moretti war ein Mann, der wußte, wie man sich dankbar erweist. Es hieß, daß er einen dünnen, blonden Burschen suchte, der wie Jesus Christus aussah. Die Leute begannen, ihr Gedächtnis zu durchforsten.

*Zwei Uhr fünfzehn*

Joshua Adam Parker seufzte im Schlaf, und Frank Jackson setzte sich neben ihn. Noch hatte er dem Jungen den Schlafanzug nicht ausgezogen. Jackson vergewisserte sich, daß Hammer und Nägel bereitlagen. Bei solchen Dingen konnte man nicht übergenau genug sein. Er würde Hände und Füße des Jungen an den Boden nageln, bevor er den Raum in Brand setzte. Natürlich könnte er das auch tun, während der Junge noch schlief, aber es wäre falsch gewesen. Es war wichtig, daß der Junge wach war und sehen konnte, was geschah, damit er wußte, daß er für die Sünden seiner Mutter bestraft wurde. Frank Jackson blickte auf seine Uhr. Um halb acht würde Clara ihn im Motel abholen. Noch fünf Stunden und fünfzehn Minuten. Jede Menge Zeit.

Frank Jackson studierte Joshua. Zärtlich strich er über eine widerspenstige Locke im Haar des Jungen.

*Drei Uhr morgens*

Michael bekam die ersten Telefonanrufe. Auf seinem Schreibtisch standen zwei Apparate, und es schien, daß in dem Augenblick, da er den Hörer des einen abhob, der andere zu klingeln begann.

»Ich habe eine Spur des Burschen, Mike. Vor ein paar Jahren hat er in Kansas City mit Big Joe Ziegler und Mel Cohen gesessen.«

»Scheiß auf das, was er vor ein paar Jahren getan hat. Wo ist er *jetzt?*«

»Big Joe behauptet, seit sechs Monaten nichts mehr von ihm gehört zu haben. Ich versuche, Mel Cohen zu erwischen.«

»Tu das!«

Der nächste Anruf brachte auch nicht mehr.

»Ich war bei Jacksons Motel. Er ist ausgezogen. Er trug einen braunen Koffer und einen Zweiliterkanister. Könnte Benzin drin gewesen sein. Der Portier hat keine Ahnung, wohin er gegangen ist.«

»Was ist mit den Bars in der Gegend?«

»Einer der Bartender hat ihn nach der Beschreibung erkannt, aber er sagt, Jackson war kein Stammgast. Er kam zwei- oder dreimal nach der Arbeit.«

»Allein?«

»Dem Bartender zufolge, ja. Er schien sich nicht für die Mädchen da zu interessieren.«

»Kümmere dich um die Schwulenkneipen.«

Kaum hatte Michael aufgehängt, da klingelte das Telefon schon wieder. Es war Salvatore Fiore.

»Colfax hat mit Captain Notaras gesprochen. In der persönlichen Habe Jacksons soll sich die Quittung einer Pfandleihe befunden haben. Ich habe die Nummer der Quittung und den Namen des Pfandleihers. Ein Grieche, Gus Stavros. Nebenbei betätigt er sich als Hehler für heißen Schmuck.«

»Hast du das überprüft?«

»Das kann ich erst morgen früh, Mike. Jetzt haben die geschlossen. Ich...«

»Wir können nicht bis morgen warten!« explodierte Michael Moretti. »Beweg' deinen Arsch zu der Pfandleihe, aber Tempo!«

Der nächste Anruf kam aus Joliet. Es fiel Michael schwer, etwas zu verstehen, denn der Anrufer hatte eine Kehlkopfoperation hinter sich, und seine Stimme klang, als käme sie aus einer Blechdose.

»Jacksons Zellengenosse war ein Mann namens Mickey Nicola. Sie haben sich ziemlich gut verstanden.«

»Irgendeine Vorstellung, wo Nicola jetzt ist?«

»Der letzten Information nach wieder irgendwo im Osten. Er ist mit Jacksons Schwester befreundet. Wir haben aber ihre Adresse nicht.«

»Weswegen hat Nicola gesessen?«

»Einbruch in einen Schmuckladen.«

*Drei Uhr dreißig*

Die Pfandleihe lag an der Ecke Second Avenue und 124. Straße in Spanish Harlem. Es war ein heruntergekommenes, zweistökkiges Gebäude. Das Geschäft lag im ersten Stock, die Wohnungen darüber.

Gus Stavros erwachte davon, daß der Strahl einer Taschenlampe in sein Gesicht leuchtete. Instinktiv tastete er nach dem Alarmknopf neben seinem Bett.

»Das würde ich lieber lassen«, sagte eine Stimme.

Der Strahl wanderte weiter, und Gus Stavros setzte sich im Bett auf. Er sah zwei Männer zu beiden Seiten des Betts stehen und wußte, daß der Rat gut gewesen war. Ein Riese und ein Liliputaner. Stavros spürte, wie sich ein Asthmaanfall vorbereitete.

»Ihr könnt alles nehmen, was ihr wollt. Es ist unten«, keuchte er. »Ich werde mich nicht bewegen.«

Der Riese, Joseph Colella, sagte: »Steh auf. Langsam.«

Gus Stavros erhob sich, bedacht darauf, keine plötzlichen Bewegungen zu machen.

Der kleine Mann, Salvatore Fiore, hielt ihm ein Stück Papier unter die Nase. »Dies ist die Nummer einer Quittung. Wir wollen die Ware sehen.«

»Ja, Sir.«

Gus Stavros ging nach unten, gefolgt von den beiden Besuchern. Erst vor sechs Monaten hatte Stavros ein ausgeklügeltes Alarmsystem einbauen lassen. Er hätte bloß auf einige Knöpfe zu drücken oder auf bestimmte Stellen im Fußboden zu treten brauchen, und schon wäre Hilfe unterwegs gewesen. Er tat nichts davon, denn sein Instinkt sagte ihm, daß er dann tot gewesen wäre, bevor jemand ihn erreicht hätte. Seine einzige Chance bestand darin, den beiden Männern zu geben, was sie haben wollten. Er hoffte nur, daß er nicht an einem gottverdammten Asthmaanfall sterben würde, ehe er sie los war.

Er schaltete das Licht im Erdgeschoß ein, und sie gingen in den vorderen Teil des Geschäfts. Gus Stavros hatte keine Ahnung, worum es sich drehte, aber er wußte, es hätte wesentlich schlimmer kommen können. Wenn diese Männer nur hier gewesen wären, um ihn zu berauben, hätten sie die Pfandleihe ausräumen und längst wieder weg sein können. Anscheinend interessierten sie sich nur für ein bestimmtes Stück. Er fragte sich, wie sie das neue Alarmsystem an Türen und Fenster umgangen hatten, aber er zog es vor, nicht zu fragen.

»Beweg deinen Hintern«, sagte Colella.

Gus blickte noch einmal auf die Nummer der Quittung und sah dann seine Unterlagen durch. Er fand, was er suchte, nickte zufrieden, ging zu einem großen Tresorraum und öffnete ihn, die beiden Männer dicht hinter sich. Stavros suchte ein Regal ab, bis er einen schmalen Umschlag gefunden hatte. Er wandte sich den beiden Männern zu, öffnete den Umschlag und nahm einen großen Diamantring heraus, der im Licht der Deckenlampe funkelte.

»Das ist er«, sagte er. »Ich habe ihm fünfhundert dafür gegeben.« Der Ring war mindestens zwanzigtausend Dollar wert.

»Wem hast du fünfhundert gegeben?« fragte Salvatore Fiore.

Gus Stavros zuckte mit den Schultern. »Hier kommen jeden Tag Hunderte von Kunden herein. Der Name auf dem Umschlag lautet John Doe.«

Fiore zauberte ein Bleirohr aus dem Nichts hervor und schmetterte es Gus Stavros gegen die Nase. Brüllend vor Schmerzen stürzte Stavros zu Boden. Er drohte, in seinem eigenen Blut zu ertrinken.

Fiore fragte sanft: »Wer, sagtest du, hat ihn dir gebracht?«

Um Atem ringend, keuchte Stavros: »Ich kenne seinen Namen nicht. Er hat ihn mir nicht gesagt. Ich schwöre es bei Gott.«

»Wie sah er aus?«

Das Blut rann in Gus Stavros Kehle, daß er kaum sprechen konnte. Er kämpfte mit der Bewußtlosigkeit, aber er wußte, wenn er in Ohnmacht fiel, würde er nie wieder aufwachen.

»Lassen Sie mich überlegen«, flehte er.

Stavros versuchte, sich zu konzentrieren, aber er war so benebelt vor Schmerzen, daß es ihm schwerfiel. Er zwang sich, das Bild des Kunden, der eintrat, den Ring hervorholte und ihm zeigte, wieder vor sein inneres Auge zu holen. Langsam nahm es Konturen an.

»Er – er war blond und mager...« Er würgte etwas Blut herunter. »Helfen Sie mir hoch.«

Salvatore Fiore trat ihm in die Rippen. »Sprich weiter.«

»Er hatte einen Bart, einen blonden Bart...«

»Erzähl uns von dem Stein. Woher stammt er?«

Trotz der wilden Schmerzen zögerte Gus Stavros. Wenn er redete, würde er ein toter Mann sein – später. Wenn er nicht redete, würde er jetzt sterben. Er entschloß sich, seinen Tod so lange wie möglich hinauszuschieben.

»Er stammt aus dem Tiffany-Job.«

»Wer war bei dem Job außer dem blonden Burschen noch dabei?«

Das Atmen fiel Gus Stavros immer schwerer. »Mickey Nicola.«

»Wo können wir Nicola finden?«

»Keine Ahnung. Er – er wohnt mit einem Mädchen in Brooklyn.«

Fiore hob den Fuß und versetzte Stavros' Nase einen leichten Stoß. Gus Stavros brüllte vor Schmerz.

Joseph Colella fragte: »Wie heißt die Schlampe?«

»Jackson. Blanche Jackson.«

*Vier Uhr dreißig*

Das Haus war etwas von der Straße zurückgesetzt. Ein niedriger weißer Lattenzaun umgab einen gepflegten Garten. Salvatore Fiore und Joseph Colella trampelten durch die Blumen und bahnten sich ihren Weg zur Hintertür. Sie brauchten weniger als fünf Sekunden, um sie zu öffnen. Sie traten ein und bewegten sich auf die Treppe zu. Aus dem Schlafzimmer über ihren Köpfen konnten sie das Quietschen von Bettfedern und die Stimmen eines Mannes und einer Frau hören. Sie zogen ihre Revolver und stiegen lautlos die Treppe hinauf.

Die Frauenstimme sagte: »Oh, mein Gott, du bist großartig, Mickey! Tu mir weh, Baby, bitte, tu mir weh.«

»Das ist alles für dich, Schätzchen, jeder Zentimeter. Komm' noch nicht.«

»Oh, nein«, stöhnte die Frau. »Wir wollen zusammen kom...«

Sie öffnete die Augen und schrie. Der Mann wirbelte herum, wollte unter das Kissen greifen, entschied dann aber dagegen.

»Okay«, sagte er. »Meine Geldbörse ist in der Hose auf dem Stuhl. Nehmt sie und verpißt euch. Ich bin beschäftigt.«

Salvatore Fiore sagte: »Wir wollen deine Geldbörse gar nicht, Mickey.«

Der ärgerliche Ausdruck auf Mickey Nicolas Gesicht veränderte sich. Er setzte sich im Bett auf. Er bewegte sich vorsichtig und versuchte, die Situation zu begreifen. Die Frau hatte das Bettlaken über ihre Brüste gezogen. Ihr Gesicht war eine Mischung aus Wut und Furcht.

Nicola schwang vorsichtig seine Beine aus dem Bett und blieb auf dem Rand sitzen, bereit zu einem Blitzstart. Sein Glied war schlaff geworden. Er beobachtete die beiden Männer. Er wartete auf eine Gelegenheit.

»Was wollt ihr?«

»Arbeitest du mit Frank Jackson?«

»Soll das ein Witz sein? Fickt euch selber!«

Joseph Colella blickte seinen Partner an. »Schieß ihm die Eier ab!«

Salvatore Fiore hob den Revolver und zielte.

Mickey Nicola schrie: »Warte eine Minute! Ihr müßt verrückt sein!« Er blickte in die Augen des kleinen Mannes und sagte rasch: »Ja, Mann, ich habe mit Jackson gearbeitet.«

Die Frau rief ärgerlich: »Mickey!«

Er fuhr wütend zu ihr herum. »Halt's Maul! Glaubst du, ich will ein gottverdammter Eunuch werden?«

Salvatore Fiore wandte sich der Frau zu und fragte: »Du bist Jacksons Schwester, oder nicht?«

Ihr Gesicht war rot vor Wut: »Ich habe den Namen noch nie gehört.«

Fiore hob seinen Revolver und bewegte sich näher an das Bett heran. »Du hast genau zwei Sekunden, und wenn du dann das Maul nicht aufmachst, findet ihr euer Gehirn an die Wand gespritzt wieder.«

Etwas in seiner Stimme ließ einen eisigen Schauer über ihren Rücken laufen. Er hob seinen Revolver noch mehr, und das Blut wich aus dem Gesicht der Frau.

»Sag ihnen, was sie wissen wollen«, schrie Mickey Nicola.

Der Revolverlauf preßte sich gegen die linke Brust der Frau.

»Nicht! Frank Jackson ist mein Bruder, ja!«

»Wo können wir ihn finden?«

»Ich weiß nicht. Ich habe keinen Kontakt zu ihm. Ich schwöre bei Gott, daß ich es nicht weiß! Ich...«

Der Zeigefinger spannte sich am Abzug.

»*Clara!*« schrie sie. »Clara muß es wissen! Fragen Sie Clara!«

Joseph Colella fragte: »Wer ist Clara?«

»Eine – eine Kellnerin, die Frank kennt.«

»Wo können wir sie finden?«

Jetzt gab es kein Zögern mehr. Die Worte sprudelten hervor. »Sie arbeitet in einer Bar namens *The Shakers* in Queens.« Ihr Körper begann zu zittern.

Salvatore Fiore betrachtete die beiden, nickte und sagte dann höflich: »Ihr könnt jetzt weiterficken. Guten Tag.«

Und damit verschwanden die beiden Killer.

*Fünf Uhr dreißig*

Clara Thomas, geborene Thomaschevsky, stand im Begriff, die Erfüllung ihres Lebenstraums zu erleben. Sie summte fröhlich vor sich hin, als sie die Kleider, die sie in Kanada brauchen würde, in ihren Pappkoffer packte. Sie war schon vorher mit Männern verreist, aber diesmal war es anders. Diesmal würde es ihre Hochzeitsreise werden. Frank Jackson war anders als alle Männer, die sie gekannt hatte. Die Kerle, die in die Bar kamen, sie betatschten und ihr in den Hintern kniffen, waren nichts anderes als Tiere. Frank Jackson war anders. Er war ein echter Gentleman. Clara hielt beim Packen inne und dachte über das Wort nach: *gentle man*, vornehmer Mann. Sie hatte es noch nie vorher so gesehen, aber genau das war Frank Jackson. Sie hatte ihn erst viermal in ihrem Leben gesehen, aber sie wußte, daß sie in ihn verliebt war. Und sie wußte, daß auch er sich von Anfang an von ihr angezogen gefühlt hatte, denn er hatte immer an einem der Tische gesessen, für die sie zuständig gewesen war. Und nach dem zweiten Mal hatte er sie nach Hause gebracht, als die Bar geschlossen hatte.

*An mir muß noch was dran sein,* dachte Clara selbstgefällig, *wenn ich einen hübschen jungen Burschen wie den kriegen kann.* Sie ließ den Koffer für einen Moment liegen und trat vor den Schrankspiegel, um sich zu begutachten. Vielleicht war sie etwas zu kräftig und ihr Haar einige Schattierungen zu rot, aber etwas Diät würde das Problem der Extrapfunde lösen, und wenn sie sich das nächste Mal die Haare färbte, mußte sie einfach etwas besser aufpassen. Alles in allem aber konnte sie mit ihrem Aussehen zufrieden sein. *Das alte Mädchen liegt immer noch ziemlich gut im Rennen*, sagte sie sich. Sie wußte, daß Frank Jackson mit ihr ins Bett gehen wollte, auch wenn er sie nie berührt hatte. Er war wirklich etwas Besonderes. Er hatte etwas – Clara runzelte die Stirn, auf der Suche nach dem richtigen Wort –, etwas *Geistliches* an sich. Clara war als gute Katholikin erzogen worden, und sie wußte, daß es ein Sakrileg war, so was auch nur zu denken, aber Frank Jackson erinnerte sie ein wenig an Jesus Christus. Sie fragte sich, wie Frank wohl im Bett sein mochte. Nun, wenn er schüchtern war, dann würde sie ihm den einen oder anderen Trick zeigen. Er hatte davon gesprochen, daß sie heiraten würden, sobald sie in Kanada waren. Ihr Traum wurde Wirklichkeit. Clara blickte auf ihre Uhr und stellte fest, daß sie sich beeilen mußte. Sie hatte Frank versprochen, ihn um halb acht an seinem Motel abzuholen.

Sie erblickte die beiden Männer, als sie in ihr Schlafzimmer traten. Sie waren aus dem Nichts gekommen. Ein Riese und ein kleiner Bursche. Clara musterte sie, als die beiden sich ihr näherten.

Der kleine Mann blickte auf den Koffer und fragte: »Wohin gehst du, Clara?«

»Geht dich einen Dreck an. Nehmt, was ihr wollt, und haut ab. Wenn es irgend etwas in diesem Loch gibt, das mehr als zehn Dollar wert ist, verspeise ich es vor euren Augen.«

»Ich hätte da was, das du essen könntest«, sagte der große Mann.

»Am Arsch, Freundchen«, schnappte Clara. »Falls ihr eine kleine Vergewaltigung im Sinn haben solltet, darf ich euch mitteilen, daß ich wegen Tripper in Behandlung bin.«

Salvatore Fiore sagte: »Wir tun dir nicht weh, Baby. Wir wollen bloß wissen, wo Frank Jackson ist.«

Sie konnten sehen, wie sie sich veränderte. Ihr Körper versteifte sich plötzlich, und ihr Gesicht wurde zur Maske.

»Frank Jackson?« Ein Unterton tiefer Verwirrung schwang in ihrer Stimme mit. »Ich kenne keinen Frank Jackson.«

Salvatore Fiore holte ein Bleirohr aus der Tasche und ging einen Schritt auf sie zu.

»Sie können mir keine Angst einjagen«, sagte Clara, »ich...«

Sein Arm schoß wie eine Peitschenzunge über ihr Gesicht, und inmitten einer Explosion stechendenden Schmerzes konnte sie ihre Zähne im Mund zerbröckeln fühlen wie kleine Kieselsteine. Sie öffnete den Mund, um zu sprechen, und Blut strömte hervor. Der Mann hob das Bleirohr noch einmal.

»Nein, bitte nicht!« rief sie erstickt.

Joseph Colella fragte höflich: »Wo können wir also diesen Frank Jackson finden?«

»Frank ist – ist...«

Clara stellte sich den süßen, sanften Mann in den Händen dieser beiden Monster vor. Sie würden ihm wehtun, und instinktiv wußte sie, daß Frank die Schmerzen nicht aushalten würde. Er war zu sensibel. Wenn sie einen Weg fand, ihn zu retten, würde er ihr für immer dankbar sein.

»Ich weiß nicht.«

Salvatore Fiore schoß vor, und Clara hörte ihr Bein zersplittern, einen Sekundenbruchteil, bevor sie den unerträglichen Schmerz spürte. Sie stürzte zu Boden, unfähig zu schreien, wegen des Bluts in ihrem Mund.

Joseph Colella stand über ihr und sagte freundlich: »Vielleicht verstehst du nicht ganz. Wir werden dich nicht töten. Wir machen dich nur kaputt, Stück für Stück. Wenn wir mit dir fertig sind, wirst du wie der Inhalt eines Mülleimers aussehen, nachdem die Katzen dran waren. Glaubst du mir?«

Clara glaubte ihm. Frank Jackson würde sie nie mehr anschauen wollen. Sie hatte ihn an diese beiden Bastarde verloren. Kein erfüllter Traum, keine Heirat. Der kleine Mann mit dem Bleirohr näherte sich schon wieder.

»Nicht«, stöhnte Clara, »bitte nicht! Frank ist im Brookside Motel an der Prospect Avenue. Er...«

Sie verlor das Bewußtsein.

Joseph Colella ging zum Telefon und wählte eine Nummer.

Michael Moretti meldete sich. »Ja?«

»Brookside Motel an der Prospect Avenue. Sollen wir ihn uns schnappen?«

»Nein. Ich treffe euch da. Achtet darauf, daß er nicht abhaut.«

»Der geht nirgendwo mehr hin.«

*Sechs Uhr dreißig*

Der Junge seufzte erneut. Der Mann sah, wie Joshua die Augen öffnete. Der Junge blickte auf die Drähte an seinen Handgelenken und Füßen, dann auf Frank Jackson, und jetzt erinnerte er sich wieder.

Das war der Mann, der ihm diese Tabletten in den Mund geschoben und ihn entführt hatte. Joshua wußte aus dem Fernsehen alles über Kidnapping. Die Polizei würde ihn retten und den Mann ins Gefängnis stecken. Joshua war entschlossen, seine Angst nicht zu zeigen, denn er wollte seiner Mutter erzählen können, wie tapfer er gewesen war.

»Meine Mutter wird bald mit dem Geld da sein«, versicherte Joshua dem Mann. »Sie brauchen mir also nicht wehzutun.«

Frank Jackson lächelte den Jungen an. Es war wirklich ein schönes Kind. Er wünschte, er könnte den Jungen an Claras Stelle mit nach Kanada nehmen. Widerstrebend blickte er auf die Uhr. Es war Zeit, anzufangen.

Der Junge hielt seine gefesselten Gelenke hoch. Das Blut war getrocknet. »Würde es Ihnen etwas ausmachen, den Draht abzumachen, bitte?« fragte er höflich. »Ich laufe auch nicht weg.«

Es gefiel Frank Jackson, daß der Junge »bitte« gesagt hatte. Es war ein Zeichen von gutem Benehmen. Heutzutage hatten die meisten Kinder überhaupt keine Manieren. Sie liefen auf den Straßen herum wie wilde Tiere.

Frank Jackson ging ins Badezimmer. Er hatte den Benzinkanister wieder in die Badewanne zurückgestellt, damit es keine Flecken auf dem Teppich gab. Er war stolz, daß er auf solche Kleinigkeiten achtete. Er trug den Kanister ins Schlafzimmer und setzte ihn ab. Er hob den gefesselten Jungen vom Bett und legte ihn auf den Boden. Dann nahm er den Hammer und zwei große Nägel und kniete neben dem Jungen nieder.

Joshua Parker beobachtete ihn mit großen Augen. »Was wollen Sie damit tun?«

»Etwas, das dich sehr glücklich machen wird. Hast du jemals von Jesus Christus gehört?« Joshua nickte. »Weißt du, wie er gestorben ist?«

»Am Kreuz.«

»Das ist sehr gut. Du bist ein kluger Junge. Wir haben leider kein Kreuz hier, deswegen müssen wir uns auf andere Weise behelfen.«

Angst stieg in den Augen des Jungen auf.

Frank Jackson sagte: »Du brauchst keine Angst zu haben. Jesus hatte auch keine Angst.«

»Ich will nicht Jesus sein«, flüsterte der Junge. »Ich will nach Hause.«

»Ich schicke dich ja nach Hause«, versprach Frank Jackson. »Nach Hause zu Jesus.«

Er zog ein Taschentuch heraus und wollte es Joshua in den Mund schieben. Joshua preßte die Zähne gegeneinander.

»Mach mich nicht wütend.«

Frank Jackson drückte Daumen und Zeigefinger in Joshuas Wangen und zwang seinen Mund auf. Er stopfte ihm das Taschentuch zwischen die Lippen und klebte einen Streifen Leukoplast darüber. Joshua riß an den Drähten, die seine Handgelenke und Füße zusammenhielten, und das Fleisch begann wieder zu bluten. Frank Jackson strich über die frischen Wunden.

»Das Blut des Heilands«, sagte er sanft.

Dann ergriff er eine von Joshuas Händen und hielt sie gegen den Fußboden. Er nahm einen der Nägel. Mit der linken Hand hielt er ihn gegen den Handteller des Jungen, während er mit der rechten den Hammer hob. Er schlug den Nagel durch Joshuas Hand in den Boden.

*Sieben Uhr fünfzehn*

Michael Morettis schwarze Limousine steckte im Morgenverkehr auf dem Brooklyn-Queens Expressway fest. Ein Gemüsetransporter war umgekippt und hatte seine Ladung auf die Straße ergossen. Der Verkehr war stehengeblieben.

»Fahr auf die andere Straßenseite und überhol den Laster«, befahl Michael Moretti Nick Vito.

»Da vorne ist ein Polizeiwagen, Mike.«

»Dann lauf vor und sag dem verantwortlichen Beamten, daß ich ihn sprechen möchte.«

»Gut, Boß.«

Nick Vito stieg aus und lief zu dem Polizeiwagen. Wenig später kehrte er mit einem Sergeanten zurück. Michael Moretti öffnete das Fenster des Wagens und streckte seine Hand hinaus. Zwischen seinen Fingern befanden sich fünf Hundertdollarnoten.

»Ich habe es eilig, Sergeant.«

Zwei Minuten später bahnte der Polizeiwagen mit blitzendem Rotlicht der Limousine einen Weg an dem Lkw-Wrack auf der Straße vorbei. Als sie den freien Teil der Straße erreicht hatten, stieg der Sergeant aus und ging zu der Limousine.

»Soll ich Sie irgendwohin eskortieren, Mr. Moretti?«

»Nein, danke«, sagte Michael. »Schauen Sie Montag bei mir herein.« An Nick Vito gewandt, sagte er: »Fahr weiter.«

*Sieben Uhr dreißig*

Joseph Colella und Salvatore Fiore saßen in ihrem Wagen gegenüber von Bungalow Nummer sieben des Brookside Motels. Vor ein paar Minuten hatten sie drinnen einen Schrei gehört, deshalb wußten sie, daß Frank Jackson noch da war.

*Wir sollten reingehen und ihn etwas abkühlen,* dachte Fiore. Aber Michael Moretti hatte ganz klare Instruktionen gegeben.

Sie lehnten sich zurück und warteten.

*Sieben Uhr fünfundvierzig*

Innerhalb des Bungalows schloß Frank Jackson die letzten Vorbereitungen ab. Der Junge hatte ihn enttäuscht. Er hatte das Bewußtsein verloren. Jackson hatte mit den anderen Nägeln warten wollen, bis Joshua wieder zu sich kam, aber die Zeit wurde langsam knapp. Er ergriff den Benzinkanister und spritzte den Inhalt über den Körper des Jungen, achtete aber darauf, daß er das wunderschöne Gesicht nicht benetzte. Er stellte sich den Körper unter dem Schlafanzug vor und wünschte, er hätte noch die Zeit, ihn – aber nein, das wäre dumm gewesen. Clara mußte jeden Augenblick hier sein. Er mußte aufbruchbereit sein, wenn sie eintraf. Er griff in die Tasche, förderte ein Streichholzschächtelchen hervor und legte es ordentlich neben den Benzinkanister, den Hammer und die Nägel. Die Leute begriffen einfach nicht, wie wichtig Ordnung war.

Frank Jackson blickte auf seine Uhr und fragte sich, wo Clara blieb.

*Sieben Uhr fünfzig*

Die schwarze Limousine hielt mit quietschenden Reifen vor Bungalow sieben, und Michael Moretti sprang heraus. Die beiden Männer in dem Sedan liefen zu ihm.

Joseph Colella deutete auf Bungalow sieben. »Da ist er drin.«

»Und das Kind?«

Der große Mann zuckte mit den Achseln. »Weiß nicht. Jackson hat die Vorhänge zugezogen.«

»Sollen wir jetzt reingehen und ihn schnappen?« fragte Salvatore Fiore.

»Ihr bleibt hier.«

Die beiden Männer blickten Moretti verwirrt an. Er war ein *caporegime*. Er hatte seine Soldaten, die für ihn töteten, während er in Sicherheit abwarten sollte. Und doch ging er selber hinein. Das war nicht richtig.

Joseph Colella sagte: »Boß, Sal und ich können...«

Aber Michael Moretti bewegte sich bereits auf die Tür von Bungalow sieben zu, eine Pistole mit Schalldämpfer in der Hand. Er hielt eine Sekunde inne, um zu lauschen, dann nahm er Anlauf und sprengte die Tür mit einem mächtigen Tritt auf.

Moretti nahm die Szene in einem einzigen, glasklaren Moment auf: Der bärtige Mann, der auf dem Boden neben dem kleinen Jungen kniete; die an den Boden genagelte Hand des Jungen und den Benzingestank.

Der bärtige Mann wandte sich zur Tür um und starrte Michael an. Die letzten Worte seines Lebens waren: »Sie sind nicht Cl...«

Michaels erste Kugel traf ihn mitten in die Stirn. Die zweite

Kugel zerfetzte seine Rachenhöhle, und die dritte traf ihn ins Herz. Aber da spürte er schon nichts mehr.

Michael Moretti winkte den beiden Männern draußen. Sie liefen herbei. Michael Moretti kniete neben dem Jungen nieder und fühlte seinen Puls. Er war dünn und unstet, aber Joshua lebte noch. Moretti wandte sich an Joseph Colella.

»Ruf Doc Petrone an. Sag ihm, wir sind auf dem Weg.«

*Neun Uhr dreißig*

Das Telefon klingelte, und Jennifer packte den Hörer im selben Moment. »Hallo!«

Michael Morettis Stimme sagte: »Ich bringe Ihnen Ihren Sohn zurück.«

Joshua wimmerte im Schlaf. Jennifer beugte sich vor und legte sanft ihre Arme um ihn. Er hatte geschlafen, als Michael ihn ins Haus trug. Als Jennifer ihren bewußtlosen Sohn erblickte, die Hand- und Fußgelenke bandagiert, den ganzen Körper in Verbandsmull gewickelt, hatte sie beinahe den Verstand verloren. Michael hatte den Arzt mitgebracht, und es dauerte eine halbe Stunde, bis es ihnen gelungen war, Jennifer zu überzeugen, daß Joshua bald wieder gesund sein würde.

»Seine Hand wird heilen«, versicherte der Doktor ihr. »Glücklicherweise sind keine Nerven oder Sehnen verletzt worden, so daß nur eine kleine Narbe zurückbleiben wird. Die Benzinverbrennungen sind nur oberflächlich. Ich habe seinen Körper in Mineralöl gebadet. Ich werde die nächsten paar Tage nach ihm sehen. Glauben Sie mir, bald geht es ihm wieder gut.«

Bevor der Arzt ging, bat Jennifer ihn noch, einen Blick auf Mrs. Mackey zu werfen.

Joshua war zu Bett gebracht worden, und Jennifer war bei ihm geblieben, um ihn zu trösten, wenn er wach wurde. Jetzt seufzte er und öffnete die Augen. Als er seine Mutter erblickte, sagte er müde: »Ich wußte, daß du kommen würdest, Mama. Hast du dem Mann das Lösegeld gegeben?«

Jennifer nickte, denn sie hatte Angst, daß ihre Stimme brechen könnte.

Joshua lächelte. »Ich hoffe, er kauft sich so viele Bonbons von dem Geld, daß er Bauchweh kriegt. Wäre das nicht komisch?«

Sie flüsterte: »Sehr komisch, mein Liebling. Weißt du, was wir beide nächste Woche machen? Ich nehme dich mit in...«

Er war wieder eingeschlafen.

Stunden später ging sie wieder ins Wohnzimmer. Sie war überrascht, daß Michael immer noch da war. Irgendwie erinnerte es sie an das erste Mal, als sie Adam Warner getroffen und er in ihrem kleinen Appartement auf sie gewartet hatte.

»Michael...« Sie wußte nicht, was sie sagen sollte. »Ich kann Ihnen gar nicht sagen, wie – wie dankbar ich Ihnen bin.«

Er sah sie an und nickte.

Zu der nächsten Frage mußte sie sich zwingen. »Und – und Frank Jackson?«

»Der wird niemanden mehr belästigen.«

Also war es wirklich vorbei. Joshua war in Sicherheit. Alles andere spielte keine Rolle.

Jennifer blickte Michael Moretti an und dachte: *Ich schulde ihm soviel! Wie kann ich das je wieder gutmachen?*

Michael beobachtete sie, in Schweigen gehüllt.

# Zweites Buch

## 37

Jennifer Parker stand nackt am Fenster und blickte auf die Bucht von Tanger hinunter. Es war ein herrlicher, trockener Herbsttag, und die Bucht war voller dahinstreichender weißer Segel und röhrender Motorboote. Ein halbes Dutzend großer Yachten dümpelte an ihren Ankern im Hafen.

Jennifer spürte seine Nähe und drehte sich um.

»Gefällt dir die Aussicht?«

»Ich liebe sie.«

Er blickte ihren nackten Körper an. »Ich auch.« Seine Hände legten sich auf ihre Brüste und liebkosten sie. »Komm zurück ins Bett.«

Seine Berührung ließ Jennifer erzittern. Er verlangte Dinge von ihr, um die sie noch kein Mann gebeten hatte, und er tat mit ihr, was niemand zuvor zu tun gewagt hatte.

»Ja, Michael.«

Sie gingen zurück ins Schlafzimmer, und dort dachte Jennifer einen Herzschlag lang an Adam Warner, ehe sie alles vergaß, außer, was mit ihr geschah.

Jennifer hatte nie jemanden wie Michael Moretti kennengelernt. Er war unersättlich. Sein Körper war athletisch, schlank und hart, er wurde ein Teil von Jennifers Körper, hüllte sie in seine Raserei, riß sie mit sich auf einer anschwellenden Woge hämmernder Erregung, die über ihr zusammenschlug, bis sie vor wilder Lust schreien wollte. Wenn die Ekstase vorüber war und Jennifer erschöpft auf dem Rücken lag, begann Michael von vorn, und wieder und wieder vereinigte sie sich mit ihm in einer Leidenschaft, die beinahe unerträglich war.

Jetzt lag er auf ihr, blickte in ihr gerötetes, glückliches Gesicht und fragte: »Das gefällt dir, nicht, Baby?«

»Ja.«

Es war beschämend – beschämend, wie sehr sie ihn brauchte, seine Leidenschaft brauchte.

Wieder erinnerte sie sich an das erste Mal.

Es war an dem Morgen, als Michael Moretti Joshua sicher heimgebracht hatte. Jennifer wußte, daß Frank Jackson tot war und daß Michael ihn getötet hatte. Der Mann, der vor ihr stand, hatte ihren Sohn gerettet und für sie getötet. Eine tiefe, atavistische Erregung hatte sie erfüllt.

»Wie kann ich Ihnen danken?« hatte sie gefragt.

Und Michael Moretti war auf sie zugegangen, hatte sie in die Arme genommen und geküßt. Aus alter Loyalität zu Adam hatte Jennifer sich vorgemacht, daß es bei dem Kuß bleiben würde; statt dessen war es ein Anfang geworden. Sie wußte, wer Michael Moretti war, und doch hatte all das keine Bedeutung angesichts dessen, was er für sie getan hatte. Sie hörte auf zu denken und gab sich ihren Gefühlen hin.

Sie gingen nach oben ins Schlafzimmer, und Jennifer sagte sich, daß sie Michael für seine Hilfe bezahlte, und dann waren sie im Bett, und es war ein Erlebnis, das all ihre Träume überstieg.

Adam Warner hatte mit ihr geschlafen, aber Michael Moretti ergriff Besitz von ihr. Er erfüllte jeden Teil ihres Körpers mit berauschenden Empfindungen. Es war, als wäre jede seiner Berührungen eine helle, leuchtende Farbe, und die Farben veränderten sich von einem Moment zum nächsten wie bei einem wunderschönen Kaleidoskop. In der einen Sekunde war er zärtlich und empfindsam, in der nächsten brutal, verlangend, und der ständige Wechsel trieb Jennifer zur Raserei. Er zog sich aus ihr zurück, reizte sie, bis sie mehr und mehr wollte, und wenn sie auf dem Höhepunkt der Erregung war, hielt er inne.

Als sie es nicht mehr aushalten konnte, bettelte sie: »Nimm mich, Michael! Bitte, nimm mich!«

Und sein hartes Glied begann wieder in sie zu stoßen, bis sie vor Vergnügen schrie. Sie war längst keine Frau mehr, die eine

Schuld zurückzahlte. Sie war eine Sklavin, Gefühlen ausgeliefert, die sie nie zuvor gekannt hatte. Michael blieb vier Stunden bei ihr, und als er ging, wußte Jennifer, daß sich ihr Leben verändert hatte.

Sie lag im Bett und versuchte, darüber nachzudenken, was mit ihr geschehen war, versuchte es zu verstehen. Wie konnte sie Adam lieben und dennoch von Michael Moretti so überwältigt sein? Thomas von Aquin hat gesagt, daß man nur Leere vorfand, wenn man ins Herz des Bösen vorstieß. Jennifer fragte sich, ob es mit der Liebe genauso war. Sie war sich bewußt, daß der Grund für ihr Verhalten zum Teil in ihrer Einsamkeit zu suchen war. Zu lange hatte sie mit einem Phantom gelebt, einem Mann, den sie weder sehen noch anfassen konnte, und dennoch wußte sie, daß sie Adam immer lieben würde. Oder war dieses Gefühl nur eine Erinnerung an jene Liebe?

Jennifer war nicht sicher, was sie für Michael empfand. Dankbarkeit, ja. Aber das war nur ein kleiner Teil. Da war mehr. Viel mehr. Sie wußte, wer Michael Moretti war und was er darstellte. Er hatte für sie getötet, aber er hatte auch für andere getötet. Er hatte Menschen für Geld, für Macht oder aus Rache umgebracht. Wie konnte sie so für einen solchen Mann empfinden? Wie konnte sie zulassen, daß er mit ihr schlief und daß sie mit solcher Erregung reagierte? Eine Art Scham erfüllte sie, und sie dachte: *Was für ein Mensch bin ich?*

Sie fand keine Antwort.

In den Abendzeitungen stand ein Bericht über einen Motelbrand in Queens. In den Ruinen waren die Überreste eines unidentifizierten Mannes gefunden worden. Man vermutete Brandstiftung.

Als Joshua aufwachte, bereitete Jennifer sein Essen und brachte es ihm ans Bett. Es war eine lächerliche Mahlzeit, die aus all dem wertlosen Zeug bestand, das er liebte: ein Hot Dog, ein Erdnußbuttersandwich, Kartoffelchips und Malzbier.

»Du hättest ihn sehen müssen, Mama«, sagte Joshua mit vollem Mund. »Er war verrückt!« Er hielt seine bandagierte

Hand hoch. »Glaubst du, daß er mich wirklich für Jesus Christus gehalten hat?«

Jennifer unterdrückte ein Schaudern. »Ich – ich weiß nicht, Liebling.«

»Warum wollen Menschen andere Menschen umbringen?«

»Nun...« Jennifers Gedanken wanderten plötzlich zu Michael Moretti zurück. Hatte sie das Recht, ihn zu verurteilen? Sie wußte nicht, welche schrecklichen Kräfte sein Leben geformt, ihn zu dem gemacht hatten, was er geworden war. Sie mußte mehr über ihn erfahren, um ihn kennenlernen und verstehen zu können.

Joshua fragte: »Muß ich morgen in die Schule?«

Jennifer umarmte ihn. »Nein, Liebling. Wir bleiben beide zu Hause und schwänzen die ganze Woche. Wir...«

Das Telefon klingelte.

Es war Michael. »Wie geht's Joshua?«

»Es geht ihm prächtig, danke.«

»Und wie fühlst du dich?«

Jennifer hatte vor Verwirrung plötzlich einen Frosch im Hals.

»Ich – ich fühle mich gut.«

Er lachte in sich hinein. »Gut. Ich treffe dich morgen zum Mittagessen. Bei Donato in der Mulberry Street. Halb eins.«

»In Ordnung, Michael. Halb eins.«

Nach diesen Worten gab es kein Zurück mehr.

Der Oberkellner bei Donato kannte Michael und hatte ihm den besten Tisch im Restaurant reserviert. Ständig kamen Leute vorbei und begrüßten Michael, und wieder war Jennifer erstaunt darüber, wie sie um ihn herumscharwenzelten. Es war seltsam, wie sehr Michael Moretti sie an Adam Warner erinnerte. Jeder hatte auf seine Weise eine Aura von Macht.

Jennifer begann Michael nach seiner Vergangenheit zu fragen, weil sie wissen wollte, wie und warum er sich in ein Leben wie das seine verstrickt hatte.

Er unterbrach sie. »Du glaubst, ich bin so, weil meine Familie oder sonst jemand mich dazu gezwungen hat?«

»Nun – ja, Michael. Natürlich.«

Er lachte. »Ich habe mir den Arsch aufgerissen, um dahin zu gelangen, wo ich bin. Ich bin gerne dort. Ich liebe das Geld. Ich liebe die Macht. Ich bin ein König, Baby, und ich genieße es.«

Jennifer blickte ihn an und versuchte, zu verstehen. »Aber es kann dir doch nicht wirklich Spaß bereiten...«

»Hör zu!« Sein Schweigen hatte sich plötzlich in Worte, Sätze und Mitteilungen verwandelt, die aus ihm herausströmten, als hätte er sie jahrelang für jemand aufgehoben, der sie mit ihm teilen konnte. »Mein Vater war eine Coca-Cola-Flasche.«

»Eine Coca-Cola-Flasche?«

»Richtig. Es gibt Milliarden davon auf der Welt, und man kann eine nicht von der anderen unterscheiden. Er war Schuhmacher. Er arbeitete sich die Finger wund, damit etwas zu essen auf dem Tisch stand. Wir hatten nichts. Armut ist nur in Büchern romantisch. In Wirklichkeit bedeutet sie stinkende Räume mit Ratten oder Küchenschaben und schlechtes Essen, von dem nie genug da ist. Als ich ein junges Bürschchen war, habe ich alles, aber auch alles getan, um einen Dollar zu verdienen. Ich erledigte Botengänge für die großen Bonzen, brachte ihnen Kaffee und Zigarren, besorgte ihnen Mädchen – alles, nur um zu überleben. Nun, einmal bin ich nach Mexico City getrampt, im Sommer. Ich hatte kein Geld, nichts. Der Arsch ging mir auf Grundeis. Eines Abends lud mich ein Mädchen, das ich getroffen hatte, in ein teures Restaurant zu einer Party ein. Wir saßen alle beim Essen, und dann wurde der Nachtisch gebracht. Es war ein spezieller mexikanischer Kuchen, in den eine Tonpuppe eingebacken war. Einer der anderen am Tisch erklärte, daß dem Brauch nach derjenige das Essen zu bezahlen hätte, in dessen Stück sich die Tonpuppe befand. Die Puppe war in meinem Stück.« Er machte eine Pause. »Ich habe sie heruntergeschluckt.«

Jennifer schob ihre Hand über seine. »Michael, andere Leute sind auch arm gewesen, und...«

»Laß mich mit anderen Leuten in Ruhe.« Seine Stimme klang hart und kompromißlos. »Ich bin ich. Ich weiß, wer ich bin. Ich frage mich, ob du weißt, wer du bist.«

»Ich glaube schon.«

»Warum bist du mit mir ins Bett gegangen?«

Jennifer zögerte. »Nun, ich – ich war dankbar und...«

»Blödsinn! Du wolltest mich haben.«

»Michael, ich...«

»Ich brauche mir Frauen nicht zu kaufen. Weder mit Geld noch mit Dankbarkeit.«

Jennifer gestand sich ein, daß er recht hatte. Sie *hatte* ihn gewollt, genau wie er sie gewollt hatte. *Und doch,* dachte sie, *hat dieser Mann einmal versucht, mich zu vernichten. Wie kann ich das vergessen?*

Michael beugte sich vor und ergriff Jennifers Hand, die Innenfläche nach oben. Langsam liebkoste er jeden Finger, jede Kuppe, ohne die Augen von ihr zu nehmen.

»Versuch nicht, mit mir zu spielen. Niemals, Jennifer.«

Sie fühlte sich hilflos. Was immer im Augenblick zwischen ihnen passierte, es verdrängte die Vergangenheit.

Beim Dessert sagte Michael es dann. »Ach, übrigens, ich habe einen Fall für dich.«

Es war, als hätte er ihr eine Ohrfeige verpaßt.

Jennifer starrte ihn an. »Was für einen Fall?«

»Einer meiner Jungen, Vasco Gambutti, ist verhaftet worden, weil er einen Bullen umgelegt hat. Ich möchte, daß du ihn verteidigst.«

Jennifer spürte Schmerz und Wut darüber, daß er sie immer noch zu benutzen versuchte, in sich aufsteigen.

Gleichmütig sagte sie: »Es tut mir leid, Michael. Ich habe dir schon einmal gesagt, ich kann mich nicht mit – mit deinen... Freunden einlassen.«

Michael lächelte kalt. »Kennst du die Geschichte von dem kleinen Löwenjungen in Afrika? Es läßt seine Mutter zum erstenmal allein, um zum Fluß hinunterzulaufen und zu trinken, und noch ehe es angekommen ist, wird es von einem Gorilla niedergeschlagen. Während es noch versucht, wieder auf die Beine zu kommen, wird es von einem Leoparden beiseitegestoßen. Eine Elefantenherde trampelte es halb zu Tode. Das Junge taumelt schließlich völlig erschüttert nach Hause und sagt: ›Weißt du was, Mama – das da draußen ist ein Dschungel!‹«

Er schwieg. Auch Jennifer schwieg. Das war tatsächlich ein Dschungel da draußen, dachte Jennifer, aber sie hatte sich immer herausgehalten oder nur bis zum Rand vorgewagt, und sie hatte die Möglichkeit zur Flucht besessen, wann immer sie wollte. Sie hatte die Regeln aufgestellt, und ihre Klienten mußten sie befolgen. Aber jetzt hatte Michael Moretti das alles über den Haufen geworfen. Es war *sein* Dschungel. Jennifer hatte Angst davor, nicht mehr herauszufinden. Und doch, wenn sie daran dachte, was er für sie getan hatte, verlangte er nicht allzu viel.

Sie würde ihm diesen einen Gefallen erweisen.

## 38

»Wir übernehmen den Fall Vasco Gambutti«, informierte Jennifer Ken Bailey.

Ken blickte Jennifer ungläubig an. »Gambutti gehört zur Mafia! Er ist einer von Michael Morettis Killern. Solche Mandanten nehmen wir gewöhnlich nicht.«

»Diesen nehmen wir.«

»Jennifer, wir können es uns nicht leisten, uns mit der Organisation einzulassen.«

»Gambutti hat wie jeder andere das Recht auf einen fairen Prozeß.« Die Worte klangen sogar in ihren eigenen Ohren hohl.

»Ich lasse nicht zu, daß du...«

»So lange dies meine Firma ist, treffe ich die Entscheidungen.« Sie sah, wie ein überraschter und verletzter Ausdruck in seine Augen trat.

Ken nickte, drehte sich um und verließ das Büro. Jennifer hätte ihn am liebsten zurückgerufen, um ihm alles zu erklären. Aber wie? Sie war nicht einmal sicher, daß sie es sich selbst erklären konnte.

Als Jennifer sich das erste Mal mit Vasco Gambutti traf, versuchte sie, in ihm nur einen weiteren Mandanten zu sehen. Sie hatte schon vorher Klienten vertreten, die des Mordes beschuldigt waren, aber irgendwie war es diesmal etwas anderes. Dieser Mann war ein Mitglied des organisierten Verbrechens, eines Syndikats, das das Land um Milliarden Dollar zur Ader ließ, eines Geheimbundes, der, um sich zu schützen, auch vor Mord nicht zurückschreckte.

Die Beweislast gegen Gambutti war überwältigend. Er war bei einem Überfall auf ein Pelzgeschäft überrascht worden und hatte einen Polizeibeamten getötet, der ihn festzunehmen versuchte. Die Morgenzeitungen verkündeten, daß Jennifer Parker die Verteidigung übernehmen würde.

Richter Lawrence Waldman rief sie an und fragte: »Stimmt das, Jennifer?«

Jennifer wußte sofort, worauf er sich bezog. »Ja, Lawrence.«

Eine Pause. »Ich bin überrascht. Sie wissen natürlich, wer er ist.«

»Ja, ich weiß Bescheid.«

»Sie begeben sich auf gefährlichen Boden.«

»Nicht wirklich. Ich tue nur einem Freund einen Gefallen.«

»Ich verstehe. Seien Sie vorsichtig.«

»Das werde ich«, versprach Jennifer.

Erst hinterher fiel ihr auf, daß er kein Wort über ihr gemeinsames Abendessen verloren hatte.

Nachdem sie das Material, das ihr Stab zusammengetragen hatte, durchgegangen war, stellte Jennifer fest, daß sie überhaupt nichts in der Hand hatte.

Vasco Gambutti war auf frischer Tat bei einem Raubüberfall in Tateinheit mit Mord ertappt worden, und es gab keine mildernen Umstände. Darüber hinaus hatten Geschworene immer eine starke Aversion gegen Polizistenmörder.

Sie rief Ken Bailey zu sich und gab ihm Instruktionen.

Er sagte nichts, aber Jennifer spürte seine Mißbilligung und war betrübt. Sie schwor sich, daß sie nie wieder für Michael arbeiten würde.

Ihr Privatapparat klingelte, und sie hob ab. Michael sagte: »Hallo, Baby. Ich habe Lust auf dich. Sei in einer halben Stunde bei mir.«

Sie saß da, lauschte und fühlte bereits seine Umarmung, den Druck seines Körpers gegen den ihren.

»Ich komme«, sagte sie.

Der Schwur war vergessen.

Der Gambutti-Prozeß dauerte zehn Tage. Die Presse war in voller Stärke aufmarschiert, um Staatsanwalt Di Silva und Jennifer Parker wieder einmal in offener Schlacht zu sehen. Di Silva hatte seine Hausaufgaben sorgfältig erledigt. Er vertrat seine Position bewußt unterkühlt und überließ es den Geschworenen, aus den Andeutungen, die er fallenließ, sich in ihrer Phantasie noch größere Schreckensszenen auszumalen als die von ihm beschriebenen.

Jennifer hörte den Zeugenaussagen schweigend zu und gab sich nur selten die Mühe, Einspruch zu erheben.

Sie wartete mit ihrem Zug bis zum letzten Verhandlungstag.

Es gab eine Faustregel im Strafrecht, nach der man den Spieß umdrehen und dem Kläger den Prozeß machen mußte, wenn man eine schwache Verteidigungsposition hatte. Da Jennifer keine Möglichkeit sah, Vasco Gambutti wirklich zu verteidigen, schlug sie Scott Norman, den getöteten Polizeibeamten, ans Kreuz. Ken Bailey hatte alles nur Wissenswerte über Scott Norman ausgegraben. Sein Führungszeugnis war nicht gerade gut, aber Jennifer ließ es noch zehnmal schlechter aussehen. Norman war zwanzig Jahre bei der Polizei gewesen, und während dieser zwanzig Jahre war er dreimal wegen unnötiger Gewaltanwendung vom Dienst suspendiert worden. Er hatte einen unbewaffneten Verdächtigen angeschossen und beinahe getötet, er hatte einen Betrunkenen in einer Bar zusammengeschlagen, und ein dritter Mann mußte im Krankenhaus zusammengeflickt werden, nachdem Norman eine häusliche Streitigkeit geschlichtet hatte. Obwohl diese Zwischenfälle sich über eine Periode von zwanzig Jahren verteilten, ließ Jennifer es aussehen, als hätte der

Verstorbene eine verachtenswerte Handlung nach der anderen begangen. Jennifer hatte eine ganze Reihe von Zeugen aufgeboten, die gegen Scott Norman aussagten, und Robert Di Silva konnte nichts dagegen tun.

In seinem Schlußplädoyer sagte er: »Bitte vergessen Sie nicht, meine Damen und Herren Geschworenen, daß nicht der Beamte Scott Norman hier vor Gericht stand. Scott Norman ist das Opfer. Er wurde von dem Angeklagten, Vasco Gambutti, getötet.«

Aber noch während der Staatsanwalt sprach, wußte er, daß seine Bemühungen sinnlos waren. Jennifer hatte Scott Norman als genauso verachtenswert und wertlos hingestellt wie Vasco Gambutti. Er war nicht mehr der anständige Polizeibeamte, der sein Leben gegeben hatte, um ein Verbrechen zu verhindern. Jennifer Parker hatte das Bild so verzerrt, daß das Opfer nicht besser wirkte als der angeklagte Killer.

Die Jury sprach den Angeklagten nicht schuldig des Mordes ersten Grades und verurteilte ihn wegen Totschlags. Es war eine betäubende Niederlage für Staatsanwalt Di Silva, und die Medien verkündeten mit Freuden einen weiteren Sieg für Jennifer Parker.

»Zieh dein Chiffonkleid an. Wir feiern«, wies Michael sie an.

Sie aßen in einem Fischrestaurant im Village zu Abend. Der Eigentümer schickte eine Flasche seltenen Champagners an den Tisch, und Michael und Jennifer prosteten sich zu.

»Ich bin sehr zufrieden.«

Aus Michaels Hand war das wie ein Ritterschlag.

Er legte eine kleine, rotweiß verpackte Schachtel in ihre Hände. »Mach es auf.«

Er sah zu, wie sie die goldene Kordel aufknüpfte und den Deckel der Schachtel abhob. Innendrin lag ein Ring mit einem großen, von Diamanten eingefaßten, viereckig geschliffenen Smaragd.

Jennifer starrte ihn an. Sie wollte protestieren. »Oh, Michael!« Sie sah den stolzen, vergnügten Ausdruck auf seinem Gesicht.

»Michael – was soll ich nur mit dir machen?«

Und sie dachte: *Oh, Jennifer, was mache ich erst mit dir?*

»Du brauchst ihn zu dem Kleid.« Er schob den Ring auf den dritten Finger ihrer linken Hand.

»Ich – ich weiß nicht, was ich sagen soll. Ich – danke dir. Das ist wirklich eine Feier!«

Michael grinste. »Die Feier hat noch gar nicht begonnen. Dies ist nur das Vorspiel.«

Sie fuhren in der Limousine zu der Wohnung, die Michael oben in Manhattan unterhielt. Michael drückte einen Knopf. Die Glasscheibe, die den hinteren Teil des Wagens vom Fahrer trennte, glitt nach oben.

*Wir sind eingeschlossen in unsere eigene kleine Welt,* dachte Jennifer. Michaels Nähe erregte sie.

Sie blickte in seine dunklen Augen. Er rückte heran und strich ihr mit der Hand über die Schenkel, und Jennifers Körper stand augenblicklich in Flammen.

Michaels Lippen fanden die ihren. Ihre Körper preßten sich gegeneinander. Jennifer fühlte seine Erektion, und sie glitt auf den Boden des Wagens. Sie begann ihn zu liebkosen und zu küssen, bis Michael zu stöhnen begann, und Jennifer stöhnte mit ihm, bewegte sich schneller und schneller, bis sie die Zuckungen seines Körpers spürte.

Die Feier hatte begonnen.

All dies fiel Jennifer wieder ein, als sie in ihrem Hotelzimmer in Tanger im Bett lag und Michaels Geräusche unter der Dusche vernahm. Sie fühlte sich befriedigt und glücklich. Das einzige, was ihr fehlte, war ihr Sohn. Sie hatte daran gedacht, Joshua auf einige ihrer Reisen mitzunehmen, aber ihr Instinkt riet ihr, ihn und Michael Moretti nicht miteinander in Berührung kommen zu lassen. Von diesem Teil ihres Lebens mußte Joshua unberührt bleiben. Jennifer hatte das Gefühl, daß ihr Leben in eine Reihe von Abteilungen gegliedert war: da war Adam, da war ihr Sohn, und da war Michael Moretti. Und jeder mußte von den anderen ferngehalten werden.

Michael kam aus dem Badezimmer, nur mit einem Handtuch bekleidet. Die Haare an seinem Körper glitzerten vom Wasser. Er war ein herrliches, aufregendes Tier.

»Zieh dich an. Wir haben noch zu arbeiten.«

## 39

Es geschah so allmählich, daß es überhaupt nicht zu geschehen schien. Angefangen hatte es mit Vasco Gambutti, und kurz danach hatte Michael Jennifer gebeten, einen anderen Fall zu übernehmen, dann einen weiteren, bis es sich schließlich zu einem stetigen Strom entwickelt hatte.

Michael rief Jennifer an und sagte: »Ich brauche deine Hilfe, Baby. Einer meiner Jungs hat ein Problem.«

Und Jennifer dachte an Pater Ryans Worte: *Einer meiner Freunde hat ein kleines Problem.* Bestand da wirklich ein so großer Unterschied? Amerika hatte sich damit abgefunden, daß es den Paten wirklich gab und daß die Mafia ein Teil des täglichen Lebens war. Jennifer sagte sich, daß sie jetzt nichts anderes tat, als sie schon immer getan hatte. In Wahrheit aber gab es einen Unterschied – einen großen Unterschied.

Sie befand sich im Mittelpunkt einer der mächtigsten Organisationen der Welt.

Michael lud Jennifer in das Farmhaus in New Jersey ein, wo sie zum erstenmal die Bekanntschaft von Antonio Granelli und einigen anderen Mitgliedern der Organisation machte.

An dem großen Tisch in der Küche saßen Nick Vito, Arthur »Speckartie« Scotto, Salvatore Fiore und Joseph Colella.

Als Jennifer und Michael eintraten und im Türrahmen stehenblieben, sagte Nick Vito gerade: »... wie damals, als ich in Atlanta gesessen habe. Ich war ganz gut mit Heroin im Geschäft. Plötzlich kommt dieser Schmalspurzuhälter daher und versucht mich übers Ohr zu hauen, weil er eine Scheibe vom Kuchen abhaben will.«

»Kanntest du den Burschen?« fragte Speckartie Scotto.

»Da brauchte man nichts zu kennen. Er wollte, daß man ihm ein Licht aufsteckt. Er versuchte, mich unter Druck zu setzen.«

»*Dich?*«

»So isses. Er hatte nich' alle Tassen im Schrank.«

»Was hast du gemacht?«

»Eddie Fratelli und ich, wir haben ihn in eine Ecke des Hofs gezogen und ihm eins aufgebrannt. Zum Teufel, er war so oder so fällig.«

»He, was ist eigentlich aus Little Eddie geworden?«

»Der sitzt vorübergehend in Lewisburg.«

»Und seine Kleine? Die war 'ne tolle Nummer.«

»Verdammt, ja. Der würde ich gern mal das Höschen naß machen.«

»Die ist immer noch scharf auf Eddie. Nur der Papst weiß, warum.«

»Ich mochte Eddie. Der packte den Stier immer bei den Hörnern.«

»Jetzt hat er weiche Knie gekriegt. Wo wir gerade davon sprechen, wißt ihr, wer jetzt auch unter die Dealer gegangen ist...?«

Fachsimpelei.

Michael grinste über Jennifers verwirrtes Gesicht und sagte: »Komm, ich stelle dich Papa vor.«

Der Anblick Antonio Granellis traf Jennifer wie ein Schock. Er saß in einem Rollstuhl, zum Skelett abgemagert, und es fiel schwer, sich vorzustellen, wie er einmal gewesen sein mußte.

Eine attraktive Brünette mit einer fülligen Figur betrat den Raum, und Michael sagte: »Das ist Rosa, meine Frau.«

Jennifer hatte sich vor diesem Augenblick gefürchtet. In manchen Nächten hatte sie, nachdem Michael gegangen war und sie auf jede nur denkbare Weise befriedigt zurückgelassen hatte, eine beinahe überwältigende Schuld gefühlt. *Ich möchte keiner anderen Frau weh tun. Ich bin ein Dieb. Ich muß damit aufhören.* Sie hatte die Schlacht jedesmal verloren.

Rosa blickte Jennifer mit wissenden Augen an. *Sie weiß Bescheid,* dachte Jennifer.

Eine kleine Verlegenheitspause entstand, und dann sagte Rosa sanft: »Ich freue mich, Sie kennenzulernen, Mrs. Parker. Michael sagte mir, Sie seien sehr intelligent.«

Antonio Granelli grunzte. »Es ist nicht gut für eine Frau, zu klug zu sein. Gehirn ist bei Männern besser aufgehoben.«

Mit ernstem Gesicht sagte Michael: »Für mich ist Mrs. Parker wie ein Mann, Pa.«

Sie aßen in dem großen Eßzimmer zu Abend.

»Sie sitzen neben mir«, befahl Antonio Granelli Jennifer.

Michael saß neben Rosa. Thomas Colfax, der *consigliere,* saß Jennifer gegenüber, und sie konnte seine Feindseligkeit spüren.

Das Essen war hervorragend. Zuerst wurde eine Unmenge Antipasti serviert, und dann *pasta fagioli.* Es gab einen Salat mit *Garbanzo* und Champignons, *Piccata,* Linguini und gebackenes Huhn. Es schien, als nähmen die Speisen überhaupt kein Ende.

Im ganzen Haus waren keine Diener zu sehen, und Rosa sprang ununterbrochen auf, um den Tisch abzuräumen und Nachschub aus der Küche zu holen.

»Meine Rosa ist eine hervorragende Köchin«, erzählte Antonio Granelli Jennifer. »Sie ist beinahe so gut wie ihre Mutter. Nicht, Mike?«

»Ja«, antwortete Michael höflich.

»Seine Rosa ist eine wundervolle Ehefrau«, fuhr Antonio Granelli fort, und Jennifer fragte sich, ob es sich um eine beiläufige Bemerkung oder eine Warnung handelte.

Michael bemerkte: »Du hast dein Kalbfleisch nicht aufgegessen.«

»Ich habe noch nie in meinem Leben so viel gegessen«, protestierte Jennifer.

Und es war noch nicht vorbei. Eine Schale mit frischem Obst wurde hereingetragen, eine Käseplatte, Eiscreme mit heißer Zabaglione, Zuckerplätzchen und Pfefferminzlikör.

Jennifer wunderte sich, daß es Michael bei solchem Essen gelungen war, seine Figur zu halten.

Die Konversation war leicht und angenehm und hätte in jedem anderen italienischen Haushalt stattfinden können. Es fiel Jennifer schwer, zu glauben, daß diese Familie anders als andere Familien war.

Bis Antonio Granelli fragte: »Wissen Sie über die *Unione Siciliana* Bescheid?«

»Nein«, sagte Jennifer.

»Lassen Sie mich ein paar Worte darüber verlieren, Lady.«

»Pop – ihr Name ist Jennifer.«

»Das ist kein italienischer Name, Mike. Ich kann ihn mir nicht merken. Ich nenne Sie Lady, Lady. Okay?«

»Okay«, erwiderte Jennifer.

»Die *Unione Siciliana* fand sich in Sizilien zusammen, um die Armen gegen Unrecht und Ungerechtigkeiten zu schützen. Verstehen Sie, die Mächtigen haben die Armen ausgeraubt. Die Armen hatten nichts – kein Geld, keine Arbeit, keine Gerechtigkeit. Also wurde die *Unione* gebildet. Wenn irgendwo ein Unrecht geschah, gingen die Geschädigten zu den Mitgliedern der geheimen Bruderschaft, und sie wurden gerächt. Ziemlich bald wurde die *Unione* stärker als das Gesetz, denn sie war das Gesetz des *Volkes*. Wir glauben an die Worte der Bibel, Lady.« Er blickte Jennifer in die Augen. »Wenn jemand uns betrügt, rächen wir uns.«

Die Botschaft war unmißverständlich.

Jennifer hatte immer geahnt, daß sie ein großes Risiko eingehen würde, wenn sie für die Organisation arbeitete, aber, wie die meisten Außenseiter, hatte sie eine falsche Vorstellung von der Beschaffenheit dieser Organisation. Die meisten Menschen stellten sich die Mafia als einen Haufen von Schurken vor, die im Hinterzimmer einer Kneipe herumsaßen, Mordaufträge vergaben und das Geld zählten, das Bordelle und Buchmacher ihnen einbrachten. Aber das war nur ein Teil des Bildes. Die Konferenzen, bei denen Jennifer anwesend war, verschafften ihr Einblicke in den Rest: Sie hatte es mit Geschäftsleuten zu tun, die auf einer atemberaubenden Bandbreite operierten. Ihnen gehörten Hotels und Banken, Restaurants und Casinos, Versicherungsgesellschaften und Fabriken, Baufirmen und ganze Krankenhausketten. Sie kontrollierten Gewerkschaften und Schiffahrtslinien. Sie waren im Plattengeschäft und verkauften Automaten. Ihnen gehörten Beerdigungsinstitute, Bäckereien und Ingenieurbüros. Ihr jährliches Einkommen bezifferte sich auf Milliarden. Wie sie sich all diese Geschäftszweige angeeignet hatten, ging Jennifer nichts an. Sie war nur für die Verteidigung zuständig, wenn einer von ihnen Ärger mit dem Gesetz bekam.

Robert Di Silva erhob gegen drei von Michael Morettis Männern Anklage, weil sie eine Gruppe von Imbißstuben um Schutzgebühren angegangen waren. Sie wurden der Verschwörung zum Zweck der Geschäftsstörung durch Erpressung beschuldigt sowie sieben weiterer Anklagepunkte der Rubrik Einmischung in den Handelsverkehr. Die einzige Zeugin gegen die Männer war eine Frau, der einer der Imbißstände gehört hatte.

»Sie wird uns aus den Schuhen pusten«, sagte Michael zu Jennifer. »Wir müssen uns ihrer annehmen.«

»Dir gehört doch ein Teil von einem Zeitschriftenverlag, oder?« wollte Jennifer wissen.

»Ja. Aber was hat das mit Imbißständen zu tun?«

»Das wirst du schon merken.«

Jennifer kümmerte sich darum, daß ein Magazin der Zeugin eine große Summe für ihre Geschichte anbot. Die Zeugin ging darauf ein. Vor Gericht benutzte Jennifer das, um die Motive der Frau ins Zwielicht zu rücken, und die Beschuldigungen wurden fallengelassen.

Jennifers Verhältnis zu ihren Partnern in der Kanzlei hatte sich verändert. Als das Büro immer mehr Mafiafälle übernahm, kam Ken Bailey eines Tages in ihr Büro und sagte: »Was geht hier eigentlich vor? Du kannst nicht dabei bleiben, diese Halunken zu verteidigen. Sie werden uns ruinieren.«

»Mach dir darüber keine Sorgen, Ken. Sie werden bezahlen.«

»Du kannst doch nicht so naiv sein. Am Ende wirst du bezahlen müssen. Spätestens dann, wenn sie dich am Haken haben.«

Weil sie wußte, daß er im Recht war, sagte Jennifer ärgerlich: »Ich will nichts mehr darüber hören, Ken.«

Er sah sie lange an und sagte dann: »Einverstanden. Du bist der Boß.«

Die Gerichtsszene war eine kleine Welt, und Neuigkeiten verbreiteten sich schnell. Als bekannt wurde, daß Jennifer Parker Mitglieder der Organisation verteidigte, tauchten wohlmeinende Freunde bei ihr auf und wiederholten dasselbe, was ihr schon Richter Lawrence Waldman und Ken Bailey erzählt hatten.

»Wenn du dich mit solchen Leuten einläßt, wirst du mit derselben Bürste gestriegelt werden.«

Jennifer sagte allen das gleiche: »Jeder hat ein Recht auf einen fairen Prozeß.«

Sie wußte ihre Warnungen zu schätzen, aber sie fand sie in ihrem Fall nicht zutreffend. Sie gehörte nicht zur Organisation, sie verteidigte lediglich einige ihrer Mitglieder. Sie war ein Anwalt wie ihr Vater und sie würde nichts tun, das ihn dazu gebracht hätte, sich für sie zu schämen. Es gab den Dschungel, natürlich, aber sie war immer noch draußen.

Pater Ryan war zu Besuch gekommen. Diesmal bat er nicht um Hilfe für eines seiner Schäfchen.

»Ich mache mir Sorgen um Sie, Jennifer. Ich habe gehört, daß Sie – nun, die falschen Leute vertreten.«

»Wer sind die falschen Leute? Haben Sie die Menschen gerichtet, die Sie um Hilfe gebeten haben? Halten Sie Leute von Gott fern, weil sie gesündigt haben?«

Pater Ryan schüttelte den Kopf. »Natürlich nicht. Aber es ist eine Sache, wenn ein Mensch einen Fehler begeht. Eine ganz andere Sache ist es dagegen, wenn Korruption und Verbrechen organisiert sind. Wenn Sie diesen Leuten helfen, billigen Sie damit ihr Tun. Sie tragen dazu bei.«

»Nein, Pater Ryan. Ich bin Anwalt. Ich helfe Leuten aus ihren Schwierigkeiten.«

Jennifer lernte Michael Moretti besser kennen als jeder vor ihr.

Ihr gegenüber gab er sich Blößen, die er niemals zuvor jemandem gezeigt hatte. Im Grunde war er ein einsamer, verschlossener Mann, und Jennifer hatte es als einzige geschafft, ihn aus seinem Schneckenhaus hervorzulocken.

Sie hatte das Gefühl, daß er sie brauchte, und dieses Gefühl hatte sie bei Adam nie gehabt. Michael hatte sie auch dazu gebracht, zuzugeben, wie sehr sie ihn brauchte. Er hatte Regungen in ihr bloßgelegt – wilde, atavistische Leidenschaften –, die sie immer unterdrückt und vor denen sie Angst gehabt hatte. Bei Michael hatte sie keine Hemmungen. Wenn sie zusammen im Bett waren, gab es kein Halt, keine Barrieren. Nur Lust und Befriedigung in einem Ausmaß, das Jennifer nie für möglich gehalten hätte.

Michael hatte Jennifer gestanden, daß er Rosa nicht liebte, aber es war offensichtlich, daß Rosa ihn verehrte. Sie war ihm immer zu Diensten und stand bereit, wenn er etwas brauchte.

Jennifer traf die Frauen anderer Mafiosi und war fasziniert von ihrem Leben. Ihre Ehemänner gingen in Restaurants und Bars, trieben sich mit Geliebten herum, während sie zu Hause blieben und auf sie warteten.

Die Frau eines Mafioso erhielt immer ein großzügig bemessenes Haushaltsgeld, aber sie mußte sehr genau aufpassen, wie und wofür sie es ausgab, damit sie nicht die Aufmerksamkeit des Finanzamtes auf sich zog.

Es gab eine Hackordnung, die vom einfachen *soldato* bis zum *capo di tutti capi* reichte, und eine Frau besaß niemals einen teureren Pelz oder Wagen als die Frau des unmittelbaren Vorgesetzten ihres Mannes.

Die Frauen gaben Parties für die Geschäftsfreunde ihrer Männer, aber sie durften niemals verschwenderischer sein, als ihre Position es ihnen im Vergleich zu den anderen gestattete.

Bei Hochzeiten oder Kindstaufen durfte eine Frau nie mehr Geld für Geschenke ausgeben als die Frau eine Stufe über ihr in der Hierarchie. Die Etikette war nicht weniger streng als die von *U.S. Steel* oder einem anderen großen Konzern.

Die Mafia bestand aus zwei gleichwertigen Elementen: Geld und Macht.

»Die Organisation ist größer als die meisten Regierungen der Welt«, sagte Michael oft. »Wir setzen mehr um als ein halbes Dutzend der bedeutendsten amerikanischen Konzerne zusammen.«

»Es gibt nur einen Unterschied«, meinte Jennifer. »Sie stehen auf dem Boden der Gesetze, während...«

Michael lachte. »Du meinst, die sind noch nicht geschnappt worden. Dutzende der größten Konzerne dieses Landes haben schon vor Gericht gestanden, weil sie ein Gesetz gebrochen haben. Mach dir nichts vor, Jennifer. Der Durchschnittsamerikaner kann dir keine zwei Astronauten nennen, die im Weltall waren, aber jeder kennt die Namen Al Capone und Lucky Luciano.«

Auf seine Weise setzte Michael sich für seine Ziele mit der gleichen Entschlossenheit ein wie Adam Warner für die seinen. Der Unterschied bestand darin, daß ihre Wege in entgegengesetzter Richtung verliefen.

Wenn es um Geschäfte ging, war Michael völlig gefühllos, und darin lag seine Stärke. Er traf Entscheidungen ausschließlich auf der Basis, ob sie der Organisation nützten oder nicht.

In der Vergangenheit hatte Michael sich ausschließlich darum gekümmert, seine Ziele zu erreichen und seine Ambitionen zu erfüllen. Für Gefühle einer Frau gegenüber war in seinem Leben kein Platz gewesen. Weder Rosa noch seine Freundinnen hatte er jemals wirklich gebraucht.

Bei Jennifer verhielt es sich anders. Er brauchte sie, wie er noch nie eine Frau gebraucht hatte. Er hatte niemals jemanden wie sie gekannt. Sie erregte ihn körperlich, aber das hatten auch hundert andere getan. Das Besondere an Jennifer war ihre Intelligenz, ihre Unabhängigkeit. Rosa gehorchte ihm; andere Frauen fürchteten ihn; Jennifer forderte ihn heraus. Sie war ein gleichberechtigter Partner. Er konnte mit ihr reden, Geschäfte mit ihr diskutieren. Sie war mehr als intelligent. Sie war klug.

Er wußte, daß er sie nie gehen lassen würde.

Gelegentlich unternahm Jennifer Geschäftsreisen mit Michael, aber sie vermied lange Abwesenheiten, wenn sie konnte, weil sie soviel Zeit wie möglich mit Joshua verbringen wollte. Er war jetzt sechs und wuchs unglaublich schnell. Jennifer hatte ihn in eine nahegelegene Privatschule gegeben, und der Unterricht bereitete ihm Spaß. Er hatte ein Fahrrad, besaß eine Flotte von Spielzeugautos und führte lange, ernsthafte Gespräche mit Jennifer und Mrs. Mackey.

Jennifer wollte, daß Joshua als Erwachsener stark und unabhängig war, und deswegen wog sie ihr Verhalten ihm gegenüber sorgfältig ab, ließ ihn wissen, wie sehr sie ihn liebte und daß sie immer für ihn da war, wenn er sie brauchte, und ließ ihn dennoch ein Gefühl eigener Unabhängigkeit entwickeln.

Sie lehrte ihn die Liebe zu guten Büchern und die Freude an der Musik. Sie nahm ihn mit ins Theater, mied aber Premierenabende, um den Fragen ihrer vielen Bekannten zu entgehen. Am Wochenende hatten sie und Joshua ihren Kinotag. Sie sahen sich am Samstagnachmittag einen Film an, gingen in ein Restaurant essen und sahen sich danach einen zweiten Film an. Am Sonntag unternahmen sie Segelturns oder Fahrradtouren. Jennifer gab ihrem Sohn alle Liebe, derer sie fähig war, aber sie achtete darauf, ihn nicht zu verwöhnen. Sie plante seine Erziehung achtsamer, als sie je einen Prozeß vorbereitet hatte, entschlossen, nicht in die Fallen zu gehen, die überall lauerten, wenn nur ein Elternteil zu Hause war.

Es war kein Opfer für sie, so viel Zeit mit Joshua zu verbringen, im Gegenteil. Immer wieder erfreute sie sich an seinem schnellen Auffassungsvermögen. Er war Klassenbester und ein hervorragender Sportler, aber er nahm sich selber nicht zu ernst. Er hatte einen ausgeprägten Sinn für Humor.

Wenn es sich mit der Schule vereinbaren ließ, verreiste sie mit Joshua. Im Winter nahm sie sich Zeit, um mit ihm zum Wintersport in die Poconos zu fahren. Im Sommer nahm sie ihn nach London zu einer Geschäftsreise mit, und sie verbrachten zwei Wochen auf dem Land. Joshua war begeistert von England.

»Kann ich hier zur Universität gehen?« fragte er.

Jennifer fühlte einen Stich. Es würde nicht mehr lange dauern, dann würde er sie verlassen, zur Uni gehen, sein Glück suchen, heiraten und seine eigene Familie gründen. War es nicht genau das, was sie sich für ihn wünschte? Natürlich. Wenn es soweit war, würde sie Joshua mit offenen Armen gehen lassen, und doch wußte sie, wie schwer es ihr fallen würde.

Joshua blickte sie an, wartete auf eine Antwort. »Darf ich, Mama?« fragte er. »Vielleicht nach Oxford?«

Jennifer umarmte ihn. »Natürlich. Sie werden dich mit Freuden nehmen.«

An einem Sonntagmorgen, als Mrs. Mackey frei hatte, mußte Jennifer nach Manhattan, um die Abschrift einer Zeugenaussage abzuholen. Joshua besuchte einige Freunde. Als Jennifer zurück war, begann sie, für Joshua und sich Abendessen zu bereiten. Sie öffnete den Kühlschrank – und wäre beinahe tot umgefallen. Zwischen zwei Milchflaschen steckte ein Zettel. Auf diese Weise hatte Adam ihr immer kleine Botschaften zukommen lassen. Wie gelähmt starrte Jennifer den Zettel an, unfähig, ihn zu berühren. Schließlich zog sie ihn langsam heraus und faltete ihn auseinander. *Überraschung!* stand darauf. *Ist es in Ordnung, wenn Alan mit uns zu Abend ißt?*

Es dauerte eine halbe Stunde, bis sich Jennifers Puls wieder beruhigt hatte.

Hin und wieder fragte Joshua sie nach seinem Vater.

»Er ist in Vietnam gefallen, Joshua. Er war ein tapferer Mann.«

»Haben wir nicht irgendwo ein Bild von ihm?«

»Nein, leider nicht, Liebling. Wir – wir waren noch nicht sehr lange verheiratet, als er gestorben ist.«

Sie haßte es, zu lügen, aber sie hatte keine Wahl.

Michael Moretti hatte sich nur einmal nach Joshuas Vater erkundigt.

»Es ist mir egal, was war, bevor du mir gehört hast – ich bin nur neugierig.«

Jennifer überlegte, was für eine Macht Michael über Senator Adam Warner haben würde, wenn er je die Wahrheit erführe.

»Er ist in Vietnam gefallen. Sein Name ist nicht wichtig.«

# 40

In Washington, D.C., war ein Untersuchungsausschuß des Senats unter der Führung von Adam Warner ins letzte Stadium einer intensiven Prüfung des neuen XK-1-Bombers getreten, für den die Air Force die Zustimmung des Senats haben wollte. Wochenlang hatten sich Experten auf dem Capitol Hill die Klinke in die Hand gegeben. Die eine Hälfte war der Meinung, daß der neue Bomber ein kostspieliger Albatros war, der das Verteidigungsbudget sprengen und das Land ruinieren würde, während die andere die Überzeugung vertrat, daß die Verteidigungsbereitschaft des Landes ohne die Zustimmung des Senats zu dem neuen Bomber so geschwächt würde, daß die Russen die Vereinigten Staaten schon am nächsten Sonntag erobern könnten.

Adam hatte sich bereit erklärt, einen Prototyp des neuen Bombers zu testen, und seine Kollegen hatten sein Angebot erfreut angenommen. Adam war einer von ihnen, ein Mitglied ihres Clubs, und er würde ihnen die Wahrheit sagen.

Adam war an einem Sonntagmorgen mit der Stammbesatzung des Bombers in die Luft gestiegen und hatte das Flugzeug einer Reihe von rigorosen Tests unterzogen. Der Flug war ein uneingeschränkter Erfolg geworden, und Adam hatte den Untersuchungsausschuß wissen lassen, daß der neue Bomber ein wichtiger Fortschritt für die militärische Luftfahrt sei. Er empfahl, den XK 1 sofort in Produktion gehen zu lassen. Der Senat gab seine Zustimmung.

Die Presse spielte die Geschichte begeistert hoch. Sie beschrieb Adam als Mitglied einer neuen Generation von Senatoren, als Gesetzgeber, der selber auszog, um die Fakten zu recherchieren, statt sich auf das Wort von Lobbyisten und anderen Interessengruppen zu verlassen.

Sowohl *Newsweek* als auch *Time* brachten Titelgeschichten über Adam, und der Artikel in *Newsweek* endete mit den Worten:

*Der Senat hat einen anständigen und fähigen neuen Wächter gefunden, der ein Auge auf die lebenswichtigen Probleme hat, die dieses Land heimsuchen, und sie mit dem Verstand statt mit*

*Leidenschaft betrachtet. Mehr und mehr wächst unter den Königmachern das Gefühl, daß Adam Warner über die Eigenschaften verfügt, die einen Präsidenten schmücken würden.*

Jennifer verschlang die Artikel über Adam und war erfüllt von Stolz. Und Schmerz. Sie liebte Adam immer noch, sie liebte aber auch Michael Moretti, und sie verstand nicht, wie das möglich war, wie sie sich so verändern konnte. Adam hatte in ihr Leben eine Bresche für die Einsamkeit geschlagen. Michael hatte sie gefüllt.

Der Drogenschmuggel von Mexiko in die Vereinigten Staaten hatte ungeheuer zugenommen, und ganz offensichtlich stand das organisierte Verbrechen dahinter. Adam wurde gebeten, den Vorsitz eines Untersuchungsausschusses zu übernehmen. Er koordinierte die Bemühungen eines halben Dutzends von Regierungsstellen, flog nach Mexiko und erreichte die Zusammenarbeit der mexikanischen Behörden. Innerhalb von drei Monaten reduzierte sich der Drogenstrom auf ein Tröpfeln.

Im Wohnzimmer des Farmhauses in New Jersey sagte Michael Moretti: »Wir haben ein Problem.«

In dem großen, komfortablen Raum hielten sich Jennifer, Antonio Granelli und Thomas Colfax auf. Antonio Granelli hatte einen weiteren Schlaganfall erlitten und war um zwanzig Jahre gealtert. Er wirkte geschrumpft, wie die Karikatur eines Mannes. Die rechte Seite seines Gesichts war gelähmt, und wenn er sprach, rann ihm Speichel aus den Mundwinkeln. Er war alt und senil, mehr und mehr verließ er sich auf Michaels Urteil. Widerstrebend hatte er sogar Jennifer akzeptiert.

Nicht so Thomas Colfax. Der Konflikt zwischen ihm und Michael war stärker geworden. Colfax wußte, daß Michael beabsichtigte, ihn durch diese Frau zu ersetzen. Er mußte zugeben, daß Jennifer Parker eine gerissene Anwältin war, aber was konnte sie schon über die Tradition der *borgata* wissen? Davon, was die Organisation all die Jahre so glatt und effektiv hatte arbeiten lassen? Wie konnte Michael einen völlig Fremden –

schlimmer, eine Frau! – einführen und ihr Geheimnisse von Leben und Tod anvertrauen? Es war eine unhaltbare Situation. Colfax hatte mit den *caporegime* und den *soldati* gesprochen, hatte jedem einzelnen seine Befürchtungen mitgeteilt und versucht, sie auf seine Seite zu bringen, aber sie hatten Angst, sich gegen Michael zu stellen. Wenn er dieser Frau vertraute, dann mußten sie ihr genauso trauen.

Thomas Colfax beschloß, weiter auf den richtigen Augenblick zu warten. Aber irgendwie würde er sie loswerden.

Jennifer war sich seiner Antipathien bewußt. Sie hatte ihn ersetzt, und sein Stolz würde ihr das nie verzeihen. Seine Loyalität dem Syndikat gegenüber würde ihn auf Vordermann halten und sie schützen, aber wenn sein Haß jemals stärker als seine Loyalität werden sollte...

Michael wandte sich an Jennifer. »Hast du je von Adam Warner gehört?«

Jennifers Herzschlag stockte. Sie bekam plötzlich keine Luft mehr. Michael beobachtete sie und wartete auf eine Antwort.

»Du – du meinst diesen Senator?« brachte sie schließlich heraus.

»Ja. Wir werden diesem Hundesohn eine kalte Dusche verpassen müssen.«

Jennifer konnte fühlen, wie sie blaß wurde. »Warum, Michael?«

»Er stört unsere Kreise. Seinetwegen hat die mexikanische Regierung Fabriken geschlossen, die unseren Freunden gehören. Alles bricht zusammen. Ich will diese Laus aus unserem Pelz haben. Er muß weg.«

Jennifers Gedanken überschlugen sich. »Wenn du Senator Warner antastest«, sagte sie und wählte ihre Worte sorgfältig, »zerstörst du dich selber.«

»Ich bin nicht bereit, zuzulassen...«

»Hör mir zu, Michael. Beseitige ihn, und sie werden zehn an seine Stelle setzen. Oder hundert. Jede Zeitung im ganzen Land wird hinter dir her sein. Die Untersuchung, die zur Zeit stattfindet, ist ein Ringelreihen gegen das, was passieren wird, wenn Senator Warner etwas zustößt.«

Michael sagte ärgerlich: »Ich sagte nicht zustoßen, ich sagte *weh tun*!«

Jennifer schlug einen anderen Ton an. »Michael, denk nach. Das ist nicht die erste Untersuchung, die du erlebst. Wie lange dauern sie? Fünf Minuten, nachdem der Senator fertig ist, wird er sich einer anderen Sache annehmen, und diese ist vergessen. Die Fabriken, die sie geschlossen haben, werden wieder eröffnet, und wir sind wieder im Geschäft. Auf diese Weise hat es keine Nachwirkungen. Wenn wir es auf deine Weise handhaben, wird es kein Ende nehmen.«

»Ich bin anderer Meinung«, sagte Thomas Colfax. »Ich glaube...«

Michael Moretti fuhr ihn an: »Niemand hat dich um deine Meinung gebeten.«

Thomas Colfax zuckte zusammen, als wäre er geschlagen worden. Michael achtete nicht darauf. Colfax wandte sich an Antonio Granelli, um seine Unterstützung zu erbitten. Der alte Mann war eingeschlafen.

Michael sagte zu Jennifer: »Einverstanden, wir lassen Warner fürs erste in Ruhe.«

Jennifer merkte, daß sie den Atem angehalten hatte. Langsam atmete sie aus. »Sonst noch was?«

»Ja.« Michael zündete sich eine Zigarette mit einem schweren Goldfeuerzeug an. »Einer unserer Freunde, Marco Lorenzo, ist wegen Erpressung und Raubüberfall verurteilt worden.«

Jennifer hatte davon gelesen. Den Zeitungen nach war Lorenzo ein geborener Verbrecher mit einer langen Liste von Festnahmen wegen Gewaltverbrechen.

»Möchtest du, daß ich Berufung einlege?«

»Nein, ich möchte, daß du dafür sorgst, daß er ins Gefängnis kommt.«

Jennifer blickte ihn überrascht an.

Michael legte das Feuerzeug wieder auf den Tisch. »Ich habe gehört, daß Di Silva ihn zurück nach Sizilien deportieren lassen will. Marco hat Feinde dort unten. Wenn er zurückgeschickt wird, bleibt er keine vierundzwanzig Stunden am Leben. Der sicherste Ort für ihn ist Sing Sing. Wenn sich in ein oder zwei

Jahren alles abgekühlt hat, holen wir ihn heraus. Kannst du dich darum kümmern?«

Jennifer zögerte. »Wenn wir in einem anderen Gerichtsbezirk wären, vielleicht. Aber Di Silva wird sich mit mir auf keinen Handel einlassen.«

Thomas Colfax sagte rasch: »Vielleicht sollte jemand anderer das in die Hand nehmen.«

»Wenn ich jemand anderen gewollt hätte«, blaffte Michael, »hätte ich das gesagt.« Er wandte sich wieder an Jennifer. »Ich möchte, daß du es übernimmst.«

Michael Moretti und Nick Vito sahen Thomas Colfax vom Fenster aus in seinen Wagen steigen und davonfahren.

Michael sagte: »Nick, ich möchte, daß du ihn aus dem Weg räumst.«

»*Colfax?*«

»Ich kann ihm nicht mehr vertrauen. Er lebt mit dem alten Mann in der Vergangenheit.«

»Wie du willst, Mike. Wann soll ich es erledigen?«

»Bald. Ich sage dir Bescheid.«

Jennifer saß in Richter Lawrence Waldmans Büro. Sie hatte ihn über ein Jahr lang nicht mehr gesehen. Die freundschaftlichen Telefonanrufe und Einladungen zum Essen hatten aufgehört. Nun, das ließ sich nicht ändern, dachte Jennifer. Sie mochte Lawrence Waldman, und sie bedauerte es, seine Freundschaft verloren zu haben, aber sie hatte ihre Wahl getroffen.

In unbehaglichem Schweigen warteten sie auf Robert Di Silva und gaben sich nicht die Mühe, unverbindlich miteinander zu plaudern. Als der Staatsanwalt eintraf, begann die Unterredung.

Richter Waldman sagte zu Jennifer: »Bobby sagt, Sie wollen einen Handel vorschlagen, ehe ich das Urteil über Lorenzo verkünde.«

»Das ist richtig.« Jennifer wandte sich an Staatsanwalt Di Silva. »Ich glaube, es wäre ein Fehler, Marco Lorenzo nach Sing Sing zu schicken. Er gehört nicht dorthin. Er ist ein illegaler

Einwanderer. Ich finde, er sollte nach Sizilien deportiert werden, wo er herkam.«

Di Silva sah sie überrascht an. Er hatte die Deportierung empfehlen wollen, aber wenn Jennifer Parker das auch wollte, dann mußte er seine Entscheidung umstoßen.

»Warum schlagen Sie das vor?« fragte er.

»Aus verschiedenen Gründen. Erstens wird ihn das davon abhalten, hier noch weitere Verbrechen zu begehen, und...«

»Eine Zelle in Sing Sing hätte den gleichen Effekt.«

»Lorenzo ist ein alter Mann. Er wird es nicht aushalten, eingesperrt zu werden. Er wird durchdrehen, wenn man ihn ins Gefängnis steckt. Seine ganzen Freunde sind in Sizilien. Dort kann er in der Sonne leben und in Frieden in den Armen seiner Familie sterben.«

Di Silvas Mund wurde schmal vor Wut. »Wir reden von einem Verbrecher, der sein Leben damit zugebracht hat, zu rauben, zu töten und Frauen zu vergewaltigen, und Sie machen sich darüber Sorgen, ob er auch bei seinen Freunden in der Sonne sein kann?« Er wandte sich an Richter Waldman. »Sie ist phantastisch!«

»Marco Lorenzo hat ein Recht auf...«

Di Silva schlug mit der Faust auf den Tisch. »Er hat überhaupt keine Rechte! Er ist der Erpressung und des Raubes schuldig gesprochen worden.«

»Wenn in Sizilien ein Mann...«

»Er ist nicht in Sizilien, verdammt noch mal!« schrie Di Silva. »Er ist hier! Er hat die Verbrechen hier begangen, und hier wird er auch dafür bezahlen.« Er stand auf. »Euer Ehren, wir verschwenden Ihre Zeit. Der Staat lehnt jeden Handel in diesem Fall ab. Wir bitten darum, daß Marco Lorenzo nach Sing Sing geschickt wird.«

Richter Waldman wandte sich an Jennifer. »Haben Sie noch etwas zu sagen?«

Sie blickte Robert Di Silva ärgerlich an. »Nein, Euer Ehren.«

Richter Waldman sagte: »Das Urteil wird morgen verkündet werden. Sie sind beide entlassen.«

Di Silva und Jennifer erhoben sich und verließen das Büro.

Im Korridor wandte sich der Staatsanwalt an Jennifer und

lächelte. »Scheint nicht mehr alles zu Gold zu werden, was Sie berühren, Frau Kollegin.«

Jennifer zuckte mit den Schultern. »Man kann nicht immer gewinnen.«

Fünf Minuten später rief sie Michael Moretti aus einer Telefonzelle an.

»Du brauchst dir keine Sorgen mehr zu machen. Marco Lorenzo wird nach Sing Sing kommen.«

## 41

Die Zeit floß dahin wie ein Fluß ohne Ufer, Quelle oder Mündung. Sie zerfiel nicht mehr in Winter, Frühling, Herbst oder Sommer, sondern in Geburtstage und freudige, traurige oder schmerzliche Ereignisse. Es gab gewonnene und verlorene Prozesse, die Wirklichkeit Michaels und die Erinnerung an Adam. Aber in erster Linie war Joshua das Maß der Zeit, ein täglicher Kalender, an dem sich ablesen ließ, wie schnell die Jahre verstrichen.

Er war unglaublicherweise schon sieben. Über Nacht, so schien es, hatten Sport und Modellflugzeuge die Buntstifte und Bilderbücher ersetzt. Joshua war groß geworden, und er ähnelte seinem Vater jeden Tag mehr, aber nicht nur in der körperlichen Erscheinung. Er war sensibel, höflich, und er hatte einen ausgeprägten Sinn für Fairneß. Wenn Jennifer ihn für etwas bestrafte, protestierte Joshua trotzig: »Ich bin zwar erst einen Meter zwanzig groß, aber ich habe auch meine Rechte.«

Er war eine Miniaturausgabe von Adam, mit der gleichen Vorliebe für Sport. Am Wochenende sah er sich jede Sportsendung im Fernsehen an – Football, Baseball, Basketball, egal was. Am Anfang hatte Jennifer ihn allein zuschauen lassen, aber als er hinterher versucht hatte, mit ihr über die Spiele zu diskutieren, und als sie dabei vollständig ins Schwimmen geraten war, hatte sie beschlossen, in Zukunft auch zuzuschauen. Und so saßen sie nebeneinander vor dem Fernsehapparat, mampften Popcorn und feuerten die Spieler an.

Eines Tages kehrte Joshua von einem Ballspiel nach Hause zurück, einen nachdenklichen Ausdruck auf dem Gesicht, und fragte: »Mama, können wir uns mal von Mann zu Mann unterhalten?«

»Sicher, Joshua.«

Sie setzten sich an den Küchentisch, und Jennifer bereitete ihm ein Erdnußbuttersandwich und goß ein Glas Milch ein.

»Was hast du für Kummer?«

Seine Stimme klang ernsthaft und sehr besorgt. »Nun, ich habe die anderen Jungs reden gehört, und ich habe mich nur gefragt – glaubst du, daß es noch Sex gibt, wenn ich groß bin?«

Jennifer hatte einen schmalen Newport-Segler gekauft, und am Wochenende unternahmen sie und Joshua Segelturns auf dem Sund. Jennifer beobachtete gern sein Gesicht, wenn er im Bug des Boots saß. Er trug ein aufgeregtes kleines Lächeln, er war ein geborener Segler wie sein Vater. Der Gedanke brachte Jennifer ruckartig wieder in die Wirklichkeit zurück. Sie fragte sich, ob sie ihr Leben mit Joshua als Adams Stellvertreter zu leben versuchte. Alles, was sie mit ihrem Sohn unternahm – segeln, Theater, Sport im Fernsehen –, hatte sie auch schon mit seinem Vater getan. Jennifer sagte sich, daß sie nur das tat, was Joshua Spaß bereitete, aber sie war nicht sicher, ob sie sich selbst gegenüber völlig aufrichtig war. Sie beobachtete Joshua beim Einholen des Segels, seine Haut gebräunt von Wind und Sonne, ein glückliches Glühen auf dem Gesicht, und sie wußte, daß die Gründe unwichtig waren. Wichtig war allein, daß ihr Sohn mit dem Leben an ihrer Seite zufrieden war. Er war kein Abziehbild seines Vaters. Er war eine eigene Persönlichkeit, und Jennifer liebte ihn mehr als alles andere auf der Welt.

## 42

Antonio Granelli starb, und Michael übernahm sein Königreich. Die Beerdigung war so pompös, wie es einem Mann vom Format des Paten anstand. Die Dons und Mitglieder aller Familien des Landes erschienen, um ihrem verblichenen Freund den Tribut zu zollen und den neuen *capo* ihrer Loyalität und Unterstützung zu versichern. Das FBI, im Schlepptau ein halbes Dutzend anderer Behörden, war ebenfalls da und fotografierte.

Rosa war erschüttert, denn sie hatte ihren Vater sehr geliebt, aber die Tatsache, daß ihr Ehemann den Platz ihres Vaters an der Spitze der Familie übernahm, war ihr Trost und Stolz.

Jennifer wurde für Michael von Tag zu Tag wertvoller. Wenn es irgendwo ein Problem gab, konsultierte er sie und niemand anderen. Thomas Colfax war nur noch ein lästiges Anhängsel.

»Mach dir um ihn keine Sorgen«, sagte Michael zu Jennifer. »Er wird bald in den Ruhestand gehen.«

Das leise Summen des Telefons weckte Jennifer. Sie lag im Bett, lauschte einen Moment, dann setzte sie sich auf und warf einen Blick auf die Digitaluhr auf dem Nachttisch. Es war drei Uhr morgens.

Sie hob den Hörer ans Ohr. »Hallo.«

Es war Michael. »Kannst du dich rasch anziehen?«

Jennifer blinzelte und versuchte, sich den Schlaf aus den Augen zu wischen. »Was ist los?«

»Eddie Santini wurde gerade wegen bewaffneten Raubüberfalls verhaftet. Es ist bereits das zweite Mal wegen des gleichen Vergehens. Wenn er schuldig gesprochen wird, schmeißen sie die Schlüssel weg.«

»Irgendwelche Zeugen?«

»Drei, und alle haben ihn genau gesehen.«

»Wo ist er jetzt?«

»Im 17. Revier.«

»Ich bin auf dem Weg, Michael.«

Jennifer zog sich ein Kleid an, ging hinunter in die Küche und kochte sich eine Tasse Kaffee. Sie trank den Kaffee im Frühstückszimmer, starrte in die Nacht hinaus und dachte nach. *Drei Zeugen. Und alle haben ihn genau gesehen.*

Sie hob den Hörer des Telefons ab und wählte. Sie verlangte die Stadtverwaltung und dort den Raum, wo die Gerichtsreporter auf Neuigkeiten warteten. Dann sagte sie hastig: »Ich habe eine Information für euch. Ein Bursche namens Eddie Santini ist gerade wegen bewaffneten Raubüberfalls verhaftet worden. Sein Anwalt ist Jennifer Parker. Sie wird versuchen, ihn rauszuholen.«

Sie hängte auf und wiederholte den Anruf bei zwei Zeitungsredaktionen und einem Fernsehsender. Als sie fertig war, blickte sie auf die Uhr und trank in aller Ruhe noch eine zweite Tasse Kaffee. Sie wollte sicher sein, daß die Reporter genug Zeit hatten, um das 17. Revier zu erreichen. Sie ging wieder nach oben und zog sich fertig an.

Bevor sie das Haus verließ, warf sie noch einen Blick in Joshuas Schlafzimmer. Sein Nachtlicht brannte. Er schlief fest, die Bettlaken hatten sich um seinen ruhelosen Körper geschlungen. Jennifer glättete vorsichtig die Laken, küßte Joshua auf die Stirn und bewegte sich auf Zehenspitzen aus dem Raum.

»Wohin gehst du?«

Sie drehte sich um. »Ich gehe zur Arbeit. Schlaf schön weiter.«

»Wie spät ist es?«

»Es ist vier Uhr morgens.«

Joshua kicherte. »Für eine Dame arbeitest du zu ziemlich seltsamen Zeiten.«

Sie ging zurück zu ihm ans Bett. »Und für einen Mann schläfst du zu ziemlich seltsamen Zeiten.«

»Schauen wir uns heute abend das Spiel der Mets an?«

»Darauf kannst du wetten. Und jetzt zurück ins Reich der Träume.«

»Okay, Mama. Viel Erfolg.«

»Danke, Kumpel.«

Einige Minuten später saß Jennifer im Wagen und war unterwegs nach Manhattan.

Als Jennifer eintraf, wartete der Fotograf der *Daily News* als einziger einsam und allein vor dem Revier. Er starrte Jennifer an und sagte: »Es stimmt tatsächlich! Übernehmen Sie den Fall Santini?«

»Woher wissen Sie das?« fragte Jennifer.

»Ein kleines Vögelchen hat's gezwitschert.«

»Sie verschwenden Ihre Zeit. Keine Bilder.«

Sie ging hinein und kümmerte sich um Eddie Santinis Kaution, wobei sie die Prozedur in die Länge zog, bis sie sicher sein konnte, daß ein Kameramann des Fernsehens sowie ein Reporter und Fotograf der *New York Times* eingetroffen waren. Auf die *Post* konnte sie nicht mehr warten.

Der Captain vom Dienst sagte: »Da draußen sind einige Reporter und Fernsehleute, Miß Parker. Wenn Sie wollen, können Sie hinten 'rausgehen.«

»Danke«, sagte Jennifer. »Mit denen werde ich schon fertig.«

Sie führte Eddie Santini zum Haupteingang, wo die Fotografen und Reporter warteten.

Sie sagte: »Bitte, Herrschaften, keine Bilder.«

Und trat zur Seite, während das Blitzlichtgewitter losbrach.

Ein Reporter fragte: »Was ist an diesem Fall so Besonderes, daß Sie ihn übernehmen?«

»Das werden Sie morgen herausfinden. In der Zwischenzeit möchte ich Ihnen den guten Rat geben, diese Bilder nicht zu verwenden.«

Einer der Reporter rief: »Aber, aber, Jennifer! Haben Sie noch nie was von Pressefreiheit gehört?«

Gegen Mittag erhielt Jennifer einen Anruf von Michael Moretti. Seine Stimme klang verärgert. »Hast du die Zeitungen gesehen?«

»Nein.«

»Eddie Santinis Bild ist auf allen Titelseiten und in den Fernsehnachrichten. Ich habe dir nicht gesagt, daß du diese Sache in einen verdammten Zirkus verwandeln sollst.«

»Ich weiß. Es war meine eigene Idee.«

»Jesus! Weswegen?«

»Wegen der drei Zeugen, Michael.«

»Was ist mit ihnen?«

»Du hast gesagt, sie haben ihn genau gesehen. Nun, wenn ich sie im Zeugenstand habe, werden sie erst mal beweisen müssen, daß sie ihn nicht anhand der Bilder in den Zeitungen und dem Fernsehen identifiziert haben.«

Michael schwieg lange, und dann sagte er bewundernd: »Ich bin vielleicht ein idiotischer Hurensohn!«

Jennifer mußte lachen.

Als sie an diesem Nachmittag in ihr Büro ging, wartete Ken Bailey schon auf Jennifer. Sie merkte sofort an seinem Gesichtsausdruck, daß etwas nicht stimmte.

»Warum hast du es mir nicht gesagt?« wollte Ken wissen.

»Was nicht gesagt?«

»Das mit dir und Michael Moretti.«

Jennifer unterdrückte die Antwort, die ihr auf den Lippen lag. Nur *Das geht dich nichts an* zu sagen, wäre zu einfach gewesen. Ken war ihr Freund; er sorgte sich um sie. Es *ging* ihn etwas an. Sie hatte nichts vergessen – das kleine, schäbige Büro, das sie geteilt hatten, und wie hilfreich er ihr gewesen war. *Ein Freund von mir, ein Rechtsanwalt, bekniet mich die ganze Zeit, damit ich einige Vorladungen für ihn zustelle, aber ich habe keine Zeit. Er zahlt zwölf Dollar fünfzig für jede Vorladung, plus Kilometergeld. Würden Sie das für mich tun?*

»Ken, laß uns dieses Thema vergessen.«

Seine Stimme war voll kalter Wut. »Warum? Jeder andere spricht darüber. Man sagt, du seist Morettis Freundin.« Sein Gesicht war blaß. »Mein Gott!«

»Mein Privatleben...«

»Er lebt in einer Kloake, und du hast die Kloake in unser Büro gebracht. Du hast uns alle für Moretti und seine Gangster arbeiten lassen.«

»Hör auf!«

»Das werde ich auch tun. Deswegen bin ich hier. Ich gehe.«

Seine Worte trafen Jennifer wie ein Faustschlag. »Das kannst du nicht tun. Du hast eine falsche Meinung von Michael. Wenn du ihn kennen würdest, müßtest du...«

Im gleichen Augenblick wußte Jennifer, daß sie einen Fehler begangen hatte.

Ken blickte sie traurig an und sagte: »Er hat dich wirklich eingewickelt, was? Es gab eine Zeit, da wußtest du, wer du warst. Das ist das Mädchen, das ich in Erinnerung behalten möchte. Sag Joshua in meinem Namen auf Wiedersehen.«

Und Ken Bailey war verschwunden.

Jennifer spürte wie ihr Tränen in die Augen traten, und ihre Kehle zog sich zusammen, so daß sie kaum atmen konnte. Sie legte den Kopf auf den Tisch und schloß die Augen, um den Schmerz zu verbannen.

Als sie die Augen wieder öffnete, war die Nacht hereingebrochen. Das Büro lag im Dunkeln, abgesehen von dem unheimlichen roten Glühen der Lichter der Stadt vor dem Fenster. Jennifer ging ans Fenster. Die Stadt sah aus wie ein Dschungel bei Nacht, kaum erhellt von einem verlöschenden Lagerfeuer, das die herankriechenden Schrecken fernhalten sollte.

Es war Michaels Dschungel, und kein Weg führte heraus.

## 43

Der mit lärmenden, singenden Delegierten aus dem ganzen Land gefüllte Cow Palace in San Francisco erinnerte an ein Irrenhaus. Drei Kandidaten wetteiferten um die Nominierung zum Präsidentschaftskandidaten, und jeder hatte sich in den Vorwahlen gut geschlagen. Aber der Star, der alle anderen übertraf, war Adam Warner. Im fünften Durchgang war er einstimmig nominiert worden. Seine Partei hatte endlich einen Kandidaten, auf den sie stolz sein konnte. Der amtierende Präsident und Führer der Oppositionspartei hatte den Tiefpunkt seiner Glaubwürdigkeit erreicht und wurde von der Mehrheit des Volkes abgelehnt.

»Falls du nicht gerade in den Abendnachrichten deinen

Schwanz rausholst und die Kamera anpinkelst«, meinte Stewart Needham zu Adam, »wirst du der nächste Präsident der Vereinigten Staaten sein.«

Nach der Nominierung flog Adam nach New York, um sich im Regency Hotel mit Needham und verschiedenen einflußreichen Mitgliedern der Partei zu treffen. Ebenfalls anwesend war ein Mann namens Blair Roman, Chef der zweitgrößten Werbeagentur des Landes.

Stewart Needham sagte: »Blair wird für die Öffentlichkeitsarbeit während deines Wahlkampfes verantwortlich sein, Adam.«

»Kann Ihnen gar nicht sagen, wie froh ich bin, an Bord zu sein«, grinste Blair Roman. »Sie werden mein dritter Präsident.«

»Wirklich?« Adam war nicht sonderlich beeindruckt von Roman.

»Lassen Sie mich einen kurzen Überblick über die Spielregeln geben.« Blair Roman begann im Raum auf und ab zu marschieren, wobei er einen imaginären Golfstock schwang. »Wir werden das Land mit Fernsehspots überschwemmen und von Ihnen das Image des Mannes aufbauen, der Amerikas Probleme lösen kann. Big Daddy – allerdings ein junger, gutaussehender Big Daddy. Mitgekommen, Mr. President?«

»Mr. Roman...«

»Ja.«

»Würde es Ihnen etwas ausmachen, mich nicht *Mr. President* zu nennen?«

Blair Roman lachte. »Entschuldigung. Kleiner Ausrutscher, A. W. Ich sehe Sie schon jetzt im Weißen Haus. Glauben Sie mir, ich weiß, Sie sind der Richtige für den Job, sonst würde ich bei dieser Kampagne gar nicht mitmachen. Ich bin zu reich, um für Geld zu arbeiten.«

*Achtung vor Leuten, die behaupten, zu reich zu sein, um für Geld zu arbeiten,* dachte Adam.

»*Wir* wissen, daß Sie der Richtige für den Job sind, nun müssen wir es nur noch dem Volk beibringen. Wenn Sie bitte einmal einen Blick auf die Tabellen werfen, die ich vorbereitet habe, so werden Sie feststellen, daß ich das Land in verschiedene ethnische Territorien aufgeteilt habe. Wir schicken Sie an die Schlüsselplätze, wo Sie auf die Tränendrüsen drücken können.«

Er beugte sich vor und sagte Adam ernsthaft ins Gesicht: »Ihre Frau ist dabei ein großer Aktivposten. Die Frauenzeitschriften werden verrückt nach Material über Ihr Familienleben sein. Wir werden Sie *vermarkten,* A. W.«

Adam fühlte, wie er langsam gereizt wurde. »Und wie stellen Sie sich das vor?«

»Ganz einfach. Sie sind ein Produkt, A. W. Wir werden Sie verkaufen wie jedes andere Produkt. Wir...«

Adam wandte sich an Stewart Needham. »Stewart, könnte ich dich einen Moment allein sprechen?«

»Sicher.« Needham blickte die anderen an und sagte: »Wir legen eine Pause zum Abendessen ein. Um neun Uhr treffen wir uns wieder hier. Wir reden dann weiter.«

Als die beiden Männer allein waren, sagte Adam: »Jesus, Stewart! Dieser Mann macht einen Zirkus aus der Sache. ›Sie sind ein Produkt, A. W. Wir werden Sie verkaufen wie jedes andere Produkt.‹ Er widert mich an.«

»Ich weiß, wie du dich fühlst, Adam«, sagte Stewart Needham beschwichtigend, »aber Blair erzielt Erfolge. Als er sagte, du seist sein dritter Präsident, hat er keinen Witz gemacht. Jeder Präsident seit Eisenhower hat seine Kampagne von einem Werbebüro steuern lassen. Ob es dir gefällt oder nicht, ein Wahlkampf muß verkauft werden. Blair Roman kennt die Psychologie der Massen. So geschmacklos es sein mag, die Wirklichkeit ist, daß du verkauft, vermarktet werden mußt, wenn du in ein öffentliches Amt gewählt werden willst.«

»Ich hasse das.«

»Es ist ein Teil des Preises, den du bezahlen mußt.« Er trat zu Adam und legte ihm einen Arm um die Schulter. »Du darfst nie das Ziel aus dem Auge verlieren. Du willst das Weiße Haus? Einverstanden. Wir tun alles, was wir können, um dich hineinzubringen. Aber du mußt auch etwas dazu beitragen. Und wenn es unumgänglich ist, mußt du als Clown in einem Zirkus auftreten.«

»Brauchen wir diesen Blair Roman wirklich?«

»Wir brauchen *einen* Blair Roman. Blair ist der Beste, den wir kriegen können. Laß mich das machen, Adam. Ich halte ihn so weit wie möglich von dir fern.«

»Das wüßte ich sehr zu schätzen.«

Die Kampagne begann. Am Anfang standen ein paar TV-Spots und persönliche Auftritte, aber nach und nach wurde das ganze Land umspannt. Wohin man auch ging, Senator Adam Warner war bereits in Farbe und Breitwand da. In jedem Bundesstaat konnte man ihn im Fernsehen sehen, im Radio hören oder an Plakatwänden bewundern. Gesetz und Ordnung waren eines der Hauptanliegen der Kampagne, und Adams Ausschuß zur Untersuchung des organisierten Verbrechens wurde stark in Anspruch genommen.

Adam nahm Fernsehspots von sechzig Sekunden, drei und fünf Minuten Länge auf, die für verschiedene Teile des Landes bestimmt waren. Die für West Virginia produzierten Spots hatten die Arbeitslosigkeit und die großen unterirdischen Kohlevorkommen zum Inhalt, die das Land wohlhabend machen konnten; für Detroit wurden Kommentare über die Zerstörung der Städte ausgewählt; in New York war das Thema die steigende Kriminalität.

Blair Roman vertraute Adam an: »Sie brauchen die wunden Punkte nur zu berühren. Sie müssen die Schlüsselthemen gar nicht ausführlich diskutieren. Wir verkaufen das Produkt, und das sind *Sie*.«

Adam erwiderte: »Mr. Roman, es interessiert mich nicht, was Ihre verdammten Statistiken sagen. Ich bin keine Erdnußbutter, und ich möchte auch nicht so verkauft werden. Ich *werde* ausführlich über diese Dinge reden, weil ich das amerikanische Volk für intelligent genug halte, daß es mehr darüber hören will.«

»Ich wollte nur...«

»Ich möchte, daß Sie versuchen, eine Diskussion zwischen mir und dem Präsidenten zu arrangieren.«

Blair Roman sagte: »Gut. Ich werde mich sofort mit den Jungs des Präsidenten in Verbindung setzen, A. W.«

»Noch etwas«, sagte Adam.
»Ja? Was?«
»Hören Sie auf, mich A. W. zu nennen.«

## 44

Bei der Post war eine Einladung der Amerikanischen Anwaltsvereinigung zu ihrem jährlichen Konvent in Acapulco. Jennifer steckte mitten in einem halben Dutzend Fälle, und normalerweise hätte sie die Einladung ignoriert, aber der Konvent fand während Joshuas Ferien statt, und sie dachte, daß Joshua Acapulco bestimmt gefallen würde.

Sie trug Cynthia auf: »Sagen Sie zu. Ich will drei Reservierungen.«

Sie würde Mrs. Mackey mitnehmen.

Beim Abendessen teilte sie Joshua die Neuigkeiten mit. »Wie würde es dir gefallen, nach Acapulco zu fahren?«

»Das ist in Mexiko«, verkündete er. »An der Westküste.«

»Genau.«

»Können wir an einen Oben-ohne-Strand gehen?«

»Joshua!«

»Wieso, da gibt es sowas. Nacktsein ist nur normal.«

»Ich überlege es mir.«

»Und Hochseefischen?«

Jennifer stellte sich vor, wie Joshua einen riesigen Marlin über Bord zu ziehen versuchte und unterdrückte ein Lächeln. »Wir werden sehen. Einige dieser Fische werden ziemlich groß.«

»Das macht es ja gerade so aufregend«, erklärte Joshua ernsthaft. »Wenn es einfach ist, bereitet es keinen Spaß. Es ist nicht sehr sportlich.«

Genauso hätte Adam geredet.

»Ich bin ganz deiner Meinung.«

»Was können wir da noch machen?«

»Nun, wir können reiten, wandern, die Gegend besichtigen...«

»Bloß keinen Haufen alter Kirchen, ja? Sie sehen alle gleich aus.«

Adam hatte gesagt: *Wenn man eine Kirche gesehen hat, kennt man alle.*

Der Kongreß begann an einem Montag. Jennifer, Joshua und Mrs. Mackey flogen am Freitagmorgen nach Acapulco. Joshua war schon oft geflogen, aber Flugzeuge faszinierten ihn immer noch. Mrs. Mackey war vor Furcht wie versteinert.

Joshua beruhigte sie. »Betrachten Sie es einfach so: Selbst wenn wir abstürzen, tut es nur eine Sekunde weh.«

Mrs. Mackey wurde bleich.

Das Flugzeug landete um vier Uhr nachmittags in Acapulco, und eine Stunde später kamen die drei in Las Brisas an. Das Hotel lag acht Meilen von Acapulco entfernt und bestand aus einer Reihe schöner rosa Bungalows auf einem Hügel, und jeder hatte seine eigene Terrasse. Jennifers Bungalow verfügte wie einige der anderen über einen privaten Swimming-pool. Die Reservierung war etwas schwierig gewesen, weil Acapulco wegen des Konvents überfüllt war, aber Jennifer hatte einen ihrer einflußreichen Mandanten angerufen und erhielt eine Stunde später die Nachricht, daß Las Brisas sie ungeduldig erwarte.

Als sie ausgepackt hatten, fragte Joshua: »Können wir in die Stadt gehen und die Leute reden hören? Ich war noch nie in einem Land, wo niemand Englisch spricht.« Er dachte einen Moment nach und fügte hinzu: »Abgesehen von England.«

Sie gingen in die Stadt und flanierten durch den Zocalo, das hektische Zentrum des Ortes, aber zu Joshuas Enttäuschung hörten sie nichts als Englisch, denn die Stadt war von amerikanischen Touristen überflutet.

Sie wanderten über den farbenprächtigen Markt gegenüber von Sanborn's in der Altstadt, wo an Hunderten von Ständen eine verwirrende Vielfalt von Waren verkauft wurde.

Am späten Nachmittag nahmen sie eine *calandria*, eine Pferdekutsche, nach Pie de la Cuesta, dem Strand des Sonnenuntergangs, und kehrten danach in die Stadt zurück.

Sie aßen in Armando's Le Club zu Abend. Die Speisen waren hervorragend.

»Ich *liebe* mexikanisches Essen«, erklärte Joshua.

»Das freut mich«, sagte Jennifer. »Bloß ist dies hier französisch.«

»Na gut, aber es hat einen mexikanischen Geschmack.«

Der Samstag war vom Morgen bis Abend ausgefüllt. Am Vormittag gingen sie an der Quebrada einkaufen, wo die schöneren Geschäfte lagen, und anschließend nahmen sie ein mexikanisches Mittagessen im Coyuca 22 ein, und Joshua sagte: »Ich vermute, du willst mir erzählen, dies ist auch französisch, oder?«

»Nein, dies ist original mexikanisch, Gringo.«

»Was ist ein Gringo?«

»Du bist einer, Amigo.«

Als Jennifer vorschlug, ins Hotel zurückzugehen, fragte Joshua: »Können wir nicht vorher noch die Felsenspringer anschauen?«

Der Geschäftsführer des Hotels hatte sie am Morgen erwähnt.

»Bist du sicher, daß du dich nicht ausruhen möchtest, Joshua?«

»Ach so, wenn du müde bist, sicher. Ich vergesse immer, wie alt du schon bist.«

»Vergiß mein Alter«, sagte Jennifer. Sie wandte sich an Mrs. Mackey. »Sind Sie dabei?«

»Klar«, stöhnte Mrs. Mackey.

Die Vorstellung fand bei den Klippen von La Quebrada statt. Jennifer, Joshua und Mrs. Mackey standen auf einer Aussichtsplattform, während sich die Springer mit brennenden Fackeln fünfzig Meter tief in eine schmale Felsenbucht warfen, wobei sie ihren Sprung genau auf die anrollenden Brecher abstimmten. Der kleinste Fehler in der Berechnung hätte ihren sofortigen Tod bedeutet.

Als die Vorstellung vorbei war, ging ein Junge herum und sammelte für die Springer.

*»Un peso, por favor.«*

Jennifer gab ihm fünf Pesos.

In dieser Nacht träumte sie von den Felsenspringern.

Las Brisas hatte seinen eigenen Strand, La Concha, und früh am Sonntagmorgen fuhren Jennifer, Joshua und Mrs. Mackey in einem der rosafarbenen, mit Baldachinen überdeckten Jeeps, die das Hotel seinen Gästen zur Verfügung stellte, hinunter zum Meer. Das Wetter war vollkommen. Der Hafen war eine glitzernde blaue Leinwand, besprenkelt mit Segeln und Motorbooten.

Joshua stand am Geländer der Terrasse und beobachtete die vorbeirasenden Wasserskifahrer.

»Wußtest du, daß Wasserski in Acapulco erfunden wurde, Mama?«

»Nein. Wo hast du das gehört?«

»Entweder habe ich es in einem Buch gelesen oder erfunden.«

»Ich tippe auf ›erfunden‹.«

»Soll das heißen, daß ich nicht Wasserski fahren darf?«

»Diese Motorboote sind ziemlich schnell. Hast du keine Angst?«

Joshua blickte zu den Skifahrern hinaus, die über das Wasser flogen. »Dieser Mann hat gesagt, ›Ich schicke dich nach Hause zu Jesus‹. Und dann hat er einen Nagel in meine Hand geschlagen.«

Es war die erste Anspielung, die er auf die schrecklichen Qualen machte, die er durchlitten hatte.

Jennifer kniete nieder und legte ihre Arme um den Jungen. »Wie kommt es, daß du gerade jetzt daran gedacht hast, Joshua?«

Er zuckte mit den Achseln. »Ich weiß nicht. Ich schätze, weil Jesus auf dem Wasser gegangen ist und die da draußen auch alle auf dem Wasser gehen.« Er sah den erschreckten Ausdruck auf dem Gesicht seiner Mutter. »Entschuldige, Mama. Ich denke nicht oft daran, ehrlich.«

Sie umarmte ihn fest und sagte: »In Ordnung, Liebling. Natürlich kannst du Wasserski fahren. Aber zuerst essen wir zu Mittag.«

Das Restaurant von La Concha hatte schmiedeeiserne Tische mit rosa Decken und rosaweiß gestreifte Sonnenschirme im Freien. Es gab ein Büffet, und der Selbstbedienungstisch war mit einer unglaublichen Auswahl von Speisen bedeckt. Frischer Hummer, Krabben und Lachs wechselten mit kaltem und warmem Fleisch ab, umgeben von Salaten, einer Vielfalt von rohem und gekochtem Gemüse, Käse und Früchten. Ein Extratisch bot eine Reihe frisch zubereiteter Desserts an. Joshua füllte und leerte seinen Teller dreimal, ehe er sich endlich gesättigt zurücklehnte.

»Es ist ein sehr gutes Restaurant«, betonte er, »ganz egal, *was* für Essen es ist.« Er stand auf. »Ich sehe mich jetzt mal um wegen des Wasserskis.«

Mrs. Mackey hatte ihr Essen kaum berührt.

»Fühlen Sie sich nicht gut?« fragte Jennifer. »Sie haben noch keinen Bissen gegessen, seit wir angekommen sind.«

Mrs. Mackey beugte sich vor und flüsterte düster: »Ich möchte nicht das Opfer von Montezumas Rache werden.«

»Ich glaube nicht, daß Sie sich an einem Ort wie diesem deswegen Sorgen bereiten müssen.«

»Ich halte nichts von ausländischem Essen«, schnüffelte Mrs. Mackey.

Joshua kam an den Tisch gerannt und sagte: »Ich habe ein Boot bekommen. Können wir jetzt gehen, Mama?«

»Möchtest du nicht noch eine Weile warten?«

»Weswegen?«

»Joshua, du wirst wie ein Stein untergehen, nach allem, was du gegessen hast.«

»Laß es mich probieren«, bettelte er.

Während Mrs. Mackey am Strand zurückblieb, stiegen Jennifer und Joshua in das Motorboot, und Joshua hatte seine erste Wasserskistunde. Die ersten fünf Minuten fiel er fortwährend um, aber danach zeigte er die Leistung eines geborenen Wasserskifahrers. Bevor der Nachmittag vorbei war, vollführte er Kunststücke auf einem Ski und glitt schließlich sogar ohne Bretter auf den Fersen über das Wasser.

Den Rest des Nachmittags verbrachten sie damit, faul im Sand zu liegen oder zu schwimmen.

Auf dem Rückweg nach Las Brisas im Jeep kuschelte sich Joshua an Jennifer und sagte: »Weißt du was, Mama? Ich glaube, heute war wahrscheinlich der schönste Tag meines ganzen Lebens.«

Michaels Bemerkung blitzte in ihr auf: *Ich möchte Ihnen sagen, daß dies die schönste Nacht meines Lebens war.*

Am Montag stand Jennifer früh auf und zog sich an, um zum Kongreß zu gehen. Sie entschied sich für einen fließenden, langen dunkelgrünen Rock und eine schulterfreie, mit großen roten Rosen bestickte Bluse, die ihre Sonnenbräune sehen ließ. Sie musterte sich im Spiegel und war zufrieden. Trotz der Tatsache, daß Joshua sie bereits für jenseits von Gut und Böse hielt, wirkte sie eigentlich eher wie seine schöne, vierunddreißig Jahre alte Schwester. Sie lachte über sich und dachte, daß dieser Urlaub eine gute Idee gewesen war. Mrs. Mackey trug sie auf, sich um Joshua zu kümmern, während sie arbeitete, und ihn nicht zu lange in die Sonne zu lassen.

Der riesige Kongreßkomplex bestand aus einer Gruppe von fünf Gebäuden, die durch überdachte Terrassen miteinander verbunden waren. Er erhob sich auf einer leuchtenden Grünanlage von über fünfunddreißig Morgen, deren gepflegte Rasenflächen mit präkolumbianischen Statuen geschmückt waren. Der Konvent des Anwaltsvereins wurde im *Teotihuacan,* der Haupthalle, abgehalten, die rund siebentausendfünfhundert Menschen faßte.

Jennifer ging zur Rezeptionstheke, trug sich ein und betrat die riesige Halle. In der Menge erblickte sie Dutzende von Freunden und Bekannten. Fast alle hatten sich statt konservativer Geschäftsanzüge für bunte Freizeithemden und Hosen entschieden, so daß es wirkte, als verbringe hier jeder seinen Urlaub.

Jennifer hatte an der Tür ein Programm erhalten, aber nicht hineingeschaut, weil sie in ein Gespräch mit Bekannten vertieft gewesen war.

Eine tiefe Stimme drang aus dem Lautsprecher. »Achtung, bitte! Würden Sie sich bitte alle hinsetzen? Achtung, bitte! Wir würden gern anfangen. Würden Sie sich bitte hinsetzen!«

Nur zögernd lösten sich die kleinen Gruppen auf, als die einzelnen Teilnehmer ihre Sitze suchten. Jennifer blickte auf und sah, daß ein halbes Dutzend Männer auf das Podium gestiegen waren.

In der Mitte war Adam Warner.

Jennifer stand wie erstarrt, als Adam zu dem Stuhl am Mikrofon ging und sich hinsetzte. Ihr Herz schlug wild. Sie hatte Adam das letzte Mal in dem kleinen italienischen Restaurant gesehen, an dem Tag, an dem er ihr gesagt hatte, daß Mary Beth schwanger war.

Ihr erster Impuls war, zu fliehen. Sie hatte keine Ahnung gehabt, daß Adam hier sein würde, und sie konnte den Gedanken nicht ertragen, ihm plötzlich gegenüberzustehen. Daß Adam und sein Sohn in derselben Stadt waren, erfüllte sie mit Panik. Sie wußte, daß sie die Halle schnell verlassen mußte.

Sie wollte sich gerade umdrehen, als der Vorsitzende über den Lautsprecher verkündete: »Wenn sich auch die letzten von Ihnen noch setzen könnten, wären wir soweit.«

Alle anderen hatten sich hingesetzt, nur Jennifer stand noch. Um nicht aufzufallen, glitt sie in einen Sitz, fest entschlossen, bei der ersten Gelegenheit hinauszuschlüpfen.

Der Vorsitzende sagte: »Wir fühlen uns geehrt, als Gastredner heute einen Kandidaten für das Präsidentenamt der Vereinigten Staaten unter uns zu haben. Er ist Mitglied der New Yorker Anwaltskammer und einer der profiliertesten Männer im amerikanischen Senat. Meine Damen und Herren, ich bin stolz, Ihnen unseren prominenten Gast vorstellen zu dürfen: *Senator Adam Warner!*«

Adam Warner stand auf, von warmem Applaus begrüßt, trat ans Mikrofon und ließ seine Augen über das Auditorium schweifen. »Danke, meine Damen und Herren.«

Adams Stimme war voll und kräftig. Eine hypnotisierende Aura von Autorität umgab ihn. Die Stille in der Halle war vollkommen.

»Es gibt eine Vielzahl von Gründen, aus denen wir heute hier versammelt sind.« Adam machte eine Pause. »Einige von uns schwimmen gern, andere tauchen lieber...« Eine Welle anerkennenden Gelächters rollte zum Rednerpult vor. »Aber der Hauptgrund für unsere Anwesenheit liegt im Austausch von Ideen, Erfahrungen und neuen Vorstellungen. Rechtsanwälte sind heute mehr Angriffen ausgesetzt als zu irgendeiner Zeit, an die ich mich erinnern könnte. Sogar der Vorsitzende des Obersten Gerichtshofes hat unseren Berufsstand scharf kritisiert.«

Jennifer war begeistert davon, wie er sich durch das kleine Wort *uns* zu einem Teil der im Saal versammelten Männer und Frauen machte. Sie ließ seine Worte an sich vorbeirauschen, zufrieden, ihn nur ansehen, seine Stimme, seine Bewegungen wahrnehmen zu können. An einer Stelle hielt er inne und fuhr sich mit den Fingern durch das Haar, und Jennifer fühlte einen Stich. Genauso fuhr sich Joshua oft durch das Haar. Adams Sohn war nur wenige Meilen entfernt, und Adam würde es nie erfahren.

Seine Stimme schwoll an. »Einige von Ihnen sind Strafverteidiger. Ich muß gestehen, daß ich diesen Zweig immer als den aufregendsten unseres Berufsstandes betrachtet habe. Strafverteidiger haben es nicht selten mit Leben und Tod zu tun. Es ist ein sehr ehrenwerter Beruf, auf den wir alle stolz sein können. Allerdings...«, seine Stimme wurde hart, »... sind einige von ihnen auch eine Schande für den Eid, den sie geleistet haben.« Jennifer bemerkte, daß Adam sich jetzt distanzierte, indem er *sie* statt *uns* sagte. »Das amerikanische System der Rechtsprechung basiert auf dem Recht eines jeden Bürgers auf einen fairen Prozeß. Aber wenn man sich über das Gesetz lustig macht, wenn Anwälte ihre Zeit und Energie, ihre Phantasie und ihr Talent darauf verschwenden, dieses Recht herauszufordern und die Gerechtigkeit zu pervertieren, dann ist es an der Zeit, daß etwas getan wird.« Jedes Gesicht im Raum war nach vorn gerichtet, wo Adam mit flammenden Augen seine Rede hielt. »Meine Damen und Herren, ich spreche aus persönlicher Erfahrung und aus tiefer Sorge über einiges, was um mich herum passiert. Gegenwärtig führe ich den Vorsitz in einem Senatsausschuß zur Untersuchung des organisierten Verbrechens in den Vereinigten Staaten. Mein Komitee ist immer wieder enttäuscht und frustriert worden von diesen Menschen, die sich für mächtiger halten als die höchste unserer Behörden. Ich habe bestochene Richter gesehen, habe die Angst in den Gesichtern der Familien von Zeugen bemerkt und miterlebt, wie Schlüsselzeugen plötzlich verschwunden sind. Das organisierte Verbrechen in unserem Land ist wie eine tödliche Python, die unsere Wirtschaft erwürgt, unsere Gerichte verschlingt und unser aller Leben bedroht. Die große Mehrheit aller Anwälte sind ehrliche Männer und Frauen, die ihre Arbeit auf anständige Weise erledigen. Aber ich warne diejenigen, die glauben, ihr Recht sei besser als unser Recht. Sie begehen einen schweren Fehler, und Sie werden für diesen Fehler bezahlen. Danke.«

Als Adam sich setzte, brach tobender Applaus los, der sich zu einer stehenden Ovation steigerte. Jennifer sprang mit den anderen auf und klatschte, aber die letzten Worte gingen ihr nicht aus dem Kopf. Es war, als hätte Adam sie ganz persönlich angesprochen. Jennifer wandte sich um und drängte sich durch die Menge zum Ausgang.

Als sie die Tür fast erreicht hatte, wurde sie von einem mexikanischen Kollegen begrüßt, mit dem sie vor einem Jahr zusammengearbeitet hatte. Galant küßte er ihr die Hand und sagte: »Welch eine Ehre, Sie wieder einmal in unserem Land zu haben, Jennifer. Ich bestehe darauf, daß Sie heute abend mit mir essen.«

Jennifer und Joshua wollten an diesem Abend ins Maria Elena gehen, um sich die einheimischen Tänzer anzusehen. »Es tut mir leid, Luis. Ich bin schon verabredet.«

Seine großen, feuchten Augen zeigten seine Enttäuschung. »Dann morgen?«

Bevor Jennifer antworten konnte, war ein Staatsanwalt aus New York an ihrer Seite.

»Hallo Sie«, sagte er. »Wieso treiben Sie sich mit dem einfachen Volk herum? Wie wär's, wenn Sie heute mit mir zu Abend essen würden? Ich kenne eine mexikanische Disco namens Nepentha mit einem von unten beleuchteten Glasboden und einem Spiegel an der Decke.«

»Klingt faszinierend, danke. Aber ich habe schon etwas vor.«

Wenige Augenblicke später fand sie sich umgeben von Anwälten aus dem ganzen Land, mit denen und gegen die sie im Lauf der Zeit gearbeitet hatte. Sie war eine Berühmtheit, und jeder wollte mit ihr sprechen. Es dauerte eine halbe Stunde, ehe sie sich freimachen konnte. Sie eilte durch die Lobby, und als sie auf einen der Ausgänge zuging, sah sie plötzlich, wie Adam sich inmitten eines Pulks von Journalisten und Sicherheitsbeamten auf sie zubewegte. Sie versuchte, sich zurückzuziehen, aber es war zu spät. Adam hatte sie entdeckt.

»Jennifer!«

Für einen Moment erwog sie, so zu tun, als hätte sie ihn nicht gehört, aber sie konnte ihn nicht vor allen anderen in Verlegenheit bringen. Sie würde ihn kurz begrüßen und dann schnell wieder verschwinden.

Sie sah Adam auf sich zukommen, hörte, wie er die Presse abwimmelte. »Mehr habe ich nicht zu sagen, meine Damen und Herren.«

Einen Herzschlag später berührte er ihre Hand, blickte ihr in die Augen, und es war, als hätten sie sich nie getrennt. Sie standen in der Lobby, umgeben von all den Menschen, und dennoch waren sie völlig allein.

Endlich sagte Adam: »Ich glaube, wir brauchen einen Drink.«

»Ich glaube, wir sollten darauf verzichten.« Sie mußte weg von diesem Ort.

Adam schüttelte den Kopf. »Abgelehnt.«

Er nahm ihren Arm und führte sie in die überfüllte Bar. Sie fanden einen Tisch ganz hinten im Raum.

»Ich habe dir geschrieben und versucht, dich anzurufen«, sagte Adam. »Du hast nie reagiert.«

Seine Augen standen voller Fragen. »Es gab nicht einen Tag in der Vergangenheit, an dem ich nicht an dich gedacht habe. Warum bist du verschwunden?«

»Es gehörte zu meinem Zaubertrick«, sagte Jennifer leichthin.

Ein Kellner nahm ihre Bestellung auf. »Was möchtest du haben?« fragte Adam.

»Nichts. Ich muß wirklich gehen, Adam.«

»Du kannst jetzt nicht gehen. Dies ist ein Anlaß zum Feiern. Der Jahrestag der Revolution.«

»Ihrer oder unserer?«

»Wo liegt der Unterschied?« Er wandte sich an den Kellner. »Zwei Margaritas.«

»Nein, ich...« *Na gut,* dachte sie, *einen Drink.* »Einen doppelten für mich«, sagte sie tollkühn.

Der Kellner nickte und verschwand.

»Ich habe viel über dich gelesen«, sagte Jennifer. »Ich bin stolz auf dich, Adam.«

»Danke.« Adam zögerte. »Ich habe auch über dich gelesen.«

Jennifer ging auf den Ton in seiner Stimme ein. »Aber du bist nicht stolz auf mich.«

»Du scheinst eine Menge Mandanten aus dem Syndikat zu haben.«

Jennifer nahm eine abwehrende Haltung ein. »Ich dachte, dein Vortrag wäre zu Ende.«

»Dies ist kein Vortrag, Jennifer. Ich mache mir Sorgen um dich. Mein Ausschuß ist hinter Michael Moretti her, und wir werden ihn kriegen.«

Jennifer blickte sich um. »Um Himmels willen, Adam, wir sollten uns nicht über dieses Thema unterhalten, schon gar nicht hier.«

»Wo dann?«

»Nirgendwo. Michael Moretti ist mein Mandant. Ich kann nicht mit dir über ihn sprechen.«

»Ich will mit dir reden. Wo?«

Sie schüttelte den Kopf. »Ich habe dir gesagt, ich...«

»Ich muß über uns mit dir reden.«

»Es gibt kein ›uns‹ mehr.« Jennifer wollte aufstehen.

Adam legte seine Hand auf ihren Arm. »Bitte, geh nicht. Ich kann dich nicht gehen lassen. Nicht jetzt.«

Zögernd setzte Jennifer sich wieder.

Adams Augen hingen an ihrem Gesicht. »Denkst du jemals an mich?«

Jennifer blickte ihn an und wußte nicht, ob sie lachen oder

weinen sollte. Ob sie je an ihn dachte? Er lebte bei ihr zu Hause! Sie gab ihm jeden Tag einen Gutenmorgenkuß, bereitete ihm das Frühstück, ging mit ihm segeln, liebte ihn.

»Ja«, sagte Jennifer schließlich. »Ich denke an dich.«

»Das freut mich. Bist du glücklich?«

»Natürlich.« Sie wußte, daß sie zu schnell geantwortet hatte. Sie ließ ihre Stimme beiläufiger klingen. »Ich habe eine erfolgreiche Kanzlei, ich verdiene viel Geld, ich reise oft und treffe mich mit einer Menge attraktiver Männer. Wie geht es deiner Frau?«

»Gut, danke.« Seine Stimme klang düster.

»Und deine Tochter?«

Er nickte mit stolzem Gesicht. »Samantha ist ein prächtiges Kind. Sie wird nur zu schnell größer.«

*Sie muß in Joshuas Alter sein.*

»Du hast nie geheiratet?«

»Nein.«

Eine lange Pause entstand, und Jennifer versuchte, fortzufahren, aber sie hatte zu lange gezögert. Es war zu spät. Adam hatte ihr in die Augen geblickt und sofort Bescheid gewußt.

Er umfaßte ihre Hand. »Oh, Jennifer. Oh, mein Liebling!«

Jennifer fühlte, wie ihr das Blut ins Gesicht stieg. Sie hatte die ganze Zeit gewußt, daß es ein Fehler sein würde.

»Ich muß gehen, Adam. Ich habe eine Verabredung.«

»Laß sie sausen«, drängte er sie.

»Es tut mir leid. Das kann ich nicht.« Sie wollte nur noch hier heraus, ihren Sohn von diesem Ort wegbringen, nach Hause fliehen.

Adam sagte: »Eigentlich sollte ich heute nachmittag ein Flugzeug nach Washington nehmen. Ich könnte bis morgen bleiben, wenn du mich heute abend sehen willst.«

»Nein. Nein!«

»Jennifer, ich kann dich nicht noch einmal gehen lassen. Nicht so. Wir müssen miteinander reden. Iß wenigstens mit mir zu Abend.«

Er hielt ihre Hand fester. Sie sah ihn an und wehrte sich mit aller Kraft gegen ihn, aber sie spürte sich schwächer werden.

»Bitte, Adam«, sagte sie. »Wir sollten nicht zusammen gesehen werden. Wenn du hinter Michael Moretti her...«

»Das hier hat nichts mit Moretti zu tun. Ein Freund hat mir sein Boot angeboten. Es heißt *Paloma Blanca.* Es liegt im Yachtclub vor Anker. Acht Uhr.«

»Ich werde nicht kommen.«

»Ich schon. Ich werde auf dich warten.«

Auf der anderen Seite des Raums saß Nick Vito mit zwei mexikanischen *putanas,* die ihm ein Freund verschafft hatte, an der überfüllten Bar. Beide Mädchen waren hübsch, dumm und minderjährig, genau wie Nick Vito sie mochte. Sein Freund hatte ihm etwas Besonderes versprochen, und er hatte Wort gehalten. Sie preßten sich an ihn und flüsterten erregende Versprechungen in sein Ohr, aber er hörte nicht zu. Er starrte zu dem Tisch hinüber, an dem Jennifer Parker und Adam Warner saßen.

»Warum gehen wir nicht jetzt in dein Zimmer hinauf, Querido?« fragte eins der Mädchen Nick Vito.

Nick Vito war versucht, zu Jennifer und dem Fremden zu gehen und sie zu begrüßen, aber die beiden Mädchen hatten ihre Hände zwischen seinen Beinen und streichelten ihn. Es würde einen verdammt flotten Dreier geben.

»Gut, gehen wir hoch«, sagte Nick Vito.

## 45

Die *Paloma Blanca* war ein Motorsegler. Stolz und weiß leuchtete sie im Mondschein. Jennifer näherte sich ihr vorsichtig. Sie blickte immer wieder über die Schulter, um sicherzugehen, daß niemand sie beobachtete. Adam hatte ihr gesagt, er würde den Sicherheitsbeamten entwischen, und offensichtlich hatte er Erfolg gehabt. Nachdem Jennifer Joshua und Mrs. Mackey beim Maria Elena abgesetzt hatte, war sie in ein Taxi gestiegen und hatte den Fahrer zwei Blocks vom Pier entfernt halten lassen.

Im Lauf des Nachmittags hatte sie wiederholt den Hörer

abgehoben, um Adam anzurufen und ihm abzusagen. Sie hatte einen Brief begonnen, dann aber wieder zerrissen. Seit sie Adam in der Bar verlassen hatte, durchlitt sie den brennenden Schmerz der Entschlußlosigkeit. Sie hatte sich alle möglichen Gründe überlegt, warum sie Adam nicht sehen konnte. Ein Treffen würde nichts Positives bewirken, konnte aber ungeheuer viel Schaden bringen. Es konnte Adams Karriere aufs Spiel setzen. Er stand auf dem Höhepunkt seiner Popularität, ein Idealist in einer zynischen Zeit, die Hoffnung des Landes für die Zukunft. Er war der Liebling der Medien, aber dieselben Leute, die mitgeholfen hatten, ihn aufzubauen, würden ihn nur zu gern wieder in den Abgrund stoßen, wenn er ihr Bild von sich zerstörte. Also hatte Jennifer beschlossen, ihn nicht zu sehen. Sie war eine andere Frau geworden, lebte ein anderes Leben und gehörte jetzt zu Michael Moretti...

Adam erwartete sie am anderen Ende des Landungsstegs.

»Ich hatte solche Angst, du würdest nicht kommen«, sagte er.

Sie lag in seinen Armen, und sie küßten sich.

»Was ist mit der Mannschaft, Adam?« fragte sie endlich.

»Ich habe sie weggeschickt. Weißt du noch, wie man segelt?«

»Ich habe es nicht vergessen.«

Sie hißten die Segel, und zehn Minuten später durchschnitt die *Paloma Blanca* das Hafenwasser in Richtung auf die offene See. Die erste halbe Stunde waren sie mit der Navigation beschäftigt, aber es gab nicht eine Sekunde, in der sich jeder von ihnen nicht voll der Gegenwart des anderen bewußt gewesen wäre. Die Spannung stieg ununterbrochen, und beide wußten, was unausweichlich kommen mußte.

Als sie den Hafen endlich verlassen hatten und auf den vom Mond mit silbrigem Glanz überzogenen Pazifik segelten, stellte sich Adam neben Jennifer und legte den Arm um sie.

Sie liebten sich auf dem Deck unter den Sternen, und eine sanfte, aromatische Brise kühlte ihre nackten Körper.

Die Vergangenheit und die Zukunft waren ausgelöscht, allein die Gegenwart umfing sie, hielt sie in kurzen, flüchtigen

Momenten zusammen. Jennifer wußte, daß diese Nacht in Adams Armen kein Anfang, sondern ein Ende war. Keine Brücke führte über die Kluft zwischen den Welten, die sie trennten. Sie hatten sich zu weit voneinander entfernt, und es gab keinen Weg zurück. Weder jetzt, noch jemals sonst. Sie würde in Joshua immer einen Teil von Adam haben, und das würde ihr genügen. Hatte ihr zu genügen.

Diese Nacht mußte für den Rest ihres Lebens vorhalten.

Sie lagen zusammen auf dem Deck und lauschten dem Flüstern der See am Bootskörper.

Adam sagte: »Morgen...«

»Sag nichts«, flüsterte Jennifer. »Liebe mich, das genügt, Adam.«

Sie bedeckte seine Lippen mit kleinen Küssen und ließ ihre Finger zärtlich über seinen starken, schlanken Körper gleiten. Sie bewegte ihre Hand in kleinen Kreisen abwärts, bis sie ihn fand und zu streicheln begann.

»O Gott, Jennifer«, flüsterte Adam, und sein Mund glitt langsam an ihrem nackten Körper hinab.

## 46

»Dieser Arschficker starrte mich weiter mit seinem *malocchio* an, mit seinem bösen Blick«, sagte der kleine Salvatore Fiore, »so daß ich ihm schließlich eins aufbrennen mußte.«

Nick Vito lachte, denn jeder, der so dumm war, sich mit der Pusteblume anzulegen, verdiente, was ihm geschah. Nick Vito vertrieb sich die Zeit in der Küche des Farmhauses mit Salvatore Fiore und Joseph Colella. Sie sprachen über alte Zeiten und warteten darauf, daß die Konferenz im Wohnzimmer endete. Der Liliputaner und der Riese waren seine besten Freunde. Sie waren miteinander durchs Feuer gegangen. Nick Vito betrachtete die beiden Männer und dachte glücklich: *Für mich sind sie wie Brüder.*

»Wie geht es deinem Cousin Pete?« fragte Nick Colella.

»Er hatte Krebs, und sie haben ziemlich an ihm herumgeschnippelt, aber er wird es schaffen.«

»Er ist sagenhaft.«

»Ja. Pete ist wirklich ein guter Typ. Er hat nur ein bißchen Pech gehabt. Er war bei einem Banküberfall dabei, hatte aber nicht gerade seinen guten Tag, und die verdammten Cops haben ihn geschnappt und weggesteckt. Das war hart für ihn. Sie versuchten, ihn umzudrehen, aber da waren sie bei ihm an der falschen Adresse.«

»Ja, Pete hat Klasse.«

»Das kann man wohl sagen. Großes Geld, große Weiber und große Autos – das ist sein Stil.«

Aus dem Wohnzimmer drang das Geräusch wütender, lauter Stimmen. Die drei Männer hörten einen Augenblick zu.

»Klingt, als hätte Colfax eine Zecke im Hintern.«

Thomas Colfax und Michael Moretti waren allein im Wohnzimmer. Sie diskutierten eine umfangreiche Operation, die das Glücksspiel auf den Bahamas weitgehend in die Hände der Familie bringen sollte. Michael hatte Jennifer damit beauftragt, die geschäftlichen Arrangements zu treffen.

»Das kannst du nicht machen, Mike«, protestierte Colfax. »Ich kenne jeden da unten, sie niemanden. Diese Sache kann nur ich übernehmen.« Er wußte, daß er zu laut redete, aber er konnte sich nicht mehr beherrschen.

»Zu spät«, sagte Michael.

»Ich traue dem Mädchen nicht. Tony auch nicht.«

»Tony ist nicht mehr unter uns.« Michaels Stimme war gefährlich leise.

Thomas Colfax wußte, daß er jetzt besser zurücksteckte. »Sicher, Mike. Ich sage ja nur, daß ich das Mädchen für einen Fehler halte. Natürlich, sie ist klug, aber ich warne dich, sie könnte uns alle auffliegen lassen.«

Aber Michael machte sich mehr Sorgen wegen Thomas Colfax. Die Untersuchung der Warner-Kommission lief auf vollen Touren. Wenn die Welle Colfax erfaßte, wie lange würde er standhalten können? Er wußte mehr über die Familie, als Jennifer Parker je erfahren konnte. Colfax war es, der sie alle zerstören konnte, und Michael vertraute ihm nicht.

Thomas Colfax sagte: »Schick sie für eine Weile weg. Nur, bis die Untersuchung sich etwas abgekühlt hat. Sie ist eine Frau. Wenn sie anfangen, sie unter Druck zu setzen, wird sie reden.«

Michael betrachtete ihn und traf eine Entscheidung. »Vielleicht hast du in dem Punkt recht. Jennifer ist vielleicht nicht gefährlich, aber andererseits ist sie nicht hundertprozentig auf unserer Seite. Warum ein unnötiges Risiko eingehen?«

»Mehr wollte ich auch nicht vorschlagen, Mike.« Colfax erhob sich von seinem Stuhl. »Glaub mir, du tust das Richtige.«

»Ich weiß.« Michael sah zur Küche hinüber und rief: »Nick!«

Eine Sekunde später erschien Nick Vito.

»Fahr den *consigliere* nach New York zurück, Nick, ja?«

»Natürlich, Boß.«

»Ach, bei der Gelegenheit kannst du ein Päckchen für mich abgeben.« Er wandte sich an Colfax. »Das macht dir doch nichts aus?«

»Natürlich nicht, Mike.« Der *consigliere* war ganz von seinem Sieg in Anspruch genommen.

Michael Moretti sagte zu Vito: »Komm mit, es ist oben.«

Nick folgte Michael nach oben in sein Schlafzimmer. Michael schloß die Tür hinter ihnen.

»Ich möchte, daß du einen Halt einlegst, bevor du New Jersey verläßt.«

»Sicher, Boß.«

»Ich möchte, daß du etwas Müll rauswirfst.«

Nick Vito blickte verwirrt.

»Den *consigliere*«, erklärte Michael.

«Oh. Okay. Was immer du willst.«

»Fahr ihn hinaus zur Müllhalde. Um diese Zeit wird dort niemand sein.«

Eine Viertelstunde später war die Limousine auf dem Weg nach New York. Nick Vito saß am Steuer, Thomas Colfax auf dem Beifahrersitz.

»Ich bin froh, daß Mike diese Nutte auf das Abstellgleis geschoben hat«, sagte Thomas Colfax.

Nick warf einen Seitenblick auf den ahnungslosen Anwalt neben sich. »Ja.«

Thomas Colfax konsultierte seine goldene Armbanduhr von Baume & Mercier. Es war drei Uhr morgens, schon lange Schlafenszeit. Es war ein langer Tag gewesen, und er war müde. *Ich werde langsam zu alt für solche Schlachten,* dachte er.

»Wie weit fahren wir hinaus?«

»Nicht weit«, murmelte Nick.

Nick Vitos Gedanken befanden sich in Aufruhr. Töten war ein Teil seines Jobs, ein Teil, den er genoß, denn es gab ihm ein Gefühl der Macht. Wenn er tötete, fühlte Nick Vito sich wie ein Gott; er war allmächtig. Aber heute nacht war er beunruhigt. Er konnte nicht verstehen, warum er beauftragt worden war, Thomas Colfax auszulöschen. Colfax war der *consigliere,* der Mann, an den sich alle wandten, wenn es Ärger gab. Nach dem Paten war der *consigliere* der wichtigste Mann in der Organisation. Er hatte Nick ein dutzendmal aus der Klemme geholfen.

*Scheiße!* dachte Nick. Colfax hatte recht. *Mike hätte niemals eine Frau in Berührung mit den Geschäften bringen sollen. Männer dachten mit dem Verstand, Frauen mit der Fotze. Oh, wie gern er sich einmal mit dieser Jennifer Parker beschäftigt hätte! Er hätte sie gefickt, bis es ihr zum Hals herauskam, und dann…*

»Achtung, du kommst von der Straße ab!«

»Entschuldigung.« Nick steuerte den Wagen rasch wieder in die Mitte der Spur.

Die Müllhalde war nicht mehr weit weg. Nick spürte, wie er unter den Armen zu schwitzen begann. Er warf einen weiteren Seitenblick auf Thomas Colfax.

*Ihn auszulöschen, würde ein Kinderspiel sein. Nicht schwerer, als ein Baby ins Bett zu bringen, aber, verdammt, es war das falsche Baby. Jemand hatte Mike falsch gepolt. Es war eine Sünde. Es war, als legte man seinen Vater um.*

Er wünschte sich, er hätte darüber mit Salvatore und Joe reden können. Sie hätten ihm sagen können, was er tun sollte.

Nick konnte die Müllhalde rechts vom Highway auftauchen sehen. Seine Nerven begannen zu vibrieren, wie sie es immer taten, bevor er abdrückte. Er preßte seinen linken Arm gegen seinen Körper und konnte den beruhigenden Druck des kurzläufigen 38er Smith & Wesson unter seiner Achsel fühlen.

»Ich freue mich auf das Bett und einen guten Schlaf«, gähnte Colfax.

»Ja.« Es würde ein langer, langer Schlaf werden.

Der Wagen näherte sich der Müllhalde. Nick blickte in den Rückspiegel und auf die Straße vor sich. Weit und breit keine anderen Autos.

Er bremste scharf und sagte: »Verdammter Mist, sieht fast so aus, als hätten wir einen Platten.«

Er ließ den Wagen ausrollen, öffnete die Tür und stieg aus. Er zog den Revolver aus dem Holster und preßte ihn gegen den Oberschenkel. Dann drehte er sich zu Colfax um und fragte:

»Können Sie mir helfen?«

Thomas Colfax öffnete seine Tür und sagte: »Ich habe nicht viel Ahnung von...« Er bemerkte den erhobenen Revolver in Nicks Hand und hielt inne. Er versuchte, zu schlucken. »Was – was soll das, Nick?« Seine Stimme brach. »Was habe ich getan?«

Das war genau die Frage, die Nick Vito während der ganzen Fahrt auf den Fingerspitzen gebrannt hatte. Irgend jemand hatte Mike aufs Glatteis geführt. Colfax war auf *ihrer* Seite, er war einer von ihnen. Als Nicks jüngerer Bruder Ärger mit dem FBI hatte, war es Colfax gewesen, der dazwischen gesprungen war und den Jungen gerettet hatte. Er hatte ihm sogar einen Job verschafft. *Ich stehe in seiner Schuld, gottverdammt!* dachte Nick.

Er ließ seine Revolverhand sinken. »Ich schwöre bei Gott, ich weiß es nicht, Mr. Colfax. Es ist nicht recht.«

Thomas Colfax blickte ihn einen Moment lang an und seufzte dann. »Tu, was du tun mußt, Nick.«

»Jesus, ich kann es nicht. Sie sind mein *consigliere*.«

»Mike wird dich umbringen, wenn du mich laufenläßt.«

Nick wußte, daß Colfax die Wahrheit sagte. Michael Moretti

ließ einem keinen Ungehorsam durchgehen. Nick dachte an Tommy Angelo. Angelo war Fahrer bei einem Bruch in ein Pelzgeschäft gewesen. Michael hatte ihm aufgetragen, den Wagen, den sie benutzt hatten, zu einem Schrottplatz der Familie zu fahren und dort zerstampfen zu lassen. Tommy Angelo aber war wegen einer Verabredung in Eile gewesen und hatte den Wagen einfach an einer Straße auf der East Side stehengelassen, wo ihn die Untersuchungsbeamten gefunden hatten. Angelo war am nächsten Tag verschwunden, und dem Gerücht nach war sein Körper in dem Kofferraum eines alten Chevy verstaut und dann eingestampft worden. Niemand legte Mike aufs Kreuz und blieb am Leben. *Doch, es gibt eine Möglichkeit,* dachte Nick.

»Mike braucht es ja nicht zu erfahren«, sagte Nick. Sein gewöhnlich etwas schwerfälliger Verstand arbeitete auf Hochtouren, und er sah alles mit seltener Klarheit. »Schauen Sie«, sagte er, »Sie brauchen bloß aus dem Land zu verschwinden. Ich sage Mike, ich hätte Sie unter dem Müll begraben, also wird man Sie nie finden. Sie können sich irgendwo in Südamerika verstekken. Sie haben doch sicher einen Notgroschen beiseitegesteckt.«

Thomas Colfax versuchte, die plötzliche Hoffnung nicht in seiner Stimme durchklingen zu lassen. »Ich habe eine ganze Menge, Nick. Ich gebe dir soviel, wie...«

Nick schüttelte leidenschaftlich den Kopf. »Ich tu das nicht für Geld. Ich tu es, weil...« *Wie sollte er es ausdrücken?* »... weil ich Respekt vor Ihnen habe. Sie müssen mich aber beschützen. Können Sie ein Morgenflugzeug nach Südamerika kriegen?«

Thomas Colfax sagte: »Kein Problem, Nick. Setz mich bei meinem Haus ab, damit ich meinen Paß holen kann.«

Zwei Stunden später saß Thomas Colfax in einem Jet der Eastern Airlines. Der Zielflughafen war Washington, D.C.

# 47

Es war ihr letzter Tag in Acapulco, ein vollkommener Morgen. Eine warme, sanfte Brise ließ Melodien in den Palmen erklingen. Der Strand war mit Touristen übersät, die gierig Sonne tankten, bevor sie wieder zur blassen Routine des Alltags zurückkehrten.

Joshua kam in der Badehose an den Frühstückstisch gerannt. Sein athletischer kleiner Körper war braungebrannt. Mrs. Mak-key versuchte ächzend, mit ihm Schritt zu halten.

Joshua sagte: »Ich hatte mehr als genügend Zeit, mein Essen zu verdauen, Mama. Kann ich jetzt Wasserski fahren?«

»Joshua, du hast gerade erst aufgehört zu essen.«

»Ich habe eine sehr hohe Stoffwechselquote«, erklärte er ernsthaft. »Ich verdaue schnell.«

Jennifer lachte. »Einverstanden. Viel Spaß.«

»Danke. Du mußt mir aber zuschauen.«

Jennifer sah Joshua den Pier entlang zu einem wartenden Rennboot laufen. Sie sah ihn den Fahrer in ein ernstes Gespräch verwickeln, und dann blickten beide zu Jennifer herüber. Sie signalisierte ihre Zustimmung, der Fahrer nickte, und Joshua legte die Wasserski an.

Das Motorboot erwachte zum Leben, und Jennifer beobach-tete, wie Joshua sich auf seinen Skiern aufrichtete.

Mrs. Mackey sagte stolz: »Er ist der geborene Sportler, nicht?«

In diesem Augenblick drehte Joshua sich um, winkte Jennifer und verlor das Gleichgewicht. Er stürzte gegen die Planken des Stegs. Jennifer sprang auf und rannte auf den Pier zu. Aber einen Augenblick später sah sie Joshuas Kopf aus dem Wasser auftau-chen, und er blickte sie grinsend an.

Sie blieb stehen. Ihr Herz raste. Sie sah zu, wie Joshua die Ski erneut anlegte. Das Boot zog einen Kreis und gewann allmählich genug Geschwindigkeit, um Joshua auf die Füße zu ziehen. Er drehte sich noch einmal um und winkte Jennifer, dann jagte er auf den Kämmen der Wellen davon. Sie stand da und sah ihm zu, und ihr Herz schlug immer noch heftig vor Angst. Wenn ihm irgend etwas geschah... Sie fragte sich, ob andere Mütter ihre

Kinder so sehr liebten, wie sie ihren Sohn liebte, aber das schien nicht sehr wahrscheinlich. Sie wäre für Joshua gestorben, hätte für ihn getötet. *Ich habe für ihn getötet,* dachte sie, *mit Michael Morettis Hand.*

Mrs. Mackey sagte: »Das hätte ein häßlicher Sturz werden können.«

»Gott sei Dank war es keiner.«

Joshua war eine Stunde lang draußen auf dem Wasser. Als das Boot sich wieder dem Land näherte, ließ er das Schleppseil los und glitt graziös auf den Sandstrand.

Er lief auf Jennifer zu, noch ganz aufgeregt. »Du hättest den Unfall da draußen sehen sollen, Mama. Es war unwahrscheinlich! Ein großes Segelboot ist gekentert, und wir haben angehalten und ihr Leben gerettet.«

»Das ist ja großartig, Sohn. Wie viele Leben hast du gerettet?«

»Sie waren zu sechst.«

»Und du hast sie aus dem Wasser gezogen?«

Joshua zögerte. »Na ja, ich habe sie nicht direkt aus dem Wasser gezogen. Sie saßen sozusagen auf der Seite des Boots. Aber sie wären vielleicht verhungert, wenn wir nicht vorbeigekommen wären.«

Jennifer biß sich auf die Lippen, um nicht zu lächeln. »Ich verstehe. Die hatten ganz schön Glück, daß du aufgetaucht bist, was?«

»Das würde ich auch sagen.«

»Hast du dir weh getan, als du gefallen bist, Liebling?«

»Natürlich nicht.« Er betastete seinen Hinterkopf. »Ich habe eine kleine Beule.«

»Laß mich mal fühlen.«

»Warum? Du weißt doch, wie sich eine Beule anfühlt.«

Jennifer strich vorsichtig über Joshuas Hinterkopf. Ihre Finger fanden eine große Schwellung. »Das ist so groß wie ein Ei, Joshua.«

»Es ist nichts.«

Jennifer stand auf. »Ich glaube, wir sollten besser ins Hotel zurückgehen.«

»Können wir nicht noch ein Weilchen bleiben?«

»Ich fürchte, nein. Wir müssen packen. Du willst doch das Ballspiel am Samstag nicht verpassen, oder?«

Er seufzte. »Nein. Old Terry Waters wartet nur darauf, meinen Platz einzunehmen.«

»Keine Chance. Er wirft wie ein Mädchen.«

Joshua nickte grinsend. »Ja, findest du auch, nicht?«

Als sie wieder in Las Brisas waren, rief Jennifer den Manager an und bat ihn, einen Arzt auf das Zimmer zu schicken. Der Doktor traf eine halbe Stunde später ein, ein behäbiger Mexikaner mittleren Alters in einem altmodischen weißen Anzug. Jennifer bat ihn in den Bungalow.

»Womit kann ich Ihnen dienen?« fragte Dr. Raul Mendoza.

»Mein Sohn ist heute morgen gestürzt. Er hat eine häßliche Beule am Kopf. Ich möchte nur sichergehen, daß ihm nichts fehlt.«

Jennifer führte Mendoza in Joshuas Schlafzimmer, wo der Junge gerade seinen Koffer packte.

»Joshua, das ist Doktor Mendoza.«

Joshua blickte auf und fragte: »Ist jemand krank?«

»Nein. Niemand ist krank, Kleiner. Ich möchte nur, daß der Doktor sich einmal deinen Kopf ansieht.«

»Oh, das darf doch nicht wahr sein, Mama! Was hast du bloß mit meinem Kopf?«

»Nichts. Ich würde mich nur wohler fühlen, wenn Doktor Mendoza einen Blick darauf würfe. Tu mir den Gefallen, ja?«

»Frauen!« sagte Joshua. Er blickte den Arzt mißtrauisch an. »Sie fangen doch nicht an, mich mit Nadeln zu spicken oder so was?«

»Nein, Señor, ich bin ein äußerst schmerzloser Doktor.«

»Das ist die Art, die ich mag.«

»Setz dich bitte.«

Joshua setzte sich auf den Bettrand, und Dr. Mendoza ließ seine Finger über den Hinterkopf des Jungen gleiten. Joshua blinzelte vor Schmerz, aber er gab keinen Laut von sich. Der Arzt öffnete seine Tasche und holte ein Ophtalmoskop heraus. »Die Augen weit auf, bitte.«

Joshua gehorchte. Doktor Mendoza starrte durch das Instrument.

»Sehen Sie da drin irgendwelche nackten Mädchen tanzen?«

»Joshua!«

»Ich habe ja nur gefragt.«

Dr. Mendoza untersuchte das andere Auge. »Du bist so gesund wie ein Fisch im Wasser.« Er richtete sich wieder auf und schloß seine Arzttasche. »Tun Sie etwas Eis auf die Beule«, sagte er zu Jennifer. »Morgen geht es dem Jungen schon wieder bestens.«

Es war, als würde eine schwere Last von Jennifers Herz genommen. »Danke«, sagte sie.

»Ich werde meine Bemühungen auf die Hotelrechnung setzen lassen, Señora. Auf Wiedersehen, junger Mann.«

»Auf Wiedersehen, Doktor Mendoza.«

Als der Arzt fort war, wandte sich Joshua an seine Mutter. »Dir macht es ganz schön Spaß, dein Geld zum Fenster herauszuwerfen, Mama.«

»Ich weiß. Ich verschwende es für Dinge wie Essen, deine Gesundheit...«

»Ich bin der gesündeste Mann im ganzen Team.«

»Bleib so.«

Er grinste. »Versprochen.«

Sie nahmen die Sechs-Uhr-Maschine nach New York und waren spät in der Nacht wieder in Sands Point. Joshua schlief während der ganzen Rückreise.

## 48

Der Raum war von Geistern bevölkert. Adam Warner saß in seinem Arbeitszimmer und bereitete sich auf einen wichtigen Fernsehauftritt vor, aber er konnte sich nicht konzentrieren. Er dachte an Jennifer. Seit seiner Rückkehr aus Acapulco konnte er an nichts anderes mehr denken. Das Wiedersehen hatte Adam nur in seinem Wissen bestärkt: Er hatte die falsche Wahl getroffen. Er hätte Jennifer nie aufgeben dürfen. Das Wiedersehen, das Zusammensein mit ihr, erinnerte ihn an alles, was er einmal besessen und weggeworfen hatte, und er konnte es nicht ertragen, daran zu denken. Er war in einer ausweglosen Situation. Eine *Null-Chancen-Situation* hätte Blair Roman sie genannt.

Es klopfte an der Tür, und Chuck Morrison, Adams Assistent, trat ein, in der Hand eine Cassette. »Kann ich eine Minute mit dir sprechen, Adam?«

»Hat das nicht Zeit, Chuck? Ich bin mitten in...«

»Ich glaube nicht.« Chucks Stimme klang aufgeregt.

»Na gut. Was ist so dringend?«

Chuck Morrison trat an den Tisch. »Ich habe gerade einen Anruf erhalten. Es könnte sich um einen Verrückten handeln, aber wenn nicht, dann hat sich der Weihnachtsmann dieses Jahr ganz schön verfrüht. Hör dir das an.«

Er schob die Cassette in den Recorder auf Adams Tisch, schaltete ihn ein, und das Band lief ab.

*Wie war noch Ihr Name?*

*Mein Name spielt keine Rolle. Ich spreche nur mit Senator Adam Warner.*

*Der Senator ist beschäftigt. Warum hinterlassen Sie ihm nicht eine Nachricht, und ich sorge dafür...*

*Nein! Hören Sie zu, es ist äußerst wichtig. Sagen Sie Senator Warner, ich kann ihm Michael Moretti auf einem Silbertablett servieren. Ich riskiere mein Leben mit diesem Anruf. Richten Sie das Senator Warner aus.*

*Gut. Wo sind Sie?*

*Ich bin im Capitol-Motel an der 32. Straße. Zimmer 14. Sagen Sie ihm, er soll nicht vor Anbruch der Dunkelheit kommen und darauf achten, daß niemand ihn verfolgt. Ich weiß, daß Sie unser Gespräch mitschneiden. Wenn Sie das Band irgend jemand anderem als ihm vorspielen, bin ich ein toter Mann.*

Ein Klicken ertönte. Chuck Morrison stoppte das Band und fragte: »Was meinst du?«

»Die Stadt ist voller Verrückter. Andererseits weiß der Bursche ziemlich genau, wo er den Hebel ansetzen muß, was? Mein Gott, Michael Moretti!«

Um zehn Uhr nachts erschien Adam Warner, begleitet von vier Sicherheitsbeamten, vor Zimmer 14 im Capitol-Motel. Er klopfte. Die Tür wurde einen Spalt geöffnet.

Als Adam das Gesicht des Mannes in dem Zimmer erblickte, wandte er sich an seine Begleiter und sagte: »Bleibt draußen. Niemand darf in die Nähe dieses Raums.«

Die Tür wurde weiter geöffnet, und Adam trat ein.

»Guten Abend, Senator Warner.«

»Guten Abend, Mr. Colfax.«

Die beiden Männer musterten sich.

Thomas Colfax sah älter aus, als Adam ihn in Erinnerung hatte, aber es gab einen weiteren, beinahe undefinierbaren Unterschied. Und dann erkannte Adam, worum es sich handelte. Angst. Thomas Colfax hatte Angst. Er war immer ein selbstsicherer, beinahe arroganter Mann gewesen, und jetzt war diese Selbstsicherheit verschwunden.

»Danke, daß Sie gekommen sind, Senator.« Colfax' Stimme klang erschöpft und nervös.

»Ich habe gehört, Sie wollen mit mir über Michael Moretti reden?«

»Ich kann ihn Ihnen frei Haus liefern.«

»Sie sind Morettis Anwalt. Warum sollten Sie das tun wollen?«

»Ich habe meine Gründe.«

»Nehmen wir mal an, ich ziehe mit Ihnen am gleichen Strang. Was erwarten Sie dafür?«

»Zunächst einmal vollkommene Immunität. Dann möchte ich das Land verlassen können. Ich brauche Papiere, einen Paß – eine neue Identität.«

Also hatte Michael Moretti Thomas Colfax auf die Todesliste gesetzt. Es war die einzige Erklärung. Adam konnte sein Glück kaum fassen. Es war der beste Zufall, der ihm passieren konnte.

»Falls ich Immunität für Sie erreichen kann«, sagte Adam, »... und ich verspreche Ihnen wohlgemerkt noch nichts, dann erwarte ich dafür, daß Sie vor Gericht auftreten und eine rückhaltlose Aussage machen. Ich will dann alles hören, was Sie wissen.«

»Das werden Sie.«

»Weiß Moretti, wo Sie sind?«

»Er hält mich für tot.« Colfax lächelte nervös. »Wenn er mich findet, werde ich auch tot sein.«

»Er wird Sie nicht finden. Nicht, wenn wir ins Geschäft kommen.«

»Ich lege mein Leben in Ihre Hände, Senator.«

»Offen gesagt«, informierte Adam ihn, »ist Ihr Leben mir völlig egal. Ich will Moretti. Wir legen jetzt die Spielregeln fest. Wenn wir eine Übereinkunft erreichen, kriegen Sie allen Schutz, den die Regierung Ihnen gewähren kann. Wenn ich mit Ihrer Aussage zufrieden bin, erhalten Sie von uns soviel Geld, daß Sie in jedem Land, das Ihnen gefällt, unter einem angenommenen Namen leben können. Als Gegenleistung erklären Sie sich mit dem Folgenden einverstanden: Ich möchte von Ihnen alles über Michael Morettis Aktivitäten wissen. Sie müssen vor einer Anklagekammer aussagen, und wenn wir Moretti den Prozeß machen, erwarte ich, daß Sie als Belastungszeuge für die Regierung auftreten. Einverstanden?«

Thomas Colfax blickte zur Seite. Schließlich sagte er: »Tony Granelli muß sich im Grab umdrehen. Was ist nur aus den Menschen geworden? Was ist aus Ehre und Anstand geworden?«

Adam hatte keine Antwort. Vor ihm stand ein Mann, der Hunderte von Malen das Gesetz übertreten, der dutzendweise bezahlte Killer eingesetzt und mitgeholfen hatte, die Unternehmungen der bösartigsten Verbrecherorganisation zu steuern, die die Zivilisation je gekannt hatte. Und er fragte, was aus Ehre und Anstand geworden war.

Thomas Colfax sah Adam an. »Wir sind im Geschäft. Ich will es schriftlich, und ich will es mit der Unterschrift des Generalstaatsanwalts.«

»Sie kriegen es.« Adam blickte sich in dem schäbigen Motelzimmer um. »Lassen Sie uns von hier verschwinden.«

»Ich gehe nicht in ein Hotel. Moretti hat überall Augen und Ohren.«

»Nicht da, wo ich Sie jetzt hinbringe.«

Zehn Minuten nach Mitternacht fuhren ein Militärlastwagen und zwei Jeeps mit schwerbewaffneten Marineinfanteristen vor dem Capitol-Motel auf. Vier Militärpolizisten gingen in Zimmer 14 und erschienen kurz darauf mit Thomas Colfax, den sie zur Ladefläche des Lastwagens eskortierten. Der Konvoi setzte sich in Bewegung. Ein Jeep fuhr an der Spitze, der andere hinter dem Laster. Das Ziel war Quantico, Virginia, fünfunddreißig Meilen südlich von Washington. Die drei Wagen der Karawane fuhren schnell und trafen vierzig Minuten später in dem US-Marinestützpunkt Quantico ein.

Der Kommandant des Stützpunktes, Generalmajor Roy Wallace, und eine Abteilung schwerbewaffneter Marinesoldaten warteten am Tor. Als die Karawane anhielt, sagte Wallace zu dem Captain: »Der Gefangene wird direkt in den Bau gebracht. Kein Wort darf mit ihm gewechselt werden.«

Roy Wallace beobachtete den Konvoi, der auf das Gelände fuhr. Er hätte einen Monatslohn dafür gegeben, wenn er gewußt hätte, wer sich in dem Laster befand. Seinem Kommando unterstand der dreihundertzehn Morgen große Marinestützpunkt und ein Teil der FBI-Akademie. Es war das Hauptquartier der Trainingsoffiziere der Marine der Vereinigten Staaten. Wallace hatte noch nie zuvor einen Zivilisten als Gefangenen beherbergt. Es war außerhalb jeder Vorschrift.

Vor zwei Stunden hatte er einen Anruf vom Oberkommando der Marinestreitkräfte erhalten. »Ein Mann befindet sich auf dem Weg zu Ihrem Stützpunkt, Roy. Ich möchte, daß Sie das gesamte Militärgefängnis räumen und ihn dabehalten, bis Sie weitere Befehle erhalten.«

Wallace glaubte, falsch verstanden zu haben. »Sagten Sie, den *ganzen Bau räumen,* Sir?«

»Richtig. Der Mann muß völlig allein bleiben. Niemand darf in seine Nähe. Verdoppeln Sie die Zahl der Wachtposten. Verstanden?«

»Jawohl, General.«

»Und noch was, Roy. Wenn dem Mann irgend etwas passiert, während Sie für ihn verantwortlich sind, esse ich Ihren Arsch auf Toast zum Frühstück.«

Und der General hatte aufgehängt.

Generalmajor Wallace sah den Laster auf den Bau zurollen und ging dann in sein Büro zurück und klingelte nach seinem Adjutanten, Captain Alvin Giles.

»Wegen dieses Mannes, den wir in den Bau stecken...«, begann Wallace.

»Ja, Sir?«

»Unsere wichtigste Aufgabe ist seine Sicherheit. Sie selber suchen die Wachen aus, und zwar mit der Lupe. Niemand anderer kommt in seine Nähe. Keine Besucher, keine Post, keine Pakete. Verstanden?«

»Ja, Sir.«

»Ich möchte, daß Sie persönlich in der Küche sind, wenn sein Essen gekocht wird.«

»Ja, Sir.«

»Falls jemand sich übertrieben für ihn interessiert, möchte ich sofort darüber informiert werden. Irgendwelche Fragen?«

»Nein, Sir.«

»Sehr schön, Al. Bleiben Sie am Ball. Wenn irgend etwas schiefläuft, esse ich Ihren Arsch auf Toast zum Frühstück.«

## 49

Jennifer erwachte von dem leisen Trommeln eines leichten Morgenregens. Sie lag im Bett und lauschte, wie er das Haus mit zarten Schlägen bearbeitete.

Sie blickte auf den Wecker. Es war Zeit, aufzustehen.

Eine halbe Stunde später ging sie hinunter ins Eßzimmer, um mit Joshua zu frühstücken. Er war nicht da.

Mrs. Mackey trat aus der Küche. »Guten Morgen, Mrs. Parker.«

»Guten Morgen. Wo ist Joshua?«

»Er wirkte so müde, daß ich ihn etwas länger schlafen ließ. Er muß erst morgen wieder in die Schule.«

Jennifer nickte. »Gute Idee.«

Sie frühstückte und ging hinauf, um sich von Joshua zu verabschieden. Er lag im Bett und schlief fest.

Jennifer setzte sich auf die Bettkante und sagte leise: »He, Schlafmütze, möchtest du auf Wiedersehen sagen?«

Langsam öffnete er die Augen. »Sicher, Freund. Ciao.« Seine Stimme war schlaftrunken. »Muß ich aufstehen?«

»Nein. Weißt du was? Warum faulenzt du heute nicht ein bißchen? Du kannst hierbleiben und dich amüsieren. Es regnet zu stark, um draußen zu spielen.«

Er nickte schläfrig. »Okay, Mama.«

Seine Augen schlossen sich, und er war wieder eingeschlafen.

Jennifer verbrachte den Nachmittag im Gericht, und als sie fertig war und nach Hause zurückkehrte, war es bereits nach sieben. Der Nieselregen, der den ganzen Tag gefallen war, hatte sich in eine Sturmflut verwandelt. Als Jennifer den Wagen die Zufahrt hinauflenkte, sah das Haus wie eine belagerte Burg aus, umgeben von einem grauen, schäumenden Festungsgraben.

Mrs. Mackey öffnete die Vordertür und half Jennifer aus dem tropfenden Regenmantel. Jennifer schüttelte die Feuchtigkeit aus ihrem Haar und fragte: »Wo ist Joshua?«

»Er schläft.«

Jennifer blickte Mrs. Mackey besorgt an. »Hat er den ganzen Tag geschlafen?«

»Himmel, nein. Er ist aufgestanden und hat hier rumgeturnt. Ich habe ihm Abendessen gemacht, aber als ich hinaufgegangen bin, um ihn herunterzuholen, war er schon wieder eingedöst, und da habe ich ihn schlafen lassen.«

»Ich verstehe.«

Jennifer ging nach oben in Joshuas Zimmer und trat leise ein. Joshua schlief. Jennifer beugte sich vor und berührte seine Stirn. Er hatte kein Fieber; seine Farbe war normal. Sie fühlte seinen Puls. Alles war in bester Ordnung, abgesehen von ihrer Phantasie. Die ging wieder mal mit ihr durch. Joshua hatte wahrscheinlich den ganzen Tag über wie ein Wilder gespielt, und es war nur normal, daß er jetzt müde war. Jennifer schlüpfte aus dem Zimmer und ging wieder nach unten.

»Warum bereiten Sie ihm nicht ein paar Sandwiches, Mrs. Mackey? Stellen Sie sie ihm ans Bett. Dann kann er sie essen, wenn er aufwacht.«

Jennifer aß an ihrem Schreibtisch zu Abend und bereitete den morgigen Prozeßtag vor. Sie dachte daran, Michael anzurufen und ihm zu sagen, daß sie zurück war, aber sie zögerte, so kurz nach der Nacht mit Adam mit ihm zu sprechen... Spät nach Mitternacht hörte sie auf zu lesen. Sie stand auf und reckte sich, um die Spannung in Rücken und Nacken zu lockern. Sie legte die Unterlagen in ihren Diplomatenkoffer, schaltete das Licht aus und ging nach oben. Sie blickte zu Joshua ins Zimmer. Er schlief noch immer.

Die Sandwiches neben seinem Bett waren unberührt.

Als Jennifer am folgenden Morgen zum Frühstück hinunterging, saß Joshua am Tisch, bereits für die Schule angezogen.

»Morgen, Mama.«

»Guten Morgen, Liebling. Wie fühlst du dich?«

»Großartig. Ich war wirklich müde. Muß die mexikanische Sonne gewesen sein.«

»Ja, muß wohl.«

»Acapulco ist wirklich schön. Können wir in meinen nächsten Ferien wieder hinfahren?«

»Ich wüßte nicht, warum wir das nicht können sollten. Freust du dich, wieder in die Schule zu gehen?«

»Ich verweigere die Aussage, weil sie mich belasten könnte.«

Mitten am Nachmittag unterbrach Cynthia bei einer Zeugenbefragung.

»Entschuldigen Sie, daß ich Sie störe, aber Mrs. Stout ist in der Leitung und...«

Joshuas Hauslehrerin. »Stellen Sie durch.«

Jennifer hob den Hörer ab. »Hallo, Mrs. Stout. Stimmt irgend etwas nicht?«

»O nein, alles ist in bester Ordnung, Mrs. Parker. Ich wollte Sie nicht beunruhigen. Ich wollte Ihnen nur vorschlagen, daß es nicht schlecht wäre, wenn Joshua etwas mehr Schlaf bekäme.«

»Was meinen Sie damit?«

»Er ist heute fast während jeder Stunde eingeschlafen. Sowohl Miß Williams wie auch Mrs. Toboco haben es erwähnt. Vielleicht könnten Sie darauf achten, daß er etwas früher ins Bett kommt.«

Jennifer starrte das Telefon an. »Ich – ja, das werde ich tun.«

Langsam legte sie den Hörer wieder auf und wandte sich an die Leute im Raum, die sie beobachteten.

»Es – es tut mir leid«, sagte sie. »Entschuldigen Sie mich.«

Sie lief hinaus in den Empfangsraum. »Cynthia, such Dan! Bitte ihn, die Zeugenbefragung für mich zu Ende zu führen. Mir ist etwas dazwischengekommen.«

»Einver...«

Jennifer war schon aus der Tür.

Sie fuhr nach Hause wie eine Wahnsinnige, übertrat die Geschwindigkeitsbegrenzung, ignorierte rote Ampeln. Visionen von einem schrecklichen Unglück stiegen in ihr auf. Die Fahrt schien unendlich, und als das Haus in der Ferne auftauchte, erwartete Jennifer halb und halb, eine Armee von Krankenwagen und Polizeifahrzeugen auf dem Bürgersteig stehen zu sehen. Die Zufahrt war verwaist. Jennifer fuhr bis zum Vordereingang und hastete ins Haus.

»Joshua!«

Er saß im Wohnzimmer und sah sich ein Baseballspiel im Fernsehen an. »Hi, Mama. Du bist aber früh zu Hause. Haben sie dich gefeuert?«

Jennifer stand im Türrahmen, starrte ihn an und spürte, wie sie von Erleichterung durchflutet wurde. Sie fühlte sich wie eine Idiotin.

»Du hättest die letzte Halbzeit sehen sollen. Craig Swan war phantastisch!«

»Wie fühlst du dich, Sohn?«

»Großartig.«

Jennifer legte die Hand auf seine Stirn. Er hatte kein Fieber.

»Bist du sicher, daß du in Ordnung bist?«

»Natürlich. Warum schaust du so komisch? Hast du Kummer? Möchtest du dich von Mann zu Mann unterhalten?«

Sie lächelte. »Nein, Liebling. Ich habe nur – tut dir irgend etwas weh?«

Er stöhnte. »Das kann man wohl sagen. Die Mets verlieren sechs zu fünf. Weißt du, was in der ersten Halbzeit passiert ist?«

Aufgeregt begann er, die Heldentaten seiner Lieblingsmannschaft zu rekapitulieren. Jennifer stand da, betrachtete ihn hingerissen und dachte: *Meine verdammte Einbildung! Natürlich ist er gesund.*

»Schau dir den Rest des Spiels an. Ich kümmere mich um das Abendessen.«

Erleichtert ging Jennifer in die Küche. Sie beschloß, einen Bananenkuchen zu machen, eines von Joshuas Lieblingsgerichten.

Als Jennifer dreißig Minuten später wieder in das Fernsehzimmer ging, lag Joshua bewußtlos auf dem Boden.

Die Fahrt zum Blinderman Memorial Hospital schien eine Ewigkeit zu dauern. Jennifer saß hinten im Ambulanzwagen und preßte Joshuas Hand. Ein Sanitäter hielt eine Sauerstoffmaske gegen das Gesicht des Jungen. Er hatte das Bewußtsein nicht wiedererlangt. Die Sirene des Krankenwagens heulte durchdringend, aber der Verkehr war zähflüssig, und der Wagen konnte nur langsam fahren, während neugierige Passanten durch die Scheiben auf die bleiche Frau und den bewußtlosen Jungen gafften.

»Warum gibt es in Krankenwagen keine Einwegfenster?« fragte Jennifer.

Der Sanitäter blickte irritiert auf. »Bitte?«

»Nichts... nichts.«

Nach einer scheinbar unendlichen Fahrt hielt die Ambulanz am Noteingang hinter dem Hospital. Zwei Assistenzärzte warteten bereits an der Tür. Hilflos sah Jennifer zu, wie Joshua aus dem Krankenwagen auf eine fahrbare Bahre gehoben wurde.

Ein Pfleger fragte: »Sind Sie die Mutter des Jungen?«

»Ja.«

»Hier lang, bitte.«

Danach erschien Jennifer alles wie ein verwischter, kaleidoskopartiger Eindruck von Geräuschen, Licht und Bewegungen. Sie sah, wie Joshua einen langen weißen Korridor hinunter in einen Röntgenraum gerollt wurde. Sie wollte ebenfalls hineingehen, aber der Pfleger sagte: »Sie müssen ihn erst eintragen.«

Eine dünne Frau am Empfangstisch fragte Jennifer: »Wie wollen Sie für die Behandlung aufkommen? Sind Sie im Blauen Kreuz oder in einer anderen Versicherung?«

Jennifer mußte sich davon abhalten, die Frau anzubrüllen. Sie wollte zurück an Joshuas Seite, aber sie zwang sich, die Fragen zu beantworten. Als sie vorbei waren und Jennifer verschiedene Formulare ausgefüllt hatte, erlaubte die Frau ihr, zu gehen.

Sie lief zum Röntgensaal und ging hinein. Der Raum war leer. Joshua war weg. Jennifer lief zurück in den Flur und blickte gehetzt in beide Richtungen. Eine Schwester näherte sich.

Jennifer packte ihren Arm. »Wo ist mein Sohn?«

Die Schwester sagte: »Ich weiß nicht. Wie heißt er?«

»Joshua. Joshua Parker.«

»Wo haben Sie ihn verlassen?«

»Er – er sollte geröntgt werden... er...« Sie war unfähig, zusammenhängend zu reden. »Was haben sie mit ihm gemacht? Sagen Sie es mir!«

Die Schwester sah Jennifer genauer an und sagte dann: »Warten Sie hier, Mrs. Parker. Ich werde versuchen, es herauszu finden.«

Ein paar Minuten später kehrte sie zurück. »Dr. Morris würde gern mit Ihnen sprechen. Kommen Sie bitte mit.«

Jennifer stellte fest, daß ihre Beine zitterten. Das Laufen fiel ihr schwer.

»Geht es Ihnen gut?« Die Schwester starrte sie an.

Jennifers Mund war trocken vor Angst. »Ich will meinen Sohn.«

Sie gelangten zu einem Raum, der mit fremdartig aussehenden Instrumenten gefüllt war. »Warten Sie hier, bitte.«

Dr. Morris kam ein paar Augenblicke später. Er war sehr dick, hatte ein rotes Gesicht und Nikotinflecken an den Fingern. »Mrs. Parker?«

»Wo ist Joshua?«

»Treten Sie einen Augenblick herein, bitte.« Er führte Jennifer in einem kleinen Büroraum.

Jennifer nahm Platz. »Joshua ist... ist es... es ist doch nichts Ernstes, oder, Doktor?«

»Das wissen wir noch nicht.« Seine Stimme war überraschend hell für einen Mann seines Umfangs. »Ich brauche einige Informationen. Wie alt ist Ihr Sohn?«

»Er ist erst sieben.«

Das *erst* war ihr herausgerutscht, ein Verweis für Gott.

»Hatte er kürzlich einen Unfall?«

Blitzartig stieg vor Jennifers Augen das Bild von Joshua auf, wie er ihr zuwinkte, das Gleichgewicht verlor und gegen die Planken stürzte. »Er – er ist beim Wasserski gestürzt. Er hat sich eine Beule am Kopf geholt.«

Der Arzt kritzelte Notizen. »Wie lange ist das her?«

»Ich... ein paar... ein paar Tage. In Acapulco.« Es war schwierig, logisch zu denken.

»Wirkte er nach dem Unfall normal?«

»Ja. Er hatte eine Beule am Hinterkopf, aber davon abgesehen wirkte er in Ordnung.«

»Haben Sie irgendeinen Gedächtnisverlust bemerkt?«

»Nein.«

»Keine Veränderungen in seinem Wesen?«

»Nein.«

»Keine Krämpfe? Ein steifer Nacken oder Kopfschmerzen?«

»Nein, nichts.«

Der Arzt hörte auf zu schreiben und blickte Jennifer an. »Ich habe ihn röntgen lassen, aber das Ergebnis war nicht befriedigend. Ich möchte sein Gehirn gern fotografieren lassen.«

»Sein...?«

»Mit einer neuen, computergesteuerten Maschine aus England, die das Innere des Gehirns ablichten kann. Es kann sein, daß ich danach noch ein paar weitere Tests mit ihm machen möchte. Sind Sie damit einverstanden?«

»We-we-wenn...«, stotterte sie, »wenn es notwendig ist. Es – es wird ihm nicht weh tun, oder?«

»Nein. Eventuell muß ich auch eine Punktion des Rückgrats vornehmen.«

Er jagte ihr Angst ein.

Sie zwang sich zu fragen: »Was hat er, Ihrer Meinung nach? Was ist mit meinem Sohn?« Sie erkannte den Klang ihrer eigenen Stimme nicht wieder.

»Ich würde es vorziehen, keine Vermutungen zu äußern, Mrs. Parker. In einer oder zwei Stunden wissen wir Bescheid. Er ist jetzt wach, falls Sie ihn sehen wollen.«

»O ja, bitte!«

Eine Krankenschwester führte sie zu Joshuas Zimmer. Er lag im Bett, eine blasse, kleine Gestalt. Als Jennifer eintrat, öffnete er die Augen.

»Hallo, Mama.«

»Hallo, du da.« Sie setzte sich auf die Kante seines Betts. »Wie fühlst du dich?«

»Irgendwie komisch. So, als wäre ich gar nicht hier.«

Jennifer ergriff seine Hand. »Du bist hier, Liebling. Und ich bin bei dir.«

»Ich sehe alles doppelt.«

»Hast du – hast du das dem Doktor gesagt?«

»Ja. Ich habe ihn doppelt gesehen. Hoffentlich schickt er dir nicht zwei Rechnungen.«

Jennifer legte ihre Arme um Joshua und drückte ihn an sich. Sein Körper wirkte geschrumpft und zerbrechlich.

»Mama?«

»Ja, Liebling?«

»Du läßt mich nicht sterben, oder?«

Ihre Augen brannten plötzlich. »Nein, Joshua, ich lasse dich nicht sterben. Die Ärzte machen dich wieder gesund, und dann nehme ich dich mit nach Hause.«

»Okay. Außerdem hast du versprochen, daß wir irgendwann wieder nach Acapulco fahren.«

»Ja. Sobald du ...«

Er war schon wieder eingeschlafen.

Dr. Morris betrat den Raum, begleitet von zwei Männern in weißen Jacketts.

»Wir würden jetzt gern mit den Tests beginnen, Mrs. Parker. Sie dauern nicht lange. Warum warten Sie nicht hier und machen es sich bequem?«

Jennifer sah zu, wie sie Joshua aus dem Raum trugen. Sie hockte auf der Kante des Betts und fühlte sich, als hätte man sie zusammengeschlagen. Jegliche Energie hatte sie verlassen. Sie saß da wie in Trance und starrte die weiße Wand an.

Einen Augenblick später sagte eine Stimme: »Mrs. Parker...«

Jennifer blickte auf. Dr. Morris stand vor ihr.

»Bitte, gehen Sie und machen Sie die Tests.«

Er blickte sie seltsam an. »Wir sind schon fertig.«

Jennifer blickte auf ihre Armbanduhr. Sie hatte zwei Stunden so dagesessen. Wo war die Zeit geblieben? Sie blickte den Arzt an, suchte nach den kleinen, verräterischen Zeichen, die preisgaben, ob er gute oder schlechte Nachrichten für sie hatte. Wie oft hatte sie das nicht schon getan, hatte in den Gesichtern von Geschworenen gelesen und schon vorher an ihrem Ausdruck erkannt, wie das Urteil lauten würde. Hundertmal? Fünfhundert? Aber jetzt, geschüttelt von Panik, konnte sie überhaupt nichts erkennen. Ihr Körper begann unkontrolliert zu zittern.

Dr. Morris sagte: »Ihr Sohn leidet an einem subduralen Haematom. Allgemeinverständlich ausgedrückt, sein Gehirn hat eine schwere Verletzung erlitten.«

Ihre Kehle war plötzlich so trocken, daß sie nicht mehr sprechen konnte.

»Wa...« Sie schluckte und versuchte es noch einmal. »Was bedeu...?« Sie konnte den Satz nicht beenden.

»Ich möchte auf der Stelle operieren. Ich brauche Ihre Genehmigung.«

*Er spielte ihr irgendeinen grausamen Streich. Nur noch einen Augenblick, dann würde er lächeln und ihr sagen, daß es Joshua gut ging. Ich habe Sie nur dafür bestraft, daß Sie meine Zeit verschwendet haben, Mrs. Parker. Ihr Sohn ist kerngesund, er braucht nur etwas Schlaf. Er ist ein Heranwachsender. Sie sollten uns nicht die Zeit stehlen – wir haben schließlich Patienten, die uns wirklich brauchen. Gleich würde er sie anlächeln und sagen: »Sie können Ihren Sohn jetzt mitnehmen.«*

Dr. Morris fuhr fort: »Er ist jung und scheint kräftig zu sein. Wir haben allen Grund, zu hoffen, daß die Operation erfolgreich verlaufen wird.«

*Er würde das Gehirn ihres Babys aufschneiden, mit seinen scharfen Instrumenten hineindringen und vielleicht alles zerstören, was Joshua zu Joshua machte. Vielleicht – würde er ihn töten.*

»Nein!« Das Wort war ein wütender Schrei.

»Sie erlauben uns nicht, zu operieren?«

»Ich...« Sie war so verwirrt, daß sie nicht mehr denken konnte. »Was – was ist, wenn Sie ihn nicht operieren?«

Dr. Morris sagte schlicht: »Ihr Sohn wird sterben. Ist der Vater des Jungen hier?«

Adam! Oh, wie gern hätte sie ihn jetzt hier gehabt, seine Arme um sich gespürt, seinen Trost. Sie wollte, daß er ihr sagte, daß sich alles wieder einrenken, daß Joshua gesund werden würde.

»Nein«, antwortete Jennifer schließlich. »Er ist nicht hier. Ich – ich gebe Ihnen die Erlaubnis. Operieren Sie!«

Dr. Morris füllte ein Formular aus und reichte es ihr. »Würden Sie das bitte unterschreiben?«

Jennifer unterschrieb das Papier, ohne es anzuschauen. »Wie lange wird es dauern?«

»Das weiß ich erst, wenn ich seinen Kopf geöff...« Er sah den Ausdruck ihres Gesichts, »... wenn ich mit der Operation begonnen habe. Wollen Sie hier warten?«

»Nein!« Die Mauern zogen sich um sie zusammen, erstickten sie. Sie konnte kaum atmen. »Gibt es hier eine Kapelle?«

Die Krankenhauskapelle war klein. Über dem Altar hing ein Gemälde des Jesuskindes. Außer Jennifer befand sich niemand im Raum. Sie kniete, aber sie konnte nicht beten. Sie war nie sehr religiös gewesen; warum sollte Gott ihr jetzt zuhören? Sie versuchte sich zu beruhigen, so daß sie mit Gott sprechen konnte, aber ihre Furcht war zu stark; sie hatte sie vollkommen in ihre Gewalt gebracht. Jennifer beschuldigte sich selber mitleidlos. *Wenn ich Joshua nur nicht mit nach Acapulco genommen hätte,* dachte sie... *wenn ich ihn nicht Wasserski fahren gelassen hätte... wenn ich diesem mexikanischen Arzt nicht vertraut hätte... wenn. Wenn. Wenn.* Dann schlug sie Gott ein Tauschgeschäft vor. *Mach ihn gesund, und ich tue alles, was du willst.*

Anschließend leugnete sie ihn. *Wenn es einen Gott gäbe, würde er ein Kind, das niemandem etwas zuleide getan hat, so bestrafen? Was ist das für ein Gott, der unschuldige Kinder sterben läßt?*

Als sie völlig erschöpft und am Ende ihrer Kraft war, hörten ihre Gedanken auf zu rasen, und sie erinnerte sich an Dr. Morris' Worte: *Er ist jung und scheint kräftig zu sein. Wir haben allen Grund, zu hoffen, daß die Operation erfolgreich verlaufen wird.*

*Alles würde wieder in Ordnung kommen. Natürlich würde es gelingen. Wenn alles vorbei war, würde sie mit Joshua irgendwohin fahren, wo er sich ausruhen konnte. Acapulco, wenn er wollte. Sie würden lesen, spielen und sich unterhalten...*

Als Jennifer schließlich nicht einmal mehr denken konnte, ließ sie sich auf die harte Holzbank zurücksinken. Ihr Kopf war benommen und leer. Jemand berührte sie am Arm, und sie sah auf, und Dr. Morris stand über sie gebeugt. Jennifer blickte in sein Gesicht und brauchte keine Fragen mehr zu stellen.

Sie fiel in Ohnmacht.

## 50

Joshua lag auf einem schmalen Metalltisch, sein Körper für immer reglos. Er wirkte wie in einem friedlichen Schlaf befangen, sein hübsches, junges Gesicht erleuchtet vom Widerschein geheimer, ferner Träume. Jennifer hatte diesen Ausdruck schon tausendmal gesehen, wenn Joshua sich in sein Bett kuschelte, während sie auf der Kante saß und sein Gesicht anschaute, erfüllt von einer Liebe, die sie mit ihrer Heftigkeit fast erstickte. Und wie oft hatte sie die Decke von allen Seiten unter ihn geschoben, um ihn vor der Nachtkälte zu beschützen?

Jetzt war die Kälte tief in ihn eingedrungen. Er würde nie wieder warm sein. Seine strahlenden Augen würden sich nie wieder öffnen und sie ansehen, und sie würde niemals mehr das Lächeln auf seinen Lippen erblicken oder seine kleinen, starken Arme um sich fühlen. Er war nackt unter dem dünnen, weißen Tuch.

Jennifer sagte zu dem Arzt: »Ich möchte, daß Sie ihn zudekken. Er wird frieren.«

»Er kann nicht...« Dr. Morris blickte in Jennifers Augen, und was er da sah, ließ ihn sagen: »Ja, natürlich, Mrs. Parker.« Er wandte sich an die Schwester und sagte: »Holen Sie eine Decke.«

Anscheinend war mindestens ein halbes Dutzend Leute im Raum, die meisten in weißen Kitteln, und alle schienen mit Jennifer zu reden, aber sie konnte nicht verstehen, was sie sagten. Es war, als befände sie sich unter einer Glasglocke, getrennt von ihrer Umwelt. Sie konnte sehen, wie sich ihre Lippen bewegten, aber es gab kein Geräusch. Sie wollte sie anschreien, sie wegjagen, aber sie hatte Angst, Joshua zu erschrecken. Jemand schüttelte ihren Arm, und der Bann war gebrochen, der Raum war plötzlich von einer Geräuschexplosion erfüllt, und alle schienen gleichzeitig zu reden.

Dr. Morris sagte: »... unerläßlich, eine Autopsie vorzunehmen.«

Jennifer sagte ruhig: »Wenn Sie meinen Sohn noch einmal anrühren, bringe ich Sie um.«

Und sie lächelte alle ringsum an, weil sie nicht wollte, daß sie auf Joshua böse wurden.

Eine Schwester wollte Jennifer aus dem Zimmer führen, aber sie schüttelte den Kopf. »Ich kann ihn nicht allein lassen. Jemand könnte das Licht ausmachen. Joshua hat Angst im Dunkeln.«

Jemand preßte ihren Arm. Jennifer fühlte den Stich einer Nadel, und wenig später versank sie in ein Gefühl von Wärme und Frieden und schlief ein.

Sie erwachte am späten Nachmittag. Sie befand sich in einem kleinen Zimmer im Krankenhaus. Jemand hatte sie ausgezogen und in ein Spitalgewand gehüllt. Sie stand auf, zog sich an und begab sich auf die Suche nach Dr. Morris. Sie war unnatürlich ruhig.

Dr. Morris sagte: »Wir kümmern uns um die Beerdigungsvorbereitungen, Mrs. Parker. Sie brauchen sich da...«

»Ich kümmere mich selber darum.«

»Wie Sie wollen.« Er zögerte verlegen. »Wegen der Autopsie – ich weiß, daß Sie das heute morgen nicht so gemeint haben. Ich...«

»Sie irren sich.«

Die nächsten beiden Tage waren mit den Ritualen des Todes ausgefüllt. Jennifer suchte einen örtlichen Leichenbestatter auf und traf die Vorbereitungen für das Begräbnis. Sie entschied sich für einen weißen, mit Satin ausgelegten Sarg. Sie war selbstbeherrscht und gelassen, und als sie später darüber nachzudenken versuchte, konnte sie sich an nichts mehr erinnern. Es war, als hätte sich jemand anderer in ihrem Körper und ihrem Verstand eingenistet und handelte an ihrer Stelle. Sie stand unter schwerem Schock und verbarg sich im Schutz dieses Schneckenhauses, um nicht wahnsinnig zu werden.

Als Jennifer das Büro des Leichenbestatters verließ, sagte er: »Falls Sie Ihren Sohn in bestimmten Kleidern Ihrer Wahl beerdigt sehen möchten, Mrs. Parker, können Sie sie uns zukommen lassen, und wir ziehen sie ihm an.«

»Ich ziehe Joshua selber an.«

Er blickte sie erstaunt an. »Wenn Sie wollen, natürlich, aber...« Er blickte ihr nach und fragte sich, ob sie wußte, was es bedeutet, eine Leiche anzuziehen.

Jennifer fuhr nach Hause, stellte den Wagen auf der Zufahrt ab und ging ins Haus.

Mrs. Mackey befand sich in der Küche. Ihre Augen waren rot, das Gesicht von Kummer verzerrt. »Oh, Mrs. Parker. Ich kann gar nicht glauben, daß...«

Jennifer sah und hörte sie nicht. Sie ging an ihr vorbei, nach oben in Joshuas Zimmer. Es sah aus wie immer. Nichts hatte sich verändert, außer daß es leer war. Joshuas Bücher, seine Spiele, die Baseball- und Skiausrüstung waren da und warteten auf ihn. Jennifer stand im Türrahmen und starrte in den Raum und fragte sich, was sie hier gewollt hatte. *Ach ja, Kleider für Joshua.* Sie ging zum Schrank. Da hing ein dunkelblauer Anzug, den sie ihm zu seinem letzten Geburtstag gekauft hatte. Joshua hatte ihn getragen, als sie ihn zum Abendessen zu Lutèce geführt hatte. Der Abend war ihr noch lebhaft in Erinnerung. Joshua hatte so erwachsen ausgesehen, und Jennifer hatte einen Stich gefühlt und gedacht: *Eines Tages wird er hier mit dem Mädchen sitzen, das er heiraten will.* Dieser Tag würde niemals kommen. Es würde kein Erwachsenwerden geben. Kein Mädchen. Kein Leben.

Neben dem blauen Anzug hingen mehrere Blue Jeans und T-Shirts, eins davon mit dem Namen von Joshuas Baseballmannschaft bedruckt. Jennifer ließ ihre Hände ziellos über die Kleider gleiten. Sie hatte jedes Zeitgefühl verloren.

Mrs. Mackey erschien an ihrer Seite. »Geht es Ihnen gut, Mrs. Parker?«

Jennifer sagte artig: »Es geht mir gut, danke, Mrs. Mackey.«

»Kann ich Ihnen bei irgend etwas behilflich sein?«

»Nein, danke. Ich muß Joshua anziehen. Was, glauben Sie, würde er gern tragen?« Ihre Stimme klang hell und fröhlich, aber ihre Augen waren tot.

Mrs. Mackey hatte plötzlich Angst. »Warum legen Sie sich nicht ein wenig hin, Mrs. Parker? Ich rufe den Doktor.«

Jennifers Hände strichen über die Kleider im Schrank. Sie zog die Baseballuniform vom Bügel. »Ich glaube, das würde Joshua gefallen. So, was braucht er noch?«

Hilflos sah Mrs. Mackey zu, wie Jennifer zur Kommode ging und Unterwäsche, Socken und ein Hemd herausholte. *Joshua braucht diese Dinge, denn er fährt in die Ferien. Ganz lange Ferien.*

»Glauben Sie, daß er es darin warm genug haben wird?«

Mrs. Mackey brach in Tränen aus. »Bitte, nicht«, bettelte sie. »Lassen Sie die Sachen. Ich kümmere mich darum.«

Aber Jennifer war schon wieder auf dem Weg nach unten.

Der Körper lag in der »Schlummerkammer« der Leichenhalle. Man hatte Joshua auf einen langen Tisch gelegt, der seine kleine Gestalt wie die eines Zwergs wirken ließ.

Als Jennifer mit Joshuas Kleidern zurückkehrte, versuchte der Bestatter noch einmal, sie von ihrem Plan abzubringen. »Ich habe mit Dr. Morris gesprochen. Wir sind übereinstimmend der Meinung, Mrs. Parker, daß es viel besser wäre, wenn Sie uns das überließen. Wir haben darin eine gewisse Übung und...«

Jennifer lächelte ihn an und sagte: »Raus!«

Er schluckte. »Jawohl, Mrs. Parker.«

Jennifer wartete, bis er den Raum verlassen hatte, und dann wandte sie sich ihrem Sohn zu.

Sie blickte in sein schlafendes Gesicht und sagte: »Deine Mutter wird sich um dich kümmern, mein Liebling. Du wirst deine Baseballuniform tragen. Das gefällt dir, nicht?«

Sie zog das Leichentuch beiseite und blickte auf seinen nackten, eingefallenen Körper, und dann begann sie ihn anzuziehen. Sie wollte ihm den Slip über den Körper streifen, und sie zuckte vor der eisigen Kälte seines Körpers zurück. Er war so hart und steif wie Marmor. Jennifer versuchte, sich weiszumachen, daß dieses eiskalte, leblose Stück Fleisch nicht ihr Sohn war, daß Joshua sich woanders befand, warm und glücklich, aber sie konnte sich nicht überzeugen. Es war Joshua da vor ihr auf dem Tisch. Ihr Körper begann zu zittern. Es war, als hätte Joshuas Kälte auf sie übergegriffen und wäre bis ins Knochenmark vorgedrungen. *Hör auf!* sagte sie zu sich selber. *Hör auf! Hör auf! Hör auf! Hör auf!*

Sie holte tief Luft, und als sie sich schließlich wieder beruhigt hatte, begann sie erneut, ihren Sohn anzuziehen und dabei mit ihm zu reden. Sie zog ihm frische Unterhosen an, danach eine Hose, und als sie ihn hochhob, um ihm das Hemd überzustreifen, rutschte ihre Hand ab, und sein Kopf fiel auf den Tisch, und

Jennifer schrie: »Entschuldige, Joshua, vergib mir!« Und sie begann zu weinen.

Sie brauchte fast drei Stunden, um ihn anzuziehen. Er trug seine Baseballuniform, sein Lieblings-T-Shirt, weiße Strümpfe und Turnschuhe. Der Schirm der Baseballkappe überschattete sein Gesicht, so daß Jennifer sie schließlich auf seine Brust legte. »Du kannst sie so mitnehmen, mein Liebling.«

Als der Leichenbestatter hereinschaute, stand Jennifer über den angekleideten Körper gebeugt, hielt Joshuas Hand und redete mit ihm.

Der Mann ging zu ihr und sagte sanft: »Wir kümmern uns jetzt um ihn.«

Jennifer blickte ihren Sohn ein letztes Mal an. »Bitte, gehen Sie vorsichtig mit ihm um. Er hat sich am Kopf verletzt, müssen Sie wissen.«

Die Beerdigung war schlicht. Jennifer und Mrs. Mackey gaben Joshua als einzige das letzte Geleit. Sie sahen zu, wie der schmale, weiße Sarg in das frisch ausgehobene Grab gesenkt wurde. Jennifer hatte daran gedacht, Ken Bailey zu informieren, denn Ken und Joshua hatten sich innig geliebt, aber Ken spielte keine Rolle mehr in ihrem Leben.

Als die erste Schaufel voll Dreck auf den Sarg geworfen wurde, sagte Mrs. Mackey: »Kommen Sie, ich bringe Sie nach Hause.«

Jennifer sagte höflich: »Es geht mir gut. Joshua und ich, wir brauchen Sie nicht mehr, Mrs. Mackey. Ich sorge dafür, daß Sie einen Jahreslohn ausgezahlt bekommen, und ich gebe Ihnen ein gutes Zeugnis. Joshua und ich danken Ihnen für alles.«

Sie drehte sich um, ließ Mrs. Mackey stehen und schritt davon. Sie ging vorsichtig und hielt sich sehr aufrecht, als ginge sie einen endlosen Korridor entlang, der gerade breit genug für eine Person war.

Das Haus war still und friedlich. Sie ging nach oben in Joshuas Zimmer, schloß die Tür und legte sich auf sein Bett. Sie betrachtete all die Dinge, die ihm gehört hatten, die er geliebt hatte. Ihre ganze Welt war in diesem Zimmer. Jetzt gab es nichts mehr zu tun für sie – nichts mehr zu tun und kein Ziel. Es gab nur Joshua. Jennifer begann mit dem Tag seiner Geburt und versank in einem Meer von Erinnerungen.

Joshuas erste Schritte... Joshua, der *Auto-Auto* sagte und *Mama, geh mit deinem Spielzeug spielen*... Joshua, wie er zum erstenmal allein zur Schule ging, eine kleine, tapfere Gestalt... Joshua mit Masern im Bett... Joshua, der für seine Mannschaft ein Baseballspiel gewann... Joshua am Bug des Segelboots... Joshua, wie er einen Elefanten im Zoo fütterte... wie er am Muttertag *Shine On, Harvest Moon* sang..., die Erinnerungen zogen vorbei, Kurzfilme auf der Leinwand ihrer Seele. Sie endeten mit dem Tag, an dem sie nach Acapulco fuhren.

Acapulco... wo sie Adam getroffen und mit ihm geschlafen hatte. Gott strafte sie, weil sie nur an sich gedacht hatte. *Natürlich*, dachte Jennifer. *Joshuas Tod ist meine Strafe. Er ist meine Hölle.*

Und sie begann wieder von vorn, mit dem Tag, an dem Joshua geboren worden war... seine ersten Schritte... *Auto-Auto* und *Mama, geh mit deinem Spielzeug spielen*...

Die Zeit verstrich. Manchmal hörte Jennifer das Telefon in einem fernen Winkel des Hauses klingeln, und einmal klopfte jemand an die Vordertür, aber diese Geräusche hatten keine Bedeutung für sie. Sie war mit ihrem Sohn zusammen und ließ sich durch nichts dabei stören. Sie blieb in Joshuas Zimmer, aß und trank nichts, verloren in ihrer eigenen Welt mit Joshua. Sie hatte kein Gefühl mehr für Zeit, keine Ahnung, wie lange sie auf dem Bett lag und in der Vergangenheit lebte.

Fünf Tage später hörte Jennifer die Türklingel erneut. Dann hämmerte jemand an die Tür, aber sie kümmerte sich nicht darum. Wer es auch immer war, er würde gehen und sie in Ruhe lassen. Undeutlich vernahm sie das Geräusch von splitterndem Glas. Einige Sekunden später sprang die Tür von Joshuas Zimmer auf, und Michael Moretti erschien im Rahmen.

Er warf einen Blick auf die hagere Gestalt, die aus tiefliegenden Augen vom Bett zu ihm hochstarrte und sagte: »Jesus Christus!«

Michael Moretti brauchte seine ganze Kraft, um Jennifer aus

dem Raum zu schaffen. Sie wehrte sich hysterisch, schlug nach ihm und versuchte, ihm die Augen auszukratzen. Nick Vito wartete im Erdgeschoß, und sogar zu zweit hatten sie alle Hände voll zu tun, um Jennifer in den Wagen zu bringen. Jennifer hatte keine Ahnung, wer sie waren und warum sie da waren. Sie wußte nur, daß diese Männer sie von ihrem Sohn fortbrachten. Sie versuchte, ihnen zu erklären, daß sie sterben würde, wenn sie ihr das antaten, aber schließlich war sie zu erschöpft, um sich noch länger zu wehren. Sie schlief ein.

Jennifer erwachte in einem hellen, sauberen Zimmer mit einem großen Aussichtsfenster, durch das sie einen Berg und einen See in der Ferne erblicken konnte. Eine Krankenschwester saß in einem Stuhl neben dem Bett und las ein Magazin. Als Jennifer die Augen öffnete, sah sie auf.

»Wo bin ich?« Das Sprechen schmerzte in Jennifers Kehle.

»Sie sind bei Freunden, Mrs. Parker. Mr. Moretti hat Sie hergebracht. Er hat sich große Sorgen um Sie gemacht. Er wird sich freuen, wenn er hört, daß Sie wieder wach sind.«

Die Schwester eilte aus dem Raum. Jennifer lag da, gedankenblind, und wollte, daß ihr Verstand für immer leer blieb. Aber die Erinnerungen kehrten zurück, ungebeten, unerwünscht, und es gab kein Versteck, keine Fluchtmöglichkeit vor ihnen. Jennifer begriff, daß sie versucht hatte, Selbstmord zu begehen, ohne wirklich den Mut dazu zu haben. Sie hatte einfach sterben und den Tod herbeizwingen wollen. Michael hatte sie gerettet. Welche Ironie! Nicht Adam, sondern Michael. Vermutlich war es unfair, Adam einen Vorwurf zu machen. Sie hatte ihm die Wahrheit verheimlicht, hatte ihm den Sohn, der geboren worden und nun tot war, vorenthalten. Joshua war tot. Jetzt konnte Jennifer der Tatsache ins Gesicht sehen. Der Schmerz war tief und quälend, und sie wußte, daß dieser Schmerz sie ihr Leben lang begleiten würde. Aber sie konnte es ertragen. Sie mußte. Es war die ausgleichende Gerechtigkeit, die ihr die Rechnung vorlegte.

Jennifer hörte Schritte und blickte auf. Michael hatte den Raum betreten. Er stand vor dem Bett und sah sie fragend an.

Als Jennifer verschwunden war, hatte er sich wie ein Wilder aufgeführt. Aus Angst um sie hatte er beinahe den Verstand verloren.

Er ging auf sie zu und blickte ihr in die Augen. »Warum hast du mir nichts gesagt?« Er setzte sich auf die Bettkante. »Es tut mir so leid.«

Sie nahm seine Hand. »Danke, daß du mich hergebracht hast. Ich – ich glaube, ich war ein bißchen verrückt.«

»Ein bißchen.«

»Wie lange bin ich schon hier?«

»Vier Tage. Der Doktor hat dich intravenös ernährt.«

Jennifer nickte, und sogar diese kleine Bewegung kostete sie große Anstrengung.

»Dein Frühstück ist unterwegs. Er hat mir aufgetragen, dich zu mästen.«

»Ich bin nicht hungrig. Ich glaube, ich will nie wieder essen.«

»Du wirst.«

Und zu ihrer Überraschung hatte Michael recht. Als die Schwester ihr auf einem Tablett weichgekochte Eier, Toast und Tee brachte, stellte sie fest, daß sie ausgehungert war.

Michael blieb bei ihr und beobachtete sie, und als sie fertig war, sagte er: »Ich muß wieder zurück nach New York und mich um ein paar Angelegenheiten kümmern. In ein paar Tagen bin ich wieder da.«

Er beugte sich vor und küßte sie zärtlich. »Ich sehe dich am Freitag.« Langsam strich er mit einem Finger über ihr Gesicht. »Ich möchte, daß du schnell wieder gesund wirst, hörst du?«

Jennifer sah ihn an und sagte: »Ich höre.«

## 51

Der riesige Konferenzraum des Stützpunktes der US-Marineinfanterie platzte beinahe aus den Nähten. Vor der Tür stand eine Abteilung bewaffneter Wachen auf dem Posten. Hinter der Tür fand eine außergewöhnliche Versammlung statt. In Stühlen längs der Wand saßen die Mitglieder einer Anklagekammer. Auf der einen Seite eines langen Tisches saßen Adam Warner, Robert Di Silva und der stellvertretende Direktor des FBI. Ihnen gegenüber saß Thomas Colfax.

Die Geschworenen der Anklagekammer, die Grand Jury in den Stützpunkt zu schaffen, war Adams Idee gewesen. »Nur so können wir Colfax' Schutz gewährleisten.«

Die Grand Jury hatte Adams Vorschlag zugestimmt, und die Geheimsitzung konnte beginnen.

Adam forderte Thomas Colfax auf: »Würden Sie sich bitte identifizieren?«

»Mein Name ist Thomas Colfax.«

»Was sind Sie von Beruf, Mr. Colfax?«

»Ich bin Rechtsanwalt, zugelassen im Staat von New York und einigen anderen Staaten im ganzen Land.«

»Wie lange üben Sie diesen Beruf schon aus?«

»Über fünfunddreißig Jahre.«

»Haben Sie eine öffentliche Praxis?«

»Nein, Sir. Ich habe nur einen Mandanten.«

»Wer ist dieser Mandant?«

»Den größten Teil der fünfunddreißig Jahre handelte es sich um Antonio Granelli, der jetzt tot ist. Seinen Platz hat Michael Moretti eingenommen. Ich vertrete ihn und seine Organisation.«

»Beziehen Sie sich auf das organisierte Verbrechen?«

»So ist es, Sir.«

»Könnte man aufgrund der Position, die Sie so lange Jahre eingenommen haben, davon ausgehen, daß Sie einen einzigartigen Einblick in die Mechanismen dessen hatten, was wir die Organisation nennen wollen?«

»Es geschah nicht viel, wovon ich nichts wußte.«

»Und das umfaßt auch kriminelle Aktivitäten?«

»Ja, Senator.«

»Würden Sie uns etwas über einige dieser Aktivitäten erzählen?«

Thomas Colfax redete zwei Stunden lang ununterbrochen. Seine

Stimme war fest und sicher. Er nannte Namen, Orte und Daten, und zeitweise war sein Vortrag so faszinierend, daß die im Raum Anwesenden vergaßen, wo sie sich befanden, in Bann geschlagen von den Horrorgeschichten, die Colfax erzählte.

Er sprach von Mordaufträgen, von getöteten Zeugen, von Brandstiftungen, Vergewaltigungen, weißem Sklavenhandel – und vor den Augen der Anwesenden entstand ein Gemälde wie von Hieronymus Bosch. Zum erstenmal wurden die geheimsten Operationen des größten Verbrechersyndikats der Welt vor aller Augen bloßgelegt.

Gelegentlich stellten Adam oder Robert Di Silva eine Frage, soufflierten Colfax, hakten nach, wo immer es notwendig wurde, um die eine oder andere Lücke zu schließen.

Die Sitzung lief wesentlich besser, als Adam gehofft hatte. Da passierte plötzlich, kurz vor Schluß, die Katastrophe.

Einer der Männer in der Grand Jury hatte eine Frage gestellt. Es ging darum, wie die Organisation schmutziges Geld gewaschen hatte.

»Das geschah vor ungefähr zwei Jahren. Von einigen der späteren Unternehmungen hat Michael mich ferngehalten. Das war Jennifer Parkers Ressort.«

Adam erstarrte.

Robert Di Silva fragte: »Jennifer Parker?« Seine Frage hatte eine geradezu explosive Intensität.

»Ja, Sir.« Thomas Colfax' Stimme hatte plötzlich einen rachsüchtigen Klang. »Sie ist jetzt die Chefanwältin der Organisation.«

Adam wünschte sich verzweifelt, ihn zum Schweigen bringen zu können, seine weiteren Worte aus dem Protokoll herauszuhalten, aber es war zu spät. Di Silva hatte die Schlagader anvisiert, und nichts konnte ihn mehr zurückhalten.

»Erzählen Sie uns mehr über sie«, sagte Di Silva gespannt.

Thomas Colfax fuhr fort: »Jennifer Parkers Gebiete sind Briefkastenfirmen, neue Möglichkeiten, Geld weißzuwaschen ...«

Adam versuchte, ihn zu unterbrechen. »Ich glaube nicht ...«

»... Mord.«

Das Wort hing im Raum.

Adam brach das Schweigen. »Wir – wir müssen uns an die Tatsachen halten, Mr. Colfax. Sie wollen doch wohl nicht behaupten, daß Jennifer Parker an einem Mord beteiligt war?«

»Genau das wollte ich sagen. Sie hat einem Mann den Bleistift schicken lassen, der ihren Sohn gekidnappt hatte. Der Name des Mannes war Frank Jackson. Sie bat Michael Moretti, ihn zu töten, und er hat es getan.«

Erstauntes Stimmengemurmel erhob sich.

Ihr Sohn! Adam dachte: *Irgendwo muß da ein Fehler liegen.*

Er sagte stockend: »Ich glaube – ich glaube, wir haben auch ohne Gerüchte genug Beweise. Wir...«

»Das ist kein Hörensagen«, versicherte Thomas Colfax ihm. »Ich war im selben Zimmer wie Moretti, als sie anrief.«

Adams Hände preßten sich unter dem Tisch so heftig gegeneinander, daß alles Blut aus ihnen wich. »Der Zeuge sieht müde aus. Ich glaube, für heute haben wir genug.«

Robert Di Silva sagte zu der Grand Jury: »Ich möchte einen Vorschlag zur Verfahrensweise machen...«

Adam hörte nicht zu. Er fragte sich, wo Jennifer sein mochte. Sie war schon wieder verschwunden. Er hatte wiederholt versucht, sie aufzuspüren, aber jetzt war er zu allem entschlossen. Er mußte sie erreichen, und zwar schnell.

## 52

Die umfassendste Geheimoperation in der Geschichte der Verbrechensbekämpfung in den Vereinigten Staaten wurde in die Wege geleitet.

Spezialeinheiten zur Bekämpfung des organisierten Verbrechens und Bandenunwesens arbeiteten Hand in Hand mit dem FBI, den Post- und Zollbehörden, dem Finanzamt, der Rauschgiftpolizei und einem halben Dutzend anderer Regierungsstellen.

Die Bandbreite der Untersuchungen umfaßte Mord, Verschwörung zum Zweck der Begehung eines Mordes, Bandenunwesen, Erpressung, Unterschlagung von Einkommenssteuern,

Gewerkschaftskorruption, Brandstiftung, Geldwucher und Drogen.

Thomas Colfax hatte der Regierung den Schlüssel zur Büchse der Pandora gegeben, einer Büchse des Verbrechens und der Korruption, und dieser Schlüssel half mit, einen großen Teil des organisierten Verbrechens auszurotten.

Michael Morettis Familie wurde am schwersten getroffen, aber das Beweismaterial belastete Dutzende anderer Familien im ganzen Land.

Überall in den Vereinigten Staaten und außerhalb unterzogen Agenten der Regierung Freunde und Geschäftspartner der Männer auf ihrer Liste einer diskreten Befragung. Agenten in der Türkei, in Mexiko, San Salvador, Marseille und auf Honduras setzten sich mit ihren Anlaufstellen in Verbindung und gaben ihnen Informationen über illegale Unternehmungen in ihren Operationsgebieten. Kleine Fische, die ins Netz gingen, erhielten Straffreiheit zugesichert, wenn sie sangen und Beweismaterial gegen die Drahtzieher lieferten. Alles lief so unauffällig wie möglich ab, so daß die anvisierte Beute nicht vor dem Sturm gewarnt wurde, der sich über ihrem Kopf zusammenbraute.

Als Vorsitzender des Senatsausschusses empfing Adam Warner einen ständigen Strom von Besuchern in seinem Haus in Georgetown, und die Gespräche in seinem Arbeitsraum dauerten oft bis in die frühen Morgenstunden. Es bestanden wenig Zweifel, daß das Weiße Haus ein leichter Sieg für Adam Warner werden würde, wenn die Untersuchung vorbei und Michael Morettis Organisation zerschlagen war.

Er hätte ein glücklicher Mann sein müssen. Statt dessen fühlte er sich elend angesichts der größten moralischen Krise seines Lebens. Jennifer Parker war von den Vorgängen zutiefst betroffen, und er mußte sie warnen, ihr nahelegen, zu fliehen, so lange sie noch eine Chance hatte. Nichtsdestoweniger hatte er eine andere Pflicht, eine Pflicht gegenüber dem Ausschuß, der seinen Namen trug, eine Pflicht gegenüber dem Senat der Vereinigten Staaten. Er war Jennifers Ankläger, wie konnte er ihr Beschützer sein? Wenn er sie warnte und dabei ertappt wurde, würde es die Glaubwürdigkeit seines Ausschusses und alles, was er bisher erreicht hatte, gefährden. Es würde seine Zukunft und seine Familie zerstören.

Colfax' Bemerkung, daß Jennifer ein Kind hatte, war wie ein Schlag ins Gesicht gewesen.

Er wußte, daß er mit Jennifer sprechen mußte.

Adam wählte ihre Büronummer, und eine Sekretärin sagte: »Es tut mir leid, Mr. Adams, Miß Parker ist nicht da.

Adam hielt sich im Arbeitszimmer auf und versuchte zum drittenmal an diesem Tag, Jennifer anzurufen, als Mary Beth in den Raum trat. Unauffällig legte Adam den Hörer wieder auf.

Mary Beth ging zu ihm und fuhr ihm mit den Fingern durch das Haar. »Du siehst müde aus, Darling.«

»Es geht mir gut.«

Sie ging zu einem lederbezogenen Sessel auf der anderen Seite von Adams Schreibtisch und setzte sich. »Langsam fügt sich alles zusammen, nicht, Adam?«

»Sieht so aus, ja.«

»Ich hoffe, daß bald alles vorüber ist, in deinem Interesse. Der Streß muß schrecklich sein.«

»Ich kann es aushalten, Mary Beth. Mach dir um mich keine Sorgen.«

»Ich mache mir aber Sorgen. Jennifer Parkers Name steht auf der Liste, oder?«

Adam blickte sie scharf an. »Woher weißt du das?«

Sie lachte. »Mein Engel, du hast dieses Haus in einen Marktplatz verwandelt. Ich kann nichts dafür, daß ich manchmal ein wenig von dem höre, was vorgeht. Alle scheinen geradezu kopflos vor Aufregung. Jeder will Michael Moretti und seine Freundin fangen.« Sie beobachtete Adams Miene, aber es gab keine Reaktion.

Mary Beth betrachtete ihren Mann liebevoll und dachte: *Wie naiv Männer doch sind.* Sie wußte mehr über Jennifer Parker als er. Es hatte sie immer erstaunt, wie hervorragend ein Mann im Geschäftsleben oder der Politik sein konnte und wie töricht, wenn es sich um Frauen handelte. Wie viele wirklich große Männer hatten billige kleine Dummchen geheiratet. Mary Beth verstand es völlig, daß ihr Ehemann eine Affäre mit Jennifer gehabt hatte. Schließlich war Adam ein sehr attraktiver und begehrenswerter Mann. Und wie alle Männer war er für neue Reize empfänglich. Ihre Philosophie war, zu vergeben, aber niemals zu vergessen.

Mary Beth wußte, was gut für ihren Ehemann war. Alles, was sie tat, geschah zu seinem Besten. Wenn dies alles vorbei war, würde sie mit ihm irgendwohin fahren. Er sah wirklich müde aus. Sie würden Samantha bei der Haushälterin lassen und in eine romantische Gegend fahren. Vielleicht nach Tahiti.

Mary Beth blickte aus dem Fenster und sah zwei Sicherheitsbeamte miteinander reden. Sie hatte diesen Männern gegenüber gemischte Gefühle. Einerseits mißbilligte sie das Eindringen in ihr Privatleben, aber andererseits erinnerten sie sie ständig daran, daß ihr Mann einmal Präsident der Vereinigten Staaten werden würde. Es gab keinen Zweifel daran, daß er es schaffen würde. Jeder sagte das. Die Vorstellung, im Weißen Haus zu leben, war so greifbar, daß ihr schon warm wurde, wenn sie nur daran dachte. Ihre Lieblingsbeschäftigung, während Adam mit seinen ganzen Konferenzen zu tun hatte, bestand darin, das Weiße Haus umzudekorieren. Stundenlang saß sie allein in ihrem Zimmer, rückte in ihrer Phantasie Möbel herum, wechselte ganze Einrichtungen aus und dachte an all die aufregenden Dinge, die sie tun würde, wenn sie First Lady wäre.

Schon jetzt hatte sie die Räume gesehen, in die die meisten Besucher gar nicht hereingelassen wurden: das chinesische Zimmer, die Bücherei mit ihren fast dreitausend Büchern, den Raum für diplomatische Empfänge und die Zimmer der Präsidentenfamilie mitsamt den sieben Gästeschlafzimmern im zweiten Stock.

Sie und Adam würden in diesem Haus wohnen und ein Teil seiner Geschichte werden. Mary Beth schauderte, wenn sie daran dachte, wie nahe Adam daran gewesen war, alle ihre Chancen zu verspielen, nur wegen dieser Parker. Nun, das war Gott sei Dank vorbei.

Sie betrachtete Adam, der erschöpft und abgemagert an seinem Schreibtisch saß.

»Kann ich dir eine Tasse Kaffee kochen, Liebling?«

Adam wollte schon nein sagen, aber dann entschied er sich anders. »Das wäre schön.«

»Es wird nur eine Sekunde dauern.«

Kaum hatte Mary Beth den Raum verlassen, da hob Adam den Hörer erneut auf und begann zu wählen. Es war Abend, und er wußte, daß niemand mehr in Jennifers Büro sein würde, aber sie mußte den Auftragsdienst eingeschaltet haben. Nach einer Ewigkeit meldete sich der Auftragsdienst.

»Hier spricht Mr. Adams«, sagte Adam. »Seit Tagen versuche ich, Jennifer Parker zu erreichen. Es ist äußerst dringend.«

»Einen Augenblick, bitte.« Dann meldete sich die Stimme wieder. »Es tut mir leid, Mr. Adams. Ich habe keine Ahnung, wo sich Mrs. Parker befindet. Wollen Sie eine Botschaft hinterlassen?«

»Nein.« Adam knallte enttäuscht den Hörer auf. Er wußte, daß sie unter Garantie nicht reagieren würde, selbst wenn er eine Nachricht für Jennifer hinterließ und sie bat, ihn anzurufen.

Er saß in seiner Höhle, starrte in die Nacht hinaus und dachte an die Dutzende von Haftbefehlen, die demnächst ausgestellt werden würden. Einige unter ihnen würden auf Mordverdacht lauten.

Und einer davon würde Jennifer Parkers Namen tragen.

Es dauerte fünf Tage, bis Michael Moretti wieder zu der Berghütte zurückkehrte, in der Jennifer sich aufhielt. Sie hatte sich ausgeruht, gegessen und lange Spaziergänge auf den Pfaden um das Haus unternommen. Als sie Michaels Wagen den Berg heraufkommen hörte, ging sie nach draußen, um ihn zu begrüßen.

Michael blickte sie an und sagte: »Du siehst schon wesentlich besser aus.«

»Ich fühle mich auch besser, danke.«

Sie gingen auf dem Pfad entlang, der zum See herunterführte.

Michael sagte: »Ich habe Arbeit für dich.«

»Worum geht es?«

»Ich möchte, daß du morgen nach Singapur fliegst.«

»Singapur?«

»Ein Steward wurde dort auf dem Flughafen verhaftet, weil er eine Ladung Kokain bei sich hatte. Sein Name ist Stefan Bjork. Er sitzt im Gefängnis. Ich möchte, daß du ihn auf Kaution herausholst, ehe er zu singen anfängt.«

»In Ordnung.«

»Komm so schnell wie möglich zurück. Du wirst mir fehlen.«

Er zog sie an sich und küßte sie zärtlich auf die Lippen, dann flüsterte er: »Ich liebe dich, Jennifer.«

Und sie wußte, daß er diese Worte nie zuvor zu einer Frau gesagt hatte.

Aber es war zu spät. Es war vorbei. Irgend etwas in ihr war für immer gestorben, und sie war zurückgeblieben, für immer einsam, für immer schuldig. Sie hatte sich entschlossen, Michael zu sagen, daß sie ihn verlassen würde. Es würde keinen Adam und keinen Michael geben. Sie mußte irgendwohin gehen, allein, und von vorn anfangen. Sie mußte eine Rechnung begleichen. Sie würde diese eine Angelegenheit noch für Michael in Ordnung bringen und ihm nach der Rückkehr ihre Pläne mitteilen.

Am nächsten Morgen flog sie nach Singapur.

## 53

Nick Vito, Tony Santo, Salvatore Fiore und Joseph Colella aßen in *Tony's Place* zu Mittag. Sie saßen an einem der vorderen Tische, und jedesmal, wenn sich die Tür öffnete, blickten sie auf, um den Ankömmling zu mustern. Michael Moretti hielt sich im Hinterzimmer auf, und obwohl es zur Zeit keine Streitigkeiten zwischen den Familien gab, war es immer besser, auf Nummer sicher zu gehen.

»Was ist Jimmy passiert?« fragte Joseph Colella.

»*Astutatu-morte*«, sagte Nick Vito. »Der blöde Hurensohn ist auf die Schwester eines Bullen reingefallen. Die Braut war nicht astrein, sage ich euch. Sie und ihr Bullenbruder haben Jimmy einen Floh ins Ohr gesetzt. Er hatte einen richtigen Höhenflug. Jimmy arrangierte ein Treffen mit Mike und dabei trug er eine Drahtstange im Hosenbein.«

»Und dann?« fragte Fiore.

»Dann wurde Jimmy so nervös, daß er dringend pissen mußte. Als er seinen Hosenschlitz aufgemacht hat, ist der gottverdammte Draht rausgerutscht.«

»Oh, Scheiße!«

»Genau die hat Jimmy gebaut. Mike hat Gino auf ihn losgelassen. Der hat ihn mit seinem eigenen Draht stranguliert. Er wurde ganz langsam getötet – *suppilu suppilu.*«

Die Tür öffnete sich, und die Männer blickten auf. Es war der Zeitungsbote mit der Nachmittagsausgabe der *New York Post.*

Joseph Colella rief: »Hierher, Sonny!« Er wandte sich an die anderen. »Ich muß mir mal kurz die Sportseite ansehen. Ich habe heute in Hialeah ein Pferd am Start.«

Der Zeitungsjunge, ein wettergegerbter Mann in den Siebzigern, reichte Joseph Colella eine Nummer der *Post*, und Colella gab ihm einen Dollar. »Der Rest ist für dich.«

Genau das hätte Michael Moretti gesagt. Joseph Colella schlug die Zeitung auf, und Nick Vitos Aufmerksamkeit wurde von einem Foto auf der Titelseite angezogen.

»He«, meinte er. »Den Burschen kenne ich doch!«

Tony Santo warf einen Blick über Vitos Schulter. »Natürlich kennst du ihn, Witzbold. Das ist Adam Warner. Er bewirbt sich um die Präsidentschaft.«

»Nein, ich meine, ich habe ihn *persönlich* gesehen.« Er zog die Augenbrauen zusammen und versuchte, sich zu erinnern. Plötzlich fiel es ihm ein.

»Jetzt weiß ich's. Er war der Mann, den ich mit Jennifer Parker in einer Bar in Acapulco gesehen habe.«

»Wovon sprichst du eigentlich?«

»Weißt du noch, wie ich letzten Monat drüben war und eine Lieferung abgegeben habe? Ich habe diesen Burschen in Begleitung von Jennifer Parker gesehen. Sie haben zusammen was getrunken.«

Salvatore Fiore starrte ihn an. »Bist du sicher?«

»Ja. Warum?«

Fiore sagte langsam. »Ich glaube, du solltest vielleicht besser Mike davon erzählen.«

Michael Moretti starrte Nick Vito an und sagte: »Du hast wohl deinen verdammten Verstand verloren! Was sollte Jennifer Parker mit Senator Warner zu tun haben?«

»Keine Ahnung, und wenn Sie mich schlagen würden, Boß. Ich weiß nur, daß sie in dieser Bar saßen und Margaritas tranken.«

»Nur sie beide?«

»Ja.«

Salvatore Fiore schaltete sich ein: »Ich dachte, du solltest das wissen, Mike. Dieser Warner untersucht sogar noch unsere Scheiße. Er macht uns das Leben zur Hölle. Warum sollte Jennifer einen Drink mit ihm nehmen?«

Genau das wollte auch Michael wissen. Jennifer hatte von Acapulco und dem Konvent erzählt und ein halbes Dutzend Leute erwähnt, die sie getroffen hatte. Über Adam Warner hatte sie kein Wort verloren.

Michael wandte sich an Tony Santo. »Wer ist zur Zeit Geschäftsführer der Portiersgewerkschaft?«

»Charlie Corelli.«

Fünf Minuten später telefonierte Michael Moretti mit Charles Corelli.

»Ein Freund von mir wohnte vor neun Jahren in den Belmont Towers«, sagte Michael. »Ich würde gern mit dem Mann sprechen, der damals dort Pförtner war.« Michael lauschte einen Moment. »Ich weiß das zu schätzen, mein Freund. Ich schulde Ihnen einen Gefallen.« Er hängte auf.

Nick Vito, Santo, Fiore und Colella beobachteten ihn.

»Habt ihr Bastarde nichts zu tun? Macht, daß ihr hier rauskommt, zum Teufel!«

Die drei Männer verließen eilig den Raum.

Michael saß an seinem Schreibtisch, dachte nach, stellte sich Jennifer und Adam Warner zusammen vor. *Warum hatte sie ihn nie erwähnt? Und Joshuas Vater, der in Vietnam gefallen war. Warum hatte Jennifer nie von ihm gesprochen?*

Michael Moretti begann in seinem Büro auf und ab zu gehen.

Drei Stunden später führte Tony Santo einen schüchternen, schlecht angezogenen Mann von etwa sechzig Jahren in den Raum. Der Mann hatte offensichtlich Angst.

»Das ist Wally Kawolski«, sagte Tony.

Michael stand auf und schüttelte Kawolski die Hand. »Danke, daß Sie vorbeikommen konnten. Ich weiß das zu schätzen. Setzen Sie sich. Möchten Sie etwas trinken? Eine Zigarre?«

»Nein, nein, danke, Mr. Moretti. Es geht mir gut, Sir, danke sehr.« Fehlte nur noch, daß er sich verbeugte.

»Sie brauchen nicht nervös zu sein. Ich möchte Ihnen nur ein paar Fragen stellen, Wally.«

»Gern, Mr. Moretti. Alles, was Sie wissen wollen. Alles, was ich weiß. Alles.«

»Arbeiten Sie immer noch in den Belmont Towers?«

»Ich? Nein, Sir. Ich habe dort vor, oh, ungefähr fünf Jahren aufgehört. Meine Schwiegermutter hatte einen schweren...«

»Erinnern Sie sich noch an die Mieter?«

»Ja, Sir. Zumindest an die meisten, schätze ich. Sie waren ziemlich...«

»Erinnern Sie sich an eine Jennifer Parker?«

Walter Kawolskis Gesicht strahlte. »Oh, natürlich. Sie war eine vornehme Dame. Ich kann mich sogar an die Nummer ihrer Wohnung erinnern. 1929. Wie das Jahr mit dem großen Börsenkrach, wissen Sie? Ich mochte sie.«

»Hatte Miß Parker viele Besucher, Wally?«

Walter kratzte sich gemächlich den Kopf. »Nun, das ist schwer zu sagen, Mr. Moretti. Ich sah sie eigentlich nur, wenn sie hereinkam oder hinausging.«

»Haben manchmal Männer die Nacht in ihrer Wohnung verbracht?«

»O nein, Sir.«

Eine Welle der Erleichterung durchflutete Michael. Also war alles viel Lärm um nichts gewesen. Er hatte die ganze Zeit gewußt, daß Jennifer niemals...

»Ihr Freund hätte ja auftauchen und sie erwischen können.«

Michael glaubte, nicht richtig gehört zu haben. »Ihr Freund?«

»Ja. Dieser Bursche, mit dem Miß Parker in der Wohnung gelebt hat.«

Die Worte trafen Michael wie ein Vorschlaghammer. Er verlor die Beherrschung. Er packte Walter Kawolski an den Aufschlägen und riß ihn hoch. »Du dämlicher Arschficker! Ich habe dich *gefragt*, ob... wie hieß er?«

Der kleine Mann wurde von Entsetzen geschüttelt. »Ich weiß nicht, Mr. Moretti. Ich schwöre bei Gott, ich weiß es nicht.«

Michael stieß ihn weg. Er hob die Zeitung auf und hielt sie unter Kawolskis Nase.

Kawolski blickte auf das Foto von Adam Warner und sagte aufgeregt: »Das ist er. Das ist ihr Freund.«

Und Michael fühlte seine Welt auseinanderbrechen. Jennifer hatte ihn die ganze Zeit belogen; sie hatte ihn mit Adam Warner betrogen! Hinter seinem Rücken waren die beiden herumgeschlichen, hatten sich gegen ihn verschworen und einen Idioten aus ihm gemacht.

Sie hatte ihm Hörner aufgesetzt.

Wie reißende Ströme stiegen Gedanken an Rache in Michael Moretti auf, und er wußte, daß er sie beide töten würde.

## 54

Jennifer flog über London nach Singapur. In Bahrein hatte sie einen zweistündigen Aufenthalt. Der fast neue Flughafen des Ölemirats war bereits ein Slum geworden. Männer, Frauen und Kinder in den Kleidern der Eingeborenen schliefen auf Fluren und Bänken. Vor dem Spirituosenstand des Flugplatzes war ein Schild mit der Warnung angebracht, daß jeder, der in der Öffentlichkeit trank, ins Gefängnis gesteckt würde. Die Atmosphäre wirkte feindselig, und Jennifer war erleichtert, als ihr Flug aufgerufen wurde.

Die Boing 747 landete um vier Uhr vierzig auf dem Changi-Flughafen von Singapur. Der Flugplatz war brandneu, vierzehn Meilen vom Zentrum der Stadt entfernt. Er hatte den alten

International Airport ersetzt, und als das Flugzeug die Landebahn entlangrollte, konnte Jennifer sehen, daß noch immer gebaut wurde.

Das Zollgebäude war riesig, luftig und modern. Zur Bequemlichkeit der Passagiere gab es Reihen von Gepäckwagen. Die Zollbeamten waren tüchtig und höflich. Jennifer war bereits nach fünfzehn Minuten abgefertigt und auf dem Weg zum Taxistand.

Hinter dem Ausgang näherte sich ihr ein kräftiger Chinese mittleren Alters. »Miß Jennifer Parker?«

»Ja.«

»Ich bin Chu Ling.« Morettis Kontaktmann in Singapur. »Ich bin mit dem Wagen da.«

Chu Ling ließ Jennifers Gepäck in den Kofferraum seiner Limousine laden, und einige Minuten später waren sie bereits auf dem Weg in die City.

»Hatten Sie einen angenehmen Flug?« fragte Chu Ling.

»Ja, danke.« Aber Jennifers Gedanken waren bei Stefan Bjork.

Als hätte er ihre Gedanken gelesen, nickte Chu Ling zu einem Gebäude vor ihnen. »Das ist das Changi-Gefängnis. Bjork befindet sich dort.«

Jennifer betrachtete es aufmerksam. Das Gefängnis war ein mächtiges Gebäude jenseits der Straße, umgeben von einem grünen Zaun und elektrisch geladenem Stacheldraht. An jeder Ecke erhob sich ein mit bewaffneten Posten bestückter Wachturm, und der Eingang wurde von einem weiteren Stacheldrahtverhau und noch mehr Wachen am Tor blockiert.

»Während des Krieges wurden hier alle Briten, die sich im Land aufhielten, interniert«, erklärte Chu Ling.

»Wann kann ich Bjork sehen?«

Chu Ling antwortete vorsichtig: »Die Lage ist äußerst delikat, Mrs. Parker. Die Regierung ahndet den Gebrauch von Drogen mit außerordentlicher Härte. Sogar Leute, die zum erstenmal straffällig werden, können auf eine gnadenlose Behandlung rechnen. Wenn jemand aber mit Drogen *handelt*...« Chu Ling zuckte ausdrucksvoll mit den Schultern. »Singapur wird von einigen wenigen, sehr mächtigen Familien beherrscht. Der Familie Shaw, C. K. Tang, Tan Chin Tuan und dem Premierminister. Diese Sippen kontrollieren Wirtschaft und Finanzen von Singapur. Sie wollen hier keine Drogen.«

»Wir müssen hier doch einige Freunde mit Einfluß haben.«

»Es gibt einen Polizeiinspektor, David Touh – ein sehr vernünftiger Mann.«

Jennifer fragte sich, wieviel dieses »vernünftig« sie kosten würde, sprach aber nicht mit Chu Ling darüber. Später würde noch Zeit genug sein. Sie lehnte sich zurück und betrachtete die Gegend. Sie fuhren jetzt durch die Vororte von Singapur. Überall erstreckten sich weitflächige Grünanlagen, betupft mit blühenden Blumen. Zu beiden Seiten der MacPherson Road lagen moderne Einkaufscenter neben alten Heiligtümern und Pagoden. Einige der Fußgänger trugen Turbane und einheimische Trachten, andere waren nach der neuesten westlichen Mode gekleidet. Die Stadt war eine farbenprächtige Mischung aus der historischen Kultur des Landes und einer modernen Metropolis. Die Einkaufscenter wirkten neu und geradezu fleckenlos sauber. Als Jennifer eine Bemerkung darüber machte, lächelte Chu Ling. »Dafür gibt es eine ganz einfache Erklärung. Auf Umweltverschmutzung steht eine Geldbuße von mindestens fünfhundert Dollar, und sie wird auch rigoros verhängt.«

Der Wagen bog in die Stevens Road, und Jennifer erblickte ein schönes, völlig von Bäumen und Blumen eingefaßtes Gebäude auf einem Hügel.

»Das ist das Shangri-La, Ihr Hotel.«

Das Foyer war riesig, schneeweiß, peinlich sauber und bestand hauptsächlich aus Marmorsäulen und Glas.

Während Jennifer sich eintrug, sagte Chu Ling: »Inspektor Touh wird sich mit Ihnen in Verbindung setzen.« Er gab ihr seine Karte. »Unter dieser Nummer können Sie mich stets erreichen.«

Ein lächelnder Page bemächtigte sich Jennifers Gepäck und führte sie durch die Halle zum Lift. Jennifer bemerkte einen überwältigenden Garten unter einem Wasserfall und einen Swimming-pool. Das Shangri-La war das atemberaubendste

Hotel, das sie je gesehen hatte. Ihre Suite im zweiten Stock bestand aus einem großen Wohnzimmer, einem Schlafzimmer und einer Terrasse, die auf einen farbenprächtigen See aus roten und weißen Blumen, purpurner Bougainvillea und kokosnußbehangenen Palmen ging. *Als befände man sich mitten in einem Gauguin-Gemälde,* dachte Jennifer.

Eine leichte Brise bauschte die Vorhänge. Es war ein Tag, wie Joshua ihn liebte. *Können wir heute nachmittag segeln gehen, Mama? Hör mit dem Unsinn auf,* schalt Jennifer sich selbst.

Sie ging zum Telefon. »Ich möchte ein Gespräch in die Vereinigten Staaten anmelden, nach New York City. Der Teilnehmer ist Michael Moretti.« Sie nannte seine Telefonnummer.

Die Telefonistin sagte: »Es tut mir außerordentlich leid. Alle Leitungen sind belegt. Bitte versuchen Sie es später noch einmal.«

»Ich danke Ihnen.«

Im Erdgeschoß blickte die Telefonistin einen Mann neben dem Schaltbrett fragend an.

Der Mann nickte beifällig. »Gut«, sagte er. »Sehr gut.«

Der Anruf von Inspektor Touh erfolgte eine Stunde, nachdem Jennifer sich eingetragen hatte.

»Miß Jennifer Parker?«

»Am Apparat.«

»Hier spricht Inspektor David Touh.« Er hatte einen schwachen, undefinierbaren Akzent.

»Ich habe Ihren Anruf erwartet. Ich bin hier, um mit...«

Der Inspektor unterbrach sie. »Ich frage mich, ob Sie mir heute abend beim Essen das Vergnügen Ihrer Gesellschaft bereiten würden.«

Eine Warnung. Er hatte wahrscheinlich Angst, daß das Telefon abgehört wurde.

»Ich wäre sehr erfreut.«

Das *Great Shanghai* war ein riesiges, lärmerfülltes Restaurant, das zum größten Teil von Eingeborenen bevölkert war, die laut aßen und redeten. Auf einer Bühne spielte eine Drei-Mann-

Band, und ein attraktives Mädchen in einem Cheongsam sang amerikanische Schlager.

Der Oberkellner fragte Jennifer: »Ein Tisch für eine Person?«

»Ich bin hier verabredet. Mit Inspektor Touh.«

Das Gesicht des Oberkellners teilte sich in ein breites Lächeln. »Der Inspektor wartet bereits auf Sie. Hier entlang, bitte.« Er führte Jennifer zu einem Tisch in der Nähe der Band.

Inspektor David Touh war ein großer, schlanker, attraktiver Mann von Anfang vierzig mit feinen Gesichtszügen und dunklen, feuchten Augen. Er trug einen dunklen, gutgeschnittenen Anzug.

Er hielt Jennifers Stuhl, dann setzte er sich selber. Die Band spielte einen ohrenbetäubenden Rocksong.

Inspektor Touh beugte sich vor und fragte: »Darf ich Ihnen einen Drink bestellen?«

»Ja, danke.«

»Sie müssen einen *chendol* versuchen.«

»Einen was?«

»Einen Drink mit Kokosnußmilch, Kokoszucker und kleinen Gelatinestückchen. Er wird Ihnen schmecken.«

Der Inspektor sah auf, und sofort war eine Kellnerin an ihrem Tisch. Der Inspektor bestellte die Drinks und *dim sum*, chinesische Appetitanreger. »Ich hoffe, es stört Sie nicht, wenn ich auch das Essen für Sie auswähle.«

»Ganz und gar nicht. Es wäre mir ein Vergnügen.«

»Ich weiß, daß in Ihrem Land die Frauen daran gewöhnt sind, das Ruder in die Hand zu nehmen. Hier hat noch immer der Mann zu sagen.«

*Ein männlicher Chauvinist,* dachte Jennifer, aber sie hatte keine Lust, sich zu streiten. Sie brauchte diesen Mann. Wegen des unvorstellbaren Getöses und der Musik war es fast unmöglich, ein Gespräch zu führen. Jennifer lehnte sich zurück und blickte sich im Raum um. Sie war schon in anderen orientalischen Ländern gewesen, aber die Menschen in Singapur waren außerordentlich schön, Männer und Frauen gleichermaßen.

Die Kellnerin stellte Jennifers Drink vor sie hin. Er erinnerte an ein Schokoladensoda, mit schlüpfrigen Klumpen darin.

Inspektor Touh beobachtete sie. »Sie müssen ihn umrühren.«

»Ich kann Sie nicht verstehen.«

Er brüllte: »Sie müssen ihn umrühren!«

Gehorsam rührte Jennifer ihren Drink um. Sie kostete.

Er war schrecklich, viel zu süß, aber sie nickte und sagte: »Er – er ist ungewöhnlich.«

Ein halbes Dutzend Teller mit *dim sum* erschienen auf dem Tisch. Einige dieser Köstlichkeiten hatten höchst ungewöhnliche Formen, die Jennifer noch nie gesehen hatte, aber sie beschloß, nicht zu fragen. Das Essen war hervorragend.

Inspektor Touh brüllte Erklärungen: »Dieses Restaurant ist bekannt für sein Essen im *Nonya*-Stil. Es handelt sich um eine Mischung aus chinesischen Zutaten und malayischen Soßen. Die Rezepte sind nirgendwo niedergeschrieben.«

»Ich möchte mit Ihnen über Stefan Bjork reden«, sagte Jennifer.

»Ich kann Sie nicht verstehen.« Der Lärm der Band hatte einen neuen Höhepunkt erreicht.

Jennifer beugte sich näher zu Touh. »Ich möchte wissen, wann ich Stefan Bjork sehen kann.«

Inspektor Touh zuckte mit den Schultern und gestikulierte, daß er sie nicht verstehen konnte. Jennifer fragte sich plötzlich, ob er diesen Tisch ausgewählt hatte, damit sie ungehört reden konnten oder damit jegliches Gespräch unmöglich war.

Eine endlose Prozession von Speisen folgte auf die *dim sum,* und es war ein überwältigendes Mahl. Das einzige, was Jennifer störte, war, daß sie nicht ein einziges Mal das Thema Stefan Bjork zur Sprache bringen konnte.

Als sie zu Ende gegessen hatten und wieder auf der Straße waren, sagte Inspektor Touh: »Ich habe meinen Wagen da.« Er schnippte mit den Fingern, und ein schwarzer Mercedes, der in der zweiten Reihe geparkt hatte, rollte heran. Der Inspektor öffnete Jennifer die Hintertür. Ein mächtiger, uniformierter

Polizist saß am Steuer. Irgend etwas stimmte nicht. *Wenn Inspektor Touh vertrauliche Dinge mit mir besprechen wollte,* dachte Jennifer, *dann hätte er dafür gesorgt, daß wir alleine sind.*

Sie nahm auf dem Rücksitz Platz, und der Inspektor glitt neben sie. »Sie sind das erste Mal in Singapur, nicht wahr?«

»Ja.«

»Ah, dann gibt es viel für Sie zu sehen.«

»Ich bin nicht als Tourist hier, Inspektor. Ich muß so schnell wie möglich wieder nach Hause zurück.«

Der Inspektor seufzte. »Ihr Amerikaner seid immer in einer solchen Hetze. Haben Sie schon einmal von der Bugisstraße gehört?«

»Nein.«

Jennifer veränderte ihre Stellung, so daß sie Inspektor Touh studieren konnte. Er hatte ein sehr bewegliches Gesicht, und seine Gesten waren ausdrucksvoll. Er wirkte extrovertiert und redselig, und dennoch schaffte er es, seit Stunden praktisch nichts zu sagen.

Der Wagen mußte wegen eines *betjaks* halten, eines dreirädrigen Fahrrads, mit dem eingeborene Fahrer Touristen beförderten. Inspektor Touhs Gesicht hatte einen verächtlichen Ausdruck angenommen.

»Eines Tages werden wir das verbieten.«

Jennifer und der Inspektor verließen den Wagen einen Block von der Bugisstraße entfernt.

»Hier sind keine Automobile erlaubt«, erklärte Touh.

Er nahm Jennifers Arm, und sie begannen, den belebten Bürgersteig entlangzugehen. Nach ein paar Minuten war die Menge so dicht, daß es fast unmöglich wurde, sich zu bewegen. Die Bugisstraße war eng und zu beiden Seiten von Ständen gesäumt, an denen Obst, Gemüse, Fisch und Fleisch feilgeboten wurden. Es gab Terrassenrestaurants mit kleinen, von Stühlen umgebenen Tischen. Jennifer blieb stehen und sog Farben, Geräusche und Gerüche, die ganze fremdartige Szenerie ein. Inspektor Touh nahm ihren Arm und bahnte ihr einen Weg durch die Menge. Sie erreichten ein Restaurant mit drei Tischen davor, die alle besetzt waren. Der Inspektor ergriff den Arm eines vorbeieilenden Kellners, und einen Augenblick später war der Eigentümer an ihrer Seite. Der Inspektor sagte ein paar Worte auf Chinesisch zu ihm. Der Chef ging zu einem der Tische und redete mit den Gästen. Sie sahen zu Inspektor Touh her und standen dann hastig auf, um zu verschwinden. Der Inspektor und Jennifer nahmen an dem Tisch Platz.

»Darf ich Ihnen etwas bestellen?«

»Nein, danke.« Jennifer beobachtete das Menschengewimmel, das sich auf der Straße und den Bürgersteigen drängte. Unter anderen Umständen hätte sie den Abend genossen. Singapur war eine faszinierende Stadt, eine Stadt, die man mit einem Menschen erleben mußte, der einem etwas bedeutete.

Inspektor Touh sagte: »Passen Sie auf. Es ist beinahe Mitternacht.«

Jennifer wußte zuerst nicht, was er meinte. Dann bemerkte sie, daß alle Geschäftsleute gleichzeitig ihre Stände zu schließen begannen. Innerhalb von zehn Minuten waren alle Stände abgesperrt, die Besitzer verschwunden.

»Was geht da vor?« fragte Jennifer.

»Das werden Sie gleich sehen.«

Vom Ende der Straße drang ein Murmeln, und die Menschen zogen sich auf die Bürgersteige zurück. Ein breiter Streifen der Straße war jetzt frei. Ein chinesisches Mädchen in einem langen, enganliegenden Abendkleid wandelte in der Mitte des Streifens. Sie war die schönste Frau, die Jennifer je gesehen hatte. Sie schritt stolz und langsam dahin und blieb hin und wieder an verschiedenen Tischen stehen, um Leute zu begrüßen, ehe sie weiterging.

Als das Mädchen sich dem Tisch näherte, an dem Jennifer und der Inspektor saßen, konnte Jennifer es genauer betrachten, und aus der Nähe war es sogar noch attraktiver. Seine Gesichtszüge waren weich und feingeschnitten, die Figur war atemberaubend. Das an den Seiten hochgeschlitzte weiße Seidenkleid ließ hinreißend geschwungene Schenkel und kleine, perfekte Brüste erkennen.

Als Jennifer sich an den Inspektor wandte, um eine Bemerkung fallenzulassen, erschien ein zweites Mädchen. Es war womöglich noch schöner als das erste. Hinter ihr kamen zwei weitere, und binnen weniger Sekunden war die Straße mit jungen Mädchen überflutet. Sie waren eine Mischung aus malayischen, indischen und chinesischen Einflüssen.

»Es sind Prostituierte, nicht wahr?« riet Jennifer.

»Ja. Transsexuelle.«

Jennifer starrte ihn an. Das war doch nicht möglich. Sie beobachtete wieder die Mädchen. Sie konnte absolut nichts Männliches an ihnen erkennen.

»Sie nehmen mich auf den Arm.«

»Sie werden die *Billy Boys* genannt.«

Jennifer war verwirrt. »Aber sie...«

»Sie haben sich alle operieren lassen. Sie halten sich für Frauen.« Er zuckte mit den Schultern. »Warum auch nicht? Sie tun niemandem weh. Sie müssen wissen«, fügte er hinzu, »daß Prostitution bei uns verboten ist. Aber die *Billy Boys* locken Touristen an, und solange sie die Gäste nicht belästigen, drückt die Polizei ein Auge zu.«

Jennifer konnte ihre Blicke nicht von den vollkommenen jungen Leuten wenden, die sich die Straße hinunterbewegten und an den Tischen stehenblieben, um Kunden für sich zu interessieren.

»Es geht ihnen nicht schlecht. Sie berechnen bis zu zweihundert Dollar.«

Die meisten Mädchen saßen jetzt bei Männern an den Tischen und feilschten. Eine nach der anderen standen sie auf und verschwanden mit ihren Kunden.

»Die meisten bringen es auf zwei oder drei Transaktionen pro Nacht«, erklärte der Inspektor. »Sie übernehmen die Bugisstraße um Mitternacht, und um sechs Uhr morgens müssen sie verschwunden sein, damit die Stände wieder öffnen können. Wenn Sie soweit sind, können wir gehen.«

»Ich bin soweit.«

Während sie die Straße hinuntergingen, tauchte Ken Baileys

Bild vor Jennifers innerem Auge auf, und sie dachte: *Ich hoffe, es geht dir gut und du bist glücklich.*

Auf dem Weg zurück zum Hotel entschloß sich Jennifer – Chauffeur hin, Chauffeur her –, die Rede auf Bjork zu bringen.

Als der Wagen sich ihrem Hotel näherte, sagte sie: »Wegen Stefan Bjork...«

»Ach ja. Ich habe dafür gesorgt, daß Sie ihn morgen früh um zehn Uhr besuchen können.«

## 55

In Washington wurde Adam Warner aus einer Konferenz gerufen, weil er telefonisch dringend aus New York verlangt wurde.

Staatsanwalt Di Silva war am Apparat. Er frohlockte. »Die Grand Jury hat gerade die Anklageverfügungen ausgesprochen, um die wir sie ersucht haben. In jedem einzelnen Fall. Wir können jederzeit losschlagen.«

Er erhielt keine Antwort. »Sind Sie noch dran, Senator?«

»Ja.« Adam zwang sich, begeistert zu klingen. »Das sind ja gute Nachrichten.«

»Innerhalb von vierundzwanzig Stunden müßten wir sie einkreisen können. Wenn Sie nach New York kämen, sollten wir morgen früh eine letzte Konferenz abhalten, damit wir unsere Züge koordinieren können. Wäre das möglich, Senator?«

»Ja«, sagte Adam.

»Ich bereite alles vor. Zehn Uhr morgen früh.«

»Bis dann.« Adam legte den Hörer auf.

*Die Grand Jury hat gerade die Anklageverfügungen ausgesprochen, um die wir sie ersucht haben. In jedem einzelnen Fall.*

Adam nahm den Hörer wieder auf und begann zu wählen.

# 56

Das Besuchszimmer im Changi-Gefängnis war ein kleiner, kahler Raum mit weißverputzten Wänden und einem langen Tisch mit harten Holzstühlen zu beiden Seiten. Jennifer saß auf einem der Stühle. Sie wartete. Als Stefan Bjork, begleitet von einem uniformierten Wärter, eintrat, blickte sie auf.

Bjork war etwa dreißig, ein großer Mann mit einem düsteren Gesicht und hervorquellenden Augen. *Er hat es an den Schilddrüsen,* dachte Jennifer. Auf Bjorks Wangen und Stirn leuchteten Prellungen. Er nahm auf der anderen Seite des Tisches Platz.

»Ich bin Jennifer Parker, Ihre Anwältin. Ich werde versuchen, Sie hier herauszuholen.«

Er blickte sie an: »Am besten beeilen Sie sich etwas damit.«

Es klang wie eine Drohung. Jennifer dachte an Michaels Worte: *Ich möchte, daß du ihn auf Kaution herausholst, ehe er zu singen anfängt.*

»Werden Sie gut behandelt?«

Er warf einen versteckten Blick zu dem Wärter an der Tür. »Ja. Es geht.«

»Ich habe beantragt, Sie auf Kaution freizulassen.«

»Wie stehen die Chancen?« Bjork war unfähig, die Hoffnung in seiner Stimme zu unterdrücken.

»Ich glaube, ganz gut. Es wird längstenfalls noch zwei oder drei Tage dauern.«

»Ich muß hier 'raus.«

Jennifer stand auf. »Wir werden uns bald wiedersehen.«

»Danke«, sagte Stefan Bjork. Er streckte seine Hand aus.

Der Wärter rief scharf: »Nein!«

Beide wandten sich um.

»Keine Berührung.«

Stefan Bjork warf Jennifer einen Blick zu und sagte heiser: »Beeilen Sie sich!«

Als Jennifer wieder im Hotel war, fand sie eine Nachricht vor. Inspektor Touh hatte angerufen. Während sie die Zeilen überflog, klingelte das Telefon. Es war der Inspektor.

»Ich dachte, daß Sie vielleicht gern eine kleine Stadtrundfahrt unternehmen würden, während Sie warten, Miß Parker.«

Zuerst wollte Jennifer ablehnen, aber dann überlegte sie, daß sie nichts tun konnte, bis sie Bjork sicher in einem Flugzeug aus Singapur herausgebracht hatte, und so lange war es wichtig, Inspektor Touh bei Laune zu halten.

Jennifer sagte: »Danke schön. Das würde mir Spaß machen.«

Sie aßen bei Kampachi zu Mittag und fuhren dann aufs Land hinaus. Sie nahmen die Bukit-Timan-Straße nach Malaysia und kamen durch eine Reihe farbenprächtiger kleiner Dörfer voller Lebensmittelstände und Geschäfte. Die Menschen waren gutgekleidet und wirkten wohlhabend. Jennifer und Inspektor Touh hielten am Friedhof von Kranji und stiegen die Stufen zu den großen blauen Toren hinauf. Vor ihnen erhob sich ein großes Marmorkreuz und im Hintergrund eine riesige Säule. Dazwischen erstreckte sich ein Meer weißer Kreuze.

»Der Krieg war sehr schlimm für uns«, sagte Inspektor Touh. »Wir alle haben viele Freunde und Familienmitglieder verloren.«

Jennifer sagte nichts. Vor ihrem inneren Auge stieg ein Grab in Sands Point auf. Aber sie durfte nicht daran denken, was unter dem kleinen Hügel lag.

Bei der Nachrichtendiensteinheit der Polizei in Manhattan fand eine Konferenz verschiedener Dienststellen zur Verbrechensbekämpfung statt. Eine Stimmung von Triumph und Aufregung hing in der Luft. Viele der Männer hatten die Tatsache einer weiteren Untersuchung lange Zeit mit Zynismus betrachtet. Jahr um Jahr hatten sie immer wieder überwältigendes Beweismaterial gegen Schläger, Mörder und Erpresser zusammengetragen, und in einem Fall nach dem anderen hatten teure, gerissene Anwälte Freispruch über Freispruch für die Verbrecher, die sie vertraten, erreicht.

Diesmal würde der Hase in die andere Richtung laufen. Sie hatten die Zeugenaussage von *consigliere* Thomas Colfax, und niemand würde das erschüttern können. Über fünfundzwanzig Jahre war Colfax die Radnabe der Mafia gewesen. Er würde vor

Gericht auftreten und Namen, Daten, Fakten und Zahlen nennen. Und bald würden sie das Zeichen zum Losschlagen erhalten.

Adam hatte härter als alle anderen in diesem Raum gearbeitet, um zu diesem Punkt zu gelangen. Es hatte der Triumphwagen werden sollen, der ihn direkt ins Weiße Haus transportieren sollte. Und jetzt, wo der Augenblick da war, schmeckte der Sieg nach Asche. Vor Adam lag eine Liste mit Leuten, die von der Grand Jury unter Anklage gestellt worden waren. Der vierte Name auf der Liste war der von Jennifer Parker, und sie wurde des Mordes und der Verschwörung zu einem halben Dutzend anderer Kapitalverbrechen beschuldigt.

Adam Warner blickte sich im Raum um und zwang sich, ein paar Worte zu sagen. »Ich – ich möchte Ihnen allen gratulieren.«

Er versuchte, noch mehr zu sagen, aber er brachte kein weiteres Wort heraus. Er war von solchem Abscheu vor sich selber erfüllt, daß es fast körperlich schmerzte.

*Die Spanier haben recht,* dachte Michael Moretti. *Rache schmeckt am besten, wenn man sie kalt genießt.* Der einzige Grund, aus dem Jennifer Parker noch lebte, lag in ihrer Abwesenheit. Sie war außer Reichweite. Aber bald würde sie zurückkehren. Und in der Zwischenzeit konnte Michael sich ausmalen, was er mit ihr anstellen würde. Sie hatte ihn auf jede nur mögliche Weise betrogen. Deswegen würde er sie mit besonderer Aufmerksamkeit behandeln.

In Singapur versuchte Jennifer, zu Michael durchzukommen.

»Es tut mir leid«, sagte die Telefonistin, »aber alle Leitungen in die Vereinigten Staaten sind belegt.«

»Würden Sie es bitte weiter versuchen?«

»Natürlich, Miß Parker.«

Das Mädchen sah zu dem Mann neben dem Schaltbrett auf und lächelte ihm verschwörerisch zu.

In seinem Hauptquartier blickte Robert Di Silva auf einen Haftbefehl, der ihm gerade zugestellt worden war. Der Name auf dem Papier lautete Jennifer Parker.

*Endlich habe ich sie,* dachte er. Und er verspürte wilde Genugtuung.

Die Telefonistin verkündete: »Inspektor Touh wartet im Foyer auf Sie.«

Jennifer war überrascht, denn sie hatte den Inspektor nicht erwartet. Er mußte Neuigkeiten von Stefan Bjork haben.

Sie fuhr mit dem Fahrstuhl hinunter in die Halle.

»Verzeihen Sie, daß ich Sie nicht angerufen habe«, entschuldigte der Inspektor sich. »Ich dachte, ich rede am besten persönlich mit Ihnen.«

»Haben Sie Neuigkeiten für mich?«

»Wir können uns im Wagen unterhalten. Ich möchte Ihnen etwas zeigen.«

Sie fuhren die Yio-Chu-Kang-Straße entlang.

»Gibt es Probleme?« fragte Jennifer.

»Überhaupt nicht. Übermorgen wird die Kaution festgesetzt.«

*Wohin brachte er sie dann?*

Sie passierten einen Gebäudekomplex an der Jalan Goatopah-Straße, und der Fahrer hielt an.

Inspektor Touh wandte sich an Jennifer. »Ich bin sicher, das wird Sie interessieren.«

»Was denn?«

»Kommen Sie mit, Sie werden schon sehen.«

Das Innere des Gebäudes, das sie betraten, wirkte alt und heruntergekommen. Ein überwältigender, wilder und primitiver Moschusgestank hing in der Luft. Er war anders als alles, was Jennifer je gerochen hatte.

Ein junges Mädchen eilte auf sie zu und fragte: »Möchten Sie eine Begleitung haben? Ich...«

Der Inspektor winkte sie zur Seite. »Wir brauchen dich nicht.«

Er nahm Jennifers Arm, und sie gingen ins Freie auf ein Gelände hinter dem Gebäude. Vor ihnen lag ein halbes Dutzend in die Erde versenkter Becken, aus denen seltsame, gleitende Geräusche drangen. Jennifer und Inspektor Touh erreichten das erste Gehege. Auf einem Schild stand: *Nicht zu nah an die Becken treten. Gefahr!* Jennifer blickte hinein. In dem Becken wimmelte es von Krokodilen und Alligatoren, die sich in ständiger Bewegung befanden, über- und untereinander glitten. Es mußten mindestens dreißig sein.

Jennifer erschauerte. »Wo sind wir?«

»Das ist eine Krokodilfarm.« Er starrte zu den Reptilien hinein. »Wenn sie zwischen drei und sechs Jahre alt sind, werden sie gehäutet und zu Handtaschen, Gürteln und Schuhen verarbeitet. Wie Sie sehen, haben die meisten ihre Mäuler offen. Auf diese Weise faulenzen sie. Erst wenn sie die Mäuler schließen, muß man vorsichtig sein.«

Sie gingen zu einem anderen Becken, in dem zwei riesige Alligatoren lagen.

»Die hier sind fünfzehn Jahre alt. Sie sind nur zur Fortpflanzung da.«

Jennifer schüttelte sich. »Mein Gott, sind die häßlich. Wie können die sich nur gegenseitig ertragen!«

Inspektor Touh sagte: »Tatsächlich können sie das auch nicht. Sie paaren sich nicht sehr oft.«

»Sie wirken richtig urzeitlich.«

»Genau. Sie sind Millionen Jahre alt und haben immer noch dieselben primitiven Verhaltensweisen wie zu Beginn der Zeiten.«

Jennifer fragte sich, warum Touh sie hergebracht hatte. Wenn er glaubte, diese scheußlich aussehenden Bestien interessierten sie, hatte er sich getäuscht. »Können wir gehen?« fragte sie.

»Gleich.« Der Inspektor sah zu dem jungen Mädchen hinüber, das sie am Eingang getroffen hatten. Es trug einen Eimer zu dem ersten Becken.

»Heute ist Futtertag«, sagte Touh. »Passen Sie auf.«

Er führte Jennifer zurück zum ersten Becken. »Alle drei Tage werden sie mit Fisch und Schweinelungen gefüttert.«

Das Mädchen begann, das Futter in das Gehege zu werfen, und sofort verwandelten sich die Bestien in eine kochende, brodelnde Masse. Sie stießen auf das rohe, blutige Fleisch zu und schlugen ihre Saurierfänge hinein. Vor Jennifers Augen stürzten sich zwei von ihnen auf dasselbe Stück und wandten sich sofort gegeneinander. Verbissen griffen sie sich mit Zähnen und Schwanzhieben an, und bald füllte sich das Becken mit Blut. Das eine Krokodil hatte seine Zähne tief in die Kiefer des anderen vergraben und ließ nicht mehr los, obwohl sein Augapfel halb herausgerissen war. Als das Blut stärker hervorströmte und das Wasser verfärbte, beteiligten sich die anderen Tiere an dem Kampf und fielen über ihre verwundeten Artgenossen her. Sie rissen an ihren Köpfen, bis das Fleisch bloßlag, und begannen, sie bei lebendigem Leib zu verspeisen.

Jennifer wurde übel. »Bitte, lassen Sie uns gehen.«

Inspektor Touh legte die Hand auf ihren Arm. »Einen Augenblick.«

Er konnte sich nicht abwenden, und erst nach einer Weile ließ er Jennifer gehen.

In der Nacht träumte Jennifer davon, wie die Krokodile miteinander gekämpft und sich in Stücke gerissen hatten. Zwei von ihnen verwandelten sich plötzlich in Michael und Adam, und in der Mitte des Alptraums erwachte sie zitternd und konnte nicht wieder einschlafen.

Die Razzien begannen. In einem Dutzend verschiedener Staaten und mindestens sechs fremden Ländern schlugen die Männer des Bundes und der lokalen Polizeibehörden gleichzeitig zu.

In Ohio wurde ein Senator verhaftet, während er gerade vor einem Frauenverein eine Rede über Redlichkeit in der Regierung hielt.

In New Orleans wurde ein illegales Buchmacherunternehmen geschlossen.

In Amsterdam wurden Diamantenschmuggler auf frischer Tat ertappt.

Ein Bankmanager in Gary, Indiana, wurde unter der Beschuldigung festgenommen, er habe schmutziges Geld der Organisation weißgewaschen.

In Kansas City fand eine Razzia in einem großen Diskontgeschäft statt, das bis unters Dach mit gestohlenen Waren gefüllt war.

In Phoenix, Arizona, wurde ein halbes Dutzend Detektive der Sittenpolizei unter Arrest gestellt.

In Neapel wurde eine Kokainfabrik beschlagnahmt.

In Detroit wurde ein im ganzen Land tätiger Ring von Autodieben geknackt.

Da er Jennifer telefonisch nicht erreichen konnte, suchte Adam Warner ihr Büro auf.

Cynthia erkannte ihn augenblicklich.

»Es tut mir leid, Senator Warner, Miß Parker ist außer Landes.«

»Wo hält sie sich auf?«

»Im Shangri-La Hotel in Singapur.«

Adams Hoffnungen stiegen wieder. Er konnte sie anrufen und davor warnen, zurückzukehren.

Der Etagenkellner betrat die Suite, als Jennifer gerade unter der Dusche hervorkam.

»Entschuldigen Sie. Wann reisen Sie heute ab?«

»Ich reise nicht heute ab, sondern morgen.«

Der Etagenkellner wirkte verwirrt. »Mir wurde aufgetragen, die Suite für eine heute abend eintreffende Reisegruppe fertigzumachen.«

»Wer hat Ihnen das gesagt?«

»Der Geschäftsführer.«

In der Telefonzentrale ging ein Anruf aus Übersee ein. Diesmal hatte eine andere Telefonistin Dienst, und ein anderer Mann stand bei ihr.

Die Telefonistin sprach in ihr Mundstück. »Ein Anruf aus New York City für Miß Jennifer Parker?«

Sie blickte den Mann neben der Schalttafel an. Er schüttelte den Kopf.

»Es tut mir leid. Miß Parker ist schon vor einiger Zeit abgereist.«

Die Razzien gingen weiter. Auf Honduras, in San Salvador, Mexiko und der Türkei, überall wurden Verhaftungen vorgenommen. Dealer, Killer, Bankräuber und Brandstifter wurden in das ausgeworfene Netz geschwemmt. Es gab Festnahmen in Fort Lauderdale, Atlantic City und Palm Springs.

Ein Ende war noch nicht in Sicht.

In New York verfolgte Robert Di Silva jeden Fortschritt, und sein Herz klopfte schneller, wenn er daran dachte, wie sich das Netz um Jennifer Parker und Michael Moretti zusammenzog.

Michael Moretti entkam dem Stahlnetz der Polizei durch reinen Zufall. Es war der Todestag seines Schwiegervaters, und er und Rosa waren zum Friedhof gegangen, um Antonio Granellis zu gedenken.

Fünf Minuten nach ihrem Aufbruch erreichte eine Wagenladung von FBI-Beamten Michael Morettis Haus und eine weitere sein Büro. Als sie feststellten, daß er weder am einen noch am anderen Ort war, richteten sie sich darauf ein, zu warten.

Jennifer fiel ein, daß sie vergessen hatte, für Stefan Bjork einen Rückflug in die Vereinigten Staaten zu buchen. Sie setzte sich mit den Singapore Airlines in Verbindung.

»Hier spricht Jennifer Parker. Ich habe eine Reservierung für Ihren Flug Eins-Zwölf morgen nachmittag nach London. Ich möchte gern eine zusätzliche Buchung vornehmen.«

»Würden Sie bitte einen Augenblick in der Leitung bleiben?«

Jennifer wartete, und nach einigen Minuten meldete sich die Stimme wieder. »Sagten Sie Parker? P-A-R-K-E-R?«

»Ja.«

»Ihre Reservierung ist storniert worden, Miß Parker.«

Jennifer war überrascht. »Storniert? Von wem?«

»Ich weiß nicht. Ihr Name ist aus der Passagierliste gestrichen.

»Das muß ein Mißverständnis gewesen sein. Bitte setzen Sie mich wieder auf die Liste.«

»Es tut mir leid, Miß Parker. Der Flug ist ausgebucht.«

Inspektor Touh wird das alles in Ordnung bringen können, dachte Jennifer. Sie hatte sich bereit erklärt, mit ihm zu Abend zu essen. Dann würde sie herausfinden, was vorging.

Er erschien noch vor der ausgemachten Zeit, um sie abzuholen.

Jennifer berichtete dem Inspektor von dem Durcheinander im Hotel und den Flugreservierungen.

Er zuckte mit den Schultern. »Unsere berühmte Schlamperei, fürchte ich. Ich werde mich darum kümmern.«

»Was ist mit Stefan Bjork?«

»Alles ist vorbereitet. Er wird morgen früh entlassen.«

Der Inspektor sagte etwas auf chinesisch zu dem Fahrer, und der Wagen wendete mitten auf der Straße.

»Sie haben die Kallang-Straße noch nicht gesehen. Sie werden sie äußerst interessant finden.«

Der Wagen bog nach links in die Lavender Street, dann einen Block weiter nach rechts in Richtung Kallang Bahru. Große Abbildungen warben für Blumenzüchter und Sarghersteller. Einige Blocks weiter wendete der Wagen erneut.

»Wo sind wir?«

Inspektor Touh blickte sie an und sagte leise: »Wir sind auf der Straße ohne Namen und ohne Rückkehr.«

Der Wagen fuhr jetzt sehr langsam. Zu beiden Seiten der Straße gab es ausschließlich Bestattungsunternehmen, eins neben dem anderen: Tan Kee Seng, Clin Noh, Ang Yung Long, Goh Soon. Direkt vor ihnen fand eine Beerdigung statt. Die Trauernden waren weißgekleidet, und eine aus Tuba, Saxophon und Schlagzeug bestehende Kapelle spielte. Der Leichnam lag auf einem von Blumengewinden umgebenen Tisch, und ein großes Foto des Verstorbenen stand auf einer Staffelei vor der Fassade. Die Trauergäste saßen vor dem Tisch und aßen.

»Was ist das?« fragte Jennifer den Inspektor.

»Dies sind die Häuser des Todes. Die Eingeborenen nennen sie Sterbehäuser. Das Wort Tod ist für sie zu schwer auszusprechen.«

Er sah Jennifer an und sagte: »Aber der Tod ist ja nur ein Teil des Lebens, nicht wahr?«

Jennifer blickte in seine kalten Augen und hatte plötzlich Angst.

Sie gingen ins *Golden Phoenix*, und erst als sie aßen, hatte

Jennifer eine Gelegenheit, die Fragen zu stellen, die sie bewegten.

»Inspektor Touh, haben Sie mich aus einem bestimmten Grund zu der Krokodilfarm und den Sterbehäusern geführt?«

Er sah sie an und sagte geradeheraus: »Natürlich. Ich dachte, sie würden Sie interessieren. Besonders, da Sie hierher gekommen sind, um Ihren Klienten, Mr. Bjork, zu befreien. Viele unserer jungen Leute sterben an den Drogen, die in unser Land geschmuggelt werden, Miß Parker. Ich hätte Sie zu den Krankenhäusern führen können, wo wir sie zu behandeln versuchen, aber ich hielt es für informativer, Ihnen zu zeigen, wo sie enden.«

»All das hat nichts mit mir zu tun.«

»Das scheint mir eine Frage des Standpunkts zu sein.« Jede Freundlichkeit war aus seiner Stimme verschwunden.

Jennifer sagte: »Hören Sie, Inspektor Touh, ich bin sicher, Sie werden gut dafür bezahlt, daß...«

»Auf der ganzen Welt gibt es nicht genug Geld, um mich zu bezahlen.«

Er stand auf und nickte jemandem zu, und Jennifer drehte sich um. Zwei Männer in grauen Anzügen näherten sich dem Tisch.

»Miß Jennifer Parker?«

»Ja.«

Es bestand keine Notwendigkeit, daß sie ihre FBI-Ausweise zückten. Jennifer wußte Bescheid, bevor sie das erste Wort sagten. »FBI. Wir haben einen Auslieferungsbescheid sowie einen Haftbefehl gegen Sie. Wir bringen Sie mit der Mitternachtsmaschine nach New York zurück.«

## 57

Michael Moretti blickte auf die Uhr. Schon am Grab seines Schwiegervaters hatte er festgestellt, daß er eine Verabredung, die er für den späten Vormittag getroffen hatte, nicht mehr einhalten konnte. Er beschloß, sein Büro anzurufen und den Termin verlegen zu lassen. Er hielt auf dem Weg in die Stadt an einer Telefonzelle und wählte die Nummer. Das Telefon klingelte einmal, dann meldete sich eine Stimme: »Bauunternehmen Vollkommenheit.«

Michael sagte: »Hier spricht Mike. Sag...«

»Mr. Moretti ist nicht da. Rufen Sie später noch einmal an.«

Michaels Körper versteifte sich. Er sagte nur noch: »Tony's Place.« Dann hängte er auf und rannte zum Wagen. Rosa warf einen Blick auf sein Gesicht und fragte: »Ist alles in Ordnung, Michael?«

»Das wüßte ich selber gern. Ich setze dich bei deiner Cousine ab. Bleib da, bis du von mir hörst.«

Tony folgte Michael in das Büro im hinteren Teil des Restaurants.

»Ich habe gehört, daß es in deinem Haus und dem Büro in Manhattan von Bundespolizisten nur so wimmelt, Mike.«

»Danke«, sagte Michael. »Ich möchte nicht gestört werden.«

»Ich sorge dafür.«

Michael wartete, bis Tony den Raum verlassen und die Tür hinter sich geschlossen hatte. Dann hob er den Telefonhörer ab und begann wütend zu wählen.

Michael Moretti brauchte weniger als zwanzig Minuten, um herauszufinden, daß ein mittleres Erdbeben stattfand. Mit steigendem Unglauben empfing er die Berichte von den Razzien und Verhaftungen im ganzen Land. Seine Soldaten und Leutnants wurden von der Straße weg festgenommen. Bullen tauchten an geheimen Treffpunkten auf; Glücksspieloperationen wurden gesprengt, vertrauliche Hauptbücher und geheime Unterlagen beschlagnahmt. Ein Alptraum nahm seinen Lauf. Die Polizei mußte von jemandem innerhalb der Organisation mit Informationen versorgt werden.

Michael rief andere Familien im ganzen Land an, und alle wollten wissen, was eigentlich vorging. Ihnen wurden schwere Verluste zugefügt, und niemand wußte, wo das Leck war. Jeder vermutete es bei der Moretti-Familie.

Jimmy Guardino in Las Vegas stellte ihm sogar ein Ultimatum. »Ich rufe im Auftrag der Kommission an, Michael.« In

Krisenzeiten war die Kommission die höchste Instanz, der sich jede einzelne Familie unterzuordnen hatte. »Die Polizei hebt alle Familien aus. Diesmal singt eins von den großen Tieren. Dem Gerücht nach soll es einer deiner Jungs sein. Wir geben dir vierundzwanzig Stunden, ihn ausfindig zu machen und zum Schweigen zu bringen.«

In der Vergangenheit waren bei Razzien immer nur die kleinen Fische, auf die man verzichten konnte, ins Netz gegangen. Jetzt wurden zum erstenmal die Männer an der Spitze an Land gezogen. *Diesmal singt eins von den großen Tieren. Dem Gerücht nach soll es einer von deinen Jungs sein.* Wahrscheinlich hatten sie recht. Seine Familie war am schwersten getroffen worden, und die Polizei war ihm auf den Fersen. Irgend jemand mußte ihnen hieb- und stichfestes Beweismaterial geliefert haben, sonst hätten sie es niemals gewagt, soviel Staub aufzuwirbeln. Aber wer konnte es sein? Michael lehnte sich zurück und dachte nach.

Wer immer die Behörden belieferte, verfügte über Insiderwissen, das nur ihm selber und seinen beiden Vertrauensmännern Joseph Colella und Salvatore Fiore zugänglich war. Nur sie drei wußten, wo die Bücher versteckt gewesen waren, und die Polizei hatte sie gefunden. Der einzige, der noch Bescheid gewußt haben könnte, war Thomas Colfax, aber Colfax lag unter einem Müllhaufen in New Jersey.

Michael dachte über Salvatore Fiore und Joseph Colella nach. Es fiel ihm schwer, zu glauben, daß einer von ihnen die *omertà*, das sizilianische Gesetz des Schweigens, gebrochen haben sollte. Sie waren von Anfang an dabei gewesen, er selber hatte sie mit der Lupe ausgesucht. Er hatte ihnen gestattet, nebenbei ihre eigenen Kreditgeschäfte zu betreiben und einen kleinen Prostituiertenring aufzuziehen. Warum sollten sie ihn verraten? Die Antwort war natürlich einfach: sein Stuhl. Sie wollten seinen Stuhl. Wenn er draußen war, konnten sie einziehen und den Laden übernehmen. Sie waren ein Team; sie steckten zusammen dahinter.

Michael war plötzlich von mörderischer Wut erfüllt. Diese verdammten Bastarde wollten ihn von seinem Thron stoßen, aber sie würden nicht mehr lange genug leben, um die Früchte ihrer Arbeit zu genießen.

Als erstes mußte er diejenigen unter seinen Männern, die verhaftet worden waren, auf Kaution herausholen. Er brauchte einen Anwalt, dem er vertrauen konnte. Colfax war tot, und Jennifer – Jennifer! Michael spürte wieder das eisige Gefühl in der Herzgegend. Er konnte sich noch sagen hören: *Komm so schnell wie möglich zurück. Du wirst mir fehlen. Ich liebe dich, Jennifer.* Er hatte so zu ihr gesprochen, und sie hatte ihn verraten. Dafür würde sie bezahlen.

Michael machte einen Anruf und wartete dann, bis fünfzehn Minuten später Nick Vito in den Raum geeilt kam.

»Wie sieht es aus?« fragte Michael.

»Die FBI-Kerle schwärmen immer noch im ganzen Haus herum, Mike. Ich bin ein paarmal um den Block gefahren, habe mich aber an deine Worte gehalten. Ich bin nicht hineingegangen.«

»Ich habe einen Job für dich, Nick.«

»Klar, Boß. Was kann ich für dich tun?«

»Kümmere dich um Salvatore und Joe.«

Nick Vito starrte ihn an. »Ich – ich verstehe nicht. Wenn du *kümmere dich um sie* sagst, meinst du doch nicht etwa...«

Michael brüllte: »Ich meine, blas ihnen das verdammte Gehirn aus dem Schädel! Soll ich es dir noch buchstabieren?«

»Nein«, stammelte Nick Vito. »Es ist nur, ich – ich – ich dachte – Sal und Joe sind deine besten Leute!«

Michael Moretti stand auf. Seine Augen blickten gefährlich. »Willst du mir erzählen, wie ich meine Geschäfte zu führen habe, Nick?«

»Nein, Mike. Ich – klar! Ich kümmere mich um sie. Wann...?«

»Jetzt. Jetzt gleich. Sie erleben den Mondaufgang heute abend nicht mehr. Hast du kapiert?«

»Ja. Kapiert, Boß.«

Michaels Hände ballten sich zu Fäusten. »Wenn ich die Zeit dazu hätte, würde ich es selber erledigen. Ich möchte, daß es ihnen weh tut, Nick. Mach es langsam, hörst du? *Suppilu suppilu.*«

»Klar. Okay.«

Die Tür flog auf, und Tony stürzte herein, aschgrau im Gesicht. »Da draußen sind zwei FBI-Beamte mit einem Haftbefehl gegen dich. Ich schwöre bei Gott, daß ich keine Ahnung habe, woher sie wissen, daß du hier bist.«

Michael Moretti wandte sich an Nick Vito und schnappte: »Los, hinten heraus. Beweg dich schon!« Er blickte Tony an. »Sag ihnen, ich bin auf der Toilette. Ich komme gleich.«

Michael hob den Hörer ab und wählte eine Nummer. Eine Minute später sprach er mit einem Richter des Obersten Gerichtshofs von New York.

»Draußen sind zwei FBI-Leute mit einem Haftbefehl gegen mich.«

»Wessen werden Sie beschuldigt, Mike?«

»Das weiß ich nicht, und es ist mir auch scheißegal. Ich rufe Sie an, damit Sie sich darum kümmern, daß ich auf Kaution freigelassen werde. Ich habe keine Lust, hinter Schloß und Riegel zu kommen. Ich habe einiges zu tun.«

Ein kurzes Schweigen folgte, und dann sagte der Richter vorsichtig: »Ich fürchte, dieses Mal werde ich Ihnen nicht helfen können, Mike. Überall ist die Hölle los, und wenn ich mich einmische –«

Als Michael antwortete, hatte seine Stimme einen unheilvollen Klang. »Hören Sie zu, Sie Arschloch, und hören Sie *gut* zu. Wenn ich auch nur eine einzige Stunde im Gefängnis verbringen muß, sorge ich dafür, daß Sie für den Rest Ihres Lebens hinter Gitter gebracht werden. Ich habe mich Ihrer sehr lange angenommen. Wollen Sie, daß ich dem Staatsanwalt erzähle, wie viele Fälle Sie für mich in Ordnung gebracht haben? Wollen Sie, daß ich dem Finanzamt die Nummer Ihres Schweizer Bankkontos gebe? Wollen Sie...«

»Um Himmels willen, Michael!«

»Dann setzen Sie Ihren Arsch in Bewegung.«

»Ich werde sehen, was ich tun kann«, sagte Richter Lawrence Waldman. »Ich werde versuchen...«

»Versuchen, Scheiße! Tun Sie es! Hören Sie mich, Larry? Tun Sie es!« Er schmetterte den Hörer auf den Apparat.

Sein Verstand arbeitete glatt und kühl. Er bereitete sich wegen der beiden FBI-Beamten keine Sorgen mehr. Er wußte, daß Richter Waldman tun würde, was er ihm befohlen hatte, und er konnte sicher sein, daß Nick Vito sich Fiores und Colellas annahm. Ohne ihre Aussagen konnte die Regierung ihm nichts, aber auch gar nichts nachweisen.

Michael blickte in den kleinen Wandspiegel, kämmte sich das Haar zurück, korrigierte den Sitz seines Krawattenknotens und ging dann zu den beiden FBI-Beamten hinaus.

Richter Lawrence Waldman hatte Erfolg, wie Michael es vorhergesehen hatte. Bei der Voruntersuchung verlangte ein von Richter Waldman ausgesuchter Anwalt, Moretti auf Kaution freizulassen, und die Höhe der Summe wurde auf fünfhunderttausend Dollar festgesetzt.

Wütend und enttäuscht sah Robert Di Silva Michael Moretti aus dem Gerichtssaal wandern.

## 58

Nick Vito war ein Mann von begrenzter Intelligenz. Sein Wert für die Organisation bestand darin, daß er Befehle ausführte, ohne Fragen zu stellen, und daß er effektiv arbeitete. Hundertmal schon hatte er in Revolvermündungen gestarrt oder einen Lichtstrahl über eine Messerklinge huschen sehen, aber Furcht war ihm immer ein Fremdwort geblieben. Jetzt kannte er es. Jenseits seines Begriffsvermögens ging etwas vor, und er hatte das Gefühl, daß er irgendwie dafür verantwortlich war.

Den ganzen Tag hatte er von nichts anderem gehört als von Razzien und einer Welle von Verhaftungen. Den Gerüchten nach lief ein Verräter frei herum, jemand ganz hoch oben in der Organisation. Sogar mit seiner begrenzten Auffassungsgabe konnte Nick Vito die Tatsachen, daß er Thomas Colfax lebengelassen, und daß kurz darauf jemand angefangen hatte, die Familie an die Behörden zu verraten, miteinander in Verbindung bringen. Vito wußte, daß es weder Fiore noch Colella sein konnten. Die beiden Männer waren wie Brüder für ihn, und Michael Moretti genauso loyal ergeben wie er. Aber es gab keine Möglichkeit, Michael das zu erklären, zumindest keine, die nicht bedeutete, daß er als Hackfleisch enden würde; denn der einzige, der noch als Verräter in Frage kam, war Thomas Colfax, und der war angeblich tot.

Nick Vito steckte in der Zwickmühle. Er liebte den Riesen und die Pusteblume. Fiore und Colella hatten ihm in der Vergangenheit Dutzende von Gefallen erwiesen, genauso wie Thomas Colfax; aber er hatte Colfax aus der Klemme geholfen, und das hatte er jetzt davon. Also beschloß Nick Vito, nicht noch einmal auf sein weiches Herz zu hören. Es ging um sein Leben, und jeder war sich selbst der nächste. Wenn er Fiore und Colella erst getötet hatte, war er aus den roten Zahlen. Aber weil er für sie wie für Brüder fühlte, würde er sie schnell sterben lassen.

Es war einfach für Nick Vito, herauszufinden, wo sie sich aufhielten, denn sie mußten immer erreichbar sein, für den Fall, daß Michael sie brauchte. Der kleine Salvatore Fiore war zu Besuch in der Wohnung seiner Geliebten an der 83. Straße in der Nähe des Naturkundemuseums. Nick wußte, daß er von dort regelmäßig um fünf Uhr zu seiner Frau nach Hause ging. Es war jetzt drei. Nick überlegte hin und her. Er konnte vor dem Eingang des Appartementhauses warten oder nach oben gehen und Salvatore innerhalb der Wohnung erledigen. Aber eigentlich war er zu nervös, um zu warten. Und die Tatsache, daß er nervös war, ließ ihn noch nervöser werden. Die ganze Sache begann, ihm an die Nieren zu gehen. *Wenn alles vorbei ist,* dachte er, *werde ich Mike um einen Urlaub bitten. Vielleicht schnappe ich mir ein paar junge Mädchen und fahre auf die Bahamas.* Der Gedanke allein besserte seine Stimmung schon erheblich.

Nick Vito parkte seinen Wagen um die Ecke und ging dann zu dem Appartementhaus. Er öffnete die Eingangstür mit einem Zelluloidstreifen, ließ den Fahrstuhl links liegen und ging die

Treppe zum dritten Stock hinauf. Er näherte sich der Tür am Ende des Korridors und hämmerte mit der Faust dagegen.

»Aufmachen! Polizei!«

Er hörte hastige Geräusche hinter der Tür, und einige Momente später wurde sie geöffnet, soweit die schwere Sicherheitskette es zuließ. Vito sah das Gesicht und Teile des nackten Körpers von Marina, Salvatore Fiores Geliebter.

»Nick!« sagte sie. »Du verrückter Idiot. Du hast mir eine Heidenangst eingejagt!«

Sie nahm die Kette von der Tür und öffnete sie. »Sal, es ist Nick!«

Salvatore Fiore kam nackt aus dem Schlafzimmer. »He, Nick, Junge! Was, zum Teufel, machst du hier?«

»Sal, ich habe eine Nachricht von Mike für dich.«

Nick Vito hob eine 22er Automatic mit Schalldämpfer und drückte ab. Der Hammer traf die Patrone Kaliber 22 und schleuderte sie mit einer Geschwindigkeit von tausend Fuß in der Sekunde aus der Mündung. Die erste Kugel zerschmetterte Salvatore Fiores Nasenrücken. Die zweite Kugel ließ sein linkes Auge zerplatzen. Als Marina den Mund aufriß und schrie, wandte sich Nick Vito um und jagte ihr die dritte Kugel direkt in den Rachen. Sie stürzte zu Boden, und er schoß noch einmal auf ihre Brust, nur um sicherzugehen. *Eine Verschwendung, so ein tolles Weib umzulegen,* dachte Nick, *aber Mike würde es gar nicht gefallen, wenn ich irgendwelche Zeugen zurücklasse.*

Joseph Colellas Pferd startete im achten Rennen im Belmont Park auf Long Island. Die Distanz in Belmont betrug anderthalb Meilen, die ideale Länge für eine junge Stute wie seine. Er hatte Nick geraten, auf sie zu setzen. In der Vergangenheit hatte Nick mit seinen Tips eine Menge Geld gewonnen. Colella setzte immer ein paar Dollar für Nick, wenn seine Pferde an den Start gingen. Als Nick Vito auf Colellas Box zuging, bedauerte er die Tatsache, daß er in Zukunft auf die Tips würde verzichten müssen. Das achte Rennen hatte gerade begonnen. Die Börse war hoch, und die Zuschauer schrien und johlten, als die Pferde zum erstenmal um die Bahn waren.

Nick Vito trat hinter Colella in die Box und fragte: »Wie stehen die Aktien, Kumpel?«

»He, Nick! Du bist gerade rechtzeitig gekommen. *Beauty Queen* gewinnt, sage ich dir. Ich habe etwas Geld für dich gesetzt.«

»Prima, Joe.«

Nick Vito preßte die automatische Pistole gegen Joseph Colellas Wirbelsäule und feuerte dreimal durch den Mantelstoff. Die erstickten Geräusche gingen im Lärm der Menge unter. Nick sah Joseph Colella zu Boden sinken. Er überlegte einen Augenblick, ob er die Wettscheine aus Colellas Tasche nehmen sollte, entschied sich dann aber dagegen. Schließlich konnte das Pferd ja auch verlieren. Er drehte sich um und ging ohne Eile zum Ausgang, ein Mann ohne Gesicht unter tausend anderen.

Michael Morettis Privatapparat klingelte.

»Mr. Moretti?«

»Wer will mit ihm reden?«

»Hier spricht Captain Tanner.«

Michael brauchte eine Sekunde, um den Namen unterzubringen. Ein Captain. Revier in Queens. Auf der Gehaltsliste.

»Moretti am Apparat.«

»Ich habe gerade etwas erfahren, das Sie interessieren dürfte.«

»Von wo rufen Sie an?«

»Aus einer öffentlichen Telefonzelle.«

»Weiter.«

»Ich habe herausgefunden, von wem der ganze Ärger ausgeht.«

»Sie sind zu spät dran. Man hat sich ihrer bereits angenommen.«

»*Ihrer?* Oh. Ich habe nur von Thomas Colfax gehört.«

»Sie wissen ja gar nicht, was Sie reden. Colfax ist tot.«

Jetzt war Captain Tanner verwirrt. »Wovon reden *Sie* denn da? Thomas Colfax sitzt gerade jetzt im Marinestützpunkt Quantico und singt sich die Kehle aus dem Leib, sobald jemand nur den Taktstock hebt.«

»Sie müssen den Verstand verloren haben«, schnappte Michael. »Zufällig weiß ich...« Er hielt inne. Was *wußte* er eigentlich? Er hatte Nick Vito aufgetragen, Thomas Colfax umzulegen, und Vito hatte behauptet, er habe den Auftrag erledigt. Michael dachte nach. »Wie sicher sind Sie sich Ihrer Sache, Tanner?«

»Mr. Moretti, würde ich Sie anrufen, wenn ich nicht sicher wäre?«

»Ich prüfe das nach. Wenn Sie recht haben, schulde ich Ihnen einen Gefallen.«

»Danke, Mr. Moretti.«

Zufrieden mit sich selber legte Captain Tanner den Hörer auf. Bisher war Michael Moretti immer ein äußerst großzügiger Mensch gewesen. Diesmal konnte er den großen Schnitt machen, der es ihm ermöglichen würde, sich zurückzuziehen. Er trat aus der Telefonzelle in die kalte Oktoberluft.

Vor der Zelle standen zwei Männer, und als der Captain um sie herumgehen wollte, verstellte ihm einer von ihnen den Weg. Er hielt einen Ausweis hoch.

»Captain Tanner? Ich bin Lieutenant West, Abteilung für Innere Sicherheit. Der Polizeicommissioner möchte sich gern einmal mit Ihnen unterhalten.«

Michael Moretti legte langsam den Hörer auf. Mit geradezu animalischem Instinkt wußte er plötzlich, daß Nick Vito ihn belogen hatte. Thomas Colfax lebte noch. Das erklärte die ganzen Vorkommnisse. Er war der Verräter. Und Michael hatte Nick Vito losgeschickt, um Fiore und Colella umzulegen. Mein Gott, war er blöde gewesen.

Geleimt von einem stumpfsinnigen, bezahlten Revolvermann, der ihn dazu gebracht hatte, seine beiden besten Männer für nichts und wieder nichts zu verschwenden.

Eisiger Zorn stieg in ihm auf.

Er wählte eine Nummer und sprach kurz in den Hörer. Danach erledigte er einen weiteren Anruf, ehe er sich zurücklehnte und wartete.

Als Nick Vito anrief, mußte Michael sich dazu zwingen, seine

Stimme frei von der Wut zu halten, die in ihm tobte. »Wie ist es gelaufen, Nick?«

»Gut, Boß. Wie du es haben wolltest. Die beiden haben ganz schön gelitten.«

»Ich kann mich immer auf dich verlassen, Nick, nicht wahr?«

»Das weißt du doch, Mike.«

»Nick, ich möchte dich noch um einen letzten Gefallen bitten. Einer der Jungs hat einen Wagen an der Ecke York 95. Straße stehenlassen. Es ist ein brauner Camaro. Die Schlüssel liegen hinter der Sonnenblende. Wir brauchen den Wagen für einen Job heute abend. Würdest du ihn herfahren?«

»Klar, Boß. Wie schnell brauchst du ihn? Ich wollte eigentlich...«

»Ich brauche ihn jetzt. Sofort, Nick.«

»Ich bin unterwegs.«

»Good-bye, Nick.«

Michael legte den Hörer wieder auf. Er wünschte sich, dabei sein und zusehen zu können, wie Nick sich selber in die Hölle sprengte, aber er hatte noch eine eilige Sache zu erledigen.

Jennifer Parker würde bald auf dem Rückweg sein, und er wollte alles für sie vorbereitet haben.

## 59

*Hier geht es zu wie bei den Dreharbeiten zu einem gottverdammten Hollywoodfilm,* dachte Generalmajor Roy Wallace, *und mein Gefangener ist der Star.*

Der große Konferenzraum der Marinebasis war mit Technikern der Nachrichtentruppe überflutet, die Kameras, Scheinwerfer und Mikrofone aufstellten und sich dabei einer unverständlichen Geheimsprache bedienten. Sie bereiteten alles vor, um Thomas Colfax' Zeugenaussage aufzunehmen.

»Eine zusätzliche Sicherheitsvorkehrung«, hatte Staatsanwalt Di Silva argumentiert. »Wir wissen, daß niemand an ihn herankommen kann, aber es ist in jedem Fall gut, wenn wir ihn noch auf Film haben.« Die anderen hatten ihm zugestimmt.

Der einzige, der nicht anwesend war, war Thomas Colfax. Er würde erst in letzter Minute hereingebracht werden, wenn alles für ihn bereit war.

*Wie ein gottverdammter Filmstar.*

In seiner Zelle hatte Thomas Colfax ein Gespräch mit David Terry vom Justizministerium, dem Mann, der für Zeugen, die unterzutauchen wünschten, neue Identitäten schuf.

»Lassen Sie mich Ihnen das Sicherheitsprogramm des Bundes für seine Zeugen erläutern«, sagte Terry. »Wenn die Verhandlung vorbei ist, schicken wir Sie in jedes Land, das Ihnen gefällt. Ihre Wohnungseinrichtung und Ihr restlicher Besitz wird, mit einer Codenummer versehen, in ein Lagerhaus in Washington geschafft. Wir stellen sie Ihnen dann später zu. Es gibt keine Möglichkeit, für niemanden, Ihnen auf der Spur zu bleiben. Wir versorgen Sie mit einer neuen Identität, einer neuen Vergangenheit und, wenn Sie wollen, sogar mit einem neuen Äußeren.«

»Darum kümmere ich mich selber.« Colfax traute keinem. Er allein würde wissen, wie seine neue Erscheinung ausfallen würde.

»Normalerweise kümmern wir uns auch darum, für die Leute, denen wir eine neue Identität gegeben haben, Jobs zu finden, und wir versorgen sie mit etwas Geld. In Ihrem Fall dürfte das Geld kein Problem sein.«

Thomas Colfax fragte sich, was David Terry sagen würde, wenn er gewußt hätte, wieviel Geld der *consigliere* tatsächlich auf Konten in Deutschland, der Schweiz und Hongkong gehortet hatte. Sogar Colfax selber war nicht fähig gewesen, immer den Überblick zu behalten, aber eine vorsichtige Schätzung würde sich auf neun oder zehn Millionen Dollar belaufen.

»Nein«, sagte er. »Ich glaube nicht, daß Geld ein Problem sein wird.«

»Um so besser. Zuerst müssen wir uns überlegen, wohin Sie wollen. Haben Sie eine bestimmte Gegend im Auge?«

Es war eine äußerst einfache Frage, und doch stand soviel

dahinter. In Wirklichkeit fragte der Mann: *Wo wollen Sie den Rest Ihres Lebens verbringen?* Denn Colfax wußte, daß, wohin auch immer er ging, er nie wieder zurückkehren konnte. Es würde seine neue Heimat, sein Schutzschild werden, und nirgendwo sonst in der Welt würde er noch sicher sein.

»Brasilien.«

Es war eine logische Wahl. Er besaß dort bereits eine im Namen einer panamesischen Firma erworbene Zweihunderttausend-Morgen-Plantage, die nicht zu ihm zurückverfolgt werden konnte. Die Plantage selber war eine Festung. Er konnte es sich außerdem leisten, sich soviel Schutz zu kaufen, daß sogar Michael Moretti, sollte er jemals erfahren, wo er sich aufhielt, ihm nichts anzuhaben vermochte. Er konnte sich alles kaufen, inklusive jeder Frau, die er haben wollte. Er liebte lateinamerikanische Frauen. Die meisten Leute dachten, daß ein Mann sexuell am Ende war, wenn er die Sechzig erreicht hatte, daß Frauen ihn nicht mehr interessierten, aber Colfax hatte festgestellt, daß sein Appetit mit dem Alter noch gestiegen war. Sein Lieblingssport waren zwei oder drei schöne Frauen mit ihm im gleichen Bett, die ihm eine richtige Kopf-bis-Fuß-Behandlung gaben. Je jünger, desto besser.

»Brasilien wird sich leicht arrangieren lassen«, sagte David Terry. »Die Regierung wird Ihnen dort ein kleines Haus kaufen, und...«

»Das wird nicht nötig sein.« Colfax hätte beinahe laut gelacht über den Gedanken, in einem kleinen Haus leben zu müssen. »Alles, was ich von Ihnen will, ist eine neue Identität und sicherer Transport. Um alles andere kümmere ich mich selber.«

»Wie Sie wollen, Mr. Colfax.« David Terry stand auf. »Ich glaube, wir haben an alles gedacht.« Er lächelte aufmunternd. »Dies ist einer von den leichten Fällen. Ich bringe die Sache schon mal in Bewegung. Sobald Sie mit Ihrer Aussage fertig sind, werden Sie in einem Flugzeug nach Südamerika sitzen.«

»Danke.« Thomas Colfax sah seinen Besucher gehen, und er war von einem Gefühl freudiger Erregung beseelt. Er hatte es geschafft! Michael Moretti hatte den Fehler seines Lebens begangen, als er ihn unterschätzte, und es würde sein letzter Fehler werden. Colfax würde ihn so tief begraben, daß er nie wieder auferstehen konnte.

Und seine Zeugenaussage würde gefilmt werden. Nicht uninteressant. Er fragte sich, ob sie ihn vorher schminken würden. Er betrachtete sich in dem schmalen Spiegel an der Wand. *Nicht schlecht,* dachte er, *für einen Mann meines Alters. Ich sehe immer noch gut aus. Diese jungen südamerikanischen Mädchen lieben ältere Männer mit grauen Haaren.*

Er hörte, wie sich die Zellentür öffnete und wandte sich um. Ein Marinesergeant brachte ihm sein Mittagessen. Er hatte noch viel Zeit, bevor die Filmaufnahmen begannen.

Am ersten Tag hatte sich Colfax über das Essen beschwert, das ihm serviert worden war, worauf Generalmajor Wallace dafür gesorgt hatte, daß seine Mahlzeiten aus dem Besten vom Besten bestanden. In den Wochen, die Colfax auf dem Stützpunkt verbracht hatte, war sein leisester Wunsch allen anderen Befehl gewesen. Sie taten, was sie konnten, um es ihm angenehm zu machen, und Colfax nutzte es nach Kräften aus. Er hatte komfortable Möbel erhalten, einen Fernsehapparat, und täglich wurden ihm die neuesten Zeitungen und Magazine gebracht.

Der Sergeant stellte das Tablett auf den für zwei Personen gedeckten Tisch und machte dieselbe Bemerkung wie jeden Tag.

»Scheint eßbar zu sein, Sir.«

Colfax lächelte höflich und setzte sich an den Tisch. Kaum durchgebratenes Roastbeef, genau wie er es mochte, Kartoffelpüree und Yorkshire-Pudding. Er wartete, bis sich der Sergeant einen Stuhl herangezogen und auf die andere Seite des Tisches gesetzt hatte. Der Sergeant ergriff Messer und Gabel, schnitt ein Stück Fleisch ab und begann zu essen. Auch eine von Generalmajor Wallaces Ideen. Thomas Colfax hatte seinen eigenen Vorkoster. *Wie die Könige vergangener Jahrhunderte,* dachte er. Er sah zu, wie der Marinesergeant das Roastbeef, die Kartoffeln und den Pudding probierte.

»Wie schmeckt es?«

»Um die Wahrheit zu sagen, Sir, habe ich mein Fleisch lieber gut durch.«

Colfax ergriff sein eigenes Besteck und begann zu essen. Der Sergeant hatte keinen Geschmack. Das Fleisch war perfekt zubereitet, das Püree cremig und heiß, der Yorkshire-Pudding ein Gedicht. Colfax griff nach dem Meerrettich und streute ihn dünn über das Fleisch.

Es passierte nach dem zweiten Bissen. Plötzlich merkte Colfax, daß etwas ganz und gar nicht stimmte. In seinem Mund schien plötzlich ein Feuer zu explodieren, das sich durch den ganzen Körper fraß. Seine Kehle zog sich zu, schockartig gelähmt, und er schnappte nach Luft. Thomas Colfax umklammerte seinen Hals und versuchte, dem Sergeant mitzuteilen, was passierte, aber er brachte kein Wort hervor. Das Feuer breitete sich immer schneller und weiter aus, erfüllte ihn mit unsäglichen Qualen. In einer grauenhaften Zuckung versteifte sich sein ganzer Körper, und er stürzte nach hinten zu Boden.

Der Sergeant betrachtete ihn einen Augenblick, ehe er sich vorbeugte und Thomas Colfax' Augenlid hochhob, um sicherzugehen, daß er tot war.

Dann erst schrie er nach Hilfe.

## 60

Der Flug 246 der Singapore Airlines landete um halb acht Uhr morgens auf dem Heathrow Airport in London. Die anderen Passagiere wurden gebeten, auf den Sitzen zu bleiben, bis Jennifer und die beiden FBI-Beamten das Flugzeug verlassen und das Sicherheitsbüro des Flughafens erreicht hatten.

Jennifer gierte geradezu nach einer Zeitung, um herauszufinden, was zu Hause los war, aber ihre beiden schweigenden Begleiter schlugen ihr die Bitte ab und weigerten sich auch, in ein Gespräch verwickelt zu werden.

Zwei Stunden später stiegen die drei Reisenden in ein Flugzeug der TWA, Ziel New York.

Im Gerichtsgebäude am Foley Square fand sich ein Krisenstab zusammen. Unter den Anwesenden waren Adam Warner, Robert Di Silva, Generalmajor Roy Wallace und ein halbes Dutzend weiterer Vertreter vom FBI, dem Justizministerium und dem Schatzministerium.

»Wie, zum Teufel, konnte das passieren?« Robert Di Silvas Stimme zitterte vor Wut. Er wandte sich an den Generalmajor. »Sie wußten genau, wie wichtig Colfax für uns war.«

Der Angesprochene breitete hilflos die Hände aus. »Wir haben jede nur mögliche Vorsichtsmaßnahme getroffen, Sir. Wir prüfen gerade nach, wie sie Zyanwasserstoffsäure in die...«

»Es ist mir scheißegal, wie sie es getan haben! Colfax ist tot!«

Der Mann vom Schatzministerium wollte wissen: »Was bedeutet Colfax' Tod für uns?«

»Eine ganze Menge«, antwortete Di Silva. »Einen Mann in den Zeugenstand zu holen, ist eine Sache. Einen Haufen Hauptbücher und Berichte vorzuzeigen, eine ganz andere. Sie können Ihren Arsch darauf verwetten, daß irgendein gerissener Anwalt behaupten wird, die Bücher seien gefälscht.«

»Wie machen wir jetzt also weiter?«

»Wir machen weiter wie bisher«, antwortete Di Silva. »Jennifer Parker ist auf dem Rückweg von Singapur. Wir haben genug in der Hand, um sie für immer wegzustecken. Und während sie untergeht, werden wir dafür sorgen, daß sie Michael Moretti mit sich reißt.« Er wandte sich an Adam. »Halten Sie das nicht auch für das Beste, Senator?«

Adam war übel geworden. »Entschuldigen Sie mich.«

Er verließ den Raum mit schnellen Schritten.

## 61

Der durch übergroße Ohrenschützer behütete Bodenlotse winkte den Jumbo 747 mit seinen beiden Signalkellen an die wartende Treppe. Das Flugzeug rollte bis zu einem auf den Asphalt gemalten Kreis, und auf ein Zeichen würgte der Pilot die vier Pratt & Whitney-Düsen ab.

Im Inneren des Flugzeugs drang die Stimme einer Stewardeß aus den Lautsprechern. »Meine Damen und Herren, wir sind soeben in New York Kennedy Airport gelandet. Wir danken Ihnen, daß Sie mit TWA geflogen sind. Wir bitten Sie, bis zur nächsten Ansage in Ihren Sitzen zu bleiben. Danke sehr.«

Protestgemurmel erhob sich. Einen Augenblick später wurden die Türen von der Bodencrew geöffnet. Die beiden FBI-Beamten, die mit Jennifer im vorderen Teil des Flugzeugs gesessen hatten, standen auf.

Einer von ihnen wandte sich an Jennifer und sagte: »Gehen wir.«

Neugierig sahen die Passagiere zu, wie die drei Fluggäste die Maschine verließen. Einige Minuten später ertönte wieder die Stimme der Stewardeß aus den Lautsprechern. »Wir danken Ihnen für Ihre Geduld. Sie können jetzt aussteigen.«

Am Seiteneingang des Flughafens wartete eine Limousine der Regierung und fuhr geradewegs zum Metropolitan-Gefängnis an der Park Row 150, die mit dem Gerichtsgebäude am Foley Square verbunden war.

Nachdem Jennifer für das Album fotografiert worden war und ihre Fingerabdrücke hinterlassen hatte, sagte einer der FBI-Agenten: »Es tut uns leid, aber wir können Sie nicht hierbehalten. Wir haben Befehl, Sie nach Riker's Island zu bringen.«

Die Fahrt nach Riker's Island verlief schweigend. Jennifer saß auf dem Rücksitz zwischen den beiden FBI-Beamten. Sie sagte nichts. Nur ihr Verstand raste. Die beiden Männer hatten während der ganzen Reise über den Ozean kein Wort gesagt, so daß Jennifer nicht die geringste Ahnung hatte, in welchen Schwierigkeiten sie steckte. Sie wußte nur, daß es ernst war, denn einen Auslieferungsbescheid erreichte man nicht ohne weiteres.

Sie konnte nichts für sich tun, solange sie im Gefängnis saß. Deswegen mußte sie als allererstes auf Kaution freikommen.

Sie fuhren über die Brücke nach Riker's Island, und Jennifer blickte auf die vertraute Szenerie, die sie schon hundertmal auf dem Weg zu ihren Mandanten gesehen hatte. Jetzt war sie selbst die Gefangene.

*Aber nicht lange,* dachte Jennifer. *Michael wird mich rausholen.*

Die beiden FBI-Beamten begleiteten Jennifer in das Aufnahmegebäude, und einer von ihnen reichte dem Wärter den Haftbefehl.

»Jennifer Parker.«

Der Wärter warf einen Blick darauf. »Wir haben Sie erwartet, Miß Parker. Untersuchungszelle drei ist für Sie reserviert.«

»Ich habe das Recht auf einen Anruf.«

Der Wärter nickte zu dem Telefon auf dem Schreibtisch. »Klar.« Jennifer hob den Hörer ab und betete innerlich, daß Michael Moretti zu Hause sein möge. Sie begann zu wählen.

Michael Moretti hatte auf Jennifers Anruf gewartet. Während der letzten vierundzwanzig Stunden hatte er an nichts anderes denken können. Er hatte in jedem Augenblick gewußt, wo sie war – wann sie in London gelandet war, wann ihr Flugzeug Heathrow verlassen und in New York aufgesetzt hatte. Er hatte an seinem Schreibtisch gesessen und Jennifer im Geist auf ihrem Weg nach Riker's Island verfolgt. Er hatte sich ausgemalt, wie sie das Gefängnis betreten hatte. Er wußte, daß sie verlangen würde, ein Gespräch zu führen, ehe sie in die Zelle gesperrt wurde. Sie würde ihn anrufen. Mehr verlangte er nicht. Binnen einer Stunde würde er sie freihaben, und sie würde sich auf dem Weg zu ihm befinden. Michael Moretti lebte nur noch für den Augenblick, in dem sie durch die Tür trat.

Sie hatte das Unverzeihliche getan. Sie hatte sich dem Mann hingegeben, der ihn zu vernichten suchte. Und was hatte sie ihm noch gegeben? Welche Geheimnisse hatte sie ihm erzählt?

Adam Warner war der Vater von Jennifers Sohn, dessen war Michael sich jetzt sicher. Von Anfang an hatte Jennifer ihn belogen, hatte ihm weisgemacht, daß Joshuas Vater tot war. *Nun, diese Prophezeiung wird bald erfüllt sein,* dachte Michael. Er steckte in einer Klemme, die nicht ohne Ironie war. Auf der einen Seite hatte er eine mächtige Waffe, um Adam Warner zu diskreditieren und zu zerstören. Er konnte Warner mit der Drohung erpressen, seine Affäre mit Jennifer an die große Glocke zu hängen, aber wenn er das tat, stellte er sich selber bloß. Wenn die anderen Familien erfuhren – und sie *würden* es erfahren –, daß Michaels Geliebte auch die des Vorsitzenden des Senatsausschusses war, würde er die Zielscheibe ihres Spotts werden. Er würde seine Männer nicht mehr bei der Stange halten können. Ein Hahnrei hatte kaum die Qualifikation zu einem *Don*. Also war eine solche Erpressung ein zweischneidiges Schwert, und so verlockend es auch war, Michael wußte, daß er es nicht benutzen durfte. Er mußte seine Feinde auf andere Weise vernichten.

Er warf einen Blick auf die kleine, schlecht gezeichnete Skizze vor sich auf dem Tisch. Es war die Route, auf der Adam Warner heute abend zu einem Wahlessen fahren würde. Die Karte hatte Michael Moretti fünftausend Dollar gekostet. Adam Warner aber würde sie das Leben kosten.

Das Telefon klingelte, und unwillkürlich zuckte Michael zusammen. Er hob ab und hörte Jennifer Parkers Stimme in der Leitung. Diese Stimme, die Zärtlichkeiten in sein Ohr geflüstert, die ihn angefleht hatte, mit ihr zu schlafen, die...

»Michael – bist du's?«

»Ja. Wo bist du?«

»Sie halten mich in Riker's Island fest. Sie beschuldigen mich des Mordes. Bis jetzt ist noch keine Kaution festgesetzt worden. Wann kannst du...?«

»Ich hole dich sofort heraus. Du kannst schon auf dem Sprung sitzen. Okay?«

»Ja, Michael.« Er hörte die Erleichterung in ihrer Stimme.

»Ich sorge dafür, daß Gino dich abholt.«

Wenige Sekunden später wählte er eine Nummer und sprach einige Minuten in den Hörer.

»Es ist mir egal, wie hoch die Kaution ist. Ich will sie *sofort* draußen haben.«

Er legte den Hörer wieder auf und drückte einen Knopf an seinem Schreibtisch. Gino Gallo betrat den Raum.

»Jennifer Parker sitzt auf Riker's Island. Sie müßte in ein oder zwei Stunden entlassen werden. Hol sie ab und bring sie her.«

»Wird gemacht, Boß.«

Michael lehnte sich in seinem Stuhl zurück. »Sag ihr, daß wir uns ab heute wegen Adam Warner keine Sorgen mehr zu machen brauchen.«

Gino Gallos Gesicht leuchtete auf. »Nein?«

»Nein. Er ist auf dem Weg zu einem Vortrag, aber er wird nie ankommen. Er wird auf der Brücke bei New Canaan einen Unfall haben.«

Gino Gallo lächelte. »Großartig, Boß.«

Michael deutete auf die Tür. »Ab mit dir.«

Staatsanwalt Di Silva widersetzte sich dem Antrag, Jennifer auf Kaution freizulassen, mit jedem ihm zur Verfügung stehenden Mittel. Die Verhandlung fand vor Richter William Bennett, einem Mitglied des Obersten Gerichtshofs von New York, statt.

»Euer Ehren«, sagte Di Silva, »die Angeklagte wird eines Dutzends schwerer Verbrechen beschuldigt. Wir mußten sie von Singapur ausliefern lassen. Wenn sie gegen Kaution freigelassen wird, kann sie sich in ein Land absetzen, mit dem wir keinen Auslieferungsvertrag unterhalten.«

John Lester, ein ehemaliger Richter, der Jennifer vertrat, antwortete: »Der Staatsanwalt macht sich der böswilligen Verdrehung von Tatsachen schuldig, Euer Ehren. Meine Mandantin ist nirgendwohin geflohen. Sie war geschäftlich in Singapur. Wenn die Regierung sie aufgefordert hätte, zurückzukommen, hätte sie der Aufforderung freiwillig Folge geleistet. Sie ist eine angesehene Anwältin mit einer großen Kanzlei in dieser Stadt. Es wäre undenkbar, daß sie weglaufen würde.«

Der Streit ging noch länger als dreißig Minuten weiter.

Schließlich sagte Richter William Bennett: »Das Gericht setzt eine Kaution in Höhe von fünfhunderttausend Dollar fest.«

»Danke, Euer Ehren«, sagte Jennifers Anwalt. »Wir hinterlegen die Kaution.«

Eine Viertelstunde später half Gino Gallo Jennifer auf den Rücksitz einer Mercedes-Limousine. »Das ging schnell«, sagte er.

Jennifer antwortete nicht. Sie hatte gar nicht zugehört. Sie überlegte, was passiert sein konnte. Sie war in Singapur vollkommen isoliert gewesen. Sie hatte keine Ahnung, was in den Vereinigten Staaten vorgefallen war, aber zweifellos war ihre Verhaftung kein Zufall. Sie waren nicht allein hinter ihr her. Sie mußte unbedingt mit Michael sprechen und herausfinden, worum es ging. Di Silva mußte seiner verdammt sicher gewesen sein, wenn er ihre Auslieferung unter einer Mordanklage beantragt hatte. Er...

Gino Gallo sagte zwei Worte, die Jennifer aus ihren Gedanken rissen.

»... Adam Warner...«

»Was haben Sie gesagt?«

»Ich sagte, um Adam Warner brauchen wir uns nicht mehr zu kümmern. Mike hat sich seiner angenommen.«

Jennifer spürte ihr Herz schlagen. »Hat er das? Wann?«

Gino Gallo nahm die Hand vom Lenkrad, um einen Blick auf seine Armbanduhr zu werfen. »In etwa fünfzehn Minuten. Es wird wie ein Unfall aussehen.«

Jennifers Mund war plötzlich wie ausgetrocknet. »Wo...« Sie brachte die Worte kaum heraus. »Wo – wo wird es passieren?«

»New Canaan. An der Brücke.«

Sie fuhren durch Queens. Vor ihnen lag ein Einkaufszentrum mit einer Apotheke.

»Gino, könntest du vor dem Drugstore halten? Ich muß noch etwas besorgen.«

»Klar.« Geschickt schwenkte er das Lenkrad herum und steuerte in die Einfahrt des Einkaufszentrums.

»Kann ich Ihnen helfen?«

»Nein, nein. Ich – ich bleibe nur eine Minute weg.«

Jennifer sprang aus dem Wagen und eilte mit vibrierenden Nerven in den Laden. Im hinteren Teil des Geschäfts befand sich eine Telefonzelle. Jennifer griff in ihre Geldbörse. Sie hatte kein Kleingeld, abgesehen von einigen Münzen aus Singapur. Sie lief zur Kasse und holte einen Dollar heraus.

»Könnten Sie mir den bitte wechseln?«

Die gelangweilte Kassiererin nahm Jennifers Dollar und gab ihr eine Handvoll Kleingeld. Jennifer eilte zurück zum Telefon. Eine stämmige Frau hatte den Hörer ergriffen und wählte.

Jennifer sagte: »Es handelt sich um einen Notfall. Könnte ich vielleicht –«

Die Frau starrte sie an und wählte weiter. »Hallo, Hazel«, keuchte sie dann. »Mein Horoskop stimmte genau! Ich hatte einen grauenhaften Tag. Erinnerst du dich noch an die Schuhe, die ich mir bei Delmans holen wollte? Kannst du dir vorstellen, daß sie das einzige Paar, das sie in meiner Größe hatten, schon verkauft haben?«

Jennifer berührte den Arm der Frau und sagte: »Bitte!«

»Besorgen Sie sich ein eigenes Telefon«, zischte die Frau. Sie wandte sich wieder dem Hörer zu. »Und erinnerst du dich noch an das Paar aus Wildleder, das wir gesehen haben? Weg! Willst du wissen, was ich getan habe? Ich habe zu der Bedienung gesagt...«

Jennifer schloß die Augen und vergaß alles außer dem Aufruhr in ihrem Inneren. Michael durfte Adam nicht umbringen. Sie mußte tun, was sie konnte, um ihn zu retten.

Die Frau hängte auf und wandte sich an Jennifer. »Ich sollte noch jemanden anrufen, nur um Ihnen Benehmen beizubringen.«

Dann ging sie davon, stolz auf ihren kleinen Sieg. Jennifer packte den Hörer. Als erstes rief sie Adams Büro an.

»Es tut mir leid«, sagte seine Sekretärin, »aber Senator Warner ist nicht da. Möchten Sie eine Nachricht hinterlassen?«

»Es ist dringend«, sagte Jennifer. »Wissen Sie, wo ich ihn erreichen kann?«

»Nein, es tut mir leid. Wenn Sie gern...«

Jennifer hängte auf. Sie stand da und dachte einen Augenblick nach, dann wählte sie eine andere Nummer. Robert Di Silva!

Eine Ewigkeit verging, ehe sich eine Stimme meldete: »Büro des Staatsanwalts.«

»Ich muß mit Mr. Di Silva sprechen. Hier ist Jennifer Parker.«

»Es tut mir leid. Mr. Di Silva ist in einer Konferenz. Er darf nicht gestört...«

»Sie holen ihn jetzt ans Telefon, sofort! Es handelt sich um einen Notfall. Laufen Sie schon!« Jennifers Stimme zitterte.

Di Silvas Sekretärin zögerte. »Einen Moment bitte.«

Kurz darauf kam Robert Di Silva an den Apparat. »Ja?« Sein Ton war unfreundlich.

»Passen Sie auf, und passen Sie gut auf«, sagte Jennifer. »Adam Warner soll ermordet werden. Es soll in den nächsten zehn oder fünfzehn Minuten geschehen. Auf der Brücke von New Canaan.«

Sie hängte auf. Mehr konnte sie nicht tun. Sie stellte sich Adams Körper von einem Unfall zerfetzt vor und schauderte. Sie warf einen Blick auf ihre Uhr und betete innerlich, daß Di Silvas Männer schneller waren als Michaels Killer.

Robert Di Silva legte den Hörer auf und blickte die Männer in seinem Büro an. »Das war ein merkwürdiger Anruf.«

»Von wem?«

»Jennifer Parker. Sie behauptete, daß jemand Senator Warner ermorden will.«

»Warum hat sie Sie angerufen?«

»Das weiß der Teufel.«

»Halten Sie ihre Vermutung für möglich?«

Staatsanwalt Di Silva sagte: »Natürlich nicht.«

Jennifer trat durch die Tür, und trotz allem konnte Michael nicht anders, als auf ihre Schönheit reagieren. Es war die gleiche Reaktion wie immer. Seine Gefühle hatten sich nicht verändert. Äußerlich war sie die entzückendste Frau, die er je gesehen hatte. Aber unter der schönen Schale war sie trügerisch, tödlich. Er blickte auf die Lippen, die Adam Warner geküßt hatten, und auf den Körper, der in Adam Warners Armen gelegen hatte.

Sie betrat den Raum und sagte: »Michael, ich bin so froh, dich zu sehen. Danke, daß du alles so schnell arrangiert hast.«

»Kein Problem. Ich habe auf dich gewartet. Jennifer.« Sie würde nie erfahren, wie sehr er auf sie gewartet hatte.

Sie ließ sich in einen Armsessel fallen. »Michael, was, in Gottes Namen, geht hier eigentlich vor? Was ist los?«

Beinahe bewundernd beobachtete er sie. Sie war mitverantwortlich dafür, daß sein Reich zusammenbrach, und nun saß sie ihm wie die Unschuld persönlich gegenüber und fragte, was eigentlich los sei.

»Weißt du, warum sie mich zurückgeholt haben?«

*Sicher*, dachte er. *Damit du ihnen noch etwas mehr vorsingen kannst.* Er dachte an den kleinen gelben Kanarienvogel mit dem gebrochenen Genick. Genauso würde Jennifer auch bald enden.

Jennifer blickte in seine schwarzen Augen. »Geht es dir gut?«

»Es ist mir nie besser gegangen.« Er lehnte sich in seinem Stuhl zurück. »In ein paar Minuten werden all unsere Probleme vorbei sein.«

»Was meinst du?«

»Senator Warner wird einen Unfall haben. Das wird den Senatsausschuß etwas abkühlen.« Er blickte auf die Uhr an der Wand. »Ich erwarte den Anruf jeden Augenblick.«

Michaels Benehmen war seltsam, erschreckend. Jennifer hatte plötzlich eine Ahnung von Gefahr.

Sie stand auf. »Ich hatte noch gar keine Gelegenheit, auszupacken. Ich werde schnell...«

»Setz dich.« Der Unterton in Michaels Stimme ließ ihr einen Schauer über den Rücken laufen.

»Michael...«

»Setz dich!«

Sie warf einen Blick zur Tür hinüber. Gino Gallo hatte sich mit dem Rücken dagegengelehnt und sah Jennifer ausdruckslos an.

»Du gehst nirgendwo hin«, erklärte Michael ihr.

»Ich verstehe nicht...«

»Sei still. Sag nichts mehr, kein Wort.«

Sie saßen einander gegenüber und starrten sich an, das einzige Geräusch im Raum war das Ticken der Uhr an der Wand. Jennifer versuchte, in Michaels Augen zu lesen, aber sie waren leer, verrieten nichts und zeigten keine Neugier.

Das plötzliche Schrillen des Telefons zerriß die Stille. Michael hob den Hörer ab. »Hallo?... Bist du sicher?... In Ordnung. Verschwindet dort.« Er legte den Hörer wieder auf und blickte Jennifer an. »Die Brücke bei New Canaan wimmelt von Cops.«

Jennifer fühlte sich schwach vor Erleichterung. Michael beobachtete sie, und sie bemühte sich, ihre Gefühle zu verbergen. Sie fragte: »Was hat das zu bedeuten?«

Michael sagte langsam: »Gar nichts. Denn dort werden wir Adam Warner nicht umlegen.«

## 62

Die Zwillingsbrücken des Garden State Parkway waren auf keiner Karte verzeichnet. Der Garden State Parkway führte zwischen den Amboys über den Raritan und spaltete sich dort in zwei Brücken, von denen die eine nach Norden und die andere nach Süden führte.

Die Limousine des Präsidentschaftskandidaten befand sich westlich von Perth Amboy auf dem Weg zur südlichen Brücke. Adam Warner saß auf dem Rücksitz, einen Sicherheitsbeamten neben und die Rücken von zwei weiteren vor sich.

Agent Clay Reddin war der Wachtruppe des Senators bereits vor sechs Monaten zugeteilt worden, und er hatte Adam Warner ziemlich gut kennengelernt. Er hatte ihn immer für einen offenen, zugänglichen Mann gehalten, aber heute war der Senator den ganzen Tag über seltsam schweigsam und zurückgezogen gewesen. *Tief besorgt*, war das Wort, das Reddin einfiel. Für ihn war es keine Frage, daß Senator Warner der nächste Präsident der Vereinigten Staaten sein würde, und er, Reddin, trug die Verantwortung dafür, daß ihm nichts zustieß. Er durchdachte noch einmal die Vorkehrungen, die zur Sicherheit des Senators getroffen waren. Zufrieden stellte er fest, daß nichts schiefgehen konnte.

Er blickte noch einmal zu dem Präsidentschaftskandidaten hinüber und fragte sich, woran er denken mochte.

Adam Warner war von Di Silva informiert worden, daß Jennifer verhaftet worden war. Der Gedanke, daß sie wie ein Tier in einen Käfig gesperrt wurde, war qualvoll. Immer wieder mußte er an die wundervollen Stunden denken, die sie miteinander geteilt hatten. Er hatte Jennifer geliebt, wie er nie eine andere Frau geliebt hatte.

Einer der Sicherheitsbeamten auf den Vordersitzen sagte: »Wir müßten es rechtzeitig bis Atlantic City schaffen, Mr. President.«

*Mr. President.* Schon wieder dieses Wort. Den letzten Meinungsumfragen nach lag er weit vorn. Er war der neue Volksheld des Landes, und Adam wußte, daß nicht zuletzt der Ausschuß, dem er vorstand, dazu beigetragen hatte. Der Ausschuß, der Jennifer vernichten würde.

Adam blickte auf und bemerkte, daß sie sich den Zwillingsbrücken näherten. Kurz davor mündete eine Seitenstraße auf den Parkway. Ein großer Sattelschlepper mit Lastauflieger stand auf der anderen Seite der Straße gegenüber der Seitenmündung. Als die Limousine sich der Brücke näherte, setzte sich der Laster plötzlich in Bewegung, so daß die beiden Fahrzeuge gleichzeitig bei der Brücke eintrafen. Der Fahrer trat auf die Bremse und verlangsamte. »Seht euch diesen Idioten an.«

Die Funksprechanlage begann zu knistern. »Leuchtturm Eins! Kommen, Leuchtturm Eins!«

Der Beamte neben dem Fahrer ergriff das Mikrofon. »Hier Leuchtturm Eins.«

Der Lastwagen fuhr jetzt Seite an Seite mit der Limousine. Nebeneinander fuhren sie auf die Brücke. Die Sicht von der Fahrerseite der Limousine aus war vollständig versperrt. Der Sicherheitsbeamte am Steuer trat aufs Gaspedal, um den Laster zu überholen, aber der Sattelschlepper erhöhte ebenfalls die Geschwindigkeit.

»Was, zum Teufel, treibt der für ein Spielchen?« murmelte der Fahrer.

»Wir haben einen dringenden Anruf aus dem Büro des Staatsanwalts bekommen«, drang es aus der Funksprechanlage. »Fuchs Eins ist in Gefahr! Haben Sie mich verstanden?«

Ohne Warnung schwenkte der Laster nach rechts, traf die Seite der Limousine und drängte sie gegen das Geländer der Brücke. Eine Sekunde später hatten die Sicherheitsbeamten im Wagen ihre Revolver gezogen.

»Nach unten!«

Adam fand sich auf dem Boden der Limousine wieder, geschützt durch Clay Reddins Körper. Die Sicherheitsbeamten kurbelten die Fenster an der linken Seite der Limousine herunter, aber ihre Revolvermündungen fanden kein Ziel. Der Lastwagen ragte neben ihnen hoch wie eine Wand. Der Fahrer thronte weit oben, außerhalb ihrer Sicht. Es gab einen neuen Stoß und ein knirschendes Krachen, als die Limousine wieder gegen das Geländer gestoßen wurde. Der Fahrer riß das Lenkrad nach links, um den Wagen auf der Brücke zu halten, aber der Laster drängte ihn immer wieder zurück. Zweihundert Fuß unter ihnen schäumte das eiskalte Wasser des Raritan dahin.

Der Sicherheitsbeamte neben dem Fahrer schrie in das Mikrofon: »Hier ist Leuchtturm Eins! *Mayday! Mayday!* Alle Einheiten zur Zwillingsbrücke!«

Aber jeder in der Limousine wußte, daß die Hilfe nicht mehr rechtzeitig eintreffen würde. Der Fahrer versuchte anzuhalten, aber der mächtige Kotflügel des Lasters hatte sich in die Limousine verkeilt und schleifte sie mit. Es war nur noch eine Sache von Sekunden, bis der Laster sie über die Kante der Brücke stoßen würde. Der Beamte am Steuer bearbeitete abwechselnd das Gaspedal und die Bremse, um die Limousine von dem Druck des Lasters zu befreien, aber der Laster nagelte den Wagen gnadenlos gegen das Brückengeländer. Die Limousine hatte nicht den geringsten Spielraum. Der Laster blockierte auf der linken Seite jede Fluchtmöglichkeit, und auf der rechten Seite wurde der Wagen gegen das Eisengeländer gepreßt. Der Fahrer kämpfte verzweifelt mit dem Lenkrad. Der Laster warf sich mit neuer Wucht gegen die Limousine, und jeder in ihrem Inneren konnte spüren, wie das Brückengeländer nachzugeben begann.

Der Laster rammte immer heftiger gegen die Karosserie, und drängte die Limousine von der Brücke. Plötzlich brachen die Vorderräder des Wagens durch das Geländer. Der Wagen hatte jetzt starke Schlagseite. Jemand im Inneren stieß einen Schrei aus. Die Limousine schwankte auf der Kante der Brücke hin und her, und jeder im Wagen bereitete sich auf das Sterben vor.

Adam spürte keine Angst, nur ein Gefühl unbeschreiblichen Verlusts, Trauer über das verschwendete Leben. Mit Jennifer hätte er es teilen, Kinder haben sollen – und plötzlich wußte er von irgendwo aus der Tiefe seines Ich, daß sie ein Kind gehabt hatten.

Die Limousine neigte sich wieder dem Wasser zu, und Adam stieß einen einzigen lauten Schrei aus, eine Anklage gegen die Ungerechtigkeit dessen, was geschehen war und was noch geschah.

Aus dem Himmel über ihren Köpfen stießen plötzlich zwei Polizeihubschrauber herab. Das Hämmern von Maschinenpistolen erklang. Der Sattelschlepper schlingerte, und auf einen Schlag hörte alle Bewegung auf. Adam und die anderen konnten die Helikopter am Himmel kreisen hören. Die Männer rührten sich nicht, denn sie wußten, daß das kleinste Zucken den Wagen aus dem Gleichgewicht bringen und in die eisigen Fluten unter ihnen stürzen konnte.

Aus der Ferne näherten sich Polizeisirenen. Wenige Minuten später erklangen Stimmen, die Befehle brüllten. Der Motor des Sattelschleppers erwachte wieder zum Leben. Langsam, vorsichtig, setzte sich der Laster in Bewegung, kroch von der eingezwängten Limousine fort. Der Druck ließ nach. Der Wagen schwankte eine furchtbare Sekunde lang, dann stand er still. Der Laster gab den Blick aus dem linken Seitenfenster frei.

Streifenwagen und Polizisten in Uniform mit gezogenen Waffen schwärmten über die Brücke.

Ein Polizeicaptain tauchte neben dem verbeulten Wagen auf.

»Es ist unmöglich, die Türen zu öffnen«, sagte er. »Wir holen Sie durch die Fenster heraus.«

Als erster wurde Adam aus dem Fenster gehoben, langsam und vorsichtig, um den Wagen nicht doch noch durch eine heftige Bewegung aus dem Gleichgewicht zu kippen. Nach ihm folgten die drei Sicherheitsbeamten.

Als alle Insassen aus der Limousine befreit waren, wandte sich der Captain an Adam und fragte: »Sind Sie in Ordnung, Sir?«

Adam blickte auf die Limousine, die über dem dunklen Wasser des Flusses weit unten hing.

»Ja«, sagte er. »Alles in Ordnung.«

Michael Moretti warf einen Blick auf die Uhr an der Wand. »Es ist vorbei«, sagte er. Er wandte sich an Jennifer. »Dein Geliebter dürfte jetzt im Fluß treiben.«

Sie starrte ihn an, bleich vor Entsetzen. »Du kannst doch nicht...«

»Keine Sorge. Du wirst einen fairen Prozeß bekommen.« Er blickte Gino Gallo an. »Hast du ihr erzählt, daß wir Adam Warner auf der Brücke von New Canaan erledigen wollten?«

»Genau wie Sie es mir aufgetragen hatten, Boß.«

Michael sah Jennifer an. »Der Prozeß ist vorbei.«

Er stand auf und ging zu ihr hinüber. Er packte ihre Bluse und riß sie hoch.

»Ich habe dich geliebt«, flüsterte er. Er schlug ihr heftig ins Gesicht. Jennifer zuckte mit keiner Wimper. Er schlug sie noch einmal, härter diesmal, dann ein drittes Mal, und sie stürzte zu Boden.

»Steh auf. Wir machen eine kleine Fahrt.«

Betäubt von den Schlägen, lag Jennifer auf dem Boden und versuchte, ihren Kopf freizubekommen. Michael riß sie brutal auf die Füße.

»Wollen Sie, daß ich mich um sie kümmere, Boß?« fragte Gino Gallo.

»Nein. Fahr den Wagen zum Hintereingang.«

»Sofort, Boß.« Er eilte aus dem Raum.

Jennifer und Michael waren allein.

»Warum?« fragte er. »Die Welt war unser, und du hast sie weggeworfen. *Warum?*«

Sie antwortete nicht.

»Willst du, daß ich noch einmal mit dir schlafe – um der alten Zeiten willen?« Michael bewegte sich auf sie zu und ergriff ihren Arm. »Willst du das?« Jennifer antwortete nicht. »Du wirst nie mehr mit irgend jemandem schlafen, hörst du? Ich werde dich zu deinem Geliebten in den Fluß werfen. Dann könnt ihr euch für immer Gesellschaft leisten.«

Gino Gallo kam mit weißem Gesicht in den Raum gestürzt. »Boß! Draußen sind...«

Von draußen drang ein Krachen herein. Michael war mit drei Schritten bei seinem Schreibtisch und riß die Schublade auf. Er hielt einen Revolver in der Hand, als die Tür aufsprang. Zwei FBI-Männer warfen sich mit gezogenen Waffen in den Raum.

»Keine Bewegung!«

In einem Sekundenbruchteil traf Michael seine Entscheidung. Er schwenkte den Revolver herum und feuerte auf Jennifer. Er sah die Kugeln einschlagen, dann begannen die FBI-Männer zu schießen. Er sah Blut aus Jennifers Brust sprudeln. Im nächsten Augenblick zerriß eine Kugel sein Fleisch, gefolgt von einer zweiten. Er sah Jennifer auf dem Boden liegen und wußte nicht, welche Qual größer war, ihr Tod oder der seine. Er spürte den Hammerschlag einer dritten Kugel, und dann fühlte er gar nichts mehr.

## 63

Zwei Pfleger rollten Jennifer aus dem Operationssaal in die Intensivstation. Ein uniformierter Polizist wich nicht von Jennifers Seite. Der Krankenhausflur wimmelte von Polizisten, Detektiven und Reportern.

Ein Mann ging auf den Empfangstisch zu und sagte: »Ich möchte zu Jennifer Parker.«

»Gehören Sie zur Familie?«

»Nein. Ich bin ein Freund.«

»Es tut mir leid. Keine Besucher. Sie liegt auf der Intensivstation.«

»Ich werde warten.«

»Es kann lange dauern.«

»Spielt keine Rolle«, sagte Ken Bailey.

Eine Seitentür wurde geöffnet, und Adam Warner, eingefallen und hager, trat ein, gefolgt von einem Trupp Sicherheitsbeamten.

Ein Arzt wartete bereits auf ihn. »Hier entlang, Senator Warner.« Er führte Adam in ein kleines Büro.

»Wie geht es ihr?« fragte Adam.

»Ich habe nicht viel Hoffnung. Wir mußten drei Kugeln herausoperieren.«

Die Tür öffnete sich, und Staatsanwalt Robert Di Silva eilte herein. Er blickte Adam Warner an und sagte: »Bin ich froh, daß Ihnen nichts passiert ist.«

Adam sagte: »Ich glaube, ich verdanke Ihnen eine ganze Menge. Wie haben Sie davon erfahren?«

»Jennifer Parker hat mich angerufen. Sie sagte, man wollte Sie auf der New-Canaan-Brücke ermorden. Ich dachte mir schon, daß es sich um ein Ablenkungsmanöver handeln könnte, aber ich durfte kein Risiko eingehen, so daß ich der Sache nachging. In der Zwischenzeit habe ich herausgefunden, welche Route Sie wirklich gefahren sind und habe ein paar Hubschrauber hinter Ihnen hergejagt, um Sie zu schützen. Ich vermute, die Parker wollte Sie aus dem Weg räumen.«

»Nein«, sagte Adam. »Nein.«

Robert Di Silva zuckte mit den Schultern. »Wie Sie meinen, Senator. Hauptsache, Sie sind am Leben.« Wie aus einem nachträglichen Einfall heraus wandte er sich an den Arzt. »Wird sie durchkommen?«

»Ihre Chancen stehen nicht sehr gut.«

Der Staatsanwalt bemerkte Adams Gesichtsausdruck und deutete ihn falsch. »Keine Sorge. Wenn sie es schafft, haben wir sie in jedem Fall festgenagelt.« Er sah genauer hin und meinte: »Sie sehen aus wie eine aufgewärmte Leiche. Warum fahren Sie nicht nach Hause und ruhen sich aus?«

»Zuerst möchte ich Jennifer Parker sehen.«

Der Arzt sagte: »Sie liegt im Koma. Vielleicht wird sie nie wieder daraus erwachen.«

»Ich möchte sie sehen, bitte.«

»Natürlich, Senator. Folgen Sie mir.«

Der Arzt führte Adam und Robert Di Silva aus dem Zimmer. Sie gingen den Flur entlang, bis sie ein Schild erreichten, auf dem INTENSIVSTATION – KEIN ZUTRITT! stand. Der Arzt öffnete die Tür und hielt sie den beiden Männern auf. »Sie liegt im ersten Raum.«

Ein Polizist hielt vor der Tür Wache. Als er den Staatsanwalt bemerkte, nahm er Haltung an.

»Niemand kommt in die Nähe dieses Zimmers ohne meine schriftliche Erlaubnis. Haben Sie verstanden?« sagte Di Silva.

»Ja, Sir.«

Adam und Di Silva betraten den Raum. Es gab drei Betten, zwei davon leer. Jennifer lag im dritten. Schläuche führten in ihre Nasenlöcher und die Venen an den Handgelenken. Adam trat dicht an das Bett heran und starrte auf sie hinunter. Jennifers Gesicht auf dem weißen Kissen war sehr bleich. Ihre Augen waren geschlossen. Ihr Gesicht wirkte jetzt jünger und weicher. Vor Adams Augen lag das unschuldige Mädchen, das er vor Jahren getroffen hatte, das junge Mädchen, das ärgerlich zu ihm gesagt hatte: *Glauben Sie, ich würde in diesem Loch leben, wenn ich auch nur ein bißchen Geld hätte? Es ist mir egal, was Sie tun. Lassen Sie mich in Ruhe, mehr will ich nicht.* Er dachte an ihren Mut, ihren Idealismus und ihre Verletzlichkeit. Sie war auf der Seite der Engel gewesen, hatte an die Gerechtigkeit geglaubt und war bereit gewesen, dafür zu kämpfen. Was war falsch gelaufen? Er hatte sie geliebt und liebte sie immer noch. Er hatte eine einzige falsche Wahl getroffen, die ihrer beider Leben vergiftet hatte, und er wußte, daß er sich nie wieder schuldlos fühlen würde, solange er lebte.

Er wandte sich an den Arzt. »Lassen Sie es mich wissen, wenn sie...« Er konnte es nicht aussprechen. »Halten Sie mich über alles auf dem laufenden.«

»Natürlich«, sagte der Doktor.

Adam Warner warf einen langen, letzten Blick auf Jennifer und sagte ihr stumm Lebewohl. Dann drehte er sich um und ging hinaus zu den wartenden Reportern.

Durch den trüben, nebeligen Dunst des Komas hörte Jennifer die

Männer gehen. Sie hatte nicht verstanden, was sie gesagt hatten, denn ihre Worte wurden verwischt durch die Schmerzen, die sie in ihrer Gewalt hatten. Sie glaubte, sie habe Adams Stimme gehört, aber das war unmöglich. Er war tot. Sie versuchte, die Augen zu öffnen, aber die Anstrengung war zu groß.

Jennifers Gedanken wirbelten davon... Abraham Wilson kam in den Raum gestürzt, einen Kasten in der Hand. Er stolperte, der Kasten öffnete sich, und ein gelber Kanarienvogel flatterte heraus... Robert Di Silva schrie *Fangt ihn! Laßt ihn nicht entwischen!...* und Michael Moretti hielt ihn in der Hand und lachte, Pater Ryan sagte: *Seht alle her! Ein Wunder,* Connie Garrett tanzte durch den Raum, und jeder applaudierte... Mrs. Cooper sagte: *Ich schenke Ihnen den Staat Wyoming... Wyoming... Wyoming...* Adam kam mit Dutzenden roter Rosen herein, Michael sagte: *Sie sind von mir,* Jennifer sagte: *Ich stelle sie in eine Vase...* sie verkümmerten und starben, und das Wasser aus der Vase ergoß sich auf den Boden und wurde ein See, auf dem sie und Adam segelten, Michael jagte sie auf Wasserskiern, und dann verwandelte er sich in Joshua und lächelte Jennifer an und winkte und begann, das Gleichgewicht zu verlieren, und sie schrie *Fall nicht!... Fall nicht!... Fall nicht!...* eine riesige Welle spülte ihn in die Luft, und er breitete seine Arme aus wie Jesus und verschwand.

Einen Augenblick lang wurde Jennifers Verstand klar.

Joshua war fort.

Adam war fort.

Michael war fort.

Sie war allein. Am Ende war jeder allein. Jeder Mensch mußte seinen eigenen Tod sterben. Jetzt würde es ihr leichtfallen, für immer zu gehen.

Gesegneter Friede erfüllte sie. Bald, sehr bald schon würde es keine Schmerzen mehr geben.

## 64

An einem kalten Januartag wurde Adam Warner auf dem Capitol zum vierzigsten Präsidenten der Vereinigten Staaten vereidigt. Seine Frau trug eine Zobelmütze und einen dunklen Zobelmantel, der wundervoll mit ihrem bleichen Teint kontrastierte und ihre Schwangerschaft beinahe verbarg. Sie stand neben ihrer Tochter, beide sahen stolz zu, wie Adam seinen Amtseid leistete, und das Land freute sich mit ihnen. Sie waren die Edelsten Amerikas – anständig, ehrlich, gut, und sie gehörten in das Weiße Haus.

In einer kleinen Anwaltspraxis in Kelso im Bundesstaat Washington saß Jennifer Parker allein vor dem Fernsehapparat und sah sich den Amtsantritt des neuen Präsidenten an. Sie wartete, bis die Zeremonie beendet war, bis Adam, Mary Beth und Samantha das Podium verlassen hatten, umgeben von Sicherheitsbeamten. Dann schaltete sie den Apparat aus, und die Bilder verblichen. Es war, als schaltete Jennifer die Vergangenheit ab und verbannte damit alles, was ihr zugestoßen war, die Liebe und den Tod, die Freude und den Schmerz. Nichts hatte sie zerstören können. Sie hatte überlebt.

Sie zog ihren Mantel an, setzte einen Hut auf und ging nach draußen, wobei sie einen Augenblick lang stehenblieb und auf das Schild an ihrer Tür blickte. *Jennifer Parker, Rechtsanwältin.* Sie dachte an die Geschworenen, die sie freigesprochen hatten. Sie war noch immer eine Anwältin, so wie ihr Vater ein Anwalt gewesen war. Und sie würde fortfahren, nach diesem trügerischen Ding, genannt Gerechtigkeit, zu suchen. Sie wandte sich ab und ging in Richtung Gerichtsgebäude.

Langsam schritt sie durch die verlassene, windgepeitschte Straße. Leichter Schneefall hatte eingesetzt und breitete einen Chiffonschleier über die Welt. Aus einem nahegelegenen Appartmenthaus drang ein plötzlicher Ausbruch von Heiterkeit. Es war ein so fremdartiges Geräusch, daß Jennifer für einen Augenblick stehenblieb und lauschte. Dann zog sie ihren Mantel enger um sich und ging weiter die Straße entlang. Sie spähte in den Vorhang aus Schnee vor ihren Augen, als trachtete sie, in die Zukunft zu schauen.

Aber in Wirklichkeit blickte sie in die Vergangenheit und versuchte zu begreifen, wann alles Lachen verklungen und jede Fröhlichkeit für immer im Dunkeln erstorben war.

# Nachbemerkung

Die Personen und Ereignisse in diesem Roman sind frei erfunden. Der Hintergrund aber ist real, und ich bin tief in der Schuld derer, die mir auf großzügige Weise dabei geholfen haben, ihn auszumalen. An einigen Punkten habe ich mir notwendige künstlerische Freiheiten gestattet. Juristische oder faktische Irrtümer gehen allein auf mein Konto.

Meinen tiefen Dank dafür, daß sie mich an ihren Gerichtserfahrungen teilnehmen ließen, entrichte ich F. Lee Bailey, Melvin Belli, Paul Caruso, William Hundley, Luke McKissack, Louis Nizer, Jerome Shestack und Peter Taft.

In Kalifornien hat mir Richter William Matthew Bynre vom Distriktsgericht der Vereinigten Staaten sehr geholfen.

In New York bin ich Mary de Bourbon vom Büro des Staatsanwalts zu Dank verpflichtet, denn sie hat mir das Funktionieren des Gerichtssystems erklärt. Außerdem geht mein Dank an Phil Leshin, ehemals stellvertretender Beauftragter für Öffentlichkeitsarbeit der Gefängnisverwaltung von New York, der mir Zugang zu Riker's Island verschafft hat; und an Pat Perry, den stellvertretenden Direktor von Riker's Island.

Barry Dastins juristische Beratung hat sich als unschätzbar erwiesen.

Meine Wertschätzung möchte ich Alice Fisher aussprechen, die mir bei den Recherchen für dieses Buch geholfen hat.

Und schließlich ein Dankeschön an Catherine Munro, die mit Geduld und Freude beinahe drei Jahre lang ein Buch, das als tausendseitiges Manuskript begann, Dutzende Male abgeschrieben und getippt hat.

Sidney Sheldon